御製

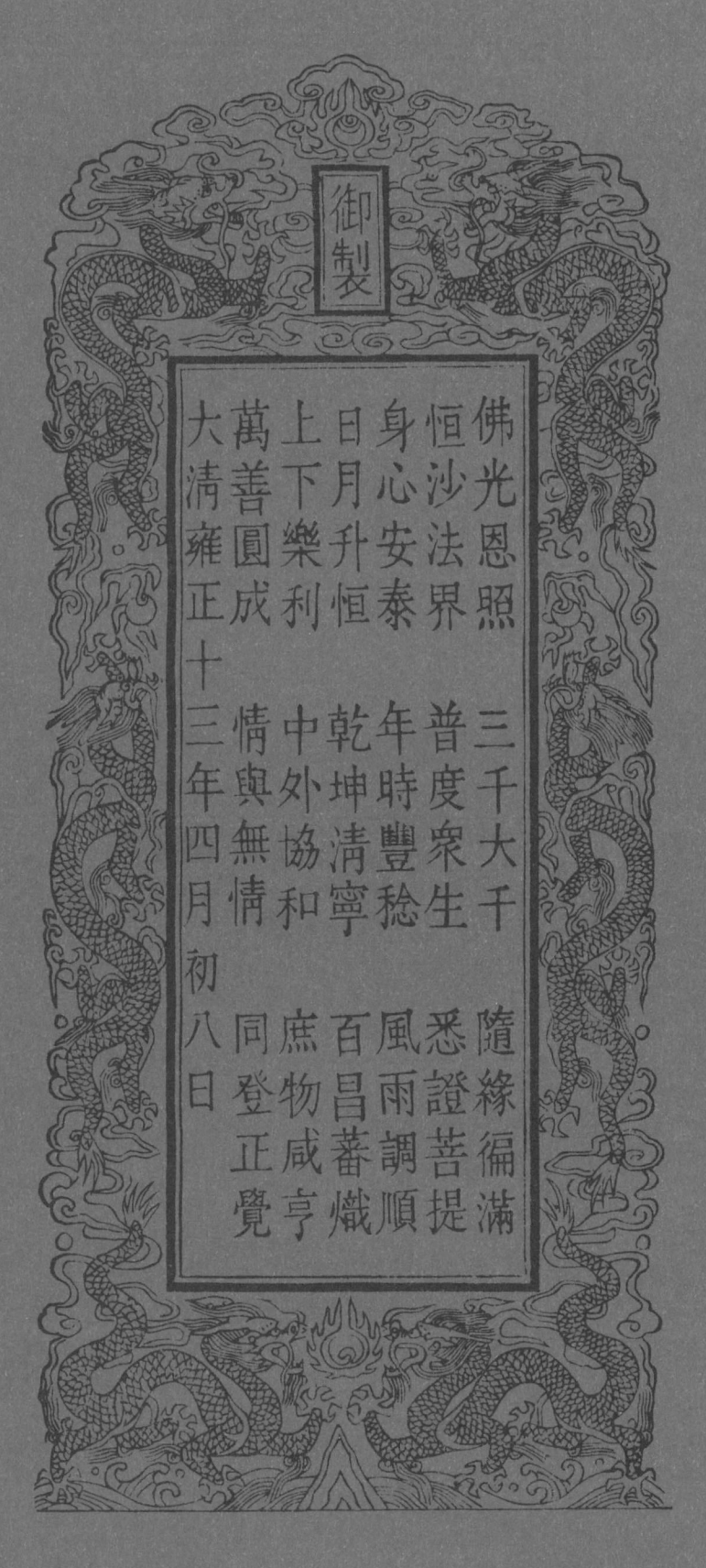

佛光恩照　三千大千　隨緣徧滿
恒沙法界　普度衆生　悉證菩提
身心安泰　年時豐稔　風雨調順
日月升恒　乾坤清寧　百昌蕃熾
上下樂利　中外協和　庶物咸亨
萬善圓成　情與無情　同登正覺
大清雍正十三年四月初八日

第一二五册　此土著述（一五）

大唐西域記

唐三藏法師玄奘奉詔譯

清刻龍藏佛說法變相圖

大唐西域記卷第四

唐三藏法師玄奘奉　詔譯
大總持寺沙門辯機撰

十五國

磔迦國　至那僕底國
闍爛達羅國　屈居勿切露多國
設多圖盧國　波理夜呾羅國
秣菟羅國　薩他泥濕伐羅國
窣祿勤那國　秣底補羅國
婆羅吸摩補羅國　瞿毗霜那國
堊醯掣呾羅國　毗羅刪拏國
劫比他國

磔迦國周萬餘里東據毗播奢河西臨信度河國大都城周二十餘里宜粳稻多宿麥出金銀鍮石銅鐵時候暑熱土多風飆風俗暴

急言辭鄙褻衣服鮮白所謂憍奢耶衣朝霞衣等少信佛法多事天神伽藍十所天祠數百此國已往多有福舍以贍貧匱或施藥或施食口腹之資行旅無累

大城西南十四五里至奢羯羅故城垣堵雖壞基址尚固周二十餘里其中更築小城周六七里居人富饒即此國之故都也數百年前有王號摩醯邏矩羅（此言大族）都治此城王諸印度有才智性勇烈隣境諸國莫不臣伏機務餘閑欲習佛法令於僧中推一俊德時諸僧徒莫敢應命少欲無爲不求聞達博學高明有懼威嚴是時王家舊僮染衣已久辭論清雅言談贍敏衆共推舉而以應命王曰我敬佛法遠訪名僧衆推此隸與我談論常謂僧中賢明肩比以今知之夫何敬哉於是宣令五印度國繼是佛法並皆毀滅僧徒斥逐無復孑遺

摩揭陀國婆羅阿迭多王（此言幼日）崇敬佛法愛育黎元以大族王淫刑虐政自守疆場不供職貢時大族王治兵將討幼日王知其聲問告諸臣曰今聞寇至不忍鬪其兵也幸諸僚庶赦而不罪賜此微軀潛行草澤言畢出宮依緣山野國中感恩慕從者數萬餘人棲竄海島大族王以兵付弟浮海往伐幼日王守其阨險輕騎誘戰金鼓一震奇兵四起生擒大族反接引現大族王自愧失道以衣蒙面幼日王踞師子牀羣官周衞乃命侍臣告大族曰汝露其面吾欲有辭大族對曰臣主易位怨敵相視既非交好何用面談再三告示終不從命於是宣令數其罪曰三寶福田四

生攸賴苟任犲狼傾毀勝業福不祐汝見擒於我罪無可赦宜從刑辟時幻日王母博聞强識善達占相聞殺大族也疾告幻日王曰我嘗聞大族奇姿多智欲一見之幻日王命引大族至母宮中幻日母曰嗚呼大族幸勿耻也世間無常榮辱更事吾猶汝母汝若吾子宜去蒙衣一言面對大族曰昔爲敵國之君今爲俘囚之虜隳廢王業亡滅宗祀上愧先靈下慙黎庶誠耻面目俯仰天地不能自喪故此蒙衣王母曰興廢隨時存亡有運以心齊物則得喪俱忘以物齊心則毀譽更起宜信業報與時推移去蒙對語或存軀命大族謝曰苟以不才嗣膺王業刑政失道國祚亡滅雖在縲紲之中尚貪旦夕之命敢承大造面謝厚恩於是去蒙衣出其面王母曰子其自愛當終爾壽已而告幻日王曰先典有訓宥過好生今大族王積惡雖久餘福未盡若殺此人十二年中菜色相視然有中興之氣終非大國之王當據北方有小國土幻日王承慈母之命愍失國之君娉以稚女待以殊禮總其遺兵更加衛從來出海島大族王弟還國自立大族失位藏竄山野北投迦濕彌羅國迦濕彌羅王深加禮命愍以失國封以土邑歲月既淹率其邑人矯殺迦濕彌羅王而自尊立乘其戰勝之威西討健馱邏國潛兵伏甲遂殺其王國族大臣誅鋤殄滅毀窣堵波廢僧伽藍凡一千六百所兵殺之外餘有九億人皆欲誅戮無遺噍類時諸輔佐咸進諫曰大王威懾强敵兵不交鋒誅其首惡黎庶何咎願以微躬代所應死王曰汝信

佛法崇重冥福擬成佛果廣説本生欲傳我惡於未來世乎汝宜復位勿有再辭於是以三億上族臨信度河岸殺之三億中族下沉信度河流殺之三億下族分賜兵士於是持其亡國之貨振旅而歸曽未改歲尋即殂落殂落之時雲霧冥晦大地震動暴風奮發時證果人愍而歎曰枉殺無辜毀滅佛法墮無間獄流轉未已

奢羯羅故城中有一伽藍僧徒百餘人並學小乘法世親菩薩昔於此中製勝義諦論其側窣堵波高二百餘尺過去四佛於此説法又有四佛經行遺迹之所

伽藍西北五六里有窣堵波高二百餘尺無憂王之所建也是過去四佛説法之處

新都城東北十餘里至石窣堵波高二百餘尺無憂王之所建也是如來往北方行化中路止處印度記曰窣堵波中有多舍利或有齋日時放光明從此東行五百餘里至那僕底國(北印度境)

至那僕底國周二千餘里國大都城周十四五里稼穡滋茂果木稀疎編戸安業國用豐贍氣序温暑風俗怯弱學綜眞俗信兼邪正伽藍十所天祠八所

昔迦膩色迦王之御宇也聲振隣國威被殊俗河西蕃維畏威送質迦膩色迦王既得質子賞遇隆厚三時易館四兵警衛此國則質子冬所居也故曰至那僕底(此言漢封)質子所居因爲國號此境已往洎諸印度土無梨桃質子所植因謂桃曰至那你(此言漢持來)梨曰至那羅闍弗呾邏(此言漢王子)故此國人深敬東土更

相指告語是我先王本國人也
大城東南行五百餘里至答秣蘇伐那僧伽
藍（此言闇林）僧徒三百餘人學說一切有部衆儀
肅穆德行清高小乘之學特爲博究賢劫千
佛皆於此地集天人衆說深妙法釋迦如來
涅槃之後第三百年中有迦多衍那（舊曰迦旃延訛
也）論師者於此製發智論焉
闍林伽藍中有窣堵波高二百餘尺無憂王
之所建也其側則有過去四佛座及經行遺
迹之處小窣堵波諸大石室鱗次相望不詳
其數並是劫初已來諸果聖人於此寂滅差
難備舉齒骨猶在繞山伽藍周二十里佛舍
利窣堵波數百千所連隅接影從此東北行
百四五十里至闍爛達羅國（北印度境）
闍爛達羅國東西千餘里南北八百餘里國
大都城周十二三里宜穀稼多粳稻林樹扶
踈華果茂盛氣序溫暑風俗剛烈容貌鄙陋
家室富饒伽藍五十餘所僧徒二千餘人大
小二乘專門習學天祠三所外道五百餘人
並塗灰之侶也此國先王崇敬外道其後遇
羅漢聞法信悟故中印度王體其淳信五印
度國三寶之事一以總監混彼此忘愛惡督
察僧徒妙窮淑慝故道德著聞者竭誠敬仰
戒行虧犯者深加責罰聖迹之所並皆旌建
或窣堵波或僧伽藍印度境內無不周徧從
此東北踰峻嶺越洞谷經危途涉嶮路行七
百餘里至屈露多國（北印度境）
屈露多國周三千餘里山周四境國大都城
周十四五里土地沃壤穀稼時播華果茂盛
卉木滋榮既隣雪山遂多珍藥出金銀赤銅

及火珠雨石氣序逾寒霜雪微降人貌麤弊既瘿且尰性剛猛尚氣勇伽藍二十餘所僧徒千餘人多學大乘少習諸部天祠十五異道雜居依巖據嶺石室相距或羅漢所居或仙人所止國中有窣堵波無憂王之所建也在昔如來曾至此國說法度人遺迹斯記從此北路千八九百里道路危險踰山越谷至洛護羅國此北二千餘里經途艱阻寒風飛雪至秣羅娑國（亦謂三波訶國）自屈露多國南行七百餘里越大山濟大河至設多圖盧國（北印度境）

設多圖盧國周二千餘里西臨大河國大都城周十七八里穀稼殷盛果實繁茂多金銀出珠珍服用鮮素裳衣綺靡氣序暑熱風俗淳和人性善順上下有序敦信佛法誠心質敬王城內外伽藍十所庭宇荒涼僧徒尠少城東南三四里有窣堵波高二百餘尺無憂王之所建也傍有過去四佛座及經行遺迹之所復從此西南行八百餘里至波理夜呾羅國（中印度境）

波理夜呾羅國周三千餘里國大都城周十四五里宜穀稼豐宿麥有異稻種六十日而收穫焉多牛羊少華果氣序暑熱風俗剛猛不尚學藝信奉外道王吠奢種也性勇烈多武略伽藍八所傾毀已甚僧徒寡少習學小乘天祠十餘所異道千餘人從此東行五百餘里至秣菟羅國（中印度境）

秣菟羅國周五千餘里國大都城周二十餘里土地膏腴稼穡是務菴沒羅果家植成林雖同一名而有兩種小者生青熟黃大者始終青色出細班氎及黃金氣序暑熱風俗善

順好修冥福崇德尚學伽藍二十餘所僧徒二千餘人大小二乘兼攻習學天祠五所異道雜居

有三窣堵波並無憂王所建也過去四佛遺迹甚多釋迦如來諸聖弟子遺身窣堵波謂舍利子（舊曰舍梨子又曰舍利弗訛略也）没特伽羅子（舊曰目乾連訛略也）布剌拏梅呾麗衍尼弗呾羅（此言滿慈子舊曰彌多羅尼子訛略也）優波釐阿難陀羅怙羅（舊曰羅睺羅又曰羅雲皆訛略也）曼殊室利（此言妙吉祥舊曰濡首又曰文殊師利或言曼殊尸利譯曰妙德訛也）諸菩薩窣堵波等每歲三長及月六齋僧徒相競率其同好齎持供具多營奇玩隨其所宗而致像設阿毗達磨衆供養舍利子習定之徒供養没特伽羅子誦持經者供養滿慈子學毗柰耶衆供養優波釐諸苾芻尼供養阿難未受具戒者供養羅怙羅其學大乘者供養諸菩薩是日也諸窣堵波競修供養珠旛布列寶蓋駢羅香煙若雲華散如雨蔽虧日月震蕩谿谷國王大臣修善爲務城東行五六里至一山伽藍疏崖爲室因谷爲門尊者鄔波毱多（此言近護）之所建也其中則有如來指爪窣堵波

伽藍北巖間有石室高二十餘尺廣三十餘尺四寸細籌填積其内尊者近護說法化導夫妻俱證羅漢果者乃下一籌異室別族雖證不記石室東南二十四五里至大涸池傍有窣堵波在昔如來行經此處時有獼猴持蜜奉佛佛令水和普徧大衆獼猴喜躍墮坑而死乘兹福力得生人中

池北不遠大林中有過去四佛經行遺迹其側有舍利子没特伽羅子等千二百五十大

阿羅漢習定之處並建窣堵波以記遺迹如來在世屢遊此國說法之所並有封樹從此東北行五百餘里至薩他泥濕伐羅國（中印度境）

薩他泥濕伐羅國周七千餘里國大都城周二十餘里土地沃壤稼穡滋盛氣序溫暑風俗澆薄家室富饒競爲奢侈深閑幻術高尚異能多逐利少務農諸方奇貨多聚其國伽藍三所僧徒七百餘人並皆習學小乘法教天祠百餘所異道甚多

大城四周二百里內彼土之人謂爲福地聞諸先志曰昔五印度國二王分治境壤相侵干戈不息兩主合謀欲決兵戰以定雌雄以寧氓俗黎庶胥怨莫從君命王以爲衆庶者難與慮始也神可動物權可立功時有梵志素知高才密齎束帛命入後庭造作法書藏諸巖穴歲月既久樹皆合拱王於朝坐告諸臣曰吾以不德忝居大位天帝垂照夢賜靈書今在某山藏於某嶺於是下令營求得書山林之下羣官稱慶衆庶悅豫宣示遠近咸使聞知其大略曰夫生死無涯流轉無極含靈淪溺莫由自濟我以奇謀令離諸苦今此王城周二百里古先帝世福利之地歲月極遠銘記湮滅生靈不悟遂沉苦海溺而不救夫何謂歟汝諸含識臨敵兵死得生人中多殺無辜受天福樂順孫孝子扶侍親老經遊此地獲福無窮功少福多如何失利一喪人身三途冥漠是故含生各務修業於是人皆兵戰視死如歸王遂下令招募勇烈兩國合戰積屍如莽迄于今時遺骸遍野時既古昔人骸偉大國俗相傳謂之福地

城西北四五里有窣堵波高二百餘尺無憂王之所建也輒皆黄赤色甚光淨中有如來舍利一升光明時照神迹多端

城南行百餘里至俱昏(去聲)荼僧伽藍重閣連甍層臺間峙僧徒清肅威儀閑雅從此東北行四百餘里至窣禄勤那國(中印度境)

窣禄勤那國周六千餘里東臨殑伽河北背大山閻牟那河中境而流國大都城周二十餘里東臨閻牟那河荒蕪雖甚基址尚固土地所產風氣所宜同薩他泥濕伐羅國人性淳質宗信外道貴藝學尚福慧伽藍五所僧徒千餘人多學小乘少習餘部商搉微言清論玄奧異方俊彦尋論稽疑天祠百所異道甚多

大城東南閻牟那河西大伽藍東門外有窣堵波無憂王之所建也如來在昔曾於此處說法度人其側又一窣堵波中有如來髮爪也舍利子沒特伽羅諸阿羅漢髮爪窣堵波周其左右數十餘所如來寂滅之後此國爲諸外道所詿誤焉信受邪法捐廢正見今有五伽藍者乃異國論師與諸外道及婆羅門論義勝處因此建焉閻牟那河東行八百餘里至殑伽河河源廣三四里東南流入海處廣十餘里水色滄浪波濤浩汗靈怪雖多不爲物害其味甘美細沙隨流彼俗書記謂之福水罪咎雖積沐浴便除輕命自沉生天受福死而投骸不墮惡趣揚波激流亡魂獲濟時執師子國提婆菩薩深達實相得諸法性愍諸愚夫來此導誘當是時也士女咸會少長畢萃於河之濱揚波激流提婆菩薩和光

汲引俯首反激狀異衆人有外道曰吾子何其異乎提婆菩薩曰吾父母親宗在執師子國恐苦飢渴冀斯遠濟諸外道曰吾子謬矣曾不再思妄行此事家國綿邈山川遼夐激揚此水給濟彼飢其猶却行以求前及非所聞也提婆菩薩曰幽途罪累尚蒙此水山川雖阻如何不濟時諸外道知難謝屈捨邪見受正法改過自新願奉教誨渡河東岸至秣底補羅國（中印度境）

秣底補羅國周六千餘里國大都城周二十餘里宜穀麥多華果氣序和暢風俗淳質崇尚學藝深閑呪術信邪正者其徒相半王戍陀羅種也不信佛法敬事天神伽藍十餘所僧徒八百餘人多學小乘教說一切有部天祠五十餘所異道雜居

大城南四五里至小伽藍僧徒五十餘人昔瞿拏鉢剌婆（此言德光）論師於此作辯眞等論凡百餘部論師少而英傑長而弘敏博物强識碩學多聞本習大乘未窮玄奧因覽毗婆沙論退業而學小乘作數十部論破大乘綱紀成小乘執著又製俗書數十餘部非斥先進所作典論覃思佛經十數不決研精雖久疑情未除時有提婆犀那（此言天軍）羅漢往來覩史多天德光願見慈氏決疑請益天軍以神通力接上天宮旣見慈氏長揖不禮天軍謂曰慈氏菩薩次紹佛位何乃自高敢不致敬方欲受業如何不屈德光對曰尊者此言誠爲指誨然我具戒苾芻出家弟子慈氏菩薩受天福樂非出家之侶而欲作禮恐非所宜菩薩知其我慢心固非聞法器往來三返不得

決疑更請天軍重欲覲禮天軍惡其我慢懱而不對德光既不遂心便起恚恨即趣山林修發通定我慢未除不時證果

德光伽藍北三四里有大伽藍僧徒二百餘人並學小乘法教是衆賢論師壽終之處論師迦濕彌羅國人也聰敏博達幼傳雅譽特深研究說一切有部毗婆沙論時有世親菩薩一心玄道求解言外破毗婆沙師所執作阿毗達磨俱舍論辭義善巧理致清高衆賢循覽遂有心焉於是沉研鑽極十有二歲作俱舍雹論二萬五千頌凡八十萬言矣所謂言深致遠窮幽洞微告門人曰以我逸才持我正論逐斥世親挫其鋒銳無令老叟獨擅先名於是學徒四三俊彥持所作論推訪世親世親是時在磔迦國奢羯羅城遠傳聲問衆賢當至世親聞已即治行裝門人懷疑前進諫曰大師德高先哲名擅當時遠邇學徒莫不推謝今聞衆賢一何惶遽必有所下我曹厚顏世親曰吾今遠遊非避此子顧此國中無復鑒達衆賢後進也詭辯若流我衰耄矣莫能持論欲以一言頽其異執引至中印度對諸髦彥察乎眞僞詳乎得失尋即命侶負笈遠遊衆賢論師當後一日至此伽藍忽覺氣衰於是裁書謝世親曰如來寂滅弟子部執傳其宗學各擅專門黨同道疾異部愚以寡昧猥承傳習覽所製阿毗達磨俱舍論破毗婆沙師大義輒不量力沉究彌年作爲此論扶正宗學智小謀大死其將至菩薩宣暢微言抑揚至理不毀所執得存遺文斯爲幸矣死何悔哉於是歷選門人有辭辯者而

告之曰吾誠後學輕陵先達命也如何當從斯沒汝持是書及所製論謝彼菩薩代我悔過授辭適畢奄爾云亡門人奉書至世親所而致辭曰我師衆賢已捨壽命遺言致書責躬謝咎不墜其名非所敢望世親菩薩覽書閱論沉吟久之謂門人曰衆賢論師聰敏後進理雖不足辭乃有餘我今欲破衆賢之論若指諸掌顧以垂終之託重其知難之辭苟緣大義存其宿志況乎此論發明我宗遂爲改題爲順正理論門人諫曰衆賢未沒大師遠迹既得其論又爲改題凡厥學徒何顏受愧世親菩薩欲除衆疑而說頌曰如師子王避豕遠逝二力勝負智者應知衆賢死已焚屍收骨於伽藍西北二百餘步菴沒羅林中起窣堵波今猶現在

菴沒羅林側有窣堵波毗末羅蜜多羅（此言無垢友）論師之遺身論師迦濕彌羅國人也於說一切有部而出家焉博綜衆經研究異論遊五印度國學三藏玄文名立業成將歸本國途次衆賢論師窣堵波也拊而歎曰惟論師雅量清高抑揚大義方欲挫異部立本宗業也如何降年不永我無垢友猥承末學異時慕義曠代懷德世親雖沒宗學尚傳我盡所知當制諸論令贍部洲諸學人等絕大乘稱滅世親名斯爲不朽用盡宿心說是語已心發狂亂五舌重出熱血流涌知命必終裁書悔曰夫大乘教者佛法之中究竟說也名味泯絕理致幽玄輕以愚昧駁斥先進業報皎然滅身宜矣敢告學人厥鑒斯在各慎爾志無得懷疑大地爲震命遂終焉當其死處地

陷爲坑同侣焚屍收骸旌建時有羅漢見而歎曰惜哉苦哉今此論師任情執見毁惡大乘墮無間獄

國西北境殑伽河東岸有摩裕羅城周二十餘里居人殷盛清流交帶出鍮石水精寶器去城不遠臨殑伽河有大天祠甚多靈異其中有池編石爲岸引殑伽水爲浦五印度人謂之殑伽河門生福滅罪之所常有遠方數百千人集此澡濯樂善諸王建立福舍備珍羞儲醫藥惠施鰥寡周給孤獨從此北行三百餘里至婆羅吸摩補羅國（北印度境）

婆羅吸摩補羅國周四千餘里山周四境國大都城周二十餘里居人殷盛家室富饒土地沃壤稼穡時播出鍮石水精氣序微寒風俗剛猛少學藝多逐利人性獷烈邪正雜信伽藍五所僧徒寡少天祠十餘所異道雜居此國境北大雪山中有蘇伐剌拏瞿呾邏國（此言金氏）出上黄金故以名焉東西長南北狹即東女國也世以女爲王因以女爲國夫亦爲王不知政事丈夫唯征伐田種而已土宜宿麥多畜羊馬氣候寒烈人性躁暴東接土蕃國北接于闐國西接三波訶國從末底補羅國東南行四百餘里至瞿毗霜那國（中印度境）

瞿毗霜那國周二千餘里國大都城周十四五里崇峻險固居人殷盛華林池沼往往相間氣序土宜同末底補羅國風俗淳質勤學好福多信外道求現在樂伽藍二所僧衆百餘人並皆習學小乘法教天祠三十餘所異道雜居大城側故伽藍中有窣堵波無憂王之所建也高二百餘尺如來在昔於此一月

說諸法要傍有過去四佛座及經行遺迹之處其側則有如來髮爪二窣堵波各高一丈餘自此東南行四百餘里至堊醯掣呾邏國中印度境

堊醯掣呾邏國周三千餘里國大都城周十七八里依據險固宜穀麥多林泉氣序和暢風俗淳質翫道篤學多才博識伽藍十餘所僧徒千餘人習學小乘正量部法天祠九所異道三百餘人事自在天塗灰之侶也城外龍池側有窣堵波無憂王之所建也是如來在昔為龍王七日於此說法其側有四小窣堵波是過去四佛座及經行遺迹之所自此南行二百六七十里渡殑伽河西南至毗羅刪拏國中印度境

毗羅刪拏國周二千餘里國大都城周十餘里氣序土宜同堊醯掣呾邏國風俗猛暴人知學藝崇信外道少敬佛法伽藍二所僧徒三百人並皆習學大乘法教天祠五所異道雜居大城中故伽藍內有窣堵波基雖傾圮尚百餘尺無憂王之所建也如來在昔於此七日說蘊界處經之所其側則有過去四佛座及經行遺迹斯在從此東南行二百餘里至劫比他國舊謂僧迦舍國中印度境

劫比他國周二千餘里國大都城周二十餘里氣序土宜同毗羅刪拏國風俗淳和人多學藝伽藍四所僧徒千餘人並學小乘正量部法天祠十所異道雜居同共遵事大自在天城東二十餘里有大伽藍經製輪奐工窮剞劂聖形尊像務極莊嚴僧徒數百人學正量部法數萬淨人宅居其側

伽藍大垣內有三寶階南北列東面下是如來自三十三天降還也昔如來起自勝林上昇天宮居善法堂爲母說法過三月已將欲下降天帝釋乃縱神力建立寶階中階黄金左水精右白銀如來起善法堂從諸天衆履中階而下大梵王執白拂履銀階而右侍天帝釋持寶蓋蹈水精階而左侍天衆陵虛散華讚德數百年前猶有階級逮至今時陷沒已盡諸國君王悲慨不遇壘以甎石飾以珍寶於其故基擬昔寶階其高七十餘尺上起精舍精舍中有石佛像而左右之階有釋梵之像形擬厥初猶爲下勢傍有石柱高七十餘尺無憂王所建也色紺光潤質堅密理上作師子蹲踞向階彫鏤奇形周其方面隨人罪福影現柱中

寶階側不遠有窣堵波是過去四佛座及經行遺迹之所其側窣堵波如來在昔於此澡浴其側精舍是如來入定之處

精舍側有大石基長五十步高七尺是如來經行之處足所履迹皆有蓮華之文基左右各有小窣堵波帝釋梵王之所建也

釋梵窣堵波前是蓮華色苾芻尼欲先見佛化作轉輪王處如來自在天宮還贍部洲也時蘇部底(此言善現舊曰須扶提或曰須菩提譯曰善吉也皆訛也)宴坐石室竊自思曰今佛還降人天導從如我今者何所宜行甞聞佛說知諸法空體諸法性是則以慧眼觀法身也時蓮華色苾芻尼欲初見佛化爲轉輪王七寶導從四兵警衛至世尊所復苾芻尼如來告曰汝非初見夫善現者觀諸法空是見法身聖迹垣內靈異相

繼其大窣堵波東南有一池龍恒護聖迹旣有冥衞難以輕犯歲夂自壞人莫能毀從此西北行減二百里至羯若鞠闍國此言曲女城國中印度境也

大唐西域記卷第四

音釋

第三卷

觜子委切鳥咮也　躃毗亦切仆也　緪居鄧切索也　椓竹角切　棧士諫切閣木爲道也　确苦角切堅也　腴羊朱切肥也　鍱與涉切銅鍱也　駛疎土切疾也

第四卷

磔側革切　秣莫佩切　菟同都切　堊烏各切　隳許規切毀也　縲紲縲力追切黑索也紲先結切繫也　敻翾正切遠也　覃徒含切深廣也　剞劂剞渠羈切劂居月切剞劂曲刀也　橦市腫切與穜同

大唐西域記卷第五

唐三藏法師玄奘奉　詔譯

大總持寺沙門辯機撰

六國

羯若鞠闍國　阿踰陀國

阿耶穆佉國　鉢邏耶伽國

憍賞彌國　鞞索迦國

羯若鞠闍國周四千餘里國大都城西臨殑伽河其長二十餘里廣四五里城隍堅峻臺閣相望華林池沼光鮮澄鏡異方奇貨多聚於此居人豐樂家室富饒華果具繁稼穡時播氣序和洽風俗淳質容貌妍雅服飾鮮綺篤學遊藝談論清遠邪正二道信者相半伽藍百餘所僧徒萬餘人大小二乘兼攻習學天祠二百餘所異道數千餘人

羯若鞠闍國人長壽時其舊王城號拘蘇磨補羅(此言華宮)王號梵授福智宿資文武允備威攝贍部聲震隣國具足千子智勇弘毅復有百女儀貌妍雅時有仙人居殑伽河側棲神入定經數萬歲形如枯木遊禽棲集遺尼拘律果於仙人肩上暑往寒來垂蔭合拱多歷年所從定而起欲去其樹恐覆鳥巢時人美其德號大樹仙人仙人寓目河濱遊觀林薄見王諸女相從嬉戲欲界愛起染著心生便詣華宮欲事禮請王聞仙至躬迎慰曰大仙棲情物外何能輕舉仙人曰我棲林藪彌積歲時出定遊覽見王諸女染愛心生自遠來請王聞其辭計無所出謂仙人曰今還所止請俟嘉辰仙人聞命遂還林藪王乃歷問諸女無肯應娉王懼仙威憂愁毀悴其幼稚女

候王事隙從容問曰父王千子具足萬國慕化何故憂愁如有所懼王曰大樹仙人幸顧求婚而汝曹輩莫肯從命仙有威力能作災祥儻不遂心必起嗔怒毀國滅祀辱及先王深惟此禍誠有所懼稚女謝曰遺此深憂我曹罪也願以微軀得延國祚王聞喜悅命駕送歸既至仙廬謝仙人曰大仙俯方外之情垂世間之顧敢奉稚女以供灑掃仙人見而不悅乃謂王曰輕吾老叟配此不妍王曰歷問諸女無肯從命唯此幼稚願充給使仙人懷怒便惡呪曰九十九女一時背曲形既毀弊畢世無婚王使往驗果已背傴從是之後更名曲女城焉

今王本吠奢種也字曷利沙伐彈那(此言喜增)君臨有土二世三王父字波羅羯邏伐彈那(此言作光增)兄字曷邏闍伐彈那(此言王增)王增以長嗣位以德治政時東印度羯羅拏蘇伐剌那(此言金耳)國設賞迦王(此言月)每謂臣曰隣有賢主國之禍也於是誘請會而害之人既失君國亦荒亂時大臣婆尼(此言辯了)職望隆重謂僚庶曰國之大計定於今日先王之子亡君之弟仁慈天性孝敬因心親賢允屬欲以襲位於事何如各言爾志衆咸仰德嘗無異謀於是輔臣執事咸勸進曰王子垂聽先王積功累德光有國祚嗣及王增謂終壽考輔佐無良棄身讎手為國大恥下臣罪也物議時謡允歸明德光臨土宇克復親讎雪國之恥光父之業功孰大焉幸無辭矣王子曰國嗣之重今古為難君人之位興立宜審我誠寡德父兄遐棄推襲大位其能濟乎物議為宜敢忘虛

薄今者殑伽河岸有觀自在菩薩像既多靈鑒願往請辭即至菩薩像前斷食祈請菩薩感其誠心現形問曰爾何所求若此勤懇王子曰我惟積禍慈父云亡重茲酷罰仁兄見害自顧寡德國人推尊令襲大位光父之業愚昧無知敢希聖旨菩薩告曰汝於先身在此林中為練若苾芻而精勤不懈承茲福力為此王子金耳國王既毀佛法爾紹王位宜重興隆慈悲為志傷愍居懷不久當王五印度境欲延國祚當從我誨冥加景福隣無強敵勿昇師子之座勿稱大王之號於是受教而退即襲王位自稱曰王子號尸羅阿迭多唐言戒日於是命諸臣曰兄讎未報隣國不賓終無右手進食之期凡爾庶僚同心勠力遂總率國兵講習戰士象軍五千馬軍二萬步軍五萬自西徂東征伐不臣象不解鞍人不釋甲於六年中臣五印度既廣其地更增甲兵象軍六萬馬軍十萬垂三十年兵戈不起政教和平務修節儉營福樹善忘寢與食令五印度不得噉肉若斷生命有誅無赦於殑伽河側建立數千窣堵波各高百餘尺於五印度城邑鄉聚達巷交衢建立精廬儲飲食止醫藥施諸羈貧周給不殆聖迹之所並建伽藍五歲一設無遮大會傾竭府庫惠施羣有唯留兵器不充檀捨歲一集會諸國沙門於三七日中以四事供養莊嚴法座廣飾義筵令相推論校其優劣褒貶淑慝黜陟幽明若戒行貞固道德純邃推昇師子之座王親受法戒雖清淨學無稽古但加敬禮示有尊崇律儀無紀穢德已彰驅出國境不願聞見隣

國小王輔佐大臣植福無怠求善忘勞即携手同座謂之善友其異於此面不對辭事有聞議通使往復而巡方省俗不常其居隨所至止結廬而舍唯雨三月多雨不行每於行宮日修珍饌飯諸異學僧衆一千婆羅門五百每以一日分作三時一時理務治政二時營福修善孜孜不倦竭日不足矣初受拘摩羅王請曰自摩揭陀國往迦摩縷波國時戒日王巡方在羯朱嗢祇邏國命拘摩羅王曰宜與那爛陀遠客沙門速來赴會於是遂與拘摩羅王往會見焉戒日王勞苦已曰自何國來將何所欲對曰從大唐國來請求佛法王曰大唐國在何方經途所亘去斯遠近對曰當此東北數萬餘里印度所謂摩訶至那國是也王曰嘗聞摩訶至那國有秦王天子少而靈鑒長而神武昔先代喪亂率土分崩兵戈競起羣生荼毒而秦王天子早懷遠略興大慈悲拯濟含識平定海內風教遐被德澤遠洽殊方異域慕化稱臣氓庶荷其亭育咸歌秦王破陣樂聞其雅頌于茲久矣盛德之譽誠有之乎大唐國者豈此是耶對曰然至那者前王之國號大唐者我君之國稱昔未襲位謂之秦王今已承統稱曰天子前代運終羣生無主兵戈亂起殘害生靈秦王天縱含弘心發慈愍威風鼓扇羣凶殄滅八方靜謐萬國朝貢愛育四生敬崇三寶薄賦斂省刑罰而國用有餘氓俗無宄風猷大化難以備舉戒日王曰盛矣哉彼土羣生福感聖主時戒日王將還曲女城設法會也從數十萬衆在殑伽河南岸拘摩羅王從數萬之衆

居北岸分河中流水陸並進二王導引四兵嚴衞或泛舟或乘象擊鼓鳴螺拊絃奏管經九十日至曲女城在殑伽河西大華林中是時諸國二十餘王先奉告命各與其國髦俊沙門及婆羅門羣官兵士來集大會王先於河西建大伽藍伽藍東起寶臺高百餘尺中有金佛像量等王身臺南起寶壇爲浴佛像之處從此東北十四五里別築行宮是時仲春月也從初一日以珍味饌諸沙門婆羅門至二十一日自行宮屬伽藍夾道爲閣窮諸瑩飾樂人不移雅聲遞奏王於行宮出一金像虛中隱起高餘三尺載以大象張以寶幰戒日王爲帝釋之服執寶蓋以左侍拘摩羅王作梵王之儀執白拂而右侍各五百象軍被鎧周衞佛像前後各百大象樂人以乘鼓奏音樂戒日王以眞珠雜寶及金銀諸華隨步四散供養三寶先就寶壇香水浴像王躬負荷送上西臺以諸珍寶憍奢耶衣數十百千而爲供養是時唯有沙門二十餘人預從諸國王爲侍衞饌食已訖集諸異學商搉微言抑揚至理日將曛暮迴駕行宮如是日送金像導從如初以至散日其大臺忽然火起伽藍門樓煙焰方熾王曰罄捨國珍奉爲先王建此伽藍式昭勝業寡德無祐有斯災異咎徵若此何用生爲乃焚香禮請而自誓曰幸以宿善王諸印度願我福力禳滅火災若無所感從此喪命尋即奮身跳履門閫若有撲滅火盡煙消諸王覩異重增祇懼已而顏色不動辭語如故問諸王曰忽此災變焚燼成功心之所懷意將何謂諸王俯伏悲泣對

曰成功勝迹冀傳來葉一旦灰燼何可爲懷況諸外道快心相賀王曰以此觀之如來所說誠也外道異學守執常見唯我大師無常是誨然我檀捨已周心願諧遂屬斯變滅重知如來誠諦之說斯爲大善無可深悲於是從諸王東上大窣堵波登臨觀覽方下階陛忽有異人持刃逆王王時窘迫却行進級俯執此人以付羣官是時羣官惶遽不知進救諸王咸請誅戮此人戒日王殊無忿色止令不殺王親問曰我何負汝爲此暴惡對曰大王德澤無私中外荷福然我狂愚不謀大計受諸外道一言之惑輙爲刺客首圖逆害王曰外道何故與此惡心對曰大王集諸國傾府庫供養沙門鎔鑄佛像而諸外道自遠召集不蒙省問心誠愧恥乃令狂愚敢行凶詐於是究問外道徒屬有五百婆羅門並諸高才應命召集嫉諸沙門蒙王禮重乃射火箭焚燒寶臺冀因救火衆人潰亂欲以此時殺害大王既無緣隙遂雇此人趨隘行刺是時諸王大臣請誅外道王乃罰其首惡餘黨不罪遷五百婆羅門出印度之境於是乃還都也

城西北窣堵波無憂王之所建也如來在昔於此七日說諸妙法其側則有過去四佛座及經行遺迹之所復有如來髮爪小窣堵波說法窣堵波南臨殑伽河有三伽藍同垣異門佛像嚴麗僧徒肅穆役使淨人數千餘戶精舍寶函中有佛牙長餘寸半殊光異色朝變夕改遠近相趨士庶咸集式修瞻仰日百千衆監守者繁其諠雜權立重稅宣告遠近

欲見佛牙輸大金錢然而瞻禮之徒寔繁其侶金錢之稅悅以心競每於齋日出置高座數百千衆燒香散華華雖盈積牙函不没伽藍前左右各有精舍高百餘尺石基甎室其中佛像衆寶莊飾或鑄金銀或鎔鍮鉐二精舍前各有小伽藍伽藍東南不遠有大精舍石基甎室高二百餘尺中作如來立像高三十餘尺鑄以鍮石飾諸妙寶精舍四周石壁之上彫畫如來修菩薩行所經事迹備盡鐫鏤石精舍南不遠有日天祠祠南不遠有大自在天祠並瑩青石俱窮彫刻規模度量同佛精舍各有千户充其灑掃鼓樂絃歌不捨晝夜大城東南六七里殑伽河南有窣堵波高二百餘尺無憂王之所建也在昔如來於此六月說身無常苦空不淨其側則有過去四佛座及經行遺迹之所又有如來髮爪小窣堵波人有染疾至誠旋繞必得痊愈蒙其福利大城東南行百餘里至納縛提婆矩羅城據殑伽河東岸周二十餘里華林清池互相影照納縛提婆矩羅城西北殑伽河東有一天祠重閣層臺奇工異製城東五里有三伽藍同垣異門僧徒五百餘人並學小乘說一切有部伽藍前二百餘步有窣堵波無憂王之所建也基雖傾陷尚高百餘尺是如來昔於此處七日說法中有舍利時放光明其側則有過去四佛座及經行遺迹之所伽藍北三四里臨殑伽河岸有窣堵波高二百餘尺無憂王之所建也昔如來在此七日說法時有五百餘鬼來至佛所聞法解悟捨鬼生天說法窣堵波側有過去四佛座及經行遺

迹之所其側復有如來髮爪窣堵波自此東南行六百餘里渡殑伽河南至阿踰陀國中印度境

阿踰陀國周五千餘里國大都城周二十餘里穀稼豐盛華果繁茂氣序和暢風俗善順好營福勤學藝伽藍百有餘所僧徒三千餘人大乘小乘兼攻習學天祠十所異道寡少

大城中有故伽藍是伐蘇畔度菩薩此言世親舊曰婆藪盤豆譯曰天親訛謬數十年中於此製作大小乘諸異論其側故基是世親菩薩爲諸國王四方俊彥沙門婆羅門等講義說法堂也

城北四五里臨殑伽河岸大伽藍中有窣堵波高二百餘尺無憂王之所建也是如來爲天人衆於此三月說諸妙法其側窣堵波過去四佛座及經行遺迹之所伽藍西四五里有如來髮爪窣堵波

髮爪窣堵波北伽藍餘址昔經部室利邏多此言勝受論師於此製造經部毗婆沙論

城西南五六里大菴沒羅林中有故伽藍是阿僧伽此言無著菩薩請益導凡之處無著菩薩夜昇天宮於慈氏菩薩所受瑜伽師地論莊嚴大乘經論中邊分別論等晝爲大衆講宣妙理菴沒羅林西北百餘步有如來髮爪窣堵波其側故基是世親菩薩從覩史多天下見無著菩薩處無著菩薩健馱邏國人也佛去世後一千年中誕靈利見承風悟道從彌沙塞部出家修學頃之迴信大乘其弟世親菩薩於說一切有部出家受業博聞强識達學研機無著弟子佛陀僧訶此言師子覺者密行莫測高才有聞二三賢哲每相謂曰凡修行

業願覩慈氏若先捨壽得遂宿心當相報語以知所至其後師子覺先捨壽命三年不報世親菩薩尋亦捨壽時經六月亦無報命時諸異學咸皆譏誚以爲世親菩薩及師子覺流轉惡趣遂無靈鑑其後無著菩薩於夜初分方爲門人教授定法燈光忽翳空中大明有一天仙乘虛下降即進階庭敬禮無著無著曰爾來何暮今名何謂對曰從此捨壽命往覩史多天慈氏内衆蓮華中生蓮華纔開慈氏讃曰善來廣慧善來廣慧旋繞纔周即來報命無著菩薩曰師子覺者今何所在曰我旋繞時見師子覺在外衆中耽著欲樂無暇相顧詎能來報無著菩薩曰斯事已矣慈氏何相演説何法曰慈氏相好言莫能宣演説妙法義不異此然菩薩妙音清暢和雅聞者忘倦受者無猒

無著講堂故基西北四十餘里至故伽藍北臨殑伽河中有甎窣堵波高百餘尺世親菩薩初發大乘心處世親菩薩自北印度至於此也時無著菩薩命其門人令往迎候至此伽藍遇而會見無著弟子止戸牖外夜分之後誦十地經世親聞已感悟追悔甚深妙法昔所未聞誹謗之愆源發於舌舌爲罪本今宜除斷即執銛刀將自斷舌乃見無著住立告曰夫大乘教者至眞之理也諸佛所讃衆聖攸宗吾欲誨汝爾今自悟悟其時矣何善如之諸佛聖教斷舌非悔昔以舌毁大乘今以舌讃大乘補過自新猶爲善矣杜口絶言其利安在作是語已忽不復見世親承命遂不斷舌旦詣無著諮受大乘於是研精覃思

製大乘論凡百餘部並盛宣行從此東行三百餘里渡殑伽河北至阿耶穆佉國(中印度境)

阿耶穆佉國周二千四五百里國大都城臨殑伽河周二十餘里其氣序土宜同阿踰陀國人淳俗質勤學好福伽藍五所僧徒千餘人習學小乘正量部法天祠十餘所異道雜居城東南不遠臨殑伽河岸有窣堵波無憂王之所建也高二百餘尺是如來昔於此處三月說法其側則有過去四佛座及經行遺迹之所復有如來髮爪青石窣堵波其側伽藍僧徒二百餘人佛像莊飾威嚴如在臺閣宏麗竒製欝起是昔佛陀馱娑(此言覺使)論師於此製說一切有部大毘婆沙論從此東南行七百餘里渡殑伽河南閻牟那河北至鉢邏那伽國(中印度境)

鉢邏那伽國周五千餘里國大都城據兩河交周二十餘里稼穡滋盛果木扶踈氣序和暢風俗善順好學藝信外道伽藍兩所僧徒寡少並皆習學小乘法教天祠數百異道實多大城西南瞻博迦華林中有窣堵波無憂王之所建也基雖傾陷尚百餘尺在昔如來於此處降伏外道其側則有髮爪窣堵波經行遺迹窣堵波側有故伽藍是提婆(此言天)菩薩作廣百論挫小乘伏外道處初提婆菩薩自南印度至此伽藍城中有外道婆羅門高論有聞辯才無礙循名責實反質窮辭雅知提婆博究玄奧欲挫其鋒乃循名問曰汝爲何名提婆曰名天外道曰天是誰提婆曰我外道曰我是誰提婆曰狗外道曰狗是誰提婆曰汝外道曰汝是誰提婆曰天外道

曰天是誰提婆曰我外道曰我是誰提婆曰狗外道曰誰是狗提婆曰汝外道曰汝是誰提婆曰天如是循環外道方悟自時厥後深敬風猷

城中有天祠瑩飾輪煥靈異多端依其典籍此處是衆生植福之勝地也能於此祠捐捨一錢功踰他所惠施千金復能輕生祠中斷命受天福樂悠永無窮天祠堂前有一大樹枝葉扶疎陰影蒙密有食人鬼依而棲宅故其左右多有遺骸若人至此祠中無不輕捨身命既怵邪說又爲神誘自古迄今習謬無替近有婆羅門族姓子也闊達多智明敏高才來至祠中謂衆人曰夫曲俗鄙志難以導誘吾方同事然後攝化亦既登臨俯謂友曰吾有死矣昔謂詭妄今驗真實天仙伎樂依空接引當從勝境捐此鄙形尋欲投身自取殞絕親友諫喻其志不移遂布衣服遍周樹下及其自投得全軀命久而醒曰唯見空中諸天召命斯乃邪神所引非得天樂也

大城東兩河交廣十餘里土地爽塏細沙彌漫自古至今諸王豪族凡有捨施莫不至止周給不計號大施場今戒日王者聿修前緒篤述惠施五年積財一旦傾捨於其施場多聚珍貨初第一日置大佛像衆寶莊嚴即持上妙奇珍而以奉施次常住僧次現前衆次高才碩學博物多能次外道學徒隱淪肥遁次鰥寡孤獨貧窮乞人備極珍玩窮諸上饌如是節級莫不周施府庫既傾服玩都盡髻中明珠身諸瓔珞次第施與初無所悔既捨施已稱曰樂哉凡吾所有已入金剛堅固藏

矣從此之後諸國君王各獻珍服嘗不踰旬府庫充牣大施場東合流口日數百人自溺而死彼俗以爲願求生天當於此處絶粒自沈沐浴中流罪垢消滅是以異國遠方相趨萃止七日斷食然後絶命至於山猨野鹿羣遊水濱或濯流而返或絶食而死當戒日王之大施也有一獼猴居河之濱獨在樹下屏迹絶食經數日後自餓而死故諸外道修苦行者於河中立高柱日將旦也便即昇之一手一足執柱端躡傍杙一手一足虛懸外伸臨空不屈延頸張目視日右轉逮乎曛暮方乃下焉若此者其徒數十冀斯勤苦出離生死或數十年未嘗懈息從此西南入大林中惡獸野象羣暴行旅非多徒黨難以經涉行五百餘里至憍賞彌國（舊曰拘睒彌國訛也中印度境）

憍賞彌國周六千餘里國大都城周三十餘里土稱沃壤地利豐植粳稻多甘蔗茂氣序暑熱風俗剛猛好學典藝崇樹福善伽藍十餘所傾頓荒蕪僧徒三百餘人學小乘教天祠五十餘所外道實多

城內故宮中有大精舍高六十餘尺有刻檀佛像上懸石蓋鄔陁衍那王（此言出愛舊云優填王訛也）之所作也靈相間起神光時照諸國君王恃力欲舉雖多人衆莫能轉移遂圖供養俱言得眞語其源迹即此像也初如來成正覺已上昇天宮爲母說法三月不還其王思慕願圖形像乃請尊者沒特伽羅子以神通力接工人上天宮親觀妙相彫刻栴檀如來自天宮還也刻檀之像起迎世尊世尊慰曰教化勞耶開導末世實此爲冀精舍東百餘步有

過去四佛座及經行遺迹之所其側不遠有如來井及浴室井猶充汲室已頹毁

城內東南隅有故宅餘址是具史羅舊云瞿師羅訛也長者故宅也中有佛精舍及髮爪窣堵波復有故基如來浴室也

城東南不遠有故伽藍具史羅長者舊園也中有窣堵波無憂王之所建立高二百餘尺如來於此數年說法其側則有過去四佛座及經行遺跡之所復有如來髮爪窣堵波

伽藍東南重閣上有故甎室世親菩薩嘗住此中作唯識論破斥小乘難諸外道

伽藍東菴沒羅林中有故基是無著菩薩於此作顯揚聖教論

城西南八九里毒龍石窟昔者如來伏此毒龍於中留影雖則傳記令無所見其側有窣堵波無憂王之所建也高二百餘尺傍有如來經行遺迹及髮爪窣堵波病苦之徒求願多愈釋迦法盡此國最後故上自君王下及衆庶入此國境自然感傷莫不飲泣悲歎而歸龍窟東北大林中行七百餘里渡殑伽河北至迦奢布羅城周十餘里居人富樂城傍有故伽藍唯餘基址是昔護法菩薩伏外道處此國先王扶於邪說欲毁佛法崇敬外道外道衆中召一論師聰敏高才明達幽微者作爲邪書千頌凡三萬二千言非毁佛法扶正本宗於是召集僧衆令相摧論外道有勝當毁佛法衆僧無負斷舌以謝是時僧徒懼有退負集而議曰慧日已沈法橋將毁王黨外道其可敵乎事勢若斯計將安出衆咸默然無竪議者護法菩薩年在幼稚辯慧多聞

風範弘遠在大衆中揚言讚曰愚雖不敏請陳其略誠宜以我疾應王命高論得勝斯靈祐也微議墮負乃稚齒也然則進退有辭法僧無咎僉曰允諧如其籌策尋應王命即昇論席外道乃提頓綱網抑揚辭義誦其所執待彼異論護法菩薩納其言而笑曰吾得勝矣將覆逆而誦耶爲亂辭而誦耶外道憮然而謂曰子無自高也能領語盡此則爲勝順受其文後釋其義護法乃隨其聲調述其文義辭理不謬氣韻無差於是外道聞已欲自斷舌護法曰斷舌非謝改執是悔即爲說法心信意悟王捨邪道遵崇正法

護法伏外道側則有窣堵波無憂王所建也基雖傾陷尚高二百餘尺是如來昔於此處六月說法傍有經行之迹及髮爪窣堵波自此北行百七八十里至鞞索迦國(中印度境)

鞞索迦國周四千餘里國大都城周十六里穀稼殷盛華果具繁氣序和暢風俗淳質好學不倦求福不回伽藍二十餘所僧徒三千餘人並學小乘正量部法天祠五十餘所外道甚多

城南道左有大伽藍昔提婆設摩阿羅漢於此造識身論說無我人瞿波阿羅漢作聖教要實論說有我人因此法執遂深諍論又是護法菩薩於此七日中摧伏小乘一百論師伽藍側有窣堵波高二百餘尺無憂王所建也如來昔日六年於此說法導化說法側有奇樹高六七尺春秋遞代常無增減是如來昔嘗淨齒棄其遺枝因植根柢繁茂至今諸邪見人及外道衆競來殘伐尋生如故其側

不遠有過去四佛座及經行遺迹之所復有如來髮爪窣堵波靈基連隅林沼交映從此東北行五百餘里至室羅伐悉底國舊曰舍衞國訛也中印度境

大唐西域記卷第五

音釋

懾之涉切心伏也　毅魚既切果敢也　迭夷質切與逸同　羈居宜切旅寓也　邃雖遂切深遠也　氓莫耕切民也　謐彌畢切安也　宄居洧切姦也　髦莫高切俊選也　幰虛偃切車上張繒曰幰　鎔鑄鎔余封切鑄朱戍切　隘烏懈切陋也　鍮鉐鍮託侯切鉐常隻切　鐫鏤鐫子全切刻也鏤洛候切彫也　銛息尖切利也　訹雪律切誘也　塏可亥切高爽也　鰥古還切無妻曰鰥　寡古瓦切無夫曰寡　牣而振切滿也　杙與職切橜也

大唐西域記卷第六

唐三藏法師玄奘奉詔譯

大總持寺沙門辯機撰

六國

室羅伐悉底國　劫比羅伐窣堵國

藍摩國　拘尸那揭羅國

婆羅痆斯國　戰主國

室羅伐悉底國周六千餘里都城荒頓疆埸無紀宮城故基周二十餘里雖多荒圮尚有居人穀稼豐氣序和風俗淳質篤學好福伽藍數百圮壞良多僧徒寡少學正量部天祠百所外道甚多此則如來在世之時鉢邏犀那恃多王（此言勝軍舊曰波斯匿訛畧也）所治國都也故宮城內有故基勝軍王殿餘址也次東不遠有一故基上建小窣堵波昔勝軍王爲如來所建大法堂也

法堂側不遠故基上有窣堵波是佛姨母鉢邏闍鉢底（此言戰主舊云波闍波提訛也）苾芻尼精舍勝軍王之所建立次東窣堵波是蘇達多（此言善施舊曰須達訛也）故宅也善施長者宅側有大窣堵波是鴦窶利摩羅（此言指鬘舊曰央掘摩羅訛也）捨邪之處鴦窶利摩羅者室羅伐悉底之凶人也作害生靈爲暴城國殺人取指冠首爲鬘將欲害母以充指數世尊悲愍方行導化遥見世尊竊自喜曰我今生天必矣先師有教遺言在茲害佛殺母當生梵天謂其母曰老今且止先當害彼大沙門尋即仗劒往逆世尊如來於是徐行而退凶人指鬘疾驅不逮世尊謂曰何守鄙志捨善本激惡源時指鬘聞誨悟所行非因即歸命求入法中精勤不怠證羅漢果

城南五六里有逝多林（此言勝林舊曰祇陁訛也）是給孤獨園勝軍王大臣善施爲佛建精舍昔爲伽藍今已荒廢東門左右各建石柱高七十餘尺左柱鏤輪相於其端右柱刻牛形於其上並無憂王之所建也室宇傾圮唯餘故基獨一甎室巋然獨存中有佛像昔者如來昇三十三天爲母說法之後勝軍王聞出愛王刻檀像佛乃造此像善施長者仁而聰敏積而能散拯乏濟貧哀孤恤老時美其德號給孤獨焉聞佛功德深生尊敬願建精舍請佛降臨世尊命舍利子隨瞻揆焉唯太子逝多園地爽塏尋詣太子具以情告太子戲言金遍乃賣善施聞之心豁如也即出藏金隨言布地有少未滿太子請留曰佛誠良田宜植善種即於空地建立精舍世尊即之告阿難曰園地善施所買林樹逝多所施二人同心式崇功業自今已去應謂此地爲逝多樹給孤獨園

給孤獨園東北有窣堵波是如來洗病苾芻處昔如來之在世也有病苾芻含苦獨處世尊見而問曰汝何所苦汝何獨居曰我性疎嬾不耐看病故今嬰疾無人瞻視如來是時愍而告曰善男子我今看汝以手拊摩病苦皆愈扶出戶外更易敷褥親爲盥洗改著新衣佛語苾芻當自勤勵聞誨感恩心悅身豫

給孤獨園西北有小窣堵波是沒特伽羅子運神通力舉舍利子衣帶不動之處昔佛在無熱惱池人天咸集唯舍利子不時從會佛命沒特伽羅往召來集沒特伽羅承命而往舍利子方補護法衣沒特伽羅曰世尊今在

無熱惱池命我召爾舍利子曰且止須我補竟與子偕行没特伽羅曰若不速行欲運神力舉爾石室至大會所舍利子乃解衣帶置地曰若舉此帶我身或動時没特伽羅運大神通舉帶不動地爲之震因以神足還詣佛所見舍利子已在會坐没特伽羅俛而嘆曰乃今以知神通之力不如智慧之力矣舉帶窣堵波側不遠有井如來在世汲充佛用其側有窣堵波無憂王之所建也中有如來舍利經行之迹說法之處並樹旌表建窣堵波冥祇警衞靈瑞間起或鼓天樂或聞神香景福之祥難以備叙

伽藍後不遠是外道梵志殺婬女以謗佛處如來十力無畏一切種智人天宗仰聖賢遵奉時諸外道共相議曰宜行詭詐衆口謗辱乃誘雇婬女詐爲聽法衆所知已密而殺之埋屍樹側稱怨告王王命求訪於逝多園得其屍焉是時外道高聲唱言喬答摩大沙門常稱戒忍今私此女殺而滅口既婬既殺何戒何忍諸天空中隨聲唱曰外道兇人爲此謗耳

伽藍東百餘步有大深坑是提婆達多欲以毒藥害佛生身陷入地獄處提婆達多（此言天授）斛飯王之子也精勤十二年已誦持八萬法藏後爲利故求學神通親近惡友共相議曰我相三十減佛未幾大衆圍繞何異如來思惟是已即事破僧舍利子没特伽羅子奉佛指告承佛威神說法誨喻僧復和合提婆達多惡心不捨以惡毒藥置指爪中欲因作禮以傷害佛方行此謀自遠而來至於此也地

遂坼焉生陷地獄其南復有大坑瞿伽梨苾芻毀謗如來生身陷入地獄瞿伽梨陷坑南八百餘步有大深坑是戰遮婆羅門女毀謗如來生身陷入地獄之處佛爲人天說諸法要有外道弟子遥見世尊大衆恭敬便自念曰要於今日辱喬答摩敗其善譽當今我師獨擅芳聲乃懷繫木盂至給孤獨園於大衆中揚聲唱曰此說法人與我私通腹中之子乃釋種也邪見者莫不信然貞固者知爲訕謗時天帝釋欲除疑故化爲白鼠齧斷盂繫繫斷之聲震動大衆凡諸見聞增深喜悅衆中一人起持木盂示彼女曰是汝兒耶是時也地自開坼全身墜陷入無間獄具受其殃凡此三坑洞無涯底秋夏霖雨溝池泛溢而此深坑嘗無水止伽藍東六七十步有一精舍高六十餘尺中有佛像東面而坐如來在昔於此與諸外道論義次東有天祠量等精舍日旦流光天祠之影不蔽精舍日將落照精舍之陰遂覆天祠

影覆精舍東三四里有窣堵波是尊者舍利子與外道論議處初善施長者買逝多太子園欲爲如來建立精舍時尊者舍利子隨長者而瞻揆外道六師求捔神力舍利子隨事攝化應物降伏其側精舍前建窣堵波如來於此摧諸外道又受毗舍佉母請

受請窣堵波南是毗盧擇迦王（舊曰毗流離王訛也）興甲兵誅釋種至此見佛歸兵之處毗盧擇迦王嗣位之後追怨前辱興甲兵動大衆部署已畢伸命方行時有苾芻聞已白佛世尊於是坐枯樹下毗盧擇迦王遥見世尊下乘禮

敬退立而言曰茂樹扶踈何故不坐枯株朽葉而乃遊止世尊告曰宗族者枝葉也枝葉將危庇蔭何在王曰世尊爲宗親耳可以迴駕於是覩聖感懷還軍返國

還軍之側有窣堵波是釋女被戮處毘盧擇迦王誅釋克勝簡五百女充實宮闈釋女憤恚怨言不遜詈其王家人之子也王聞發怒命令誅戮執法者奉王教刖其手足投諸坑穽時諸釋女含苦稱佛世尊聖鑒照其苦毒告命苾芻攝衣而往爲諸釋女說微妙法所謂羈纏五欲流轉三途恩愛別離生死長遠時諸釋女聞佛指誨遠塵離垢得法眼淨同時命終俱生天上時天帝釋化作婆羅門收骸火葬後人記焉

誅釋窣堵波側不遠有大涸池是毘盧擇迦王陷身入地獄處世尊觀釋女已還給孤獨園告諸苾芻今毘盧擇迦王却後七日爲火所燒王聞佛記甚懷惶懼至第七日安樂無危王用歡慶命諸宮女往至池側娛遊樂飲猶懼火起鼓棹清流隨波泛濫熾焰飆發焚輕舟墜王身入無間獄備受諸苦

伽藍西北三四里至得眼林有如來經行之迹諸聖習定之所並樹封記建窣堵波昔此國羣盜五百橫行邑里跋扈城國勝軍王捕獲已抉去其眼棄於深林羣盜苦逼求哀稱佛是時如來在逝多精舍聞悲聲起慈心清風和暢吹雪山藥滿其眼已尋得復明而見世尊在其前住發菩提心歡喜頂禮投杖而去因植根焉

大城西北六十餘里有故城是賢劫中人壽

二萬歲時迦葉波佛本生城也城南有窣堵波成正覺已初見父處城北有窣堵波有迦葉波佛全身舍利並無憂王所建也從此東南行五百餘里至劫比羅伐窣堵國（舊曰迦毘羅衞國訛也中印度境）

劫比羅伐窣堵國周四千餘里空城十數荒蕪已甚王城頹圮周量不詳其內宮城周十四五里壘甎而成基址峻固空荒久遠人里稀曠無大君長城各立主土地良沃稼穡時播氣序無愆風俗和暢伽藍故基千有餘所而宮城之側有一伽藍僧徒三千餘人習學小乘正量部教天祠兩所異道雜居

宮城內有故基淨飯王正殿也上建精舍中作王像其側不遠有故基摩訶摩耶（此言大術）夫人寢殿也上建精舍中作夫人之像其側精舍是釋迦菩薩降神母胎處中作菩薩降神之像上座部菩薩以嗢呾羅頞沙荼月三十日夜降神母胎當此五月十五日諸部則以此月二十三日夜降母胎當此五月八日菩薩降神東北有窣堵波阿私多仙相太子處菩薩誕靈之日嘉祥輻湊時淨飯王召諸相師而告之曰此子生也善惡何若宜悉乃心明言以對曰依先聖之記考吉祥之應在家作轉輪聖王捨家當成等正覺是時阿私多仙自遠而至叩門請見王甚慶悅躬迎禮敬請就寶座曰不意大仙今日降顧仙曰我在天宮安居宴坐忽見諸天羣從蹈舞我時問言何悅豫之甚也曰大仙當知贍部洲中釋種淨飯王第一夫人今產太子當證三菩提圓明一切智我聞是語故來瞻仰所悲朽耄

不遭聖化

城南門有窣堵波是太子與諸釋捔力擲象之處太子技藝多能獨拔倫匹淨飯大王懷慶將返僕夫馭象方欲出城提婆達多素負强力自外而入問馭者曰嚴駕此象其誰欲乘曰太子將還故往奉馭提婆達多發憤引象批其額蹴其臆僵仆塞路杜絶行途無能轉移人衆塡塞難陀後至而問之曰誰死此象曰提婆達多即曳之僻路太子至又問曰誰爲不善害此象耶曰提婆達多害以杜門難陀引之開徑太子乃舉象高擲越度城塹其象墮地爲大深坑士俗相傳爲象墮坑也其側精舍中作太子像其側又有精舍太子妃寢宫也中作耶輸陀羅并有羅怙羅像宫側精舍作受業之像太子學堂故基也

城東南隅有一精舍中作太子乘白馬陵虛之像是踰城處也城四門外各有精舍中作老病死人沙門之像是太子遊觀覩相增懷深猒塵俗於此感悟命僕迴駕

城南行五十餘里至故城有窣堵波是賢劫中人壽六萬歲時迦羅迦村䭾佛本生城也城南不遠有窣堵波成正覺已見父之處城東南窣堵波有彼如來遺身舍利前建石柱高三十餘尺上刻師子之像傍記寂滅之事無憂王建焉迦羅迦村䭾佛城東北行三十餘里至故大城中有窣堵波是賢劫中人壽四萬歲時迦諾迦牟尼佛本生城也東北不遠有窣堵波成正覺已度父之處次北有窣堵波有彼如來遺身舍利前建石柱高二十餘尺上刻師子之像傍記寂滅之事無憂王

之所建也

城東北四十餘里有窣堵波是太子坐樹陰觀耕田於此習定而得離欲淨飯王見太子坐樹陰入寂定日光迴照樹影不移心知靈聖更深珍敬

大城西北有數百千窣堵波釋種誅死處也毗盧擇迦王既克諸釋虜其族類得九千九百九十萬人並從殺戮積尸如莽流血成池天警人心收骸瘞葬

誅釋西南有四小窣堵波四釋種拒軍處初勝軍王嗣位也求婚釋種釋種鄙其非類謬以家人之子重禮娉焉勝軍王立為正后其產子男是為毗盧擇迦王毗盧擇迦欲就舅氏請益受業至此城南見新講堂即中憩駕諸釋聞之逐而罵曰卑賤婢子敢居此室此室諸釋建也擬佛居焉毗盧擇迦嗣位之後追復先辱便興甲兵至此屯軍釋種四人躬耕畎畝便即抗拒兵寇退散已而入城族人以為承輪王之祚胤為法王之宗子敢行凶暴安忍殺害汙辱宗門絕親遠放四人被逐北趣雪山一為烏仗那國王一為梵衍那國王一為呬摩呾羅國王一為商彌國王奕世傳業苗裔不絕

城南三四里尼拘律樹林有窣堵波無憂王建也釋迦如來成正覺已還國見父王為說法處淨飯王知如來降魔軍已遊行化導情懷渴仰思得禮敬乃命使請如來曰昔期成佛當還本生斯言在耳時來降趾使至佛所具宣王意如來告曰却後七日當還本生使臣還已白王淨飯王乃告命臣庶灑掃衢路

儲積華香與諸羣臣四十里外佇駕奉迎是時如來與大衆俱八金剛周衞四天王前導帝釋與欲界天侍左梵王與色界天侍右諸苾芻僧列在其後唯佛在衆如月映星威神動三界光明踰七曜步虛空至生國王與從臣禮敬已畢俱共還國止尼拘盧陀僧伽藍其側不遠有窣堵波是如來於大樹下東面而坐受姨母金縷袈裟次此窣堵波是如來於此度八王子及五百釋種

城東門內路左有窣堵波昔一切義成太子於此習諸技藝門外有自在天祠祠中有石天像危然起勢是太子在襁褓中所入祠也淨飯王自臘伐尼園迎太子還也途次天祠王曰此天祠多靈鑒諸釋童稚求祐必効宜將太子至彼修敬是時傅母抱而入祠其石天像起迎太子太子已出天像復坐

城南門外路左有窣堵波是太子與諸釋捔藝射鐵鼓從此東南三十餘里有小窣堵波其側有泉泉流澄鏡是太子與諸釋引強校能弦矢既分穿鼓過表至地沒羽因涌清流時俗相傳謂之箭泉夫有疾病飲沐多愈遠方之人持泥以歸隨其所苦漬以塗額靈神冥衞多蒙痊愈箭泉東北行八九十里至臘伐尼林有釋種浴池澄清皎鏡雜華彌漫其北二十四五步有無憂華樹今已枯悴菩薩誕靈之處菩薩以吠舍佉月後半八日當此三月八日上座部則曰以吠舍佉月後半十五日當此三月十五日次東窣堵波無憂王所建二龍浴太子處也菩薩生已不扶而行於四方各七步而自言曰天上天下唯我獨

尊令兹而往生分已盡隨足所蹈出大蓮華二龍涌出住虛空中而各吐水一冷一煖以浴太子

浴太子窣堵波東有二清泉傍建二窣堵波是二龍從地涌出之處菩薩生已支屬宗親莫不奔馳求水盥浴夫人之前二泉涌出一冷一煖遂以浴洗其南窣堵波是天帝釋捧接菩薩處菩薩初出胎也天帝釋以妙天衣跪接菩薩次有四窣堵波是四天王抱持菩薩處也菩薩從右脇生已四天王以金色氎衣捧菩薩置金机上至母前曰夫人誕斯福子誠可歡慶諸天尚喜況世人乎

四天王捧太子窣堵波側不遠有大石柱上作馬像無憂王之所建也後爲惡龍霹靂其柱中折仆地傍有小河東南流土俗號曰油河是摩耶夫人產孕已天化此池光潤澄淨欲令夫人取以沐浴除去風塵今變爲水其流尚膩從此東行曠野荒林中二百餘里至藍摩國中印度境

藍摩國空荒歲久疆埸無紀城邑丘墟居人稀曠故城東南有甎窣堵波高減百尺昔者如來入寂滅已此國先王分得舍利持歸本國式遵崇建靈異間起神光時燭

窣堵波側有一清池龍每出遊變形蛇服右旋宛轉繞窣堵波野象羣行採華以散冥力警察初無間替昔無憂王之分建窣堵波也七國所建咸已開發至於此國方欲興工而此池龍恐見陵奪乃變作婆羅門前叩象曰大王情流佛法廣樹福田敢請紆駕降臨我室王曰爾家安在爲近遠乎婆羅門曰我此

池之龍王也承大王欲建勝福敢來請謁王受其請遂入龍宮坐久之間龍進曰我惟惡業受此龍身供養舍利冀消罪咎願王躬往觀而禮敬無憂王見已懼然謂曰凡諸供養之具非人間所有也龍曰若然者願無廢毀無憂王自度力非其儔遂不開發出池之所今有封記

窣堵波側不遠有一伽藍僧衆尠矣清肅皎然而以沙彌總任衆務遠方僧至禮遇彌隆必留三日供養四事聞諸先志曰昔有苾芻同志相召自遠而至禮窣堵波見諸羣象相趨往來或以牙芟草或以鼻灑水各持異華共爲供養時衆見已悲歎感懷有一苾芻便捨具戒願留供養與衆辭曰我惟多福濫迹僧中歲月亟淹行業無紀此窣堵波有佛舍利聖德冥通羣象踐灑遺身此地甘與同羣得畢餘齡誠爲幸矣衆告之曰斯盛事也吾等垢重智不謀此隨時自愛無虧勝業亦既離羣重伸誠願歡然獨居有終焉之志於是葺茅爲宇引流成池採掇時華灑掃瑩飾綿歷歲序心事無怠隣國諸王聞而雅尚競捨財寶共建伽藍因而勸請屈知僧務自爾相踵不泯元功而以沙彌總知僧事沙彌伽藍東大林中行百餘里至大窣堵波無憂王之所建也是太子踰城至此解寶衣去瓔珞命僕還處太子夜半踰城遲明至此既允宿心乃形言曰是我出籠樊去羈鎖最後釋駕之處也於天冠中解末尼寶命僕夫曰汝持此寶還白父王今玆遠遁非苟違離欲斷無常絕諸有漏闡鐸迦（舊曰車匿訛也）曰詎有何心空駕

而返太子善言慰喻感悟而還
廻駕窣堵波東有贍部樹枝葉雖凋枯株尚在其傍復有小窣堵波太子以餘寶衣易鹿皮衣處太子旣斷髮易裳雖去瓔珞尚有天衣曰斯服太侈如何改易時淨居天化作獵人服鹿皮衣持弓負羽太子舉其衣而謂曰欲相貿易願見允從獵人曰善太子解其上服授與獵人獵人得已還復天身持所得衣陵虛而去
太子易衣側不遠有窣堵波無憂王之所建也是太子剃髮處太子從闡鐸迦取刀自斷其髮天帝釋接上天宮以爲供養時淨居天子化作剃髮人執持銛刀徐步而至太子謂曰能剃髮乎幸爲我淨之化人受命遂爲剃髮踰城出家時亦不定或云菩薩年十九或曰二十九以吠舍佉月後半八日踰城出家當此三月八日或云以吠舍佉月後半十五日當此三月十五日太子剃髮窣堵波東南曠野中行百八九十里至尼拘盧陀林有窣堵波高三十餘尺昔如來寂滅舍利已分諸婆羅門無所得獲於涅疊般那（此言焚燒舊云闍維訛也）地收餘灰炭持至本國建此靈基而修供養自茲已降奇迹相仍疾病之人祈請多愈
灰炭窣堵波側故伽藍中有過去四佛座及經行遺迹之所
故伽藍左右數百窣堵波其一大者無憂王所建也崇基雖陷高餘百尺自此東北大林中行其路艱險經途危阻山牛野象羣盜獵師伺求行旅爲害不絕出此林已至拘尸那揭羅國（中印度境）

拘尸那揭羅國城郭頹毀邑里蕭條故城甎基周十餘里居人稀曠閭巷荒蕪城内東北隅有窣堵波無憂王所建准陀舊曰純陀訛也之故宅也宅中有井將營獻供方乃鑿焉歲月雖淹水猶清美

城西北三四里渡阿恃多伐底河此言無勝此世共稱耳舊云阿利羅跋提河訛也舊言謂之尸賴拏伐底河譯曰有金河西岸不遠至娑羅林其樹類槲而皮青白葉甚光潤四樹特高如來寂滅之所也其大甎精舍中作如來涅槃之像北首而卧傍有窣堵波無憂王所建基雖傾陷尚高二百餘尺前建石柱以記如來寂滅之事雖有文記不書日月聞諸先記曰佛以生年八十吠舍佉月後半十五日入般涅槃當此三月十五日也說一切有部則佛以迦剌底迦月後半八日入般涅槃當此九月八日也自佛涅槃諸部異議或云千二百餘年或云千三百餘年或云千五百餘年或云已過九百未滿千年精舍側不遠有窣堵波是如來修菩薩行時爲羣雉王救火之處昔於此地有大茂林毛羣羽族巢居穴處驚風四起猛焰飈逸時有一雉有懷傷愍鼓濯清流飛空奮灑時天帝釋俯而告曰汝何守愚唐勞羽翮大火方起焚燎林野豈汝微軀所能撲滅雉曰說者爲誰曰我天帝釋耳雉曰今天帝釋有大福力無欲不遂救災拯難若指諸掌反詰無功其咎安在猛火方熾無得多言尋復奮飛往趣流水天帝遂以掬水泛灑其林火滅煙消生類全命故今謂之救火窣堵波也

雉救火側不遠有窣堵波是如來修菩薩行

時爲鹿殺生之處乃徃古昔此有大林火炎中野飛走窮窘前有駛流之阨後困猛火之難莫不沉溺喪棄身命其鹿惻隱身據横流穿皮斷骨自强拯溺蹇兎後至忍疲苦而濟之筋力旣竭溺水而死諸天收骸起窣堵波

鹿拯溺西不遠有窣堵波是蘇跋陀羅（此言善賢舊曰須跋陀羅訛也）入寂滅之處善賢者本梵志師也年百二十耆舊多智聞佛寂滅至雙樹間問阿難曰佛世尊將寂滅我懷疑滯願欲請問阿難曰佛將涅槃幸無擾也曰吾聞佛世難遇正法難聞我有深疑恐無所請善賢遂入先問佛言有諸別衆自稱爲師各有異法埀訓導俗喬答摩（舊曰瞿曇訛畧也）能盡知耶佛言吾悉深究乃爲演說善賢聞已心淨信解求入法中受具足戒如來告曰汝豈能耶外道異學修梵行者當試四歲觀其行察其性威儀寂靜辭語誠實則可於我法中淨修梵行在人行耳斯何難哉善賢曰世尊悲愍含濟無私四歲試學三業方順佛言我先已說在人行耳於是善賢出家即受具戒勤勵修習身心勇猛已而於法無疑自身作證夜分未久果證羅漢諸漏已盡梵行已立不忍見佛入大涅槃即於衆中入火界定現神通事而先寂滅是爲如來最後弟子乃先滅度即昔後度蹇兎是也善賢寂滅側有窣堵波是執金剛躃地之處大悲世尊隨機利見化功已畢入寂滅樂於雙樹間北首而卧執金剛神密迹力士見佛滅度悲慟唱言如來捨我入大涅槃無歸依無覆護毒箭深入愁火熾盛捨金剛杵悶絶躃地久而又起悲哀戀慕互相

謂曰生死大海誰作舟檝無明長夜誰爲燈炬金剛蹕地側有窣堵波是如來寂滅已七日供養之處如來之將寂滅也光明普照人天畢會莫不悲感更相謂曰大覺世尊今將寂滅衆生福盡世間無依如來右脇卧師子牀告諸大衆勿謂如來畢竟寂滅法身常住離諸變易當棄懈怠早求解脱諸苾芻等歔欷悲慟時阿泥㩳陀(舊曰阿那律訛也)告諸苾芻止止勿悲諸天譏怪時末羅衆供養已訖欲舉金棺詣涅疊般那所時阿泥㩳陀告言且止諸天欲留七日供養於是天衆持妙天華遊虛空讃聖德各竭誠心共興供養停棺側有窣堵波是摩訶摩耶夫人哭佛之處如來寂滅棺殮已畢時阿泥㩳陀上昇天宮告摩耶夫人曰大聖法王今已寂滅摩耶聞已悲哽悶絶與諸天衆至雙樹間見僧伽胝鉢及錫杖拊之號慟絶而復聲曰人天福盡世間眼滅今此諸物空無有主如來聖力金棺自開放光明合掌坐慰問慈母遠來下降諸行法爾願勿深悲阿難銜哀而請佛曰後世問我將何以對曰佛已涅槃慈母摩耶自天宮降至雙樹間如來爲諸不孝衆生從金棺起合掌說法

城北渡河三百餘步有窣堵波是如來焚身之處地今黄黑土雜灰炭至誠求請或得舍利如來寂滅人天悲感七寶爲棺千㲲纏身設香華建旛蓋末羅之衆奉輿發引前後導從北渡金河盛滿香油積多香木縱火以焚二㲲不燒一極襯身一最覆外爲諸衆生分散舍利唯有髮爪儼然無損焚身側有窣堵

波如來爲大迦葉波現雙足處如來金棺已下香木已積火燒不然衆咸驚駭阿泥律陀言待迦葉波耳時大迦葉波與五百弟子自出林來至拘尸城問阿難曰世尊之身可得見耶阿難曰千氎纏絡重棺周殮香木已積即事焚燒是時佛於棺内爲出雙足輪相之上見有異色問阿難曰何以有此曰佛初涅槃人天悲慟衆淚迸染致斯異色迦葉波作禮旋繞興讃香木自然大火熾盛故如來寂滅三從棺出初出臂問阿難治路次起坐爲母説法後見雙足示大迦葉波現足側有窣堵波無憂王所建也是八王分舍利處前建石柱刻記其事佛入涅槃後涅疊般那已諸八國王備四兵至遣直性婆羅門謂拘尸力士曰天人導師此國寂滅故自遠來請分舍利力士曰如來降尊即斯下土滅世間明導喪衆生慈父如來舍利自當供養徒疲道路終無得獲時諸大王遜辭以求既不相允重謂之曰禮請不從兵威非遠直性婆羅門揚言曰念哉大悲世尊忍修福善彌歷曠劫想所具聞今欲相陵此非宜也今舍利在此當均八分各得供養何至興兵諸力士依其言即時均量欲作八分帝釋謂諸王曰天當有分勿恃力競阿那婆答多龍王文隣龍王毉那鉢呾羅龍王復作是議無遺我曹若以力者衆非敵矣直性婆羅門曰勿諠諍也宜共分之即作三分一諸天二龍衆三留人間八國重分天龍人王莫不悲感分舍利窣堵波西南行二百餘里至大邑聚有婆羅門豪右巨富確乎不雜學究五明敬崇三寶接其居

側建立僧坊窮諸資用備盡珍飾或有衆僧往來中路慇懃請留罄心供養或止一宿乃至七日其後設賞迦王毀壞佛法衆僧絕侶歲月驟淹而婆羅門每懷悲惻經行之次見一沙門厖眉皓髮杖錫而來婆羅門馳往迎逆問所從至請入僧坊備諸供養旦以淳乳煑粥進焉沙門受已纔一嚌齒便即置鉢沉吟長息婆羅門侍食跪而問曰大德惠利隨緣幸見臨顧爲夕不安耶爲粥不味乎沙門愍然告曰吾悲衆生福祐漸薄斯言且置食已方說沙門食訖攝衣即去婆羅門曰向許有說今何無言沙門告曰吾非忘也談不容易事或致疑必欲得聞今當略說吾向所歎非薄汝粥自數百年不嘗此味昔如來在世我時預從在王舍城竹林精舍俯清流而滌器或以澡漱或以盥沐嗟乎今之純乳不及古之淡水此乃人天福減使之然也婆羅門曰然則大德乃親見佛耶沙門曰然汝豈不聞佛子羅怙羅者我身是也爲護正法未入寂滅說是語已忽然不見婆羅門遂以所宿之房塗香灑掃像設儀肅然其敬如在復大林中行五百餘里至婆羅痆斯國舊曰波羅奈國訛也中印度境

婆羅痆斯國周四千餘里國大都城西臨殑伽河長十八九里廣五六里閭閻櫛比居人殷盛家積巨萬室盈奇貨人性温恭俗重强學多信外道少敬佛法氣序和穀稼盛果木扶疎茂草藿靡伽藍三十餘所僧徒三千餘人並學小乘正量部法天祠百餘所外道萬餘人並多宗事大自在天或斷髮或椎髻露

形無服塗身以灰精勤苦行求出生死大城中天祠二十所層臺祠宇彫石文木茂林相蔭清流交帶鍮石天像量減百尺威嚴肅然懍懍如在

大城東北婆羅痆河西有窣堵波無憂王之所建也高百餘尺前建石柱碧鮮若鏡光潤凝流其中常現如來影像

婆羅痆河東北行十餘里至鹿野伽藍區界八分連垣周堵層軒重閣麗窮規矩僧徒一千五百人並學小乘正量部法大垣中有精舍高二百餘尺上以黃金隱起作菴沒羅果石爲基陛甎作層龕龕帀四周節級百數皆有隱起黃金佛像精舍之中有鍮石佛像量等如來身作轉法輪勢

精舍西南有石窣堵波無憂王建也基雖傾陷尚餘百尺前建石柱高七十餘尺石含玉潤鑒照映徹慇懃祈請影見衆像善惡之相時有見者是如來成正覺已初轉法輪處也其側不遠窣堵波是阿若憍陳如等見菩薩捨苦行遂不侍衛來至於此而自習定其傍窣堵波是五百獨覺同入涅槃處又三窣堵波過去三佛座及經行遺迹之所

三佛經行側有窣堵波是梅呾麗耶(此言慈即姓也舊曰彌勒訛也)菩薩受成佛記處昔者如來在王舍城鷲峰山告諸苾芻當來之世此贍部洲土地平正人壽八萬歲有婆羅門子慈氏者身眞金色光明照朗當捨家成正覺廣爲衆生三會說法其濟度者皆我遺法植福衆生也其於三寶深敬一心在家出家持戒犯戒皆蒙化導證果解脫三會說法之中度我遺法

之徒然後乃化同緣善友是時慈氏菩薩聞佛此說從座起白佛言願我作彼慈氏世尊如來告曰如汝所言當證此果如上所說皆汝教化之儀也

慈氏菩薩受記西有窣堵波是釋迦菩薩受記之處賢劫中人壽二萬歲迦葉波佛出現於世轉妙法輪開化含識授護明菩薩記曰是菩薩於當來世衆生壽命百歲之時當得成佛號釋迦牟尼釋迦菩薩受記南不遠有過去四佛經行遺迹長五十餘步高可七尺以青石積成上作如來經行之像像形傑異威儀肅然肉髻之上特出髾髮靈相無隱神鑒有徵於其垣內聖迹實多諸精舍窣堵波數百餘所略舉二三難用詳述

伽藍垣西有一清池周二百餘步如來嘗中盥浴次西大池周一百八十步如來嘗中浣衣凡器次北有池周百五十步如來嘗中滌此三池並有龍止其水既深其味又甘澄淨皎潔常無增減有人慢心濯此池者金毗羅獸多爲之害若深恭敬汲用無懼浣衣池側大方石上有如來袈裟之迹其文明徹煥如雕鏤諸淨信者每來供養外道凶人輕蹈此石池中龍王便興風雨

池側不遠有窣堵波是如來修菩薩行時爲六牙象王獵人剥其牙也詐服袈裟彎弧伺捕象王爲敬袈裟遂拔牙而授焉

拔牙側不遠有窣堵波是如來修菩薩行時愍世無禮示爲鳥身與彼獼猴白象於此相問誰先見是尼拘律樹各言事迹遂編長幼化漸遠近人知上下道俗歸依其側不遠大

林中有窣堵波是如來昔與提婆達多俱爲鹿王斷事之處昔於此處大林之中有兩羣鹿各五百餘時此國王畋遊原澤菩薩鹿王前請王曰大王校獵中原縱燎飛矢凡我徒屬命盡茲晨不日腐臭無所充膳願欲次差日輸一鹿王有割鮮之膳我延旦夕之命王善其言迴駕而返兩羣之鹿更次輸命提婆羣中有懷孕鹿次當就死白其王曰身雖應死子未次也鹿王怒曰誰不寶命雌鹿歎曰吾王不仁死無日矣乃告急菩薩鹿王鹿王曰悲哉慈母之心恩及未形吾今代汝遂至王門道路之人傳聲唱曰彼大鹿王今來入邑都人士庶莫不馳觀王之聞也以爲不誠門者白至王乃信然曰鹿王何遽來耶鹿曰有雌鹿當死胎子未產心不能忍敢以身代王聞歎曰我人身鹿也爾鹿身人也於是悉放諸鹿不復輸命即以其林爲諸鹿藪因而謂之施鹿林焉鹿野之號自此而興伽藍西南二三里有窣堵波高三百餘尺基址廣峙瑩飾奇珍既無層龕便置覆鉢雖建表柱而無輪鐸其側有小窣堵波是阿若憍陳如等五人棄制迎佛處也初薩婆曷剌他悉陀（此言一切義成舊曰悉達多訛略也）太子踰城之後棲山隱谷忘身殉法淨飯王乃命家族三人舅氏二人曰我子一切義成捨家修學孤遊山澤獨處林藪故命爾曹隨知所止內則叔父伯舅外則既君且臣凡厥動靜宜知進止五人銜命相望營衛因即勤求欲期出離每相謂曰夫修道者苦證耶樂證耶二人曰安樂爲道三人曰勤苦爲道二三交爭未有以明於是太子

思惟至理爲伏苦行外道節麻米以支身彼二人者見而言曰太子所行非眞實法夫道也者樂以證之今乃勤苦非吾徒也捨而遠遁思惟果證太子六年苦行未證菩提欲驗苦行非眞受乳糜而證果斯三人者聞而歎曰功垂成矣今其退矣六年苦行一旦捐功於是相從求訪二人旣相見已匡坐高論更相議曰昔見太子一切義成出王宮就荒谷去珍服披鹿皮精勤勵志貞節苦心求深妙法期無上果今乃受牧女乳糜敗道虧志吾知之矣無能爲也彼二人曰君何見之晚歟此猖獗人耳夫處乎深宮安乎尊勝不能靜志遠迹山林棄轉輪王位爲鄙賤人行何可念哉言增忉怛耳菩薩浴尼連河坐菩提樹成等正覺號天人師寂然宴默惟察應度曰彼鬱頭藍子者證非想定堪受妙法空中諸天尋聲報曰鬱頭藍子命終已來經今七日如來歎惜斯何不遇垂聞妙法遽從變化重更觀察營求世界有阿藍迦藍得無所有處定可授至理諸天又曰終已五日如來再歎愍其薄祐又更諦觀誰應受教唯施鹿林中有五人者可先誘導如來爾時起菩提樹趣鹿野園威儀寂靜神光晃曜毫含玉彩身眞金色安詳前進導彼五人斯五人遥見如來互相謂曰一切義成彼來者是歲月遽淹聖果不證心期已退故尋吾徒宜各默然勿起迎禮如來漸近威神動物五人忘制拜迎問訊侍從如儀如來漸誘示之妙理兩安居畢方獲果證

施鹿林東行二三里至窣堵波傍有涸池周

八十餘步一名救命又謂烈士聞諸先志曰數百年前有一隱士於此池側結廬屏迹博習技術究極神理能使瓦礫爲寶人畜易形但未能馭風雲陪仙駕閱圖考古更求仙術其方曰夫神仙者長生之術也將欲求學先定其志築建壇場周一丈餘命一烈士信勇昭著執長刀立壇隅屏息絶言自昏達旦求仙者中壇而坐手按長刀口誦神呪收視反聽遲明登仙所執銛刀變爲寶劍陵虚履空王諸仙侶執劍指麾所欲皆從無衰無老不病不死是人既得仙方行訪烈士營求曠歲未諧心願後於城中遇見一人悲號遂路隱士覩其相心甚慶悦即而慰問何至怨傷曰我以貧窶傭力自濟其主見知特深信用期滿五歲當酬重賞於是忍勤苦忘艱辛五年將周一旦違失既蒙笞辱又無所得以此爲心悲悼誰恤隱士命與同遊來至草廬以術力故化具肴饌已而令入池浴服以新衣又以五百金錢遺之曰盡當來求幸無外也自時厥後數加重賂潛行陰德感激其心烈士屢求效命以報知己隱士曰我求烈士彌歷歲時幸而會遇奇貌應圖非有他故願一夕不聲耳烈士曰死尚不辭豈徒屏息於是設壇場受仙法依方行事坐待日曛曛暮之後各司其務隱士誦神呪烈士按銛刀殆將曉矣忽發聲叫是時空中火下煙焰雲蒸隱士疾引此人入池避難已而問曰誡子無聲何以驚叫烈士曰受命後至夜分昏然若夢變異更起見昔事主躬來慰謝感荷厚恩忍不報語彼人震怒遂見殺害受中陰身顧屍歎

惜猶願歷世不言以報厚德遂見託生南印度大婆羅門家乃至受胎出胎備經苦阨荷恩荷德嘗不出聲洎乎受業冠婚喪親生子每念前恩忍而不語宗親戚屬咸見怪異年過六十有五我妻謂曰汝可言矣若不語者當殺汝子我時惟念已隔生世自顧衰老唯此稚子因止其妻令無殺害遂發此聲耳隱士曰我之過也此魔嬈耳烈士感恩悲事不成憤恚而死免火災難故曰救命感恩而死又謂烈士池

烈士池西有三獸窣堵波是如來修菩薩行時燒身之處劫初時於此林野有狐兔猨異類相悅時天帝釋欲驗修菩薩行者降靈應化爲一老夫謂三獸曰二三子善安隱乎無驚懼耶曰涉豐草遊茂林異類同歡既安且樂老夫曰聞二三子情厚意密忘其老弊故此遠尋今正飢乏何以饋食曰幸少留此我躬馳訪於是同心虛已分路營求狐沿水濵銜一鮮鯉猨於林樹採異華果俱來至止同進老夫唯兔空還遊躍左右老夫謂曰以吾觀之爾曹未如猨狐同志各能役心唯兔空還獨無相饋以此言之誠可知也兔聞譏議謂狐猨曰多聚樵蘇方有所作狐猨競馳銜草曳木既已蘊崇猛焰將熾兔曰仁者我身甲劣所求難遂敢以微躬充此一飡辭畢入火尋即致死是時老夫復帝釋身除燼收骸傷歎良久謂狐猨曰一何至此吾感其心不泯其迹寄之月輪傳乎後世故彼咸言月中之兔自斯而有後人於此建窣堵波從此順殑伽河流東行三百餘里至戰主國（中印度境）

戰主國周二千餘里都城臨殑伽河周十餘里居人豐樂邑里相隣土地膏腴稼穡時播氣序和暢風俗淳質人性獷烈邪正兼信伽藍十餘所僧徒減千人並皆遵習小乘教法天祠二十異道雜居矣大城西北伽藍中窣堵波無憂王之所建也印度記曰此中有如來舍利一升昔者世尊嘗於此處七日之中爲天人衆顯説妙法其側則有過去三佛座及經行遺迹之處隣此復有慈氏菩薩像形量雖小威神嶷然靈鑒潛通奇迹間起

大城東行二百餘里至阿避陁羯刺拏僧伽藍（此言穿耳）不周垣不廣彫飾甚工華池交影臺閣連甍僧徒肅穆衆儀庠序聞諸先志曰昔大雪山北覩貨邏國有樂學沙門二三同志禮誦餘閑每相謂曰妙理幽玄非言談所究聖迹昭著可足趾所尋冝詢莫逆親觀聖迹於是二三交友杖錫同遊既至印度寓諸伽藍輕其邊鄙莫之見舍外迫風露内累口腹顔色憔悴形容枯槁時此國王出遊近郊見諸客僧怪而問曰何方乞士何所因來耳既不穿衣又垢弊沙門對曰我覩貨邏國人也恭承遺教高蹈俗塵率其同好觀禮聖迹慨以薄福衆所同棄印度沙門莫顧羇旅欲還本土巡禮未周雖迫勤苦心遂後已王聞其説用增悲感即斯勝地建立伽藍白氎題書爲之制曰我惟尊居世上貴極人中斯皆三寶之靈祐也既爲人王受佛付囑凡厥染衣吾當惠濟建此伽藍式招羇旅自今已來諸穿耳僧我此伽藍不得止舍因其事迹故以名焉阿避陁羯刺拏伽藍東南行百餘里南

渡殑伽河至摩訶娑羅邑並婆羅門種不遵佛法然見沙門先訪學業知其强識方深禮敬殑伽河北有那邏延天祠重閣層臺奐其麗飾諸天之像鐫石而成工極人謀靈應難究那邏延天祠東行三十餘里有窣堵波無憂王之所建也太半陷地前建石柱高餘二丈上作師子之像刻記伏鬼之事昔於此處有曠野鬼恃大威力噉人血肉作害生靈肆極妖祟如來愍諸衆生不得其死以神通力誘化諸鬼導以歸依之敬齊以不殺之戒諸鬼承教奉以周旋於是舉石請佛安坐願聞正法克念護持自茲厥後無信之徒競共推移鬼置石座動以萬數莫之能轉茂林清池周基左右人至其側無不心懼

伏鬼側不遠有數伽藍雖多傾毀尚有僧徒並皆遵習大乘教法從此東南行百餘里至一窣堵波基已傾陷餘高數丈昔者如來寂滅之後八國大王分舍利也量舍利婆羅門蜜塗瓶內分授諸王而婆羅門持瓶以歸既得所黏舍利遂建窣堵波并瓶置內因以名焉後無憂王開取舍利瓶改建大窣堵波或至齋日時燭光明從此東北渡殑伽河行百四五十里至吠舍釐國舊曰毘舍離國訛也中印度境

大唐西域記卷第六

音釋

盥古玩切洗手也　俛匪父切與俯同低頭也　坼恥格切裂也　齧五結切咬也　捔古岳切較也　飆卑遥切旋風也　圯部鄙切毀也　耄莫報切九十日耄　僵仆僵居良切偃也仆芳遇切頓也　瘞於例切埋也　憩去例切息也　胤羊晉切嗣也　襁褓襁居兩切褓博抱切襁褓負兒衣也

芟所巖切除草也 槲胡木切木名也 厖莫江切長也 櫛比櫛側瑟切比毗至切櫛比相聯近也 靃靡靃息委切靃靡草木柔弱貌 龕口含切室也 髾所交切髮垂後也 鸞弧鸞鳥關切弧戶吳切鸞弧引弓也 衒命衒胡讒切奉命而行曰衒命 猖蹶猖尺良切狂也蹶古月切顛也 礫郎擊切小石也 激古歷切動蕩也 饋求位切進食也 膏腴膏古勞切腴羊朱切膏腴肥也 妖祟妖於喬切孽也祟雖遂切禍也 黏女廉切黏著也

大唐西域記卷第七 第八同卷

唐三藏法師玄奘奉詔譯

大總持寺沙門辯機撰

三國

吠舍釐國　　弗栗恃國

尼波羅國

吠舍釐國周五千餘里土地沃壤華果茂盛菴没羅果茂遮果既多且貴氣序和暢風俗淳質好福重學邪正雜信伽藍數百多已圮壞存者三五僧徒稀少天祠數十異道雜居露形之徒寔繁其黨吠舍釐城已甚傾頹其故基址周六七十里宮城周四五里少有居人宮城西北五六里至一伽藍僧徒寡少習學小乘正量部法傍有窣堵波是昔如來說毗摩羅詰經長者子寶積等獻寶蓋處其東有窣堵波舍利子等於此證無學之果舍利子證果東南有窣堵波是吠舍釐王之所建也佛涅槃後此國先王分得舍利式修崇建印度記曰此中舊有如來舍利一斛無憂王開取九斗唯留一斗後有國王復欲開取方事興工尋則地震遂不敢開其西北有窣堵波無憂王之所建也傍有石柱高五六十尺上作師子之像石柱南有池是羣獼猴爲佛穿也在昔如來曾住於此池西不遠有窣堵波諸獼猴持如來鉢上樹取蜜之處池南不遠有窣堵波是諸獼猴奉佛蜜處池西北隅猶有獼猴形像伽藍東北三四里有窣堵波是毗摩羅詰此言無垢稱舊曰淨名然淨則無垢名則是稱義雖取同名乃有異舊日維摩詰訛畧也故宅基址多有靈異去此不遠有一神舍其狀壘甎傳云積石即無垢

稱長者現疾說法之處去此不遠有窣堵波長者子寶積故宅也去此不遠有窣堵波是菴沒羅女故宅佛姨母等諸苾芻尼於此證入涅槃

伽藍北三四里有窣堵波是如來將往拘尸那國入般涅槃人與非人隨從世尊至此佇立次西北不遠有窣堵波是佛於此最後觀吠舍釐城其南不遠有精舍前建窣堵波是菴沒羅女園持以施佛菴沒羅園側有窣堵波是如來告涅槃處佛昔在此告阿難曰其得四神足者能住壽一劫如來今者當壽幾何如是再三阿難不對天魔迷惑故也阿難從坐而起林中宴默時魔來請佛曰如來在世教化已久蒙濟流轉數如塵沙寂滅之樂今其時矣世尊以少土置爪上而告魔曰地土多耶爪土多耶對曰地土多也佛言所度者如爪上土未度者如大地土却後三月吾當涅槃魔聞歡喜而退阿難林中忽感異夢來白佛言我在林間夢見大樹枝葉茂盛蔭影蒙密驚風忽起摧散無餘將非世尊欲入寂滅我心懷懼故來請問佛告阿難吾先告汝汝爲魔蔽不時請留魔王勸我早入涅槃已許之期斯夢是也

告涅槃期側不遠有窣堵波千子見父母處也昔有仙人隱居巖谷仲春之月鼓濯清流麀鹿隨飲感生女子姿貌過人唯脚似鹿仙人見已收而養焉其後命令求火至餘仙廬足所履地迹皆有蓮華彼仙見已深以奇之令其繞廬方乃得火鹿女依命得火而還時梵豫王畋遊見華尋迹以求悅其奇怪同載

而返相師占言當生千子餘婦聞之莫不圖計日月既滿生一蓮華華有千葉葉坐一子餘婦誣罔咸稱不祥投殑伽河隨波泛濫烏耆延王下流遊觀見黃雲蓋乘波而來取以開視乃有千子乳養成立有大力焉恃有千子拓境四方兵威乘勝將次此國時梵豫王聞之甚懷震懼兵力不敵計無所出矣是時鹿女心知其子乃謂王曰今寇戎臨境上下羅心賤妾愚衷能敗強敵王未之信也憂懼良深鹿女乃昇城樓以待寇至千子將兵圍城已而鹿女告曰莫爲逆事我是汝母汝是我子千子謂曰何言之謬鹿女手按兩乳流注千岐天性所感咸入其口於是解甲歸宗釋兵返族兩國交歡百姓安樂千子歸宗側不遠有窣堵波是如來經行舊迹指告衆曰昔吾於此歸宗見親欲知千子即賢劫中千佛是也述本生東有故基上建窣堵波光明時燭祈請或遂是如來說普門陀羅尼等經重閣講堂餘址也

講堂側不遠有窣堵波中有阿難半身舍利去此不遠有數百窣堵波欲定其數未有克知是千獨覺入寂滅處吠舍釐城內外周隍聖迹繁多難以具舉形勝故墟魚鱗間峙歲月驟改炎涼亟移林既摧殘池亦枯涸朽株餘迹其詳驗焉

大城西北行五六十里至大窣堵波栗呫婆子（舊曰離車子訛也）別如來處如來自吠舍釐城趣拘尸那國諸栗呫婆子聞佛將入寂滅相從號送世尊既見哀慕非言可喻即以神力化作大河崖岸深絶波流迅急諸栗呫婆悲慟

以止如來留鉢爲作追念

吠舍釐城西北減二百里有故城荒蕪歲久居人曠少中有窣堵波是佛在昔爲諸菩薩人天大衆引説本生修菩薩行曾於此城爲轉輪王號曰摩訶提婆（此言大天）有七寶應王四天下覩衰變之相體無常之理冥懷高蹈忘情大位捨國出家染衣修學

城東南行十四五里至大窣堵波是七百賢聖重結集處佛涅槃後百一十年吠舍釐城有諸苾芻遠離佛法謬行戒律時長老耶舍陀住憍薩羅國長老三菩伽住秣菟羅國長老釐波多住韓若國長老沙羅住吠舍釐國長老富闍蘇彌羅住娑羅梨弗國諸大羅漢心得自在持三藏得三明有大名稱衆所知識皆是尊者阿難弟子時耶舍陀遣使告諸賢聖皆可集吠舍釐城猶少一人未滿七百是時富闍蘇彌羅以天眼見諸大賢聖集議法事運神足至法會時三菩伽於大衆中右袒長跪揚言曰衆無譁欽哉念哉昔大聖法王善權寂滅歲月雖淹言教尚在吠舍釐城懈怠苾芻謬於戒律有十事出違十力教今諸賢者深明持犯俱承大德阿難指誨念報佛恩重宣聖旨時諸大衆莫不悲感即召集諸苾芻依毗奈耶訶責制止削除謬法宣明聖教

七百賢聖結集南行八九十里至濕吠多補羅僧伽藍層臺輪奐重閣翬飛僧衆清肅並學大乘其傍則有過去四佛座及經行遺迹之處其側窣堵波無憂王之所建也如來在昔南趣摩揭陀國北顧吠舍釐城中途止息

遺迹之處

濕吠多補羅伽藍東南行三十餘里殑伽河南北岸各有一窣堵波是尊者阿難陀分身與二國處阿難陀者如來之從父弟也多聞總持博物强識佛去世後繼大迦葉任持正法導進學人在摩揭陀國於林中經行見一沙彌諷誦佛經章句錯謬文字紛亂阿難聞已感慕增懷徐詣其所提撕指授沙彌笑曰大德耄矣所言謬矣我師高明春秋鼎盛親承示誨誠無所誤阿難默然退而歎曰我年雖邁爲諸衆生欲久住世任持正法然衆生垢重難以誨語久留無利可速滅度於是去摩揭陀國趣吠舍釐城渡殑伽河泛舟中流時摩揭陀王聞阿難去情深戀德即嚴戎駕疾馳追請數百千衆營軍南岸吠舍釐王聞阿難來悲喜盈心亦治軍旅奔馳迎候數百千衆屯集北岸兩軍相對旌旆翳日阿難恐鬭其兵更相殺害從舟中起上昇虛空示現神變即入寂滅化火焚骸骸又中析一墮南岸一墮北岸於是二王各得一分擧軍號慟俱還本國起窣堵波而修供養從此東北行五百餘里至弗栗恃國北人謂三伐恃國北印度境

弗栗恃國周四千餘里東西長南北狹土地膏腴華果茂盛氣序微寒人性躁急多敬外道少信佛法伽藍十餘所僧徒減千人大小二乘兼功通學天祠數十外道寔衆國大都城號占戍拏多已頹毁故宫城中尚有三千餘家若村若邑也大河東北有伽藍僧徒寡少學業清高從此西行依河之濱有窣堵波高餘三丈南帶長流大悲世尊度漁人處也

越在佛世五百漁人結儔附黨漁捕水族於此河流得一大魚有十八頭頭各兩眼諸漁人方欲害之如來在吠舍釐國天眼見興悲心乘其時而化導因其機而啓悟告諸大衆弗栗恃國有大魚我欲導之以悟諸漁人爾宜知時於是大衆圍繞神足陵虚至於河濱如常敷座遂告諸漁人爾勿殺魚以神通力開方便門威被大魚令知宿命能作人語貫解人情爾時如來知而故問汝在前身曾作何罪流轉惡趣受此弊身魚曰昔承福慶生自豪族大婆羅門劫比他者我身是也恃其族姓陵蔑人倫恃其博物鄙賤經法以輕慢心毀讟諸佛以醜惡語詈辱衆僧引類形比謂若駝驢象馬諸醜形對由此惡業受此弊身尚資宿善生遭佛世目覩聖化親承聖教因而懺謝悔先作業如來隨機攝化如應開導魚既聞法於是命終承茲福力上生天宮於是自觀其身何緣生此既知宿命念報佛恩與諸天衆肩隨戾止前禮既畢右繞退立以天寶香華持用供養世尊指告漁人爲說妙法於即感悟輸誠禮懺裂網焚舟歸眞受法既服染衣又聞至教皆出塵垢俱證聖果度漁人東北行百餘里故城西有窣堵波無憂王所建高百餘尺是佛在昔於此六月說法度諸天人此北百四五十步有小窣堵波如來昔於此處爲諸苾芻制戒次西不遠有如來髮爪窣堵波如來昔於此處近遠邑人相趨輻湊焚香散華燈炬不絶從此西北千四五百里踰山入谷至尼波羅國（中印度境）

尼波羅國周四千餘里在雪山中國大都城

周二十餘里山川連屬宜穀稼多華果出赤銅犛牛命命鳥貨用赤銅錢氣序寒冽風俗險詖人性剛獷信義輕薄無學藝有工巧形貌醜弊邪正兼信伽藍天祠接堵連隅僧徒二千餘人大小二乘兼攻綜習外道異學其數不詳王刹帝利栗呫婆種也志學清高純信佛法近代有王號鴦輸伐摩（此言光冑）碩學聰叡自製聲明論重學敬德遐邇著聞都城東南有小水池以人火投之水即焰起更投餘物亦變爲火從此復還吠舍釐國南渡殑伽河至摩揭陀國（舊曰摩伽陀又曰摩竭提皆訛也中印度境）

大唐西域記卷第七

大唐西域記卷第八

唐三藏法師玄奘奉　詔譯

大總持寺沙門辯機撰

一國

摩揭陀國上

摩揭陀國周五千餘里城少居人邑多編戶地沃壤滋稼穡有異稻種其粒麤大香味殊越光色特甚彼俗謂之供大人米土地墊濕邑居高原孟夏之後仲秋之前平居流水可以泛舟風俗淳質氣序温暑崇重志學尊敬佛法伽藍五十餘所僧徒萬有餘人並多宗習大乘法教天祠數十異道寔多

殑伽河南有故城周七十餘里荒蕪雖久基址尚在昔者人壽無量歲時號拘蘇摩補羅城(此言香華宮城)王宮多華故以名焉逮乎人壽數千歲更名波吒釐子城(舊曰巴連弗邑訛也)初有婆羅門高才博學門人數千傳以授業諸學徒相從遊觀有一書生徘徊悵望同儔謂曰夫何憂乎曰盛色方剛羈遊履影歲月已積藝業無成顧此爲言憂心彌劇於是學徒戲言之曰今將爲子求娉婚親乃假立二人爲男父母二人爲女父母遂坐波吒釐樹謂女壻樹也採時果酌清流陳婚姻之緒請好合之期時假女父攀華枝以授書生曰斯嘉偶也幸無辭焉書生之心欣然自得日暮言歸懷戀而止學徒曰前言戲耳幸可同歸林中猛獸恐相殘害書生遂留往來樹側景夕之後異光燭野管絃清雅帷帳陳列俄見老翁策杖來慰復有一嫗攜引少女並賓從盈路袨服奏樂翁乃指少女曰此君之弱室也酣歌樂

讖經七日焉學徒疑爲獸割往而求之乃見獨坐樹陰若對上客告與同歸辭不從命後自入城拜謁親故說其始末聞者驚駭與友諸人同往林中咸見華樹是一大第僮僕役使驅馳往來而彼老翁從容接對陳饌奏樂賓主禮備諸友還城具告遠近暮歲之後生一子男謂其妻曰吾今欲歸未忍離阻適復留止棲寄飄露其妻既聞具以白父翁謂書生曰人生行樂詎必故鄉今將築室宜無異志於是役使之徒功成不日香華舊城遷都此邑由彼子故神爲築城自爾之後國名波吒釐子城焉

王故宮北有石柱高數十尺是無憂王作地獄處釋迦如來涅槃之後第一百年有阿輸迦（此言無憂舊曰阿育王訛也）王者頻毗娑羅（此言影堅舊曰頻婆娑羅訛也）王之曾孫也自王舍城遷都波吒釐重築外郭周於故城年代浸遠唯餘故基伽藍天祠及窣堵波餘址數百存者二三唯故宮北臨殑伽河小城中有千餘家初無憂王嗣位之後舉措苛暴乃立地獄作害生靈周垣峻峙隅樓特起猛焰洪鑪銛鋒利刃備諸苦具擬像幽塗招募凶人立爲獄主初以國中犯法罪人不校輕重總入塗炭後以行經獄次擒以誅戮至者皆死遂緘口焉時有沙門初入法衆巡里乞食遇至獄門獄吏凶人擒欲殘害沙門惶怖請得禮懺俄見一人縛來入獄斬截手足磔裂形骸俯仰之間肢體糜散沙門見已深增悲悼成無常觀證無學果獄卒曰可以死矣沙門既證聖果心夷生死雖入鑊湯若在清池有大蓮華而爲之座獄

主驚駭馳使白王王遂躬觀深讃靈祐獄主曰大王當死王曰云何對曰王先垂命令監刑獄凡至獄垣皆從殺害不云王入而獨免死王曰法已一定理無再變我先垂令豈除汝身汝久濫生我之咎也即命獄卒投之洪鑪獄主既死王乃得出於是頽牆堙壍廢獄寛刑

地獄南不遠有窣堵波基址傾陷唯餘覆鉢之勢寶爲廁飾石作欄檻即八萬四千之一也無憂王以人功建於宮焉中有如來舍利一升靈鑒間起神光時燭無憂王廢獄之後遇近護大阿羅漢方便善誘隨機導化王謂羅漢曰幸以宿福位據人尊慨茲障累不遭佛化今者如來遺身舍利欲重修建諸窣堵波羅漢曰大王以福德力役使百靈以弘誓心匡護三寶是所願也今其時矣因爲廣說獻土之因如來懸記興建之功無憂王聞已慶悅召集鬼神而令之曰法王導利含靈有慶我資宿善尊極人中如來遺身重修供養今爾鬼神勠力同心境極贍部户滿拘胝以佛舍利起窣堵波心發於我功成於汝勝福之利非欲獨有宜各營構待後告命鬼神受旨在所興功功既成已咸來請命無憂王既開八國所建諸窣堵波分其舍利付鬼神已謂羅漢曰我心所欲諸處同時藏下舍利心雖此冀事未從欲羅漢白王命神鬼至所期日日有隱蔽其狀如手此時也宜下舍利王承此旨宣吉鬼神逮乎期日無憂王觀候光景日正中時羅漢以神通力伸手蔽日營建之所咸皆瞻仰同於此時功績咸畢

窣堵波側不遠精舍中有大石如來所履雙迹猶存其長尺有八寸廣餘六寸矣兩迹俱有輪相十指皆帶華文魚形映起光明時照昔者如來將取寂滅北趣拘尸那城南顧摩揭陀國蹈此石上告阿難曰吾今最後留此足迹將入寂滅顧摩揭陀也百歲之後有無憂王命世君臨建部此地匡護三寶役使百神及無憂王之嗣位也遷都築邑掩周迹石既近宮城恒親供養後諸國王競欲舉歸石雖不大衆莫能轉近者設賞迦王毀壞佛法遂即石所欲滅聖迹鑿已還平文彩如故於是捐棄殑伽河流尋復本處其側窣堵波即過去四佛座及經行遺迹之所佛迹精舍側不遠有大石柱高三十餘尺書記殘缺其大略曰無憂王信根貞固三以贍部洲施佛法僧三以諸珍寶重自酬贖其辭云云大略斯在故宮北有大石室外若崇山內廣數丈是無憂王爲出家弟役使神鬼之所建也初無憂王有同母弟名摩醯因陀羅（此言大帝）生自貴族服僭王制奢侈縱暴衆庶懷怨國輔老臣進諫王曰驕弟作威亦以太甚夫政平則國治人和則主安古之明訓由來久矣願存國典收付執法無憂王泣謂弟曰吾承基緒覆燾生靈況爾同胞豈忘惠愛不先匡導已陷刑法上懼先靈下迫衆議摩醯因陀羅稽首謝曰不自謹行敢干國憲願賜再生更寬七日於是置諸幽室嚴加守衛珍羞上饌進奉無虧守者唱曰已過一日餘有六日至第六日已既深憂懼更勵身心便獲果證昇虛空示神迹尋出塵俗遠棲巖谷無憂王躬往謂

曰昔拘國制欲致嚴刑豈意清昇取證聖果旣無滯累可以還國弟曰昔羈愛網心馳聲色今出危城志悅山谷願棄人間長從丘壑王曰欲靜心慮豈必幽巖吾從爾志當爲崇樹遂召命鬼神而告之曰吾於後日廣備珍羞爾曹相率來集我會各持大石自爲牀座諸神受命至期畢萃衆會旣已王告神曰石座縱橫宜自積聚因功不勞疊爲虛室諸神受命不日而成無憂王躬往迎請止此山廬

故宮北地獄南有大石槽是無憂王匠役神功作爲此器飯僧之時以儲食也

故宮西南有小石山周巖谷間數十石室無憂王爲近護等諸阿羅漢役使鬼神之所建立傍有故臺餘基積石池沼漣漪清瀾澄鑒隣國遠人謂之聖水若有飲濯罪垢消滅

山西南有五窣堵波崇基已陷餘址尚高遠而望之鬱若山阜面各數百步後人於上重更修建小窣堵波印度記曰昔無憂王建八萬四千窣堵波已尚餘五升舍利故別崇建五窣堵波製奇諸處靈異間起以表如來五分法身薄信之徒竊相評議云是昔者難陀王建此五藏以儲七寶其後有王不甚淳信聞先疑議肆其貪求興動軍師躬臨發掘地震山傾雲昏日翳窣堵波中大聲雷震士卒僵仆象馬驚奔自玆已降無敢覬覦或曰衆議雖多未爲確論循古所記信得其實

故城東南有屈吒阿濫摩（此言雞園）僧伽藍無憂王之所建焉無憂王初信佛法也式遵崇建修植善種召集千僧凡聖兩衆四事供養什物周給頹毀已久基址尚存伽藍側有大窣

堵波名阿摩落迦阿摩落迦者印度藥果之名也無憂王遘疾彌留知命不濟欲捨珍寶崇樹福田權臣執政誡勿從欲其後因食留阿摩落果玩之半爛握果長息問諸臣曰贍部洲主今是何人諸臣對曰唯獨大王王曰不然我今非主唯此半果而得自在嗟乎世間富貴危甚風燭位據區宇名高稱謂臨終匱乏見逼强臣天下非已半果斯在乃命侍臣而告之曰持此半果詣彼雞園施諸衆僧作如是說昔一贍部洲主今半阿摩落王稽首大德僧前願受最後之施凡諸所有皆已喪失唯斯半果得少自在哀愍貧乏增長福種僧中上座作如是言無憂大王宿期弘濟瘧疾在躬姦臣擅命積寶非已半果爲施承王來命普施衆僧即召典事羹中總煮收其果核起窣堵波既荷厚恩遂旌顧命阿摩落伽窣堵波西北故伽藍中有窣堵波謂建揵椎聲初此城內伽藍百數僧徒肅穆學業清高外道學人銷聲緘口其後僧徒相次殂落而諸後進莫繼前修外道師資傳訓成藝於是命儔召侶千計萬數來集僧坊揚言唱曰大擊揵椎招集學人羣愚同止謬有扣擊遂白王請校優劣外道諸師高才達學僧徒雖衆辭論庸淺外道曰我論勝自今已後諸僧伽藍不得擊揵椎以集衆也王允其請依先論制僧徒受耻忍詬而退十二年間不擊揵椎時南印度那伽閼剌樹那菩薩此言龍猛舊譯曰龍樹非也幼傳雅譽長擅高名捨離欲愛出家修學深究妙理位登初地有大弟子提婆者智慧明敏機神警悟白其師曰波吒釐城諸學

人等辭屈外道不擊揵椎日月驟移十二年矣敢欲摧邪見山然正法炬龍猛曰波吒釐城外道博學爾非其儔吾今行矣提婆曰欲摧腐草詎必傾山敢承指誨黜諸異學大師立外道義而我隨文破析詳其優劣然後圖行龍猛乃扶立外義提婆隨破其理七日之後龍猛失宗已而歎曰謬辭易失邪義難扶爾其行矣摧彼卑矣提婆菩薩夙擅高名波吒釐城外道聞之也即相召集馳白王曰大王昔紆聽覽制諸沙門不擊揵椎願垂告命令諸門候隣境異僧勿使入城恐相黨援輕改先制王允其言嚴加伺候提婆既至不得入城聞其制令便易衣服卷疊袈裟置草束中褰裳疾驅負戴而入既至城中棄草披衣至此伽藍欲求止息知人既寡莫有相舍遂宿揵椎臺上於晨朝時便大振擊衆聞伺察乃昨客遊苾芻諸僧伽藍傳聲響應王聞究問莫得其先至此伽藍咸推提婆提婆曰夫揵椎者擊以集衆有而不用懸之何爲王人報曰先時僧衆論議墮負制之不擊已十二年提婆曰有是乎吾於今日重聲法鼓使報王曰有異沙門欲雪前恥王乃召集學人而定制曰論失本宗殺身以謝於是外道競陳旗鼓諠談異義各曜辭鋒提婆菩薩既昇論座聽其先說隨義析破曾不浹辰摧諸異道國王大臣莫不慶悅建此靈基以旌至德

建擊揵椎窣堵波北有故基昔鬼辯婆羅門所居處也初此城中有婆羅門葺宇荒藪不交世路祠鬼求福魍魎相依高論劇談雅辭響應人或激難垂帷已對舊學高才無出其

右士庶翕然仰之猶聖有阿濕縛窶沙（此言馬鳴）菩薩者智周萬物道播三乘每謂人曰此婆羅門學不師受藝無稽古屏居幽寂獨擅高名將非神鬼相依妖魅所附何能若是者乎夫辯資鬼授言不對人辭說一聞莫能再述吾今往彼觀其舉措遂即其廬而謂之曰仰欽盛德爲日已久幸願褰帷敢伸宿志而婆羅門居然簡傲垂帷以對終不面談馬鳴心知鬼魅情甚自負辭畢而退謂諸人曰吾已知之摧彼必矣尋往白王唯願垂許與彼居士較論劇談王聞駭曰斯何人哉若不證三明具六通何能與彼論乎命駕躬臨詳鑒辯論是時馬鳴論三藏微言述五明大義妙辯縱橫高論清遠而婆羅門既述辭已馬鳴重曰失吾旨矣宜重述之時婆羅門黙然杜口馬鳴叱曰何不釋難所事鬼魅宜速授辭疾褰其帷視占其怪婆羅門惶遽而曰止止馬鳴退而言曰此子今晨聲聞失墜虛名非久斯之謂也王曰非夫盛德誰鑒左道知人之哲絕後光前國有常典宜旌茂實

城西南隅二百餘里有伽藍餘址其傍有窣堵波神光時燭靈瑞間發近遠衆庶莫不祈請是過去四佛座及經行遺迹之所

故伽藍西南行百餘里至鞮羅釋迦伽藍庭宇四院觀閣三層崇臺累仞重門洞啓頻毗娑羅王末孫之所建也旌召高才廣延俊德異域學人遠方髦彥同類相趨肩隨戾止僧徒千數並學大乘中門當塗有三精舍上置輪相鈴鐸虛懸下建層基軒檻周列戶牖棟梁壖垣階陛金銅隱起廁間莊嚴中精舍佛

立像高三丈左多羅菩薩像右觀自在菩薩像凡斯三像鍮石鑄成威神肅然冥鑒遠矣精舍中各有舍利一升靈光或照奇瑞間起鞮羅釋迦伽藍西南九十餘里至大山雲石幽蔚靈仙攸舍毒蛇暴龍窟穴其藪猛獸鷙鳥棲伏其林山頂有大磐石上建窣堵波其高十餘尺是佛入定處也昔者如來降神止此坐斯磐石入滅盡定時經宿焉諸天靈聖供養如來鼓天樂雨天華如來出定諸天感慕以寶金銀起窣堵波去聖逾邈寶變爲石自古迄今人未有至遙望高山乃見異類長蛇猛獸羣從右旋天仙靈聖肩隨讚禮

山東崗有窣堵波在昔如來佇觀摩揭陀國所履之處也山西北三十餘里山阿有伽藍負嶺崇基疏崖峙閣僧徒五十餘人並習大乘法教瞿那末底（此言德慧）菩薩伏外道之處初此山中有外道摩沓婆者祖僧佉之法而習道焉學窮內外言極空有名高前烈德重當時君王珍敬謂之國寶臣庶宗仰咸曰家師隣國學人承風仰德儔之先進誠博達也食邑二城環居封建時南印度德慧菩薩幼而敏達早擅清徽學通三藏理窮四諦聞摩沓婆論極幽微有懷挫銳命一門人裁書謂曰敬問摩沓婆善安樂也宜忘勞弊精習舊學三年之後摧汝嘉聲如是第二第三年中每發使報及將發迹重裁書曰年期已極學業何如吾今至矣汝宜知之摩沓婆甚懷惶懼誡諸門人及以邑戶自今之後不得居止沙門異道遞相宣告勿有犯違時德慧菩薩杖錫而來至摩沓婆邑邑人守約莫有相舍諸

婆羅門更詈之曰斷髮殊服何異人乎宜時速去勿此止也德慧菩薩欲摧異道冀宿其邑因以慈心卑辭謝曰爾曹世諦之淨行我又勝義諦之淨行淨行既同何爲見拒婆羅門因不與言但事驅逐逐出邑外入大林中林中猛獸羣行爲暴有淨信者恐爲獸害乃束蘊持杖謂菩薩曰南印度有德慧菩薩者遠傳聲聞欲來論義故此邑主懼墜嘉聲重垂嚴制勿止沙門恐爲物害故來相援行矣自安勿有他慮德慧曰良告淨信德慧者我是也淨信聞已更深恭敬謂德慧曰誠如所告宜可速行即出深林止息空澤淨信縱火持弓周旋左右夜分已盡謂德慧曰可以行矣恐人知聞來相圖害德慧謝曰不敢忘德於是遂行至王宮謂門者曰今有沙門自遠而至願王垂許與摩沓婆論王聞驚曰此妄人耳即命使臣往摩沓婆所宣王旨曰有異沙門來求談論今已瑩灑論場宣告遠近佇望來儀願垂降趾摩沓婆問王使曰豈非南印度德慧論師乎曰然摩沓婆聞心甚不悅事難辭免遂至論場國王大臣士庶豪族咸皆集會欲聽高談德慧先立宗義洎乎景落摩沓婆辭以年衰智昏捷對請歸靜思方酬來難每事言歸及旦昇座竟無異論至第六日歐血而死其將終也顧命妻曰爾有高才無忘所恥摩沓婆死匿不發喪更服鮮綺來至論會衆咸諠譁更相謂曰摩沓婆自負才高恥對德慧故遣婦來優劣明矣德慧菩薩謂其妻曰能制汝者我已制之摩沓婆妻知難而退王曰何言之密彼便默然德慧曰惜

哉摩沓婆死矣其妻欲來與我論耳王曰何以知之願垂指告德慧曰其妻之來也面有死喪之色言含哀怨之聲以故知之摩沓婆死矣能制汝者謂其夫也王命使往觀果如所議王乃謝曰佛法玄妙英賢繼軌無爲守道含識霑化依先國典褒德有常德慧曰苟以愚昧體道居貞存止足論齊物將弘汲引先摧傲慢方便攝化今其時矣唯願大王以摩沓婆邑戶子孫千代常充僧伽藍人則垂誡來葉流美無窮唯彼淨信見匡護者福延于世食用同僧以勸清信以褒厚德於是建此伽藍式旌勝迹初摩沓婆論敗之後十數淨行逃難隣國告諸外道耻辱之事招募英俊來雪前耻王既珍敬德慧躬往請曰今諸外道不自量力結黨連羣敢聲論鼓唯願大師摧諸異道德慧曰宜集論者於是外道學人欣然相慰我曹今日勝其必矣時諸外道闡揚義理德慧菩薩曰今諸外道逃難遠遊如王先制皆是賤人我今如何與彼對論德慧曰有負座竪素聞餘論頗閑微旨侍立於側聽諸高談德慧拊其座而言曰牀汝可論衆咸驚駭異其所命時負座竪便即發難深義泉涌清辯響應三復之後外道失宗重挫其鋭再折其翮自伏論已來爲伽藍邑户德慧伽藍西南二十餘里至孤山有伽藍曰尸羅跋陀羅（唐言戒賢）論師論義得勝捨邑建焉竦一危峯如窣堵波置佛舍利論師三摩呾吒國之王族婆羅門之種也少好學有風操遊諸印度詢求明哲至此國那爛陀僧伽藍遇護法菩薩聞法信悟請服染衣諮以究竟之

致問以解脫之路旣窮至理亦究微言名擅當時聲高異域南印度有外道探賾索隱窮幽洞微聞護法高名起我慢深嫉不阻山川擊鼓求論曰我南印度之人也承王國內有大論師我雖不敏願與詳議王曰有之誠如議也乃命使臣請護法曰南印度有外道不遠千里來求較論唯願降跡赴集論場護法聞已攝衣將往門人戒賢者後進之翹楚也前進請曰何遽行乎護法曰自慧日潛暉傳燈寂照外道蟻聚異學蜂飛故我今者將摧彼論戒賢曰恭聞餘論敢摧異道護法知其俊也因而允焉是時戒賢年甫三十衆輕其少恐難獨任護法知衆心之不平乃解之曰有貴高明無云齒歲以今觀之破彼必矣逮乎集論之日遠近相趨少長咸萃外道弘闡大猷盡其幽致戒賢循理責實深極幽玄外道辭窮蒙耻而退王用酬德封此邑城論師辤曰染衣之士事資知足清淨自守何以邑爲王曰法王晦迹智舟淪湑不有旌別無勵後學爲弘正法願垂哀納論師辤不獲已受此邑焉便建伽藍窮諸規矩捨其邑戶式修供養戒賢伽藍西南行四五十里渡尼連禪河至伽耶城城甚險固少居人唯婆羅門有千餘家本仙人之祚胤也王所不臣衆咸宗敬城北三十餘里有清泉印度相傳謂之聖水凡有飲濯罪垢消除

城西南五六里至伽耶山溪谷杳冥峰巖危險印度國俗稱曰靈山自昔君王馭宇承統化洽遠人德隆前代莫不登封而告成功山頂上有石窣堵波高百餘尺無憂王之所建

也靈鑒潛被神光時燭昔如來於此演說寶雲等經

伽耶山東南有窣堵波迦葉波本生邑也其南有二窣堵波則伽耶迦葉波捺地迦葉波（舊曰那提迦葉訛也洎諸迦葉例無波字略也）事火之處

伽耶迦葉波事火東渡大河至鉢羅笈菩提山（此言前正覺山如來將證正覺先登此山故云前正覺也）如來勤求六歲未成正覺後捨苦行示受乳糜行自東北遊目此山有懷幽寂欲證正覺自東北崗登以至頂地既震動山又傾搖山神惶懼告菩薩曰此山者非成正覺之福地也若止於此入金剛定地當震陷山亦傾覆菩薩下自西南止半崖中背巖面澗有大石室菩薩即之跏趺坐焉地又震動山復傾搖時淨居天空中唱曰此非如來成正覺處自此西南十四五里去苦行處不遠有畢鉢羅樹下有金剛座去來諸佛咸於此坐而成正覺願當就彼菩薩方起室中龍曰斯室清勝可以證聖唯願慈悲勿有遺棄菩薩既知非取證所爲遂龍意留影而去（影在昔日賢愚咸覩洎於今時或有得見也）諸天前導往菩提樹逮乎無憂王之興也菩薩登山上下之迹皆樹旌表建窣堵波度量雖殊靈應莫異或華雨空中或光照幽谷每歲罷安居日異方法俗登彼供養信宿乃還前正覺山西南行十四五里至菩提樹周垣壘甎崇峻險固東西長南北狹周五百餘步奇樹名華連陰接影細莎異草彌漫緣被正門東闢對尼連禪河南門接大華池西阨險固北門通大伽藍壖垣內地聖迹相隣或窣堵波或復精舍並贍部洲諸國君王大臣豪族欽

承遺教建以記焉

菩提樹垣正中有金剛座昔賢劫初成與大地俱起據三千大千世界之中下極金輪上侵地際金剛所成周百餘步賢劫千佛坐之而入金剛定故曰金剛座焉證聖道所亦曰道場大地震動獨無傾搖是故如來將證正覺也歷此四隅地皆傾動後至此處安靜不傾自入末劫正法浸微沙土彌覆無復得見佛涅槃後諸國君王傳聞佛說金剛座量遂以兩軀觀自在菩薩像南北標界東面而坐聞諸耆舊曰此菩薩像身沒不見佛法當盡今南隅菩薩沒過胷臆矣金剛座上菩提樹者即畢鉢羅之樹也昔佛在世高數百尺屢經殘伐猶高四五丈佛坐其下成等正覺因而謂之菩提樹焉莖榦黃白枝葉青翠冬夏不凋光鮮無變每至如來涅槃之日葉皆凋落頃之復故是日也諸國君王異方法俗數千萬衆不召而集香水香乳以溉以洗於是奏音樂列香華燭炬繼日競修供養如來寂滅之後無憂王之初嗣位也信受邪道毀佛遺迹興發兵徒躬臨剪伐根莖枝葉分寸斬截次西數十步而積聚焉令事火婆羅門燒以祠天煙焰未靜忽生兩樹猛火之中茂葉含翠因而謂之灰菩提樹無憂王覩異悔過以香乳溉餘根洎乎將旦樹生如本王見靈怪重深欣慶躬修供養樂以忘歸王妃素信外道密遣使人夜分之後重伐其樹無憂王旦將禮敬唯見蘖株深增悲慨至誠祈請香乳溉灌不日還生王深敬異疊石周垣其高十餘尺今猶見在近設賞迦王者信受外道

毁嫉佛法壞僧伽藍伐菩提樹掘至泉水不盡根柢乃縱火焚燒以甘蔗汁沃之欲其焦爛絶滅遺萌數月後摩揭陀國補剌拏伐摩王（此言滿胄）無憂王之末孫也聞而歎曰慧日已隱唯餘佛樹今復摧殘生靈何覩舉身投地哀感動物以數千牛搆乳而漑經夜樹生其高丈餘恐後剪伐周峙石垣高二丈四尺故今菩提樹隱於石壁上出二丈餘

菩提樹東有精舍高百六七十尺下基面廣二十餘步疊以青甎塗以石灰層龕皆有金像四壁鏤作奇製或連珠形或天仙像上置金銅阿摩落迦果（亦謂寶瓶又稱寶壺）東面接爲重閣簷宇特起三層榱柱棟梁戶扉寮牖金銀彫鏤以飾之珠玉廁錯以填之奥室邃宇洞戶三重外門左右各有龕室左則觀自在菩薩像右則慈氏菩薩像白銀鑄成高十餘尺精舍故地無憂王先建小精舍後有婆羅門更廣建焉初有婆羅門不信佛法事大自在天傳聞天神在雪山中遂與其弟往求願焉天曰凡諸願求有福方果非汝所祈非我能遂婆羅門曰修何福可以遂心天曰欲植善種求勝福田菩提樹者證佛果處也宜時速返往菩提樹建大精舍穿大水池興諸供養所願當遂婆羅門受天命發大信心相率而返兄建精舍弟鑿水池於是廣修供養勤求心願後皆果遂爲王大臣凡得祿賞皆入檀捨精舍既成招募工人欲圖如來初成佛像曠以歲月無人應召久之有婆羅門來告衆曰我善圖寫如來妙相衆曰今將造像夫何所須曰香泥耳宜置精舍之中并一燈照我入

已堅閉其戶六月後乃可開門時諸僧衆皆如其命尚餘四月未滿六月衆咸駭異開以觀之見精舍內佛像儼然結跏趺坐右足居上左手斂右手垂東面而坐肅然如在座高四尺二寸廣丈二尺五寸像高丈一尺五寸兩膝相去八尺八寸兩肩六尺二寸相好具足慈顏若眞唯右乳上塗瑩未周既不見人方驗神鑒衆咸悲歎慇懃請知有一沙門宿心淳質乃感夢見徃婆羅門而告曰我是慈氏菩薩恐工人之思不測聖容故我躬來圖寫佛像垂右手者昔如來之將證佛果天魔來嬈地神告至其一先出助佛降魔如來告曰汝勿憂怖吾以忍力降彼必矣魔王曰誰爲明證如來乃垂手指地言此有證是時第二地神涌出作證故今像手倣昔下垂衆知靈鑒莫不悲感於是乳上未周塡廁衆寶珠纓寶冠奇珍交飾設賞迦王伐菩提樹已欲毀此像既覩慈顏心不安忍迴駕將返命宰臣曰宜除此佛像置大自在天形宰臣受旨懼而歎曰毀佛像則歷劫招殃違王命乃喪身滅族進退若此何所宜行乃召信心以爲役使遂於像前橫壘甎壁心慙冥闇又置明燈甎壁之前畫自在天功成報命王聞心懼舉身生皰肌膚攫裂居未久之便喪沒矣宰臣馳返毀除障壁時經多日燈猶不滅像今尚在神功不虧既處奧室燈炬相繼欲覩慈顏莫由審察必於晨朝持大明鏡引光內照乃覩靈相夫有見者自增悲感如來以印度吠舍佉月後半八日成等正覺當此三月八日也上座部則吠舍佉月後半十五日成等

正覺當此三月十五日也是時如來年三十矣或曰年三十五矣

菩提樹北有佛經行之處如來成正覺已不起于座七日寂定其起也至菩提樹北七日經行東西往來行十餘步異華隨迹十有八文後人於此壘甎爲基高餘三尺聞諸先志曰此聖迹基表人命之脩短也先發誠願後乃度量隨壽脩短數有增減

經行基北道左磐石上大精舍中有佛像舉目上望昔者如來於此七日觀菩提樹目不覽捨爲報樹恩故此瞻望

菩提樹西不遠大精舍中有鍮石佛像飾以奇珍東面而立前有青石奇文異彩是昔如來初成正覺梵王起七寶堂帝釋建七寶座佛於其上七日思惟放異光明照菩提樹去聖悠遠寶變爲石

菩提樹南不遠有窣堵波高百餘尺無憂王之所建也菩薩既濯尼連河將趣菩提樹竊自惟念何以爲座尋自發明當須淨草天帝釋化其身爲刈草人荷而逐路菩薩謂曰所荷之草頗能惠耶化人聞命恭以草奉菩薩受已執而前進受草東北不遠有窣堵波是菩薩將證佛果青雀羣鹿呈祥之處印度休徵斯爲嘉應故淨居天隨順世間羣從飛繞効靈顯聖

菩提樹東大路左右各一窣堵波是魔王嬈菩薩處也菩薩將證佛果魔王勸受輪王策說不行殷憂而返魔王之女請往誘焉菩薩威神衰變治容扶羸策杖相攜而退

菩提樹西北精舍中有迦葉波佛像既稱靈

聖時燭光明聞諸先記曰若人至誠旋繞七周在所生處得宿命智

迦葉波佛精舍西北二軌室各有地神之像昔者如來將成正覺一報魔至一爲佛證後人念功圖形旌德

菩提樹垣西北不遠有窣堵波謂鬱金香高四十餘尺漕矩吒國商主之所建也昔漕矩吒國有大商主宗事天神祠求福利輕懱佛法不信因果其後將諸商侶貿遷有無汎舟南海遭風失路波濤飄浪時經三歲資粮罄竭糊口不充同舟之人朝不謀夕勠力同志念所事天心慮已勞冥功不濟俄見太山崇崖峻嶺兩日聯暉重明照朗時諸商侶更相慰曰我曹有福遇此大山宜於中止得自安樂商主曰非山也乃摩竭魚耳崇崖峻嶺鰭鬣也兩日聯暉眼光也言聲未靜舟帆飄湊於是商主告諸侶曰我聞觀自在菩薩於諸危厄能施安樂宜各至誠稱其名字遂即同聲歸命稱念崇山既隱兩日亦沒俄見沙門威儀庠序杖錫陵虚而來拯溺不踰時而至本國矣因即信心貞固求福不回建窣堵波式修供養以鬱金香泥而周塗上下既發信心率其同志躬禮聖迹觀菩提樹未暇言歸已淹晦朔商侶同遊更相謂曰山川悠間鄉國遼遠昔所建立窣堵波者我曹在此誰其灑掃言訖旋繞至此忽見有窣堵波駭其由致即前瞻察乃本國所建窣堵波也故今印度因以鬱金爲名菩提樹垣東南隅尼拘律樹側窣堵波傍有精舍中作佛坐像昔如來初證佛果大梵天王於此勸請轉妙法輪

菩提樹垣内四隅皆有一大窣堵波在昔如來受吉祥草已趣菩提樹先歷四隅大地震動至金剛座方得安靜樹垣之内聖迹鱗次差難遍舉

菩提樹垣外西南窣堵波奉乳糜二牧女故宅其側窣堵波牧女於此煑糜次此窣堵波如來受糜處也

菩提樹南門外有大池周七百餘步清瀾澄鏡龍魚潛宅婆羅門兄弟承大自在天命之所鑿也次南一池在昔如來初成正覺方欲浣濯天帝釋爲佛化成池西有大石佛浣衣已方欲曝曬天帝釋自大雪山持來也其側窣堵波如來於此納故衣次南林中窣堵波如來受貧老母施故衣處帝釋化池東林中有目支隣陀龍王池其水清黑其味甘美西岸有小精舍中作佛像昔如來初成正覺於此宴坐七日入定時此龍王警衛如來即以其身繞佛七帀化出多頭俯垂爲蓋故池東岸有其室焉目支隣陀龍池東林中精舍有佛羸瘦之像其側有經行之所長七十餘步南北各有畢鉢羅樹故今士俗諸有嬰疾香油塗像多蒙除差是菩薩修苦行處如來爲伏外道又受魔請於是苦行六年日食一麻一麥形容毀悴膚體羸瘠經行往來攀樹後起處

菩薩苦行畢鉢羅樹側有窣堵波是阿若憍陳如等五人住處初太子之捨家也彷徨山澤棲息林泉時淨飯王乃命五人隨瞻侍焉太子既修苦行憍陳如等亦即勤求

憍陳如等住處東南有窣堵波菩薩入尼連

禪那河沐浴之處河側不遠菩薩於此受食乳糜其側窣堵波一長者獻麨蜜處佛在樹下結跏趺坐寂然宴默受解脱樂過七日後方從定起時二商主行次林外而彼林神告商主曰釋種太子今在此中初證佛果心凝寂定四十九日未有所食隨有奉上獲大善利時二商主各持行資麨蜜奉上世尊納受長者獻麨側有窣堵波四天王奉鉢處商主既獻麨蜜世尊思以何器受之時四天王從四方來各持金鉢而以奉上世尊默然而不納受以爲出家不宜此器四天王捨金鉢奉銀鉢乃至頗胝瑠璃瑪瑙硨磲眞珠等鉢世尊如是皆不爲受四天王各還宫奉持石鉢紺青映徹重以進獻世尊斷彼此故而總受之次第重疊按爲一鉢故其外則有四際焉

四天王獻鉢側不遠有窣堵波如來爲母説法處也如來既成正覺稱天人師其母摩耶自天宫降於此處世尊隨機示教利喜其側涸池岸有窣堵波在昔如來現諸神變化有緣處現神變側有窣堵波如來度優婁頻螺迦葉波三兄弟及千門人處如來方垂善導隨應降伏時優婁頻螺迦葉波五百門人請受佛教迦葉波曰吾亦與爾俱返迷途於是相從來至佛所如來告曰棄鹿皮衣捨祭火具時諸梵志恭承聖教以其服用投尼連河㮇地迦葉波見諸祭器隨流漂泛與其門人候兄動靜既見改轍亦隨染衣伽耶迦葉波與二百門人聞其兄之捨法也亦至佛所願修梵行

度迦葉波兄弟西北窣堵波是如來伏迦葉

波所事火龍處如來將化其人先伏所宗乃止梵志火龍之室夜分已後龍吐煙焰佛既入定亦起火光其室洞然猛燄炎熾諸梵志師恐火害佛莫不奔赴悲號愍惜優樓頻螺迦葉波謂其徒曰以今觀之未必火也當是沙門伏火龍耳如來乃以火龍盛置鉢中清旦持示外道門人其側窣堵波五百獨覺同入涅槃處也

目支隣陀龍池南窣堵波迦葉波救如來溺水處也迦葉兄弟時推神道遠近仰德黎庶歸心世尊方導迷徒大權攝化興布密雲降注暴雨周佛所居令獨無水迦葉是時見此雲雨謂門人曰沙門住處將不漂溺泛舟來救乃見世尊履水如地蹈河中流水分沙現迦葉見已心伏而退

菩提樹垣東門外二三里有盲龍室此龍者殃累宿積報受生盲如來自前正覺山欲趣菩提樹途次室側龍眼忽明乃見菩薩將趣佛樹謂菩薩曰仁今不久當成正覺我眼盲冥于茲已久有佛興世我眼輒明賢劫之中過去三佛出興世時已得明視仁今至此我眼忽開以故知之當成佛矣

菩提樹垣東門側有窣堵波魔王怖菩薩之處初魔王知菩薩將成正覺也誘亂不遂憂惶無賴集諸神衆齊整魔軍治兵振旅將脅菩薩於是風雨飄注雷電晦冥縱火飛煙揚沙激石備矛盾之具極弦矢之用菩薩於是入大慈定凡厥兵仗變爲蓮華魔軍怖駭奔馳退散其側不遠有二窣堵波帝釋梵王之所建也

菩提樹北門外摩訶菩提僧伽藍其先僧伽羅國王之所建也庭宇六院觀閣三層周堵垣墻高三四丈極工人之妙窮丹青之飾至於佛像鑄以金銀凡厥莊嚴廁以珍寶諸窣堵波高廣妙飾中有如來舍利其骨舍利大如手指節光潤鮮白皎徹中外其肉舍利如大眞珠色帶紅縹每歲至如來大神變月滿之日出示衆人（即印度十二月三十日當此正月十五日也）此時也或放光或雨華僧徒減千人習學大乘上座部法律儀清肅戒行貞明昔者南海僧伽羅國其王淳信佛法發自天然有族弟出家想佛聖迹遠遊印度寓諸伽藍咸輕邊鄙於是返迹本國王躬遠迎沙門悲哽若不能言王曰將何所負若此殷憂沙門曰我憑恃國威遊方問道羇旅異域載罹寒暑動遭陵辱語見譏誚負斯憂耻詎得歡心王曰若是者何謂也曰誠顧大王福田爲意於諸印度建立伽藍既旌聖迹又擅高名福資先王恩及後嗣曰斯事甚美聞之何晚於是以國中重寶獻印度王王既納貢義存懷遠謂使臣曰我今將何持報來命使臣曰僧伽羅王稽首印度大吉祥王大王威德遠振惠澤遐被下土沙門欽風慕化敢遊上國展敬聖迹寓諸伽藍莫之見館艱辛已極蒙耻而歸竊圖遠謀貽範來葉於諸印度建一伽藍使客遊乞士息肩有所兩國交歡行人無替王曰如來潛化遺風斯在聖迹之所任取一焉使者奉辭報命群臣拜賀遂乃集諸沙門評議建立沙門曰菩提樹者去來諸佛咸此證聖考之異議無出此謀於是捨國珍寶建此伽藍以

其國僧而修供養乃刻銅爲記曰夫周給無私諸佛至教惠濟有緣先聖明訓今我小子丕承王業式建伽藍用旌聖迹福資祖考惠被黎元唯我國僧而得自在及有國人亦同僧例傳之後嗣永永無窮故此伽藍多執師子國僧也菩提樹南十餘里聖迹相隣難以備舉每歲苾芻解雨安居四方法俗百千萬衆七日七夜持香華鼓音樂遍遊林中禮拜供養印度僧徒依佛聖教皆以室羅伐拏月前半一日入雨安居當此五月十六日以額濕縛庾闍月後半十五日解雨安居當此八月十五日印度月名依星而建古今不易諸部無差良以方言未融傳譯有謬分時計月致斯乖異故以四月十六日入安居七月十五日解安居也

大唐西域記卷第八

音釋

秫菟 秫莫葛切菟同都切 鼎 都挺切方也 輻湊 輻方六切車輻也湊千候切聚也 犛 莫交切長髦牛也 嫗 威遇切老婦之稱 儐 必刃切導也 峻峙 峻私閏切高也峙丈里切山立貌 磔 陟革切張伸也 堙塹 堙伊真切塞也塹七艷切坑也 漣漪 漣力纏切漪於宜切漣漪風動水文也 黜 丑律切斥也 鷙 之利切鵰屬 漬 鋤陌切幽深也 蘖 魚列切斫木餘也 攫 居縛切爪持也 鰭鬣 鰭渠伊切魚脊上骨也鬣力涉切魚龍領旁小鰭也 曝曬 曝步木切曬所賣切曝曬並日乾也 愶 迮業切以威力相恐也

大唐西域記卷第九

唐三藏法師玄奘奉詔譯
大總持寺沙門辯機撰

一國

摩揭陀國下

菩提樹東渡尼連禪那河大林中有窣堵波其北有池香象侍母處也如來在昔修菩薩行爲香象子居北山中遊此池側其母盲也採藕根汲清水恭行孝養與時推移屬有一人遊林迷路彷徨往來悲號慟哭象子聞而愍焉導之以示歸路是人既還遂白王曰我知香象遊舍林藪此奇貨也可往捕之王納其言興兵往捕是人前導指象示王即時兩臂墮落若有斬截者其王雖驚此異仍縛象子以歸象子既已維縶多時而不食水草典廄者聞王王遂親問之象子曰我母盲冥累日飢餓今見幽厄詎能甘食王愍其情志故遂放之其側窣堵波前建石柱是昔迦葉波佛於此宴坐其側有過去四佛座及經行遺迹之所四佛座東渡莫訶河至大林中有石柱是外道入定及發惡願處昔有外道鬱頭藍子者志逸煙霞身遺草澤於此法林棲神匿迹既具五神通得第一有定摩揭陀王特深宗敬每至中時請就宫食鬱頭藍子陵虚履空往來無替摩揭陀王候時瞻望亦既至已捧接置座王將出遊欲委留事簡擢中宫無堪承命有少息女淑慎令儀既親且賢無出其右摩揭陀王召而命曰吾方遠遊將有所委爾宜悉心愼終其事役鬱頭藍仙宿所宗敬時至來飯如我所奉勑誡既已便即巡

覽少女承旨瞻候如儀大仙至已捧而置座欝頭藍子既觸女人起欲界染退失神通飯訖言歸不得虛遊中心愧耻詭謂女曰吾比修道業入定怡神陵虛往來略無暇景國人願覩聞之久矣然先達垂訓利物爲務豈守獨善忘其兼濟今欲從門而出履地而往使夫覩見之徒咸蒙福利王女聞已宣告遠近是時人以心競灑掃衢路百千萬衆佇望來儀欝頭藍子步自王宮至彼法林宴坐入定心馳外境棲林則鳥鳥嚶囀臨池乃魚鼈諠聲情散心亂失神廢定乃生忿恚即發惡願願我當來爲暴惡獸狸身鳥翼搏食生類身廣三千里兩翅各廣千五百里投林噉諸羽族入流食彼水生發願既已忿心漸息勤求頃之復得本定不久命終生第一有天壽八萬劫如來記之天壽畢已當果昔願得此弊身從是流轉惡道未期出離

莫訶河東入大林野行百餘里至屈屈吒播陀山（此言雞足）亦謂窶盧播陀山（此言尊足）高巒峭嶮極深壑洞無涯山麓谿澗喬林羅谷崗岑嶺嶂繁草被巖峻起三峯傍挺絕崿氣將天接形與雲同其後尊者大迦葉波居中寂滅不敢指言故云尊足摩訶迦葉波者聲聞弟子也得六神通具八解脫如來化緣斯畢垂將涅槃告迦葉波曰我於曠劫勤修苦行爲諸衆生求無上法昔所願期今已果滿我今將欲入大涅槃以諸法藏囑累於汝住持宣布勿有失墜姨母所獻金縷袈裟慈氏成佛留以傳付我遺法中諸修行者若苾芻苾芻尼鄔波索迦（此言近事男舊曰伊蒲塞又曰優婆塞皆訛也）鄔波斯迦

（此言近事女舊曰優婆斯又曰優婆夷皆訛也）皆先濟渡令離流轉迦葉承旨任持正法結集既已至第二十年厭世無常將入寂滅乃往鷄足山山陰而上屈盤取路至西南岡山峰險阻崖徑盤薄乃以錫杖扣剖之如割山徑既開逐路而進盤紆曲折迴互斜通至于山頂東北面出既入三峯之中捧佛袈裟而立以願力故三峰斂覆故今此山三脊隆起當來慈氏世尊之興世也三會說法之後餘有無量憍慢衆生將登此山至迦葉所慈氏彈指山峰自開彼諸衆生既見迦葉更增憍慢時大迦葉授衣致辭禮敬已畢身昇虛空示諸神變化火焚身遂入寂滅時衆瞻仰憍慢心除因而感悟皆證聖果故今山上建窣堵波靜夜遠望或見明炬及有登山遂無所覩

鷄足山東北行百餘里至佛陀伐那山峯崖崇峻巘崿嶾嶙巖間石室佛嘗降止傍有磐石帝釋梵王磨牛頭栴檀塗飾如來今其石上餘香郁烈五百羅漢潛靈於此諸有感遇或得覩見時作沙彌之形入里乞食或隱或顯靈奇之迹差難以述佛陀伐那山空谷中東行三十餘里至洩瑟知林（此言杖林）林竹脩勁被山滿谷其先有婆羅門聞釋迦佛身長丈六常懷疑惑未之信也乃以丈六竹杖欲量佛身恒於杖端出過丈六如是增高莫能窮實遂投杖而去因植根焉中有大窣堵波無憂王之所建也如來在昔於此七日爲諸天人現大神通說深妙法杖林中近有鄔波索迦闍耶犀那者（此言勝軍）西印度刹帝利種也志尚夷簡情悅山林迹居幻境心遊真際內外

典籍窮究幽微辭論清高儀範閑雅諸沙門婆羅門外道異學國王大臣長者豪右相趨通謁伏膺請益受業門人十室而六年漸七十躭讀不倦餘藝捐廢唯習佛經策勵身心不捨晝夜印度之法香末爲埿作小窣堵波高五六寸書寫經文以置其中謂之法舍利也數漸盈積建大窣堵波總聚於內常修供養故勝軍之爲業也口則宣說妙法導誘學人手乃作窣堵波式崇勝福夜又經行禮誦宴坐思惟寢食不遑晝夜無怠年百歲矣志業不衰三十年間凡作七拘胝（此言億）法舍利窣堵波每滿一拘胝建大窣堵波而總置中盛修供養請諸僧衆法會稱慶其時神光燭曜靈異昭彰自茲厥後時放光明

杖林西南十餘里大山陽有二温泉其水甚熱在昔如來化出此水於中浴焉今者尚存清流無減遠近之人皆來就浴沉痾宿疹多有除差其傍則有窣堵波如來經行之處也

杖林東南行六七里至大山橫嶺之前有石窣堵波昔如來兩三月爲諸人天於此說法時頻毗娑羅王欲來聽法乃疏山積石壘階以進廣二十餘步長三四里

大山北三四里有孤山昔廣博仙人棲隱於此鑿崖爲室餘址尚存傳教門人遺風猶扇

孤山東北四五里有小孤山山壁石室廣袤可坐千餘人矣如來在昔於此三月說法石室上有大磐石帝釋梵王磨牛頭栴檀塗飾佛身石上餘香于今郁烈

石室西南隅有巖岫印度謂之阿素洛（舊曰阿脩羅又曰阿須倫又曰阿蘇羅皆訛也）宮也往有好事者深閑呪

術顧儔命侶十有四人約契同志入此巖岫行三四十里廓然大明乃見城邑臺觀皆是金銀瑠璃是人至已有諸少女佇立門側歡喜迎接甚加禮遇於是漸進至内城門有二婢使各捧金盤盛滿華香而來迎候謂諸人曰宜就池浴塗冠香華已而後入斯爲美矣唯彼術士宜時速進餘十三人遂即沐浴旣入池已怳若有忘乃坐稻田中去此之北平川中已三四十里矣

石室側有棧道廣十餘步長四五里昔頻毗娑羅王將往佛所乃斬石通谷疏崖導川或壘石或鑿巖作爲階級以至佛所從此大山中東行六十餘里至矩奢揭羅補羅城（此言上茅宮城）上茅宮城摩揭陀國之正中古先君王之所都多出勝上吉祥香茅以故謂之上茅城也崇山四周以爲外郭西通峽徑北闢山門東西長南北狹周一百五十餘里内城餘址周三十餘里羯尼迦樹遍諸蹊徑華含殊馥色爛黄金暮春之月林皆金色

宫城北門外有窣堵波是提婆達多與未生怨王共爲親友乃放護財醉象欲害如來如來指端出五師子醉象於此馴伏而前

伏醉象東北有窣堵波是舍利子聞阿濕婆恃苾芻（此言馬勝）說法證果之處初舍利子在家也高才雅量見重當時門生學徒傳以受業此時將入王舍大城馬勝苾芻亦方乞食時舍利子遥見馬勝謂門生曰彼來者甚庠序不證聖果豈斯調寂宜少佇待觀其進趣馬勝苾芻已證羅漢心得自在容止和雅振錫來儀舍利子曰長老善安樂耶師何人證何

法若此之悅豫乎馬勝謂曰爾不知耶淨飯王太子捨轉輪王位悲愍六趣苦行六年證三菩提具一切智是吾師也夫法者非有非空難用詮叙唯佛與佛乃能究述豈伊愚昧所能詳議因爲頌說稱讚佛法舍利子聞已便獲果證

舍利子證果北不遠有大深坑傍建窣堵波是室利毱多（此言勝密）以火坑毒飯欲害佛處勝密者崇信外道深著邪見諸梵志曰喬荅摩國人尊敬遂令我徒無所恃賴汝今可請至家飯會門穿大坑滿中縱火栈以朽木覆以燥土凡諸飯食皆雜毒藥若免火坑當遭毒食勝密承命便設毒會城中之人皆知勝密於世尊所起惡害心咸皆勸請願佛勿往世尊告曰無得懷憂如來之身物莫能害於是受請而往足履門閫火坑成池清瀾澄鑒蓮華彌漫勝密見已憂惶無措謂其徒曰以術免火尚有毒食世尊飯食已訖爲說妙法勝密聞已謝咎歸依

勝密火坑東北山城之曲有窣堵波是時縛迦大醫（舊曰耆婆訛也）於此爲佛建說法堂周其壖垣種植華果餘址蘖株尚有遺迹如來在世多於中止其傍復有縛迦故宅餘基舊井墟坎猶存宮城東北行十四五里至姞栗陀羅矩吒山（此言鷲峯亦謂鷲臺舊曰耆闍崛山訛也）接北山之陽孤標特起既棲鷲鳥又類高臺空翠相映濃淡分色如來御世垂五十年多居此山廣說妙法頻毗娑羅王爲聞法故興發人徒自山麓至峯岑跨谷陵巖編石爲階廣十餘步長五六里中路有二小窣堵波一謂下乘即王至

此徒行以進一謂退凡即簡凡夫不令同往其山頂則東西長南北狹臨崖西埵有甎精舍高廣奇製東闢其戶如來在昔多居說法今作說法之像量等如來之身
精舍東有長石如來經行所履也傍有大石高丈四五尺周三十餘步是提婆達多遥擲擊佛處也其南崖下有窣堵波在昔如來於此說法華經精舍南山崖側有大石室如來在昔於此入定
佛石室西北石室前有大盤石阿難爲魔怖處也尊者阿難於此入定魔王化作鷲鳥於黑月夜分據其大石奮翼驚鳴以怖尊者尊者是時驚懼無措如來鑒見申手安慰通過石壁摩阿難頂以大慈言而告之曰魔所變化宜無怖懼阿難蒙慰身心安樂石上鳥迹崖中通穴歲月雖久于今尚存精舍側有數石室舍利子等諸大羅漢於此入定舍利子石室前有一大井枯涸無水墟坎猶存精舍東北石澗中有大盤石是如來曬袈裟之處衣文明徹皎如彫刻其傍石上有佛脚迹輪文雖暗規模可察北山頂有窣堵波是如來望摩揭陁城於此七日說法山城北門西有毗布羅山聞之土俗曰山西南崖陰昔有五百溫泉今者數十而已然猶有冷有煖未盡溫也其泉源發雪山之南無熱惱池潛流至此水甚清美味同本池流經五百枝小熱地獄火勢上炎致斯溫熱泉流之口並皆彫石或作師子白象之首或作石筩懸流之道下乃編石爲池諸方異域咸來此浴浴者宿疹多差溫泉左右諸窣堵波及精舍基址鱗次

並是過去四佛座及經行遺迹之所此處既山水相帶仁智攸居隱淪之士蓋亦多矣温泉西有卑鉢羅石室世尊在昔恒居其中後壁洞穴是阿素洛宫也習定苾芻多居此室時出怪異龍蛇師子之形見之者心發狂亂然斯勝地靈聖所止躡迹欽風忘其災禍近有苾芻戒行貞潔心樂幽寂欲於此室匿迹習定或有諫曰勿往彼也彼多災異爲害不少既難取定亦恐喪身宜鑒前事勿貽後悔苾芻曰不然我方志求佛果摧伏天魔若此之害夫何足言便即振錫而往室焉於是設壇場誦禁呪旬日之後穴出少女謂苾芻曰尊者染衣守戒爲含識歸依修慧習定作生靈善導而今居此驚懼我曹如來之教豈若是耶苾芻曰我守淨戒遵聖教也匿迹山谷遠諠雜也忽此見譏其咎安在對曰尊者誦呪聲發火從外入燒我居室苦我枝屬唯願悲愍勿復誦呪苾芻曰誦呪護身非欲害物往者行人居此習定期於聖果以濟幽塗覩怪驚懼喪棄身命汝之辜也其何辭乎對曰罪障既重智慧斯淺自今已來屏居守分亦願尊者勿誦神呪苾芻於是修定如初安靜無害

毗布羅山上有窣堵波昔者如來說法之處今有露形外道多依此住修習苦行夙夜匪懈自旦至昏旋轉觀察

山城北門左南崖陰東行二三里至大石室昔提婆達多於此入定

石室東不遠盤石上有斑采狀血染傍建窣堵波是習定苾芻自害證果之處昔有苾芻

勤勵心身屏居修定歲月逾遠不證聖果退而自咎竊復歎曰無學之果終不時證有累之身徒生何益便就此石自刺其頸是時即證阿羅漢果上昇虛空示現神變化火焚身而入寂滅美其雅操建以記功

苾芻證果東石崖上有石窣堵波習定苾芻投崖證果之處昔在佛世有一苾芻宴坐山林修證果定精勤已久不得果證晝夜繼念無忘靜定如來知其根機將發也遂往彼而成之自竹林園至山崖下彈指而召佇立以待時此苾芻遙覩聖衆身意勇悅投崖而下猶其淨心敬信佛語未至于地已獲果證世尊告曰宜知是時即昇虛空示現神變用彰淨信故斯封記

山城北門行一里餘至迦蘭陀竹園今有精舍石基甎室東開其戶如來在世多居此中説法開化導凡拯俗今作如來之像量等如來之身初此城中有大長者迦蘭陀時稱豪貴以大竹園施諸外道及見如來聞法淨信追惜竹園居彼異衆今天人師無以館舍時諸神鬼感其誠心斥逐外道而告之曰長者迦蘭陀當以竹園起佛精舍汝宜速去得免危厄外道憤恚含怒而去長者於此建立精舍功成事畢躬往請佛如來是時遂受其施

迦蘭陀竹園東有窣堵波阿闍多設咄路王（此言未生怨舊曰阿闍世訛畧也）之所建也如來涅槃之後諸王共分舍利未生怨王得以持歸式遵崇建而修供養無憂王之發信心也開取舍利建窣堵波尚有遺餘時燭光景

未生怨王窣堵波側窣堵波有尊者阿難半

身舍利昔尊者將寂滅也去摩揭陀國趣吠舍釐城兩國交爭欲興兵甲尊者傷愍遂分其身摩揭陀王奉歸供養卽斯勝地式修崇建其傍則有如來經行之處次此不遠有窣堵波是舍利子及沒特伽羅子等安居之所竹林園西南行五六里南山之陰大竹林中有大石室是尊者摩訶迦葉波於此與九百九十九大阿羅漢以如來涅槃後結集三藏前有故基未生怨王爲集法藏諸大羅漢建此堂宇初大迦葉宴坐山林忽燭光明又覩地震曰是何祥變若此之異以天眼觀見佛世尊於雙林間入般涅槃尋命徒屬趣拘尸城路逢梵志手執天華迦葉問曰汝從何來知我大師今在何處梵志對曰我適從彼拘尸城來見汝大師已入涅槃天人大衆咸興供養我所持華自彼得也迦葉聞已謂其徒曰慧日淪照世界暗冥善導遐棄衆生顚墜懈怠苾芻更相賀曰如來寂滅我曹安樂若有所犯誰能訶制迦葉聞已深更感傷思集法藏據教治犯遂至雙樹觀佛禮敬旣而法王去世人天無導諸大羅漢亦取滅度時大迦葉作是思惟承順佛教宜集法藏於是登蘇迷盧山擊大揵椎唱如是言今王舍城將有法事諸證果人宜時速集揵椎聲中傳迦葉教遍至三千大千世界得神通者聞皆集會是時迦葉告諸衆曰如來寂滅世界空虛當集法藏用報佛恩今將集法務從簡靜豈特羣居不成勝業其有具三明得六神通聞持不謬辯才無礙如斯上人可應結集自餘果學各歸其居於是得九百九十九人除阿

難在學地大迦葉召而謂曰汝未盡漏宜出聖衆曰隨侍如來多歷年所每有法議曾未棄遺今將結集而見擯斥法王寂滅失所依怙迦葉告曰勿懷憂惱汝親侍佛誠復多聞然愛惑未盡習結未斷阿難辭屈而出至空寂處欲取無學勤求不證既已疲怠便欲假寐未及伏枕遂證羅漢往結集所叩門白至迦葉問曰汝結盡耶宜運神通非門而入阿難承命從鑰隙入禮僧已畢退而復坐是時安居初十五日也於是迦葉揚言曰念哉諦聽阿難聞持如來稱讚集素呾纜藏(舊曰修多羅訛也)藏優波釐持律明究衆所知識集毗奈耶(舊曰毗那耶訛也)藏我迦葉波集阿毗達磨藏兩三月盡集三藏訖以大迦葉僧中上座因而謂之上座部焉

大迦葉波結集西北有窣堵波是阿難受僧訶責不預結集至此宴坐證羅漢果證果之後方乃預焉阿難證果西行二十餘里有窣堵波無憂王之所建也大衆部結集之處諸學無學數百千人不預大迦葉結集之衆而來至此更相謂曰如來在世同一師學法王寂滅簡異我曹欲報佛恩當集法藏於是凡聖咸會愚智畢萃復集素呾纜藏毗奈耶藏阿毗達磨藏雜集藏禁呪藏別爲五藏而此結集凡聖同會因而謂之大衆部

竹林精舍北行二百餘步至迦蘭陀池如來在世多此說法水既清澄具八功德佛涅槃後枯涸無餘迦蘭陀池西北行二三里有窣堵波無憂王所建也高六十餘尺傍有石柱刻記立窣堵波事高五十餘尺上作象形

石柱東北不遠至曷羅闍姞利呬城（此言王舍）外郭已壞無復遺堵內城雖毀基址猶峻周二十餘里面有一門初頻毗娑羅王都在上茆宮城也編戶之家頻遭火害一家縱逸四隣罹災防火不暇資產廢業眾庶嗟怨不安其居王曰我以無德下民罹患修何福德可以禳之羣臣曰大王德化雍穆政教明察今茲細民不謹致此火災宜制嚴科以清後犯若有火起窮究先發罰其首惡遷之寒林寒林者棄屍之所俗謂不祥之地人絕遊往之迹令遷於彼同夫棄屍既恥陋居當自謹護王曰善宜遍宣告居人頃之王宮中先自失火謂諸臣曰我其遷矣乃命太子監攝留事欲清國憲故遷居焉時吠舍釐王聞頻毗娑羅王野處寒林整集戎旅欲襲不虞邊候以聞乃建城邑以王先舍於此故稱王舍城也官屬士庶咸徙家焉或云至未生怨王乃築此城未生怨太子既嗣王位因遂都之逮無憂王遷都波吒釐城以王舍城施婆羅門故今城中無復凡民唯婆羅門減千家耳

宮城西南隅有二小伽藍諸國客僧往來此止是佛昔日說法之所次此西北有窣堵波殊底色迦（此言星曆舊曰樹提伽訛也）長者本生故里城南門外道左有窣堵波如來於此說法及度羅怙羅從此北行三十餘里至那爛陀（此言施無厭）僧伽藍聞之耆舊曰此伽藍南菴沒羅林中有池其龍名那爛陀傍建伽藍因取爲稱從其實義是如來在昔修菩薩行爲大國王建都此地悲愍眾生好樂周給美其德號施無厭由是伽藍因以爲稱其地本菴沒羅

園五百商人以十億金錢買以施佛佛於此處三月說法諸商人等亦證聖果佛涅槃後未久此國先王鑠迦羅阿逸多（此言帝日）敬重一乘遵崇三寶式占福地建此伽藍初興功也穿傷龍身時有善占尼乾外道見而記曰斯勝地也建立伽藍當必昌盛爲五印度之軌則踰千載而彌隆後進學人易以成業然多歐血傷龍故也其子佛陀毱多王（此言覺護）繼體承統聿遵勝業次此之南又建伽藍呾他揭多毱多王（此言如來）篤修前緒次此之東又建伽藍婆羅阿迭多（此言幼日）王之嗣位也次此東北又建伽藍功成事畢福會稱慶輸誠幽顯延請凡聖其會也五印度僧萬里雲集衆坐已定二僧後至引上第三重閣或有問曰王將設會先請凡聖大德何方最後而至曰我至那國也和尚嬰疹飯已方行受王遠請故來赴會聞者驚駭遽以白王王心知聖也躬往問焉遲上重閣莫知所去王更深信捨國出家出家既已位居僧末心常怏怏懷不自安我昔爲王尊居最上今者出家卑在衆末尋往白僧自述情事於是衆僧和合令未受戒者以年齒爲次故此伽藍獨有斯制其王之子伐闍羅（此言金剛）嗣位之後信心貞固復於此西建立伽藍其後中印度王於此北復建大伽藍於是周垣峻峙同爲一門既歷代君王繼世興建窮諸剞劂誠壯觀也帝日王本伽藍者今置佛像衆中日差四十僧就此而食以報施主之恩僧徒數千並俊才高學也德重當時聲馳異域者數百餘矣戒行清白律儀淳粹僧有嚴制衆咸貞素印度諸國皆仰

則焉請益談玄竭日不足夙夜警誡少長相成其有不談三藏幽旨者則形影自愧矣故異域學人欲馳聲問咸來稽疑方流雅譽是以竊名而遊咸得禮重殊方異域欲入談議門者詰難多屈而還學深今古乃得入焉於是客遊後進詳論藝能其退飛者固十七八矣二三博物衆中次詰莫不挫其鋭頽其名若其高才博物强識多能明德哲人聯暉繼軌至如護法護月振芳塵於遺教德慧堅慧流雅譽於當時光友之清論勝友之高談智月則風鑒明敏戒賢乃至德幽邃若此上人衆所知識德隆先達學貫舊章述作論釋各十數部並盛流通見珍當世伽藍四周聖迹百數舉其二三可略言矣

伽藍西不遠有精舍在昔如來三月止此為諸天人廣說妙法次南百餘步小窣堵波遠方苾芻見佛處昔有苾芻自遠方來至此遇見如來聖衆內發敬心五體投地即發願求輪王位如來見已告諸衆曰彼苾芻者甚可愍惜福德深遠信心堅固若求佛果不久當證今其發願求轉輪王於當來世必受此報身體投地下至金輪其中所有微塵之數一一塵是一輪王報也既耽世樂聖果斯遠其南則有觀自在菩薩立像或見執香鑪往佛精舍周旋右繞

觀自在菩薩像南窣堵波中有如來三月之間剃剪髮爪有嬰疾病旋繞多愈其西垣外池側窣堵波是外道執雀於此問佛死生之事次東南垣內五十餘步有奇樹高八九十尺其幹兩枝在昔如來嚼楊枝棄地因植根

柢歲月雖久初無增減次東大精舍高二百餘尺如來在昔於此四月説諸妙法次北百餘步精舍中有觀自在菩薩像淨信之徒興供養者所見不同莫定其所或立門側或出簷前諸國法俗咸來供養觀自在菩薩精舍北有大精舍高三百餘尺婆羅阿迭多王之所建也莊嚴度量及中佛像同菩提樹下大精舍其東北窣堵波在昔如來於此七日演説妙法西北則有過去四佛坐處其南鍮鉐精舍戒日王之所建立功雖未畢然其圖量一十丈而後成之次東二百餘步垣外有銅立佛像高八十餘尺重閣六層乃得彌覆昔滿冑王之所作也滿冑王銅佛像北二三里甎精舍中有多羅菩薩像其量既高其靈甚察每歲元日盛興供養隣境國王大臣豪族

齎妙香華持寶旛蓋金石遞奏絲竹相和七日之中建斯法會其垣南門内有大井昔佛在世有大商侣熱渴逼迫來至佛所世尊指其地以可得水商主乃以車軸築地地既爲陷水遂泉涌飲已聞法皆悟聖果伽藍西南行八九里至拘理迦邑中有窣堵波無憂王之所建也是尊者没特伽羅子本生故里傍有窣堵波尊者於此入無餘涅槃其中則有遺身舍利尊者大婆羅門種與舍利子少爲親友舍利子以才明見貴尊者以精鑒延譽才智相比動止必俱結要終始契同去就相與猒俗共求捨家遂師珊闍耶焉舍利子遇馬勝阿羅漢聞法悟聖還爲尊者重述聞而悟法遂證初果與其徒二百五十人俱到佛所世尊遥見指告衆曰彼來者我弟子中神

足第一旣至佛所請入法中世尊告曰善來苾芻淨修梵行得離苦際聞是語時鬚髮落俗裳變戒品清淨威儀調順經七日結漏盡證羅漢果得神通力沒特伽羅子故里東行三四里有窣堵波頻毗娑羅王迎見佛處如來初證佛果知摩揭陀國人心渴仰受頻毗娑羅王請於晨朝時著衣持鉢與千苾芻左右圍繞皆是耆舊螺髻梵志慕法染衣前後翼從入王舍城時帝釋天王變身爲摩那婆首冠螺髻左手執金瓶右手持寶杖足蹈空虛離地四指在大衆中前導佛路時摩揭陀國頻毗娑羅王與其國內諸婆羅門長者居士百千萬衆前後導從出王舍城奉迎聖衆頻毗娑羅王迎佛東南行二十餘里至迦羅臂拏迦邑中有窣堵波無憂王之所建也是尊者舍利子本生故里井今尚在傍有窣堵波尊者於此寂滅其中則有遺身舍利尊者大婆羅門種其父高才博識深鑑精微凡諸典籍莫不究習其妻感夢具告夫曰吾昨宵寐夢感異人身被鎧甲手執金剛摧破諸山退立一山之下夫曰夢甚善汝當生男達學貫世摧諸論師破其宗致唯不如一人爲作弟子果而有娠母忽聰明高論劇談言無屈滯尊者年始八歲名擅四方其性淳質其心慈悲朽壞結縛成就智慧與沒特伽羅子少而相友深厭塵俗未有所歸於是與沒特伽羅子於珊闍耶外道所而修習焉乃相謂曰斯非究竟之理未能窮苦際也各求明導先嘗甘露必同其味時大阿羅漢馬勝執持應器入城乞食舍利子見其威儀閑雅即而問

曰汝師是誰曰釋種太子猒世出家成等正覺是我師也舍利子曰所說何法可得聞乎曰我初受教未逹深義舍利子曰願說所聞馬勝乃隨宜演說舍利聞已即證初果遂與其徒二百五十人往詣佛所世尊遥見指告衆曰我弟子中智慧第一至已頂禮願從佛法世尊告曰善來苾芻聞是語時戒品具足過半月後聞佛爲長爪梵志說法聞餘論而感悟遂證羅漢之果其後阿難承佛告寂滅期展轉相語各懷悲感舍利子深增戀仰不忍見佛入般涅槃遂請世尊先入寂滅世尊告曰宜知是時告謝門人至本生里侍者沙彌遍告城邑未生怨王及其國人莫不風馳皆悉雲會舍利子廣爲說法聞已而去於後夜分正意繫心入滅盡定從定起已而寂滅焉迦羅臂拏迦邑東南四五里有窣堵波是尊者舍利子門人入涅槃處或曰迦葉波佛在世時有三拘胝(此言億)大阿羅漢同於此地無餘寂滅舍利子門人窣堵波東行三十餘里至因陀羅勢羅窶訶山(此言帝釋窟)其山巖谷杳冥華林蓊鬱嶺有兩峯岌然特起西峯南巖間有大石室廣而不高昔如來嘗於中止時天帝釋以四十二疑事畫石請問佛爲演釋其迹猶在今作此像擬昔聖儀入中禮敬者莫不肅然敬懼山嶺上有過去四佛座及經行遺迹之所東峯上有伽藍聞諸土俗曰其中僧衆或於夜分望見西峯石室佛像前每有燈炬常爲照燭因陀羅勢羅窶訶山東峯伽藍前有窣堵波謂亘娑(此言鴈)昔此伽藍習翫小乘小乘漸教也故開三淨之食而此

伽藍導而不墜其後三淨求不時獲有苾芻經行忽見羣鴈飛翔戲言曰今日衆僧中食不充摩訶薩埵宜知是時言聲未絶一鴈退飛當其僧前投身自殞苾芻見已具白衆僧聞者悲感咸相謂曰如來設法導誘隨機我等守愚導行漸教大乘者正理也宜改先執務從聖旨此鴈垂誡爲誠明導宜旌厚德傳記終古於是建窣堵波式昭遺烈以彼死鴈瘞其下焉

因陀羅勢羅窶訶山東北行百五六十里至迦布德迦(此言鴿)伽藍僧徒二百餘人學說一切有部伽藍東有窣堵波無憂王之所建也昔佛於此爲諸大衆一宿說法佛說法時有羅者於此林中網捕羽族經日不獲遂作是言我惟薄福恒爲弊事來至佛所揚言唱曰今日如來於此說法令我網捕都無所得妻孥飢餓其計安出如來告曰汝應蘊火當與汝食如來是時化作大鴿投火而死羅者持歸妻孥共食其後重往佛所如來方便攝化羅者聞法悔過自新捨家修學便證聖果因名所建爲鴿伽藍(舍利五色而葬其下)

迦布德伽藍南二三里至孤山其山崇峻樹林鬱茂名華清流被崖注壑上多精舍靈廟頗極歊剛之工正中精舍有觀自在菩薩像軀量雖小威神感肅手執蓮華頂戴佛像常有數人斷食要心求見菩薩七日二七日乃至一月其有感者見觀自在菩薩妙相莊嚴威光赫奕從像中出慰喻其人昔南海僧伽羅國王清旦以鏡照面不見其身乃覩贍部洲摩揭陀國多羅林中小山上有此菩薩像

王深感慶圖以營求旣至此山實唯肖似因建精舍輿諸供養自後諸王尚想遺風遂於其側建立精舍靈廟香華妓樂供養不絶孤山觀自在菩薩像東南行四十餘里至一伽藍僧徒五十餘人並學小乘法教伽藍前有大窣堵波多有靈異佛昔於此爲梵天王等七日説法其側則有過去三佛座及經行遺迹之所伽藍東北行七十餘里殑伽河南至大聚落人民殷盛有數天祠並窮雕飾東南不遠有大窣堵波佛昔於此一宿説法從此東入山林中行百餘里至洛般膩羅聚落伽藍前有大窣堵波無憂王之所建佛昔於此三月説法此北二三里有大池周三十餘里四色蓮華四時開發從此東入大山林中行二百餘里至伊爛拏鉢伐多國中印度境

大唐西域記卷第九

音釋

彷徨彷步光切徨胡光切彷徨不安貌　麓盧谷切山峯也　巘崿巘語偃切崿五各切崖也　嶾嶙嶾於謹切嶙良忍切嶾嶙山高貌　袤莫候切南北曰袤　棧士限切閣木爲路也　墟坎墟去魚切空也坎苦感切陷也　鑰以灼切關下牡也　涸下各切乾竭也　剞劂剞居宜切劂居月切剞劂曲刀也　赫奕赫呼格切奕羊益切赫奕明盛貌

大唐西域記卷第十

唐三藏法師玄奘奉詔譯

大總持寺沙門辯機撰

十七國

伊爛拏鉢伐多國　瞻波國

羯朱嗢祇羅國　奔那伐彈那國

迦摩縷波國　三摩呾吒國

耽摩栗底國

羯羅拏蘇伐剌那國

烏茶國　恭御陀國

羯餕伽國　憍薩羅國

案達羅國　馱那羯磔迦國

珠利耶國　達羅毗荼國

秣羅矩吒國

伊爛拏鉢伐多國周三千餘里國大都城北路殑伽河周二十餘里稼穡滋植華果具繁氣序和暢風俗淳質伽藍十餘所僧徒四千餘人多學小乘正量部法天祠二十餘所異道雜居近有隣王廢其國君以大都城持施衆僧於此城中建二伽藍各減千僧並學小乘教說一切有部

大城側臨殑伽河有伊爛拏山含吐煙霞蔽虧日月古今仙聖繼踵棲神今有天祠尚遵遺則在昔如來亦嘗居此為諸天人廣說妙法大城南有窣堵波如來於此三月說法其傍則有過去三佛座及經行遺迹之所

三佛經行西不遠有窣堵波是室縷多頻設底拘胝（此言聞二百億舊譯曰億耳謬也）苾芻生處昔此城有長者豪貴巨富晚有繼嗣時有報者輒賜金錢二百億因名其子聞二百億洎乎成立

未曾履地故其足跖毛長尺餘光潤細軟色若黃金珍愛此兒備諸玩好自其居家以至雪山亭傳連隅僮僕交路凡須妙藥遞相告語轉而以授曾不踰時其豪富如此世尊知其善根將發也命没特伽羅子而往化焉既至門下莫由自通長者家祠日天每晨朝時東向以拜是時尊者以神通力從日輪中降立於前長者子疑日天也因施香飯而歸其飯香氣遍王舍城時頻毗娑羅王駭其異馥命使歷問乃竹林精舍没特伽羅子自長者家持來因知長者子有此奇異乃使召焉長者承命思何安步泛舟鼓棹有風波之危乘車馭象懼蹎蹶之患於是自其居家至王舍城鑿渠通漕流滿芥子御舟安止長絙以引至王舍城先禮世尊世尊告曰頻毗娑羅王命使召汝無過欲見足下毛耳王欲觀者宜結跏坐伸脚向王國法當死長者子受佛誨而往引入廷謁王欲視毛乃跏趺坐王善其有禮特深珍愛亦既得歸還至佛所如來是時說法誨喻聞而感悟遂即出家於是精勤修習思求果證經行不捨足遂流血世尊告曰汝善男子在家之時知鼓琴耶曰知若然者以此爲喻絃急則聲不合韻絃緩則調不和雅非急非緩其聲乃和夫修行者亦然急則身疲心怠緩則情舒志逸承佛指教奉以周旋如是不久便獲果證

國西界殑伽河南至小孤山重巘嶅崟昔佛於此三月安居降薄句羅藥叉山東南巖下大石上有佛坐跡入石寸餘長五尺二寸廣二尺一寸其上則建窣堵波焉次南石上則

有佛置捃稚迦（即深瓶也舊曰軍持訛畧也）跡深寸餘作八出華文佛坐跡東南不遠有薄句羅藥叉脚跡長尺五六寸廣七八寸深減二寸藥叉跡後有石佛坐像高六七尺次西不遠有佛經行之處其山頂上有藥叉故室次北有佛足跡長尺有八寸廣於六寸深可半寸其跡上有窣堵波如來昔日降伏藥叉令不殺人食肉敬受佛戒後得生天此西有温泉六七所其水極熱國南界大山林中多有野象其形偉大從此順殑伽河南岸東行三百餘里至瞻波國（中印度境）

瞻波國周四千餘里國大都城北背殑伽河周四十餘里土地墊濕稼穡滋盛氣序温暑風俗淳質伽藍數十所多有傾毀僧徒二百餘人習小乘教天祠二十餘所異道雜居都城壘甎其高數丈基址崇峻却敵高險在昔劫初人物伊始野居穴處未知宫室後有天女降迹人中遊殑伽河濯流自媚感靈有娠生四子焉分贍部洲各擅區宇建都築邑封疆畫界此則一子之國都贍部洲諸城之始也

城東百四五十里殑伽河南水環孤嶼崖巘崇峻上有天祠神多靈感鑿崖爲室引流成沼華林奇樹巨石危峯仁智所居觀者忘返國南境山林中野象猛獸羣遊千數自此東行四百餘里至羯朱嗢祇羅國（彼俗或謂羯蠅揭羅國中印度境）

羯朱嗢祇羅國周二千餘里土地泉濕稼穡豐盛氣序温風俗順敦尚高才崇貴學藝伽藍六七所僧徒三百餘人天祠十所異道雜

居自數百年王族絶嗣役屬隣國所以城郭丘墟多居村邑故戒日王遊東印度於此築宫理諸國務至則葺茅爲宇去則縱火焚燒國南境多野象北境去殑伽河不遠有大高臺壘甎石而以建焉基址廣峙刻彫奇製周其方面鏤衆聖像佛及天形區别而作自此東渡殑伽河行六百餘里至奔那伐彈那國中印度境

奔那伐彈那國周四千餘里國大都城周三十餘里居人殷盛池館華林往往相間土地卑濕稼穡滋茂般㮈娑果既多且貴其果大如冬瓜熟則黄赤剖之中有數十小果大如鶴卵又更破之其汁黄赤其味甘美或在樹枝如衆果之結實或在樹根若伏苓之在土氣序調暢風俗好學伽藍二十餘所僧徒三千餘人大小二乘兼功綜習天祠百所異道雜居露形尼乾實繁其黨

城西二十餘里有跋始婆僧伽藍庭宇顯敞臺閣崇高僧徒七百餘人並學大乘教法東印度境碩學名僧多在於此其側不遠有窣堵波無憂王之所建也昔者如來三月在此爲諸天人説法之處或至齋日時燭光明其側則有四佛座及經行遺跡之所去此不遠復有精舍中作觀自在菩薩像神鑒無隱靈應有徵遠近之人絶粒祈請自此東行九百餘里渡大河至迦摩縷波國東印度境

迦摩縷波國周萬餘里國大都城周三十餘里土地泉濕稼穡時播般㮈娑果那羅雞羅果其樹雖多彌復珍貴河流湖陂交帶城邑氣序和暢風俗淳質人形卑小容貌黧黒語

言少異中印度性甚獷暴志存强學宗事天神不信佛法故自佛興以迄于今尚未建立伽藍招集僧侶其有淨信之徒但竊念而已天祠數百異道數萬

今王本那羅延天之祚胤婆羅門之種也字婆塞羯羅伐摩(此言日冑)號拘摩羅(此言童子)自據疆土奕葉君臨逮於今王歷千世矣君上好學衆庶從化遠方高才慕義客遊雖不淳信佛法然敬高學沙門初聞有至那國沙門在摩揭陀那爛陀僧伽藍自遠方來學佛深法殷懃往復者再三未從來命時尸羅跋陀羅論師曰欲報佛恩當弘正法子其行矣勿憚遠涉拘摩羅王世宗外道今請沙門斯善事也因茲改轍福利弘遠子昔起大心發弘誓願孤遊異域遺身求法普濟含靈豈徒鄉國宜忘得喪勿拘榮辱宣揚聖教開導羣迷先物後身忘名弘法於是辭不獲免遂與使偕行而會見焉拘摩羅王曰雖則不才常慕高學聞名雅尚敢事延請曰寡能褊智猥蒙流聽拘摩羅王曰善哉慕法好學顧身若浮踰越重險遠遊異域斯則王化所由國風尚學今印度諸國多有歌頌摩訶至那國秦王破陣樂者聞之久矣豈大德之鄉國耶曰然此歌者美我君之德也拘摩羅王曰不意大德是此國人常慕風化東望已久山川道阻無由自致曰我大君聖德遠洽仁化遐被殊俗異域拜闕稱臣者衆矣拘摩羅王曰覆載若斯心冀朝貢今戒日王在羯朱嗢祇羅國將設大施崇樹福慧五印度沙門婆羅門有學業者莫不召集今遣使來請願與同行於是遂

徃焉此國東山阜連接無大國都境接西南夷故其人類蠻獠矣詳問土俗可兩月行入蜀西南之境然山川險阻瘴氣氛沴毒蛇毒草為害滋甚國之東南野象群暴故此國中象軍特盛從此南行千二三百里至三摩呾吒國（東印度境）

三摩呾吒國周三千餘里濵近大海地遂卑濕國大都城周二十餘里稼穡滋植華果繁茂氣序和風俗順人性剛烈形卑色黑好學勤勵邪正兼信伽藍三十餘所僧徒二千餘人並皆遵習上座部學天祠百所異道雜居露形尼乾其徒特盛去城不遠有窣堵波無憂王之所建也昔者如來為諸天人於此七日說深妙法傍有四佛座及經行遺迹之所去此不遠伽藍中有青玉佛像其高八尺相好圓備靈應時效從此東北大海濵山谷中有室利差呾羅國次東南大海隅有迦摩浪迦國次東有墮羅鉢底國次東有伊賞那補羅國次東有摩訶瞻波國即此云林邑是也次西南有閻摩那洲國凡此六國山川道阻不入其境然風俗壤界聲問可知自三摩呾吒國西行九百餘里至躭摩栗底國（東印度境）

躭摩栗底國周千四五百里國大都城周十餘里濵近海陲土地卑濕稼穡時播華果茂盛氣序溫暑風俗躁烈人性剛勇邪正兼信伽藍十餘所僧衆千餘人天祠五十餘所異道雜居國濵海隅水陸交會奇珍異寶多聚此國故其國人大抵殷富城側窣堵波無憂王所建也其傍則有過去四佛座及經行遺迹之所自此西北行七百餘里至羯羅拏蘇

伐剌那國（東印度境）

羯羅拏蘇伐剌那國周四千四五百里國大都城周二十餘里居人殷盛家室富饒土地卑濕稼穡時播衆華滋茂珍異繁植氣序調暢風俗淳和好尚學藝邪正兼信伽藍十餘所僧徒二千餘人習學小乘正量部法天祠五十餘所異道實多別有三伽藍不食乳酪遵提婆達多遺訓也

大城側有絡多末知僧伽藍（此言赤泥）庭宇顯敞臺閣崇峻國中高才達學聰敏有聞者咸集其中警誡相成琢磨道德初此國未信佛法時南印度有一外道腹錮銅鍱首戴明炬杖策高步來入此城振擊論鼓求欲論義或者問曰首腹何異曰吾學藝多能恐腹拆裂悲諸愚闇所以持照時經旬日人無問者詢訪髦彥莫有其人王曰合境之內豈無明哲客難不酬爲國深恥宜更營求訪諸幽隱或曰大林中有異人其自稱曰沙門强學是務今屏居幽寂久矣于茲非夫體法合德何能若此者乎王聞之已躬往請焉沙門對曰我南印度人也客遊止此學業庸淺恐黙所聞敢承來旨不復固辭論義無負請建伽藍招集僧徒光讚佛法王曰敬聞不敢忘德沙門受請往赴論場外道於是誦其宗致三萬餘言其義遠其文約包含名相網羅視聽沙門一聞究覽辭義無謬以數百言辯而釋之因問宗致外道辭窮理屈杜口不酬既折其名負恥而退王深敬德建此伽藍自時厥後方弘法教

伽藍側不遠有窣堵波無憂王所建也在昔

如來於此七日說法開導其側精舍過去四佛座及經行遺迹之所有數窣堵波並是如來說經法之處無憂王之所建也從此西南行七百餘里至烏茶國東印度境

烏茶國周七千餘里國大都城周二十餘里土地膏腴穀稼茂盛凡諸果實頗大諸國異草名華難以稱述氣序溫暑風俗獷烈人貌魁梧容色黧黮言辭風調異中印度好學不倦多信佛法伽藍百餘所僧徒萬餘人並皆習學大乘法教天祠五十所異道雜居諸窣堵波凡十餘所並是如來說法之處無憂王之所建也

國西南境大山中有補澀波祇釐僧伽藍其石窣堵波極多靈異或至齋日時燭光明故諸淨信遠近咸會持妙華蓋競修供養承露槃下覆鉢勢上以華蓋笴置之便住若礠石之吸針也此西北山伽藍中有窣堵波所異同前此二窣堵波者神鬼所建靈奇若斯

國東南境臨大海濱有折利呾羅城此言發行周二十餘里入海商人遠方旅客往來中止之路也其城堅峻多諸奇寶城外鱗次有五伽藍臺閣崇高尊像工麗南去僧伽羅國二萬餘里靜夜遥望見彼國佛牙窣堵波上寶珠光明離離然如明炬之懸燭也自此西南大林中行千二百餘里至恭御陀國東印度境

恭御陀國周千餘里國大都城周二十餘里濱近海隅山阜隱嶙土地墊濕稼穡時播氣序溫暑風俗勇烈其形偉其貌黒粗有禮義不甚欺詐至於文字同中印度語言風調頗有異焉崇敬外道不信佛法天祠百餘所異

道萬餘人國境之内數十小城接山嶺據海交城既堅峻兵又敢勇威雄隣境遂無强敵國臨海濵多有奇寶螺貝珠璣斯爲貨用出大青象超乗致遠從此西南入大荒野深林巨木千霄蔽日行千四五百里至羯餕伽國（南印度境）

羯餕伽國周五千餘里國大都城周二十餘里稼穡時播華果具繁林藪聯綿動數百里出青野象隣國所竒氣序暑熱風俗躁暴性多狷獷志存信義言語輕捷音調質正辭旨風則頗與中印度異焉少信正法多遵外道伽藍十餘所僧徒五百餘人習學大乗上座部法天祠百餘所異道甚衆多是尼乾之徒也

羯餕伽國在昔之時氓俗殷盛肩摩轂擊舉袂成帷有五通仙棲巖養素人或凌觸退失神通以惡呪術殘害國人少長無遺賢愚俱喪人煙斷絶多歷年所頗漸遷居猶未充實故今此國人户尚少

城南不遠有窣堵波高百餘尺無憂王之所建也傍有過去四佛座及經行遺迹之所國境北陲大山嶺上有石窣堵波高百餘尺是劫初時人壽無量歲有獨覺於此入寂滅焉自此西北山林中行千八百餘里至憍薩羅國（中印度境）

憍薩羅國周六千餘里山嶺周境林藪連接國大都城周四十餘里土壤膏腴地利滋盛邑里相望人户殷實其形偉其色黒風俗剛猛人性勇烈邪正兼信學藝高明王刹帝利也崇敬佛法仁慈深遠伽藍百餘所僧徒減

萬人並皆習學大乘法教大祠七十餘所異道雜居城南不遠有故伽藍傍有窣堵波無憂王之所建也昔者如來曾於此處現大神通摧伏外道後龍猛菩薩止此伽藍時此國王號娑多婆訶(此言引正)珍敬龍猛周衛門廬時提婆菩薩自執師子國來求論義謂門者曰幸為通謁時門者遂為入白龍猛雅知其名盛滿鉢水命弟子曰汝持是水示彼提婆提婆見水默而投針弟子持鉢懷疑而返龍猛曰彼何辭乎對曰默無所說但投針於水而已龍猛曰智矣哉若人也知幾其神察微亞聖盛德若此宜速命入對曰何謂也無言妙辯斯之是歟曰夫水也者隨器方圓逐物清濁彌漫無間澄湛莫測滿而示之比我學之智周也彼乃投針遂窮其極此非常人宜速召進而龍猛風範懍然肅物言談者皆伏抑首提婆素挹風徽久希請益方欲受業先騁機神雅懼威嚴昇堂僻坐談玄永日辭義清高龍猛曰後學冠世妙辯光前我惟衰耄遇斯俊彥誠乃寫瓶有寄傳燈不絕法教弘揚伊人是賴幸能前席雅談玄奧提婆聞命心獨自負將開義府先遊辯囿提振辭端仰視質義忽覩威顏忘言杜口避坐引責遂請受業龍猛曰復坐今將授子至真妙理法王誠教提婆五體投地一心歸命曰而今而後敢聞命矣龍猛菩薩善閑藥術餐餌養生壽年數百志貌不衰引正王既得妙藥壽亦數百王有稚子謂其母曰如我何時得嗣王位母曰以今觀之未有期也父王年壽已數百歲子孫老終者蓋亦多矣斯皆龍猛福力所加

藥術所致菩薩寂滅王必徂落夫龍猛菩薩智慧弘遠慈悲深厚周給羣有身命若遺汝宜往彼試從乞頭若遂此志當果所願王子恭承母命來至伽藍門者驚懼故得入焉時龍猛菩薩方讃誦經行忽見王子佇而謂曰今夕何夕降趾僧坊若危若懼疾驅來至對曰我承慈母餘論語及行捨之士以爲含生寶命經誥格言未有輕捨報身施諸求欲我慈母曰不然十方善逝三世如來在昔發心逮乎證果勤求佛道修習戒忍或投身飼獸或割肌救鴿月光王施婆羅門頭慈力王飲餓藥叉血諸若此類尤難備舉求之先覺何代無人今龍猛菩薩篤斯高志我有所求人頭爲用招募累歲未之有捨欲行暴劫殺則罪累尤多虐害無辜穢德彰顯惟菩薩修習聖道遠期佛果慈霑有識惠及無邊輕生若浮賤身如朽不違本願垂允所求龍猛曰俞誠哉是言也我求佛聖果我學佛能捨是身如響是身如泡流轉四生往來六趣宿契弘誓不違物欲然王子有一不可者其將若何我身既終汝父亦喪顧斯爲意誰能濟之龍猛徘徊顧視求所絕命以乾茅葉自刎其頸若利劍斷割身首異處王子見已驚奔而去門者上白具陳始末王聞哀感果亦命終國西南三百餘里至跋邏末羅耆釐山（此言黑峯）岌然特起峯巖峭險既無崖谷宛如全石引正王爲龍猛菩薩鑿此山中建立伽藍去山十數里鑿開孔道當其山下仰鑿疏石其中則長廊步簷崇臺重閣閣有五層層有四院並建精舍各鑄金像量等佛身妙窮工思自餘

莊嚴唯飾金寶從山高峯臨注飛泉周流重閣交帶廊廡踈寮外穴明燭中宇初引正王建此伽藍也人力疲竭府庫空虛功猶未半心甚憂慼龍猛謂曰大王何故若有憂負王曰輙運大心敢樹勝福期之永固待至慈氏功績未成財用已竭每懷此恨坐而待旦龍猛曰勿憂崇福勝善其利不窮有興弘願無憂不濟今日還宮當極歡樂後晨出遊歷覽山野已而至此平議營建王旣受誨奉以周旋龍猛菩薩以神妙藥滴諸大石並變爲金王遊見金心口相賀迴駕至龍猛所曰今日畋遊神鬼所惑山林之中時見金聚龍猛曰非鬼惑也至誠所感故有此金宜時取用濟成勝業遂以營建功畢有餘於是五層之中各鑄四大金像餘尚盈積充諸帑藏招集千僧居中禮誦龍猛菩薩以釋迦佛所宣教法及諸菩薩所演述論鳩集部別藏在其中故上第一層唯置佛像及諸經論下第五層居止淨人資產什物中間三層僧徒所舍聞諸先志曰引正營建已畢計工人所食鹽價用九拘胝（此言億）金錢其後僧徒忿諍就王平議時諸淨人更相謂曰僧徒諍起言議相乖凶人伺隙毀壞伽藍於是重關反拒以擯僧徒自爾已來無復僧衆遠矚山巖莫知門徑時引善醫方者入中療疾蒙面入出不識其路

從此大林中南行九百餘里至案達羅國（南印度境）

案達羅國周三千餘里國大都城周二十餘里號瓶耆羅土地良沃稼穡豐盛氣序温暑風俗猛暴語言辭調異中印度至於文字軌

則大同伽藍二十餘所，僧徒三千餘人。天祠三十餘所，異道實多。

瓶耆羅城側不遠有大伽藍，重閣層臺製窮剞劂，佛像聖容麗極工思。伽藍前有石窣堵波，高數百尺，並阿折羅（此言所行）阿羅漢之所建也。所行羅漢伽藍西南不遠有窣堵波，無憂王之所建也。如來在昔於此說法，現大神通，度無量衆。

所行羅漢伽藍西南行二十餘里，至孤山。山嶺有石窣堵波，陳那（此言童授）菩薩於此作因明論。陳那菩薩者，佛去世後承風染衣，智願廣大，慧力深固，愍世無依，思弘聖教，以爲因明之論言深理廣，學者虛功，難以成業，乃匿迹幽巖，棲神寂定，觀述作之利害，審文義之繁約。是時崖谷震響，煙雲變采，山神捧菩薩高數百尺，唱如是言：「昔佛世尊善權導物，以慈悲心說因明論，綜括妙理，深究微言。如來寂滅，大義泯絕。今者陳那菩薩福智悠遠，深達聖旨，因明之論重弘茲日。」菩薩乃放大光明，照燭幽昧。時此國王深生尊敬，見此光明相，疑入金剛定，因請菩薩證無生果。陳那曰：「吾入定觀察，欲釋深經，心期正覺，非願無生果也。」王曰：「無生之果，衆聖攸仰，斷三界欲，洞三明智，斯盛事也，願疾證之。」陳那是時心悅王請，方欲證受無學聖果。時妙吉祥菩薩知而惜焉，欲相警誡，乃彈指悟之，而告曰：「惜哉！如何捨廣大心，爲狹劣志，從獨善之懷，棄兼濟之願？欲爲善利，當廣傳說慈氏菩薩所製瑜伽師地論，導誘後學，爲利甚大。」陳那菩薩敬受指誨，奉以周旋。於是覃思沉研，廣因明論

猶恐學者懼其文微辭約也乃舉其大義綜其微言作因明論以導後進自茲已後宣暢瑜伽盛業門人有知當世從此林野中南行千餘里至馱那羯磔迦國（亦謂大安達邏國南印度境）

馱那羯磔迦國周六千餘里國大都城周四十餘里土地膏腴稼穡殷盛荒野多邑居少氣序溫暑人貌黧黑性猛烈好學藝伽藍鱗次荒蕪已甚存者二十餘所僧徒千餘人並多習學大衆部法天祠百餘所異道實多

城東據山有弗婆勢羅（此言東山）僧伽藍城西據山有阿伐羅勢羅（此言西山）僧伽藍此國先王爲佛建焉奠川通徑疏崖峙閣長廊步簷枕巖接岫靈神警衛聖賢遊息自佛寂滅千年之內每歲有千凡夫僧同入安居罷安居日皆證羅漢以神通力陵虛而去千年之後凡聖同居自百餘年無復僧侶而山神易形或作犲狼或爲猨狖驚恐行人以故空荒闃無僧衆

城南不遠有大山巖婆毗吠伽（此言清辯）論師住阿素洛宮待見慈氏菩薩成佛之處論師雅量弘遠至德深邃外示僧佉之服內弘龍猛之學聞摩揭陀國護法菩薩宣揚法教學徒數千有懷談議杖錫而往至波吒釐城知護法菩薩在菩提樹論師乃命門人曰汝行詣菩提樹護法菩薩所如我辭曰菩薩宣揚遺教導誘迷徒仰德虛心爲日已久然以宿願未果遂乖禮謁菩提樹者誓不空見見當有證稱天人師護法菩薩謂其使曰人世如幻身命若浮渴日勤誠未遑談議人信往復竟不會見論師既還本土靜而思曰非慈氏成佛誰決我疑於觀自在菩薩像前誦隨心

陀羅尼絶粒飲水時歷三歲觀自在菩薩乃現妙色身謂論師曰何所志乎對曰願留此身待見慈氏觀自在菩薩曰人命危脆世間浮幻宜修勝善願生覩史多天於斯禮覲尚速得見論師曰志不可奪心不可貳菩薩曰若然者宜往馱那羯磔迦國城南山巖執金剛神所至誠誦持執金剛陀羅尼者當遂此願論師於是往而誦焉三歲之後神乃謂曰伊何所願若此勤勵論師曰願留此身待見慈氏觀自在菩薩指遣來請成我願者其在神乎神乃授祕方而謂之曰此巖石内有阿素洛宮如法行請石壁當開開即入中可以待見論師曰幽居無覩詎知佛興執金剛曰慈氏出世我當相報論師受命專精誦持復歷三歲初無異想呪芥子以擊石巖壁豁而洞開是時百千萬衆觀覩忘返論師跨其戶而告衆曰吾久祈請待見慈氏聖靈警祐大願斯遂宜可入此同見佛興聞者怖駭莫敢履戶謂是毒蛇之窟恐喪身命再三告語唯有六人從入論師顧謝時衆從容而入入之既已石壁還合衆皆怨嗟恨前言之過也自此西南行千餘里至珠利耶國（南印度境）

珠利耶國周二千四五百里國大都城周十餘里土野空曠藪澤荒蕪居戶寡少羣盜公行氣序溫暑風俗姦宄人性獷烈崇信外道伽藍頹毀粗有僧徒天祠數十所多露形外道也

城東南不遠有窣堵波無憂王之所建也如來在昔嘗於此處現大神通說深妙法摧伏外道度諸天人

城西不遠有故伽藍提婆菩薩與羅漢論義之處初提婆菩薩聞此伽藍有嗢呾羅（此言上）阿羅漢得六神通具八解脱遂來遠尋觀其風範既至伽藍投羅漢宿羅漢少欲知足唯置一牀提婆既至無以爲席乃聚落葉指令就坐羅漢入定夜分方出提婆於是陳疑請決羅漢隨難爲釋提婆尋聲重質第七轉已杜口不酬竊運神通力往覩史多天請問慈氏慈氏爲釋因而告曰彼提婆者曠劫修行賢劫之中當紹佛位非爾所知宜深禮敬如彈指頃還復本座乃復抑揚妙義剖析微言提婆謂曰此慈氏菩薩聖智之釋也豈仁者所能詳究哉羅漢曰然誠如來旨於是避席禮謝深加敬歎從此南入林野中行千五六百里至達羅毗茶國（南印度境）

達羅毗茶國周六千餘里國大都城號建志補羅周三十餘里土地沃壤稼穡豐盛多華果出寶物氣序温暑風俗勇烈深篤信義高尚博識而語言文字少異中印度伽藍百餘所僧徒萬餘人並皆遵學上座部法天祠八十餘所多露形外道也如來在世數遊此國說法度人故無憂王於諸聖迹皆建窣堵波建志補羅城者即達磨波羅（此言護法）菩薩本生之城菩薩此國大臣之長子也幼懷雅量長而弘遠年方弱冠王姬下降禮筵之夕憂心慘悽對佛像前慇懃祈請至誠所感神負遠遁去此數百里至山伽藍坐佛堂中有僧開戶見此少年疑其盜也更詰問之菩薩具懷指告因請出家衆咸驚異遂允其志王乃宣命推求遐邇乃知菩薩神負遠塵王之知也

增深敬異自染衣已篤學精勤令問風範語
在前記
城南不遠有大伽藍國中聰叡同類萃止有
窣堵波高百餘尺無憂王所建也如來在昔
於此說法摧伏外道廣度人天其側則有過
去四佛座及經行遺迹之所自此南行三千
餘里至秣羅矩吒國亦謂枳秣羅國南印度境
秣羅矩吒國周五千餘里國大都城周四十
餘里土田潟鹵地利不滋海渚諸珍多聚此
國氣序炎熱人多黧黑志性剛烈邪正兼崇
不尚遊藝唯善逐利伽藍故基實多餘址存
者既少僧徒亦寡天祠數百外道甚衆多露
形之徒也
城東不遠有故伽藍庭宇荒蕪基址尚在無
憂王弟大帝之所建也其東有窣堵波崇基
已陷覆鉢猶存無憂王之所建立在昔如來
於此說法現大神通度無量衆用彰聖迹故
此標建歲久彌神所願或遂
國南濱海有秣剌耶山崇崖峻嶺洞谷深澗
其中則有白檀香樹栴檀你婆樹樹類白檀
不可以別唯於盛夏登高遠矚其有大蛇縈
者於是知之猶其木性涼冷故蛇盤也既望
見已射箭爲記冬蟄之後方乃採伐羯布羅
香樹松身異葉華果斯別初採既濕尚未有
香木乾之後修理而析其中有香狀若雲母
色如冰雪此所謂龍腦香也
秣剌耶山東有布呾洛迦山山徑危險巖谷
敧傾山頂有池其水澄鏡派出大河周流繞
山二十帀入南海池側有石天宮觀自在菩
薩往來遊舍其有願見菩薩者不顧身命厲

水登山忘其艱險能達之者蓋亦寡矣而山下居人祈心請見或作自在天形或為塗灰外道慰喻其人果遂其願從此山東北海畔有城是往南海僧伽羅國路聞諸土俗曰從此入海東南可三千餘里至僧伽羅國此言執師子非印度之境

大唐西域記卷第十

音釋

跖之石切足底也 蹎蹶蹎都年切仆也蹶居月切僵也 嶜崟嶜昨淫切崟宜金切嶜崟山高貌 嶼徐呂切山在水中也 櫰乃可切 蠻獠蠻謨還切南蠻也獠盧皓切夷獠也 呾吒呾當割切吒陟嫁切 錮古暮切猶牢固也 鍱與涉切銅薄也 黧黮黧郎奚切黮吐敢切黧黮黑色也 狷獷狷古縣切狂也獷古猛切惡也 餧力膺切 轂古祿切輻所輳也 餐餌餐七安切餌仍吏切餐餌呑食也 岌魚及切山高貌 峭七肖切峻也 績則歷切與勣同 帑他朗切金帛藏也 猿狖猿于元切狖羊就切猿狖並獸名 攲丘奇切與崎同

大唐西域記卷第十一

唐三藏法師玄奘奉詔譯
大總持寺沙門辯機撰

二十三國

僧伽羅國周七千餘里國大都城周四十餘里土地沃壤氣序温暑稼穡時播華果具繁人户殷盛家産富饒其形卑黑其性獷烈好學尚德崇善勤福此國本寶渚也多有珍寶棲止鬼神其後南印度有一國王女娉隣國吉日送歸路逢師子侍衛之徒棄女逃難女在轝中心甘喪命時師子王負女而去入深山處幽谷捕鹿採果以時資給既積歲月遂孕男女形貌同人性種畜也男漸長大力格猛獸年方弱冠人智斯發請其母曰我何謂乎父則野獸母乃是人既非族類如何配偶母乃述昔事以告其子子曰人畜殊途宜速

逃逝母曰我先已逃不能自濟其子於後逐
師子父登山踰嶺察其遊止可以逃難伺父
去已遂擔負母妹下趍人里母曰宜各慎密
勿説事源人或知聞輕鄙我等於是至父本
國國非家族宗祀已滅投寄邑人人謂之曰
爾曹何國人也曰我本此國流離異域子母
相攜來歸故里人皆哀愍更共資給其師子
王還無所見追戀男女憤恚既發便出山谷
往來村邑咆哮震吼暴害人物殘毒生類邑
人輙出遂取而殺擊鼓吹貝負弩持矛群從
成旅然後免害其王懼仁化之不洽也乃縱
獵者期於擒獲王躬率四兵衆以萬計掩薄
林藪彌跨山谷師子震吼人畜辟易既不擒
獲尋復招募其有擒執師子除國患者當酬
重賞式旌茂績其子聞王之令乃謂母曰飢

寒已甚宜可應募或有所得以相撫育母曰
言不可若是彼雖畜也猶謂父焉豈以艱辛
而興逆害子曰人畜異類禮義安在既以違
阻此心何冀乃袖小刃出應招募是時千衆
萬騎雲屯霧合師子踞在林中人莫敢近子
即其前父遂馴伏於是乎親愛忘怒乃剚刃
於腹中尚懷慈愛猶無忿毒乃至刳腹含苦
而死王曰斯何人哉若此之異也誘之以福
利震之以威禍然後具陳始末備述情事王
曰逆哉父而尚害況非親乎畜種難馴凶情
易動除民之害其功大矣斷父之命其心逆
矣重賞以酬其功遠放以誅其逆則國典不
虧王言不貳於是裝二大船多儲糧糗母留
在國周給賞功子女各從一舟隨波飄蕩其
男船泛海至此寶渚見豐珍玉便於中止其

後商人採寶復至渚中乃殺其商主留其子女如是繁息子孫衆多遂立君臣以位上下建都築邑據有疆域以其先祖擒執師子因舉元功而爲國號其女船者泛至波剌斯西神鬼所魅産育羣女故今西大女國是也故師子國人形貌卑黑方頤大顙情性獷烈安忍鴆毒斯亦猛獸遺種故其人多勇健斯一説也

佛法所記則曰昔此寶洲大鐵城中五百羅刹女之所居也城樓之上竪二高幢表吉凶之相有吉事吉幢動有凶事凶幢動恒伺商人至寶洲者便變爲美女持香華奏音樂出迎慰問誘入鐵城樂讌歡會已而置鐵牢中漸取食之時贍部洲有大商主僧伽者其子字僧伽羅父既年老代知家務與五百商人入海採寶風波飄蕩遇至寶洲時羅刹女望吉幢動便齎香華鼓奏音樂相攜迎候誘入鐵城商主於是對羅刹女王歡娱樂會自餘商侶各相配合彌歷歲時皆生一子諸羅刹女情疏故人欲幽之鐵牢更伺商侶時僧伽羅夜感惡夢知非吉祥竊求歸路遇至鐵牢乃聞悲號之聲遂昇高樹問曰誰相拘縶而此怨傷曰爾不知耶城中諸女並是羅刹昔誘我曹入城娱樂君既將至幽牢我曹漸充所食今已太半君等不久亦遭此禍僧伽羅曰當圖何計可免危難對曰我聞海濵有一天馬至誠祈請必相濟渡僧伽羅聞已竊告商侶共望海濵專精求救是時天馬來告人曰爾輩各執我毛鬣不迴顧者我濟汝曹越海免難至贍部洲吉達鄉國諸商人奉指告

專一無貳執其髦鬣天馬乃騰驤雲路越濟海岸諸羅刹女忽覺夫逃遞相告語異其所去各攜稚子凌虛往來知諸商人將出海濱遂相召命飛行遠訪嘗未踰時遇諸商侶悲喜俱至涕淚交流各掩泣而言曰我惟感遇幸會良人室家有慶恩愛已久而今遠棄妻子孤遺悠悠此心誰其能忍幸願留顧相與還城商人之心未肯迴慮諸羅刹女策説無功遂縱妖媚備行嬌惑商侶愛戀情難堪忍心疑去留身皆退墮羅刹諸女更相拜賀與彼商人攜持而去僧伽羅者智慧深固心無滯累得越大海免斯危難時羅刹女王空還鐵城諸女謂曰汝無智略爲夫所棄既寡藝能宜勿居此時羅刹女王持所生子飛至僧伽羅前縱極媚惑誘請令還僧伽羅口誦神

呪手揮利劒叱而告曰汝是羅刹我乃是人人鬼異路非其匹合苦苦相逼當斷汝命羅刹女知誘惑之不遂也凌虛而去至僧伽羅家謂其父僧伽曰我是某國王女僧伽羅娶我爲妻生一子矣齎持寶貨來還鄉國泛海遭風舟檝漂没唯我子母及僧伽羅僅而獲濟山川道阻凍餒艱辛一言忤意遂見棄遺詈言不遜罵爲羅刹歸則家國遼遠止則孤遺羈旅進退無依敢陳情事僧伽曰誠如所言宜時即入室居未久僧伽羅至父謂之曰何重財寶而輕妻子僧伽羅曰此羅刹女也則以先事具白父母而親宗戚屬咸事驅逐時羅刹女遂以訴王王欲罪僧伽羅僧伽羅曰羅刹之女情多妖惑王以爲不誠也而情悦其淑美謂僧伽羅曰必棄此女今留後宫

僧伽羅曰恐爲災禍斯旣羅刹食唯血肉王不聽僧伽羅之言遂納爲妻其後夜分飛還寶渚召餘五百羅刹鬼女共至王宫以毒呪術殘害宫中凡諸人畜食肉飲血持其餘屍還歸寶渚旦日羣臣朝集王門閉而不開候聽久之不聞人語於是排其戶闢其門相從趍進遂至宫庭闃其無人唯有骸骨羣官僚佐相顧失圖悲號慟哭莫測禍源僧伽羅具告始末臣庶信然禍自招矣於是國輔老臣羣官宿將歷問明德推據崇高咸仰僧伽羅之福智也乃相議曰夫君人者豈苟且哉先資福智次體明哲非福智無以享寶位非明哲何以理機務僧伽羅者斯其人矣夢察禍機感應天馬忠以諫主智足謀身曆運在茲惟新成詠衆庶樂推尊立之爲王僧伽羅辭不獲免允執其中恭揖羣官遂即王位於是沿革前弊表式賢良乃下令曰吾先商侶在羅刹國死生莫測善惡不分今將救難宜整兵甲拯危恤患國之福也收珍藏寶國之利也於是治兵浮海而往時鐵城上凶幢遂動諸羅刹女覩而惶怖便縱妖媚出迎誘誑王素知其詐令諸兵士口誦神呪身奮武威諸羅刹女蹎墜退敗或逃隱海島或沉溺洪流於是毀鐵城破鐵牢救得商人多獲珍寶招募黎庶遷居寶洲建都築邑遂有國焉因以王名而爲國號僧伽羅者則釋迦如來本生之事也

僧伽羅國先時唯宗淫祀佛去世後第一百年無憂王弟摩醯因陀羅捨離欲愛志求聖果得六神通具八解脫足步虛空來遊此國

弘宣正法流布遺教自茲已降風俗淳信伽藍百所僧徒二萬餘人遵行大乘上座部法佛教至後二百餘年各擅專門分成二部一曰摩訶毗訶羅住部斥大乘習小教二曰阿跋耶祇釐住部學兼二乘弘演三藏僧徒乃戒行貞潔定慧凝明儀範可師濟濟如也

王宮側有佛牙精舍高數百尺瑩以殊珍飾之奇寶精舍上建表柱置鉢曇摩羅伽大寶寶光赫奕聯暉照曜晝夜遠望爛若明星王以佛牙日三灌洗香水香末或濯或焚務極珍奇式修供養

僧伽羅國古之師子國又曰無憂國即南印度其地多奇寶又名曰寶渚昔釋迦牟尼佛化身名僧迦羅諸德兼備國人推尊爲王故國亦以僧迦羅爲號也以大神通力破大鐵城滅羅刹女拯恤危難於是建都築邑化導是方宣流正教示寂留牙在於茲土金剛堅固歷劫不壞寶光遥燭如星燦空如月炫宵如太陽麗晝凡有禱禳應荅如響國有凶荒災異精意懇祈靈祥隨至今之錫蘭山即古之僧迦羅國也王宮側有佛牙精舍飾以衆寶輝光赫奕累世相承敬禮不衰今國王阿烈苦奈兒鎖里人也崇祀外道不敬佛法暴虐兇悖靡恤國人褻慢佛牙大明永樂三年皇帝遣中使太監鄭和奉香花往詣彼國供養鄭和勸國王阿烈苦奈兒敬崇佛教遠離外道王怒即欲加害鄭和知其謀遂去後復遺鄭和往賜諸番并賜錫蘭山國王王益慢不恭欲圖害使者用兵五萬人刋木塞道分兵以劫海舟會其下預泄其機鄭和等覺亟

回舟路已阨絶潛遣人出舟師拒之和以兵三千夜由間道攻入王城守之其劫海舟番兵乃與其國内番兵四面來攻合圍數重攻戰六日和等執其王凌晨開門伐木取道且戰且行凡二十餘里抵暮始達舟當就禮請佛牙至舟靈異非常光彩照曜如前所云訇霆震驚遠見隱避歴涉巨海凡數十萬里風濤不驚如履平地獰龍惡魚紛出乎前恬不爲害舟中之人皆安穩快樂永樂九年七月初九日至京師

皇帝命於皇城内莊嚴旃檀金剛寶座貯之式修供養利益有情祈福民庶作無量功德

佛牙精舍側有小精舍亦以衆寶而爲瑩飾中有金佛像此國先王等身而鑄肉髻則貴寶飾焉其後有盜伺欲竊取而重門周檻衞守清切盜乃鑿通孔道入精舍而穴之遂欲取寶像漸高遠其盜旣不果求退而歎曰如來在昔修菩薩行起廣大心發弘誓願上自身命下至國城悲愍四生周給一切今者如何遺像悋寶靜言於此不明昔行像乃俯首而授寶焉是盜得已尋持貨賣人或見者咸謂之曰此寶乃先王金佛像頂髻寶也爾從何獲來此鬻賣遂擒以白王王問所從得盜曰佛自與我我非盜也王以爲不誠命使觀驗像猶俯首王覩聖靈信心淳固不罪其人重贖其寶莊嚴像髻重置頂焉像因俯首以至於今

王宮側建大廚日營萬八千僧食食時旣至僧徒持鉢受饌旣得食已各還其居自佛教流被建斯供養子孫承統繼業至今十數年

來國中政亂未有定主乃廢斯業
國濵海隅地產珍寳王親祠祭神呈奇貨都
人士子往來求採稱其福報所獲不同隨得
珠璣賦稅有科
國東南隅有駿迦山巖谷幽峻神鬼遊舍在
昔如來於此說駿迦經舊曰楞伽經訛也
國南浮海數千里至那羅稽羅洲洲人卑小
長餘三尺人身鳥喙既無穀稼唯食椰子那
羅稽羅洲西浮海數千里孤島東崖有石佛
像高百餘尺東面坐以月愛珠爲肉髻月將
迴照水即懸流滂霈崖嶺臨注谿壑時有商
侶遭風飄浪隨波泛濫遂至孤島海鹹不可
以飲渴乏者久之是時月十五日也像頂流
水衆皆獲濟以爲至誠所感靈聖拯之於即
留停遂經數日每月隱高巖其水不流時商
主曰未必爲濟我曹而流水也嘗聞月愛珠
月光照即水流注耳將非佛像頂上有此寳
耶遂登崖而視之乃以月愛珠爲像肉髻當
見其人說其始末國西浮海數千里至大寳
洲無人居止唯神棲宅靜夜遥望光燭山川
商人往之者多矣咸無所得自達羅毗荼國
北入林野中歷孤城過小邑凶人結黨作害
羈旅行二千餘里至恭建那補羅國南印度境
恭建那補羅國周五千餘里國大都城周三
十餘里土地膏腴稼穡滋盛氣序溫暑俗風
躁烈形貌黧黑情性獷暴好學業尚德藝伽
藍百餘所僧徒萬餘人大小二乘兼功綜習
天祠數百異道雜居
王宮城側有大伽藍僧徒三百餘人實唯俊
彥也伽藍大精舍高百餘尺中有一切義成

太子寶冠高減二尺飾以寶珍盛以寶函每至齋日出置高座香華供養時放光明城側大伽藍中有精舍高五十餘尺中有刻檀慈氏菩薩像高十餘尺或至齋日神光照燭是聞二百億羅漢之所造也

城北不遠有多羅樹林周三十餘里其葉長廣其色光潤諸國書寫莫不採用林中有窣堵波是過去四佛坐及經行遺迹之所其側則有聞二百億羅漢遺身舍利窣堵波也

城東不遠有窣堵波基已傾陷餘高三丈聞諸先志曰此中有如來舍利或至齋日時燭靈光在昔如來於此說法現神通力度諸羣生城西南不遠有窣堵波高百餘尺無憂王之所建也是聞二百億羅漢於此現大神通化度衆生傍有伽藍唯餘基址是彼羅漢之所建也從此西北入大林野猛獸暴害羣盜凶殘行二千四五百里至摩訶剌侘國（南印度境）

摩訶剌侘國周六千餘里國大都城西臨大河周三十餘里土地沃壤稼穡殷盛氣序溫暑風俗淳質其形偉大其性傲逸有恩必報有怨必復人或凌辱殉命以讎窘急投分忘身以濟將復怨也必先告之各被堅甲然後爭鋒臨陣逐北不殺已降兵將失利無所刑罰賜之女服感激自死國養勇士有數百人每將決戰飲酒酣醉一人推鋒萬夫挫鋭遇人肆害國刑不加每出遊行擊鼓前導復飼暴象凡數百頭將欲陣戰亦先飲酒羣馳蹈踐前無堅敵其王恃此人象輕陵隣國王剎帝利種也名補羅稽舍謀猷弘遠仁慈廣被臣下事之盡其忠矣今戒日大王東征西伐

遠賓邇肅唯此國人獨不臣伏屢率五印度甲兵及募召諸國烈將躬往討伐猶未克勝其兵也如此其俗也如彼人知好學邪正兼崇伽藍百餘所僧徒五千餘人大小二乘兼功綜習天祠百數異道甚多

大城内外五窣堵波並過去四佛坐及經行遺迹之所無憂王建也自餘石甎諸窣堵波其數甚多難用備舉

城南不遠有故伽藍中有觀自在菩薩石像靈鑒潛被願求多果

國東境有大山疊嶺連嶂重巒絶巘爰有伽藍基于幽谷高堂邃宇䟽崖枕峯重閣層臺背巖面壑阿折羅（此言所行）阿羅漢所建羅漢西印度人也其母既終觀生何趣見於此國受女人身羅漢遂來至此將欲導化隨機攝受入里乞食至母生家女子持食來施乳便流汁親屬既見以爲不祥羅漢説本因縁女子便證聖果羅漢感生育之恩懷業緣之致將酬厚德建此伽藍伽藍大精舍高百餘尺中有石佛像高七十餘尺上有石蓋七重虚懸無綴蓋間相去各三尺餘聞諸先志曰斯乃羅漢願力之所持也或曰神通之力或曰藥術之功考厥實録未詳其致精舍四周雕鏤石壁作如來在昔修菩薩行諸因地事證聖果之禎祥入寂滅之靈應巨細無遺備盡鐫鏤伽藍門外南北左右各一石象聞之土俗曰此象時大聲吼地爲震動昔陳那菩薩多止此伽藍自此西行千餘里渡耐秣陀河至跋禄羯呫婆國（南印度境）

跋禄羯呫婆國周二千四五百里國大都城

周二十餘里土地鹹鹵草木稀踈貲海為鹽利海為業氣序暑熱迴風飈起土俗澆薄人性詭詐不知學藝邪正兼信伽藍十餘所僧徒三百餘人習學大乘上座部法天祠十餘所異道雜居從此西北行二千餘里至摩臘婆國即南羅之國南印度境

摩臘婆國周六千餘里國大都城周三十餘里據莫訶河東南土地膏腴稼穡殷盛草木榮茂華果繁實特宜宿麥多食餅麨人性善順大抵聰敏言辭雅亮學藝優深五印度境兩國重學西南摩臘婆國東北摩揭陀國貴德尚仁明敏強學而此國也邪正雜信伽藍數百所僧徒二萬餘人習學小乘正量部法天祠數百異道寔衆多是塗灰之侶也國志曰六十年前王號尸羅阿迭多此言戒日機慧高明才學瞻敏愛育四生敬崇三寶始自誕靈洎乎沒齒貌無瞋色手不害生象馬飲水漉而後飲恐傷水性也其仁慈如此在位五十餘年野獸狎人舉國黎庶咸不殺害居宮之側建立精舍窮諸工巧備盡莊嚴中作七佛世尊之像每歲恒設無遮大會招集四方僧徒修施四事供養或以三衣道具或以七寶珍奇奕世相承美業無替

大城西北二十餘里至婆羅門邑傍有陷坑秋夏淫滯彌淹旬日雖納衆流而無積水其傍又建小窣堵波聞諸先志曰昔者大慢婆羅門生身陷入地獄之處昔此邑中有婆羅門生知博物學冠時彥內外典籍究極幽微曆數玄文若視諸掌風範清高令聞遐被王甚珍敬國人宗重門人千數味道欽風每而

言曰吾爲世出述聖導凡先賢後哲無與我比彼大自在天婆藪天那羅延天佛世尊者人皆風靡祖述其道莫不圖形競修祗敬我令德踰於彼名擅於時不有所異其何以顯遂用赤栴檀刻作大自在天婆藪天那羅延天佛世尊等像爲座四足凡有所至負以自隨其慢傲也如此時西印度有苾芻跋陀羅樓支（此言賢愛）妙極因明深窮異論道風淳粹戒香郁烈少欲知足無求於物聞而歎曰惜哉時無人矣令彼愚夫敢行凶德於是荷錫遠遊來至此國以其宿心具白於王王見弊服心未之敬然高其志强爲之禮遂設論座告婆羅門婆羅門聞而笑曰彼何人斯敢懷此志命其徒屬來就論場數百千衆前後侍聽賢愛服弊故衣敷草而坐彼婆羅門踞所持座非斥正法敷述邪宗苾芻清辯若流循環往復婆羅門久而謝屈王乃謂曰久濫虛名罔上惑衆先典有記論負當戮欲燒鑪鐵令其坐上婆羅門窘迫乃歸命求救賢愛愍之乃請王曰大王仁化遠洽頌聲載途當布慈育勿行殘酷恕其不逮唯所去就王令乘驢遍告城邑婆羅門耻其戮辱發憤歐血苾芻聞已往慰之曰爾學苞內外聲聞遐邇榮辱之事進退當明夫名者何實乎婆羅門憤恚深詈苾芻謗毀大乘輕懱先聖言聲未靜地便坼裂生身墜陷遺迹斯在自此西南入海交西北行二千四五百里至阿吒釐國（南印度境）

阿吒釐國周六千餘里國大都城周二十餘里居人殷盛珍寶盈積稼穡雖備興販爲業土地沙鹵華果稀少出胡椒樹樹葉若蜀椒

也出薰陸香樹樹葉若棠梨也氣序熱多風埃人性澆薄貴財賤德文字語言儀形法則大同摩臘婆國多不信福縱有信者宗事天神祠館十餘所異道雜居從摩臘婆國西北行三百里至契吒國（南印度境）

契吒國周三千餘里國大都城周二十餘里人戶殷盛家室富饒無大君長役屬摩臘婆國風土物產遂同其俗伽藍十餘所僧徒千餘人大小二乘兼功習學天祠數十外道衆多從此北行千餘里至伐臘毗國（即北羅羅國南印度之境）

伐臘毗國周六千餘里國大都城周三十餘里土地所產氣序所宜風俗人性同摩臘婆國居人殷盛家室富饒積財百億者乃有百餘室矣遠方奇貨多聚其國伽藍百餘所僧徒六千餘人多學小乘正量部法天祠數百異道實多如來在世屢遊此國故無憂王於佛所止皆樹旌表建窣堵波過去三佛坐及經行說法之處遺迹相間今王剎帝利種也即昔摩臘婆國尸羅阿迭多王之姪今羯若鞠闍國尸羅阿迭多王之子壻號杜魯婆跋吒（此言常叡）情性躁急智謀淺近然而淳信三寶歲設大會七日以殊珍上味供養僧衆三衣醫藥之價七寶奇貴之珍既以總施倍價酬贖貴德尚賢尊道重學遠方高僧特加禮敬去城不遠有大伽藍阿折羅阿羅漢之所建立德慧堅慧菩薩之所遊止於中制論並盛流布自此西北行七百餘里至阿難陀補羅國（西印度境）

阿難陀補羅國周二千餘里國大都城周二

十餘里人戶殷盛家室富饒無大君長役屬摩臘婆國土宜氣序文字法則遂亦同焉伽藍十餘所僧徒減千人習學小乘正量部法天祠數十異道雜居從伐臘毗國西行五百餘里至蘇剌侘國西印度境

蘇剌侘國周四千餘里國大都城周三十餘里西據莫醯河居人殷盛家產富饒役屬伐臘毗國地土鹹鹵華果稀少寒暑雖均風飄不靜土俗澆薄人性輕躁不好學藝邪正兼信伽藍五十餘所僧徒三千餘人多學大乘上座部法天祠百餘所異道雜居國當西海之路人皆資海之利興販爲業貿遷有無去城不遠有郁鄯多山山頂有伽藍房宇廊廡多疏崖嶺林樹鬱茂泉流交境聖賢之所遊止靈仙之所集住從伐臘毗國北行千八百餘里至瞿折羅國西印度境

瞿折羅國周五千餘里國大都城號毗羅摩羅周三十餘里土宜風俗同蘇剌侘國居人殷盛家產富饒多事外道少信佛法伽藍一所僧百餘人習學小乘法教說一切有部天祠數十異道雜居王剎帝利種也年在弱冠智勇高遠深信佛法高尚異能從此東南行二千八百餘里至鄔闍衍那國南印度境

鄔闍衍那國周六千餘里國大都城周三十餘里土宜風俗同蘇剌侘國居人殷盛家室富饒伽藍數十所多以圮壞存者三五僧徒三百餘人大小二乘兼功習學天祠數十異道雜居王婆羅門種也博覽邪書不信正法去城不遠有窣堵波無憂王作地獄之處從此東北行千餘里至擲枳陀國南印度境

擲枳陁國周四千餘里國大都城周十五六里土稱沃壤稼穡滋植宜菽麥多華果氣序調暢人性善順多信外道少敬佛法伽藍數十少有僧徒天祠十餘所外道千餘人王婆羅門種也篤信三寶尊重有德諸方博達之士多集此國從此北行九百餘里至摩醯濕伐羅補羅國（中印度境）

摩醯濕伐羅補羅國周三千餘里國大都城周三十餘里土宜風俗同鄔闍衍那國宗敬外道不信佛法天祠數十多是塗灰之侶王婆羅門種也不甚敬信佛法從此還至瞿折羅國復北行荒野險磧經千九百餘里渡信度大河至信度國（西印度境）

信度國周七千餘里國大都城號毗苫婆補羅周三十餘里宜穀稼豐粟麥出金銀鍮石宜牛羊橐駝騾畜之屬橐駝卑小唯有一峯多出赤鹽色如赤石白鹽黑鹽及白石鹽等異域遠方以之爲藥人性剛烈而質直數鬪諍多誹讟學不好博深信佛法伽藍數百所僧徒萬餘人並學小乘正量部法大抵懈怠性行弊穢其有精勤賢善之徒獨處閑寂遠迹山林夙夜匪懈多證聖果天祠三十餘所異道雜居王戍陁羅種也性淳質敬佛法如來在昔頗遊此國故無憂王於聖迹處建窣堵波數十所烏波毱多大阿羅漢屢遊此國演法開導所止之處皆旌遺迹或建僧伽藍或樹窣堵波往往間起可略而言

信度河側千餘里陂澤間有數百千戶於此宅居其性剛烈唯殺是務牧牛自活無所係命若男若女無貴無賤剃鬚髮服袈裟像類

苾芻而行俗事專執小見非斥大乘聞諸先志曰昔此地民庶安忍但事凶殘時有羅漢愍其顛墜爲化彼故乘虛而來現大神通示希有事令衆信受漸導言教諸人敬悅願奉指誨羅漢知衆心順爲授三歸息其凶暴悉斷殺生剃髮染衣恭行法教年代浸遠世易時移守善既虧餘風不殄雖服法衣嘗無戒善子孫奕世習以成俗從此東行九百餘里渡信度河東岸至茂羅三部盧國（西印度境）

茂羅三部盧國周四千餘里國大都城周三十餘里居人殷盛家室富饒役屬磔迦國土田良沃氣序調順風俗質直好學尚德多事天神少信佛法伽藍十餘所多已圮壞少有僧徒學無專習天祠八所異道雜居有日天祠莊嚴甚麗其日天像鑄以黄金飾以奇寶靈鑒幽通神功潛被女樂遞奏明炬繼日香華供養初無廢絶五印度國諸王豪族莫不於此捨施珍寶建立福舍以飲食醫藥給濟貧病諸國之人來此求願常有千數天祠四周池沼華林甚可遊賞從此東北行七百餘里至鉢伐多國（北印度境）

鉢伐多國周五千餘里國大都城周二十餘里居人殷盛役屬磔迦國多旱稻宜菽麥氣序調適風俗質直人性躁急言含鄙辭學藝深博邪正雜信伽藍十餘所僧徒千餘人大小二乘兼功習學四窣堵波無憂王之所建也天祠二十異道雜居城側有大伽藍僧徒百餘人並學大乘教即是昔慎那弗呾羅（此言最勝子）論師於此製瑜伽師地釋論亦是賢愛論師德光論師本出家處此大伽藍爲天火

所燒摧殘荒圮從信度國西南行千五六百里至阿點婆翅羅國（西印度境）

阿點婆翅羅國周五千餘里國大都城號朅䣽溼伐羅周三十餘里僻在西境臨信度河隣大海濱屋宇莊嚴多有珍寶近無君長統屬信度國地下溼土斥鹵穢草荒茂疇壠少墾穀稼雖備菽麥特豐氣序微寒風飇勁烈宜牛羊橐駝騾畜之類人性暴急不好習學語言微異中印度其俗淳質敬崇三寶伽藍八十餘所僧徒五千餘人多學小乘正量部法天祠十所多是塗灰外道之所居止城中有大自在天祠祠宇彫飾天像靈鑒塗灰外道遊舍其中在昔如來頗遊此國說法度人導凡利俗故無憂王於聖迹處建六窣堵波焉從此西行減二千里至狼揭羅國（西印度境）

狼揭羅國東西南北各數千里國大都城周三十餘里號窣菟黎溼伐羅土地沃潤稼穡滋盛氣序風俗同阿點婆翅羅國居人殷盛多諸珍寶臨大海濱入西女國之路也無大君長據川自立不相承命役屬波剌斯國文字大同印度語言少異邪正兼信伽藍百餘所僧徒六千餘人大小二乘兼功習學天祠數百所塗灰外道其徒極衆城中有大自在天祠莊嚴壯麗塗灰外道之所宗事自此西北至波剌斯國（雖非印度之國路次附見舊曰波斯略也）

波剌斯國周數萬里國大都城號蘇剌薩儻那周四十餘里川土既多氣序亦異大抵溫也引水為田人戶富饒出金銀鍮石頗胝水精奇珍異寶工織大錦細褐㲪毹之類多善馬橐駝貨用大銀錢人性躁暴俗無禮義文

字語言異於諸國無學藝多工伎凡諸造作隣境所重婚姻雜亂死多棄屍其形偉大齊髮露頭衣皮褐服錦氎戶課賦稅人四銀錢天祠甚多提那跋外道之徒爲所宗也伽藍二三僧徒數百並學小乘教說一切有部法釋迦佛鉢在此王宮國東境有鶴秣城內城不廣外郭周六十餘里居人衆家產富西北接拂懍國境壤風俗同波刺斯形貌語言稍有乖異多珍寶亦富饒也拂懍國西南海島有西女國皆是女人略無男子多諸珍寶貨附拂懍國故拂懍王歲遣丈夫配焉其俗產男皆不舉也自阿點婆翅羅國北行七百餘里至臂多勢羅國西印度境

臂多勢羅國周三千餘里國大都城周二十餘里居人殷盛無大君長役屬信度國土地沙鹵寒風淒勁多菽麥少華果而風俗獷暴語異中印度不好藝學然知淳信伽藍五十餘所僧徒三千餘人並學小乘正量部法天祠二十餘所並塗灰外道也城北十五六里大林中有窣堵波高數百尺無憂王所建也中有舍利時放光明是如來昔作仙人爲國王所害之處此東不遠有故伽藍是昔大迦多延那大阿羅漢之所建立其傍則有過去四佛座及經行遺迹之處建窣堵波以爲旌表從此東北行三百餘里至阿軬荼國西印度境

阿軬荼國周二千四五百里國大都城周二十餘里無大君長役屬信度國土宜稼穡菽麥特豐華果少草木疎氣序風寒人性獷烈言辭朴質不尚學業然於三寶守心淳信伽藍二十餘所僧徒二千餘人多學小乘正量

部法天祠五所並塗灰外道也城東北不遠大竹林中伽藍餘址是如來昔於此處聽諸苾芻著亟縛屣（此言靴）傍有窣堵波無憂王所建也基雖傾陷尚高百餘尺其傍精舍有青石立佛像每至齋日或放神光次南八百餘步林中有窣堵波無憂王之所建也如來昔日止此夜寒乃以三衣重覆至明旦開諸苾芻著複納衣此林之中有佛經行之處又有諸窣堵波鱗次相望並過去四佛坐處也其窣堵波中有如來髮爪每至齋日多放光明

從此東北行九百餘里至伐剌拏國（西印度境）

伐剌拏國周四千餘里國大都城周二十餘里居人殷盛役屬迦畢試國地多山林稼穡時播氣序微寒風俗獷烈性忍暴志鄙弊語言少同中印度邪正兼崇不好學藝伽藍數十荒圮已多僧徒三百餘人並學大乘法教天祠五所多塗灰外道也城南不遠有故伽藍如來在昔於此說法示教利喜開悟含生其側有過去四佛座及經行遺迹之處聞諸土俗曰從此國西接稽薑那國居大山川間別立主無大君長多羊馬有善馬者其形姝大諸國希種鄰境所寶復此西北踰大山涉廣川歷小城邑行二千餘里出印度境至漕矩吒國（亦謂漕利國）

大唐西域記卷第十一

音釋

奞（補衮切）剚（側吏切插刀也）刳（苦胡切剖也）糗（許救切熬米麥爲之也）讌（於甸切合歡也）驤（汝陽切騰躍也）檝（即葉切）餧（奴罪切飢也）椰（以遮切）綴（陟衛切聯也）驝（他各切駱駝也）讟（徒谷切謗也）齎

沮切 諸

切與飼同

氍毹 氍其俱切 毹雙雛切 氍毹毛席也

秣 莫葛切 人相食吏

大唐西域記卷第十二

唐三藏法師玄奘奉詔譯
大總持寺沙門辯機撰

二十二國

漕矩吒國周七千餘里國大都城號鶴悉那周三十餘里或都鶴薩羅城周三十餘里並堅峻險固也山川嶾嶙疇壟塽塏穀稼時播宿麥滋豐草木扶疎華果茂盛宜鬱金香出興瞿草草生羅摩印度川鶴薩羅城中涌泉流派國人利之以漑田也氣序寒烈霜雪繁多人性輕躁情多詭詐好學藝多技術聰而不明日誦數萬言文字言詞異於諸國多飾虛談少成事實雖祀百神敬崇三寶伽藍數百所僧徒萬餘人並皆學大乘法教今王淳信累葉承統務興勝福敏而好學無憂王所建窣堵波十餘所天祠數十異道雜居計多外道其徒極盛宗事獨那天其天神昔自迦畢試國阿路猱山徙居此國南界獨那呬羅山中作威作福爲暴爲惡信求者遂願輕懺

者招殃故遠近宗仰上下祇懼隣國異俗君臣僚庶每歲嘉辰不期而會或齎金銀奇寶或以羊馬馴畜競興貢奉俱申誠素所以金銀布地羊馬满谷無敢覬覦唯修施奉宗事外道克心苦行天神授其呪術外道遵行多効治療疾病頗蒙痊愈從此北行五百餘里至弗栗恃薩儻那國

弗栗恃薩儻那國東西二千餘里南北千餘里國大都城號護苾那周二十餘里土宜風俗同漕矩吒國語言有異氣序寒勁人性獷烈王突厥種也深信三寶尚學遵德從此國東北踰山涉川越迦畢試國邊城小邑凡數十所至大雪山婆羅犀那大嶺嶺極崇峻危磴攲傾蹊徑槃迂巖岫迴互或入深谷或上高崖盛夏合凍鑿冰而度行經三日方至嶺上寒風淒烈積雪彌谷行旅經涉莫能佇足飛隼翺翔不能越度足趾步履然後翻飛下望諸山若觀培塿贍部洲中斯嶺特高其巔無樹唯多石峯攢立叢倚森然若林又三日行方得下嶺至安呾羅縛國

安呾羅縛國覩貨邏國故地也周三千餘里國大都城周十四五里無大君長役屬突厥山阜連屬川田隘狹氣序寒烈風雪淒勁豐稼穡宜華果人性獷暴俗無綱紀不知罪福不尚習學唯脩神祠少信佛法伽藍三所僧徒數十然皆遵習大衆部法有一窣堵波無憂王建也從此西北入谷踰嶺度諸小城行四百餘里至闊悉多國

闊悉多國覩貨邏國故地也周三千餘里國大都城周十餘里無大君長役屬突厥山多

川狹風而且寒穀稼豐華果盛人性獷暴俗無法度伽藍三所僧徒尠少從自西北踰山越谷度諸城邑行三百餘里至活國

活國覩貨邏國故地也周三千餘里國大都城周二十餘里無別君長役屬突厥土地平坦穀稼時播草木榮茂華果具繁氣序和暢風俗淳質人性躁烈衣服氈毼多信三寶少事諸神伽藍十餘所僧徒數百人大小二乘兼功綜習其王突厥也管鐵門已南諸小國遷徙鳥居不常其邑從此東入葱嶺葱嶺者據贍部洲中南接大雪山北至熱海千泉西至活國東至烏鎩國東西南北各數千里崖嶺數百重幽谷險峻恒積冰雪寒風勁烈多出葱故謂葱嶺又以山崖葱翠遂以名焉東行百餘里至瞢健國

瞢健國覩貨邏國故地也周四百餘里國大都城周十五六里土宜風俗大同活國無大君長役屬突厥北至阿利尼國

阿利尼國覩貨邏國故地也帶縛芻河兩岸周三百餘里國大都城周十四五里土宜風俗大同活國東至曷邏胡國

曷邏胡國覩貨邏國故地也北臨縛芻河周二百餘里國大都城周十四五里土宜風俗大同活國從瞢健國東踰峻嶺越洞谷歷數川城行三百餘里至訖栗瑟摩國

訖栗瑟摩國覩貨邏國故地也東西千餘里南北三百餘里國大都城周十五六里土宜風俗大同瞢健國但其人性暴惡有異東北至鉢利曷國

鉢利曷國覩貨邏國故地也東西百餘里南

北三百餘里國大都城周二十餘里土宜風俗大同訖栗瑟摩國從訖栗瑟摩國東踰山越川行三百餘里至呬摩呾羅國

呬摩呾羅國覩貨邏國故地也周三千餘里山川邐迤土地沃壤宜穀稼多宿麥百卉滋茂衆果具繁氣序寒烈人性暴急不識罪福形貌鄙陋舉措威儀衣氈皮褐頗同突厥其婦人首冠木角高三尺餘前有兩岐表夫父母上岐表父下岐表母隨先喪亡除去一岐舅姑俱殁角冠全棄其先强國王釋種也葱嶺之西多見臣伏境隣突厥遂染其俗又見侵掠自守其境故此國人流離異域數十堅城各别立主穹廬毳帳遷徙往來西接訖栗瑟摩國東行二百餘里至鉢鐸創那國

鉢鐸創那國覩貨邏國故地也周二千餘里國大都城據山崖上周六七里山川邐迤沙石彌漫土宜菽麥多蒲萄胡桃梨柰等果氣序寒烈人性剛猛俗無禮法不知學藝其貌鄙陋多衣氈毼伽藍三四所僧徒寡少王性淳質深信三寳從此東南山谷中行二百餘里至淫薄健國

淫薄健國覩貨邏國故地也周千餘里國大都城周十餘里山嶺連屬川田隘狹土地所産氣序所宜人性之差同鉢鐸創那但言語少異王性苛暴不明善惡從此東南踰嶺越谷峽路危險行三百餘里至屈浪拏國

屈浪拏國覩貨邏國故地也周二千餘里土地山川氣序時候同淫薄健國俗無法則人性鄙暴多不營福少信佛法其貌醜弊多服氈毼有山巖中多出金精琢析其石然後得

之伽藍既少僧徒亦寡其王淳質敬崇三寶從此東北登山入谷途路艱險行五百餘里至達摩悉鐵帝國亦名鑊偘又謂護蜜

達摩悉鐵帝國在兩山間覩貨邏國故地也東西千五六百餘里南北廣四五里狹則不踰一里臨縛芻河盤紆曲折堆阜高下沙石流漫寒風淒烈雖植麥豆少樹林乏華果多出善馬馬形雖小而耐馳涉俗無禮義人性獷暴形貌鄙陋衣服氈褐眼多碧緑異於諸國伽藍十餘所僧徒寡少

尸棄尼國昬馱多城國之都也中有伽藍此國先王之所建立疏崖奠谷式建堂宇此國之先未被佛教但事邪神數百年前肇弘法化初此國王愛子嬰疾徒究醫術有加無瘳王乃躬往天祠禮請求救時彼祠主爲神下語必當痊復良無他慮王聞喜慰迴駕而歸路逢沙門容止可觀駭其形服問所從至此沙門者已證聖果欲弘佛法故此儀形而報王曰我如來弟子所謂苾芻也王既憂心即先問曰我子嬰疾生死未分沙門曰王先靈可起愛子難濟王曰天神詳其不死沙門言其當終詭俗之人言何可信遲至宮中愛子已死匿不發喪更問神主猶曰不死疹疾當瘳王便發怒縛神主而數曰汝曹羣居長惡妄行威福我子已死尚云當瘳此而謬惑孰不可忍宜戮神主殄滅靈廟於是殺神主除神像投縛芻河迴駕而還又遇沙門見而敬悦稽首謝曰曩無明導佇足邪途澆弊雖久沿革在茲願能垂顧降臨居室沙門受請隨至中宮葬子既已謂沙門曰人世糺紛生死

流轉我子嬰疾問其去留神而妄言當必痊差先承指告果無虛說斯則其法可奉唯垂哀愍導此迷徒遂請沙門揆度伽藍依其規矩而便建立自爾之後佛教方隆故伽藍中精舍爲羅漢建也伽藍大精舍中有石佛像像上懸金銅圓蓋衆寶莊嚴人有旋繞蓋亦隨轉人止蓋止莫測靈鑒聞諸耆舊曰或云聖人願力所持或謂機關祕術所致觀其堂宇石壁堅峻考厥衆議莫知實録踰此國大山北至尸棄尼國

尸棄尼國周二千餘里國大都城周五六里山川連屬沙石遍野多菽麥少穀稼林樹稀踈華果寡少氣序寒烈風俗獷勇忍於殺戮務於盜竊不知禮義不識善惡迷未來禍福懼現世災殃形貌鄙陋皮褐爲服文字同覩貨邏國語言有異越達摩悉鐵帝國大山之南至商彌國

商彌國周二千五六百里山川相間堆阜高下穀稼備植菽麥彌豐多蒲萄出雌黃鑿崖析石然後得之山神暴惡屢爲災害祀祭後入平吉往來若不祈禱風雹奮發氣序寒風俗急人性淳質俗無禮義智謀寡狹技能淺薄文字同覩貨邏國語言别異多衣氈毼其王釋種也崇重佛法國人從化莫不淳信伽藍二所僧徒寡少

國境東北踰山越谷經危履險行七百餘里至波謎羅川東西千餘里南北百餘里狹隘之處不踰十里據兩雪山間故寒風淒勁春夏飛雪晝夜飄風地鹹鹵多礫石播植不滋草木稀少遂致空荒絶無人止

波謎羅川中有大龍池東西三百餘里南北五十餘里據大葱嶺内當贍部洲中其地最高也水乃澄清皎鏡莫測其深色帶青黑味甚甘美潛居則蛟螭魚龍黿鼉龜鼊浮遊乃鴛鴦鴻鴈駕鵝鸘鴇諸鳥大卵遺鷇荒野或草澤間或沙渚上池西派一大流西至達摩悉鐵帝國東界與縛芻河合而西流故此已右水皆西流池東派一大流東北至佉沙國西界與徙多河合而東流故此已左水皆東流波謎羅川南越山有鉢露羅國多金銀金色如火自此川中東南路無人里登山履險唯多冰雪行五百餘里至朅盤陀國

朅盤陀國周二千餘里國大都城基大石嶺背徙多河周二十餘里山嶺連屬川原隘狹穀稼儉少菽麥豐多林樹稀華果少原隰丘墟城邑空曠俗無禮義人寡學藝性既獷暴力亦驍勇容貌醜弊衣服氈毼文字語言大同佉沙國然知淳信敬崇佛法伽藍十餘所僧徒五百餘人習學小乘教說一切有部今王淳質敬重三寶儀容閑雅篤志好學建國已來多歷年數其自稱云是至那提婆瞿呾羅(此言漢日天種)此國之先葱嶺中荒川也昔波利斯國王娶婦漢土迎歸至此時屬兵亂東西路絶遂以王女置於孤峯峯極危峻梯崖而上下設周衛警晝巡夜時經三月寇賊方靜欲趍歸路女已有娠使臣惶懼謂徒屬曰王命迎婦屬斯寇亂野次荒川朝不謀夕吾王德感妖氣已靜今將歸國王婦有娠顧此爲憂不知死地宜推首惡或以後誅訊問諠譁莫究其實時彼侍兒謂使臣曰勿相尤也乃

神會耳每日正中有一丈夫從日輪中乘馬會此使臣曰若然者何以雪罪歸必見誅留亦來討進退若是何所宜行僉曰斯事不細誰就深誅待罪境外且推旦夕於是即石峯上築宮起館周三百餘步環宮築城立女爲主建宮垂憲至期產男容貌妍麗母攝政事子稱尊號飛行虛空控馭風雲威德遐被聲教遠洽隣域異國莫不稱臣其王壽終葬在此城東南百餘里大山巖石室中其屍乾腊今猶不壞狀羸瘠人儼然如睡時易衣服恒置香華子孫奕世以迄于今以其先祖之世母則漢土之人父乃日天之種故其自稱漢日天種然其王族貌同中國首飾方冠身衣胡服後嗣陵夷見迫强國無憂王命世即其宮中建窣堵波其王於後遷居宮東北隅以其故宮爲尊者童受論師建僧伽藍臺閣高廣佛像威嚴尊者呾叉始羅國人也幼而穎悟早離俗塵遊心典籍棲神玄旨日誦三萬二千言兼書三萬二千字故能學冠時彥名高當世立正法摧邪見高論清擧無難不酬五印度國咸見推高其所製論凡數十部並盛宣行莫不翫習即經部本師也當此之時東有馬鳴南有提婆西有龍猛北有童受號爲四日照世故此國王聞尊者盛德興兵動衆伐呾叉始羅國脅而得之建此伽藍式昭瞻仰

城東南行三百餘里至大石崖有二石室各一羅漢於中入滅盡定端然而坐難以動搖形若羸人膚骸不朽巳經七百餘歲其鬚髮恒長故衆僧年別爲剃髮易衣

大崖東北踰嶺履險行二百餘里至奔（適論切）穰舍羅（此言福舍）葱嶺東岡四山之中地方百餘頃正中墊下冬夏積雪風寒飄勁疇壠潟鹵稼穡不滋既無林樹唯有細草時雖暑熱而多風雪人徒纔入雲霧已興商侶往來苦斯艱險聞諸耆舊曰昔有賈客其徒萬餘橐駝數千齎貨逐利遭風遇雪人畜俱喪時朅盤陀國有大羅漢遙觀見之愍其危厄欲運神通拯斯淪溺適來至此商人已喪於是收諸珍寶集其所有構立館舍儲積資財買地鄰國鬻戶邊城以賑往來故今行人商侶咸蒙周給從此東下葱嶺東岡登危嶺越洞谷谿徑險阻風雪相繼行八百餘里出葱嶺至烏鎩國

烏鎩國周千餘里國大都城周 十餘里南臨徙多河地土沃壤稼穡殷盛林樹鬱茂華果具繁多出雜玉則有白玉黳玉青玉氣序和風雨順節俗寡禮義人性剛獷多詭詐少廉耻文字語言少同佉沙國容貌醜弊衣服皮㲲然能崇信敬奉佛法伽藍十餘所僧徒減千人習學小乘教說一切有部自數百年王族絕嗣無別君長役屬朅盤陀國城西二百餘里至大山山氣巃嵸觸石興雲崖隒崢嶸將崩未墜其巔窣堵波鬱然奇制也聞諸土俗曰數百年前山崖崩圮中有苾芻瞑目而坐軀量偉大形容枯槁鬚髮下垂被肩蒙面有畋獵者見已白王王躬觀禮都人士子不召而至焚香散華競修供養王曰斯何人哉若此偉也有苾芻對曰此鬚髮垂長而被服袈裟乃入滅心定阿羅漢也夫入滅心定者

先有期限或言聞楗椎聲或云待日光照有茲警察便從定起若無警察寂然不動定力持身遂無壞滅段食之體出定便謝宜以酥油灌注令得滋潤然後鼓擊警悟定心王曰俞乎乃擊楗椎其聲纔振而此羅漢豁然高視久之乃曰爾輩何人形容卑劣被服袈裟對曰我苾芻也曰然我師迦葉波如來今何所在對曰入大涅槃其來已久聞而閉目悵若有懷尋重問曰釋迦如來出興世耶對曰誕靈導世已從寂滅聞復俯首久之乃起昇虛空現神變化火焚身遺骸墜地王收其骨起窣堵波從此北行山磧曠野五百餘里至佉沙國舊謂疏勒者乃稱其城號也正音宜云室利訖栗多底疏勒之言猶訛也

佉沙國周五千餘里多沙磧少壤土稼穡殷盛華果繁茂出細氈毼工織細氍㲮𣰋氣候和暢風雨順序人性獷暴俗多詭詐禮義輕薄學藝庸淺其俗生子押頭匾㔸容貌麤鄙文身綠睛而其文字取則印度雖有刪訛頗存體勢語言辭調異於諸國淳信佛法勤營福利伽藍數百所僧徒萬餘人習學小乘教說一切有部不究其理多諷其文故誦通三藏及毗婆沙者多矣從此東南行五百餘里濟徙多河踰大沙嶺至斫句迦國舊曰沮渠

斫句迦國周千餘里國大都城周十餘里堅峻險固編戶殷盛山阜連屬礫石彌漫臨帶兩河頗以耕植蒲萄梨柰其果實繁時風寒人躁暴俗唯詭詐公行劫盜文字同瞿薩旦那國言語有異禮義輕薄學藝淺近淳信三寶好樂福利伽藍數十毀壞已多僧徒百餘人習學大乘教國南境有大山崖嶺嵯峨峯

巒重疊草木淩寒春秋一貫谿澗浚瀨飛流四注崖龕石室棊布巖林印度果人多運神通輕舉遠遊棲止於此諸阿羅漢寂滅者衆以故多有窣堵波也今猶現有三阿羅漢居巖穴中入滅心定形若羸人鬚髮恒長故諸沙門時往爲剃而此國中大乘經典部數尤多佛法至處莫斯爲盛也十萬頌爲部者凡有十數自茲已降其流實廣從此而東踰嶺越谷行八百餘里至瞿薩旦那國（此言地乳即其俗之雅言也俗語謂之渙那國匈奴謂之于遁諸明謂之豁旦印度謂之屈丹舊曰于闐訛）

瞿薩旦那國周四千餘里沙磧太半壤土隘狹宜穀稼多衆果出氍毹細氈工紡績絁紬又產白玉毉玉氣序和暢飄風飛埃俗知禮義人性溫恭好學典藝博達伎能衆庶富樂編戶安業國尚樂音人好歌舞少服毛褐氈裘多衣絁紬白氎儀形有禮風則有紀文字憲章聿遵印度微改體勢粗有沿革語異諸國崇尚佛法伽藍百有餘所僧徒五千餘人並多習學大乘法教王甚驍武敬重佛法自云毗沙門天之祚胤也昔者此國虛曠無人毗沙門天於此棲止無憂王太子在呾叉始羅國被抉目已無憂王怒譴輔佐遷其豪族出雪山北居荒谷間遷人逐物至此西界推舉酋豪尊立爲王當是時也東土帝子蒙譴流徙居此東界羣下勸進又自稱王歲月已積風教不通各因畋獵遇會荒澤更問宗緒因而爭長忿形辭語便欲交兵或有諫曰今何遽乎因獵決戰未盡兵鋒宜歸治兵期而後集於是迴駕而返各歸其國校習戎馬督勵士卒至期兵會旗鼓相望旦日合戰西主

不利因而逐北遂斬其首東主乘勝撫集亡國遷都中地方建城郭憂其無土恐難成功宣告遠近誰識地理時有塗灰外道負大瓠盛滿水自而進曰我知地理遂以其水屈曲遺流周而復始因即疾驅忽而不見依彼水迹峙其基堵遂得興功即斯國治今王所都於此也城非崇峻攻擊難克自古已來未能有勝其王遷都作邑建國安人功績已成齒耋云暮未有胤嗣恐絶宗緒乃往毗沙門天神所祈禱請嗣神像額上剖出嬰孩捧以迴駕國人稱慶既不飲乳恐其不壽尋詣神祠重請育養神前之地忽然隆起其狀如乳神童飲吮遂至成立智勇光前風教遐被遂營神祠宗先祖也自茲已降奕世相承傳國君臨不失其緒故今神廟多諸珍寶拜祠享祭無替於時地乳所育因爲國號

王城南十餘里有大伽藍此國先王爲毗盧折那（此言遍照）阿羅漢建也昔者此國佛法未被而阿羅漢自迦濕彌羅國至此林中宴坐習定時有見者駭其容服具以其狀上白於王王遂躬往觀其容止曰爾何人乎獨在幽林羅漢曰我如來弟子閑居習定王宜樹福弘讃佛教建伽藍召僧衆王曰如來者有何德有何神而汝鳥棲勤苦奉教曰如來慈愍四生誘導三界或顯或隱示生示滅導其法者出離生死迷其教者羈纒愛網王曰誠如所説事高言議既云大聖爲我現形既得瞻仰當爲建立盤心歸信弘揚教法羅漢曰王建伽藍功成感應王苟從其請建僧伽藍遠近咸集法會稱慶而未有揵椎扣擊召集王謂

羅漢曰伽藍已成佛在何所羅漢曰王當至誠聖鑒不遠王遂禮請忽見空中佛像下降授王揵椎因即誠信弘揚佛教

王城西南二十餘里有瞿室餕伽山（此言牛角）山峯兩起巖隒四絶於崖谷間建一伽藍其中佛像時燭光明昔如來曾至此處爲諸天人略說法要懸記此地當建國土敬崇遺法遵習大乘

牛角山巖有大石室中有阿羅漢入滅心定待慈氏佛數百年間供養無替近者崖崩掩塞門徑國王興兵欲除崩石即黒蜂羣飛毒螫人衆以故至今石門不開

王城西南十餘里有地迦婆縛那伽藍中有夾紵立佛像本從屈支國而來至止昔此國中有臣被譴寓居屈支恒禮此像後掌還國傾心遥敬夜分之後像忽自至其人捨宅建此伽藍

王城西行三百餘里至勃伽夷城中有佛坐像高七尺餘相好允備威肅嶷然首戴寶冠光明時照聞諸土俗曰本在迦濕彌羅國請移至此昔有羅漢其沙彌弟子臨命終時求酢米餅羅漢以天眼觀見瞿薩旦那國有此味焉運神通力至此求獲沙彌噉已願生其國果遂宿心得爲王子既嗣位已威攝遐邇遂踰雪山伐迦濕彌羅國迦濕彌羅國王整集戎馬欲禦邊寇時阿羅漢諫王勿鬬兵也我能退之尋爲瞿薩旦那王說諸法要王初未信尚欲興兵羅漢遂取此王先身沙彌時衣而以示之王既見衣得宿命智與迦濕彌羅王謝咎交歡釋兵而返奉迎沙彌時所供

養佛像隨軍禮請像至此地不可轉移環建
伽藍式招僧侶捨寶冠置像頂今所冠者即
先王所施也
王城西百五六十里大沙磧正路中有堆阜
並鼠壤墳也聞之土俗曰此沙磧中鼠大如
蝟其毛則金銀異色爲其羣之首長每出穴
遊止則羣鼠爲從昔者匈奴率數十萬衆寇
掠邊城至鼠墳側屯軍時瞿薩旦那王率數
萬兵恐力不敵素知磧中鼠奇而未神也洎
乎寇至無所求救君臣震恐莫知圖計苟復
設祭焚香請鼠冀其有靈少加軍力其夜瞿
薩旦那王夢見大鼠曰敬欲相助願早治兵
旦日合戰必當克勝瞿薩旦那王知有靈祐
遂整戎馬甲令將士未明而行長驅掩襲匈
奴之聞也莫不懼焉方欲駕乘被鎧而諸馬
鞍人服弓弦甲縺凡厥帶系鼠皆齧斷兵寇
既臨面縛受戮於是殺其將虜其兵匈奴震
懾以爲神靈所祐也瞿薩旦那王感鼠厚恩
建祠設祭奕世遵敬特深珍異故上自君王
下至黎庶咸修禮祭以求福祐行次其穴下
乘而趍拜以致敬祭以祈福或衣服弓矢或
香華肴膳亦既輸誠多蒙福利若無享祭則
逢災變
王城西五六里有娑摩若僧伽藍中有窣堵
波高百餘尺甚多靈瑞時燭神光昔有羅漢
自遠方來止此林中以神通力放大光明時
王夜在重閣遥見林中光明照曜於是歷問
僉曰有一沙門自遠而至宴坐林中示現神
通王遂命駕躬往觀察既覩明賢心乃祗敬
欽風不已請至中宮沙門曰物有所宜志有

所在幽林藪澤情之所賞高堂邃宇非我攸聞王益敬仰深加宗重爲建伽藍起窣堵波沙門受請遂止其中頃之王感獲舍利數百粒甚慶悅竊自念曰舍利來應何其晚歟早得置之窣堵波下豈非勝迹尋詣伽藍具白沙門羅漢曰王無憂也今爲置之宜以金銀銅鐵大石函等以次周盛王命匠人不日功畢載諸寶輿送至伽藍是時也王宮導從庶僚凡百觀送舍利者動以萬計羅漢乃以右手舉窣堵波置諸掌中謂王曰可以藏下也遂坎地安函其功斯畢於是下窣堵波無所傾損觀覩之徒歎未曾有信佛之心彌篤敬法之志斯堅王謂羣官曰我甞聞佛力難思神通難究或分身百億或應迹人天舉世界於掌内衆生無動靜之想演法性於常音衆生有隨類之悟斯則神力不共智慧絶言其靈已隱其教猶傳餐和飲澤味道欽風尚獲斯靈深賴其福勉哉凡百宜深崇敬佛法幽深於是明矣

王城東南五六里有鹿射僧伽藍此國先王妃所立也昔者此國未知桑蠶聞東國有也命使以求時東國君祕而不賜嚴勑關防無令桑蠶種出也瞿薩旦那王乃卑辭下禮求婚東國國君有懷遠之志遂允其請瞿薩旦那王命使迎婦而誡曰爾致辭東國君女我國素無絲綿桑蠶之種可以持來自爲裳服女聞其言密求其種以桑蠶之子置帽絮中既至關防主者遍索唯王女帽不敢以檢遂入瞿薩旦那國止鹿射伽藍故地方備儀禮奉迎入宮以桑蠶種留於此地陽春告始乃

植其桑蠶月既臨復事採養初至也尚以雜葉飤之自時厥後桑樹連蔭王妃乃刻石爲制不令傷殺蠶蛾飛盡乃得治繭敢有犯違明神不祐遂爲先蠶建此伽藍數株枯桑云是本種之樹也故今此國有蠶不殺竊有取絲者來年輒不宜蠶

城東南百餘里有大河西北流國人利之以用溉田其後斷流王深怪異於是命駕問羅漢僧曰大河之水國人取給今忽斷流其咎安在爲政有不平德有不洽乎不然垂譴可重也羅漢曰大王治國政化清和河水斷流龍所爲耳宜速祠求當復昔利王因迴駕祠祭河龍忽有一女凌波而至曰我夫早喪主命無從所以河水絶流農人失利王於國内選一貴臣配我爲夫水流如昔王曰敬聞任所欲耳龍遂自悦國之大臣王既迴駕謂羣下曰大臣者國之重鎮農務者人之命食國失鎮則危人絶食則死危死之事何所宜行大臣越席跪而對曰久已虚薄謬當重任常思報國未遇其時今而預選敢塞深責苟利萬姓何悋一臣臣者國之佐人者國之本願大王不再思也幸爲修福建僧伽藍王允所求功成不日其臣又請早入龍宫於是舉國僚庶鼓樂飲餞其臣乃衣素服乘白馬與王辭訣敬謝國人驅馬入河履水不溺濟乎中流麾鞭畫水水爲中開自兹沒矣頃之白馬浮出負一栴檀大鼓封一函書其書大略曰大王不遺細微謬參神選願多營福益國滋臣以此大鼓懸城東南若有寇至鼓先聲震河水遂流至今利用歲月浸遠龍鼓久無舊

懸之處今仍有鼓池側伽藍荒圮無僧

王城東三百餘里大荒澤中數十頃地絕無糵草其土赤黑聞諸耆舊曰敗軍之地也昔者東國軍師百萬西伐此時瞿薩旦那王亦整齊戎馬數十萬衆東禦强敵至於此地兩軍相遇因即合戰西兵失利乘勝殘殺虜其王殺其將誅戮士卒無復孑遺流血染地其迹斯在

戰地東行三十餘里至媲摩城有彫檀立佛像高二丈餘甚多靈應時燭光明凡有疾病隨其痛處金薄貼像即時痊復虛心請願多亦遂求聞之土俗曰此像昔佛在世憍賞彌國鄔陀衍那王所作也佛去世後自彼凌空至此國北曷勞落迦城中初此城人安樂富饒深著邪見而不珍敬傳其自來神而不貴後有羅漢禮拜此像國人驚駭異其容服馳以白王王乃下令宜以沙土坌此異人時阿羅漢身蒙沙土餬口絕糧時有一人心甚不忍昔常恭敬尊禮此像及見羅漢密以饌之羅漢將去謂其人曰從後七日當雨沙土填滿此城略無遺類爾宜知之早圖出計猶其坌我獲斯殃耳語已便去忽然不見其人入城具告親故或有聞者莫不嗤笑至第二日大風忽發吹去穢壤雨雜寶滿衢路人更詈所告者此人心知必然竊開孔道出城外而穴之第七日夜宵分之後雨沙土滿城中其人從孔道出東趣此國止媲摩城其人纔至其像亦來即此供養不敢遷移聞諸先記曰釋迦法盡像入龍宮今曷勞落迦城為大堆阜諸國君王異方豪右多欲發掘取其寶物

適至其側猛風暴發煙雲四合道路迷失媲摩川東入沙磧行二百餘里至尼壤城周三四里在大澤中澤地熱濕難以履涉蘆草荒茂無復途徑唯趣城路僅得通行故往來者莫不由此城焉而瞿薩旦那以爲東境之關防也從此東行入大流沙沙則流漫聚散隨風人行無迹遂多迷路四遠茫茫莫知所指是以往來者聚遺骸以記之乏水草多熱風風起則人畜惛迷因以成病時聞歌嘯或聞號哭視聽之間怳然不知所至由此屢有喪亡蓋鬼魅之所致也行四百餘里至覩貨邏故國國久空曠城皆荒蕪從此東行六百餘里至折摩馱那故國即涅末地也城郭巋然人煙斷絕復此東北行千餘里至納縛波故國即樓蘭地也推表山川考採境壤詳國俗之剛柔繫水土之風氣動靜無常取捨不同事難窮驗非可仰說隨所遊至略書梗槩舉其聞見記諸慕化斯固日入已來咸沐惠澤風行所及皆仰至德混同天下一之宇內豈徒單車出使通驛萬里者哉

記贊曰大矣哉法王之應世也靈化潛運神道虛通盡形識於沙界絕起謝於塵劫形識雖盡應生而不生起謝雖絕示寂滅而無滅豈實迦維降神娑羅潛化而已固知應物效靈感緣垂迹嗣種刹利紹胤釋迦繼域中之尊擅方外之道於是捨金輪而臨制法界摛玉毫而光撫含生道洽十方智周萬物雖出希夷之外將庇視聽之中三轉法輪於大千一音振辯於羣有八萬門之區別十二部之綜要是以聲教之所霑被馳騖福林風軌之

所鼓扇載驅壽域聖賢之業盛矣天人之義備矣然後忘動寂於堅固之林遺去來於幻化之境莫繼乎有待匪遂乎無物尊者迦葉妙選應眞將報佛恩集斯法寶四含總其源流三藏括其樞要雖部帙茲興而大寶斯在粤自降生洎乎潛化聖迹千變神瑞萬殊不盡之靈逾顯無爲之教彌新備存經誥詳著記傳然尚羣言紛糺異議舛馳原始要終罕能正說此指事之實錄尚衆論之若斯況正法幽玄至理沖邈研覈奧旨文多闕焉知是以前修令德繼軌譯經之學後進英彥踵武缺簡之文大義鬱而未彰微言闕而無問法教流漸多歷年數始自炎漢迄于聖代傳譯盛業流美聯暉玄道未攄眞宗猶昧匪聖教之行藏固王化之由致我大唐臨訓天下作孚海外考聖人之遺則正先王之舊典闡茲像教鬱爲大訓道不虛行弘在明德遂使三乘奧義鬱於千載之下十力遺靈閟於萬里之外神道無方聖教有寄待緣斯顯其言信矣夫玄奘法師者疏清流於雷澤派洪源於嬀川體上德之禎祥蘊中和之淳粹履道合德居貞葺行福樹曩因命偶昌運拔迹俗塵閑居學肆奉先師之雅訓仰前哲之令德負笈從學遊方請業周流燕趙之地歷覽魯衛之邦背三河而入秦中步三蜀而抵吳會達學髦彥遍效請益之勤冠世英賢屢申求法之志側聞餘論考厥衆謀競黨專門之義俱嫉異道之學情發討源志存詳考屬四海之有截會八表之無虞以貞觀三年仲秋朔旦褰裳遵路杖錫遐征資皇化而問道乘冥祐

而孤遊出鐵門石門之阨踰凌山雪山之險驟移灰管達于印度宣國風於殊俗喻大化於異域親承梵學詢謀哲人宿疑則覽文明發與旨則博問高才啓靈府而究理廓神衷而體道聞所未聞得所未得爲道場之益友誠法門之匠人者也是知道風昭著德行高明學蘊三冬聲馳萬里印度學人咸仰盛德既曰經笥亦稱法將小乘學徒號木叉提婆此言解脫天大乘法衆號摩訶耶那提婆此言大乘天斯乃高其德而傳徽號敬其人而議嘉名至若三輪奧義三請微言深究源流妙窮枝葉煥然慧悟怡然理順質疑之義詳諸別錄既而精義通玄清風載扇學已博矣德已盛矣於是乎歷覽山川徘徊郊邑出茅城而入鹿苑遊杖林而憩鷄園迴眺迦維之國流目拘尸之城降生故基與川原而膴膴潛靈舊址對郊阜而茫茫覽神迹而增懷仰玄風而永歎匪唯麥秀悲殷黍離愍周而已是用詳釋迦之故事舉印度之茂實頗採風壤存記異說歲月遄邁寒暑屢遷有懷樂土無忘返迹請得如來肉舍利一百五十粒金佛像一軀通光座高尺有六寸擬摩揭陀國前正覺山龍窟影像金佛像一軀通光座高三尺三寸擬婆羅痆斯國鹿野苑初轉法輪像刻檀佛像一軀通光座高尺有五寸擬憍賞彌國出愛王思慕如來刻檀佛像一軀通光座高二尺九寸擬劫比他國如來自天宮降履寶階像銀佛像一軀通光座高四尺擬摩揭陀國鷲峰山說法華等經像金佛像一軀通光座高三尺五寸擬那揭羅曷國伏毒龍所留影

像刻檀佛像一軀通光座高尺有三寸擬吠舍釐國巡城行化像大乘經二百二十四部大乘論一百九十二部上座部經律論一十四部大衆部經律論一十五部三彌底部經律論一十五部彌沙塞部經律論二十二部迦葉臂耶部經律論一十七部法密部經律論四十二部說一切有部經律論六十七部因論三十六部聲論一十三部凡五百二十夾總六百五十七部將弘至教越踐畏途薄言旋軔載馳歸駕出舍衛之故國背伽耶之舊郊踰葱嶺之危隥越沙磧之險路十九年春正月達于京邑謁帝雒陽肅承明詔載令宣譯爰召學人共成勝業法雲再陰慧日重明黃圖流鷲山之化赤縣演龍宮之教像運之興斯爲盛矣法師妙窮梵學式讚深經覽文如已轉音猶響敬順聖旨不加文飾方言不通梵語無譯務存陶冶取正典謨推而考之恐乖實矣有搢紳先生動色相趍儼然而進曰夫印度之爲國也靈聖之所降集賢懿之所挺生書稱天書語爲天語文辭婉密音韻循環或一言貫多義或一義綜多言聲有抑揚調裁清濁梵文深致譯寄明人經旨沖玄義資盛德若其裁以筆削調以宮商實所未安誠非讜論傳經深旨務從易曉苟不違本斯則爲善文過則豔質甚則野讜而不文辯而不質則可無大過矣始可與言譯也李老曰美言者則不信信言者則不美韓子曰理正者直其言言飾者昧其理是知垂訓範物義本玄同庶袪蒙滯將存利喜違本從文所害滋甚率由舊章法王之至誠也緇素僉

曰渝乎斯言讜矣昔孔子在位聽訟文辭有與人共者弗獨有也至於修春秋筆則筆削則削游夏之徒孔門文學嘗不能讚一辭焉法師之譯經亦猶是也非如童壽逍遥之集文任生筆融叡之筆削況乎园方爲圓之世斵彫從朴之時其可增損聖旨綺藻經文者歟辯機遠承輕舉之胤少懷高蹈之節年方志學抽簪革服爲大總持寺薩婆多部道岳法師弟子雖遇匠石朽木難彫幸入法流脂膏不潤徒飽食而終日誠面牆而卒歲幸藉時來屬斯嘉會負鷰雀之資厠鵷鴻之末爰命庸才撰斯方志學非博古文無麗藻磨鈍勵朽力疲曳蹇恭承志記論次其文尚書給筆札而撰録焉淺智褊能多所闕漏或有盈辭尚無刊落昔司馬子長良史之才也序太史公書仍父子繼業或名而不字或縣而不郡故曰一人之精思繁文重蓋不暇也其況下愚之智而能詳備哉若其風土習俗之差封疆物産之記性智區品炎涼節候則備寫優薄審存根實至於胡戎姓氏頗稱其國印度風化清濁羣分略書梗槩備如前序實儀嘉禮戸口勝兵染衣之士非所詳記然佛以神通接物靈化垂訓故曰神道洞玄則理絶人區靈化幽顯則事出天外是以諸佛降祥之域先聖流美之墟略舉遺靈粗申記注境路槃紆疆埸迴互行次即書不在編比故諸印度無分境壤散書國末略指封域書行者親遊踐也舉至者傳聞記也或直書其事或曲暢其文優而柔之推而述之務從實録進誠皇極二十年秋七月絶筆殺青文成油素

塵黷聖鑒詎稱天規然則冐遠窮遐實資朝化懷奇纂異誠賴皇靈逐日八荒匪專夸父之力鑿空千里徒聞博望之功鷲山徙於中州鹿苑掩於外囿想千載如目擊覽萬里若躬遊夐古之所不聞前載之所未記至德焘覆殊俗來王淳風遐扇幽荒無外庶斯地志補闕山經須左史之書事備職方之遍舉

大唐西域記卷第十二

音釋

屈居勿切　鑠所八切　穉士于切　壞塏壞所兩切塏可亥切壞塏土地高明也　覬覦覬覊致切覦庚俱切覬覦希望也　突厥突陀骨切厥九月切突厥北夷國號　培塿培薄口切塿力狗切培塿小阜也　氈毼氈之延切毼胡割切罽也　毳充芮切細毛也　邐迤邐輦爾切迤養里切邐迤連接也　蛟螭蛟古肴切螭丑支切蛟螭無角龍也　鷫鴇鷫音宿鴇布老切並鳥名　黳於兮切黑也　巃嵸巃盧紅切嵸子紅切巃嵸山峭峻貌　隒魚撿切重巘也　崢嶸崢仕耕切嶸戶萌切崢嶸山峻貌　浚瀨浚思閏切深也瀨力大切疾流也　絁書之切繒似帛也　餧里凝里諡二切　蝟于貴切蟲名　縺音蓮縺縷也　蠶昨含切　飤夕恣切與飼同　摛抽知切舒也　鶩亡遇切馳騁也　攄抽居切舒也　嫣居為切水名　膴立古切　讜多朗切　园五九切與刓同　黷徒谷切慁也　纂子管切集也　夐翔正切遠也

大慈恩寺三藏法師傳

唐沙門慧立本釋彥悰箋

清刻龍藏佛說法變相圖

大唐大慈恩寺三藏法師傳序

唐　沙門　釋　彦悰　述

恭惟釋迦氏之臨忍土也始演八正啓三寶以黜群邪之典由是佛教行焉方等一乘圓宗十地謂之大法言眞詮也化城垢服濟鹿馳羊謂之小學言權旨也至於禪戒呪術厥趣萬途迺滅惑利生其歸一揆是故歷代英聖仰而寶之八會之經謂之爲本根其義也三轉之法謂之爲末枝其義也曁夫天雨四花地現六動解其髻寶示以衣珠借一以破三攝末以歸本者也付法藏傳曰聖者阿難能誦持如來所有法藏如瓶瀉水置之異器即謂釋尊一代四十九年應物逗機適時之教也逮提河輟潤堅林晦景邃旨沖宗於焉殆絶我先昆迦葉屬五棺已掩千氎將焚痛

人天眼滅蒼生莫救故召諸聖衆結集微言考繩墨以立定門即貫華而開律部據優波提舍以爲之論剖析空有顯别斷常示之以因修明之以果證足以貽範當代軌訓將來歸向之徒並遵其義及王秦奉使考日光而求佛騰蘭應請策練影以通經厥後易首抽腸之實播美於天外篆葉結鬘之典譯粹於區中然至賾至神思慮者或迷其性相唯恍唯惚言談者有昧其是非況去聖既遥來教多闕殊途競軫别路揚鑣而已哉法師懸弭誕辰室表空生之應佩觿登歲心符妙德之誠以愛海無出要之津覺地有栖神之宅故削髮矯翰翔集二空異縣他山載馳千里每慨古賢之得本行本魚魯致乖痛先匠之聞疑傳疑豕亥斯惑竊惟音樂樹下必存金石之響五天竺内想具百篇之義遂發憤忘食履險若夷輕萬死以涉葱河重一言而之柰苑鷲山猨沼仰勝迹以瞻奇鹿野僊城訪遺編於蠹簡春秋寒暑一十七年耳目見聞百三十國揚我皇之盛烈震彼俊之權豪偃異學之高轅拔同師之巨幟名王拜首勝侶摩肩萬古風猷一人而已法師於彼國所獲大小二乘三藏梵本等總六百五十七部並載以巨象并諸郵駿蒙霜犯雪自天祐以元亨陽若陰淫假皇威而利涉粤以貞觀十有九祀達于上京道俗迎之闐城溢郭鏘鏘濟濟亦一期之盛也及謁見天子勞問殷勤爰命有司詔令宣譯人皆敬奉難以具言至如氏族簪纓捐親入道遊踐遠邇中外讚揚示息化以歸真同薪盡而火滅若斯之類則備乎

茲傳也傳本五卷魏國西寺前沙門慧立所述立俗姓趙豳國公劉人隋起居郎司隸從事毅之子博考儒釋雅善篇章妙辯雲飛溢思泉涌加以直詞正色不憚威嚴赴水蹈火無所屈撓覩三藏之學行矚三藏之形儀鑽之仰之彌堅彌遠因循撰其事以貽終古及削藁云畢慮遺諸美遂藏之地府代莫得聞爾後役思纏痾氣懸鍾漏乃顧命門徒掘以啓之將出而卒門人等哀慟荒梗悲不自勝而此傳流離分散他所後累載搜購近乃獲全因命余以序之迫余以次之余撫已缺然拒而不應因又謂余曰佛法之事豈預俗徒況乃當仁苦爲辭讓余再懷慙退沉吟久之執紙操翰汍瀾腷臆方乃參犬羊以虎豹糅瓦石以琳璆錯綜本文箋爲十卷庶後之覽者無或嗤焉

大慈恩寺三藏法師傳卷第一

唐沙門慧立本釋彥悰箋

起載誕於緱氏終西屆于高昌

法師諱玄奘俗姓陳陳留人也漢太丘長仲弓之後曾祖欽後魏上黨太守祖康以學優登仕齊任國子博士食邑周南子孫因家又緱氏人也父慧英潔有雅操早通經術形長八尺美眉明目褒衣博帶好儒者之容時人方之廓有道性恬簡無務榮進加屬隋政衰微遂潛心墳典州郡頻貢孝廉及司隸辟命並辭疾不就識者嘉焉有四男法師即第四子也幼而珪璋特達聰悟不羣年八歲父坐於几側口授孝經至曾子避席忽整襟而起問其故對曰曾子聞師命避席玄奘今奉慈訓豈宜安坐父甚悅知其必成召宗人語之皆賀曰此公之揚烏也其早慧如此自後備通經典而愛古尚賢非雅正之籍不觀非聖哲之風不習不交童幼之黨無涉闤闠之門雖鍾鼓嘈囋於通衢百戲叫歌於閭巷士女雲萃亦未嘗出也又少知色養溫凊淳謹其第二兄長捷先出家住東都淨土寺察法師堪傳法教因將詣道場教誦習經業俄而有勑於洛陽度二七僧時業優者數百法師以經少不預取限立於公門之側時使人大理卿鄭善果有知士之鑒見而奇之問曰子爲誰家答以氏族又問曰求度耶答曰然但以習近業微不蒙比預又問出家意何所爲答曰意欲遠紹如來近光遺法果深嘉其志又賢其器貌故特而取之因謂官僚曰誦業易成風骨難得若度此子必爲釋門偉器但恐

果與諸公不見其翔翥雲霄灑演甘露耳又名家不可失以今觀之則鄭卿之言爲不虛也既得出家與兄同止時寺有景法師講涅槃經執卷伏膺遂忘寢食又學嚴法師攝大乘論愛好逾劇一聞將盡再覽之後無復所遺衆咸驚異乃令昇座覆述抑揚剖暢備盡師宗美聞芳聲從茲發矣時年十三也其後隋氏失御天下沸騰帝城爲桀跖之窠河洛爲豺狼之穴衣冠殄喪法衆銷亡白骨交衢煙火斷絶雖王董僭逆之釁劉石亂華之災劃斮生靈芟夷海内未之有也法師雖居童幼而情達變通乃啓兄曰此雖父母之邑而喪亂若茲豈可守而死也今聞唐主驅晉陽之衆已據有長安天下依歸如適父母願與兄投也兄從之即共俱來時武德元年矣是時國基草創兵甲尚興孫吳之術斯爲急務孔釋之道有所未遑以故京城未有講席法師深以慨然初煬帝於東都建四道場召天下名僧居焉其徵來者皆一藝之士是故法將如林景脫基暹爲其稱首末年國亂供料停絶多遊綿蜀知法之衆又盛於彼法師乃啓兄曰此無法事不可虛度願遊蜀受業焉兄從之又與兄經子午谷入漢川遂逢空景二法師皆道場之大德相見悲喜停月餘日從之受學仍相與進向成都諸德既萃大建法筵於是更聽基暹攝論毗曇及震法師迦延敬惜寸陰勵精無怠二三年間究通諸部時天下饑亂唯蜀中豐靜故四方僧投之者衆講座之下常數百人法師理智宏才皆出其右吳蜀荆楚無不知聞其想望風徽亦猶

古人之欽李郭矣法師兄因住成都空慧寺亦風神朗俊體狀魁傑有類於父好內外學凡講涅槃經攝大乘論阿毗曇兼通書傳尤善老莊爲蜀人所慕總管酇公特所欽重至於屬詞談吐蘊藉風流接物誘凡無愧於弟若其亭亭獨秀不雜埃塵遊入宏窮玄理廓宇宙以爲志繼聖達而爲心匡振頹網包挫殊俗涉風波而意靡倦對萬乘而節逾高者固兄所不能逮也然昆季二人懿業清規芳聲雅質雖廬山兄弟無得加焉法師年滿二十即以武德五年於成都受具坐夏學律五篇七聚之宗一遍斯得益部經論研綜既窮更思入京詢問殊旨條式有礙又爲兄所留不能遂意乃私與商人結侶汎舟三峽沿江而遁到荆州天皇寺彼之道俗承風斯久既

屬來儀咸請敷說法師爲講攝論毗曇自夏及冬各得三遍時漢陽王以威德懿親化鎮於彼聞法師至甚歡躬申禮謁發題之日王率羣僚及道俗一藝之士咸集榮觀於是徵詰雲發關竝峯起法師酬對解釋靡不辭窮意伏其中有深悟者悲不自勝王亦稱歎無極嚫施如山一無所取罷講後復北遊詢求先德至相州造休法師質難問疑又到趙州謁深法師學成實論又入長安止大覺寺就岳法師學俱舍論皆一遍而盡其旨經目而記於心雖宿學耆年不能出也至於鈎深致遠開微發伏衆所不至獨悟於幽奧者固非一義焉時長安有常辯二大德解究二乘行窮三學爲上京法匠緇素所歸道振神州聲馳海外負笈之侶從之如雲雖含綜衆經而

偏講攝大乘論法師旣曾有功吳蜀自到長安又隨詢採然其所有深致亦一拾斯盡二德並深嗟賞謂法師曰汝可謂釋門千里之駒其再明慧日當在爾躬恨吾輩老朽恐不見也自是學徒改觀譽滿京邑法師旣遍謁衆師備飡其說詳考其義各擅宗途驗之聖典亦隱顯有異莫知適從乃誓遊西方以問所惑并取十七地論以釋衆疑即今之瑜伽師地論也又言昔法顯智嚴亦一時之士皆能求法導利羣生豈使高跡無追清風絶後大丈夫會當繼之於是結侶陳表有詔不許諸人咸退唯法師不屈旣方事孤遊又承西路艱險乃自試其心以人間衆苦種種調伏堪任不退然始入塔啓請申其意志願乞衆聖冥加使往還無梗又法師初生也母夢法師著白衣西去母曰汝是我子今欲何去答曰爲求法故去此則遊方之先兆也貞觀三年秋八月將欲首塗又求祥瑞乃夜夢見大海中有蘇迷盧山四寶所成極爲嚴麗意欲登山而洪濤洶湧又無船筏不以爲懼乃決意而入忽見石蓮華踊乎波外應足而生却而觀之隨足而滅須臾至山下又峻峭不可上試踊身自騰有摶飈颷至扶而上昇到山頂四望廓然無復擁礙喜而寤焉遂即行矣時年二十六也時有秦州僧孝達在京學涅槃經功畢還鄉遂與俱去至秦州停一宿逢蘭州伴又隨去至蘭州一宿遇涼州人送官馬歸又隨去至彼停月餘日道俗請開涅槃攝論及般若經法師皆爲開發涼州爲河西都會襟帶西蕃葱左諸國商侶往來無有停

絶時開講日盛有其人皆施珍寶稽顙讚歎歸還各向其君長稱歎法師之美云欲西來求法於婆羅門國比是西域諸城無不預發歡心嚴灑而待散會之日珍施豐厚金錢銀錢白馬無數法師受一半然燈餘外竝施諸寺時國政尚新壃埸未遠禁約百姓不許出蕃時李大亮爲涼州都督既奉嚴勑防禁特切有人報亮云有僧從長安來欲向西國不知何意亮懼追法師問來由法師報云欲西求法亮聞之逼還京彼有慧威法師河西之領袖神悟聰哲既重法師辭理復聞求法之志深生隨喜密遣二弟子一曰慧琳二曰道整竊送向西自是不敢公出乃晝伏夜行遂至瓜州時刺史獨孤達聞法師至甚歡喜供事殷厚法師因訪西路或有報云從此北行五十餘里有瓠𤬓河下廣上狹洄波甚急深不可渡上置玉門關路必由之即西境之襟喉也關外西北又有五烽候望者居之各相去百里中無水草五烽之外即莫賀延磧伊吾國境聞之愁憒所乘之馬又死不知計出沉默經月餘日未發之間涼州訪牒又至云有僧字玄奘欲入西蕃所在州縣宜嚴候捉州吏李昌崇信之士心疑法師遂密將牒來呈云師不是此耶法師遲疑未報昌曰師須實語必是弟子爲師圖之法師乃具實而荅昌聞深讚希有曰師實能爾者爲師毀却文書即於前裂壞之仍云師須早去自是益增憂惘所從二小僧道整先向燉煌唯慧琳在知其不堪遠涉亦放還遂貿易得馬一疋但苦無人相引即於所停寺彌勒像前啓請願

得一人相引渡關其夜寺有胡僧達磨夢法師坐一蓮華向西而去達磨私怪旦而來白法師心喜爲得行之徵然語達磨云夢爲虚妄何足涉言更入道場禮請俄有一胡人來入禮佛逐法師行一二三帀問其姓名云姓石字槃陀此胡即請受戒乃爲授五戒胡甚喜辭還少時賫餅果更來法師見其明健貌又恭肅遂告行意胡人許諾言送師過五烽法師大喜乃更貿衣資爲買馬而期焉明日日欲下遂入草間須臾彼胡更與一胡老翁乘一瘦老赤馬相逐而至法師心不懌少胡曰此翁極諳西路來去伊吾三十餘返故共俱來望有平章耳胡公因說西路險惡沙河阻遠鬼魅熱風遇無免者徒侶衆多猶數迷失況師單獨如何可行願自料量勿輕身命

法師報曰貧道爲求大法發趣西方若不至婆羅門國終不東歸縱死中途非所悔也胡翁曰師必去可乘我馬此馬往返伊吾已有十五度健而知道師馬少不逹法師乃竊念在長安將發志西方日有術人何弘達者誦呪占觀多有所中法師令占行事達曰師得去去狀似乘一赤老瘦馬漆鞍橋前有鐵既覩胡人所乘馬瘦赤漆鞍有鐵與何君言合心以爲當遂即換馬胡翁歡喜禮敬而別於是裝束與少胡夜發三更許到河遥見玉門關去關上流十里許兩岸可闊丈餘傍有梧桐樹叢胡人乃斬木爲橋布草塡沙驅馬而過法師既渡而喜因解駕停憩與胡人相去可五十餘步各下褥而眠少時胡人乃拔刀而起徐向法師未到十步許又迴不知何意

疑有異心即起誦經念觀音菩薩胡人見已還卧遂睡天欲明法師喚令起取水盥漱解齋訖欲發胡人曰弟子將前途險遠又無水草唯五烽下有水必須夜到偷水而過但一處被覺即是死人不如歸還用爲安穩法師確然不迴乃俛仰而進露刀張弓命法師前行法師不肯居前胡人自行數里而住曰弟子不能去家累既大而王法不可忤也法師知其意遂任還胡人曰師必不達如被擒捉相引柰何法師報曰縱使切割此身如微塵者終不相引爲陳重誓其意乃止與馬一疋勞謝而别因是孑然孤遊沙漠矣唯望骨聚馬糞等漸進頃間忽見有軍衆數百隊滿沙磧間乍行乍息皆裘毾駝馬之像及旌旗槊纛之形易貌移質倏忽千變遥瞻極著漸近而微法師初覩謂爲賊衆漸近見滅乃知妖鬼又聞空中聲言勿怖勿怖由此稍安逕八十餘里見第一烽恐候者見乃隱伏沙溝至夜方發到烽西見水下飲盥手訖欲取皮囊盛水有一箭颯來幾中於膝須臾更一箭來知爲他見乃大言曰我是僧從京師來汝莫射我即牽馬向烽烽上人亦開門而出相見知是僧將入見校尉王祥祥命爇火令看曰非我河西僧實似京師來也具問行意法師報曰校尉頗聞涼州人説有僧玄奘欲向婆羅門國求法不荅曰聞承奘師已東還何因到此法師引示馬上章疏及名字彼乃信仍言西路艱遠師終不達今亦不與師罪弟子燉煌人欲送師向燉煌彼有張皎法師欽賢尚德見師必喜請就之法師對曰奘桑梓洛

陽少而慕道兩京知法之匠吳蜀一藝之僧無不負笈從之窮其所解對揚談說亦忝爲時宗欲養巳修名豈劣檀越燉煌耶然恨佛化經有不周義有所闕故無貪性命不憚艱危誓往西方遵求遺法檀越不相勵勉專勸退還豈謂同厭塵勞共樹涅槃之因也必欲拘留任即刑罰玄奘終不東移一步以負先心祥聞之惘然曰弟子多幸得逢遇師敢不隨喜師疲倦且卧待明自送指示塗路遂拂筵安置至曉法師食訖祥使人盛水及麨餅自送至十餘里云師從此路徑向第四烽彼人亦有善心又是弟子宗骨姓王名伯隴至彼可言弟子遣師來泣拜而别既去夜到第四烽恐爲留難欲黙取水而過至水未下閒飛箭巳至還如前報即急向之彼亦下來入烽烽官相問答欲往天竺路由於此第一烽王祥校尉故遣相過彼聞歡喜留宿更施大皮囊及馬麥相送云師不須向第五烽彼人踈率恐生異圖可於此去百里許有野馬泉更取水從此巳去即莫賀延磧長八百餘里古曰沙河上無飛鳥下無走獸復無水草是時顧影唯一心但念觀音菩薩及般若心經初法師在蜀見一病人身瘡臭穢衣服破污愍將向寺施與衣服飲食之直病者慚愧乃授法師此經因常誦習至沙河閒逢諸惡鬼奇狀異類遶人前後雖念觀音不能全去及誦此經發聲皆散在危獲濟實所憑焉時行百餘里失道覓野馬泉不得下水欲飲袋重失手覆之千里之資一朝斯罄又路盤迴不知所趣乃欲東歸還第四烽行十餘里自念

我先發願若不至天竺終不東歸一步今何故來寧可就西而死豈歸東而生於是旋轡專念觀音西北而進是時四顧茫然人馬俱絶夜則妖魑舉火爛若繁星晝則驚風擁沙散如時雨雖遇如是心無所懼但苦水盡渴不能前於是時四夜五日無一滴霑喉口腹乾燋幾將殞絶不復能進遂卧沙中默念觀音雖困不捨啓菩薩曰玄奘此行不求財利無冀名譽但爲無上道心正法來耳仰惟菩薩慈念羣生以救苦爲務此爲苦矣寧不知耶如是告時心心無輟至第五夜半忽有涼風觸身冷快如沐寒水遂得目明馬亦能起體既穌息得少睡眠即於睡中夢一大神長數丈執戟麾曰何不强行而更卧也法師驚寤進發行可十里馬忽異路制之不迴經數里忽見青草數畝下馬恣食去草十步欲迴轉又到一池水甘澄鏡徹下而就飲身命重全人馬俱得穌息計此應非舊水草固是菩薩慈悲爲生其志誠通神皆此類也即就草池一日停息後日盛水取草進發更經兩日方出流沙到伊吾矣此等危難百千不能備敘既至伊吾止一寺寺有漢僧三人中有一老者衣不及帶跣足出迎抱法師哭哀號哽咽不能已已言豈期今日重見鄉人法師亦對之傷泣自外胡僧胡王悉來參謁王請屆所居備陳供養時高昌王麴文泰使人先在伊吾是日欲還適逢法師歸告其王王聞即日發使勑伊吾王遣法師來仍簡上馬數十疋遣貴臣驅馳設頓迎候比停十餘日王使至陳王意拜請殷勤法師意欲取可汗浮圖

過既爲高昌所請辭不獲免於是遂行涉南磧經六日至高昌界白力城時日已暮法師欲停城中官人及使者曰王城在近請進數換良馬前去法師先所乘赤馬留使後來即以其夜半到王城門司啓王王勑開門法師入城王與侍人前後列燭自出宫迎法師入後院坐一重閣寶帳中拜問甚厚云弟子自聞師名喜忘寢食量准塗路知師今夜必至與妻子皆未眠讀經敬侍須臾王妃共數十侍女又來禮拜是時漸欲將曉言久疲勌欲眠王始還宫留數黄門侍宿方旦法師未起王已至門率妃已下俱來禮問王云弟子思量磧路艱阻師能獨來甚爲竒也流淚稱歎不能已已遂設食解齋訖而宫側别有道場王自引法師居之遣閹人侍衛彼有彖法師曾學長安善知法相王珍之命來與法師相見少時出又命國統王法師年逾八十共法師同處仍遣勸住勿往西方法師不許停十餘日欲辭行王曰已令統師諮請師意何如師報曰留住實是王恩但於來心不可王曰朕與先王遊大國從隋帝歷東西二京及燕代汾晋之閒多見名僧心無所慕自承法師名身心歡喜手舞足蹈擬師至止受弟子供養以終一身令一國人皆爲師弟子望師講授僧徒雖少亦有數千並使執經充師聽衆伏願察納微心不以西遊爲念法師謝曰王之厚意豈貧道寡德所當但此行不爲供養而來所悲本國法義未周經教少闕懷疑藴惑啓訪眞蹤以是畢命西方請未聞之旨欲令方等甘露不但獨灑於迦維決擇微言庶

得盡霑於東國波崙問道之志善財求友之心只可日日堅强豈使中塗而止願王收意勿以汎眷爲懷王曰弟子慕樂法師必留供養雖葱山可轉此意無移乞信愚誠勿疑不實法師報曰王之深心豈待屢言然後知也但玄奘西來爲法法旣未得不可中停以是敬辭願王相體又大王曩修勝福位爲人主非唯蒼生恃仰固亦釋教攸憑理在助揚豈宜爲礙王曰弟子亦不敢障礙直以國無導師故屈留法師以引迷愚耳法師皆辭不許王乃動色攘袂大言曰弟子有異塗處師師安能自去必定相留或送師還國請自思之相順猶勝法師報曰玄奘來者爲乎大法今逢爲障只可骨被王留識神未必由也因嗚咽不復能言王亦不納更使增加供養每日進食王躬捧盤法師旣被停留違阻先志遂誓不食以感其心於是端坐水漿不涉於口三日至第四日王覺法師氣息漸惙深生愧懼乃稽首禮謝云任法師西行乞垂早食法師恐其不實要王指日爲言王曰若須爾者請共對佛更結因緣遂共入道場禮佛對母張太妃共法師約爲兄弟任師求法還日請住此國三年受弟子供養若當來成佛願弟子如波斯匿王頻婆娑羅等與師作外護檀越仍屈停一月講仁王般若經中間爲師營造行服法師皆許太妃甚歡願與師長爲眷屬代代相度於是方食其節志貞堅如此後日王別張大帳開講帳可坐三百餘人大妃已下王及統師大臣等各部別而聽每到講時王躬執香爐自來迎引將昇法座王又低

跪爲陛令法師躡上日日如此講説爲法師度四沙彌以充給侍製法服三十具以西土多寒又造面衣手衣靴韈等各數事黄金一百兩銀錢三萬綾及絹等五百疋充法師往還二十年所用之資給馬三十疋手力二十五人遣殿中侍御史歡信送至葉護可汗衙又作二十四封書通屈支等二十四國每一封書附大綾一疋爲信又以綾絹五百疋果味兩車獻葉護可汗并書稱法師者是奴弟欲求法於婆羅門國願可汗憐師如憐奴仍請勑以西諸國給鄔落馬遞送出境法師見王送沙彌及國書綾絹等至慚其優餞之厚上啓謝曰奘聞江海遐深濟之者必憑舟檝羣生滯惑導之者實假聖言是以如來運一子之大悲生兹穢土鏡三明之慧日朗此幽昏慈雲蔭有頂之天法雨潤三千之界利安已訖捨應歸眞遺教東流六百餘祀騰會振輝於呉洛讖什鍾美於秦涼不墜玄風咸匡勝業但遠人來譯音訓不同去聖時遥義類差舛遂使雙林一味之旨分成當現二常他化不二之宗析爲南北兩道紛紜爭論凡數百年率土懷疑莫有匠决玄奘宿因有慶早預緇門負笈從師年將二紀名賢勝友備悉諮詢大小乗宗畧得披覽未甞不執卷躊躇捧經侘傺望給園而翹足想鷲嶺而載懷願一拜臨啓伸宿惑然知寸管不可窺天小蠡難爲酌海但不能棄此微誠是以束裝取路經塗荏苒遂到伊吾伏惟大王稟天地之淳和資二儀之淑氣垂衣作王子育蒼生東袛大國之風西撫百戎之俗樓蘭月氏之地車

師狼望之鄉並被深仁俱沾厚德加以欽賢愛士好善流慈憂矜遠來曲令引接既而至止渥惠逾深賜以話言闡揚法義又蒙降結娣季之緣敦獎友于之念并遺書西域二十餘蕃煦飾殷勤令遞餞送又愍西遊甇獨雪路淒寒爰下明勑度沙彌四人以爲侍伴法服綿帽裘毯靴韈五十餘事及綾絹金銀錢等令充二十年往還之資伏對驚慚不知啓處決交河之水比澤非多舉葱嶺之山方恩豈重懸度凌溪之險不復爲憂天梯道樹之鄉瞻禮非晚儻蒙允遂則誰之力焉王之恩也然後展謁衆師禀承正法歸還翻譯廣布未聞剪邪見之稠林絶異端之穿鑿補像化之遺闕定玄門之指南庶此微功用答殊澤又前塗既遠不獲久留明日辭違預增悽斷不任銘荷謹啓謝聞王報曰法師既許爲兄弟則國家所畜共師同有何因謝也發日王與諸僧大臣百姓等傾都送出城西王抱法師慟哭道俗皆悲傷離之聲振動郊邑勑妃及百姓等還自與大德已下名乘馬送數十里而歸其所經諸國王侯禮重皆此類也從是西行度無半城篤進城後入阿耆尼國（舊云鄔者訛也）

大慈恩寺三藏法師傳卷第一

音釋

黜（丑律切斥也）揆（求癸切度也）邃（雖遂切深遠也）剖析（剖普后切判也析先擊切分也）賾（士革切深也）鑣（彼苗切馬銜也）觿（許規切角也鋭端可以解結童子所佩也）蠹（當故切蟲蛀也）轒（扶分切轒輾兵車也輾於云切）豳（悲中切地名）梗（古杏切荒也塞也）搜購（搜所鳩切求索也購古候

切贕也
汍瀾 汍胡官切瀾郎干切汍瀾涕流貌
腷臆 腷苻逼切臆於力切腷臆意不泄也
緱 古侯切緱氏縣名
辟命 辟必益切微辟也
嘈囋 嘈昨勞切囋才葛切嘈囋鼓聲
跖 之石切盜跖也
疊 許覿切循禍也
刳斮 刳苦胡切刳剖也斮側略切斮斬也
遲 息廉切
壃場 壃居良切場夷益切壃場邊境也
毼 胡葛切毛布也
槊⿺毛賣 槊所角切矛屬⿺毛賣徒木力旗也
疲勩 疲音皮倦也勩以制切勞也
彖 通貫切
惙 陟劣切憂也
侘傺 侘丑亞切傺丑例切侘傺失志貌
煦 香句切溫潤也
煢 渠營切獨也無依也

大慈恩寺三藏法師傳卷第二

唐沙門慧立本釋彦悰箋

起阿耆尼國終羯若鞠闍國

從此西行至阿耆尼國阿父師泉泉在道南沙崖崖高數丈水自半而出相傳云舊有商侣數百在途水盡至此困乏不知所爲時衆中有一僧不褁行資依衆乞活衆議曰是僧事佛是故我曹供養雖涉萬里無所賫携今我等敖然竟不憂念宜共白之僧曰汝等欲得水者宜各禮佛受三歸五戒我爲汝等登崖作水衆既危困咸從其命受戒訖僧教曰吾上崖後汝等當喚阿父師爲我下水任須多少言之其去少時衆人如教而請須臾水下充足大衆無不歡荷師竟不來衆人上觀已寂滅矣大小悲號依西域法焚之於坐處聚甎石爲塔塔今猶在水亦不絶行旅往來隨衆多少下有細纚若無人時津液而已法師與衆宿於泉側明發又經銀山山甚高廣皆是銀礦西國銀錢所從出也山西又逢羣賊衆與物而去遂至王城所處川岸而宿時同侣商胡數十貪先貿易夜中私發前去十餘里遇賊劫殺無一脫者比法師等到見其遺骸無復財産深傷歎焉漸去遥見王都阿耆尼王與諸臣來迎延入供養其國先被高昌寇擾有恨不肯給馬法師停一宿而過前渡一大河西履平川行數百里入屈支國界舊云龜茲訛也將近王都王與羣臣及大德僧木叉毱多等來迎自外諸僧數千皆於城東門外張浮幔安行像作樂而住法師至諸德起來相慰訖各還就坐使一僧擎鮮華一盤來授

法師法師受已至佛前散華禮拜訖就木叉毱多下坐坐已復行華行華已行蒲萄漿於初一寺受華受漿已次受餘寺亦爾如是展轉日晏方訖僧徒始散有高昌人數十於屈支出家別居一寺寺在城東南以法師從家鄉來先請過宿因就之王共諸德各還明日王請過宮備陳供養而食有三淨法師不受王深怪法師報此漸教所開而玄奘所學者大乘不爾也受餘別食食訖過城西北阿奢理兒寺（此言奇特也）是木叉毱多所住寺也毱多理識閑敏彼所宗歸遊學印度二十餘載雖涉衆經而聲明最善王及國人咸所尊重號稱獨步見法師至徒以客禮待之未以知法爲許謂法師曰此土雜心俱舍毘婆沙等一切皆有學之足得不煩西涉受艱辛也法師報曰此有瑜伽論不毱多曰何用問是邪見書乎眞佛弟子者不學是也法師初深敬之及聞此言視之猶土報曰婆沙俱舍本國已有恨其理踈言淺非究竟說所以故來欲學大乘瑜伽論耳又瑜伽者是後身菩薩彌勒所說今謂邪書豈不懼無底枉坑乎彼曰婆沙等汝所未解何謂非深法師報曰師今解不曰我盡解法師即引俱舍初文問發端即謬因更窮之色遂變動云汝更問餘處又示一文亦不通曰論無此語時王叔智月出家亦解經論時在傍坐即證言論有此語乃取本對讀之毱多極慙云老忘耳又問餘部亦無好釋時爲淩山雪路未開不得進發淹停六十餘日觀眺之外時往就言相見不復踞坐或立或避私謂人曰此支那僧非易訓對

若往印度彼少年之儔未必出也其畏歎如是至發日王給手力駝馬與道俗等傾都送出從此西行二日逢突厥寇賊二千餘騎其賊乃預共分張行衆資財懸諍不平自鬪而散又前行六百里渡小磧至跋禄迦國舊日姑墨停一宿又西北行三百里渡一磧至凌山即葱嶺北隅也其山險峭峻極于天自開闢已來氷雪所聚積而爲凌春夏不解凝沍汗漫與雲連屬仰之皚然莫覩其際其凌峯摧落橫路側者或高百尺或廣數丈由是蹊徑崎嶇登涉艱阻加以風雪雜飛雖複屨重裘不免寒戰將欲眠食復無燥處可停唯知懸釜而炊席氷而寢七日之後方始出山徒侶之中餒凍死者十有三四牛馬逾甚出山後至一清池清池亦云熱海見其對凌山不凍故得此名其水未必温也周千四五百里東西長南北狹望之淼然無待激風而洪波數丈循海西北行五百餘里至素葉城逢突厥葉護可汗方事畋遊戎馬甚盛可汗身著緑綾袍露髮以一丈許帛練裹額後垂達官二百餘人皆錦袍辮髮圍繞左右自餘軍衆皆裘毼毳毛槊纛端弓駝馬之騎極目不知其表既與相見可汗歡喜云暫一處行二三日當還師且向衙所令達官荅摩支引送安置至衙三日可汗方歸引法師入可汗居一大帳帳以金花裝之爛眩人目諸達官於前列長筵兩行侍坐皆錦服赫然餘仗衛立於後觀之雖穹廬之君亦爲尊美矣法師去帳三十餘步可汗出帳迎拜傳語慰問訖入座突厥事火不施牀以木含火故敬而不居但地敷重茵而已仍爲法師設一鐵

交牀敷褥請坐須臾更引漢使及高昌使人入通國書及信物可汗自目之甚悅令使者坐命陳酒設樂可汗共諸臣使人飲別索蒲萄漿奉法師於是益相酬勸窣渾鍾椀之器交錯遞傾僸佅兜離之音鏗鏘互舉雖蕃俗之曲亦甚娛耳目樂心意也少時更有食至皆烹鮮羔犢之質盈積於前別營淨食進法師具有餅飯酥乳石蜜剌蜜蒲萄等食訖更行蒲萄漿仍請說法法師因誨以十善愛養物命及波羅蜜多解脫之業乃舉手叩頟歡喜信受因留停數日勸住曰師不須往印特伽國(謂印度也)彼地多暑十月當此五月觀師容貌至彼恐銷融也其人露黑類無威儀不足觀也法師報曰今之彼欲追尋聖跡慕求法耳可汗乃令軍中訪解漢語及諸國音者遂得年少曾到長安數年通解漢語即封爲摩咄達官作諸國書令摩咄送法師到迦畢試國又施緋綾法服一襲絹五十疋與羣臣送十餘里自此西行四百餘里至屏聿此曰千泉地方數百里既多池沼又豐奇木森沉涼潤即可汗避暑之處也自屏聿西百五十里至呾邏斯城又西南二百里至白水城又西南二百里至恭御城又南五十里至笯(奴故切)赤建國又西二百里至赭時國(此言石國)西臨葉葉河又西千餘里至窣堵利瑟那國國東臨葉葉河河出葱嶺北原西北流又西北入大磧無水草望遺骨而進五百餘里至颯秣建國(此言康國)王及百姓不信佛法以事火爲道有寺兩所迥無僧居客僧投者諸胡以火燒逐不許停住法師初至王接猶慢經宿之後

爲說人天因果讚佛功德恭敬福利王歡喜請受齋戒遂至殷重所從二小師往寺禮拜諸胡還以火燒逐沙彌還以告王王聞令捕燒者得已集百姓令截其手法師將欲勸善不忍毁其肢體救之王乃重笞之逐出都外自是上下肅然咸求信事遂設大會度人居寺其華變邪心誘開蒙俗所到如此又西三百餘里至屈霜(去聲)你迦國又西二百餘里至喝捍國(此言東安國也)又西四百里至捕喝國(此言中安國也)又西百餘里至伐地國(此言西安國也)又西五百里至貨利習彌伽國國東臨縛芻河又西南三百餘里至羯霜(去聲)那國(此言史國)又西南二百里入山山路深險纔通人步復無水草山行三百餘里入鐵門峯壁狹峭而崖石多鐵礦依之爲門扉又鍱鐵又鑄鐵爲鈴多懸於上故以爲名即突厥之關塞也出鐵門至覩貨羅國(舊曰吐火羅訛也)自此數百里渡縛芻河至活國即葉護可汗長子呾度設(設者官名)所居之地又是高昌王妹壻高昌王有書至其所比法師到公主可賀敦已死呾度設又病聞法師從高昌來又得書與男女等嗚咽不能止因請曰弟子見師目明願少停息若差自送師到婆羅門國時更有一梵僧至爲誦呪患得漸除其後娶可賀敦年少受前兒囑因藥以殺其夫設既死高昌公主男小遂被前兒特勤篡立爲設仍妻後母爲逢喪故淹留月餘彼有沙門名達摩僧伽遊學印度葱嶺已西推爲法匠其踈勒于闐之僧無敢對談者法師欲知其學深淺使人問師解幾部經論諸弟子等聞皆怒達摩笑曰我盡解隨意問法

師知不學大乘就小教婆沙等問數科不是好通因謝服門人皆慙從是相見歡喜處處譽讚言已不能及時新設既立法師從求使人及鄔落欲南進向婆羅門國設見云弟子所部有縛喝羅國北臨縛芻河人謂小王舍城極多聖跡願師暫往觀禮然後取乘南去時縛喝羅僧數十人聞舊設死子又立共來迎慰法師與相見言其意彼曰即當便去彼有好路若更來此徒爲迂會法師從其言即與設辭取乘隨彼僧去既至觀其城邑郊郭顯敞川野腴潤實爲勝地伽藍百所僧徒三千餘人皆小乘學城外西南有納縛伽藍(此言新)裝嚴甚麗伽藍內佛堂中有佛澡鑵量可二斗餘又有佛齒長一寸廣八九分色黃白每有光瑞又有佛掃箒迦奢草作長三尺餘圍可七寸其箒柄飾以雜寶此三事齋日每出道俗觀禮至誠者感發神光伽藍北有窣堵波高二百餘尺伽藍西南有一精廬建立多年居中行道證四果者世世無絕涅槃後皆有塔記基址接連數百餘矣大城西北五十里至提謂城城北四十里有波利城城中有一窣堵波高三丈昔佛初成道受此二長者麨蜜初聞五戒十善并請供養如來肯授髮爪令造塔又造塔儀式二長者將還本國營建靈刹即此也城西七十餘里有窣堵波高逾二丈過去迦葉佛時作也納縛伽藍有磔迦國小乘三藏名般若羯羅(此言慧性)聞縛喝羅國多有聖跡故來禮敬其人聰慧尚學少而英爽鑽研九部游泳四含義解之聲周聞印度其小乘阿毘達磨迦延俱舍六足阿毘

曇等無不曉達既聞法師遠來求法相見甚歡法師因申疑滯約倶舍婆沙等問之其酬對甚精熟遂停月餘就讀毘婆沙論伽藍又有二小乘三藏達摩畢利(此言法愛)達摩羯羅(此言法性)皆彼所宗重覩法師神彩明秀極加敬仰時縛喝西南有鉢秣陀胡寔健國其王聞法師從遠國來皆遣貴臣拜請過國受供養辭不行使人往來再三不得已而赴王甚喜乃陳金寶飲食施法師皆不受而反自縛喝南行與慧性法師相隨入揭職國東南入大雪山行六百餘里出覩貨羅境入梵衍那國國東西二千餘里在雪山中塗路艱危倍於淩磧之地凝雲飛雪曾不暫霽或逢尤甚之處則平塗數丈故宋玉稱西方之艱層氷峩峩飛雪千里即此也嗟乎若不爲衆生求無上正法者寧有稟父母遺體而遊此哉昔王遵登九折之坂自云我爲漢室忠臣法師今渉雪嶺求經亦可謂如來眞子矣如是漸到梵衍都城有伽藍十餘所僧數千人學小乘出世說部梵衍王出迎延過宮供養累日方出彼有摩訶僧祇部學僧阿梨耶馱娑(此言聖使)阿梨斯那(此言聖軍)並深知法相見法師驚歎脂那遠國有如是僧相引處處禮觀慇懃不已王城東北山阿有立石像高百五十尺像東有伽藍伽藍東有鍮石釋迦立像高一百尺伽藍內有佛入涅槃卧像長一千尺並莊嚴微妙此東南行二百餘里度大雪山至小川有伽藍中有佛齒及劫初時獨覺齒長五寸廣減四寸復有金輪王齒長三寸廣二寸商諾迦縛娑(舊曰商那和修訛也)所持鐵鉢量可八九升及

僧伽胝衣赤絳色其人五百身中陰生陰恒服此衣從胎俱出後變爲袈裟因縁廣如别傳如是經十五日出梵衍二日逢雪迷失道路至一小沙嶺遇獵人示道度黒山至迦畢試境國周四千餘里北背雪山王則剎利種也明畧有威統十餘國將至其都王共諸僧並出城來迎伽藍百餘所諸僧相諍各欲邀過所住有一小乘寺名沙落迦相傳云是昔漢天子子質於此時作也其寺僧言我寺本漢天子兒作今從彼來先宜過我寺法師見其殷重又同侶慧性法師是小乘僧意復不欲居大乘寺遂即就停質子造寺時又藏無量珍寶於佛院東門南大神王足下擬後修補伽藍諸僧荷恩處處屋壁圖畫質子之形解安居日復爲講誦樹福代代相傳于今未息近有惡王貪暴欲奪僧寶使人掘神足下地便大動其神頂上有鸚鵡鳥像見其發掘振羽驚鳴王及衆軍皆悉悶倒懼而還退寺有窣堵波相輪摧毀僧欲取寶修營地還震吼無敢近者法師既至衆皆聚集共請法師陳說先事法師共到神所焚香告曰質子原藏此寶擬營功德今開施用誠是其時願鑑無妄之心少戢威儀之德如蒙許者奘自觀開稱知斤數以付所司如法修造不令虛費唯神之靈願垂體察言訖命人掘之夷然無患深七八尺得一大銅器中有黄金數百斤明珠數十顆大衆歡喜無不嗟服法師即於寺夏坐其王輕藝唯信重大乘樂觀講誦乃屈法師及慧性三藏於一大乘寺法集彼有大乘三藏名秣奴若瞿沙（此言如意聲也）薩婆多阿

梨耶伐摩（此言聖冑）彌沙塞部僧求那跋陀（此言德賢）皆是彼之稱首然學不兼通大小各别雖精一理終偏有所長唯法師備諳衆教隨其來問各依部答咸皆愜伏如是五日方散王甚喜以純錦五疋别施法師以各有差於沙落迦安居訖其慧性法師重爲覩貨羅王請到還法師與别東進行六百餘里越黒嶺入北印度境至濫波國國周千餘里伽藍十所僧徒皆學大乘停三日南行至一小嶺嶺有窣堵波是佛昔從南步行到此住立後人敬戀故建兹塔自斯以北境域皆號蔑戾車（此言邊地）如來欲有教化乘空往來不復履地若步行時地便傾動從此南二十餘里下嶺渡河至那揭羅喝國（北印度境）大城東南二里有窣堵波高三百餘尺無憂王所造是釋迦菩薩於第二僧祇遇然燈佛敷鹿皮衣及布髮掩泥得受記處雖經劫壞此跡恒存天散衆華常爲供養法師至彼禮拜旋遶傍有老僧爲法師說建塔因緣法師問曰菩薩布髮之時既是第二僧祇從第二僧祇至第三僧祇中間經無量劫一一劫中世界有多成壞如火災起時蘇迷盧山尚爲灰燼如何此跡獨得無虧答曰世界壞時此亦隨壞世界成時當其舊處跡現如本且如蘇迷盧山壞已還有在乎聖跡何得獨無以此校之不煩疑也上爲名答次西南十餘里有窣堵波是佛買華處又東南度沙嶺十餘里到佛頂骨城城有重閣第二閣中有七寶小塔如來頂骨在中骨周一尺二寸髮孔分明其色黃白盛以寶函但欲知罪福相者磨香末爲埿以帛練裹隱於

骨上隨其所得以定吉凶法師印得菩提樹像所將二沙彌大者得佛像小者得蓮華像其守骨婆羅門歡喜向法師彈指散華云師所得甚爲希有足表有菩提之分復有髑髏骨塔狀如荷葉復有佛眼睛大如柰光明暉赫徹燭函外復有佛僧伽胝上妙細氎所作復有佛錫杖白鐵爲環栴檀爲莖法師皆得禮拜盡其哀敬因施金錢五十銀錢一千綺幡四口錦兩端法服二具散衆雜華辭拜而出又聞燈光城西南二十餘里有瞿波羅龍王所住之窟如來昔日降伏此龍因留影在中法師欲往禮拜承其道路荒阻又多盜賊二三年已來人往多不得見以故去者稀踈法師欲往禮拜時迦畢試國所送使人貪其速還不願淹留勸不令去法師報曰如來眞身之影億劫難逢寧有至此不往禮拜汝等且漸進奘暫到即來於是獨去至燈光城入一伽藍問訪途路覓人相引無一肯者後見一小兒云寺莊近彼令送師到莊即與同去到莊宿得一老人知其處所相引而發行數里有五賊人拔刃而至法師即去帽現其法服賊云師欲何去答欲禮拜佛影賊云師不聞此有賊耶答云賊者人也今爲禮佛雖猛獸盈衢奘猶不懼况檀越之輩是人乎賊遂發心隨往禮拜既至窟所窟在石澗東壁門向西開窺之窈冥一無所覩老人云師直入觸東壁訖却行五十步許正東而觀影在其處法師入信足而前可五十步果觸東壁依言却立至誠而禮百餘拜一無所見自責障累悲號懊惱更至心禮誦勝鬘等諸經諸佛

偈頌隨讚隨禮復百餘拜見東壁現如鉢許大光倏而還滅悲喜更禮復有槃許大光現已還滅益增感慕自誓若不見世尊影終不移此地如是更二百餘拜遂一窟大明見如來影皎然在壁如開雲霧忽矚金山妙相熙融神姿晃昱瞻仰慶躍不知所譬佛身及袈裟並赤黃色自膝已上相好極明華座已下稍似微昧左右及背後菩薩聖僧等影亦皆具有見已遥命門外六人將火入燒香比火至欻然佛影還隱急令絕火更請方乃重現六人中五人得見一人竟所無覩如是可半食頃了了明見得申禮讚供散華香訖光滅爾乃辭出所送婆羅門歡喜歎未曾有云非師志誠願力之厚無致此也窟門外更有衆多聖跡（說如別傳）相與歸還彼五賊皆毀刀仗受戒而別從此復與伴合東南山行五百餘里至健陀邏國（舊云健陀衛訛也北印度境也）其國東臨信度河都城號布路沙布羅國多賢聖古來作論諸師那羅延天無著菩薩世親菩薩法救如意脇尊者等皆此所出也王城東北有置佛鉢寶臺鉢後流移諸國今現在波剌拏斯國城外東南八九里有畢鉢羅樹高百餘尺過去四佛並坐其下現有四如來像當來九百九十六佛亦當坐焉其側又有窣堵波是迦膩色迦王所造高四百尺基周一里半高一百五十尺其上起金剛相輪二十五層中有如來舍利一斛大窣堵波西南百餘步有白石像高一丈八尺北面立極多靈瑞往往有人見像夜遶大塔經行迦膩色迦伽藍東北百餘里渡大河至布色羯邏伐底城城東有

窣堵波無憂王造即過去四佛說法處也城北四五里伽藍內有窣堵波高二百餘尺無憂王所立即釋迦佛昔行菩薩時樂行惠施於此國千生為王即千生捨眼處此等聖迹無量法師皆得觀禮自高昌王所施金銀綾絹衣服等所至大塔大伽藍處皆分留供養申誠而去從此又到烏鐸迦漢荼城城北涉履山川行六百餘里入烏仗那國此言苑昔阿輸迦王之苑也舊稱烏長訛也夾蘇婆薩堵河昔有伽藍一千四百所僧徒一萬八千今並荒蕪減少其僧律儀傳訓有五部焉一法密部二化地部三飲光部四說一切有部五大衆部其王多居瞢揭釐城人物豐盛城東四五里有大窣堵波多有奇瑞是佛昔作忍辱仙人為羯利王此言鬪諍舊曰歌利訛也割截身體處城東北二百五十里入大山至阿波邏羅龍泉即蘇婆河之上源也西南流其地寒冷春夏恒凍暮即雪飛仍含五色霏霏舞亂如雜華焉龍泉西南三十餘里水北岸盤石上有佛脚跡隨人福願量有脩短是佛昔伏阿波邏羅龍時至此留跡而去順流下三十餘里有如來濯衣石袈裟條葉文相宛然城南四百餘里至醯羅山是如來昔聞半偈舊曰偈梵文畧也或曰偈他梵文訛也今從正宜云伽他伽陀唐言頌頌有四十二言也報藥叉之恩捨身下處瞢揭釐城西五十里渡大河至盧醯呾迦此言赤窣堵波高十餘丈無憂王造是如來往昔作慈力王時以刀刺身施五藥叉處舊云夜叉訛也城東北三十餘里至遏部多此言奇特石窣堵波高三十尺在昔佛於此為人天說法佛去後自然涌出此塔塔西渡大河三四里至一精舍

有阿縛盧枳多伊濕伐羅菩薩像（此言觀自在合字連聲梵語如上分文而言即阿縛盧枳多譯曰觀伊濕伐羅譯曰自在舊云光世音或觀世音或觀世音自在皆訛之也）威靈極著城東北閒說有人登越山谷逆上從多阿塗路危險攀緣鐵鏁踐躡飛梁可行十餘里至達麗羅川即烏杖那舊都也其川中大伽藍側有刻木慈氏菩薩像金色裝嚴高百餘尺末田底迦（舊曰末田地訛也）阿羅漢所造彼以神通力將匠人昇覩史多天（舊曰兜率陀訛也）令親觀妙相往來三返爾乃功畢自烏鐸迦漢荼城南渡信渡河河廣三四里流極清急毒龍惡獸多窟其中有持印度奇寶名花及舍利渡者船輒覆沒渡此河至呾叉始羅國（北印度境）其城北十二三里有窣堵波彼無憂王所建每放神光是如來昔行菩薩道為大國王號戰達羅鉢剌婆（此言月光）志求菩提捨千頭處塔側有伽藍昔經部師拘摩邏多（此言童壽）於此製造衆論從此東南七百餘里閒有僧訶補羅國（北印度境）又從呾叉始羅北界渡信渡河東南二百餘里經大石門是昔摩訶薩埵王子於此捨身飼餓烏擇七子處其地先為王子身血所染今猶絳赤草木亦然又從此東南山行五百餘里至烏剌尸國又東南登危險度鐵橋行千餘里至迦濕彌羅國（舊曰罽賓訛也）其都城西臨大河伽藍百所僧五千餘人有四窣堵波崇高壯麗無憂王所建各有如來舍利升餘法師初入其境至石門彼國西門也王遣母弟將車馬來迎入石門已歷諸伽藍禮拜到一寺宿寺名護瑟迦羅其夜衆僧皆夢神人告曰此客僧從摩訶脂那來欲學經印度觀禮聖迹師稟未聞

其人既爲法來有無量善神隨逐現在於此師等宿福爲遠人所慕宜勤誦習令他讚仰如何懈怠沉没睡眠諸僧聞已各各驚寤經行禪誦坐至旦並來説其因縁禮敬逾肅如是數日漸近王城離可一由旬到達摩舍羅此言福舍王教所立使招延行旅給贍貧乏王率羣臣及都内僧詣福舍相迎羽從千餘人幢蓋盈塗煙華滿路既至相見禮讚慇厚自手以無量華供散訖請乘大象相隨而進至都止闍耶因陀羅寺王舅所立也明日請入宫供養并命大德僧稱等數十人食訖王請開講令法師論難觀之甚喜又承遠來慕學尋讀無本遂給書手二十人令寫經論别給五人供承驅使資待所須事事公給彼僧稱法師者高行之人戒禁淳潔思理淹深多聞總持才睿神茂而性愛賢重士既屬上賓盱衡延納法師亦傾心諮稟曉夜無疲因請講授諸論彼公是時年向七十氣力已衰慶逢神器乃勵力敷揚自午已前講俱舍論午已後講順正理論初夜後講因明聲明論由是境内學人無不悉集法師隨其所説領悟無遺研幽擊節盡其神秘彼公歡喜歎賞無極謂衆人曰此脂那僧智力宏贍顧此衆中無能出者以其明懿足繼世親昆季之風所恨生乎遠國不早接聖賢遺芳耳時衆中有大乘學僧毗戍陀僧訶此言淨師子也辰那飯荼此言最勝親薩婆多學僧蘇伽蜜多羅此言如來友婆蘇蜜多羅此言世友僧祇部學僧蘇利耶提婆此言日天辰那呾邏多此言最勝救其國先來尚學而此僧等皆道業堅貞才解英富方僧稱雖不及比諸人足有餘既見法師爲

大匠褒揚無不發憤難詰法師法師亦明目訓酢無所蹇滯由是諸賢亦率慙服其國先是龍池佛涅槃後第五十年阿難弟子末田底迦阿羅漢教化龍王捨池立五百伽藍召諸賢聖於中住止受龍供養其後健陀羅國迦膩色迦王如來滅後第四百年因脇尊者請諸聖衆内窮三藏外達五明者得四百九十九人及尊者世友合五百賢聖於此結集三藏先造十萬頌鄔波弟鑠論（舊曰優波提舍訛也）釋素呾纜藏（舊曰修多羅訛也）次造十萬頌毘柰耶毘婆沙論釋毘柰耶藏（舊曰毘那耶訛也）次造十萬頌阿毘達磨毘婆沙論釋阿毘達磨藏（或曰阿毘曇訛也）凡三十萬頌九十六萬言王以赤銅爲鍱鏤寫論文石函封記建大窣堵波而儲其中命藥叉神守護奥義重明此之力也如是停留首尾二年學諸經論禮聖迹已乃辭西南逾涉山澗行七百里至半笯嗟國從此東行四百餘里至遏邏闍補羅國（北印度境）從此東南下山渡水七百餘里至磔迦國（北印度境）自藍波至於此土其俗既住邊荒儀服語言稍殊印度有鄙薄之風焉自出曷邏闍補羅國經二日渡旃達羅婆伽河（此云月分）到闍耶補羅城宿於外道寺寺在城西門外是時徒侶二十餘人後日進到奢羯羅城城中有伽藍僧徒百餘人昔者世親菩薩於中製勝義諦論其側有窣堵波高二百尺是過去四佛說法之處見有經行遺跡從此出那羅僧訶城東至波羅奢大林中逢群賊五十餘人法師及伴所將衣資劫奪都盡仍揮刀驅就道南枯池欲總屠害其池多有蓬棘蘿蔓法師所將沙

彌遂映刺林見池南岸有水穴堪容人過私告法師即相與透出東南疾走可二三里遇一婆羅門耕地告之被賊彼聞驚愕即解牛與法師向村吹貝聲鼓相命得八十餘人各將器仗急往賊所賊見衆人逃散各入林間法師遂到池解衆人縛又從諸人施衣分與相携投村宿人人悲泣獨法師笑無憂慼同侶問曰行路衣資賊掠俱盡唯餘性命僅而獲存困弊艱危理極於此所以却思林中之事不覺悲傷法師何因不共憂之倒爲欣笑答曰居生之貴唯乎性命性命既存餘何所憂故我土俗書云而天地之大寶曰生生之既在則大寶不忘小小衣資何足憂悋由是徒侶感悟其澄波之量渾之不濁如此明日到磔迦國東境至一大城城西道北有大菴羅林林中有一七百歲婆羅門及至觀之可三十許形質魁梧神理淹審明中百諸論善吠陀等書有二侍者各百餘歲法師與相見延納甚歡又承被賊即遣一侍者命城中信佛法者令爲法師造食其城有數千戶信佛者蓋少宗事外道者極多法師在迦濕彌時聲譽已遠諸國皆知其使乃遍城中告唱云支那國僧來近處被賊衣服總盡諸人宜共知時福力所感遂使邪黨革心有豪傑等三百餘人聞已各將班氎布一端并奉飲食恭敬而至俱積於前拜跪問訊法師爲呪願并說報應因果令諸人等皆發道意棄邪歸正相對笑語舞躍而還長年歎未曾有於是以氎布分給諸人各得數具衣直猶用之不盡以五端布奉施長年仍就停一月學經百論

廣百論其人是龍猛弟子親得師承說甚明淨從此東行五百餘里到至那僕底國詣突舍薩那寺有大德毗膩多鉢臘婆（此云調伏光即北印度王子）好風儀善三藏自造五蘊論釋唯識三十論釋因住十四月學對法論顯宗論理門論等大城東南行五十餘里至答秣蘇伐那僧伽藍（此言闇林）僧徒三百餘人學說一切有部賢劫千佛皆當於此地集人天說法釋迦如來涅槃後第三百年中有迦多衍那（舊曰迦旃延訛也）論師於此制發智論從此東北行百四五十里至闍爛達那國（北印度境）入其國詣那伽羅馱那寺有大德旃達羅伐摩（此云月胄）善究三藏因就停四月學衆事分毗婆沙從此東北登履危嶮行七百餘里至屈（居勿切）露多國（北印度境）自屈露國南行七百餘里越山渡河至設多圖盧國（北印度也）從此西南行八百餘里至波里夜呾羅國（中印度境）從此東行五百餘里至秣兔羅國（中印度境）釋迦如來諸聖弟子舍利子等遺身窣堵波謂舍利子（舊曰舍梨子又曰舍利弗皆訛也）沒特伽羅子（舊曰目乾連訛也）等塔皆見在呾麗衍尼弗呾羅（此言滿慈子舊曰彌多羅尼子訛畧也）優波釐阿難陀羅怙羅（舊曰羅睺羅又曰羅雲皆訛也）及曼殊室利（此言妙吉祥舊曰濡首又曰文殊師利或言曼殊尸利曰妙德訛也）如是等諸窣堵波每歲修福之日僧徒相率隨所宗事而修供養阿毗達磨衆供舍利子習定之徒供養沒特伽羅子誦持經者供養滿慈子學毗柰耶衆供養優波離諸比丘尼供養阿難未受具戒者供養羅怙羅學大乘者供養諸菩薩城東五六里至一山伽藍尊者烏波毱多（此言近護）之所建也其中爪髮舍利伽藍北巖有石室高

二十餘尺廣三十餘尺四寸細籌塡積其內尊者近護説法導夫妻俱證阿羅漢果者乃下一籌單已及別族者雖證不記從此東北行五百餘里至薩他渥濕伐羅國（中印度）又東行四百餘里至祿勒那國（中印度）東臨殑伽河北背大山閻牟那河中境而流又河東行八百餘里至殑伽河源廣三四里東南流入海處廣十餘里其味甘美細沙隨流彼俗書記謂之福水就中沐浴罪疊銷除啜波嗽流則殃災殄滅沒而死者即生天受福愚夫愚婦常集河濱皆外道邪言無其實也後提婆菩薩示其正理方始停絕國有大德名闍耶毱多善閑三藏法師遂住一冬半春就聽經部毘婆沙訖渡河東岸至秣底補羅國其王戍陀羅種也伽藍十餘所僧八百餘人學小乘一切有部大城南四五里有小伽藍僧徒五十餘人昔瞿拏鉢剌婆（此言德光）論師於此作辯眞等論凡百餘部論師是鉢伐多國人本習大乘後退學小乘時提婆犀那（此言天軍）阿羅漢往來覩史多天德光願見慈氏決諸疑滯請天軍以神力接上天宮既見慈氏揖而不禮言我出家具戒慈氏處天同俗禮敬非宜如是往來三返皆不致禮既我慢自高疑亦不決德光伽藍南三四里有伽藍僧二百餘人並小乘學是衆賢論師壽終處論師本迦濕彌羅國人博學高才明一切有部毘婆沙時世親菩薩亦以睿智多聞先作阿毘達磨俱舍論破毘婆沙師所執理奧文華西域學徒莫不鑽仰爰至鬼神亦皆講習衆賢覽而心憤又十二年覃思作俱舍雹論二萬五千頌

八十萬言造訖欲與世親面定是非未果而終世親後見其論歎有知解言其思力不減毘婆沙之衆也雖然甚順我義宜名順正理論遂依行焉衆賢死後於菴沒羅林中起窣堵波今猶見在林側又有窣堵波是毘末羅蜜多羅（此言無垢稱也）論師遺身處論師迦濕彌羅國人於說一切有部出家遊五印度學窮三藏將歸本國途次衆賢之塔悲其著述未及顯揚奄便逝歿因自誓更造諸論破大乘義滅世親名使論師之旨永傳遐代說此語已心智狂亂五舌重出遍體血流自知此苦原由惡見裁書懺悔勸諸同侶勿謗大乘言終氣絕當死處地陷爲坑其國有大德名蜜多斯那年九十即德光論師弟子善閑三藏法師又半春一夏就學薩婆多部怛埵三弟鑠論（此言辯真論二萬五千頌德光所造）隨發智論等又從此北行三百餘里至婆羅吸摩補羅國（北印度）又此東南行四百餘里至醯掣怛羅國（中印度境）又南行二百餘里渡殑伽河西南至毘羅那拏國（中印度境）又東行二百餘里至劫比他國（中印度）城東二十餘里有伽藍院內有三寶階南北列面東一下是佛昔於忉利天爲摩耶夫人說法訖歸贍部洲下處中是黃金左是水精右是白銀如來起善法堂將諸天衆躡中階而下大梵天王執白拂履銀階處右天帝釋持寶蓋蹈水精階居左是時百千天衆諸大菩薩陪隨而下自數百年前猶有階級今並淪沒恐後王戀慕累塼石擬其狀飾以雜寶見高七十餘尺上起精舍中有石佛像左右有釋梵之像並放光儀式彰如在傍有石柱高

七丈無憂王所立傍有石基長五十餘步高七尺是佛昔經行處從此西北行二百里至羯若鞠闍國(此言曲女城中印度)國周四千里都城西臨殑伽河長二十餘里度五六里伽藍一百餘所僧萬餘人大小俱學其王吠奢種也字曷利沙伐彈那(此言喜增)父字波羅羯邏伐彈那(此言作增光)兄字遏邏闍伐彈那(此言王增)喜增在位仁慈國人稱詠時東印度羯羅拏蘇伐剌那(此言金耳)國設賞迦王(此言日)惡其明畧而爲隣患乃誘而害之大臣婆尼(此言明了)及羣僚等悲蒼生之無主共立其弟尸羅阿迭多(此言戒日)統承宗廟王雄姿秀傑算畧宏遠德動天地義感人神遂能雪報兄讎牢籠印度威風所及禮教所霑無不歸德天下既定黎庶斯安於是戢武韜戈營樹福業勑其境內無得殺生凡厥元元普令斷肉隨其聖迹皆建伽藍歲三七日遍供衆僧五年一陳無遮大會府庫所積並充檀捨詳其所行須達拏之流矣城西北有窣堵波高二百餘尺東南六七里殑伽河南有窣堵波亦高二百餘尺並無憂王所造皆是佛昔說法處法師入其國到跋達羅毘訶羅寺住三月依毘離耶犀那三藏讀佛使毘婆沙日胄毘婆沙記

大慈恩寺三藏法師傳卷第二

音釋

貿(莫候切交易也) 抂(巨王切) 眺(他弔切望也) 峭峻(峭七肖切峻私閏切峭峻高竦也) 沍(胡故切寒凝也) 連屬(屬中欲切聯也) 皚(牛哀切霜雪白貌) 餧(奴罪切饑也) 淼(彌沼切大水也) 毳(充芮切細毛也) 纛(徒谷切軍中旗也) 僸佅(僸牛錦切佅摩葛切僸佅夷樂名) 赭(章也切) 鍱(以輒切) 欻(許勿切忽也) 烏檡(傳自音徒) 鑠(書藥切) 碟(陟華切)

大慈恩寺三藏法師傳卷第三

唐　沙門　惠立　本　釋　彦悰　箋

起阿踰陀國終伊爛拏國

自此東南行六百餘里渡殑伽河南至阿踰陀國(中印度境)寺百餘所僧徒數千人大小乘兼學大城中有故伽藍是伐蘇槃度菩薩(此言世親舊婆藪槃豆譯為天親訛也)於此製大小乘論及為衆講處城西北四五里臨殑伽河岸大伽藍中有窣堵波高二百餘尺無憂王所建佛昔三月說法處其旁又有過去四佛經行處城西南五六里有故伽藍是阿僧伽菩薩說法處菩薩夜昇覩史多天於慈氏菩薩所受瑜伽論莊嚴大乘論中邊分別論晝則下天為衆說法阿僧伽亦名無著即健陀邏國人也佛滅度後一千年中出現於世從彌沙塞部出家後信大乘弟世親菩薩於說一切有部出家後信大乘兄弟皆稟明聖之器含著述之才廣造諸論解釋大乘為印度宗匠如攝大乘論顯揚聖教對法唯識俱舍論等皆其筆也

法師自阿踰陀國禮聖迹順殑伽河與八十餘人同船東下欲向阿耶穆佉國行可百餘里其河兩岸皆是阿輸迦林非常深茂於林中兩岸各有十餘船賊鼓棹迎流一時而出船中驚擾投河者數人賊遂擁船向岸令諸人解脫衣服搜求珍寶然彼群賊素事突伽天神每於秋中覓一人質狀端美殺取肉血用以祠之以祈嘉福見法師儀容偉麗體骨當之相顧而喜曰我等祭神時欲將過不能得人今此沙門形貌淑美殺用祠之豈非吉也法師報以奘穢陋之身得充祠祭實非敢

惜但以遠來意者欲禮菩提像耆闍崛山并請問經法此心未遂檀越殺之恐非吉也船上諸人皆共同請亦有願以身代賊皆不許於是賊帥遣人取水於花林中治地設壇和泥塗掃令兩人拔刀牽法師上壇欲即揮刃法師顏無有懼賊皆驚異既知不免語賊願賜少時莫相逼惱使我安心歡喜取滅法師乃專心覩史多宮念慈氏菩薩願得生彼恭敬供養受瑜伽師地論聽聞妙法成就通慧還來下生教化此人令修勝行捨諸惡業及廣宣諸法利安一切於是禮十方佛正念而坐注心慈氏無復異緣於心想中若似登蘇迷盧山越一二三天見覩史多宮慈氏菩薩處妙寶臺天衆圍遶此時身心歡喜亦不知在壇不憶有賊同伴諸人發聲號哭須臾之間黑風四起折樹飛沙河流涌浪船舫漂覆賊徒大駭問同伴曰沙門從何處來名字何等報曰從支那國來求法者此也諸君若殺得無量罪且觀風波之狀天神已瞋宜急懺悔賊懼相率懺謝稽首歸依時亦不覺賊以手觸爾乃開目謂賊曰時至耶賊曰不敢害師願受懺悔法師受其禮謝爲說殺盜邪祠諸不善業未來當受無間之苦何爲電光朝露少時之身作阿僧企耶長時苦種賊等叩頭謝曰某等妄想顛倒爲所不應爲事不應事若不逢師福德感動冥祇何以得聞啓誨請從今日已去即斷此業願師證明於是遞相勸告收諸劫具總投河流所奪衣資各還本主並受五戒風波還靜賊衆歡喜頂禮辭別同伴驚歎轉異於常遠近聞者莫不嗟怪

非求法殷重何以致茲從此東行三百餘里渡殑伽河北至阿耶穆佉國(中印度境)從此東南行七百餘里渡殑伽河南閻牟那河北至鉢羅耶伽國(中印度境)城西南瞻博迦花林中有窣堵波無憂王所造是佛昔降外道處其側有伽藍是提婆菩薩作廣百論挫小乘外道處大城東兩河交處其西有墠周十四五里土地平正自古已來諸王豪族仁慈惠施皆至於此因號其處爲大施場今戒日王亦繼斯軌五年積財七十五日散施上從三寶下至孤窮無不悉施從此西南入大林多逢惡獸野象經五百餘里至憍賞彌國(舊曰俱睒彌訛中印度)伽藍十餘所僧徒三百餘人城內故宮中有大精舍高六十餘尺有刻檀佛像上懸石蓋鄔陀衍那王(此言出愛舊云優填王訛)之所造也昔如來在忉利天經夏爲母說法王思慕乃請目連將巧工昇天觀佛尊顏容止還以紫檀雕刻以像真容世尊下來時像迎佛即此也從南有故宅是瞿史羅(舊曰瞿師羅訛)長者故居也城南不遠有故伽藍即長者之園地中有窣堵波高二百餘尺無憂王所造次東南重閣是世親造唯識論處次東菴沒羅林有故基是無著菩薩作顯揚論處從此東行五百餘里至鞞索迦國伽藍二十餘所僧三千許人學小乘正量部東南道左有大伽藍是昔提婆設摩阿羅漢造識身足論說無我人瞿波阿羅漢作聖教要實論說有我人因此法執遂深諍論又是護法菩薩七日中摧伏小乘一百論師處其側又有如來六年說法處有一樹高七十尺餘昔佛因淨齒木棄其餘枝遂植

根繁茂至今邪見之徒數來殘伐隨伐隨生榮茂如本從此東北行五百餘里至室羅伐悉底國(舊曰舍衛訛也)周六千餘里伽藍數百僧徒數千並學正量部佛在鉢羅斯那恃多(此言勝軍)(舊曰波斯匿訛)王所居都也城內有王殿故基次東不遠有故基上建窣堵波勝軍王爲佛造大講堂次復有塔是佛姨母鉢羅闍鉢底(此言生主)(舊曰波闍波提訛也)比丘尼精舍次東有塔是蘇達多(此言樂施舊曰須達訛也)故宅宅側有大窣堵波是鴦窶利摩羅(舊曰央崛摩羅訛也)捨邪之處城南五六里有逝多林(此言勝林舊曰祇陀訛也)即給孤獨園也昔爲伽藍今已頹毀東門左右各建石柱高七十餘尺無憂王所立諸屋並盡獨一塼室在中有金像昔佛昇天爲母說法勝軍王心生戀慕聞出愛王刻檀爲像因造此也伽藍後不遠是外道梵志殺婦謗佛處伽藍東百餘步有大深坑是提婆達多以毒藥害佛生身入地獄處其南復有大坑瞿伽梨比丘謗佛生身入地獄處坑南八百餘步是戰遮婆羅門女謗佛生身入地獄處凡此三坑窺不見底伽藍東七十餘步有精舍伽藍高大中有佛像東面坐如來昔共外道論處次東有天祠量等精舍日光移轉天祠影不及精舍精舍影常覆天祠次東三四里有窣堵波是舍利子與外道論議處大城西北六十餘里有故城是賢劫中人壽二萬歲時迦葉波佛父城也城南是佛成正覺已初見父處城北有塔塔有迦葉波佛全身舍利並無憂王所立從此東南行八百餘里至劫比羅伐窣堵國(舊曰迦毘羅衛國)國周四千餘里都城千餘里並皆頹毀

宮城周十五里疊塼而成極牢固內有故基淨飯王之正殿上建精舍中作王像次北有故基是摩耶夫人之寢殿上建精舍中作夫人之像其側有精舍是釋迦菩薩降神母胎處中作菩薩降生之像上座部云菩薩以嗢怛羅頞沙荼月三十日夜降神母胎當此五月十五日諸部則以此二十三日當此五月八日東北有窣堵波阿私陀仙相太子處於城左右有太子共諸釋種捔力處又有太子乘馬踰城處及先於四門見老病死及沙門猒離世間迴駕處從此東行荒林五百餘里至藍摩國(中印度境)居人稀少故城東有塼窣堵波高百餘尺如來涅槃後此國先王分得舍利還而造也每放光明其側有龍池龍數變身爲人繞塔行道野象銜花常來供養其側

不遠有伽藍以沙彌知寺任相傳昔有苾芻招命同學遠來禮拜見野象銜花安置塔前復以牙芟草以鼻灑水衆見無不感歎有一苾芻便捨大戒願留供養謂衆人曰象是畜生猶知敬塔獻花灑掃我居人類依佛出家豈可目覩荒殘不供事也即辭衆住結宇疏地種花殖果雖涉寒暑不以勞倦隣國聞之各捨財寶共建伽藍仍即屈知僧務自此相承遂爲故事矣沙彌伽藍東大林中行百餘里有窣堵波無憂王所建是太子踰城至此解寶衣天冠髻珠付闡鐸迦(舊曰車匿訛也)還處也及剃髮皆有塔記出此林已至拘尸那揭羅國處極荒梗城內東北隅有窣堵波無憂王所建准陀故宅(舊曰純陀訛也)宅中有井將營獻供鑿也水猶澄映城西北三四里渡阿恃多伐

底河（此言無勝舊曰阿利跋提河訛也）河側不遠至娑羅林其樹似槲而皮青葉白甚光潤四雙齊高即如來涅槃處也有大塼精舍內有如來涅槃之像北首而臥傍有大窣堵波高二百餘尺無憂王所造又立石柱記佛涅槃事不書年月相傳云佛處世八十年以吠舍佉月後半十五日入涅槃當此二月十五日說一切有部復云佛以迦剌底迦月後半入涅槃當此九月八日自涅槃已來或云千二百歲或千五百或云過九百未滿千年又如來坐金棺爲母說法出臂問阿難現足示迦葉香木焚身八王分骨皆有塔記從此復大林中經五百餘里至婆羅痆斯國國周四千餘里都城西臨殑伽河長十餘里廣五六里伽藍三十餘所僧二千餘人學小乘一切有部渡婆羅痆斯河東北行十餘里至鹿野伽藍臺觀連雲長廊四合僧徒一千五百人學小乘正量部大院內有精舍高百餘尺石陛塼龕層級百數皆隱起黃金佛像室中有鍮石佛像量等如來身作轉法輪狀精舍東南有石窣堵波無憂王所建高百餘尺前有石柱高七十餘尺是佛初轉法輪處其側有梅怛麗（此言慈氏舊曰彌勒訛也）菩薩受記處次西有窣堵波是佛昔爲護明菩薩於賢劫中人壽二萬歲時迦葉波佛所受記處釋迦受記南有過去四佛經行處長五十餘丈高七尺以青石積成上有四佛經行之像伽藍西有如來澡浴池又有滌器池又有浣衣池並神龍守護無人穢觸池側有窣堵波佛修菩薩行時爲六牙白象施獵師牙處又爲鳥時與獮猴白象約尼拘

律樹定長幼巡行化人處又作鹿王又度憍陳如等五人處從此順殑伽河流東行三百餘里至戰主國從此東北渡殑伽河行百四五十里至吠舍釐國（舊曰毘舍離訛也）國周五千餘里土壤良沃多菴沒羅果茂遮果都城荒毀故基周六七十里居人甚少宮城西北五六里有一伽藍旁有窣堵波是佛昔說毘摩羅詰經處次東北三四里有窣堵波是毘摩羅詰故宅其宅尚多靈異去此不遠有一室積石所作是無垢稱現疾說法處其側亦有寶積故宅菴摩羅女故宅次北三四里有窣堵波是佛將往拘尸那國般涅槃天人隨從竚立處次西復有佛最後觀吠舍釐處次南又有菴羅女持園施佛處又有佛許魔王涅槃處從吠舍釐南境去殑伽河百餘里到吠多補羅城得菩薩藏經又南渡殑伽河至摩揭陀國（舊曰摩伽陀訛也）周五千餘里俗崇學重賢伽藍五十餘所僧萬餘人多大乘學河南有故城周七十餘里雖復荒頹猶有雉堞昔人壽無量歲時號拘蘇摩補羅城（此言香花宮城）王宮多花故致此號後至人壽數千歲時更名波吒釐子城（舊曰熈漣弗邑訛也）復約波吒釐樹爲名至佛涅槃後第一百年有阿輸迦王（此言無憂王舊曰阿育王訛也）即頻毘娑羅王（此言影堅）之曾孫自王舍城遷都來此年代浸遠今唯故基伽藍數百存者二三故宮北臨殑伽河爲小城城有千餘家宮北有石柱高數十尺無憂王作地獄處法師在小城停七日巡禮聖迹地獄南有窣堵波即八萬四千之一也王以人工建立中有如來舍利一升每放神光次有精舍中有如

來所履石石上有佛雙跡長一尺八寸廣六寸兩足下有千輻輪相十指端有萬字花紋及瓶魚等皎然明著是如來將入涅槃發吠舍釐至此於河南岸大方石上立顧謂阿難此是吾最後望金剛座及王舍城所留之跡也精舍北有石柱高三十餘尺書記無憂王三以贍部洲施佛法僧三以珍寶贖嗣也故城東南有尼屈吒阿濫摩(此言鷄園)僧伽藍故基無憂王所造是召千僧四事供養處是等聖跡凡停七日禮拜方遍又西南行六七由旬至低羅磔加寺寺有三藏數十人聞法師至皆出迎引從此又南行百餘里到菩提樹樹垣壘塼高峻極固東西長南北稍狹正門東對尼連禪河南門接大花池西帶嶮固北門通大伽藍其內聖跡連接或精舍或窣堵波並諸王大臣豪富長者慕聖營造用爲旌記正中有金剛座賢劫初成與天地俱起據三千大千之中下極金輪上齊地際金剛所成周百餘步言金剛者取其堅固難壞能沮萬物若不依本際則地不能停若不以金剛爲座則無地堪發金剛定今欲降魔成道必居於此若於餘地地便傾昃故賢劫千佛皆就此焉又成道之處亦曰道場世界傾搖獨此不動一二百年來衆生薄福往菩提樹不見金剛座佛涅槃後諸國王以兩軀觀自在菩薩像南北標界東向而坐相傳此菩薩身沒不見佛法當盡今南邊菩薩已沒至胷其菩提樹即畢鉢羅樹也佛在時高數百尺比頻爲惡王誅伐今可五丈餘佛坐其下成無上等覺因謂菩提樹樹莖黃白枝葉青潤秋冬

不凋唯至如來涅槃日其葉頓落經宿還生如本每至是日諸國王與臣僚共集樹下以乳灌洗然燈散花收葉而去法師至禮菩提樹及慈氏菩薩所作成道時像至誠瞻仰訖五體投地悲哀懊惱自傷歎言佛成道時不知漂淪何趣今於像季方乃至斯緬惟業障一何深重悲淚盈目時逢衆僧解夏遠近輻湊數千人觀者無不嗚咽其處一踰繕那聖跡充滿停八九日禮拜方遍至第十日那爛陀寺衆差四大德來迎即與同去行可七踰繕那至寺莊莊是尊者目連本生之村至莊食須臾更有二百餘僧與千餘檀越將幢蓋花香復來迎引讚歎圍繞入那爛陀既至合衆都集法師與相見訖於上座頭別安牀命法師坐徒衆亦坐坐訖遣維那擊揵稚唱法師住寺寺中一切僧所畜用法物道具咸皆共同仍差二十人非老非少閑解經律威儀齊整者將法師參正法藏即戒賢法師也衆共尊重不斥其名號爲正法藏於是隨衆入謁既見方事師資務盡其敬依彼儀式膝行肘步嗚足頂禮問訊讚歎訖法藏令廣敷牀座命法師及諸僧坐坐訖問法師從何處來報曰從支那國來欲依師學瑜伽論聞已啼泣喚弟子佛陀跋陀羅（此言覺賢）即法藏之姪也年七十餘博通經論善於言談法藏語曰汝可爲衆說我三年前病惱因緣覺賢聞已啼泣抆淚而說昔緣云和尚昔患風病每發手足拘急如火燒刀刺之痛乍發乍息凡二十餘載去三年前苦痛尤甚猒惡此身欲不食取盡於夜中夢三天人一黃金色二琉璃色

三白銀色形貌端正儀服輕明來問和尚曰汝欲棄此身耶經云說身有苦不說猒離於身汝於過去曾作國王多惱衆生故招此報今宜觀省宿愆至誠懺悔於苦安忍勤宣經論自當銷滅直爾猒身苦終不盡和尚聞已至誠禮拜其金色人指碧色者語和尚曰汝識不此是觀自在菩薩又指銀色曰此是慈氏菩薩和尚即禮拜慈氏問曰戒賢常願生於尊宮不知得不報曰汝廣傳正法後當得生金色者自言我是曼殊室利菩薩我等見汝空欲捨身不爲利益故來勸汝當依我語顯揚正法瑜伽論等遍及未聞汝身即漸安隱勿憂不差有支那國僧樂通大法欲就汝學汝可待教之法藏聞已禮拜報曰敬依尊教言已不見自爾已來和尚所苦瘳除僧衆聞者莫不稱歎希有法師得親承斯記悲喜不能自勝更禮謝曰若如所說玄奘當盡力聽習願尊慈悲攝受教誨法藏又問曰法師汝在路幾年答三年既與昔夢符同種種誨喻令法師歡喜以申師弟之情言訖辭出向幼日王院安置於覺賢房第四重閣七日供養已更安置上房在護法菩薩房北加諸供給日得擔步羅果一百二十枚檳榔子二十顆荳蔻二十顆龍腦香一兩供大人米一升其米大於烏豆作飯香鮮餘米不及唯摩揭陀國有此秔米餘處更無獨供國王及多聞大德故號爲供大人米月給油三斗酥乳等隨日取足淨人一人婆羅門一人免諸僧事行乘象輿那爛陀寺主客萬僧預此供給添法師合有人十其遊踐殊方見禮如此那爛

陀寺者此云施無猒寺者舊相傳此伽藍南菴没羅園中有池池有龍名那爛陀傍建伽藍故以爲號又云是如來昔行菩薩道時爲大國王建都此地憐愍孤窮常行惠捨物念其恩故號其處爲施無猒地也地本菴没羅長者園五百商人以十億金錢買以爲施佛佛於此處三月說法商人多有證果佛涅槃後此國先王鑠迦羅阿迭多（此言帝日）敬戀佛故造此伽藍王崩後其子佛陀毱多王（此言覺密）纂承鴻業次南又造伽藍至子怛他揭多王（此言如來）次東造伽藍至子婆羅阿迭多（此言幼日）次東北又建伽藍後見聖僧從此支那國往赴其供心生歡喜捨位出家其子伐闍羅（此言金剛）嗣位次北又建伽藍其後中印度王於側又造伽藍如是六帝相承各加營造又以塼疉其外合爲一寺都建一門庭序別開中分入院寶臺星列瓊樓岳峙觀竦煙中殿飛霞上生風雲於戶牖交日月於軒簷加以淥水逶迤青蓮菡萏羯尼花樹暉煥其間菴没羅林森竦其外諸院僧室皆有四重重閣虬棟虹梁繡櫨朱柱雕楹鏤檻玉礎文㮰甍接瑤暉榱連繩彩印度伽藍數乃千萬壯麗崇高此爲其極僧徒主客常有萬人並學大乘兼十八部爰至俗典吠陀等書因明聲明醫方術數亦俱研集凡解經論二十部者一千餘人三十部者五百餘人五十部者并法師十人唯戒賢法師一切窮覽德秀年耆爲衆宗匠寺內講座日百餘所學徒修習無棄寸陰德衆所居自然嚴肅建立已來七百餘載未有一人犯譏過者國王欽重捨百餘邑充其供養

邑二百戶日進秔米酥乳數百石由是學人
端拱無求而四事自足藝業成就斯其力焉
法師於那爛陀寺安置已向王舍城觀禮聖
跡王舍舊城彼云矩奢羯羅補羅城（此言上茅宮城）
城處摩揭陀國之中古昔君王多住其內其
地又生好香茅故取爲稱四面皆山峻峭如
削西通小徑北有大門東西長南北狹周一
百五十餘里其內更有小城基周三十餘里
羯尼迦樹處處成林發蕚開榮四時無間葉
如金色宮城北面外有窣堵波是提婆達多
與未生怨王放護財醉象欲害佛處此東北
有窣堵波是舍利子聞阿濕婆恃苾芻說法
證果處次北不遠有大深坑是室利毱多（此言勝密）
受外道邪言以火坑毒飯欲害佛處次大
坑東北山城之曲有窣堵波是時縛迦大醫
（舊曰耆婆訛也）於此爲佛造說法堂處其側現有時
縛迦故宅宮城東北行十四五里至姞栗陀
羅矩吒山（此言鷲峯亦云鷲臺舊曰耆闍崛山訛也）其山連岡北
嶺隆崛特高形如鷲鳥又狀高臺故取爲稱
泉石清奇林樹森鬱如來在世多居此山說
法華大般若等無量衆經山城北門行一里
餘至迦蘭陀竹園今現有塼室如來在昔多
居其中制諸戒律園主名迦蘭陀先以此園
施諸外道後見佛又聞深法恨不以園得施
如來時地神知其意爲現災怪怖諸外道逐
之令出告曰長者欲以園施佛汝宜速去外
道含怒而出長者歡喜建立精舍訖躬往請
佛佛爲受之竹園東有窣堵波阿闍多設咄
路王（此言未生怨舊曰阿闍世訛也）之所建如來涅槃後諸
王共分舍利未生怨王得已將歸立塔供養

無憂王發心欲遍造諸塔開取舍利尚留少許今每放光竹園西南行五六里山側有別竹林中有大室是尊者摩訶迦葉波於此與九百九十九大阿羅漢如來涅槃後結集三藏處當結集時無量聖衆雲集迦葉告曰衆中自知具三明六通總持如來一切法藏無錯謬者住餘各隨所安時簡得九百九十九人阿難在學地於是迦葉語阿難汝漏未盡勿汚清衆阿難慙愧而出一夜勤修斷三界結成阿羅漢還來叩門迦葉問曰汝結盡耶答曰然復曰若結盡者不勞開門隨意所入阿難乃從戶隙而入禮拜僧足迦葉執其手曰我欲爲汝除斷諸漏證聖果故驅逐汝出汝當知之勿以爲恨阿難曰若懷恨者豈名結盡於是禮謝而坐即初安居十五日時也

迦葉語阿難曰如來常於衆中稱汝多聞總持諸法汝可昇座爲衆誦素怛纜藏即一切經也阿難承命而起向佛般涅槃山方作禮訖昇座誦經諸衆隨口而錄錄訖又命優波離誦毗奈耶藏即一切戒律也誦訖迦葉波自誦阿毗達磨藏即一切論議經三月安居中集三藏訖書之貝葉方遍流通諸聖相謂曰我等集此名報佛恩今日得聞斯其力也以大迦葉僧中上座因名上座部又此西二十里有窣堵波無憂王所建即大衆部共集之處諸學無學數千人大迦葉結集時不預者共集此中更相謂曰如來在日同一師學世尊滅度驅簡我等我等豈不能結集法藏報佛恩耶復集素怛纜藏毗奈耶藏阿毗達磨藏雜集藏禁呪藏別爲五藏此中凡聖同

會因謂之大衆部次東北三四里至曷羅闍姞利呬多城（此言王舍）外郭已壞内城猶峻周二十餘里面有一門初頻毘娑羅王居上茅宫時百姓殷稠居家鄰接數遭火災乃立嚴制有不謹慎先失火者徙之寒林寒林即彼國棄屍惡處也頃之王宫忽復失火王曰我爲人王自犯不行無以懲下命太子留撫王徙居寒林時吠舍釐王聞頻毘娑羅野居於外欲簡兵襲之候望者知而奏王乃築邑以王先舍於此故名王舍城即新城也後闍王嗣位因都之至無憂王遷都波吒釐以城施婆羅門今城中無雜人唯婆羅門千餘家耳宫城内西南隅有窣堵波是殊底色迦長者故宅（此言星曆舊云樹提伽訛也）傍又有度羅怙羅處（即佛子也）那爛陀寺西北有大精舍高二百餘尺婆羅阿迭多王之所建也莊嚴甚麗其中佛像同菩提樹像精舍東北有窣堵波如來昔於此七日説法處西北又有過去四佛坐處其南鍮鉐精舍戒日王之所建功雖未畢詳其圖量限高十餘丈城次東二百餘步有銅立佛像高八十餘尺重閣六層方得覆及昔滿胄王之所作也又東行數里有窣堵波佛初成道向王舍城至此頻毘娑羅王與國人百千萬衆迎見佛處又東行三十餘里至因陀羅勢羅窶訶山東峯伽藍前有窣堵波謂僧娑鴈（此言）昔此伽藍依小乘漸教食三淨食於一時中買贖不得其檢校人傍惶無措乃見羣鴈翔飛仰而戲言曰今日僧供有闕摩訶薩埵宜知是時言訖其引前者應聲而迴鎩翮高雲投身自墜苾芻見已慙懼遍告衆僧聞

者驚嗟無不對之歎泣各相謂曰此菩薩也我曹何人敢欲毀食又如來設教漸次而防我等執彼初誘之言便爲究竟之說守愚無改致此損傷自今已後宜依大乘不得更食三淨仍建靈塔以死鴈埋中題表其心使永傳芳烈以有茲塔也如是等聖跡法師皆周遍觀禮訖還歸那爛陀寺方請戒賢法師講瑜伽論同聽者數千人開題訖少時有一婆羅門於衆外悲號而復言笑遣人問其所以答言我是東印度人曾於布磔迦山觀自在菩薩像所發願爲王菩薩爲我現身訶責我言汝勿作此願後某年月日那爛陀寺戒賢法師爲脂那國僧講瑜伽論汝當往聽因此聞法後得見佛何用王爲今見脂那僧來師復爲講與昔言同所以悲喜戒賢法師因令住聽經十五月講徹遣人將婆羅門送與戒日王王封以三邑法師在寺聽瑜伽三遍順正理一遍顯揚對法各一遍因明聲明集量等論各二遍中百二論各三遍其俱舍婆沙六足阿毘曇等已曾於迦濕彌羅諸國聽訖至此尋讀決疑而已兼學婆羅門書印度梵書名爲記論其源無始莫知作者每於劫初梵王先說傳受天人以是梵王所說故曰梵書其言極廣有百萬頌即舊譯云毘伽羅論者是也然其音不正若正應云毘耶羯剌諵此翻名爲聲明記論以其廣記諸法能詮故名聲明記論昔成劫之初梵王先說具百萬頌後住劫之初帝釋又畧爲十萬頌其後北印度健馱羅國婆羅門覩羅邑波膩尼仙又畧爲八千頌即今印度現行者是近又南印

度婆羅門爲南印度王復畧爲二千五百頌邊鄙諸國多盛流行印度博學之人所不遵習此並西域音字之本其支分明相助者復有記論畧經有一千頌又有字體三百頌又有字緣兩種一名門擇迦三千頌二名温那地二千五百頌此辯字緣字體有八界論八百頌此中畧合字之緣體此諸記論辯能詮所詮有其兩例一名底彥多聲有十八囀二名蘇漫多聲有二十四囀其底彥多聲於文章壯麗處用諸汎文亦少用其二十四囀者於一切諸文同用其底彥多聲十八囀者有兩一般羅颯迷二阿答末涅各有九囀故合有十八初九囀者如汎論一事有三說他有三自說有三一一三中說一說二說多故有三也兩句皆然但其聲別故分二九耳依般羅颯迷聲說有無等諸法且如說有有即三名一名婆皤底二名婆皤破三名婆飯底說他三者一名婆皤斯二名婆皤破三名婆皤他自說三者一婆皤彌二婆皤靴三婆皤摩（此第三依四吠陀論中說多言婆皤末斯）依阿答末涅九囀者於前九囀下各置毘耶底言餘同上安此者令文巧妙無別義亦表極美義也蘇漫多聲二十四囀者謂言總有八囀於八轉中一一各三謂說一說二說多故開爲二十四於二十四中一一皆三謂男聲女聲非男非女聲言八囀者一詮諸法體二詮所作業三詮作具及能作者四詮所爲事五詮所因事六詮所屬事七詮所依事八詮呼召事且以男聲寄丈夫上作八囀者丈夫印度語名布路沙體三囀者一布路殺二布路箭三布路沙所作

業三者一布路芆二布路筲三布路霜作具作者三者一布路鍛拏二布路諚三布路鍛鞞或言布路鍛呬所爲事三者一布路厦邪二布路沙諚三布路鍛韵所因三者一布路沙哆二布路鍛諚三布路鍛韵所屬三者一布路鍛諝二布路鍛諚三布路鍛諵所依三者一布路膳二布路殺諭三布路鍛緆呼召三者一系布路殺二系布路稍三系布路沙畧舉一二如此餘例可知難爲具述法師皆洞達其詞與彼人言清典逾妙如是鑽研諸部及學梵書凡經五歲從此復往伊爛拏鉢伐多國在路至迦布路伽藍伽藍南二三里有孤山巖巘崇峯灌木蕭森泉沼清澄鮮花芬馥既爲勝地靈廟寔繁感變之奇神異多種最中精舍有刻檀觀自在菩薩像威神特

尊常有數十人或七日二七日絶粒斷漿請祈諸願心殷至者即見菩薩具相莊嚴威光朗曜從檀像中出慰諭其人與其所願如是感見數數有人以故歸者逾衆其供養人恐諸來者坌汚尊像去像四面各七步許竪木鉤欄人來禮拜皆於欄外不得近像所奉香花亦並遙散其得花住菩薩手及掛臂者以爲吉祥以爲得願法師欲往求請乃買種種花穿之爲鬘將到像所志誠禮讚訖向菩薩胡跪發三願一者於此學已還歸本國得平安無難者願花住尊手二者所修福慧願生覩史多宫事慈氏菩薩若如意者願花貫掛尊兩臂三者聖教稱衆生界中有一分無佛性者玄奘今自疑不知有不若有佛性修行可成佛者願花貫掛尊頸項語訖以花遙散

咸得如言既滿所求喜歡無量其傍同禮及守精舍人見已彈指嗚足言未曾有也當來若成道者願憶今日因緣先相度耳自此漸去至伊爛拏國伽藍十所僧徒四千餘人多學小乘說一切有部義近有鄰王廢其國君以都城施僧於中並建二寺各有千僧有二大德一名怛他揭多毱多(此云如來密)二名羼底僧訶(此云師子忍也)俱善薩婆多部又停一年就讀毘婆沙順正理等大城南有窣堵波佛昔於此三月為天人說法其傍又有過去四佛遺跡國西界殑伽河南至小孤山佛昔於此三月安居降薄句羅藥叉山東南巖下大石上有佛坐跡入石寸餘長五尺二寸廣四尺一寸又有佛置捃稚迦(即澡罐也舊曰軍持訛也)跡深寸餘作八出花文國南界荒林多有大象壯而高大焉

大慈恩寺三藏法師傳卷第三

音釋

舫(甫妄切方舩也)　阿僧企耶(梵語也此云無數時企去縊切)　墠(常演切除地祭曰墠)　窶(其矩切)　嗢(烏沒切)　芟(所咸切刈也)　雉堞(雉池爾切堞徒協切雉堞城上女墻也)　輻湊(輻方六切湊七湊切輻湊謂人聚會如車輻奏集也)　瘳(丑鳩切病除也)　逶迤(逶於為切迤余支切逶迤斜去貌)　椑(婢脂切楄也)　榱(所追切椽也)　姞(渠乙切)　巘(魚偃切峯形似甑貌)　崒(昨沒切嵤崒山貌)　僧(斯贈切)　諵(女咸切)　底(丁履切)　佊(之靴切)　諺(鞞僭切)　厦(所詐切)　韵(鞞約切)　哆(他我切)　謯(子一切)　⿰月差(所齊切)　鎩(所介切)　縐(所芻切)

大慈恩寺三藏法師傳卷第四

唐沙門慧立本　釋彦悰箋

起瞻波國終迦摩縷波國王請

自此順殑伽河南岸東行三百餘里至瞻波國（中印度境）伽藍十所僧徒三百餘人習小乘教城壘甎高數丈基隍深闊極爲崇固昔者劫初人皆穴處後有天女下降人中遊殑伽河浴水靈觸身生四子分王贍部洲別疆界築間邑此則一子之都國南界數十由旬有大山林幽茂連綿二百餘里其間多有野象數百爲羣故伊爛拏瞻波二國象軍最多每於此林令象師調捕充國乘用又豐豺兕黑豹人無敢行相傳云先佛未出之時有一放牛人牧數百頭牛驅至林中有一牛離羣獨去常失不知所在至暮欲歸還到羣內而光色姝悅鳴吼異常諸牛咸畏無敢處其前者如是多日牧牛人怪其所以私候目之須臾還去遂逐觀之見牛入一石孔人亦隨入可行四五里豁然大明林野光華多異花果爛然溢目並非俗內所有見牛於一處食草草色香潤亦人間所無其人見諸果樹黃赤如金香而且大乃摘取一顆心雖貪愛仍懼不敢食少時牛出人亦隨歸至石孔未出之間有一惡鬼奪其果留牧牛人以此問一大醫并說果狀醫言不可即食宜方便將一出來後日復隨牛入還摘一顆懷欲將歸鬼復遮奪其人以果內於口中鬼復撮其喉人即咽之果既入腹身遂洪大頭雖得出身猶在孔竟不得歸後家人尋訪見其形變無不驚懼然尚能語說其所由家人歸還多命手力欲共

出之竟無移動國王聞之自觀慮爲後患遣人掘挽亦不能動年月既久漸變爲石猶有人狀後更有王知其爲仙果所變謂侍臣曰彼既因藥身變即身是藥觀雖是石其體終是神靈宜遣人將鎚鑽斷取少許將來臣奉王命與工匠往盡力鐫鑿凡經一旬不得一片今猶現在自此東行四百餘里至羯末嗢祇羅國（中印度境）尋禮聖跡伽藍六七所僧徒三百餘人自此東度殑伽河行六百餘里至奔那伐彈那國（南印度境）尋禮聖跡伽藍二十餘所僧三千餘人大小乘兼學城西二十餘里有跋姞婆伽藍臺閣壯峻僧徒七百人其側有窣堵波無憂王所建昔如來在此三月說法處數放光明又有四佛經行之跡傍有精舍中有觀自在菩薩像至誠祈請無願不遂自此東南行九百餘里至羯羅拏蘇伐剌那國（東印度境）伽藍十餘所僧徒三百餘人學小乘正量部法別有三伽藍不食乳酪此承提婆達多遺教也大城側有給多末知僧伽藍（此言赤泥）即往昔此國未有佛法時南印度沙門客遊此國降挫鍱腹外道邪論已國王爲立其側又有窣堵波無憂王所建是佛昔於此七日說法處從此東南出至三摩怛吒國（東印度境）濱近大海氣序和暢伽藍二十餘所僧徒三千餘人習上座部義天祠外道其徒亦衆去城不遠有窣堵波無憂王所建昔佛爲諸人天於此七日說法處去此不遠又有伽藍中有青玉佛像高八尺相好端嚴常有自然妙香芬馨滿院五色光瑞往往屬天凡預見聞無不深發道意從此東北海濱山谷間有室利

差怛羅國次東南海隅有迦摩浪迦國次東有墮羅鉢底國次東有伊賞那補羅國次東有摩訶瞻波國(此云林邑)次西有閻摩羅洲國凡此六國山海深遠雖不入其境而風俗可知自此三摩怛吒國西行九百餘里至躭摩栗底國(東印度境)居近海隅伽藍十餘所僧衆千餘人城側有窣堵波高二百餘尺無憂王所建傍有過去四佛經行遺跡是時聞海中有僧伽羅國(此云執師子)有明上座部三藏及解瑜伽論者涉海路七百由旬方可達彼未去間逢南印度僧相勸云往師子國者不須水路海中多有惡風藥叉濤波之難可從南印度東南角水路三日行即到雖復跋履山川然用爲安隱并得觀烏茶等諸國聖跡法師即西南向烏茶國(東印度境)伽藍百餘所僧徒萬餘人學大乘法亦有天祠外道邪正雜居窣堵波十餘所皆無憂王所建靈相間起國東南境臨大海有折利怛羅城(此言發行)即入海商人及遠方客旅往來停止之路南去僧伽羅國二萬餘里每夜淨無雲之時遥望見彼佛牙窣堵波上寶珠光明瑩然狀似空中星燭自此西南大林中行一千二百餘里至恭御陀國(東印度境)從此西南行大荒林一千四五百里至羯餕伽國(南印度境)伽藍十餘所僧五百餘人學上座部法往昔人極殷稠爲擾觸一五通仙人仙人瞋忿以惡呪殘害國人少長俱死後餘處稍漸遷居猶未充實自此西北行一千八百餘里至南憍薩羅國(中印度境)王剎帝利也崇敬佛法愛尚學藝伽藍百所僧徒萬人天祠外道頗亦殷雜城南不遠有故伽藍傍有

窣堵波無憂王所立昔者如來於此處現大神變降挫外道後龍猛菩薩止此伽藍時此國王號娑多婆訶(此言引正)珍敬龍猛供衛甚厚時提婆菩薩自執師子國來求論難造門請通門司爲白龍猛素知其名遂滿鉢盛水令弟子持出示之提婆見水默而投針弟子將還龍猛見已深加喜歎曰水之澄滿以方我德彼來投針遂窮其底若斯人者可與論玄議道囑以傳燈即令引入坐訖發言往復彼此俱歡猶魚水相得龍猛曰吾衰邁矣朗耀慧日其在子乎提婆避席禮龍猛足曰某雖不敏敢承慈誨其國有婆羅門善解因明法師就停月餘日讀集量論從此南大林中東南行九百餘里至案達羅國(南印度境)城側有大伽藍雕構宏壯尊容麗肅前有石窣堵波高數百尺阿折羅(此言所行)阿羅漢所造羅漢伽藍西南二十餘里有孤山上有石窣堵波是陳那(此言授)菩薩於此作因明論處從此南行千餘里至馱那羯磔迦國(南印度境)城東據山有弗婆勢羅(此言東山)僧伽藍城西據山有阿伐羅勢羅(此言西山)僧伽藍此國先王爲佛建立窮大夏之規式盡林泉之秀麗天神保護賢聖遊居佛涅槃千年之內每有千凡夫僧同來安居竟安居已皆證羅漢陵虛而去千年之後凡聖同居自百餘年來山神易質擾惱行人皆生怖懼無復敢往由是今悉空荒寂無僧侶城南不遠有一大石山是婆毗吠迦(此言清辯)論師住阿素洛宮待慈氏菩薩成佛擬決疑處法師在其國逢二僧一名蘇部底二名蘇利耶善解大衆部三藏法師因就停數月學大

衆部根本阿毗達磨等論彼亦依法師學大乘諸論遂結志同行巡禮聖跡自此南行千餘里至珠利耶國(南印度境)城東南有窣堵波無憂王所建是佛昔於此地現大神通摧伏外道説法度人天處城西有故伽藍是提婆菩薩與此寺嗢怛羅(此言上)阿羅漢論議至第七轉已去羅漢無答乃竊運神通往覩史多宫問慈氏菩薩菩薩爲釋因告言彼提婆者植功曩久當於賢劫成等正覺汝勿輕也既還復解前難提婆曰此慈氏菩薩義非仁者自智所得也羅漢慚服避席禮謝之處從此南經大林行一千五六百里至達羅毗荼國(南印度境)國大都城號建志補羅建志城即達磨波羅(此言護法)菩薩本生之處菩薩此國大臣之子少而爽慧弱冠之後王愛其才欲妻以公主菩薩久修離欲無心愛染將成之夕特起憂煩乃於佛像前請祈加護願脱茲難而志誠所感有大神王携負而出送離此城數百里置一山寺佛堂中僧徒來見謂之爲盜菩薩自陳由委聞者驚嗟無不重其高志因即出家爾後專精正法遂能究通諸部閑於著述乃造聲明雜論二萬五千頌又釋廣百論唯識論及因明數十部並盛宣行其茂德高才別自有傳建志城即印度南海之口向僧伽羅國水路三日行到未去之間而彼王死國内饑亂有大德名菩提迷祇濕伐羅(此云覺自在雲)阿跋耶鄧瑟哳羅(此云無畏牙)如是等三百餘僧來投印度到建志城法師與相見訖問彼僧曰承彼國大德等解上座部三藏及瑜伽論今欲往彼叅學師等何因而來報曰我國王

死人庶饑荒無可依仗聞贍部洲豐樂安隱是佛生處多諸聖跡是故來耳又知法之華無越我曹長老有疑隨意相問法師引瑜伽要文大節徵之亦不能出戒賢之解自此國界三千餘里聞有秣羅矩吒國（南印度境）既居海側極豐異寶其城東有窣堵波無憂王所建昔如來於此說法現大神變度無量衆處國南濱海有秣剌耶山崖谷崇深中有白檀香樹栴檀你婆樹樹類白楊其質涼冷蛇多附之至冬方蟄用以別檀也又有羯布羅香樹松身異葉花果亦殊濕時無香採乾之後折之中有香狀類雲母色如氷雪此所謂龍腦香也又聞東北海畔有城自城東南三千餘里至僧伽羅國（此言執師子非印度境也）國周七千餘里都城周四十餘里人戶殷稠穀稼滋實黑小急暴此其俗也國本寶渚多有珍奇其後南印度有女娉鄰國路逢師子王侍送之人怖畏逃散唯女獨在車中師子來見負女而去遠入深山採果逐禽以用資給歲月既淹生育男女形雖類人而性暴惡男漸長大白其母曰我爲何類父獸母人母乃爲陳昔事子曰人畜既殊何不捨去而相守耶母曰非不有心但無由免脫子後逐父登履山谷察其經涉他日伺父去遠即擔攜母妹下投人里至母本國訪問舅氏宗嗣已絕寄止村閭其師子王還不見妻子憤恚出山哮吼人里男女往來多被其害百姓以事啓王王率四兵簡募猛士將欲圍射師子見巳發聲瞋吼人馬傾墜無敢赴者如是多日竟無其功王復標賞告令有能殺師子者賞賜億金子語母

曰饑寒難處欲赴王募如何母曰不可彼雖是獸仍爲爾父若其殺者豈復名人子曰若不如是彼終不去或當尋逐我等來入村閭一旦王知我等還死亦不相留何者師子爲暴緣孃及我豈有爲一而惱多人亦三思之不如應募於是遂行師子見巳馴伏歡喜都無害心子遂以利刀開猴破腹雖加此苦而慈愛情深含忍不動因即命絶王聞歡喜怪而問之何因爾也竟不實言種種窮迫方乃具述王曰嗟乎非畜種者誰辦此心雖然我先許賞終不違言但汝殺父悖逆之人不得更居我國勑有司多與金寶逐之荒外即莊兩船多置黃金及資粮等送著海中任隨流逝男船泛海至此寶渚見豐奇翫即便止住後商人將家屬採寶復住其間乃殺商人留其婦女如是産育子孫經無量代人衆漸多乃立君臣以其遠祖執殺師子因爲國稱女船泛海至波剌斯西爲鬼魅所得生育羣女今西天女國是也又言僧伽羅是商人子名以其多智免羅刹鬼害後得爲王至此寶渚殺除羅刹建立國都因之爲名語在西域記其國先無佛法如來涅槃後一百年中無憂王弟摩醯因陀羅厭捨欲愛獲四沙門果乘空往來遊化此國顯讃佛教發示神通國人信慕建立伽藍見百餘所僧徒萬人遵行大乘及上座部教緇徒肅穆戒節貞明相勗無怠王宮側有佛牙精舍高數百尺以衆寶莊嚴上建表柱以鉢曇摩羅伽大寶置之剎端光曜映空靜夜無雲雖萬里同覩其側又有精舍亦以雜寶莊嚴中有金像此國先王所

造髻有寶珠無知其價後有人欲盜此珠守衛堅牢無由得入乃潛穴地中入室欲取而像形漸高賊不能及却而言曰如來昔修菩薩道爲諸衆生不惜軀命無恪國城何以今日反慳固也以此思之恐往言無實像乃傴身授珠其人得已將出貨賣人有識者擒之送王王問所得賊曰佛自與我乃具說所由王自觀之像首尚低王覩靈聖更發深心以諸珍寶於賊處贖珠還施像髻今猶現在國東南隅有駿迦山多神鬼依住如來昔於此山說駿迦經（舊曰楞伽訛也）國南浮海數千里至那羅稽羅洲洲人短小長於三尺人身鳥喙無稼穡食椰子其國海浪遼長身不能至訪諸人口梗槩如是自達羅毗荼與師子國僧七十餘人西北歸觀禮聖跡行二千餘里至建那補羅國（南印度境）伽藍百餘所僧徒萬餘人大小乘兼習天祠外道亦甚衆多王宮城側有大伽藍僧徒三百餘人並博贍文才其精舍中有一切義成太子（舊曰悉達太子訛也）寶冠高減二尺盛以寶函每到齋日出置高臺其至誠觀禮者多感異光城側伽藍有精舍中有刻檀慈氏菩薩像高十餘尺亦數有光瑞是聞二百億羅漢所造也城北有多羅樹林周三十餘里葉長色潤諸國抄寫最以爲貴從此西北經大林暴獸之野行二千四五百里至摩訶剌佗國（南印度境）其俗輕死重節王刹帝種也好武尚戎故其國土兵馬齊整法令嚴明每使將與敵戰雖喪軍失利不加刑罰但賜女服使其羞慙彼人恥愧多至自死常養勇士數千人暴象數百臨將對陣又多飲酒量其

欲醉然後麾旗以此奮衝未有不潰恃茲慢傲莫顧鄰敵戒日王自謂智畧宏遠軍帥强盛親臨征伐亦不能摧制伽藍百餘所僧徒五千餘人大小乘兼習亦有天祠塗灰之道大城內外有五窣堵波皆數百尺是過去四佛所遊之跡無憂王建也自此西北行千餘里渡耐秣陀河至跋禄羯呫婆國（南印度境）從此西北二千餘里至摩臘婆國（南羅羅國也南印度境）風俗調柔崇愛藝業五印度中唯西南摩臘婆東北摩揭陀二國稱爲好學尚賢善言談有風韻此國伽藍百餘所僧徒二萬餘人習小乘正量部教亦有塗灰外道事天之衆相傳云自六十年前有王名戒日高才博學仁慈惠和愛育黎元崇敬三寶始自爲王至于崩逝口絕麤言顏無慍色不傷臣妾之意無損蚑蟻之形每象馬飲水漉而後飲恐害水居之命也爰至國人亦令斷殺由是野獸附人犲狼息毒境內夷靜祥瑞日興營構精廬窮極輪奐造七佛之儀設無遮之會如是勝業在位五十餘年無時暫輟黎庶思慕於今不止大城西北二十餘里婆羅門邑傍有陷坑是大慢婆羅門謗毀大乘生身入地獄處語在西域記自此西北行二千四五百里至阿吒釐國（南印度）土出胡椒樹樹葉似蜀椒出薰陸香樹樹葉類此棠梨也自此西北行三日至契吒國（南印度境）自此北行千餘里至伐臘毗國（南印度境）伽藍百餘所僧衆六千餘人學小乘正量部法如來在日屢遊此國無憂王隨佛至處皆有表記今王刹帝利種也即羯諾鞠闍國施羅阿迭多王之女壻號杜魯婆跋吒

（此言帝冑）性躁急容止踈率然貴德尚學信愛三寶歲設大會七日延諸國僧施以上味奇珍床座衣服爰至藥餌之資無不悉備自此西北行七百餘里至阿難陀補羅國（西印度境）又西北行五百餘里至剌蘇佗國（西印度境）自東北行千八百里至瞿折羅國又東南行二千八百餘里至鄔闍衍那國（南印度境）去城不遠有窣堵波是無憂王作地獄處從此東北行千餘里至擲枳陀國（南印度境）從此東北行九百餘里至摩醯濕伐羅補羅國（中印度境）從此又西還蘇剌佗國自此復西行至阿點婆翅羅國（西印度境）如來在日頻遊其地無憂王隨有聖跡之處皆起窣堵波今皆具在從此西行二千餘里至狼揭羅國（西印度境）臨近大海向西女國之路自此西北至波剌斯國非印度境聞說之其地

多珠寶大錦細褐羊馬駱駝其所出也伽藍二三僧徒數百學小乘教說一切有部釋迦佛鉢在此王宮國東境有鶴秣城西北接拂菻國西南海島有西女國皆是女人無男子多珍貨附屬拂菻拂菻王歲遣丈夫配焉其俗產男例皆不舉又從狼揭國東北行七百餘里至臂多勢羅國（西印度境）中有窣堵波高數百尺無憂王所建中有舍利數放光明是如來昔作仙人為國王害處也從此東北行三百餘里至阿奄荼國（西印度境）城東北大林中有伽藍故基是佛昔者於此處聽諸比丘著亟縛屣（此言靴）有窣堵波無憂王所建傍有精舍中有青石立佛像數放光明次南八百餘步大林中有窣堵波無憂王所建是如來昔日止此夜寒乃以三衣重覆堂明旦開諸苾芻

著納衣處從此又東行七百餘里至信度國（西印度境）土出金銀鍮鉐牛羊駱駝赤鹽白鹽黑鹽等餘處取以爲藥如來在日數遊此國所有聖跡無憂王皆建窣堵波以爲表記又有烏波麹多大阿羅漢遊化之跡從此東行九百餘里渡河東岸至茂羅三部盧國（西印度境）俗事天神祠宇華峻其日天像鑄以黃金飾諸雜寶諸國之人多來求請花林池沼接砌縈階凡預瞻觀無不愛賞從此東北行七百餘里至鉢伐多羅國（北印度境）城側有大伽藍百餘僧皆學大乘是昔慎那弗怛羅（此言最勝子）論師於此製瑜伽師地釋論亦是賢愛論師德光論師本出家處又其國有二三大德並學業可遵法師因停二年就學正量部根本阿毗達磨及攝正法論教實論等從此復東南還

摩揭陀施無厭寺叅禮正法藏訖聞寺西三踰繕那有低羅擇迦寺有出家大德名般若跋陀羅本縛羅鉢底國人於薩婆多部出家善自宗三藏及聲明因明等法師就停兩月諮決所疑從此復往杖林山居士勝軍論師所軍本蘇剌侘國人刹帝利種也幼而好學先於賢愛論師所學因明又從安慧菩薩學聲明大小乘論又從戒賢法師學瑜伽論爰至外籍羣言四吠陀典天文地理醫方術數無不究覽根源窮盡枝葉既學該內外德爲時尊摩揭陀主滿胄王欽賢重士聞風而悅發使邀請立爲國師封二十大邑論師不受滿胄崩後戒日王又請爲師封烏荼國八十大邑論師亦辭不受王再三固請亦皆固辭謂王曰勝軍聞受人之祿憂人之事今方救

生死縈纏之急豈有暇而知王務哉言罷揖而出王不能留自是每依杖林山養徒教授恒講佛經道俗宗歸常逾數百法師就之首末二年學唯識決釋論意義理論成無畏論不住涅槃十二因緣論莊嚴經論及問瑜伽因明等疑已於夜中忽夢見那爛陀寺房院荒穢並繫水牛無復僧侣法師從幼日王院西門入見第四重閣上有一金人色貌端嚴光明滿室内心歡喜欲登上無由乃請垂引接彼曰我曼殊室利菩薩也以汝緣業未可來也乃指寺外曰汝看是法師尋指而望見寺外火焚燒村邑都爲灰燼彼金人曰汝可早歸此處十年後戒日王當崩印度荒亂惡人相害汝可知之言訖不見法師覺已怪歎向勝軍說之勝軍曰三界無安或當如是旣有斯告任仁者自圖焉是知大士所行皆爲菩薩護念將往印度告戒賢而駐待淹留未返示無常以勸歸若所爲不契聖心誰能感此及永徽之末戒日果崩印度饑荒並如所告國家使人王玄策備見其事當此正月初時也西國法以此月菩提寺出佛舍利諸國道俗咸來觀禮法師即共勝軍同往見舍利骨或大或小大者如圓珠光明紅白又肉舍利如豌豆大其狀潤赤無量徒衆獻奉香花讃禮訖還置塔中至夜過一更許勝軍共法師論舍利大小不同云弟子見餘處舍利大如米粒而此所見何其太大師意有疑不法師報曰玄奘亦有此疑更經少時忽不見室中燈内外大明怪而出望乃見舍利塔光暉上發飛燄屬天色含五彩天地洞朗無復星

月兼聞異香氤氲溢院於是遞相告報言舍利有大神變諸衆乃知重集禮拜稱歎希有經食頃光乃漸收至餘欲盡遶覆鉢數帀然始總入天地還闇辰象復出衆覩此已咸除疑網禮菩提樹及諸聖跡經八日復還那爛陀寺時戒賢論師遣法師爲衆講攝大乘論唯識決擇論時大德師子光先已爲四衆講中百論述其旨破瑜伽義法師妙閑中百又善瑜伽以爲聖人立教各隨一意不相違妨或者不能會通謂爲乖反此乃失在傳人豈關於法也愍其局狹數往徵詰復不能酬荅由是學徒漸散而宗附法師法師又以中百論旨唯破遍計所執不言依他起性及圓成實性師子光不能善悟見論稱一切無所得謂瑜伽所立圓成實等亦皆須遣所以每形於言法師爲和會二宗言不相違背乃著會宗論三千頌論成呈戒賢及大衆無不稱善並共宣行師子光慙赧遂出往菩提寺別命東印度一同學名旃陀羅僧訶來相論難冀解前恥其人既至憚威而默不敢致言法師聲譽益甚初師子光未去前戒日王於那爛陀寺側造鍮鉐精舍高逾十丈諸國咸知王後自征恭御陀行次烏荼國其國僧皆小乘學不信大乘謂爲空花外道非佛所說既見王來譏曰聞王於那爛陀側作鍮鉐精舍功甚壯偉何不於迦波釐外道寺造而獨於彼也王曰斯言何甚荅曰那爛陀寺空花外道與迦波釐不殊故也先是南印度王灌頂師老婆羅門名般若毱多明正量部義造破大乘論七百頌諸小乘師咸皆歡喜因取示王

曰我宗如是豈有大乘人能難破一字者王曰弟子聞狐行鼷鼠之羣自謂雄於師子及其見也則魂亡魄散師等未見大乘諸德所以固守愚宗若一見時恐還同彼彼曰王若疑者何不集而對決是非王曰此亦何難即於是日發使修書與那爛陀寺正法藏戒賢法師曰弟子行次烏荼見小乘師恃憑小見製論誹謗大乘詞理切害不近人情仍欲張鱗共師等一論弟子知寺中大德並才慧有餘學無不悉輒以許之謹令奉報願差大德四人善自他宗兼內外者赴烏荼國行從所法藏得書集衆量擇乃差海慧智光師子光及法師爲四人應王之命其海慧等咸憂法師謂曰小乘諸部三藏玄奘在本國及入迦濕彌羅已來遍皆學訖具悉其宗若欲將其教旨能破大乘義終無此理奘雖學淺智微當之必了願諸德不煩憂也若其有負自是支那國僧無關此事諸人咸喜後戒日王復有書來云前請大德未須即發待後進止時復有順世外道來求論難乃書四十條義懸於寺門曰若有難破一條者我則斬首相謝經數日無人出應法師遣房內淨人出取其義毀破以足躡蹉婆羅門大怒問曰汝是何人答曰我是摩訶耶那提婆奴婆羅門亦素聞法師名慙恥更不與論法師令喚入將對戒賢法師及命諸德爲證與之共論徵其宗本歷外道諸家所立其詞曰如餔多外道離繫外道髏鬘外道殊徵伽外道四種形服不同數論外道舊曰僧佉勝論外道舊曰衞世師也二家立義有別餔多之輩以灰塗體用爲修道遍

身艾白猶寢竈之猫狸離繫之徒則露質標奇拔髮爲德皮裂足皴狀臨河之朽樹髏鬘之類以髏骨爲鬘莊頭掛頸陷枯磈磊若塚側之藥叉徵伽之流披服糞衣飲噉便穢腥臊臭惡譬圂中狂豕爾等以此爲道豈不愚哉至如數論外道立二十五諦義從自性生大從大生我執次生五唯量次生五大次生十一根此二十四並供奉於我我所受用除離此已則我得清淨勝論師立六句義謂實德業有同異性和合性此六是我所受具未解脫已來受用前六若得解脫與六相離稱爲涅槃今破數論所立如汝二十五諦中我之一種是別性餘二十四展轉同爲一體而自性一種以三法謂體爲薩埵剌闍答摩此三展轉合成大等二十三諦二十三諦一一皆以三法爲體若使大等一一皆攬三成如衆如林即是其假如何得言一切是實又此大等各以三成即一是一切若一則一切則應一一皆有一切作用既不許然何因執三爲一切體性又若一則一切應口眼等根即是大小便路又一一根有一切作用應口耳等根聞香見色若不爾者何得執三爲一切法體豈有智人而立此義又自性既常應如我體何能轉變作大等法又所計我其性若常應如自性不應是我若如自性其體非我不應受用二十四諦是則我非能受二十四諦非是所受既能所俱無則諦義不立如是往復數番婆羅門默無所說起而謝曰我今負矣任依先約法師曰我曹釋子終不害人今役汝爲奴隨我教命婆羅門歡喜敬從

即將向房聞者無不稱慶時法師欲往烏荼乃訪得小乘所製破大乘義七百頌者法師尋省有數處疑謂所伏婆羅門曰汝曾聽此義不答曰曾聽五遍法師欲令其講彼曰我今爲奴豈合爲尊講法師曰此是他宗我未曾見汝但說無苦彼曰若然請至夜中恐外人聞從奴學汙尊名稱於是至夜屏去諸人令講一遍備得其旨遂尋其謬節申大乘義而破之爲一千六百頌名破惡見論將呈戒賢法師及宣示徒衆無不嗟賞曰以此窮覈何敵不亡其論如別因謂婆羅門曰仁者論屈爲奴於恥已足今放仁者去隨意所之婆羅門歡喜辭出往東印度迦摩縷波國向拘摩羅王談法師德義王聞甚悅即發使來請焉

大慈恩寺三藏法師傳卷第四

音釋

豺兕 豺士皆切狼屬兕祥里切似牛一角獸也　鐫 子泉切刻也　哳 陟列切　傴 於武切俯也　喙 許穢切鳥觜也　侘 丑亞切　呫 他叶切　㨆 力感切　畚 布袞父遠二切　豌 一丸切豆名　赧 奴版切面慚而赤也　鼷 胡雞切小鼠也　餔 補胡切　皴 七倫切皵也謂皮細起也　屏去 屏必郢切

大慈恩寺三藏法師傳卷第五

唐沙門慧立本 釋彥悰箋

起尼乾占歸國終至帝城之西漕

鳩摩羅使未至間有一露形尼乾子名伐闍羅忽入房來法師舊聞尼乾善於占相即請坐問所疑曰玄奘支那國僧來此學問歲月已久今欲歸還不知達不又去住二宜何最爲吉及壽命長短願仁者占看尼乾乃索一白石畫地而筮報法師曰師住時最好五印度及道俗無不敬重去時得達於敬重亦好但不如住師之壽命自今已去更可十年若憑餘福轉續非所知也法師又問意欲思歸經像既多不知若爲勝致尼乾曰勿憂戒日王鳩摩羅王自遣人送師必達無苦法師報曰彼二王者從來未面如何得降此恩尼乾曰鳩摩羅王已發使來請二三日當到既見鳩摩羅亦便見戒日如是言訖而去法師即作還意莊嚴經像諸德聞之咸來勸住曰印度者佛生之處大聖雖遷遺蹤具在巡遊禮讃足豫平生何爲至斯而更捨也又支那國者蔑戾車地輕人賤法諸佛所以不生志狹垢深聖賢由茲弗往氣寒土嶮亦焉足念哉法師報曰法王立教義尚流通豈有自得霑心而遺未悟且彼國衣冠濟濟法度可遵君聖臣忠父慈子孝貴仁貴義尚齒尚賢加以識洞幽微智與神契體天作則七耀無以隱其文設器分時六律不能韜其管故能驅役飛走感致鬼神消息陰陽利安萬物自佛遺法東被咸重大乘定水澄明戒香芬馥發心造行願與十地齊功斂掌熏修以至三身爲

極向蒙大聖降靈親麾法化耳承妙說目擊金容並轡長途未可知也豈得稱佛不往遂可輕哉彼曰經言諸天隨其福德共食有異今與法師同居贍部而佛生於此不往於彼以是將爲邊惡地也地既無福所以勸仁勿歸法師報曰無垢稱言夫日何故行贍部洲答曰爲之除冥今所思歸意遵此耳諸德既諫不從乃相呼往戒賢法師所陳其意戒賢謂法師曰仁意定何如報曰此國是佛生處非不愛樂但玄奘來意者爲求大法廣利羣生自到巳來蒙師爲說瑜伽師地論決諸疑網禮見聖跡及聞諸部甚深之旨私心慰慶誠不虛行願以所聞歸還翻譯使有緣之徒同得聞見用報師恩由是不暇停住戒賢喜曰此菩薩意也吾心望爾亦如是任爲裝束諸人不須苦留言訖還房經二日東印度鳩摩羅王遣使奉書與戒賢法師曰弟子願見支那國大德願師發遣慰此欽思戒賢得書告衆曰鳩摩羅王欲請玄奘但此人衆差擬往戒日王所與小乘對論今若赴彼戒日儻須如何可得不宜遣去乃謂使曰支那僧意欲還國不及得赴王命使到王更遣來請曰師縱欲歸暫過弟子去亦非難必願垂顧勿復致違戒賢既不與遣彼王大怒更發別使賫書與戒賢法師曰弟子凡夫染習世樂於佛法中未知迴向今聞外國僧名身心歡喜似開道芽之分師復不許其來此乃欲令衆生長淪永夜豈是大德紹隆遺法汲引物哉不勝渴仰謹遣重諮若也不來弟子則分是惡人近者設賞迦王猶能壞法毀菩提樹師

謂弟子無此力耶必當整理象軍雲萃於彼踏那爛陀寺使碎如塵此言如日師好試看戒賢得書謂法師曰彼王者善心素薄境內佛法不甚流行自聞仁名似發深意仁或是其宿世善友努力爲去出家以利物爲本今正其時譬如伐樹但斷其根枝條自殄到彼令王發心則百姓從化若違不赴或有魔事勿憚小勞法師辭師與使俱去至彼王見甚喜率羣臣迎拜讚歎延入宮日陳音樂飲食花香盡諸供養請受齋戒如是經月餘戒日王討恭御陀還聞法師在鳩摩羅處驚曰我先頻請不來今何因在此發使語鳩摩羅王急送脂那僧來王曰我頭可得法師未可即來使還報戒日王大怒謂侍臣曰鳩摩羅王輕我也如何爲一僧發是麤語更遣使責曰汝言頭可得者即付使將來鳩摩羅深懼言失即命嚴象軍二萬乘船三萬隻艘共法師同發泝殑伽河以赴王所至羯朱嗢祇羅國遂即叅及鳩摩羅王將欲發引先令人於殑伽河北營行宮是日渡河至宮安置法師訖自與諸臣叅戒日王於河北戒日見來甚喜知其敬愛於法師亦不責其前語但問脂那僧何在報曰在其行宮王曰何不來報曰大王欽賢愛道豈可遣師就此叅王王曰善且去其明日自來鳩摩羅還謂法師曰王雖言明日來恐今夜即至仍須候待若來師不須動法師曰玄奘佛法理自如是至夜一更許王果來有人報曰河中有數千炬燭并步鼓聲王曰此戒日王來即勑擎燭自與諸臣遠迎其戒日王行時每將金鼓數百行一步一

擊號爲節步鼓獨戒日有此餘王不得同也既至頂禮法師足散花瞻仰以無量頌讚歎訖謂法師曰弟子先時請師何爲不來報曰玄奘遠尋佛法爲聞瑜伽師地論當奉命時聽論未了以是不遂參王王又問曰師從脂那來弟子聞彼國有秦王破陣樂歌舞之曲未知秦王是何人復有何功德致此稱揚法師曰玄奘本土見人懷賢之德能爲百姓除兇翦暴覆潤羣生者則歌而詠之上備宗廟之樂下入閭里之謳秦王者即脂那國今之天子也未登皇極之前封爲秦王是時天地版蕩蒼生乏主原野積人之肉川谷流人之血妖星夜聚沴氣朝凝三河苦封豕之貪四海困長蛇之毒王以帝子之親應天策之命奮威振旅撲翦鯨鯢仗鉞麾戈肅清海縣重

安宇宙再耀三光六合懷恩故有茲詠王曰如此之人乃天所以遣爲物主也又謂法師曰弟子且還明日迎師願不憚勞於是辭去詰旦使來法師共鳩摩羅同去至戒日宮側王與門師二十餘人出迎入坐備陳珍膳作樂散花供養訖王曰聞師作制惡見論何在法師報在此因取觀觀訖王甚悅謂其門師等曰弟子聞日光既出則螢燭奪明天雷震音而鎚鑿絶響師等所守之宗他皆破訖試可救看諸僧無敢言者王曰師等上座提婆犀那自云解冠羣英學該衆哲首興異見常毀大乘及聞客大德來即往吠舍釐禮觀聖跡託以逃潛故知師等無能也王有妹聰慧利根善正量部義坐於王後聞法師序大乘宗塗奧曠小教局淺夷然歡喜稱讚不能已

王曰師論大好弟子及此諸師並皆信伏但恐餘國小乘外道尚守愚迷望於曲女城爲師作一會命五印度沙門婆羅門外道等示大乘微妙絶其毀謗之心顯師盛德之高摧其我慢之意是日發勑告諸國及義解之徒集曲女城觀支那國法師之論焉法師自冬初共王逆河而進至臘月方到會場五印度中有十八國王到諳知大小乘僧三千餘人到婆羅門及尼乾外道二千餘人到那爛陀寺千餘僧到是等諸賢並博蘊文義富贍辯才思聽法音皆來會所兼有侍從或象或輿或幢或旛各自圍遶峨峨岋岋若雲興霧涌充塞數十里間雖六齊之舉袂成帷三吴之揮汗爲雨未足方其盛也王先勑會所營二草殿擬安像及徒衆比到並成其殿峻廣各堪坐千餘人王行宮在會場西五里日於宮中鑄金像一軀裝一大象上施寶帳安佛在其中戒日王作帝釋形手執白拂侍右鳩摩羅王作梵王形執寶蓋侍左皆著天冠花鬘垂纓珮玉又裝二大象載寶花逐佛後隨行隨散令法師及門師等各乘大象次列王後又以三百大象使諸國王大臣大德等乘象麗於道側稱讚而行從旦裝束自行宮引向會所至院門各令下乘捧佛入殿置於寶座王共法師以次供養然後命十八國王入諸國僧名稱最高文義贍博者使千餘人入婆羅門外道有名行者五百餘人入諸國大臣等二百餘人入自外道俗各令於院門外部伍安置王遣内外並設食食訖施佛金槃一金椀七金澡罐一金錫杖一枚金錢三千上

氎衣三千法師及諸僧等施各有差施訖別設寶牀請法師坐爲論主稱揚大乘序作論意仍遣那爛陀寺沙門明賢法師讀示大衆別令寫一本懸於會場門外示一切人若其間有一字無理能難破者請斬首相謝如是至晚無一人致言戒日王歡喜罷會還宮諸王諸僧各歸所止次法師共鳩摩羅王亦還自宮明旦復來迎像送引聚集如初經五日小乘外道見毀其宗結恨欲爲謀害王知宣令曰邪黨亂眞其來自久埋隱正教誤惑衆生不有上賢何以鑒僞支那法師者神宇沖曠解行淵深爲拔羣邪來遊此國顯揚大法汲引愚迷妖妄之徒不知慙悔謀爲不軌翻起害心此而可容孰不可恕衆有一人傷觸法師者斬其首毀罵者截其舌其欲申辭救義不拘此限自是邪徒戢翼竟十八日無人發論將散之夕法師更稱揚大乘讚佛功德令無量人返邪入正棄小歸大戒日王益增崇重施法師金錢一萬銀錢三萬上氎衣一百領十八國王亦各施珍寶法師一皆不受王命侍臣莊嚴一大象施幢請法師乘令貴臣陪衛巡衆告唱表義立無屈西國法凡論得勝如此法師讓不行王曰古來法爾事不可違乃將法師袈裟遍唱曰支那國法師立大乘義破諸異見自十八日來無敢論者普宜知之諸衆歡喜爲法師競立義名大乘衆曰摩訶耶那提婆此云大乘天小乘衆號曰木叉提婆此云解脫天燒香散花禮敬而去自是德音彌遠矣王行宮西有一伽藍王所供養中有佛牙長可寸半其色黃白每放光

明昔迦濕彌羅國訖利多種滅壞佛法僧徒解散有一苾芻遠遊印度其後覩貨邏國雪山下王忿諸賊種毀滅佛法乃詐爲商旅率三千勇士多賫珍寶僞言獻奉其王素貪聞之甚喜遣使迎接但雪山王禀質雄猛威肅如神既至其座去帽而叱之訖利多王覩便驚懾顛仆於地雪山王按其首而斬之謂其羣臣曰我雪山下王忿爾諸奴毀壞佛法故來罰汝然則過在一人非關汝輩各宜自安唯扇惑其王首爲惡者逐之他國餘無所問既殲醜孽建立伽藍召集僧徒奉施而返前投印度苾芻聞國平定杖錫旋歸路逢羣象鳴吼而來苾芻見已昇樹藏避象乃吸水灌樹以牙排掘須臾樹倒象以鼻卷苾芻置背上負載而去至一大林中有病象患瘡而卧象引比丘手觸其苦處見瘡有竹刺爲拔刺引去膿血裂衣爲裹象得漸安明日諸象競求果味奉施苾芻苾芻食已有一象將金函授於病者病象得已授與苾芻苾芻得已諸象載送出林到舊處置於地跪拜而去苾芻開函乃佛牙也將歸供養近戒日王聞迦濕彌羅有佛牙親至界首請看禮拜諸衆恡惜不聽將出乃別藏之但其王懼戒日之威處處掘覓得已將呈戒日見之深生敬重倚恃强力遂奪歸供養即此牙也散會後王以所鑄金像衣錢等付囑伽藍令僧守護法師先以辭那爛陀諸德及取經像訖罷論竟至十九日辭王欲還王曰弟子嗣承宗廟爲天下主三十餘年常慮福德不增廣往因不相續以故積集財寶於鉢羅耶伽國兩河間立大

會場五年一請五印度沙門婆羅門及貧窮孤獨爲七十五日無遮大施已成五會今欲作第六會師何不暫看隨喜法師報曰菩薩爲行福慧雙修智人得果不忘其本王尚不悋珍財玄奘豈可辭少停住請隨王去王甚喜至二十一日發引向鉢羅耶伽國就大施場殑伽河在北閻牟那河在南俱從西北東流至此國而會其二河合處西有大墠周圍十四五里平坦如鏡自昔諸王皆就其地行施因號施場焉相傳云若於此地施一錢勝餘處施百千錢由是古來共重王勑於墠上建施場竪蘆爲籬面各千步中作草堂數十間安貯衆寶皆金銀眞珠紅玻瓈寶帝青珠大青珠等其傍又作長舍數百間貯憍奢耶衣斑氎衣金銀錢等籬外别作造食處於寶庫前更造長屋百餘行似此京邑肆行一一長衣可坐千餘人先是王勑告五印度沙門外道尼乾貧窮孤獨集施場受施有因法師曲女城會不歸便往施所者十八國王亦便遂王行比至會場道俗到者五十餘萬人戒日王營殑伽河北岸南印度王杜魯婆跋吒營合河西鳩摩羅王營閻牟那河南花林側諸受施人營跋吒王西辰旦其戒日王與鳩摩羅王乘船軍跋吒王從象軍各整儀衞集會場所十八國諸王以次陪列初一日於施場草殿内安佛像布施上寶上衣及美饌作樂散花至日晩歸營第二日安日天像施寶及衣半於初日第三日安自在天像施如日天第四日施僧萬餘人百行俱坐人施金錢百文珠一枚氎衣一具及飲食香花供養訖

而出第五番施婆羅門二十餘日方遍第六番施外道十日方遍第七番施遠方求者十日方遍第八番施諸貧窮孤獨者一月方遍至是五年所積府庫俱盡唯留象馬兵器擬征暴亂守護宗廟自餘寶貨及在身衣服瓔珞耳璫臂釧寶鬘頸珠髻中明珠總施無復孑遺一切盡已從其妹索麤弊衣著禮十方佛踊躍歡喜合掌言曰某此積集財寶常懼不入堅牢之藏今得貯福田中可謂入藏矣願某生生常具財法等施衆生成十自在滿二莊嚴會訖諸王各將諸寶錢物於諸衆邊贖王所施瓔珞髻珠御服等還將獻王經數日王衣服及上寶等服用如故法師辭欲歸王曰弟子方欲共師闡揚遺法何遽即歸如是留連復十餘日鳩摩羅王慇懃亦如是謂法師曰師能住弟子處受供養者當爲師造一百寺法師見諸王意不解乃告以苦言曰支那國去此遐遠晚聞佛法雖霑梗槩不能委具爲此故來訪殊異耳今果願者皆由本土諸賢思渴誠深之所致也以是不敢須臾而忘經言障人法者當代代無眼若留玄奘則令彼無量行人失知法之利無眼之報寧不懼哉王曰弟子慕重師德願常瞻奉旣損多人之益實懼於懷任師去住雖然不知師欲從何道而歸師取南海去者當發使相送法師報曰玄奘從支那來至國西界有國名高昌其王明睿樂法見玄奘來此訪道深生隨喜資給豐厚願法師還日相過情不能違今者還北路而去王曰師須幾許資粮法師報無所須王曰何得爾於是命施金錢等物

鳩摩羅王亦施衆珍法師並皆不納唯受鳩摩羅王曷剌釐帔即麤毛下細者所作也擬在塗防雨於是告別王及諸衆相餞數十里而歸將分之際嗚噎各不能已法師以經像等附北印度王烏地多軍鞍乘漸進後戒日王更附烏地王大象一頭金錢三千銀錢一萬供法師行費別三日王更與鳩摩羅王跋吒王等各將輕騎數百復來送別其慇懃如是仍遣達官四人名摩訶怛羅（類此散官也）王以素氎作書紅泥封印使達官奉書送法師所經諸國令發乘遞送終至漢境自發鉢羅耶伽國西南大林野中行七日到憍賞彌國城南劬師羅長者施佛園處禮聖跡訖復與烏地多王西北行一月餘日歷數國重禮天梯聖跡復西北行三踰繕那至毗羅那拏國都城停兩月日逢師子光師子月同學二人講俱舍攝論唯識論等皆來迎接甚歡法師至又開瑜伽決擇及對法論等兩月訖辭歸復西北行一月餘日經數國至闍蘭達國即北印度王都復停一月烏地王遣人引送西行二十餘日至僧訶補羅國時有百餘僧皆北人齎經像等依法師而還如此復二十餘日山澗中行其處多賊法師恐相劫掠常遣一僧預前行若逢賊時教說遠來求法今所齎持並經像舍利願檀越擁護無起異心法師率徒侶後進時亦屢逢然卒無害如是二十餘日行至呾叉尸羅國重禮月光王捨千頭處國東北五十踰繕那即迦濕彌羅國其王遣使迎請法師爲象行輜重不果去停七日又西北行三日至信渡大河河廣五六里經

像及同侶人並坐船而進法師乘象涉渡時遣一人在船看守經及印度諸異花種將至中流忽然風波亂起搖動船舫數將覆沒守經者惶懼墮水衆人共救得出遂失五十夾經本及花種等自餘僅得保全時迦畢試王先在烏鐸迦漢荼城聞法師至躬到河側奉迎問曰承師河中失經師不將印度花果種來答曰將來王曰鼓浪傾船事由於此自昔已來欲將花種渡者並然因共法師還城寄一寺停五十餘日爲失經本更遣人往烏長那國抄寫迦葉臂耶部三藏迦濕彌王聞法師漸近亦忘遠躬來參拜累日方歸法師與迦畢試王相隨西北行一月餘日至藍婆國境王遣太子先去勑都人及衆僧莊辦幢旛出城迎候王與法師漸發比至道俗數千人幢旛甚盛衆見法師歡喜禮拜訖前後圍遶讚詠而進至都停一大乘寺時王亦爲七十五日無遮大施此復正南行十五日往伐剌拏國禮聖跡又西北往阿薄健國又西北往漕矩吒國又北行五百餘里至佛栗氏國薩儻那國從此東出至迦畢試境王又爲七日大施訖法師辭發東北行一踰繕那至瞿盧薩謗城與王別北行王遣一大臣將百餘人送法師度雪山負芻草粮食資給行七日至大山頂其山疊嶂危峯參差多狀或平或聳勢非一儀登陟艱辛難爲備敘自是不得乘馬策杖而前復經七日至一高嶺嶺下有村可百餘家養羊畜羊大如驢其日宿於此村至夜半發仍令村人乘山駝引路其地多雪澗凌溪若不憑鄉人引導交恐淪墜至明盡

日方渡凌嶮時唯七僧并顧人等有二十餘象一頭騾十頭馬四疋明日到嶺底尋盤道復登一嶺望之如雪及至皆白石也此嶺最高雖雲結雪飛莫至其表是日將昏方到山頂而寒風淒凜徒侶之中無能正立者又山無卉木唯積石攢峯岌然如林筍矣其處既山高風急鳥將度者皆不得飛自嶺南嶺北各行數百步外方得舒其六翮矣尋贍部洲中嶺岳之高亦無過此者法師從西北下數里有少平地施帳宿旦而進經五六日下山至安怛羅縛婆國即覩貨羅之故地伽藍三所僧徒數十習大衆部法有一窣堵波無憂王建也法師停五日西北下山行四百餘里至闊悉多國亦覩貨羅之故地從此西北復山行三百餘里至括國居縛芻河側即覩貨羅東界都城在河南岸因見葉護可汗孫王覩貨羅自稱葉護至衙停一月葉護遣衛送共商侶東行二日至瞢健國其傍又有阿利尼國曷羅胡國訖栗瑟摩國鉢利曷國皆覩貨羅故地也自瞢健復東行入山三百餘里至呬摩怛羅國亦覩貨羅故地風俗大同突厥而尤異者婦人首冠木角高三尺餘前有兩岐表夫父母上岐表父下岐表母隨先喪亡除去一岐若舅姑俱歿則舉冠全棄自此復東行二百餘里至鉢創那國亦覩貨羅故地也爲寒雪停月餘日從此又東南山行二百餘里至佉薄健國又東南履危躡嶮行三百餘里至屈浪拏國從此又東北山行五百餘里至達摩悉鐵帝國（亦名護密也）國在兩山間臨縛芻河出善馬形小而健俗無禮義性

暴形陋眼多碧緑異於諸國伽藍十餘所昬馱多城國之都也中有伽藍此國先王所立伽藍中石佛像上有金銅圓蓋雜寶莊瑩自然住空當於佛頂人有禮旋蓋亦隨轉人停蓋止莫測其靈（寺立因緣廣如別傳）從此國大山北至尸棄尼國又越達摩悉鐵帝國至商彌國從此復東山行七百餘里至波謎羅川川東西千餘里南北百餘里在兩雪山間又當葱嶺之中風雪飄飛春夏不止以其地寒烈卉木稀少稼穡不滋境域蕭條無復人跡中有大池東西三百里南北五十餘里處贍部洲中地勢高隆瞻之漭沆目所不能極水族之類千品萬種喧聲交聒若百工之肆焉復有諸鳥形高丈餘鳥卵如甕舊稱條支巨鷇或當此也池西分出一河西至達摩悉鐵帝國東界與縛芻河合而西流赴海以右諸水亦皆同會池東分一大河東至佉沙國西界與徙多河合而東流赴海以左諸水亦並同會川南山外有鉢露羅國金銀金色如火又此池南北與阿耨池相當從此川東出登危履雪行五百餘里至朅盤陀國城依峻嶺北背徙多河其河東入海鹽澤潛流地下出積石山為此國河源也其王聰慧建國相承多歷年所自云本是脂那提婆瞿怛羅（此言漢日天種）王故宮有故尊者童壽論師伽藍尊者怛叉始羅國人也神悟英秀日誦三萬二千言兼書亦爾遊戲衆法雅閑著述凡製論數十部並盛宣行即經部本師也是時東有馬鳴南有提婆西有龍猛北有童壽號為四日能照有情之惑童壽聲譽既高先王躬伐其國迎而供

養城東南三百餘里至大石壁有二石室各一羅漢於中入滅盡定端坐不動視若羸人而竟無傾朽已經七百餘歲矣法師在其國停二十餘日復東北行五日逢羣賊商侶驚怖登山象被逐溺水死賊過後與商人漸進東下冐寒履嶮行八百餘里出葱嶺至烏鎩國城西二百里有大山峯嶨甚峻上有窣堵波舊說曰數百年前雷震山崩中有苾芻身量枯偉冥目而坐鬚髮毵毵垂覆肩面有樵者見而白王王躬觀禮仕庶傳聞遠近同集咸申供養積花成積王曰此何人也有苾芻對曰此出家羅漢入滅盡定者歲月滋淹故髮長耳王曰若何警悟令其起也對曰段食之身出定便壞宜先以酥乳灌灑使潤霑腠理然後擊揵槌感而悟之或可起也王曰善哉遂依僧語灌乳擊揵槌羅漢舉目而視曰爾輩何人形披法服對曰我輩苾芻也彼曰我師迦葉波如來今何所在對曰久入涅槃聞之愀然重曰釋迦文佛成無上等覺未答曰已成利物斯周亦從寂滅聞已低眉良久以手舉髮起昇虛空作大神變化火焚身遺骸墮地王與大衆收骨起窣堵波即此塔也從此北行五百餘里至佉沙國（舊曰䟽勒乃稱其城號也正音宜云室利訖栗多底䟽勒之言尚訛也）又從此東南行五百餘里渡徙多河踰大嶺至斫句迦國（舊曰沮渠）國南有大山山多龕室印度果人多運神通就之栖止因入寂滅者衆矣今猶有三羅漢住巖穴入滅心定鬚髮漸長諸僧時往爲剃又此國多大乘經典十萬頌爲部者凡有數十從此東行八百餘里至瞿薩旦那國（此言地乳即其俗雅

言也俗謂渙那國匈奴謂之于遁諸胡謂之豁旦印度謂之屈丹舊曰于闐訛也沙磧太半宜穀豐樂出氍毹細氈氎工績絁紬又土多白玉堅玉氣序和調俗知禮義尚學好音風儀詳整異諸胡俗文字遠遵印度微有改耳重佛法伽藍百所僧五千餘人多學大乘其王雄智勇武遵愛有德自云毗沙門天之胤也王之先祖即無憂王之太子在怛叉始羅國後被譴出雪山北養牧逐水草至此建都久而無子因禱毗沙門天廟廟神額上剖出一男復於廟前地生奇味甘香如乳取向養子遂至成長王崩後嗣立威德遐被力并諸國今王即其後也先祖本因地乳資成故于闐正音稱地乳國焉法師入其境至勃伽夷城城中有坐佛像高七尺餘首戴寶冠威顏圓滿聞諸舊說像本在迦濕彌羅國請來到此昔有羅漢有一沙彌身嬰疹疾臨將捨壽索酢米餅師以天眼觀見瞿薩怛那有潛運神足乞而與之沙彌食已歡喜樂生其國願力無違命終即生王家嗣立之後才略驍雄志思吞攝乃踰雪山伐其舊國時迦濕彌王亦簡將練兵欲事攘拒羅漢曰不勞舉刃我自遣之即往瞿薩怛那王所爲說頂生貪暴之失及示先身沙彌衣服王見便得宿命智深生愧恧與迦濕彌王結好而罷仍迎先所供像隨軍還國像至此城住而不進王與衆軍盡力移轉卒不能動即於像上營構精廬招延僧侶捨所愛冠莊嚴佛頂其冠見在極多貴寶觀者歎焉法師停七日于闐王聞法師到其境躬來迎謁後日發引王先還都留兒侍奉行二日王又遣達官來迎離

城四十里宿明日王與道俗將音樂香花接於路左既至延入城安置於小乘薩婆多寺王城南十餘里有大伽藍此國先王爲毗盧折那(此言遍照)阿羅漢造也昔此國法教未霑而羅漢自迦濕彌羅至此宴坐林中時有見者怪其形服以狀白王王聞親往觀其容止問曰爾何人獨栖林野曰我如來弟子法爾閑居王曰稱如來者復何義也答曰如來者即佛陀之德號昔淨飯王太子一切義成愍諸衆生沉沒苦海無救無歸乃棄七寶千子之資四洲輪王之位閑林進道六年果成獲金色之身證無師之法灑甘露於鹿苑耀摩尼於鷲峯八十年中示教利喜化緣既盡息應歸眞遺像遺典傳通猶在王以宿福位爲人主當法輪之付囑作有識之歸依寘而不聞是何理也王曰甚罪累淹積不聞佛名今蒙聖人降德猶是餘福既有遺像遺典請奉修行羅漢報曰必願樂者當先建立伽藍則靈像自至王於是旋駕與羣臣詳擇勝地命選匠人問羅漢造立之式因而建焉寺成王重請曰伽藍已就佛像何在報曰王但至誠像至非遠王共大臣及士庶等各燒香捧花一心而立須臾間有佛像自空而來降於寶座光暉晃朗容顏肅然王見歡喜稱慶無極幷請羅漢爲衆說法因與國人廣興供養故此伽藍即最初之立也法師前爲渡河失經到此更使人往屈支疏勒訪本乃爲于闐王留連未獲即還因修表使高昌小兒逐商伴入朝陳已昔往婆羅門國求法今得還歸到于闐其表曰沙門玄奘言奘聞馬融該贍鄭玄

就扶風之師伏生明敏晁錯躬濟南之學是知儒林近術古人猶且遠求況諸佛利物之玄蹤三藏解纏之妙説敢憚塗遥而無尋慕者也玄奘往以佛興西域遺教東傳然則勝典雖來而圓宗尚闕常思訪學無顧身命遂以貞觀三年四月冒越憲章私往天竺踐流沙之浩浩陟雪嶺之巍巍鐵門巉嶮之塗熱海波濤之路始自長安神邑終于王舍新城中間所經五萬餘里雖風俗千別艱危萬重而憑恃天威所至無鯁仍蒙厚禮身不苦辛心願獲從遂得觀耆闍崛山禮菩提之樹見不見迹聞未聞經窮宇宙之靈奇盡陰陽之化育宣皇風之德澤發殊俗之欽思歷覽周遊一十七載今已從鉢羅耶伽國經迦畢試境越葱嶺渡波謎羅川歸還達於于闐爲所將大象溺死經本衆多未得鞍乘以是少停不獲奔馳早謁軒陛無任延仰之至謹遣高昌俗人馬玄智隨商侶奉表先聞是後爲于闐諸僧講瑜伽對法俱舍攝大乘論一日一夜四論遞宣王與道俗歸依聽受日有千數時間經七八月使還蒙恩勅降使迎勞曰聞師訪道殊域今得歸還歡喜無量可即速來與朕相見其國僧解梵語及經義者亦任將來朕已勅于闐等道使諸國送師人力鞍乘應不少乏令燉煌官司於流沙迎接鄯善於沮沫迎接法師奉勅已即進發于闐王資餞甚厚自發都三百餘里東至媲摩城城有雕檀立佛像高三丈餘姿狀端嚴甚多靈應人有疾病隨其苦處以金薄貼像病即瘳愈凡有願求多蒙果遂相傳云昔佛在世憍賞彌

國鄔陀衍那王所作佛滅度後自彼飛來至此國北曷勞落迦城後復自移到此（因緣如別傳）又相傳有記云釋迦法滅像入龍宮從媲摩城東入沙磧行二百餘里至泥壤城又從此東入流沙風動沙流地無水草多熱毒鬼魅之患無徑路行人往返望人畜遺骸以爲幖幟磽确難涉委如前序又行四百餘里至覩貨邏故國又行六百餘里至折摩馱那故國即沮沫地又東北行千餘里至納縛波故國即樓蘭地展轉達於自境得鞍乘已放于闐使人及駝馬還有勑酬其勞皆不受而去既至沙州又附表時帝在洛陽宮表至知法師漸近勑西京留守左僕射梁國公房玄齡使有司迎待法師承上欲問罪遼濱恐稽緩不及乃倍途而進奄至漕上官司不知迎接威儀莫暇陳設而聞者自然奔湊觀禮盈衢更相登踐欲進不得因宿於漕上矣

大慈恩寺三藏法師傳卷第五

音釋

泝（蘇故如逆流而上也）沴（郎計切妖氣也）鯨鯢（鯢五稽切）戢（阻立切斂也）懾（之涉切喪氣也）殲（將廉切滅也）醜孽（醜昌九切惡也孽魚傑切妖孽也）袤（莫候切長也）璩（强魚切耳環也）輜重（輜莊持切厠也謂軍櫂什物雜厠載之以其累重故稱輜重）漭沆（漭莫朗切沆何黨切漭沆大水貌）毿（先合切長垂貌）腠（倉奏切膚理也）愀（七小切容色變也）絁（書之切繒似布也）疹（丑刃切熱病也）恧（女六切慙也）嬔（匹計切）磽确（磽五角切确苦角切磽确石地也）烏長那（長去聲呼國名）屈浪拏（屈居勿切國名）

大慈恩寺三藏法師傳卷第六

唐沙門慧立本　釋彥悰箋

起十九年春正月入西京終二十二年夏六月謝御製經序并答

貞觀十九年春正月景子京城留守左僕射梁國公房玄齡等承法師齎經像至乃遣右武侯大將軍侯莫陳寔雍州司馬李叔慎長安縣令李乾祐奉迎自漕而入舍於都亭驛其從若雲是日有司頒諸寺具帳輿花旛等擬送經像于弘福人皆欣踊各競莊嚴翌日大會於朱雀街之南凡數百件部伍陳列即以安置法師於西域所得如來肉舍利一百五十粒摩揭陀國前正覺山龍窟留影金佛像一軀通光座高三尺三寸擬婆羅痆斯國鹿野苑初轉法輪像刻檀佛像一軀通光座高三尺有五寸擬憍賞彌國出愛王思慕如來刻檀寫眞像刻檀佛像一軀通光座高二尺九寸擬劫比他國如來自天宮下降寶階像銀佛像一軀通光座高四尺擬摩揭陀國鷲峯山說法華等經像金佛像一軀通光座高三尺五寸擬那揭羅曷國伏毒龍所留影像刻檀佛像一軀通光座高尺有三寸擬吠舍釐國巡城行化刻檀像等又安置法師於西域所得大乘經二百二十四部大乘論一百九十二部上座部經律論一十五部三彌底部經律論一十五部彌沙塞部經律論二十二部迦葉臂耶部經律論一十七部法密部經律論四十二部說一切有部經律論六十七部因明論三十六部聲論一十三部凡五百二十夾六百五十七部以二十疋馬負

而至其日所司普頒諸寺但有寶帳幢旛供養之具限明二十八日旦並集朱雀街擬迎新至經像於弘福寺於是人增勇銳各競莊嚴窮諸麗好旛帳幢蓋寶案寶轝寺別將出分布訖僧尼等整服隨之雅梵居前薰爐列後至是並到朱雀街內凡數百事布經像而行珠珮流音金花散彩預送之儔莫不謌詠希有忘塵遺累歎其希遇始自朱雀街內終屆弘福寺門數十里間都人士子內外官僚列道兩傍瞻仰而立人物闐闉所司恐相騰踐各令當處燒香散花無得移動而煙雲讚響處處連合昔如來創降迦毗彌勒初昇覩史龍神供養大衆圍遶雖不及彼時亦遺法之盛也其日衆人同見天有五色綺雲現於日北宛轉當經像之上紛紛郁郁周圍數里若迎若送至寺而微釋彥悰箋述曰余考尋圖史此蓋謂天之喜氣識者嘉焉昔如來創降迦維慈氏將昇覩史龍神供養天衆奉迎雖不及往時而遺法東流未有若茲之盛也

壬辰法師謁文武聖皇帝於洛陽宮二月己亥見於儀鸞殿帝迎慰甚厚旣而坐訖帝曰師去何不相報法師謝曰玄奘當去之時以再三表奏但誠願微淺不蒙允許無任慕道之至乃輒私行專擅之罪唯深慙懼帝曰師出家與俗殊隔然能委命求法惠利蒼生朕甚嘉焉亦不煩爲愧但念彼山川阻遠方俗異心怪師能達也法師對曰奘聞乘疾風者造天池而非遠御龍舟者涉江波而不難自陛下握乾符清四海德籠九域仁被八區淳風扇炎景之南聖威震葱山之外所以戎夷

君長每見雲翔之鳥自東來者猶疑發於上國斂躬而敬之況玄奘圓首方足親承育化者也既賴天威故得往還無難帝曰此自是師長者之言朕何敢當也因廣問彼事自雪嶺已西印度之境玉燭和氣物產風俗八王故跡四佛遺蹤並博望之所不傳班馬無得而載法師既親遊其地觀覩疆邑耳聞目覽記憶無遺隨問酬對皆有條理帝大悅謂侍臣曰昔符堅稱釋道安爲神器舉朝尊之朕今觀法師詞論典雅風節貞峻非惟不愧古人亦乃出之更遠時趙國公長孫無忌對曰誠如聖旨臣甞讀三十國春秋見敘安事實是高行博物之僧但彼時佛法來近經論未多雖有鑽研蓋其條葉非如法師躬窺淨域討衆妙之源究泥洹之跡者矣帝曰公言是也帝又謂法師曰佛國遐遠靈跡法教前史不能委詳師既親覩宜修一傳以示未聞帝又察法師堪公輔之寄因勸罷道助秉俗務法師謝曰玄奘少踐緇門服膺佛道玄宗是習孔教未聞今遣從俗無異乘流之舟使棄水而就陸不唯無功亦徒令腐敗也願得畢身行道以報國恩玄奘之幸甚如是固辭乃止時帝將問罪遼濱天下兵馬已會於洛軍事忙迫聞法師至命引入朝暫相見而清言既交遂不知日昃趙國公長孫無忌奏稱法師停在鴻臚日暮恐不及帝曰怱怱言猶未盡意欲共師東行省方觀俗指麾之外別更談敘師意如何法師謝曰玄奘遠來兼有疾疹恐不堪陪駕帝曰師尚能孤遊絶域今此行蓋同跬步安足辭焉法師對曰陛下東征

六軍奉衞罸亂國誅賊臣必有牧野之功昆陽之捷玄奘自度終無裨助行陣之効虛負塗路費損之慙加以兵戎戰鬪律制不得觀看既佛有此言不敢不奏伏願天慈哀矜即玄奘幸甚帝信納而止法師又奏云玄奘從西域所得梵本六百餘部一言未譯今知此嵩岳之南少室山北有少林寺遠離鄽落泉石清閑是後魏孝文皇帝所造即菩提留支三藏翻譯經處玄奘望爲國就彼翻譯伏聽勑旨帝曰不須在山師西方去後朕奉爲穆太后於西京造弘福寺寺有禪院甚虛靜法師可就翻譯法師又奏曰百姓無知見玄奘從西方來妄相觀看遂成闤闠非直違觸憲綱亦爲妨廢法事望得守門以防諸過帝大悅曰師此意可謂保身之言也當爲處分師可三五日停憩還京就弘福安置諸有所須一共玄齡平章自是辭還矣三月巳巳法師自洛陽還至長安即居弘福寺將事翻譯乃條疏所須證義綴文筆受書手等數以申留守司空梁國公房玄齡玄齡遣所司具狀發使定州啓奏令旨依所須供給務使周備夏六月戊戌證義大德諳解大小乘經論爲時輩所推者一十二人至即京弘福寺沙門靈潤沙門文備羅漢寺沙門慧貴實際寺沙門明琰寶昌寺沙門法祥靜法寺沙門普賢法海寺沙門神昉廓州法講寺沙門道深汴州演覺寺沙門玄忠蒲州普救寺沙門神泰綿州振音寺沙門敬明益州多寶寺沙門道因等又有綴文大德九人至即京師普光寺沙門栖玄弘福寺沙門明濬會昌寺沙門辯機

終南山豐德寺沙門道宣簡州福聚寺沙門靜邁蒲州普救寺沙門行友棲巖寺沙門道卓幽州照仁寺沙門慧立洛州天宮寺沙門玄則等又有字學大德一人至即京大總持寺沙門玄應又有證梵語梵文大德一人至即京大興善寺沙門玄謩自餘筆受書手所司供料等並至丁卯法師方操貝葉開演梵文創譯菩薩藏經佛地經六門陀羅尼經顯揚聖教論等四部其翻六門經當日了佛地經至辛巳了菩薩藏經顯揚論等歲暮方訖二十年春正月甲子又譯大乘阿毗達磨雜集論至二月訖又譯瑜伽師地論秋七月辛卯法師進新譯經論現了者表曰沙門玄奘言竊聞八正之旨實出苦海之津梁一乘之宗誠涅槃之梯隥但以物機未熟致蘊蔥山之西經胥庭而莫聞歷周秦而靡至暨乎摩騰入洛方被三川僧會遊吳始霑荊楚從是已來遂得人修解脫之因家樹菩提之業固知傳法之益其利博哉次復嚴顯求經澄什繼譯雖則玄風日扇而並處僞朝唯玄奘輕生獨逢明聖所將經論咸得奏聞蒙陛下崇重聖言賜使翻譯比與義學諸僧等專精夙夜無墮寸陰雖握管淹時未遂終訖已絕筆者見得五部五十八卷名曰大菩薩藏經二十卷佛地經一卷六門陀羅尼經一卷顯揚聖教論二十卷大乘阿毗達磨雜集論一十六卷勒成八袠繕寫如別謹詣闕奉進玄奘又竊見弘福寺尊像初成陛下親降鑾輿開青蓮之目今經論初譯爲聖代新文敢緣前義亦望曲垂神翰題製一序讚揚宗極冀沖

言奥旨與日月齊明玉字銀鈎將乾坤等固使百代之下誦詠不窮千載之外瞻仰無絶前又洛陽奉見日勑令法師修西域記至是而成乙未又進表曰沙門玄奘言竊尋蟠木幽陵雲官紀軒皇之壤流沙滄海夏載著伊堯之域西母白環薦垂衣之主東夷楛矢奉刑措之君固以飛英曩代式徽前典伏惟陛下握紀乘時提衡範物刳舟絃木威天下而濟羣生鑿足蘆灰堙方輿而補圓蓋耀武經於七德闡文教於十倫澤漏泉源化霑蕭葦芝房發秀浪井開花樂囿馴班巢阿響律浮紫膏於貝闕霏白雲於玉檢遂苑弱木而池濛汜圃炎火而照積氷梯赤坂而承朔泛滄津而委贐史曠前良事絶故府豈如漢開張掖近接金城秦戍桂林纔通珠浦而已玄奘幸屬天地貞觀華夷靜謐冥心梵境敢符好事命均朝露力譬秋螽徒以憑假皇靈飄身進影展轉膜拜之鄉流離重譯之外條支巨鷇方驗前聞罽賓孤鸞還稽曩實時移歲積人願天從遂得下雪岫而泛提河窺鶴林而觀鷲嶺祇園之路髣像猶存王城之基坡陀尚在尋求歷覽時序推遷言返帝京淹逾一紀所聞所履百有二十八國竊以章亥之所踐籍空陳廣袤夸父之所陵厲無述土風班超侯而未遠張騫望而非博今所記述有異前聞雖未極大千之疆頗窮葱外之境皆存實録匪敢彫華謹具編裁稱爲大唐西域記凡一十二卷繕寫如别望班之右筆飾以左言掩博物於晋臣廣九丘於皇代但玄奘資識淺短遺漏寔多兼拙於筆語恐無足觀覽

景申神筆自荅書曰省書具悉來意法師夙
標高行早出塵寰泛寶舟而登彼岸搜妙道
而闢法門弘闡大猷蕩滌衆罪是故慈雲欲
卷舒之蔭四空慧日將昏朗之照八極舒朗
之者其唯法師乎朕學淺心拙在物猶迷況
佛教幽微豈能仰測請爲經題非已所聞又
云新撰西域記者當自披覽勑奘尚
丁酉法師重表曰沙門玄奘言伏奉墨勑猥
垂獎諭祗奉綸言精守振越玄奘業行空踈
謬忝緇侶幸屬九瀛有截四表無虞憑皇靈
以遠征恃國威而訪道窮遐冒險雖厲愚誠
纂異懷荒寔資朝化所獲經論蒙遣翻譯見
成卷軸未有銓序伏惟陛下叡思雲敷天華
景爛理包繫象調逸咸英跨千古以飛聲掩
百王而騰實竊以神力無方非神思不足銓
其理聖教玄遠非聖藻何以序其源故乃冒
犯威嚴敢希題目宸睠沖邈不垂矜許撫躬
累息相顧失圖玄奘聞日月麗天既分暉於
户牖江河紀地亦流潤於巖崖雲和廣樂不
祕響於聾昧金壁奇珍豈韜彩於愚瞽敢緣
斯理重以干祈伏乞雷雨曲垂天文俯照配
兩儀而同久與二曜而俱懸然則鷲嶺微言
假神筆而弘遠鷄園奥典託英詞而宣暢豈
止區區梵衆獨荷恩榮蠢蠢迷生方超塵累
而已自此方許二十二年春駕幸玉華宫夏
五月甲午翻瑜伽師地論訖凡一百卷六月
庚辰勑追法師赴宫比發在途屢有使至令
緩進無得勞損既至見於玉華殿甚歡帝曰
朕在京苦暑故就此山宫泉石既涼氣力稍
好能省覽機務然憶法師故遣相屈涉途當

大勞也法師謝曰四海黎庶依陛下而生聖躬不安則率土惶灼伏聞鑾轝至此御膳順宜凡預含靈孰不蹈舞願陛下永保崇高與天無極玄奘庸薄猥蒙齒召銜荷不覺爲勞帝以法師學業該贍儀韻淹深每思逼勸歸俗致之左右共謀朝政往於洛陽宮奉見之際以親論之至是又言曰昔堯舜禹湯之君隆周炎漢之主莫不以爲六合務廣萬機事殷兩目不能遍鑒一心難爲獨察是以周憑十亂舜託五臣翼亮朝猷弼諧邦國彼明王聖主猶仗羣賢況朕寡闇而不寄衆哲者也意欲法師脫須菩提之染服掛維摩詰之素衣昇鉉路以陳謨坐槐庭而論道於意何如法師對曰陛下言六合務廣三五之君不能獨守寄諸賢哲共而成之仲尼亦云君失臣得故君爲元首臣爲股肱玄奘謂此言將識中庸非爲上智若使有臣皆得桀紂豈無臣耶以此而推不必由也仰惟陛下上智之君一人紀綱萬事自得其緒況撫運已來天地休平中外寧晏皆是陛下不荒不婬不麗不侈兢兢業業雖休勿休居安思危爲善承天之所致也餘何預哉請辯二三以明其事陛下經緯八紘之畧驅駕英豪之才尅定禍亂之功崇闡雍熙之業聰明文思之德體元合極之姿皆天之所授無假於人其義一也敦本棄末尚仁尚禮移澆風於季俗反淳政於上皇賦遵薄制刑用輕典九州四海稟識懷生俱沐恩波咸遂安樂此又聖心聖化無假於人其義二也至道旁通深仁遠洽東踰日域西邁崑丘南盡炎洲北窮玄塞彫蹄鼻飲

之俗卉服左衽之人莫不候雨瞻風稽顙屈膝獻珍貢寶充委夷邸此又天威所感無假於人其義三也獫狁爲患其來自久五帝所不臣三王不能制遂使河洛爲被髮之野酆鄗爲鳴鏑之場中國陵遲匈奴得志殷周已來不能攘弭至漢武窮兵衞霍盡力雖毀枝葉根本猶存自後已來無聞良策及陛下御圖一征斯殄傾巢倒穴無復孑遺瀚海燕然之域並入提封單于弓騎之人俱充臣妾若言由臣則虞夏已來賢輔多矣何因不獲故知有道斯得無假於人其義四也高麗小蕃失禮上國隋帝總天下之師三自征伐攻城無傷半堞掠卒不獲一人虛喪六軍狼狽而反陛下暫行將數萬騎摧駐蹕之强陣破遼蓋之堅城振旅凱旋俘馘三十萬衆用兵御將其道不殊隋以之亡唐以之得故知由主無假於人其義五也又如天地交泰日月光華和氣氤氳慶雲紛郁四靈見質一角呈奇白狼白狐朱鷹朱草昭彰雜沓無量億千不能遍舉皆是應德而至無假於人乃欲比喻前王寄功十亂竊爲陛下不取縱復須人今亦伊呂多矣玄奘庸陋何足以預之至於守戒緇門闡揚遺法此其願也伏乞天慈終而不奪帝甚悅謂法師曰師向所陳並上玄垂祐及宗廟之靈卿士之力朕安能致也既欲敷揚妙道亦不違高志可努力今日已後亦當助師弘道釋彦悰箋述曰法師才兼内外臨機酬答其辯洽如是難哉昔道安陳諫苻堅之駕不停恒標奮詞姚興之心莫止終致敗軍之辱逃遁之勞豈如法師雅論遶申皇

情允塞清風轉潔美志踰貞以此而言可不煩耳目而優劣見矣時中書令褚遂良奏曰今四海廓清九域寧晏皆陛下聖德實如師言臣等備位而已日月之下螢爝何功帝笑曰不如此夫珍裘非一狐之腋大厦必衆材共成何有君能獨濟師欲自全雅操故濫相光飾耳帝又問法師比翻何經論答近翻瑜伽師地論訖凡一百卷帝曰此論甚大何聖所說復明何義答曰論是彌勒菩薩說明十七地義又問何名十七地答謂五識相應地意識相應地有尋有伺地無尋唯伺地無尋無伺地三摩呬多地非三摩呬多地有心地無心地聞所成地思所成地修所成地聲聞地獨覺地菩薩地有餘依地無餘依地及舉綱提目陳列大義帝深愛焉遣使向京取瑜伽論論至帝自詳覽覩其詞義宏遠非從來所聞歎謂侍臣曰朕觀佛經譬猶瞻天瞰海莫測高深法師能於異域得是深法朕比以軍國務殷不及委尋佛教而今觀之宗源杳曠靡知涯際其儒道九流之典猶汀瀅之池方溟渤耳而世云三教齊致此妄談也因勑所司簡祕書省書手寫新翻經論爲九本與雍洛并兗相荊楊涼益等九州展轉流通使率土之人同稟未聞之義時司徒趙國公長孫無忌中書令褚遂良等奏曰臣聞佛教沖玄天人莫測言本則甚深語門則難入伏惟陛下至道昭明飛光昱日澤霑遐界化溢中區擁護五乘建立三寶故得法師當叔葉而秀質閒千載而挺生陟重阻以求經履危途而訪道見珍殊俗具獲真文歸國翻宣若菴

國之始詮精文奧義如金口之新開皆是陛下聖德所感臣等愚瞽預此見聞苦海波瀾舟航有寄又天慈廣遠使布之九州蠢蠢黔黎俱餐妙法臣等億劫希逢不勝幸甚帝曰此是法師大慈願力又卿等宿福所逢非朕獨所致也帝先許作新經序國務繁劇未及措意至此法師重啓方爲染翰少頃而成名大唐三藏聖教序凡七百八十一字自神筆自寫勑貫衆經之首帝居慶福殿百官侍衛命法師坐使弘文館學士上官儀以所製序對羣僚宣讀霞煥錦舒極褒揚之致其詞曰

蓋聞二儀有像顯覆載以含生四時無形潛寒暑以化物是以窺天鑑地庸愚皆識其端明陰洞陽賢哲罕窮其數然而天地苞乎陰陽而易識者以其有像也陰陽處乎天地而難窮者以其無形也故知像顯可徵雖愚不惑形潛莫覩在智猶迷況乎佛道崇虛乘幽控寂弘濟萬品典御十方舉威靈而無上抑神力而無下大之則彌於宇宙細之則攝於毫釐無滅無生歷千劫而不古若隱若顯運百福而長今妙道凝玄遵之莫知其際法流湛寂挹之莫測其源故知蠢蠢凡愚區區庸鄙投其旨趣能無疑惑者哉然則大教之興基乎西土騰漢庭而皎夢照東域而流慈昔者分形分跡之時言未馳而成化當常現常之世人仰德而知遵及乎晦影歸真遷儀越世金容掩色不鏡三千之光麗像開圖空端四八之相於是微言廣被拯含類於三途遺訓遐宣導羣生於十地然而真教難仰莫能一其旨歸曲學易遵邪正於焉紛糺所以空

有之論或俗習而是非大小之乘乍沿時而隆替有玄奘法師者法門之領袖也幼懷貞敏早悟三空之心長契神情先包四忍之行松風水月未足比其清華仙露明珠詎能方其朗潤故以智通無累神測未形超六塵而迥出隻千古而無對凝心內境悲正法之凌遲棲慮玄門慨深文之訛謬思欲分條析理廣彼前聞截偽續真開茲後學是以翹心淨土往遊西域乘危遠邁杖策孤征積雪晨飛塗間失地驚砂夕起空外迷天萬里山川撥煙霞而進影百重寒暑躡霜露而前蹤誠重勞輕求深願達周遊西宇十有七年窮歷道邦詢求正教雙林八水味道餐風鹿菀鷲峯瞻奇仰異承至言於先聖受真教於上賢探賾妙門精窮奧業一乘五律之道馳驟於心田八藏三篋之文波濤於口海爰自所歷之國總將三藏要文凡六百五十七部譯布中夏宣揚勝業引慈雲於西極注法雨於東垂聖教缺而復全蒼生罪而還福濕火宅之乾燄共拔迷途朗愛水之昏波同臻彼岸是知惡因業墜善以緣昇昇墜之端惟人所託譬夫桂生高嶺雲露方得泫其華蓮出綠波飛塵不能汙其葉非蓮性自潔而桂質本貞良由所附者高則微物不能累所憑者淨則濁類不能霑夫以卉木無知猶資善而成善況乎人倫有識不緣慶而成慶方冀茲經流施將日月而無窮斯福遐敷與乾坤而永大時法師既奉序表謝曰沙門玄奘言竊聞六爻探賾局於生滅之場百物正名未涉真如之境猶且遠徵羲冊覩奧不測其神遐想軒圖

歷選並歸其美伏惟皇帝陛下玉毫降質金輪御天廓先王之九州掩百千之日月廣列代之區域納恒沙之法界遂使給園精舍並入提封貝葉靈文咸歸册府玄奘往因振錫聊謁崛山經途萬里恃天威如咫步匪乘千葉詣雙林如食頃捜揚三藏盡龍宮之所儲研究一乘窮鷲嶺之遺旨並已載於白馬還獻紫宸尋蒙下詔賜使翻譯玄奘識乖龍樹謬忝傳燈之榮才異馬鳴深愧瀉瓶之敏所譯經論紕舛尤多遂荷天恩留神構序文超象繫之表理括衆妙之門忽以微生親承梵響踊躍歡喜如聞授記無任欣荷之極謹奉表詣闕陳謝以聞帝看表後手報書曰朕才謝珪璋言慙博達至於内典尤所未閑昨製序文深爲鄙拙唯恐穢翰墨於金簡標瓦礫於珠林忽得來書謬承褒讃循躬省慮彌益厚顔善不足稱空勞致謝

大慈恩寺三藏法師傳卷第六

音釋

闐闉 闐徒堅切滿也 闉烏結切塞也
覿 徒歷切見也
跬 犬蘂切半步也
綴 陟衛切聯也
謩 莫胡切
袠 除失切書卷也
楛 胡苦切木名堪爲矢幹
鼇 五勞切蟹大足也
堙 於真切塞也
濛汜 汜詳里切濛汜水名日入處也
贐 才刃切會禮之財也
謐 彌畢切安也
螽 職戎切蝗屬
夸 苦瓜切夸父人名
猥 烏賄切還也
銓 此緣切次也
睠 居倦切顧念也
鉉 胡犬切鼎鉉也
股肱 股公戶切 肱古弘切
紘 戶萌切九州之外有八夤八夤之外有八紘也
衽 汝鴆切衣襟也
獫狁 獫虛撿切狁余準切獫狁北夷
鄷鄗 鄷孚弓切鄗合老切鄷鄗並地名
鏑 丁狄切矢鋒也
單于 單市連切單于匈奴號也
駐蹕 駐中句切蹕壁吉切駐蹕遼東地名
俘馘

俘芳符切馘古獲切俘馘謂軍所虜獲也係其人曰俘截左耳曰馘爝即略切火炬也瞰苦暫切視也瀅烏定切汀瀅小水也犧許羈切舛昌兗切錯也

大慈恩寺三藏法師傳卷第七

唐 沙門 慧立本 釋彥悰 箋

起二十二年夏六月皇太子製述聖記

終永徽五年春二月法師答書

二十二年夏六月天皇大帝居春宮奉

覩聖文又製述聖記其詞曰

夫顯揚正教非智無以廣其文崇闡微言非賢莫能定其旨蓋眞如聖教者諸法之玄宗衆經之軌躅也綜括宏遠奥旨遐深極空有之精微體生滅之機要詞茂道曠尋之者不究其源文顯義幽履之者莫測其際故知聖慈所被業無善而不臻妙化所敷緣無惡而不翦開法網之綱紀弘六度之正教拯羣有之塗炭啓三藏之祕扃是以名無翼而長飛道無根而永固道名流慶歷遂古而鎭常赴感應身經塵劫而不朽晨鐘夕梵交二音於鷲峯慧日法流轉雙輪於鹿菀排空寶蓋接翔雲而共飛莊野春林與天花而合彩伏惟皇帝陛下上玄資福垂拱而治八荒德被黔黎斂衽而朝萬國恩加朽骨石室歸貝葉之文澤及昆蟲金匱流梵說之偈遂使阿耨達水通神甸之八川耆闍崛山接嵩華之翠嶺竊以法性凝寂靡歸心而不通智地玄奥感懇誠而遂顯豈謂重昏之夜燭慧炬之光火宅之朝降法雨之澤於是百川異流同會於海萬區分義總成乎實豈與湯武校其優劣堯舜比其聖德者哉玄奘法師者夙懷聰令立志夷簡神清齠齔之年體拔浮華之世凝情定室匿跡幽巖栖息三禪巡遊十地超六塵之境獨步迦維會一乘之旨隨機化物以

中華之無質尋印度之真文遠涉恒河終期滿字頻登雪嶺更獲半珠問道往還十有七載備通釋典利物爲心以貞觀十九年二月六日奉勅於弘福寺翻譯聖教要文凡六百五十七部引大海之法流洗塵勞而不竭傳智燈之長燄皎幽闇而恒明自非久植勝緣何以顯揚斯旨所謂法性常住齊三光之明我皇福臻同二儀之固伏見御製衆經論序照古騰今理含金石之聲文抱風雲之潤治輒以輕塵足岳墜露添流畧舉大綱以爲斯記法師進啓謝曰玄奘聞七耀摛光憑高天而散景九河灑潤因厚地而通流是知相資之美處物既然演法依人理在無惑伏惟皇太子殿下發揮睿藻再述天文讚美大乘莊嚴實相珠迴玉轉霞爛錦舒將日月而聯華與咸英而合韻玄奘輕生多幸沐浴殊私不任銘佩奉啓陳謝時降令答法師書曰治素無才學性不聰敏內典諸文殊未觀覽所作序記鄙拙尤繁忽得來書褒揚讚述撫躬自省慙悚交并勞師等遠臻深以爲愧

釋彥悰箋述曰

自二聖序文出後王公百辟法俗黎庶手舞足蹈歡詠德音內外揄揚未及浹辰而周六合慈雲再蔭慧日重明歸依之徒波迴霧委所謂上之化下猶風靡草其斯之謂乎如來所以法付國王良爲此也時弘福寺寺主圓定及京城僧等請鐫二序文於金石藏之寺宇帝可之後寺僧懷仁等乃鳩集晉右軍將軍王羲之書勒於碑石焉庚辰皇太子以文德聖皇后早棄萬方思報昊天追崇福業使

中大夫守右庶子臣高季輔宣令曰寡人不造咎譴所鍾年在未識慈顏棄背終身之憂貫心滋甚風樹之切刻骨冥深每以龍忌之辰歲時興感空懷陟屺之望益疚寒泉之心既而笙歌遂遠瞻奉無逮徒思昊天之報罔寄烏鳥之情竊以覺道洪慈寔資冥福冀申孺慕是用歸依宜令所司於京城內舊廢寺妙選一所奉為文德聖皇后即營僧寺寺成之日當別度僧仍令挾帶林泉務盡形勝仰規忉利之果副此罔極之懷於是有司詳擇勝地遂於宮城南晉昌里面曲池依淨覺故伽藍而營建焉瞻星揆地像天闕放給園窮班倕巧藝盡衡霍良木文石梓桂櫲樟栟櫚充其林珠玉丹青赭堊金翠備其飾而重樓複殿雲閣洞房凡十餘院總一千八百九十七間牀褥器物備皆盈滿天武聖皇帝又讀法師所進菩薩藏經美之因勑春宮作其經後序其詞曰

蓋聞羲皇至賾精粹止於龜文軒后通幽雅奧窮於鳥篆考丹書而索隱殊昧實際之源徵綠錯以研幾蓋非常樂之道猶且事光圖史振薰風于八埏德洽生靈激堯波于萬代伏惟皇帝陛下轉輪垂拱而化漸雞園勝殿凝旒而神交鷲嶺總調御於徽號匪文思之所窺綜般若於綸言豈繫象之能擬由是教覃溟表咸傳八解之音訓浹寰中皆踐四禪之軌遂使三千法界盡懷生而可期百億須彌入提封而作鎮尼連德水邇帝里之滄池舍衛菴園接上林之茂苑雖復法性空寂隨感必通真乘深妙無幽不闡所謂大權御極

導法流而靡窮能仁撫運拂劫石而無盡體均具相不可思議校美前王焉可同年而語矣爰自開闡地限流沙震旦未融靈文尚隱漢王精感託夢想於玄宵晉后翹誠降修多於白馬有同蠡酌豈達四海之涯取譬管窺寧窮七曜之隩洎乎皇靈遐暢威加鐵圍之表至聖發明德被金剛之際恒沙國土普襲衣冠開解脫門踐眞實路龍宮梵說之偈必萃清臺猊吼貝葉之文咸歸册府灑茲甘露普潤芽莖垂此慧雲遍霑翾走豈非歸依之勝業聖政之靈感者乎大菩薩藏經者大覺義宗之要旨也佛修此道以證無生菩薩受持咸登不退六波羅蜜關鍵所資四無量心根力斯備蓋彼岸之津涉正覺之梯航者焉貞觀中年身毒歸化越熱坂而頒朔跨懸度以輸賝文軌既同道路無壅沙門玄奘振錫尋眞出自玉關長驅柰苑至于天竺力士生處訪獲此經歸而奏上降詔翻譯於是畢功余以問安之暇澄心妙法之寶奉述天旨微表贊揚式命有司綴于終卷自是帝既情信日隆平章法義福田功德無輟於口與法師無暫相離勑加供給及時服卧具數令換易秋七月景申夏罷又施法師衲袈裟一領價直百金觀其作製都不知鍼線出入所從帝庫内多有前代諸衲咸無好者故自教後宮造此將爲稱意營之數歲方成乘輿四巡恒將隨逐往十一年駕幸洛陽宮時蘇州道恭法師常州慧宣法師並有高行學該内外爲朝野所稱帝召之既至引入坐言訖時二僧各披一衲是梁武帝施其先師相承共寶既

來謁龍顏故取披服帝哂其不工取衲令示仍遣賦詩以詠恭公詩曰
福田資象德聖種理幽薰不持金作縷還用綵成文朱青自掩映翠綺相氤氳獨有離離葉恒向稻畦分
宣公詩末云如蒙一披服方堪稱福田意欲之帝竝不與各施絹五十疋即此衲也儔其麗絕豈常人所服用唯法師盛德當之矣時并賜法師剃刀一口法師表謝曰沙門玄奘伏奉勑賜衲袈裟一領剃刀一口殊命荐臻寵靈隆赫恭對惶悸如履春氷玄奘幸遭邕穆之化早預息心之侶三業無紀四恩靡答謬迴天睠濫叨雲澤忍辱之服彩合流霞智慧之刀銛逾切玉謹當衣以降煩惱之魔佩以斷塵勞之網起餘識於彼岸懼空疎於冐榮慚恧屏營趨承俯僂鞠心跼蹐精爽飛越不任悚荷之至謹奉表謝聞塵黷聖鑒伏深戰慄帝少勞兵事纂曆之後又心存兆庶及遼東征罰櫛沐風霜旋旆已來氣力頗不如平昔有憂生之慮既遇法師遂留心八正牆塹五乘遂將加平復
帝因問曰欲樹功德何最饒益法師對曰衆生寢惑非慧莫啓慧芽抽殖法爲其資弘法由人即度僧爲最帝甚歡秋九月已卯詔曰昔隋季失御天下分崩四海塗炭八埏鼎沸朕屬當戡亂躬履兵鋒亟犯風霜宿於馬上比加藥餌猶未痊除近日已來方就平復豈非福善所感而致此休徵耶京城及天下諸州寺宜各度五人弘福寺宜度五十人計海內寺三千七百一十六所計度僧尼一萬八

千五百餘人未此已前天下寺廟遭隋季凋殘緇侶將絕蒙茲一度並成徒衆美哉君子所以重正言也帝又問金剛般若經一切諸佛之所從生聞而不謗功逾身命之施非恒沙珍寶所及加以理微言約故賢達君子多愛受持未知先代所翻文義具不法師對曰此經功德實如聖旨西方之人咸同愛敬今觀舊經亦微有遺漏據梵本具云能斷金剛般若舊經直云金剛般若欲明菩薩以分別爲煩惱而分別之惑堅類金剛唯此經所詮無分別慧乃能除斷故曰能斷金剛般若故知舊經失上二字又如下文三問闕一二頌闕一九喻闕三如是等什法師所翻舍衛國也留支所翻婆伽婆者少可帝曰師既有梵本可更委翻使衆生聞之具足然經本貴理不必須飾文而乖義也故今新翻能斷金剛般若委依梵本奏之帝甚悅冬十月車駕還京法師亦從還先是勑所司於北闕紫微殿西別營一所號弘法院既到居之晝則帝留談說夜乃還院翻經更譯無性菩薩所釋攝大乘論十卷世親所釋攝大乘論十卷緣起聖道經一卷百法明門論一卷戊申皇太子又宣令曰營慈恩寺漸向畢功輪奐將成僧徒尚闕伏奉勑旨度三百僧別請五十大德同奉神居降臨行道其新營道場宜名大慈恩寺別造翻經院虹梁藻井丹青雲氣瓊礎銅沓金環花鋪並加殊麗令法師移就翻譯仍綱維寺任法師既奉令旨令充上座進啓讓曰沙門玄奘啓伏奉令旨以玄奘爲慈恩寺上座恭聞嘉命心靈靡措屏營累息增深

戰悚玄奘學藝無紀行業空疎敢誓方期光贊憑恃皇靈窮遐訪道所獲經論奉勑翻譯誠冀法流漸潤克滋鼎祚聖教紹宗光華史冊玄奘昔冐危途久嬰痾疹驚蹇力弊恐不卒業孤負國恩有罰無赦命知僧務更貽重譴魚鳥易性飛沉失路伏惟皇太子殿下仁孝天縱愛敬因心感風樹之悲結寒泉之痛式建伽藍將弘景福匡理法衆任在能人用非其器必有顛什伏願睿情遠鑒照弘法之福因慈造曲垂察愚誠之忠欵則法僧無晦老之咎魚鳥得飛沉之趣不任誠懇之至謹奉啓陳情伏用慙惶追增悚悸十二月戊辰又勑太常卿江夏王道宗將九部樂萬年令宋行質長安令裴方產各率縣內音聲及諸寺幢帳並使務極莊嚴旦集安福門街迎像送僧入大慈恩寺至是陳列於通衢其錦綵軒檻魚龍幢戲凡一千五百餘乘帳蓋三百餘事先是內出繡畫等像二百餘軀金銀像兩軀金縷綾羅旛五百口宿於弘福寺并法師西國所將經像舍利等爰自弘福引出安置於帳座及諸車上處中而進又於像前兩邊各麗大車車上竪長竿懸旛旛後布師子神王等爲前引儀又莊寶車五十乘坐諸大德次京城僧衆執持香花唄讚隨後次文武百官各將侍衞部列陪從太常九部樂挾兩邊二縣音聲繼其後而幢旛鐘鼓訇磕繽紛眩日浮空震耀都邑望之極目不知其前後皇太子遣率尉遲紹宗副率王文訓領東宮兵千餘人充手力勑遣御史大夫李乾祐爲大使與武候相知檢校帝將皇太子後宮等

於安福門樓執香爐目而送之甚悅衢路覩者數億萬人經像至寺門勅趙公英公中書褚令執香爐引入安置殿內奏九部樂破陣舞及諸戲於庭訖而還壬申將欲度僧辛未皇太子與仗衛出宿故宅後日旦從寺南列羽儀而來至門下乘步入百僚陪從禮佛已引五十大德相見陳造寺所爲意發言嗚噎酸感旁人侍臣及僧無不哽泣觀蒸蒸之情亦今之舜也言訖昇殿東閣令少詹事張行成宣恩宥降京城見禁囚徒然後剃髮觀齋及賜王公已下束帛訖屏人下閣禮佛與妃等巡歷廊宇至法師房製五言詩貼於戶曰停軒觀福殿遊目眺皇畿法輪含日轉花蓋接雲飛翠煙香綺閣丹霞光寶衣旛虹遙合彩定水迥分暉蕭然登十地自得會三歸觀訖還宮是時緇素歡欣更相慶慰莫不歌玄風重盛遺法再隆遠近已來未曾有也其日勅追法師還北闕二十三年夏四月駕幸翠微宮皇太子及法師並陪從旣至處分之外唯談玄論道問因果報應及西域先聖遺芳故迹皆引經酬對帝深信納數攘袂歎曰朕共師相逢晚不得廣興佛事帝發京時雖少違和而神威睿慮無減平昔至五月已巳微加頭痛留法師宿宮中庚午帝崩於含風殿時祕不言還京發喪殯太極殿其日皇太子即皇帝位於梓宮之側踰年改元曰永徽萬方號慟如喪考妣法師還慈恩寺自此之後專務翻譯無棄寸陰每日自立程課若晝日有事不充必兼夜以續之遇乙之後方乃停筆攝經已復禮佛行道至三更暫眠五更復

起讀誦梵本朱點次第擬明旦所翻每日齋訖黄昏二時講新經論及諸州聽學僧等恒來決疑請義既知上座之任僧事復來諮禀復有内使遣營功德前後造一切經十部夾紵寶裝像二百餘軀亦令取法師進止日夕已去寺内弟子百餘人咸請教誡盈廊溢廡皆酬答處分無遺漏者雖衆務輻湊而神氣綽然無所擁滯猶與諸德説西方聖賢立義諸部異端及少年在此周遊講肆之事高論劇談竟無疲怠其精敏强力過人若斯復數有諸王卿相來過禮懺逢迎誘導並皆發心莫不捨其驕華肅敬稱歎二年春正月壬寅瀛州刺史賈敦頤蒲州刺史李道裕穀州刺史杜正倫恒州刺史蕭鋭因朝集在京公事之暇相命叅法師請受菩薩戒法師即授之并爲廣説菩薩行法勸其事君盡忠臨下慈愛羣公歡喜辭去各捨淨財共修書遣使叅法師謝聞戒法其書曰竊聞身非欲食如來受純陀之供法無所求淨名遂善德之請皆爲顯至理之常恒示凡聖之無二又是因機以接物假相而弘道爲之者表重法之誠受之者爲行檀之福豈曰心緣於彼此情滯於名利者哉仰惟宿植德本非於三四五佛深達法相善識十二部經獨悟眞宗遠尋聖迹遊崛山之淨土浴恒水之清流入深法界求善知識收至文於百代之後探玄旨於千載之前津梁庶品不皦不昧等施一切無先無後頤等識蔽二空業淪三界猶蠶絲之自纏如井輪之不息雖復順教生信隨緣悟解頂禮歸依受持四句隱身而爲宴坐厭苦而求

常樂而遠滞無明近昬至理未能悟佛性之在身知境界之唯識心非去取義涉有無不能即八邪而入八正行非道而通佛道譬涉海而無津猶面墻而靡見昨因事隙遂得叅奉曲蒙接引授菩薩戒施以未曾有法發其無上道心一念破於無邊四心盡於來際菩提之種起自塵勞火中生蓮曷足爲喻始知如來之性即是世間涅槃之際不殊生死行於般若便是不行得彼菩提翻爲無得忽以小機預聞大教頂受尋思無量歡喜然夫檀義攝六法施爲優尊位有三師居其一弘慈利物雖類日月之無心仰照懷恩竊同葵藿之知感大士聞法捐軀非所企及童子見佛奉土輒敢庶幾謹送片物表心具如別疏所願照其誠懇生其福田受兹微施隨意所與使夫墜露添海將渤澥而俱深飛塵集岳與須彌而永固可久可大幸甚幸甚春寒尚重願動止休宜謹遣白書諸無所具賈敦頤等和南其爲朝賢所慕如是三年春三月法師欲於寺端門之陽造石浮圖安置西域所將經像其意恐人代不常經本散失兼防火難浮圖量高三十丈擬顯大國之崇其爲釋迦之故迹將欲營築附表聞奏勑使中書舍人李義府報法師云所營塔功大恐難卒成宜用甎造亦不願師辛苦今已勑大內東宮掖庭等七宮亡人衣物助師足得成辦於是用甎仍改就西院其塔基面各一百四十尺倣西域制度不循此舊式也塔有五級并相輪露盤凡高一百八十尺層層中心皆有舍利或一千二千凡一萬餘粒上層以石爲室南

面有兩碑載二聖三藏聖教序記其書即尚書右僕射河南公褚遂良之筆也初基塔之日三藏自述誠願畧曰玄奘自惟薄祐生不遇佛復乘微善預聞像教儻生末法何所歸依又慶少得出家目覩靈相幼知來慕法耳屬遺筌聞說菩薩所修行思齊如不及聞說如來所證法仰止於身心所以歷尊師授博問先達信夫漢夢西感正教東傳道阻且長未能委悉故有專門競執多滯二諦之宗黨同嫉異致乖一味之旨遂令後學相顧靡識所歸是以面鷲山以增哀慕常啼而假寐潛祈靈祐顯恃國威決志出一生之域投身入萬死之地經是聖迹之處備謁遺靈但有弘法之人遍尋正說經一所悲見於所未見遇一字慶聞於所未聞故以身命餘資繕寫遺闕既誠遂願言歸本朝幸屬休明詔許翻譯先皇道跨金輪聲震玉鼓紹隆像季允膺付囑又降發神衷親裁三藏之序今上春宮講道復為述聖之記可謂重光合璧振彩聯華渙汗垂七曜之文鏗鋐韻九成之奏自東都白馬西明草堂傳譯之盛詎可同日而言者也但以生靈薄運共失所天唯恐三藏梵本零落忽諸二聖天文寂寥無紀所以敬崇此塔擬安梵本又樹豐碑鐫斯序記庶使巍峩永劫願千佛同觀氤氳聖迹與二儀齊固時三藏親負簣畚擔運塼石首尾二周功業斯畢夏五月乙卯中印度國摩訶菩提寺大德智光慧天等致書於法師光於大小乘及彼外書四韋陀五明論等莫不洞達即戒賢法師門人之上首五印度學者咸所共宗慧天

於小乘十八部該綜明練匠誘之德亦彼所推重法師遊西日常共切磋彼雖半教有功然未措心於方等爲其執守偏見法師恒詆訶曲女城法集之時又深折挫彼亦媿伏自别之後欽佇不忘乃使同寺沙門法長將書并賫讃頌及氎兩端揄揚之心甚厚其書曰微妙吉祥世尊金剛座所摩訶菩提寺諸多聞衆所共圍遶上座慧天致書摩訶支那國於無量經律論妙盡精微木叉阿遮利耶敬問無量少病少惱我慧天苾芻今造佛大神變讃頌及諸經論比量智等今附苾芻法長將往此無量多聞老大德阿遮利耶智光亦同前致問鄔波索迦日授稽首和南今共寄白氎一雙示不空心路遠莫怪其少願領彼須經論録名附來當爲抄送木叉阿遮利耶願知其爲遠賢所慕如此五年春二月法長辭還又索報書法師荅并信物其書寫文録奏然後將付使人其詞曰大唐國苾芻玄奘謹修書中印度摩揭陀國三藏智光法師座前自一辭違倏十餘載境域遐遠音徽莫聞思戀之情每增延結彼苾芻法長至蒙問并承起居康豫豁然目朗若覩尊顔踊躍之懐筆墨難述節候漸暖不審信後何如又往年使還承正法藏大法師無常奉問摧割不能已矣嗚呼可謂苦海舟沉天人眼滅遷奪之痛何期速歟惟正法藏植慶曩晨樹功長劫故得挺沖和之茂質標懿傑之宏才嗣德聖天繼輝龍猛重然智炬再立法幢撲炎火於邪山塞洪流於倒海策疲徒於寶所示迷衆於大方蕩蕩焉巍巍焉實法門之棟幹也又

如三乘半滿之教異道斷常之書莫不韞綜胷懷貫練心腑文盤節而克暢理隱昧而必彰故使內外歸依爲印度之宗袖加以恂恂善誘曉夜不疲衢罇自盈酌而不竭玄奘昔因問道得預叅承并荷指誨雖曰庸愚頗亦蓬依麻直及辭還本邑囑累尤深殷勤之言今猶在耳冀保安眉壽式讚玄風豈謂一朝奄歸萬古追惟永往彌不可任伏惟法師夙承雅訓早昇堂室攀戀之情當難可處柰何柰何有爲法爾當可柰何願自裁抑昔大覺潛暉迦葉紹宗洪業商那遷化毱多闡其嘉猷今法將歸真法師次任其事唯願清詞妙辯共四海而恒流福智莊嚴與五山而永久玄奘所將經論已翻瑜伽師地論等大小三十餘部其倶舍順正理見譯未周今年必了

即日大唐天子聖躬萬福率土安寧以輪王之慈敷法王之化所出經論並蒙神筆製序令所司抄寫國內流行爰至鄰邦亦倶遵習雖居像運之末而法教光華雍雍穆穆亦不異室羅筏誓多林之化也伏願照知又前渡信渡河失經一䭾今錄名如後有信請爲附來并有片物供養願垂納受路遠不得多莫嫌鮮薄玄奘和南又荅慧天法師書曰大唐國苾芻玄奘謹致書摩訶菩提寺三藏慧天法師足下乖別稍久企仰惟深音寄不通莫慰傾渴彼苾芻法長至辱書敬承休豫用增欣悅又領細白氎兩端讚頌一夾來意既厚寡德愧以無當悚息悚息節氣漸和不知信後體何如也想融心百家之論栖慮九部之經建正法幢引歸宗之客擊克勝鼓挫鍱腹

之實頡頏王侯之前抑揚英俊之上故多歡適也玄奘庸弊氣力已衰又加念德欽仁唯豐勞積昔因遊方在彼遇矚光儀曲女城會又親交論當對諸王及百千徒衆定其深淺此立大乘之旨彼竪半教之宗往復之間詞氣不無高下務存正理靡護人情以此輒生淩觸罷席之後尋已豁然今來使猶傳法師寄申謝悔何懷固之甚也法師學富詞清志堅操遠阿耨達水無以比其波瀾淨末尼珠不足方其皦潔後進儀表屬在高人願勗良規闡揚正法至如理周言極無越大乘意恨法師未爲深信所謂耽翫羊鹿棄彼白牛賞愛水精捨頗胝寶明明大德何此惑之滯歟又坏器之身浮促難守宜早發大心莊嚴正見勿使臨終方致嗟悔今使還國謹此代誠并附片物蓋欲示酬來意未是盡其深心也願知前還日渡信渡河失經一馱今録名如别請爲附來餘不能委述苾芻玄奘謹呈

大慈恩寺三藏法師傳卷第七

音釋

齠齓齠田聊切齓初覲切齠齓毁齒也
悚息勇切懼也
屺墟里切山無草木曰屺
倕是爲切
橡樟橡羊茹切樟止長切橡樟木名
栟櫚栟甲盈切櫚力居切栟櫚即椶櫚也
堊過鄂切以白土飾墻也
翾許玄切小飛也
身毒身音捐毒音雋毒即天竺國名也
悸其季切心動也
跼蹐跼渠王切蹐資昔切跼蹐猶言畏怖也
戡苦含切克也
蹎多年切與顛同躓也
訇磕訇呼宏切大聲也磕克盍切石相䅿聲
筌且緣切蹄筌也
鏗鈜鏗丘耕切鈜乎萌切鏗鈜鍧聲也
簣畚簣求位切土籠也畚布衮切盛土器也
鍱弋涉切鐵薄鍱也
頡頏頡胡結切頏下浪切頡頏上下不定也

大慈恩寺三藏法師傳卷第八

唐沙門慧立本 釋彥悰箋

起永徽六年夏五月譯理門論終顯慶元年春三月百官謝示御製寺碑文

六年夏五月庚午法師以正譯之餘又譯理門論又先於弘福寺譯因明論此二論各一卷大明立破方軌現比量門譯寮僧伍競造文疏時譯經僧栖玄將其論示尚藥奉御呂才才遂更張衢術指其長短作因明註解立破義圖序曰蓋聞一消一息範圍天地之儀大哉至哉變通爻畫之紀理則未弘於方外事乃猶拘於域中推渾元而莫知窮陰陽而不測豈聞象繫之表猶開入正之門形器之先更弘二智之教者也故能運空有而雙照冥真俗而兩夷泛六度於愛河駕三車於火宅是知法王法力超羣生而自在自覺覺人摧衆魔而獨悟業運將啓乃雷震而電耀化緣斯極亦火滅而薪盡覩其應跡若有去來察此真常本無生住但以弘濟之道有緣斯應天祚明德無遠不臻是以萌帶疇昔神光聊見於曩時祥瑞有歸淨土咸歎於茲日伏惟皇唐之有天下也運金輪而臨四有握璿極而撫萬方耀慧日於六天蒸法雲於十地西越流沙遂荒妙樂之域東漸於海掩有歡喜之都振聲教於無邊通車書於有頂遂使百億須彌既咸頒於望秩三千法界亦共沐於皇風故令五方印度改荒服於藁街十八韋陀譯梵文於祕府乃有三藏玄奘法師者所謂當今之能仁也聰慧夙成該覽宏贍德業純粹律禁翹勤實三寶之棟梁四衆之綱

紀者也每以釋教東遷爲日已久或恐邪正雜擾水乳不分若不稽實相於迦維驗眞文於摩竭何以成決定之藏爲畢竟之宗者乎幸逢二儀交泰四海無塵遂得拂衣玄漠振錫葱嶺不由味於蒟醬直路夷通豈藉佩於杜衡遥途近易於是窮源河於西域涉恒水於東維採貝葉於鷲山窺金文於鶴樹所歴諸國百有餘都所獲經論向七百部並傳以藩馹聿歸上京因得面奉聖顔對揚宗極此因明論者即是三藏所獲梵本之内之一部也理則包括於三乘事乃牢籠於百法研機空有之際發揮内外之宗雖詞約而理弘實文微而義顯學者當生不能窺其奧游之者數載未足測其源以其衆妙之門是以先事翻譯其有神泰法師靖邁法師明覺法師等

並以神機昭晰志業兼該精習羣經多所通悟皆掌别勅追赴法筵遂得函丈請益執卷承旨三藏既善宣法要妙盡幽深泰法師等是以各録所聞爲之義疏詮表既定方擬流通無緣之徒多未聞見復有栖玄法師者乃是才之幼少之舊也昔栖遁於嵩岳嘗枉步於山門既筮仕於上京猶曲睠於窮巷自嘗修攝三十餘年恟怚之誠二難俱盡然法師節操精潔戒行氷霜學既照達於一乘身乃拘局於十誦才既覩其清苦時以開遮折之但以内外不同行已各異言戲之間是非鋒起師乃從容謂才曰檀越復研味於六經探賾於百氏推陰陽之慥伏察律吕之忽微又聞生平未見太玄詔問須臾即解由來不窺象戲試造旬日復成以此有限之心逢事即

欲穿鑿但以佛法玄妙量謂未與彼同雖復强學推尋恐非措心之所何因今將內論翻用見識者乎法師後逢因明創行義趣幽隱是以先寫一通故將見遺仍附書云此論極難深究玄妙比有聰明博識聽之多不能解今若復能通之可謂內外俱悉矣其論旣近至中夏才實未之前聞恥於被試不知爲復强加披閲於是依極成而探義深憑比量而求微旨反覆再三薄識宗趣後復借得諸法師等三家義疏更加究習然以諸法師等雖復序致泉富文理會通旣以執見參差所說自相矛盾義旣同稟三藏豈合更開二門但由舋發蕭墻故容外侮闚測然佛以一音演說亦許隨類各解何必獨簡白衣不爲衆生之例才以公務之餘輒爲斯注至於三法師等所說善者因而成之其有疑者立而破之分爲上中下卷號曰立破注解其間墨書者即是論之本文朱書注者以存師等舊說其下墨書注者是才今之新撰用決師等前義凡有四十餘條自創已下猶未具録至於文理隱伏稍難見者仍畫爲義圖共相比校仍更別撰一方丈大圖獨存才之近注論旣外無人解無處道聽途說若言生而知之固非才之望也然以學無再請尚曰傳燈聞一知十方稱殆庶況乎生平不見率爾輒事含毫今旣不由師資注解能無紕紊竊聞雪山夜叉說生滅法丘井野獸歎未曾有苟令所言合理尚得天仙歸敬才之所注庶幾於玆法師等若能忘狐鬼之微陋思句味之可尊擇善而從不簡眞俗此則如來之道不墜於地

弘之者衆何常之有必以心未忘於人我義不察於是非才亦扣其兩端猶擬質之三藏秋七月巳巳譯經沙門惠立聞而慜之因致書于左僕射燕國于公論其利害曰立聞諸佛之立教也文言奥遠旨義幽深等圓穹之廓寥類滄波之浩汗談眞如之性相居十地而尚迷說小草之因緣處無生其猶昧況有縈纏八邪之網沉淪四倒之流而欲窺究宗因辯彰同異者無乃妄哉竊見大慈恩寺翻譯法師慧基早樹智力夙成行潔珪璋操逾松栢遂能躬遊聖域詢稟微言總三藏於胷懷包四含於掌握嗣清徽於曩哲扇遺範於當今實季俗之舟航信緇林之龜鏡者也所翻聖教巳三百餘軸中有小論題曰因明詮論難之指歸序折邪之軌式雖未爲玄門之要妙然亦非造次之所知也近聞尚藥呂奉御以常人之資竊衆師之說造因明圖釋宗因義不能精悟好起異端苟覓聲譽妄爲穿鑿誹衆德之正說任我慢之褊心媒衒公卿之前囂喧閭巷之側不慙顏厚靡倦神勞頗歷炎涼情猶未巳然奉御於俗事少閑遂謂眞宗可了何異鼷鼠見釜竈之堪陟乃言崐閬之非難蛛蝥覩棘林之易羅亦謂扶桑之可網不量涯分何殊此焉抑又聞之大音希聲大辯若訥所以淨名會理杜口毗城尼父德高恂恂鄉黨又叔度汪汪之稱元禮模楷之譽亦未聞誇競自媒而獲搢紳之推仰也云立致書其事遂寢冬十月丁酉太常博士柳宣聞其事寢乃作歸敬書偈以檄譯經僧衆曰

稽首諸佛 願護神威 當陳誠請 罔或尤譏
沉晦未悟 圓覺所歸 久淪愛海 舟檝攸希
異執乖競 和合是依 玄離取有 理絶過違
慢乖八正 戲入百非 取捨同辯 染淨混微
簡金去礫 琢玉裨輝 能仁普鑒 凝慮研幾
契誠大道 孰敢毀誹 諤諤崇德 唯唯浸衰
惟願留聽 庶有發揮 望矜悃愊 垂誨斐斐

歸敬曰昔能仁示現王宫假歿雙樹微言既暢至理亦弘剎土蒙攝受之恩懷生霑昭蘇之惠自佛樹西蔭塔影東臨漢魏寔爲濫觴符姚盛其風彩自是名僧間出賢達連鑣慧日長懸法輪恒馭開鑿之功始自騰顯弘闡之力仍資什安別有單開遠適羅浮圖澄近現趙魏粗言圭角未可縷陳莫不談空有於一乘論苦集於四諦假銓明有終未離於有爲息言明道方契證於凝寂猶執玄以求玄是玄非玄理因玄以忘玄或是玄義雖冥會幽途事理絶於言象然攝生歸寂終藉筌蹄亦既立言是非鋒起如彼戰爭干戈競發負者屏氣勝者先鳴故尚降魔制諸外道自非辯才無畏答難有方則物輩喧張我等恥辱是故專心適道一意總持建立法幢祇植法鼓旗鼓既正則敵者殘摧法輪既轉能威不伏若使望風旗靡對難含膠而能闡弘三寶無有是處尚藥呂奉御入空有之門馳正見之路聞持擬於昔賢洞微侔於往哲其詞辯其義明其德貞其行著已沐八解之流又悟七覺之分影響成教若淨名之詣菴園聞道必求猶波崙之歸無竭意在弘宣佛教立破因明之疏若其是也必須然其所長如其非

也理合指其所短今見僧徒雲集並是採石他山朝野俱聞呂君請益莫不側聽瀉瓶皆望蕩滌掉悔之源銷屏疑忿之聚有太史令李淳風者聞而進曰僕心懷正路行屬歸依以實慧爲大覺玄軀無爲是調御法體然皎日麗天寔助上玄運用賢僧闡法實裨天師妙道是所信受是所安心但不敢以黄葉爲金山雞成鳳南郭濫吹淄澠混流耳或有異議豈僕心哉豈僕心哉然鶴林已後歲將二千正法既萎末法初踐玄理鬱而不彰覺道浸將湮落玄奘法師頭陀法界遠達迦維目擊道樹金流仍覩七處八會毗城鷲嶺身入彼邦娑羅寶階仍驗虛實至於歷覽王舍檀特恒河如斯等輩未易具言也加之西域名僧莫不面論波若東國疑義悉皆質之彼師毗尼之藏既奉持而不捨毗曇明義亦洞觀而爲常蘇妬路既得之於聲明耨多羅亦剖斷於疑滯法無大小莫不韞之胷懷理無深淺悉能決之敏慮故三藏之名震旦之所推定摩訶之號乃羅衛之所共稱名實之際何可稱道然呂君學識該博義理精通言行樞機是所詳悉至於陀羅佛法稟自生知無礙辯才寧由伏習但以因明義隱所說不同觸象各得其形共器飯有異色呂君既已執情道俗企望指定秋霜已降側聽鍾鳴法雲既敷雷震希發但龍象蹴蹋非驢所堪猶緇服壺奧白衣不踐脫如龍種抗說無垢釋疑則芻蕘悉曇亦優婆能盡輙附微志請不爲煩若有滯疑望諮三藏裁決以所承稟傳示四衆則正道克昌覆障永絶紹隆三寶其在茲

乎過此已往非復所悉弟子柳宣白庚子譯
經僧明濬答柳博士宣以還述頌言其得失
曰
於赫大聖種覺圓明 無幽不察 如響酬聲
弗資延慶 孰悟歸誠 良導可仰 寔引迷生
百川邪浪 一味吞并 物有取捨 正匪虧盈
八邪馳鋭 四句爭名 飾非濫是 抑重爲輕
照日氷散 投珠水清 顯無上德 體道居貞
縱加譽毀 未動遺榮 昂昂令哲 鬱鬱含情
俟諸達觀 定此權衡 聊申悱悱 用簡英英
還述曰頃於望表預矚歸敬之詞覽其雄文煥乎何偉麗也詳其雅致誠哉豈不然歟悲夫愛海滔天邪山繫日封人我者顛墜其何已恃慢結者沉淪而不窮故六十二見爭騖薈而自處九十五道競扶伏以忘歸如來以本願大悲亡緣俯應内圓四智外顯六通運十力以伏天魔飛七辯而摧外道竭茲愛海濟稟識於三空殄彼邪山驅肖形於八正指因示果返本還源大矣哉悲智妙用無得而言焉昔道樹登庸被聲教於百億雙林寢迹振遺烈於三千自佛日西傾餘光東照周感夜明之瑞漢通宵夢之徵騰蘭爇慧炬於前澄什嗣傳燈於後其於譯經弘法神異濟時高論摧邪安禪肅物緝頽綱者接武繼絶紐者肩隨莫不夷夏欽風幽明翼化聯華靡替可畧而詳惟今三藏法師蘊靈秀出含章而體一味瓶寫以贍五乘悲去聖之逾遠憫來教之多闕緬思圓義許道以身心口自謀形影相弔振衣擎錫討本尋源出玉關而遠遊指金河而一息稽疑梵宇探幽洞微旋化神

州揚眞殄謬遺詮闕典大備玆辰方等圓宗彌廣前烈所明勝義妙絕寰中之中眞性眞空極踰方外之外以有取也有取喪其眞就無求之無求蠱其實拂二邊之迹忘中道之相則累遣未易洎其深重空何以臻其極要矣妙矣至哉大哉契之於心然後以之爲法在心爲法形言爲教法有自相共相教乃遮詮表詮粹旨沖宗豈造次所能覼縷法師凝神役智詳本正末緝熈玄籍大啓幽關祕希聲應扣擊之大小廓義海納朝宗之巨細於是殊方碩德異域高僧服膺問道蓄疑請益固已飲河滿腹莫測其淺深聆音駭聽孰知其遠邇至於因明小道現比蓋微斯乃指初學之方隅舉立論之幖幟至若靈樞祕鍵妙本成功備諸奧冊非此所云也而呂奉御以風神爽拔早擅多能器宇該通夙彰博物戈獵開墳之典鉤深壞壁之書觸類而長窮諸數術振風飈於辯囿摛光華於翰林驤首雲中先鳴日下五行資其筆削六位佇其高談一覽太玄應問便釋再尋象戲立試即成實晉代茂先漢朝曼倩方今蔑如也既而翱翔羣署綽有餘功而敬慕大乘夙敦誠信此因友生戲爾忽復屬想因明不以師資率已穿鑿比決諸疏指斥求非諠議於朝形於造次考其志也固已難加覈其知也誠爲可惑此論以一卷成部五紙成卷研機三疏向已一周舉非四十自無一是自既無是而能言是疏本無非而能言非言非不非言是不是言是不是是而恒非言非不非非而恒是非非恒是不爲是所是是是恒非不爲非所非以

茲貶失致或病諸且據生因了因執一體而七二義能了所了封一名而惑二體又以宗依宗體留依去體以爲宗喻體喻依去體留依而爲喻緣斯兩系妄起多疑迷一極成謬生七難但以鑽窮二論師已一心滯文句於上下誤字音於平去復以數論爲聲論舉生城爲滅城豈唯差離合之宗因蓋亦違倒順之前後又探鄙俚訛韻以擬梵本囀音雖復廣援七種而只當彼一囀然非彼七所目乃是第八呼聲舛雜乖訛何從而至又案勝論立常極微數乃無窮體唯極小後漸和合生諸子微數則倍減於常微體又倍增於父母迄乎終已體遍大千究其所窮數唯是一呂公所引易繫詞云太極生兩儀兩儀生四象四象生八卦八卦生萬物云此與彼言異義

同令案太極無形肇生有像元資一氣終成萬物豈得以多生一而例一生多引類欲顯博聞義乖復何所託設引大例生義似同若釋同於邪見深累如何自免豈得苟要時譽混正同邪非身之讎奚至於此凡所紕紊胡可勝言特由率已致斯狼狽根既不正枝葉自傾遂誤生疑隨疑設難曲形直影其可得乎試舉二三冀詳大意深疵繁緒委答如別尋夫呂公達鑒豈孟浪而至此哉示顯眞俗雲泥難易楚越因彰佛教弘遠正法凝深譬洪鑪非掬雪所投渤澥豈膠舟能越也太史令李君者靈府沉秘襟斯邈遠專精九數綜涉六爻博考墳圖瞻觀雲物鄙衛宏之失度陋裨竈之未工神無滯用望實斯在既屬呂公餘論復致問言以實際爲大覺玄軀無爲

是謂御法體此乃信熏修容有分證稟自然約不可成良恐言似而意違詞近而旨遠天師妙道幸以再思且寇氏天師崔君特薦共貽伊咎夫復何言雖謂不混於淄澠蓋巳自濫金鍮耳惟公逸宇寥廓學殫墳索庇身以仁義應物以樞機肅肅焉汪汪焉擢勁節以干雲淡清潤而鎮地騰芳文苑職處儒林捃摭九疇之宗研詳二戴之說至於經禮三百曲禮三千莫不義符指掌事如俯拾罇俎咸推其准的法度皆待其雌黃遂令相鼠之詩絕聞於野魚麗之詠盈耳於朝惟名與實盡善盡美而誠敬之重稟自夙成弘護之心實惟素蓄屬斯諠議同恥疚懷故能投刺含膠允光大義非夫才兼內外照實鄰幾豈能激揚清濁濟俗匡眞者耶昔什公門下服道者三千今此會中同德者如市貧道猥以庸陋叨厠末筵雖慶朝聞終慚夕惕詳以造疏三德並是貫達五乘墻仞罕窺詞峯難仰旣屬商羊鼓舞而霈澤必霑疾雷迅發恐無暇掩耳僉議古人曰一枝可以戢羽何繁乎鄧林潢洿足以沉鱗豈俟於滄海故不以愚愞垂逼課虛辭弗獲免粗陳梗槩雖文不足取而義或可觀顗巳庸疎彌增悚恧指述還答餘無所申釋明濬白癸卯宣得書又激呂奉御因奏其事勑遣羣公學士等往慈恩寺請三藏與呂公對定呂公詞屈謝而退焉顯慶元年春正月景寅皇太子忠自以非嫡不敢久處元良乃慕太伯之規陳表累讓大帝從之封忠為梁王賜物一萬段甲第一區即以其月冊代王治為皇太子戊子就大慈恩寺為

皇太子設五千僧齋人施布帛三段勑遣朝臣行香時黄門侍郎薛元超中書侍郎李義府因叅法師遂問曰翻經固法門之美未審更有何事可以光揚又不知古來翻譯儀式如何法師報曰法藏沖奥通演實難然則内闡住持由乎釋種外護建立屬在帝王所以泛海之舟能馳千里依松之葛遂聳萬尋附託勝緣方能廣益今漢魏遥遠未可詳論且陳苻姚已來翻宣經論除僧之外君臣贊助者苻堅時曇摩難提譯經黄門侍郎趙政執筆姚與時鳩摩羅什譯經姚王及安城侯姚嵩執筆後魏菩提留支譯經侍中崔光執筆及製經序齊梁周隋皆如是貞觀初波頗羅那譯經勑左僕射房玄齡趙郡王李孝恭太子詹事杜正倫太府卿蕭璟等監閲詳緝今獨無此又慈恩寺聖上爲文德聖皇后營建壯麗輪奐今古莫儔未得建碑傳芳示後顯揚之極莫過於此公等能爲致言則斯美可至二公許諾而去明日因朝遂爲法師陳奏天皇皆可之壬辰光禄大夫中書令兼檢校太子詹事監修國史柱國固安縣開國公崔敦禮宣勑曰大慈恩寺僧玄奘所翻經論既新翻譯文義須精宜令太子太傅尚書左僕射燕國公于志寧中書令兼檢校吏部尚書南陽縣開國男來濟禮部尚書高陽縣開國男許敬宗守黄門侍郎兼檢校太子左庶子汾陰縣開國男薛元超守中書侍郎兼檢校右庶子廣平縣開國男李義府中書侍郎杜正倫等時爲看閲有不穩便處即隨事潤色若須學士任量追三兩人罷朝後勑遣内給

事王君德來報法師云師須文人助翻經者已處分于志寧等令往其碑文朕望自修不知稱師意不且令相報法師既奉綸旨允慰宿心當對使人悲喜不覺淚流襟袖翌日法師自率徒衆等詣朝堂奉表陳謝表文失二月有尼寶乘者高祖神堯皇帝之婕妤隋襄州總管臨河公薛道衡之女也德芬彤管美擅椒閫父既學業見稱女亦不虧家訓妙通經史兼善文才大帝幼時從其受學嗣位之後以師傅舊恩封河東郡夫人禮敬甚重夫人情慕出家帝從其志爲禁中別造鶴林寺而處之并建碑述德又度侍者數十人並四事公給將進具戒至其月十日勑迎法師將大德九人各一侍者赴鶴林寺爲河東郡夫人薛尼受戒又勑莊校寶車十乘音聲車十乘待於景曜門內先將馬就寺接入城門已方乃登車發引大德居前音聲從後是時春之仲月景物妍華柳翠桃紅松青霧碧錦軒紫蓋交映其間飄飄然猶給園之衆適王城矣既到安置別館設壇席爲寶乘等五十餘人受戒唯法師一人爲闍梨諸德爲證而已三日方了受戒已復命巧工吳智敏圖十師形留之供養其鶴林側先有德業寺尼衆數百人又奏請法師受菩薩戒於是復往德業寺事訖辭還嚫施隆重勑遣內給事王君德將手力執花蓋引送彌路觀者極生善矣鶴林後改爲隆國寺焉無幾御製碑文成勑遣太尉長孫無忌以碑宣示羣公其詞曰朕聞乾坤締構之初品物權輿之始莫不載形后土藉覆穹蒼然則二曜輝天靡測盈虛之象

四溟紀地豈究波瀾之極況乎法門沖寂現生不滅之前聖教牢籠示有無形之外故以道光塵劫化洽含靈者矣緬惟王宮發迹蓮披超步之花神沼騰光樹曲空低之榦演德音於鹿苑會多士於龍宮福巳罪之羣生興將滅之人代能使下愚挹道骨碎寒林之野上哲欽風魂沉雪山之偈絲流法雨清火宅而辭炎輪昇慧日皎重昏而歸晝朕遜覽緗史詳觀道藝福崇永劫者其唯釋教歟文德皇太后憑柯瓊樹踈泒泉源德照塗山道光嬀汭流芬彤管彰懿則於八紘垂訓紫宮扇徽猷於萬古遽而陰精掩月永戢貞輝坤維絕紐長淪茂迹撫奩鏡而增感望陟屺而何追昔仲由興歎於千鍾虞丘致哀於三失朕之罔極實有切於終身故載懷興葺創茲金地郤背邠郊點千莊之樹錦前臨終岳吐百仞之峯蓮左面八川水皎地而分鏡右鄰九達羽飛蓋而連雲抑天府之奧區信上京之勝地示其雕軒架迥綺閣陵虛丹空曉烏煥日宮而泛彩素天初兔鑒月殿而澄輝薰徑秋蘭疏庭佩紫芳巖冬桂密戶叢丹燈皎繁華焰轉煙心之鶴旛標迥刹彩縈天外之虹飛陛參差含文露而栖玉輕簾舒卷網靨宿而編珠霞班低岫之紅池汎漠煙之翠鳴珮與宵鍾合韻和風共晨梵分音豈直香積天宮遠慙輪奐閬風仙闕遥愧雕華而已哉有玄奘法師者寔真如之冠冕也器宇凝邃若清風之肅長松縟思繁蔚如綺霞之輝迥漢騰今照古之智挺自生知蘊寂懷真之誠發乎齠齓孤標一代邁生遠以照前迥秀千齡

架澄什而光後以爲淳風替古澆俗移今悲巨夜之長昏痛微言之永翳遂乃投迹異域廣飡祕教乘杯雲漢之外振錫煙霞之表滔天巨海侵驚浪而羇遊亘地嚴霜犯淒氛而獨逝平郊散緒衣單雪嶺之風曠野低輪肌弊流沙之日遐征月路影對宵而暫雙遠邁危峯形臨朝而永隻研窮智境探賾至眞心罄玄津研幾祕術通昔賢之所不逮悟先典之所未聞遂得金牒東流續將斷之教寶偈西徙補已缺之文于時睠彼靈基棲心此地弘宣奥旨葉方舉於祇林遠闡幽關波再清於定水朕所以虔誠八正肅志雙林將延景福式資冥助奉願皇太后逍遙六度神遊丹闕之前偃息四禪魂昇紫極之境悲夫玉燭易徃促四序於炎涼金箭難留馳六龍於晷漏恐波遷樹在夷濵海於桑田地是勢非淪高岸爲幽谷於是敬刊貞石式旌貞境其銘曰三光照象萬品流形人途超忽時代虛盈淳風久謝澆俗潛生愛波滔識業霧昏情猗歟調御迦維騰迹妙道乘幽玄源控寂鷲峯遐峙龍宫廣闢慧日舒光慈雲吐液睠言聖教載想德音義徽徃劫道冠來今騰神九域晦迹雙林漢夢如在周星遽沉悲纏奩鏡哀深棟宇濯龍潛潤椒風韜緒霜露朝侵風枝夕舉雲車一駕悠哉萬古乃與輪奂寔構雕華紫棟留月紅梁藻霞雲窻散葉風沼翻花蓋低鳳偃橋側虹斜爰有慧命英器虛沖孤標千載獨步三空給園味道雪嶺飡風智燈再朗眞筌重宗四運流速六龍馳騖巨夜銷氣函關啓曙茂德徽範微塵表譽勸美彼文

遐年永著三月庚申羣公等奉聖製咸詣朝堂上表陳謝曰跪發天華觀河宗之奇寶處開祕篆聆雲英之麗曲包萬葉之鴻規籠千祀之殊觀相趨慶抃莫知所限竊以慧日西照朗巨夜而開冥法流東徙洽湊荄而挺秀無方之化不一應物之理同歸歷代迄茲咸崇斯典伏惟陛下垂衣截海作鏡中區錫類之道彌光出要之津尤重開給園於勝境延稱首以閑居地窮輪奐人標龍象重茲濬發沖旨爰製豐碑妙思難涯玄襟獨王義超繫表理邃環中臣等夙敬真宗幸窺天藻以坳堂之量揣靈鼇之浚壑蜉蝣之情議仙驥之遐壽式歌且舞咸誦在心循覽周遑不勝欣躍

大慈恩寺三藏法師傳卷第八

音釋

蔕都計切根蔕也　東漸漸將廉切流入也　蒟醬蒟果羽切木名蜀以爲醬醬子亮切與醬同　馹音日驛馬也　晢之列切明也　賾鋤陌切深也　疊許覲切隙也　鄶古外切國名　紕紊紕四夷切繒䟽也紊文運切絲亂也　閬力宕切仙苑也　諤五各切直言也　婓芳肥切往來貌　鑣必苗切馬銜也　淄澠淄莊持切澠神陵切淄澠並水名　矚之欲切視也　蘙薈蘙於計切薈烏會切蘙薈草盛貌　覼縷覼力戈切縷力主切覼縷委曲也　捃攟捃舉蘊切取也攟之石切拾也　惕他歷切懼也　愞而兗切劣弱也　悚恧悚悉拱切懼也恧女六切慚也　婕妤婕即葉切妤以諸切婕妤婦官名　厴於琰切　縟如欲切繁采色也　坳烏交切地坳不平也　蜉蝣蜉房尤切蝣以周切蜉蝣蟲名　抃香犬切

大慈恩寺三藏法師傳卷第九

唐沙門惠立本　釋彦悰箋

起顯慶元年三月謝慈恩寺碑成終二年十一月法師謝勑問病表

顯慶元年春三月癸亥御製大慈恩寺碑文訖時禮部尚書許敬宗遣使送碑文與法師鴻臚寺又有符下寺甲子法師率寺衆詣闕陳謝曰沙門玄奘言被鴻臚寺符伏奉勑旨親紆聖筆爲大慈恩寺所製碑文已成睿澤傍臨宸詞曲照玄門益峻梵侶增榮踴厚地而懷慙負層穹而寡力玄奘聞造化之功既播物而成教聖人之道亦因辭以見情然則畫卦垂文空談於形器設爻分象未踰於寰域義皇之德尚見稱於前古姬后之風亦獨高於後代豈若開物成務闡八政以摛章詮道立言證三明而導俗理窮天地之表情該日月之外較其優劣斯爲盛矣伏惟皇帝陛下金輪在運玉曆乘時化溢四洲仁覃九有道包將聖功茂迺神縱多能於生知資率由於天至始悲奩鏡即創招提俄樹勝幢更敷文律若乃天華頴發睿藻波騰吞筆海而孕龍宮掩詞林而包鶴樹内該八藏外覈六經奥而能典宏而且密固使給園遺迹託寶思而彌高柰苑餘芳假瓊章而不昧豈直抑揚夢境昭晰迷塗諒以鎔範四天牢籠三界者矣玄奘言行無取猥預緇徒亟叨恩顧每謂多幸重忝曲成之造欣逢像法之盛且慙且躍實用交懷無任竦戴之誠謹詣朝堂奉表陳謝乙丑法師又惟主上文明天縱聖而多能非直文麗魏君亦乃書遒漢主法師以見

碑是聖文其書亦望神筆詰闕請皇帝自書表曰沙門玄奘等言竊以應物垂象神用溥該隨時設教聖功畢盡是知日月雙朗始極經天之運卉木俱秀方窮麗地之德伏惟皇帝陛下智周萬物仁霑三界旣隆景化復闡玄風鄙姬穆之好道空賞瑤池之詠蔑漢明之崇法徒開白馬之詞遂乃俯降天文遠揚幽旨用彫豐琬長垂茂則同六英之發音若五緯之摛曜敷至懷而感俗弘大誓以匡時豈獨幽賛眞如顯揚玄賾者也雖玉藻斯暢翠版將刊而銀鉤未書丹字猶韞然則夔樂已簨匪里曲之堪預龍鄉旣晝何爝火之能明非夫牙曠撫律羲和總馭焉得揚法鼓之大音裨慧日之沖彩敢緣斯義冐用干祈伏乞成茲具美勒以神筆庶凌雲之妙邁迹前王垂露之奇騰芬後聖金聲玉振即悟羣迷鳳翥龍蟠將開衆瞽豈止克隆像教懷生霑莫大之恩實亦聿賛明時宗社享無疆之福玄奘稟識愚淺謬齒緇林本慙窺涉多虧律行猥辱紫宸詞過褒美雖驚惕之甚措顏無地而慊懇之勤翹誠有日重敢塵黷更懷氷火表奏不納景寅法師又請曰昨一日蒙賚天藻喜戴不勝未允神翰翹丹尚擁竊以攀榮奇樹必含笑而芬芳跪寶玉岑亦舒渥而貽彩伏惟陛下提衡執粹垂拱太寧膺思綺毫俯凝多藝鴻範光於洛浦草聖茂於臨池玄奘肅荷前恩奉若華於金鏡冐希後澤佇桂影於銀鉤豈直舍璧相循聯輝是仰亦恐非天翰無以懸日月之文唯麗則可以攄希微之軌馳魂泥首非所敢望不勝積慊昧死

陳請表奏帝方運神筆法師旣蒙帝許不勝慶抃表謝曰沙門玄奘言伏奉敕旨許降宸筆自勒御製大慈恩寺碑文璽誥爰臻綸慈猥集祇荷慙惕罔知攸措玄奘聞强弩在彀鼷鼠不足動其機鴻鐘匿音纖莛無以發其響不謂日臨月照遂迴景於空門雨潤雲蒸乃昭感於玄寺是所願也豈所圖焉伏惟陛下履翼乘樞握褒纘運追軒邁頊孕夏吞殷演衆妙以陶時總多能而景俗九域之內旣沐仁風四天之表亦霑玄化然則津梁之法非至聖無足闡其源幽贊之工非至人何以敷其迹雖追遠所極自動天情而冥祐可祈即迴宸睠英詞曲被已超希代之珍祕迹行開將踰絶價之寶凡在羣品靡弗欣戴然彼梵徒倍增慶躍夢鈞天之廣樂匹此非奇得輪王之髻珠疇茲豈貴庶當刋以貞石用樹福庭蠢彼迷生方開耳目盛乎法炬傳諸未來使夫瞻寶字而跂銀鈎發菩提於此日諷通文而探賾悟般若於斯地劫成窮芥昭昭之美恒存遷海環桑藹藹之風無朽玄奘出自凡品夙慙行業旣蒙落飾思闡玄猷往涉迦維本憑皇化迨茲翻譯復承朝奬而貞觀之際濫沐洪慈永徽已來更叨殊遇二主神筆猥賜褒揚兩朝聖藻亟垂榮飾顧循愚劣實懷兢懼輪報之誠不忘昏曉但以恩深巨壑豈滴水之能酬施厚崧丘匪纖塵之可謝唯當憑諸慧力運以無方資景祚於園寢助隆基於七百不任竦戴之至謹附內給事臣王君德奉表陳謝以聞輕犯威嚴伏深戰慄夏四月八日帝書碑并匠鐫訖將欲往寺法

師慙荷聖慈不敢空然待送乃率慈恩徒衆及京城僧尼各營幢蓋寶帳旛花共至芳林門迎勑又遣太常九部樂長安萬年二縣音聲共送幢最卑者上出雲霓旛極短者猶摩霄漢凡三百餘事音聲車千餘乘至七日瞑集城西安福門街其夜雨八日路不堪行勑遣且停仍迎法師入内至十日天景晴麗勑遣依前陳設十四日旦方乃引發幢旛等次第陳列從芳林門至慈恩寺三十里間爛然盈滿帝登安福門樓望之甚悅京都士女觀者百餘萬人至十五日度僧七人設二千僧齋陳九部樂等於佛殿前日晚方散至十六日法師又與徒衆詣朝堂陳謝碑至寺表曰沙門玄奘等言今月十四日伏奉勑旨送御書大慈恩寺碑并設九部樂供養堯日分照先增慧炬之暉舜海通波更足法流之廣豐碣巖竦天文景燭狀彩露之映靈山疑縟宿之臨仙嶠凡在緇素電激雲奔瞻奉驚躍得未曾有竊以八卦垂文六爻發繫觀鳥製法泣麟敷典聖人能事畢見於茲將以軌物垂範隨時立訓陶鑄生靈抑揚風烈然則秦皇刻石獨昭美於封禪魏后刊碑徒紀功於大饗猶稱題目高視百王豈若親紆叡藻俯開仙翰金奏發韻銀鉤絢迹探龍宮而架三玄軼鳳篆而窮八體揚春波而騁思滯秋露以標奇弘一乘之妙理讚六度之幽賾化總三千之域聲騰百億之外奈苑微言假天詞而更顯竹林開士託神筆而彌尊固使梵志歸心截疑網而祇訓波旬革慮偃邪山而徇道豈止塵門之士始悟迷方滯夢之賓行超苦

際像教東漸年垂六百弘闡之盛未若於茲至如漢明通感尚咨諜於傳毅吳主歸宗猶考疑於闞澤自斯已降無足稱者隨緣化物獨推昭運爲善必應克峻昌基若金輪之王神功不測同寶冠之帝休祚方永玄奘等謬忝朝恩幸登玄肆屬慈雲重布法鼓再揚三明之化既隆八正之門長闢而顧非貞懇虛蒙獎導仰層旻而荷澤俯浚谷以懷慙無任竦戴之誠謹詣闕陳謝以聞碑至有司於佛殿前東南角別造碑屋安之其舍複拱重櫨雲楣綺棟金花下照寶鐸上暉仙掌露盤一同靈塔帝善楷隸草行尤精飛白其碑作行書又用飛白勢作顯慶元年四字並窮神妙觀者日數千人文武三品已上表乞模打許之自結繩息用文字代興二篆形殊楷草勢異懸針垂露雲氣偃波銘石章程八分行狎古人互有短長不能兼美至如漢元稱善史書魏武工於草行鍾繇閑於三體三仲妙於八分劉劭張弘發譽於飛白伯英子玉流名於草聖唯中郎右軍稍兼眾美亦不能盡也故章文休見二王書曰二王自可稱能未是知書也若其天鋒秀拔頹鬱遒健該古賢之眾體盡先哲之多能爲豪翰之陽春文字之寡和者信歸之於我皇矣法師少因聽習及往西方步凌山雪嶺遂得冷病發即封心屢經困苦數年已來憑藥防禦得定今夏五月因熱追涼遂動舊疾幾將不濟道俗憂懼中書聞奏勑遣供奉上醫尚藥奉御蔣孝璋針醫上官琮專看所須藥皆令內送北門使者日有數般遣伺氣候遞報消息乃至眠寢處

所皆遣内局上手安置其珍惜如是雖慈父之於一子所不過也孝璋等給侍醫藥晝夜不離經五日方損内外情安法師既荷聖恩翌日進表謝曰沙門玄奘言玄奘拙自營衞冷疹增動幾至綿篤殆辭昭運天恩矜愍降以良醫針藥纔加即蒙瘳愈駐頽齡於欲盡反營魄於將消重覩昌時復遵明導豈止膏肓永絶勝理恒調而已顧循庸菲屢荷殊澤施厚命輕罔知輸報唯憑慧力庶詶冥祉玄奘猶自虚惙未堪詣闕陳謝無任竦戴之至謹遣弟子大乘光先奉表以聞帝覽表遣給事王君德慰問法師曰既初服藥後氣力固當虚劣請法師善自攝衞未宜即用心力法師又蒙聖問不勝喜懼之至又表謝曰沙門玄奘言玄奘業累所嬰致招疾苦呼吸之頃幾隔明時忽蒙皇帝皇后降慈悲之念垂性命之憂天使頻循有逾十慰神藥俯救若遇一丸飲沐聖慈已袪沈痛承荷醫療遂得痊除豈期已逝之魂見招於上帝將夭之壽重稟於洪鑪退省庸微何以當此撫膺媿越言不足宣荷殊澤而詎勝粉微軀而靡謝方冀刷兹禮誦罄此身心以答不次之恩少塞無窮之責無任感戴之極謹附表謝聞喜懼兼并罔知攸措塵黷聽覽伏增惶悚貞觀十一年有勑曰老子是朕祖宗名位稱號宜在佛先時普光寺大德法常總持寺大德普應等數百人於朝堂陳諍未蒙改正法師還國來已頻内奏許有商量未果而文帝昇遐永徽六年先有勑道士僧等犯罪情難知者可同俗法推勘邊遠官人不閑勑意事無大小動

行枷杖虧辱爲甚法師每憂之因疾委頓慮更不見天顔乃附人陳前二事於國非便玄奘命垂日夕恐不獲後言謹附啓聞伏增惶懼勑遣報云所陳之事聞之但佛道名位先朝處分事須平章其同俗勑即遣停廢師宜安意强進湯藥至二十三日降勑曰道教清虛釋典微妙庶物藉其津梁三界之所遵仰比爲法末人澆多違制律且權依俗法以伸懲誡冀在止惡勸善非是以人輕法但出家人等具有制條更別推科恐爲勞擾前令道士女道士僧尼有犯依俗法者宜停必有違犯宜依條制法師既荷茲聖澤奉表詣闕陳謝曰沙門玄奘言伏見勑旨僧尼等有過停依俗法之條還依舊格非分之澤忽委緇徒不訾之恩復霑玄肆睎湯沐道實用光華跼地循躬唯增震惕竊以法王既没像化空傳崇紹之規寄諸明后伏惟皇帝陛下寶圖御極金輪乘正睠茲釋教載懷宣闡以爲落飾玄門外異流俗雖情牽五濁律行多虧而體被三衣福田斯在削玉條之密網布以寬仁信金口之直詞允茲迴向斯固天祇載悅應之以休徵豈止梵侶懷恩加之以貞確若有背茲寬貸自貽伊咎則違大師之嚴旨虧聖主之深慈凡在明靈自宜譴謫豈待平反之律方科姦惡之罪玄奘庸昧猥廁法流每忝鴻恩忸懷慙惕重祇殊奬彌復兢惶但以近嬰疾疹不獲隨例詣闕無任竦戴之誠謹遣弟子大乘光先奉表陳謝以聞自是僧徒得安禪誦法師悲喜交集不覺淚霑襟袖不勝抃躍之至又重進表謝曰沙門玄奘言伏奉

恩勑除僧等依俗法推勘條章喜戴之誠莫知准譬竊尋正法隆替隨君上所抑揚彝倫薄厚儷玄風以興缺自聖運在璿明皇執粹顯崇道藝區別玄儒開不二之鍵廣唯一之轍寫龍宮於蓬閣接鷲壤於神皐俾夫鍾梵之聲洋溢區宇福善之業濯沐黎垠寔法門之嘉會率土之幸甚頃爲僧徒不整誨馭乖方致使内虧佛教外犯王法一人獲罪舉衆蒙塵遂觸天威令依俗法所期清肅志在懲誡僧等震懼夙夜慙惶而聖鑒天臨仁澤昭被篤深期於玄妙掩纖垢於含弘爰降殊恩釋茲嚴罰非其人之足措顧斯法之可尊遂令入網之魚復游江漢觸籠之鳥還颺杳冥法水混而更清福田鹵而還沃僧等各深荷戴人知自勉庶當勵情去惡以副天心專精禮念用答鴻造伏願皇帝皇后以紹隆之功永凝百福秉慈悲之業端拱萬春震域締祥維城具美不勝舞躍感荷之至謹重附表陳謝以聞輕黷冕旒伏增惶恐帝覽表知法師病愈遣使迎法師入安置於凝陰殿院之西閣供養仍彼翻譯或經二旬三旬方乃一出冬十月中宫在難歸依三寶請垂加祐法師啓聖體必安和無苦然所懷者是男平安之後願聽出家當蒙勑許其月一日皇后施法師納袈裟一頂并雜物等數十件法師啓謝曰沙門玄奘啓垂賜納并雜物等捧對驚慙不知比喻且金縷上服傳自先賢或無價衣聞諸聖典未有窮神盡妙目擊當如今之賜者也觀其均綵濃淡敬君不能逾其巧裁縫婉密離婁無以窺其際便覺煙霞入室蘭囿

在身旋俯自瞻頓增榮價昔道安言珍秦代
未遇此恩支遁稱禮晋朝罕聞斯澤唯玄奘
庸薄獨竊洪私顧寵循躬彌深戰汗伏願皇
帝皇后富衆多之子孫享無疆之福祚長臨
王鏡永御寶圖覆育群生與天無極不任慙
佩之至謹啓謝聞施重詞輕不能宣盡五日
申後忽有一赤雀飛來止於御帳奘不勝喜
慶陳表賀曰沙門玄奘言玄奘聞白鳩彰瑞
表殷帝之興赤雀呈符示國王之盛是知穹
昊降祥以明人事其來久矣玄奘今申後酉
前於顯慶殿庭帷內見有一雀背羽俱丹腹
足咸赤從南飛來入帳止於御座徘徊踊躍
貌甚從容見是異禽乃謂之曰皇后在孕未
遂分誕玄奘深憂懼願乞平安若如所祈爲
陳喜相雀乃迴旋蹀足示平安之儀了然解
人意玄奘深心歡喜舉手喚之又徐徐相向
乃至逼之不懼撫之不驚左右之人咸悉共
見玄奘因爲受三歸報其雅意未及執捉且
從其徘徊遂復飛去伏惟皇帝皇后德通神
明恩加兆庶 禮和樂洽仁深義遠故使羽族
呈祥神禽効質顯子孫之盛彰八百之隆既
爲曩代之休符亦是當今之靈貺玄奘輕生
有幸肇屬嘉祥喜祚之深不敢緘默略疏梗
槩謹以奏聞若其羽翼之威儀陽精之淳偉
歷代之稽古出見之方表所不知也謹言表
進已頃聞有勑令使報法師皇后分難已訖
端正奇特神光滿院自庭燭天朕歡喜無已
內外舞躍必不違所許願法師護念號爲佛
光王法師進賀曰沙門玄奘言竊聞至道攸
敷啓天人於載算深期所感誕玄聖於克岐

伏惟皇帝皇后情鏡三空化乎九有故能闢垂旒於二諦却走馬於一乘蘭殿初歆爰發俱胝之願珽柯在孕便結踰城之徵俾夫十號降靈弘茲攝受百神翼善肅此宮闈所以災厲克清安和載誕七花儼以承步九龍低而濯質玄門佇迹道樹靈陰雖昔之履帝呈祥捫天表異寧足以方斯感睨匹此英猷率土詠歌喜皇階之納祐緇林勇鋭欣紺馬之來遊伏願無替前恩特令法服靡局常戀迴構良因且帝子之崇出處斯在法王之任高尚彌隆加以功德無邊津梁載遠儻聖澤無舛弘誓不移竊謂彈四海之資不足比斯檀行傾十地之業無以譬此福基當願皇帝皇后百福凝華齊輝北極萬春表壽等固南山罄娛樂於延齡踐薩云於遐劫儲君允茂綏紹帝猷寵番惟宜翊亮王室福祿英胤休祉日繁標志節於本枝嗣芳塵於草座玄奘濫偶丕運局影禁門貴匪德昇寵緣恩積幸屬國慶惟始淨業開基踊躍之懷塵粉無恨不勝喜賀之至謹奉表以聞輕觸威嚴伏增戰越佛光王生滿三日法師又進表曰沙門玄奘言玄奘聞易嘉日新之義詩美無疆子孫所以周祚過期漢曆遐緒者應斯道也又聞龍門洄激資源長而流遠桂樹叢生藉根深而芳藹伏惟皇運累聖相承重規疊矩積植仁義浸潤黎元其來久也由是二后光膺大寶爲子孫基可謂根深源長矣逮陛下受圖功業逾盛還淳反素邁三五之蹤製禮作樂逸殷周之軌不持黄屋爲貴以濟兆庶爲心未明求衣日昃忘食一人端拱萬里廓清雖

成康之隆未至於此是故卿雲紛郁江海無波日域遵風龍鄉沐化蕩蕩乎巍巍乎難得而備言矣既而道格穹蒼明神降福令月嘉辰皇子載誕天枝廣茂瓊萼增敷率土懷生莫不慶賴在於玄奘特迫恒情豈直喜聖后之平安實亦欣如來之有嗣伏願不違前勑即聽出家移人王之胤爲法王之子披著法服制立法名授以三皈列於僧數紹隆像化闡播玄風再秀禪林重暉覺苑追淨眼之茂跡踐月蓋之高蹤斷二種纏成無等覺色身微妙譬彼山王䫉網莊嚴過於日月然後蔭慈雲於大千之境揚惠炬於百億之洲振法皷而挫天魔麾勝旛而摧外道接沉流於倒海撲燎火於邪山竭煩惱之深河碎無明之巨㲉爲天人師作調御士唯願先廟先靈藉孫祉而昇彼岸皇帝皇后因子福而享萬春永握靈圖常臨九域子能如此方名大孝始曰榮親所以釋迦棄國而務菩提蓋爲此也豈得以東平瓅瓅之善陳思庸庸之才並日而論優劣同年而議深淺矣謹即嚴衣捧鉢以望善來之賓拂座清塗用竚踰城之駕不勝慶慰顒顒之至謹奉表以聞輕觸宸威追深戰越當即受三皈依服袈裟雖保傅養育所居常近法師十二月五日滿月勑爲佛光王度七人仍請法師爲王剃髮法師進表謝曰沙門玄奘言昨奉恩旨令玄奘爲佛光王剃髮并勑度七人所剃髮則王之煩惱落也所度之僧則王之侍衛具也是用震動波旬之殿踊躍淨居之懷弘願既宣景福彌盛豈謂庸賤之手得効伎於天膚凡庶之人嘗入

道於嘉會上下欣抃悲喜交集竊奉覆護之重在褓所先解脫之因落飾爲始伏惟皇帝皇后道凝象外福洽寰中所以光啓妙門聿修德本所願皇階納祐王扆延和臨百億與羣下畢千萬歲奇佛光髙子乳哺惟宜善神衛質諸佛摩頂增華睿哲之姿允穆紹隆之寄新度之僧荷澤既深亦當翹勤道業專精戒行允嗣僧倫佇承取草不勝感荷之至謹奉表以聞其日法師又重慶佛光王滿月并進法服等表曰沙門玄奘言竊聞摶風迅羽累日而沖空鷇月明璣逾旬而就滿是知禀靈物表亮彩天中者固已後發其姝惟新厥美者矣惟佛光王資上善以締祥闡中和而育德自微園降誕天祠動瞻睿氣清襟寢興納祐玉顏秀表日夕增華自非皇帝皇后慧日在躬法流濯想寄紹隆於盤石啓落飾於天人其孰能福此褓衣安兹乳哺無災無害克岐克嶷者今睨照初環滿月之姿盛矣蓂枝再長如蓮之目倩兮所以紫殿懽懷黔首胥悅七衆歸怙四門佇鑒豈唯日索後言鶴駿待馭而已玄奘幸承恩寵許垂蔭庇師弟之望非所庶幾同梵之情實切懷抱輒敢進金字般若心經一卷并函報恩經變一部袈裟法服一具香爐寶子香案澡鉼經架數珠錫杖澡豆榼各一以充道具以表私歡所冀遣載弄於半璋代辟邪於蓬矢俾善神見而踊躍弘誓因以堅固輕用干奉寔深悚惕伏願皇帝皇后尊邁拱辰明兼合耀結歡心於兆庶享延齡於萬春少海澄輝掩丕釗而取儁寵蕃振美蹤間平以載馳所願佛光王千

佛摩頂百福凝軀德音日茂善規丕相不勝感荷奉表以聞二年春二月駕幸洛陽宮法師亦陪從并翻經僧五人弟子各一人事事公給佛光王駕前而發法師與王子同去餘僧居後既到安置積翠宮夏四月車駕避暑於明德宮法師又亦陪從安置飛花殿其宮南接皂澗北跨洛濵則隋之顯仁宮也五月勑法師還於積翠宮翻譯法師既奉帝旨進表辭曰沙門玄奘言伏蒙恩旨許令積翠宮翻經仰佩優渥誠深喜戴伏念違離旋增悶然玄奘功微勳府道謝德科而久忝榮章鎮荷曾覆循涯知懼臨谷匪危伏惟皇帝皇后聖哲含弘仁慈亭育故使萬類取足一物獲安而近隔蘭除聽揚鑾而悲結甫瞻茨嶺想多預而欣然伏願玉宇延和仙桃薦壽邁甘泉之清暑等瑤池之佳遊所冀溫樹迎秋涼飈造夏候歸軒於砥陌儼幽錫於惟林稱慶萬春甘從九遊不勝感戀之極謹附表奉辭以聞荒越在額水火交慮法師在京之日先翻發智論三十卷及大毗婆沙未了至是有勑報法師曰其所欲翻經論無者先翻有者在後法師進表曰竊聞晃旒康俗咸競前修述作窮神必歸睿后皇帝造物玄猷遠暢掩王城於候甸光貝葉於羽凌傍啓譯寮降緝鴻序騰照千古流輝萬葉陛下纂承丕業光敷遠韻神用日新賞鑒無怠玄奘濫沐天造肅承明詔每撫庸躬恒深悚息去月日奉勑所翻經論在此無者宜先翻舊有者在後翻但發智毗婆沙論有二百卷此土先唯有半但有百餘卷而文多舛雜今更整頓翻之去

秋已來已翻得七十餘卷尚有百三十卷未翻此論於學者甚要望聽翻了餘經論有詳畧不同及尤舛誤者亦望隨翻以副聖述帝許焉法師少離京洛因茲扈從暫得還鄉遊覽舊廛問訪親故淪喪將盡唯有姊一人適瀛州張氏遣迎相見悲喜問姊父母墳隴所在躬自掃謁爲歲久荒頹乃更詳勝地欲具棺槨而改葬雖有此心未敢專志法師乃進表請曰沙門玄奘言玄奘不天夙鍾荼蓼兼復時逢隋亂殯掩倉卒日月不居已經四十餘載墳隴頹毀殆將湮滅追惟平昔情不自寧謹與老姊一人收捧遺柩去彼狹陋改葬西原用答昊天微申罔極昨日蒙勑放玄奘出三兩日檢校但玄奘更無兄弟唯老姊一人十遠有期用此月二十一日安厝今觀葬事尚寥落未辦所賜三兩日恐不周帀望乞天恩聽玄奘葬事了還又婆羅門上客今相隨逐過爲率畧恐將嗤笑不任纏迫憂懼之至謹附表以聞伏乞天覆雲迴曲憐孤請帝覽表允其所請仍勑所司其法師營葬所須並宜公給法師既荷殊澤又進啓謝曰沙門玄奘啓玄奘殃深釁積降罰明靈不能殞亡偷存今日但灰律驟改盈缺匪居墳隴淪頹草棘荒蔓思易宅兆亟歷歲年直爲遠隔關山不能果遂幸因陪隨鑾駕得屆故鄉允會宿心成茲改厝陳設所須復皇帝皇后曲降天慈賜遣營佐不謂日月之光在瓦礫而猶照雲雨之澤雖蓬艾而必霑感戴屛營喜鯁兼集不任存亡銜佩之至謹附啓謝聞事重人微不能宣盡法師既蒙勑許遂改葬焉其

管送威儀無非公家資給時洛下道俗赴者萬餘人後魏孝文皇帝自代徙都洛陽於少室山北造少林伽藍因地勢之高卑有上方下方之稱都一十二院東據嵩岳南面少峯北依高嶺兼帶三川聳石巉巖飛泉縈映松蘿共筼簹交葛桂栢與杞梓蕭森壯婉清虛實域中之佳所其西臺最爲秀麗即菩提流支譯經處又是跋陀禪師宴坐之所見有遺身定塔大業之末羣賊以火焚之不然遠近珍異寺西北嶺下緱氏縣之東南鳳凰谷陳村亦名陳堡谷即法師之生地也秋九月二十日法師請入少林寺翻譯表曰沙門玄奘言玄奘聞菩提路遠趣之者必假資粮生死河深渡之者須憑船筏資粮者三學三智之妙行非宿春之類也船筏者八忍八觀之淨業非方舟之徒也是以諸佛具而昇彼岸凡夫闕而沈生死由是茫茫三界俱漂七漏之河浩浩四生咸溺十纒之浪莫不波轉煙迴心迷意醉窮劫石而靡息盡芥城而彌固曾不知駕三車而出火宅乘八正而適寶坊實可悲哉豈直秋之爲氣良增歎矣寧惟孔父之情所以未嘗不臨食輟飡當寐而驚者也玄奘每惟此身衆縁假合念念無常雖岸樹井藤不足以儔危脆乾城水沫無以譬其不堅所以朝夕是期無望長久而歲月如流六十之年颯焉已至念茲遄速則生涯可知加復少固求法尋訪師友自邦他國無處不經塗路遐遥身力疲竭頃年已來更增衰弱顧陰視景能復幾何旣資粮未充前塗漸促無日不以此傷嗟筆墨陳之不能盡也然經生

多幸屬逢明聖蒙先朝不次之澤荷陛下非分之恩沐浴隆慈歲月久矣至於增名益價發譽騰聲無翼而飛坐淩霄漢受四事之供超倫輩之華求之古人所未有也玄奘何德何功以至於此皆是天波廣潤日月曲臨遂使燕石爲珍駑駘取貴撫躬內省唯深慙恧且害盈惡滿乃前哲之雅旨少欲知足亦諸佛之誠言玄奘自揆藝業空虛名行無取天慈聖澤無宜久冒望乞骸骨畢命山林禮誦經行以答提獎又蒙陛下以輪王之尊布法王之化西域所得經本並令翻譯玄奘猥承人乏濫當斯任既奉天旨夙夜靡寧今已翻出六百餘卷皆三藏四含之宗要大小二乘之樞軸凡聖行位之林藪八萬法門之海澤西域稱詠以爲鎮國方之典所須文義無彼不得譬猶擇木鄧林隨求大小收珍海浦任取方圓學者之宗斯爲髣髴玄奘用此奉報國恩誠不能盡雖然亦冀萬分之一也但斷伏煩惱必定慧相資如車二輪闕一不可至如研味經論慧學也依林宴坐定學也玄奘少來頗得專精教義唯於四禪九定未暇安心今願託慮禪門澄心定水制情猨之逸躁縶意馬之奔馳若不斂迹山中不可成就竊承此州嵩高少室嶺嶂重疊峯澗多奇含孕風雲包蘊仁智果藥豐茂蘿薜清虛海內之名山域中之神岳其間復有少林伽藍閑居寺等皆跨枕巖壑縈帶林泉佛事尊嚴房宇閑邃即後魏三藏菩提留支譯經之處也實可歸依以修禪觀又兩踈朝士尚解歸悔辭榮巢許俗人猶知栖箕蘊素況玄奘出家爲

法翻滯闕中清風激人念之增媿者也伏惟陛下明踰七曜照極九幽伏乞亮此愚誠特垂聽許使得絶嚚塵於衆俗卷影迹於人間陪麋鹿之羣隨鳬鶴之侶栖身片石之上庇影一樹之陰守察心猨觀法寶相令四魔九結之賊無所穿窬五忍十行之心相從引發作菩提之由漸爲彼岸之良因外不累於皇風内有增於行業以此送終天之恩也儻蒙矜許則廬山慧遠雅操庶追剡岫道林清徽望績仍冀禪觀之餘時間翻譯無任樂願之至謹詣闕奉表以聞輕觸宸威追深戰越帝覽表不許其月二十一日神筆自報書曰省表知欲晦跡巖泉追林遠而架往託慮禪寂軌澄什以標今仰挹風徽寔所欽尚朕業空學寡靡究高深然以淺識薄聞未見其可法師津梁三界汲引四生智皎心燈定凝意水非情塵之所翳豈識浪之能驚道德可居何必太華疊嶺空寂可舍豈獨少室重巒幸戢來言勿復陳請則市朝大隱不獨貴於昔賢見聞弘益更可珍於即代朕既令斷表不敢更言法師既奉勑書進啓謝曰沙門玄奘言使人李君信至垂賜手詔銀鉤麗於丹字春藻鬱彼河圖磊落帶峯岳之形郁潤挹風雲之氣不謂白藏之暮更覩春葩之文身居伊洛之澗忽矚崑荆之寶捧對歡欣手舞足蹈昔季重蒙魏君之扎唯叙睽離惠遠辱晉帝之書纔令給米未覩詞兼空寂可舍之旨誨示大隱朝市之情固知聖主之懷窮眞罄俗綜有該無超羲軒而更高架曹馬而逾遠者矣但玄奘素絲之質尤畏朱藍葛虆之身寔

希松杞思願媲煙霞於少室偶泉石於嵩阿允避溺之情終防火之志所以敢竭愚瞽昧死陳聞庶陶甄之慈無遺鳧鷖雲雨之澤不弃蘢蠢而明照霈臨不垂亮許仍降恩獎曲在輝賁五情戰懼不知所守旣戢來言不敢更請謹附謝文唯增悚越冬十一月五日佛光王晬日法師又進法衣一具上佛光王表曰沙門玄奘言玄奘聞蘭榮紫苑過之者必觀桂茂青溪逢之者斯悅卉木猶爾況人倫乎況聖胤乎伏惟皇帝皇后挹神睿之姿懷天地之德撫寧區夏子育羣生兼復大建伽藍廣興福聚葢寶圖常恒不變之業助鼎命金剛堅固之因旣妙善薰修故使皇太子機神日茂潞王懿傑逾明佛光王岐嶷增朗可謂超周越商與黃帝比崇子子孫孫萬年之慶者也玄奘猥以庸微時得叅見王等私心踊悅誠歡誠喜今是佛光王誕晬之日禮有獻賀輒率愚懷謹上法衣一具伏願王子萬神擁衛百福扶持寤寐安和乳餔調適紹隆三寶摧伏四魔行菩薩行繼如來事不勝瓊萼天枝英華美茂歡喜之至謹附表并衣以聞輕觸宸嚴追深戰越法師時在積翠宮翻譯無時暫輟積氣成疾奏帝帝聞不悅即遣供奉内醫呂弘哲宣敕慰問法師法師悲喜不已進表謝曰沙門玄奘言使人呂弘哲等至宣敕慰問玄奘所患并許出外將息慈旨忽臨厓骸用起若對旒冕如寘水泉玄奘攝慎乖方疾瘵仍集自違離鑾蹕倍覺嬰纏心痛背悶骨酸肉楚食眠頓絶氣息漸微恐有不圖點穢宫宇思欲出外自屛溝壑仍恐驚

動聖聽不敢即事奏聞遂依門籍出至寺所病既困勞轉篤心亦分隔明時乃有尚藥司醫張德志爲針療因漸瘳降得存首領還顧專輒之罪自期粉墨之誅伏惟日月之明久諒愚拙江海之澤特肆含容豈可移幸於至微屈法於常典望申公道以穆憲司枉獄爲輕伏鈇是俟而殘魂朽質仍被恩光撫臆言懷用銘肌骨自惟偃頓非復尋常縱微下俚之憂亦盡生涯之冀但恨隆恩未答未命先虧仰惟帝勤親勞薄狩期於閱武情在訓戎既昭仁於放麟又策勳於獻鳳遐邇慶集上下歡并風伯清塵山祇護野敬惟動止故極休貞申烱誠於十旬浹辰而返鄙宣遊於八駿窅邇而旋玉乘可佇氷懷以慰撫事迴惶終期殞越不勝荷懼之至謹奉表待罪以聞荒惴失圖伏聽勑旨帝覽表甚歡經三日後遣使迎法師入四事供養留連累日勑送法師還積翠宮仍舊宣譯焉冬十二月改洛陽宮爲東都嫌封畿之褊隘乃東分鄭州之汜水懷州之河陽西廢穀州取宜陽永寧新安澠池等縣皆隷屬焉法師以鄉邑增貴修表賀曰沙門玄奘言竊聞鶉首錫秦上帝兆金城之據龜圖薦夏中畿啓玉泉之窺是知靈貺所基皇猷顯屬昌誦由其卜遠高光所以闡期允迪厥猷率蹲斯在伏惟皇帝皇后揆物裁務懸衡撫俗即土中之重隩逅虞巡而駐蹕因舊制之瓌偉儀鎬京西建郛仍以畢宮載懷改作勞於曩役馭奔在念軫居逸於晨興自非折中華夷均一徭輸豈能留連聖眷煥汗綸言是以令下之初山川鬱其改觀

拓制爰始煙雲霏而色動飛甍日麗馳道風清神期肹蠁彝倫郁穆若賦武昌之魚樂還王里爭企云亭之鶴頹奉屬車既小晉鄭之依更褊劉張之策前王齷齪豐洛迹開我后牢籠伊咸並建麟宗克茂鼎祚惟遠自可東宴平樂西臨建章佇吹笙而駐壽秉在藻而流詠蕩蕩至公巍巍罕述玄奘散材莫効貽懼增深但三川之郊猥霑故里千載之幸鬱爲新邑華門雖翳芻命猶存喜編轂下匪懃關外況光宅之慶遐邇所同歡聖上允安庸微所特荷不勝喜抃之極謹奉表陳謝以聞

三年春正月駕還西京法師亦隨歸

大慈恩寺三藏法師傳卷第九

音釋

簨思尹切簨虡也謂架鐘磬者　攄丑居切舒也　彀古侯切張弩也　莛徒丁切枝莛也　跂詰利切舉踵而望也　峙丈里切屹立也　軼夷質切過也　闞苦紺切闞澤人名　頵俱倫切頭大也　遒慈秋切勁也　惙陟劣切疲也　蹀徒協切踏也　珽他鼎切玉名　璅璅蘇果切璅璅猥屑貌　釗止遙切周康王名　蹸力刃切轢也謂車踐也　慴質涉切怖也　篔簹篔王分切簹都郎切篔簹竹名　縶陟立切繫也　睽枯携切違也　媲匹計切偶也　鼅蟊鼅陟輸切與蛛同即蜘蛛也蟊音矛蠿蟊蜘蛛之別名也　睟子對切子生一歲曰晬　瘵側界切病也　鈇方武切與斧同　烔俱永切明也　郛芳俱切郭也　肹黑乙切　齷齪齷於角切齪測角切齷齪局促貌

大慈恩寺三藏法師傳卷第十

唐沙門 惠立本 釋 彦悰 箋

起顯慶三年正月車駕自洛還西京終至麟德元年二月玉華宮捨化

顯慶三年正月駕自東都還西京法師亦隨還秋七月勑法師徙居西明寺寺以元年秋八月戊子十九日造時有勑曰以延康坊濮王故宅爲皇太子分造觀寺各一命法師案行其處還奏地窄不容兩所於是總用營寺其觀改就普寧坊仍先造寺以其年夏六月營造功畢其寺面三百五十步周圜數里左右通衢腹背廛落青槐列其外渌水亘其間亹亹耽耽都邑仁祠此爲最也而廊殿樓臺飛驚接漢金鋪藻棟眩目暉霞凡有十院屋四千餘間莊嚴之盛雖梁之同泰魏之永寧所不能及也勑先委所司簡大德五十人侍者各一人後更令詮試業行童子一百五十人擬度至其月十三日於寺建齋度僧命法師看度至秋七月十四日迎僧入寺其威儀幢蓋音樂等一如入慈恩及迎碑之則勑遣西明寺給法師上房一口新度沙彌十人充弟子帝以法師先朝所重嗣位之後禮敬逾隆中使朝臣問慰無絶嚫施綿帛綾錦前後萬餘叚法服納袈裟等數百事法師受已皆爲國造塔及營經像給施貧窮并外國婆羅門客等隨得隨散無所貯蓄發願造十俱胝像百萬爲十俱胝並造成矣東國重於般若前代雖翻不能周備衆人更請委翻然般若部大京師多務又人命無常恐難得了乃請就於玉華宮翻譯帝許焉即以四年冬十月

法師從京發向玉華宫并翻經大德及門徒等同去其供給諸事一如京下到彼安置肅成院焉至五年春正月一日起首翻大般若經梵本總有二十萬頌文既廣大學徒每請删畧法師將順衆意如羅什所翻除繁去重作此念已於夜夢中即有極怖畏事以相警誡或見乘危履嶮或見猛獸搏人流汗戰慄方得免脱覺已驚懼向諸衆説還依廣翻夜中乃見諸佛菩薩眉間放光照觸己身心意怡適法師又自見手執花燈供養諸佛或昇高座爲衆説法多人圍遶讚歎恭敬或夢見有人奉己名果覺而喜慶不敢更删一如梵本佛説此經凡在四處一王舍城鷲峯山二給孤獨園三他化自在天王宫四王舍城竹林精舍總一十六會合爲一部然法師於西域得三本到此翻譯之日文有疑錯即校三本以定之慇懃省覆方乃著文審慎之心自古無比或文乖旨奥意有躊躇必覺異境似若有人授以明決情即豁然若披雲覩日自云如此悟處豈奘淺懷所通並是諸佛菩薩所冥加耳經之初會有嚴淨佛土品中説諸菩薩摩訶薩衆爲般若波羅蜜故以神通願力盛大千界上妙珍寶諸妙香花百味飲食衣服音樂隨意所生五塵妙境種種供養嚴説法處時玉華寺主慧德及翻經僧嘉尚其夜同夢見玉華寺内廣博嚴淨綺飾莊嚴幢帳寶轝花旛伎樂盈滿寺中又見無量僧衆手執花蓋如前供具共來供養大般若經寺内衢巷墻壁皆莊綺飾地積名花衆共履踐至翻經院其院倍加勝妙如經所載寶莊嚴

土又聞院內三堂講說法師在中堂敷演既覩此已歡喜驚覺俱參法師說所夢事法師云今正翻此品諸菩薩等必有供養諸師等見信有是乎時殿側有雙柰樹忽於非時數數開花花皆六出鮮榮紅白非常可愛時衆詳議云是般若再闡之徵又六出者表六到彼岸然法師翻此經時汲汲然恒慮無常謂諸僧曰玄奘今年六十有五必當卒命於此伽藍經部甚大每懼不終人人努力加勤勿辭勞苦至龍朔三年冬十月二十三日方乃絕筆合成六百卷稱爲大般若經焉合掌歡喜告徒衆曰此經於此地有緣玄奘來此玉華寺者經之力也向在京師諸緣牽亂豈有了時今得終訖並是諸佛冥加龍天擁祐此乃鎮國之典人天大寶徒衆宜各踴躍欣慶時玉華寺都維那寂照慶賀功畢設齋供養是日請經從肅成殿往嘉壽殿齋所講讀當迎經時般若放光照燭遠邇兼有非常香氣法師謂門人曰經自記此方當有樂大乘者國王大臣四部徒衆書寫受持讀誦流布皆得生天究竟解脫既有此文不可緘默至十一月二十二日令弟子乘基奉表聞請御製經序至十二月七日通事舍人馮義宣勑垂許法師翻般若後自覺身力衰竭知無常將至謂門人曰吾來玉華本緣般若今經事既終吾生涯亦盡若無常後汝等遣吾宜從儉省可以籧篨裹送仍擇山澗僻處安置勿近宮寺不淨之身宜須屏遠門徒等聞之哀哽各收淚啓曰和尚氣力尚可尊顏不殊於舊何因忽出此言法師曰吾自知之汝何由得

解麟德元年春正月朔一日翻經大德及彼寺衆殷勤啓請翻大寶積經法師見衆情專至俛仰翻數行訖便收梵本停住告衆曰此經部軸與大般若同玄奘自量氣力不復辦此死期已至勢非賒遠今欲往蘭芝等谷禮辭俱胝佛像於是與門人同出僧衆相顧莫不潸然禮訖還寺專精行道遂絶翻譯至八日有弟子高昌僧玄覺因向法師自陳所夢見有一浮圖端嚴高大忽然崩倒見已驚起告法師法師曰非汝身事此是吾滅謝之徵至九日暮間於房後度渠脚跌倒脛上有少許皮破因即寢疾氣候漸微至十六日如從夢覺口云吾眼前有白蓮華大於盤鮮淨可愛十七日又夢見百千人形容偉大俱著錦衣將諸綺繡及妙花珍寶從法師所卧房室以次莊嚴遍翻經院内外爰至院後山嶺林木悉豎幢旛衆彩間錯并奏音樂門外又見無數寶轝轝中香食美果色類百千並非人中之物各各擎來供養於法師法師辭曰如此珍味證神通者方堪得食玄奘未階此位何敢輒受雖此推辭而進食不止侍人謦欬遂爾開目因向寺主慧德具説前事法師又云玄奘一生已來所修福慧准斯相貌欲似功不唐捐信知佛教因果並不虚也遂命嘉尚法師具録所翻經論合七十四部總一千三百三十五卷又録造俱胝畫像彌勒像各一千幀又造素像十俱胝又寫能斷般若藥師六門陀羅尼等經各一千部供養悲敬二田各萬餘人燒百千燈贖數萬生録訖令嘉尚宣讀聞已合掌喜慶又告門人曰吾無常

期至意欲捨隨宜命有緣總集於是罄捨衣資更令造像并請僧行道至二十三日設齋嚫施其日又命塑工宋法智於嘉壽殿竪菩提像骨已因從寺衆及翻經大德并門徒等乞歡喜辭别玄奘此毒身深可厭患所作事畢無宜久住願以所修福慧迴施有情共諸有情同生覩史多天彌勒内眷屬中奉事慈尊佛下生時亦願隨下廣作佛事乃至無上菩提辭訖因黙正念時復口中誦色蘊不可得受想行識亦不可得眼界不可得乃至意界亦不可得眼識界不可得乃至意識界亦不可得無明不可得乃至老死亦不可得乃至菩提不可得不可得亦不可得復口説偈教傍人云南無彌勒如來應正等覺願與含識速奉慈顔南謨彌勒如來所居内衆願捨命已必生其中時寺主慧德又夢見有千軀金像從東方來下入翻經院香花滿空至二月四日夜半瞻病僧明藏禪師見有二人各長一丈許共捧一白蓮華如小車輪華有三重葉長尺餘光淨可愛將至法師前擎華人云師從無始已來所有損惱有情諸有惡業因今小疾並得消殄應生欣慶法師顧視合掌良久遂以右手而自搘頤次以左手申左髀上舒足重累右脇而卧暨乎屬纊竟不迴轉不飲不食至五日夜半弟子光等問云和尚決定得生彌勒内衆不法師報云得生言訖氣息漸微少間神遊侍人不覺屬纊方委從足漸冷最後頂暖顔色赤白怡悦勝常過七日竟無改變亦無異氣自非定慧莊嚴戒香資被孰能致此又慈恩寺僧明慧業行精

苦初中後夜念誦經行無時懈廢於法師亡夜夜半後旋遶佛堂行道見北方有白虹四道從北亘南貫井宿直至慈恩塔院皎潔分明心怪所以即念昔如來滅度有白虹十二道從西方直貫太微於是大聖遷化今有此相將非玉華法師有無常事耶天曉向衆說其所見衆咸怪之至九日旦凶問至京正符虹現之像聞者嗟其感異法師形長七尺板身赤白色眉目疎朗端嚴若表美麗如畫音詞清遠言談雅亮聽者無厭或處徒衆或對嘉賓一坐半朝身不傾動服尚乾陀裁唯細氎脩廣適中行步雍容直前而視輒不顧眄滔滔焉若大江之紀地灼灼焉類芙蕖之在水加以戒範端明始終如一愛惜之意過護浮囊持戒之堅超逾草繫性愛怡簡不好交遊一入道場非朝命不出法師亡後西明寺上座道宣律師有感神之德至乾封年中見有神現自云弟子是韋將軍諸天之子主領鬼神如來欲入涅槃勑弟子護持贍部遺法比丘見師戒行清嚴留心律部四方有疑皆來諮決所制輕重儀時有乖錯師年壽漸促文記不正詿誤後人以是故來示師佛意因指宣所出律抄及輕重儀僻謬之處並令改正宣聞之悚慄悲喜因問經律論等必所不決者神並爲決之又問古來傳法之僧德位高下并問法師神答云自古諸師解行互有短長而不一准且如奘師一人九生已來備修福慧生生之中多聞博洽聰慧辯才於贍部洲脂那國常爲第一福德亦然其所翻譯文質相兼無違梵本由善業力今見生覩史

多天慈氏内衆聞法悟解更不來人間受生神授語訖辭别而還宣因録入别記見西明寺藏矣據此而言自非法師高才懿德乃神明知之豈凡情所測度法師病時檢校翻經使人許玄備以其年二月三日奏云法師因損足得病至其月七日勑中御府宜遣醫人將藥往看所司即差供奉醫人張德志程桃捧將藥急赴比至法師已終醫藥不及時房州刺史竇師倫奏法師已亡帝聞之哀慟傷感爲之罷朝數日朕失國寶矣時文武宰僚莫不悲哽流涕帝言已嗚咽悲不能勝翌日又謂羣臣曰惜哉朕國内失奘法師一人可謂釋衆梁摧矣四生無導師矣亦何異苦海方割舟檝遽沈闇室猶昏燈炬斯掩帝言已嗟惋不止至其月二十六日下勑曰竇師倫所奏玉華寺玄奘法師已亡葬事所須並令官給至三月六日又勑曰玉華寺奘法師既亡其翻經之事且停已翻成者准舊例官爲抄寫自餘未翻者總付慈恩寺守掌勿令損失其奘師弟子及同翻經先非玉華寺僧者宜放還本寺至三月十五日又有勑玉華寺故大德玄奘法師葬日宜聽京城僧尼造幢蓋送至墓所法師道茂德高明爲時痛惜故於亡後重疊降恩求之古人無比此也於是門人遵其遺命以蘧篨爲轝奉神柩還京安置慈恩寺翻經堂内弟子數百人哀號動地京城道俗奔赴哭泣日數百千以四月十四日將葬滻東都内僧尼及諸士庶共造殯送之儀素蓋旛幢泥洹帳轝金棺銀槨娑羅樹等五百餘事布之街衢連雲接漢悲笳悽挽

嚮亙穹宇而京邑及諸州五百里內送者百萬餘人雖復喪事華整而法師神柩仍在蘧篨本興東市絹行用繒綵三千疋結作涅槃輿兼以花珮莊嚴極爲殊妙請安法師神柩門徒等恐虧師素志因止之乃以法師三衣及國家所施百金之納置以前行蘧篨輿次其後觀者莫不流淚哽塞是日緇素宿於墓所者三萬餘人十五日旦掩坎訖即於墓所設無遮會而散是時天地變色鳥獸鳴哀物感既然則人悲可悉皆言愛河尚淼慈舟遽沈永夜猶昏慧燈光滅攀戀之痛如亡眼目不直比之山頹木壞而已惜哉至總章二年四月八日有勑徙葬法師於樊川北原營建塔宇蓋以舊所密邇京郊禁中多見時傷聖慮故改卜焉至於遷殯之儀門徒哀感行侶悲慟切比如初嗚呼釋慧立論曰觀夫夜星宵月繼西日之明三江九河助東溟之大相資之道在物既然傳襲之風於人豈異自法王潛燿之後阿難結集已來歲越千年時逾十代聖賢間出英睿遞生各韞雄圖俱苞上智負荷遺法控御天人道制風飇神傾海岳或舒指而流膏液或異室而朗奇光或連屍以伏天魔或一對而迴時主或頋通法於邊剎冐浪波於嶮塗或虛己以應物求裹粮而行死地終令玄津溢漾惠濟無疆既益傳燈寔符付囑考之前冊可不然哉而清源不窮今復遇法師嗣承之矣惟法師星象降靈山岳騰氣才過東箭譽美南金雅操不羣堅芳獨拔以四生爲已任建正法爲身事巍巍乎似嵩華之負穹蒼皎皎焉若琅玕之映澄海

而聰機俊骨發於自然味道輕榮率由天性至夫多識洽聞之奥冠恒肇而逾高詳玄造微之功跨生融而更遠滔滔乎藹藹乎實紹隆之器也神之將使像化重光於頹季之期故誕茲明德者矣法師以往今古大德闡揚經論雖復俱依聖教而引據不同諍論紛然其來自久至如黎耶是報非報化人有心無心和合怖數之徒聞熏滅不滅等百有餘科並三藏四含之槃根大小兩宗之鉗鍵先賢之所不決今哲之所共疑法師亦躊躇此文快快斯旨慨然歎曰此地經論蓋法門枝葉未是根源諸師雖各起異端而情疑莫遣終須括囊大本取定於祇洹耳由是壯志發懷馳心遐外以貞觀三年秋八月立誓束裝拂衣而去到中天竺那爛陀寺逢大法師名尸羅跋陀此曰戒賢其人體居二宗神鑒奥遠博閑三藏善四韋陀於十七地論最爲精熟以此論該冠衆經亦偏常宣講元是彌勒菩薩所造即攝大乘之根系是法師發軔之所祈者十六大國靡不歸宗稟義學之徒恒有萬計法師既往修造一面盡歡以爲相遇之晚於是服膺聽受兼諮決所疑一遍便覆無所遺忘譬澹汜之納羣流若孟瀦之呑雲夢彼師嗟怪歎未曾有云若斯人者聞名尚難豈謂此時共談玄耳法師從是聲振葱嶺名流入國彼諸先達英傑聞之皆宿構重關共來難詰鴈行魚貫轂駕肩隨其並論之詞雲屯雨至法師從容辯釋皆入其室操其戈取其矛擊其盾莫不人人喪轍解頤虔伏稱爲此公天縱之才難酬對也戒日王等見之忭

喜皆肘步鳴足傾珍供養罷席之後更學梵書并餘經論自如來一代所說耆山方等之教鹿苑半字之文爰至後聖馬鳴龍樹無著天親諸所製作及灰山住等十八異執之宗五部殊塗之致並收羅研究達其旨得其文并佛處世之跡如泥洹堅固之林降魔菩提之樹迦路崇高之塔那揭留影之山皆躬伸禮敬備覩靈奇亦無遺矣法師心期旣滿學覽復周將旋本土遂繕寫大小乘法教六百餘部請像七軀舍利百有餘粒以今十九年春正月二十五日還至長安道俗奔迎傾都罷市是時也煙收霧卷景麗風清寶帳盈衢花幢掩日慶雲垂彩於天表郁郁紛紛庶士詠讚於通莊轟轟隱隱邪風於焉頓戢慧日赫以重明雖不逢世尊從忉利之下閻浮此亦足爲千載之休美也法師此行經塗數萬備歷艱危至如涸陰沍寒之山飛濤激浪之壑厲毒黒風之氣狻猊貙豻之羣並法顯失侶之鄉智嚴遺伴之地班超之所不踐章亥之所未遊法師子爾孤征坦然無梗扇唐風於八河之外揚國化於五竺之間使乎遐域俟王馳心輦轂遠方酋長係仰天衢雖法師不世之功抑亦聖朝運昌感通之力也皇帝握龍圖而纂曆應赤眼以君臨戮鯨豕以濟羣生蕩雲霓而光日月正四維之絶柱息滄海之橫流重立乾坤再施鎔造九功苞於虞夏七德冠於曹劉海晏河清時和歲阜遠無不順邇無不安天成地平人慶神悅加以重明麗正三善之義克隆宰輔忠勤良哉之歌斯允旣而功窮厚載德感上玄紫芝含秀於

玉階華果結英於朱闕又如西州石瑞松縣琨符紀聖主千年之期顯儲君嗣承之業鳳毛才子之句上果佛日之文歷萬古而不聞當我皇而始出豈非明靈輔德玄天福眷者焉加復遊心眞際城壍五乘追思鷲嶺之容竚想提河之説故使遺形紺髮煥彩來儀勝典高僧相輝而至慈雲布於六合法皷震於三千天花將景風共飛翠霧與香煙同馥於是溺俗沈流之士望涯岸而有期清虚蹈玄之賓頷三空而非遠所謂司南啓路而衆惑知方商飈襲林而羣籟自響法師盛德也如彼逢時也如此豈同雅澄懷道遇二石之兇殘安什傳經值符姚之僞曆校之深淺即行潦之類江湖比之明暗乃朝陽之與螢爝矣昔鍾玦既至魏文奉賦以讃揚神雀斯呈賈逵獻頌而論異在禽物之微賤古人猶且詠歌況法師不朽之神功棟梁之大業豈可緘默於明時而無稱述者也立學愧往賢德非先達直以同霑像化叨厠末塵欣慕之懷迫於恒品所以力課庸愚輒申斯傳其清徽令望之美絶後光前之蹤別當分諸鴻筆非此所能覼縷也冀明鑒君子收意而不哂焉賛曰

生靈感絶　大聖遷神　其能紹繼　唯乎哲人
馬鳴先唱　提婆後申　如日斯隱　朗月方陳
穆矣法師　諒爲貞士　逈秀天人　不羈塵滓
窮玄之奥　究儒之理　潔若明珠　芬同蕙芷
悼經之闕　疑義之錯　委命詢求　陵危踐壑
恢恢器宇　赳赳誠恪　振美西州　歸功東土
屬逢有道　時惟我皇　重懸玉鏡　再理珠囊

三乘既闡　十地兼揚　俾夫慧日　幽而更光
曰余庸耿　幸絫塵末　長自蓬門　靡雕靡栝
髙山斯仰　清流是渴　頋得攀依　比之藤葛

釋彥悰箋述曰余觀佛教東度已來英俊賢明捨家入道者萬計其中罕能兼善一二美者有焉至若視聽貌言洽聞强識輕生重道絶域遐征貞操勁松筠雅志陵金石羣雄輩慮聖主迴光者於三藏備之矣抑又聞之三藏當盛暑之晨體無霑液祁寒之際貌不悽慘不夭不申不欠不嚔斯蓋未詳其地位何賢聖之可格哉又北宫現疾之時徵慶繁縟將終之日色貌怤愉亦難得而測也及終後月餘日有人賷栴檀末香至請依西國法用塗三藏身衆咸莫之許其人作色曰弟子別奉進止師等若不許請録狀以聞衆從之及開棺發殮已人覺異香等蓮花之氣互相驚問皆云若茲向人除併斂衣唯留襯服衆覩三藏貌如生人百姓號絶共視向人塗香服殮蓋棺已俄失所在衆疑天人焉余考三藏夙心稽其近跡自非摩訶薩埵其孰若之乎曰我同儔幸希景仰勗哉

大慈恩寺三藏法師傳卷第十

音釋

壐無匪切壐壐猶遷屬也　顫慄顫之膳切寒掉也慄呂質切懼也　籧篨籧強魚切篨直魚切籧篨竹席也　幀諸孟切開張畫繪也　搘頤搘章移切拄也頤盈之切頷也　詿古賣切誤惑也　滻所簡切水名　發軔軔而振切止車輪木也　瀦陟魚切水所停曰瀦　狻猊狻素官切猊五稽切狻猊即師子也　貙豻貙春俱切豻疑肝切　赳居柳切武勇貌　嚏都計切悟解氣也　怤愉怤方無切怳也愉弋朱切顏色和貌

法苑珠林

唐西明寺沙門釋道世撰

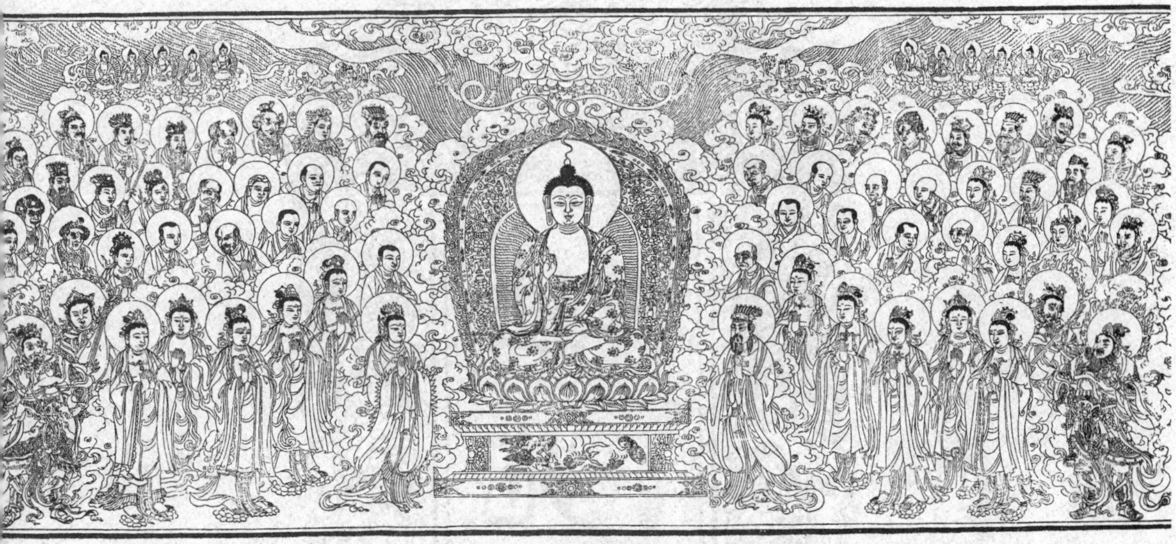

清刻龍藏佛說法變相圖

法苑珠林序

朝散大夫蘭臺侍郎隴西李儼仲思撰

洎夫六爻爰起八卦成列肇有書契照乎訓典鳳篆龍圖金簡玉字百家異轍萬卷分區雖理究精微言殫物範而紀情括性未出於寰中原始要終詎該於俗外亦有藏史之說園吏之談寶經浮誕錦籍紆恠同鏤氷而無成若書空而匪實與夫貫華妙旨寫葉玄詞三乘之宏博八藏之沈秘競以淺深較其優劣亦猶蟻蛭之小比峻於嵩華牛涔之微爭長於江漢夫其顯了之義隱密之規解脫之門總持之苑前際後際並契真如初心末心咸歸正覺導迷生於慾海情塵共心垢同消引窮子於慈室衣寶與髻珠雙至化溢恒沙之境功被微塵之劫大哉至矣不可得而稱

焉洎偕雨徵周佩日通漢蔡愔西涉竺蘭東遊金口之詞寶臺之旨盈緗積籀被乎中域而卷軸繁夥條流深曠實相真源卒難詳覽暨我皇唐造物聖上君臨玄教聿宣緇徒允洽傳輝寫液照潤區宇梵響讚音喝咽都甸弘宣之盛指喻難極屬有西明大德道世法師字玄惲是釋門之領袖也幼嵗疑聚砂落飾緇衣之歲慈般接蟻資成具受之壇戒品圓明與吞珠而等護律義精曉隨照鏡而同欣愛慕大乘洞明實相爰以英博召居西明遂以五部餘閑三藏遍覽以爲古今綿代制作多人雖雅趣佳詞無足於傳記所以搴文囿之菁華褰大義之薝蔔以類編録號曰法苑珠林事總百篇勒成十帙義豐文約紐虞氏之博要跡宣道鏡睎祐上之弘明其言以美其道斯著舉至賾而無遺包妙門而必盡但文繁則情隨義略則寡聞不欲虛搆浮詞假盈卷軸以事不可却文翰以多披覽日久還知其要故於大唐總章元年歲在執徐律惟姑洗三月三十日纂集斯畢庶使緝玄詞者探卷而得意珠執正道者披文而飲甘露繹之以知微覩之而覩奧與環景而齊照將旋穹而共久

法苑珠林目録

法苑珠林卷第一

唐 西明寺沙門釋道世撰

劫量篇第一（劫災有二一小二大）

第一小三災（別有六部）

述意部第一

夫劫者蓋是紀時之名猶年號耳然則時無別體約法而明所以聖教弘宣多所攸載者雖非理觀之沖規亦懲勸之幽旨也若乃涉迷津於曩識微塵之數易窮返覺路於初心僧祇之期難滿此迷悟之異也自有無間獄中等芥城而限命先行天上儔衣石以受形此善惡之殊也至若娑婆世界謂俄頃爲百齡袈裟剎土將永劫以浹日斯染淨之別也統而言之不過大小大小之内各有三焉大則水火風而爲災小則刀饉疫以成害是知六年華觀終焚蕩於沉灰千梵瓊臺卒漂淪於驟雨加復診候無徵雩祈失効霜戈接刃星劒交鋒酷毒生人崩亡殆盡恐三界而未悟嗟六道而悲夫

疫病部第二

依智度論云何名爲劫答曰依西梵正音名爲劫皺颰陀劫皺者（亦名劫波秦言分別時節）颰陀者（秦言善有二名爲賢以多賢人出世故名賢劫也）又立世阿毗曇論云佛世尊說一小劫者名爲一劫二十小劫亦名一劫四十小劫者亦名一劫六十小劫亦名一劫八十小劫名一大劫云何一小劫名爲一劫是時提婆達多比丘住地獄中受熟業報佛說任壽一劫云何二十小劫亦名一

劫如梵衆天二十小劫是其壽量佛說住壽一劫云何四十小劫亦名一劫如梵輔天壽量四十小劫佛說住壽一劫云何六十小劫亦名一劫如大梵天壽量六十小劫佛說住壽一劫云何八十小劫名一大劫佛說劫中世界經云二十小劫壞次經二十小劫壞已空次經二十小劫起成次經二十小劫起成已住是二十小劫起成已住者幾多已過幾多未過八小劫已過十一小劫未來第九劫現在未盡此第九一劫幾多已過幾多未來定餘六百九十年在（至梁末已卯年斷此經爲斷矣）是二十小劫中間有三小災次第輪轉一疾疫災二刀兵災三饑饉災（此三小災諸經論列名前後不同若依長阿含中起世等初列刀兵次列饑饉後列疫病若依俱舍毗曇婆沙論等初列刀兵次列疫病後列饑饉若依瑜伽對法論並初列饑饉後列刀兵若據年月長短次第依瑜伽對法論者是也）今且依立世阿毗曇論之此即第九中即當第三災此劫由饑餓故盡佛言是二十小劫世界起成得住中第一劫小災起時有大疾疫種種諸病一切皆起閻浮提中一切國土所有人民等遭大疾疫一切鬼神起瞋惡心損害世人壽命短促唯住十歲身形矬小或二搩手或三搩手於其自量則八搩手所可資食稊稗爲上人髮衣服以爲第一唯有刀仗以自莊嚴是時諸人不行正法非法貪著邪見等業日夜生長諸惡鬼神處處損人是時大國王種悉皆崩亡所有國土次第空廢唯有小郡縣是其所餘相去遼遠各在一處如是人者疾病困苦無人布施湯藥飲食以是因緣壽命未應盡橫死無數一日一夜無量衆生疾病疫死由行惡法得是果報於

此中生劫濁而起捨命已後墮三惡道時一郡縣次復荒蕪唯少家在相去轉遠各在一處疾疫死者無人送埋是時土地白骨所覆乃至居家次第空盡是時劫末唯七日在於七日中無量衆生遭疫死盡設有在者各散別處時有一人合集閻浮提內男女唯餘一萬留爲當來人種唯此萬人能持善行諸善鬼神欲令人種不斷絶故擁護是人以好滋味令入毛孔以業力故人種不斷過七日後是大疫病一時息滅一切惡鬼皆悉捨去隨諸衆生飲食衣服應念所須天即雨下陰陽調和美味出生身形可愛安樂無病譬如親愛久不相見忽得聚集生喜樂心共相携持不相捨離是前劫人壽命十歲後劫人民從其而生壽命最長二十千歲如此功德自然

得成與善法相應身口意善捨壽命後生善道中從天捨命還生人道自然賢善戒品具足捨壽已後更生天道久久如是初劫中間疫病窮盡次第二劫來續二十千歲是劫中間第一壽量是人從前二十千歲人所生神力自在資生具足壽命四十千歲人天道生久久如是說名第二劫中間第二壽量四十千歲資生具足壽命六十千歲久久如是說名第三劫中間第三壽量六十千歲從六十千歲至八十千歲是時女年五百歲爾乃行嫁是時諸人唯有七病謂大小便利寒熱婬慾飢老等如是時中一切國土富貴豐樂無有怨賊反逆盜竊村落次比鷄鳴相聞耕種雖少收實巨多衣服財寶稱意具足安坐受樂無所馳求壽命八十千歲時住阿僧祇年

乃至衆生未起十惡從起十惡因此百年則減十歲次復百年復減十歲次第漸減至餘十歲最後十歲住不復減長極八萬短至十年若佛不出世次第如此若佛出世如正法住衆生壽命暫住不滅隨正法稍減壽命漸滅

刀兵部第三

依立世阿毗曇論云佛說一小劫者名爲一劫如是同前乃至八十小劫名大劫中至二十小劫起成住中第二小災起由大刀兵人壽十歲時三毒邪見日夜生長父毋兒子兄弟眷屬互相闘諍何況他人是時諸人起闘諍巳仍相手舞或以瓦石刀仗互相怖畏四方諸國互相伐討一日一夜害死無量如是過失自然而生人行不善得是果報於此中生劫濁而起是時人家一時沒盡縱有餘殘各各分散是時劫末餘七日在於七日中手執草木即成刀仗由此器仗互相殘害怖畏困死是時諸人怖懼刀仗逃竄林藪或渡江水隱蔽孤洲或入坑窟以避災難或時相見仍各驚走恐怖失心或時仆地譬如麞鹿遭逢獵師如是七日刀兵横死其數無量設有在者各散别處時有一人合集閻浮提男女唯餘一萬留爲當來人種於是時中皆行非法唯此萬人能行善法諸善鬼神欲令人種不斷絶故擁護是人以好滋味令入毛孔以業力故於劫中間留人種子自然不斷過七日後是大刀兵一時息滅一切惡鬼皆悉捨去隨諸衆生所須衣食應念所須天即雨下陰陽調和美味出生身形可愛相好還復一

切善法自然而起清涼寂靜安樂無病慈悲心起無惱害意互得相見生喜樂心譬如親愛久不相見忽得聚集生喜樂心共相携持不相捨離從其十歲展轉行善生人天中至二十千歲乃至壽命八十千歲住阿僧祇年自別同前不煩重述

饑饉部第四

依立世阿毗曇論云從一小劫乃至八十小劫住劫中第三劫小災起時由大飢餓災欲起時由天亢旱一切人民遭大疾疫一切鬼神起瞋惡心損害世人壽命短促唯住十歲身形短小或二三搩手所食稊稗人髮爲衣猶爲上服刀仗自嚴不相恭敬貧窮困苦愚癡邪見日夜生長穀貴饑饉舍羅柯行見他資粮便往奪食以此因緣餓死無數一切衆生生劫濁中自然而起造作惡業天不降雨四五年中由大旱故覓生草菜尚不可得何況米穀一切禽獸悉取食之於一日一夜飢餓死者其數無量郡縣空盡唯少家在相去轉遠不行正法三毒轉盛貧窮困苦日夜相應是時六七年間天不降雨由大旱故思欲見水尚不可得何況飲食是劫中間唯七日在一日一夜餓死無數縱有在者各散別處時有一人合數閻浮提内男女大小共一萬人留爲當來人種人能行善諸善鬼神欲令人種不斷絶故擁護是人以好滋味令入毛孔以業力故人種不斷過七日後是飢餓一時息滅一切惡鬼皆悉捨去所須衣食天即雨下陰陽調和美味出生身形可愛相好還復一切善法自然而起清涼寂靜安樂無病

慈悲入心無惱害意譬如親愛久不相見忽得聚集生喜樂心共相携持不相捨離從於十歲展轉行善生人天中壽命長遠至二十千歲乃至八十千歲自外法因並同初述依立世論中三災各經七日若依餘經論說饑饉七年七月七日疫病七月七日刀兵極經七日故瑜伽論云謂人壽三十歲時方始建立當爾之時精妙飲食不可復得唯煎煑朽骨共爲讌會若遇得一粒稻麥粟稗等子重若末尼珠藏置箱篋而守護之彼諸有情多無氣勢蹎僵在地不復能起由饑儉故有情之類亡没殆盡如此儉災經七年七月七日七夜方乃得過彼諸有情復共聚集起下猒離由此因緣壽不退減儉災遂息又若人壽二十歲時本起猒患今乃退捨爾時多有疫氣瘴癘災橫熱惱相續而生彼諸有情遇此諸病多悉損没如是病災七月七日七夜方乃得過彼諸有情復共聚集起中猒離由此因緣壽量無減病災乃息又人壽十歲時本起猒患今還退捨爾時有情展轉相見各起猛利殺害之心由此因緣隨執草木及以瓦石皆成最極銛利刀劒更相殘害死喪終盡如是刀災極經七日方乃得過

相生部第五

依中阿含經云過去有輪王出世名曰頂生奉持法齋修行布施國中貧者出財用給後經多時然國中有貧窮者不能出物用給恤乏人轉窮困因窮便盜他物其主捕伺收縛送詣刹利頂生王所白曰天王此人盜我物願天王治王問彼人曰汝實盜耶彼曰實盜所以者何以貧困故若不盜者便無自濟王

即出財而給與之語盜者曰汝等還去後莫復作由斯之故人作是念我等亦應盜取他物於是各競行盜是謂因貧無物不能給恤故人轉窮困因盜滋甚故彼人壽轉減形色轉惡父壽八萬歲子壽四萬歲彼人壽四萬歲時有人復盜送王王聞已便作是念若我國中有盜他物更出財物盡給與者如是竭藏盜遂滋甚我今寧可作極利刀若我國中有偷盜者便收捕取坐高標下斬截其頭作此念已便勑行之於後彼人劾此利刀持行劫物捉彼物主截斷其頭因貧盜甚刀殺轉增故彼人壽轉減形色轉惡父壽四萬歲子壽二萬歲人壽二萬歲時時彼盜者便作是念王若知實或縛鞭我或擯罰錢或貫標上我寧妄言欺誑王耶念已白王我不偷盜是

爲因貧無物不能給恤盜殺轉增便妄言兩舌故彼人壽轉減形色轉惡父壽二萬歲子壽一萬歲人壽一萬歲時人便嫉妬邪婬轉增故彼人壽轉減形色轉惡父壽一萬歲子壽五千歲人壽五千歲時三法轉增非法欲惡貪邪法故父壽五千歲子壽二千五百歲人壽二千五百歲時復三法轉增兩舌麤言綺語故彼壽轉減形色轉惡故父壽二千五百歲子壽千歲人壽千歲時一法轉增邪見是也因一法增故彼人壽轉減形色轉惡父壽千歲子壽五百歲人壽五百歲時彼人不孝父母不能尊敬沙門梵志不行順事不作福業不見後世罪故父壽五百歲子壽二百五十歲或二百歲今若長壽或壽百歲或不啻者佛復告比丘曰未來久時人壽十歲女

生五月即便出嫁人壽十歲時有穀名稗子爲第一美食如今粇粮以爲上饌所有酥油鹽蜜甘蔗一切盡没唯行十惡業道者爲人所敬都未有善毋於其子極有害心子亦於毋極有害心父子兄弟姊妹親屬展轉相向有賊害心猶如獵師見彼鹿已極有害心人壽十歲時有七日刀兵劫盛彼若捉草即化成刀若捉薪木亦化成刀以此刀兵各各相殺彼於七日刀兵劫過七日便止爾時亦有人生慙恥羞愧猒惡不愛彼人七日刀兵起時便入山野在隱處藏過七日已則從山野於隱處出更互相見生慈慜心極相愛念猶如慈毋唯有一子與久離别遠來相見情極愛念便作是語諸賢我今相見令得安隱我等由昔生不善心令親族死盡我等寧可共行善法離斷殺業行善法已壽便轉增形色轉好壽十歲人生子壽二十壽二十人復作是念若求善者壽色轉好我等應可更增行善共離不與取行是善已壽便轉增人生子壽四十歲復離邪婬行是善已壽色轉好人生子壽八十歲復離妄言行是善已壽色轉好人生子壽百六十歲壽百六十已復離兩舌行是善已壽色轉好人生子壽三百二十歲復離麤言行是善已壽色轉好人生子壽六百四十歲復離綺語行是善已壽色轉好人生子壽二千五百歲復離貪嫉行是善已壽色轉好人生子壽五千歲復離瞋恚行是善已壽色轉好人生子壽一萬歲復離邪見行是善已壽色轉好人生子壽二萬歲復離非法欲惡貪行邪法我等寧可離此三惡不

善法行是善已壽色轉好人生子壽四萬歲壽四萬歲時孝順父母尊重恭敬沙門梵志奉行順事修習福業見後世罪行是善已人生子壽八萬歲人壽八萬歲時此閻浮洲極大豐樂多有人民村邑相近如雞一飛女年五百歲乃當出嫁唯有七病寒熱大小便利婬欲飢食老等更無餘患時有王名螺爲轉輪王聰明智慧有四種軍整御四天下七寶千子具足端正勇猛無畏能伏他衆統領大地乃至大海不以刀杖以法教令令得安樂餘有疾病饑饉作法延促並皆同前

對除部第六

依新婆沙論云然有聖言說彼對治謂若有能一日一夜持不殺戒於未來生決定不逢刀兵災起若能以一訶梨怛雞果起殷淨心奉施僧衆於當來世決定不逢疫病災起若能以一團食施諸有情於未來世決定不逢饑饉災時問如是三災餘洲有不答無根本災而有相以謂瞋增盛身力羸劣數加飢渴此說二洲北拘盧洲亦無罪業而生彼故又彼無有瞋增盛故

述曰衆生固執無思悛革慳貪嫉妬惡業逾盛所以人情嶮惡凶毒滋流今入末法人物俱惡所有依正兩報致令日夜衰耗故付法藏經云阿恕迦王自爲僧行食時賔頭盧用酥澆飯阿恕迦王白言大聖酥性難消能不爲疾尊者答曰不爲患也何以故佛在時水與今酥等是故食之終不成病爾時尊者欲驗斯事使手入地下至四萬二千餘里即取地肥而示於王王今當知衆生薄福肥膩之

味皆流入地是故世間福轉衰減王供養已歡喜而退良由世尊韜光未盈百年尚有斯徵況今向有二千豈有精味故瑜伽論云三災起時爾時有情復有三種最極衰損壽量衰損依止衰損資具衰損壽量衰損者所謂壽量極至十歲依止衰損者謂其身量極至一搩手或復一握資具衰損者爾時有情唯以粟稗爲食中第一以髮爲衣中第一以鐵爲莊嚴中第一五種上味悉皆隱沒所謂酥蜜油鹽等味及甘蔗變味

第二大三災此有四部

時量部　時節部　壞劫部　成劫部

時量部第一

依新婆沙論云劫有三種一中間劫二成壞劫三大劫中間劫復有三種一減劫二增劫三增減劫減者從人壽無量歲減至十歲增者從人壽十歲增至八萬歲增減者從人壽十歲增至八萬歲復從八萬歲減至十歲此中一減一增十八增減合二十中劫世間成二十中劫成已住此合名成劫經二十中劫世間壞二十中劫壞已空此合名壞劫總八十中劫合名大劫成已住中二十中劫初一唯減後一唯增中間十八亦增亦減故對法論云由此劫數顯色無色界諸天壽量也

時節部第二

依奘法師西國傳云陰陽歷運日月旋璣稱謂雖殊時候無異隨其星建以標月名時極短者謂之剎那也如新婆沙論云彼剎那量云何可知有作是言依施設論說如中年女緝績毳時抖捒細毛不長不短齊此說爲怛

剎那量彼不欲説毛縷短長但説毳毛從指開出隨所出量是怛剎那問前問剎那何緣乃引施設論説怛剎那量答此中舉麤以顯於細以細難知不可顯故謂百二十剎那成一怛剎那六十怛剎那成一臘縛此有七千二百剎那三十臘縛成一牟呼栗多此有二百一十六千剎那三十牟呼栗多成一晝夜此有少二十不滿六十五百千剎那此五蘊一晝一夜經於爾所生滅無常有説此麤非剎那量如我義者如壯士彈指頃經六十四剎那有説不然如我義者如二壯夫掣斷衆多迦尸細縷隨爾所縷斷經爾所剎那有説不然如我義者如二壯夫執挽衆多迦尸細縷有一壯夫以至那國百練剛刀捷疾而斷隨爾所縷斷經爾所剎那有説猶麤非剎那量實剎那量世尊不説如世尊説譬如四善射夫各執弓箭相背攢立欲射四方有一捷夫來語之曰汝等今可一時放箭我能遍接俱令不墮於意云何此捷疾不苾芻白佛甚疾世尊佛言彼人不及地行藥叉地行捷疾不及空行藥叉空行捷疾不及四大王衆天彼天捷疾不及日月二輪二輪捷疾不及堅行天子此薄日月輪車者此等諸天展轉捷疾壽行生滅捷疾於彼剎那流轉無有暫停由此故知世尊不説實剎那量問何故世尊不爲他説實剎那量答無有有情堪能知故又依安般經云於一彈指頃心有九百六十轉又仁王經云一念有九十剎那一一剎那中復有九百生滅又菩薩處胎經云一彈指頃有三十二億百千念念念成形形皆有

識佛之威神入微識中皆令得度又毗曇論合有十二重一名刹那二怛刹那三名羅婆四名摩睺羅五名日夜六名半月七名一月八名時九名行十名年十一名雙十二名劫一刹那者翻爲一念百二十刹那爲一怛刹翻爲一瞬六十怛刹那爲一息一息爲一羅婆三十羅婆爲一摩睺羅翻爲一須臾三十摩睺羅爲一日夜一日夜計有六百三十八萬刹那僧祇律云二十念爲一瞬二十瞬名一彈指二十彈指名一羅預二十羅預名一須臾一日一夜有三十須臾日極長時晝有十八夜有十二極短時晝有十二夜有十八春秋分便等又智度論云晝夜六分有三十時春秋分時晝夜各十五時餘時增減五月晝時有十八夜有十二十一月夜時有十八晝有十二依奘法師西國傳云居俗日夜分爲八時（晝四夜四於二時各有四分）月盈至滿謂之白分月虧至晦謂之黑分或十四日十五日月有大小故也白前黑後合爲一月六月合爲一行日遊在內北行也日遊在外南行也總此二行合爲一歲又分一歲以爲六時正月十五日至三月十五日漸熱也三月十六日至五月十五日盛熱也五月十六日至七月十五日雨時也七月十六日至九月十五日茂時也九月十六日至十一月十五日漸寒也十一月十六日至正月十五日盛寒也如來聖教歲爲三時正月十六日至五月十五日熱時也五月十六日至九月十五日雨時也九月十六日至正月十五日寒時也或爲四時春夏秋冬也依論計之十五夜爲半月兩

半月爲一月三月爲一時兩時爲一行一行即半年六月也兩行爲一年二年半爲一雙此由閏故以閏月兼本月此謂月雙非閏雙也若以五年兩閏爲閏雙者二年半有一閏豈立隻乎積此時數明劫有四種一別劫二成劫三壞劫四大劫從人壽十歲漸至八萬歲經多時八萬歲又漸減至十歲爲一別劫對餘總故名爲別也若以事格量依雜阿含經云由旬城高下亦爾滿中芥子百年取一芥盡劫猶不盡按此即爲別劫也若據大劫即以八十由旬城爲量也樓炭經云以二事論劫一云有一大城東西千里南北四千里滿中芥子百歲諸天來下取一芥子盡劫猶未盡二云有一大石方四十里百歲諸天來下取羅縠衣拂石盡劫猶未窮此亦應是別劫也第二有成劫四十壞劫亦爾所以然者世間成時二十別劫住時二十別劫壞時二十別劫空時二十別劫此中以住合成以空合壞故各四十別劫總此成壞合有八十別劫爲一大劫若更舒之則有六劫一別二成三住四壞五空六大若更束之則有三劫一小劫二中劫三大劫小則別劫中則成壞隨一大則總成與壞欲界中壽一劫是小劫初禪三天壽劫是中劫二禪已去壽劫是大劫外國俗筭有六十位過此已後不可數故名阿僧祇此數年爲劫數一至六十位名阿僧祇劫此是大劫量也故智度論經云以百由旬城爲量百年取一芥故喻以迦尸羅天衣百年一拂百由旬石爲量者此並格量大劫也即按索訶世界（舊云娑婆世界）一大劫中千佛出

世尋夫劫波之號不可以時數之故以假石芥城等准爲一期之候即約前中具含成住壞空四劫也如前從十歲增至八萬復從八萬還至十歲經二十返一小劫二十小劫爲一成劫以年筭之則經八千萬萬億百千八百萬歲也止一爲小劫矣今成劫已過入住劫來復經八小劫釋迦牟尼如來於住劫中當第四佛尚餘九百九十六佛於後續次而出依奘法師西國傳云夫數量之稱謂踰繕那（舊云由旬又曰踰闍那又曰由延皆訛略）踰繕那者自古聖王一日運行也舊傳一踰繕那四十里矣印度國俗及三十里聖教所載唯十六里故毗曇論四肘爲一弓五百弓爲一拘盧舍八拘盧舍爲一由旬一弓長八尺五百弓長四百丈四百丈爲一拘盧舍一里有三百六十步一步有六尺合有二百一十六丈爲一里二里有四百三十二丈計前五百弓有四百丈爲一拘盧舍猶欠三十二丈不滿二里計一拘盧舍減有二里計八拘盧舍減十六里爲一由旬若依雜寶藏經一拘盧舍有五里計毗曇八拘盧舍爲一由旬合有四十里

壞劫部第三

依長阿含經云三災上際云何若火災起時至光音天爲際若水災起時至遍淨天爲際若風災起時至果實天爲際三災欲起時世間人皆行正法正見不倒修十善行行此法時有人得第二禪者即踊身上昇於空中住聖人道天道梵道高聲唱言諸賢當知無覺無觀第二禪樂人聞此聲已即修無覺無觀身壞命終生光音天是時地獄衆生罪畢命

終來生人間復修無覺無觀得生光音天畜生餓鬼阿須倫乃至六欲皆生光音天爾時生地獄盡後畜生盡已次餓鬼阿須倫乃至他化自在天盡已然後人盡無有遺餘此世敗壞乃成爲災又順正理論云乃至地獄無一有情爾時名爲地獄已壞諸有地獄定受業者業力置他方獄中由此准知旁生鬼趣時人身内無有諸蟲與佛身同若時人趣此洲一人無師法然得初靜慮從靜慮起唱如是言離生喜樂甚樂甚靜餘人聞已皆入靜慮命終並得生梵世中乃至此洲有情都盡是名已壞贍部洲人東西二洲例此應說北洲命盡生欲界天由彼鈍根無離欲故生欲界天已靜慮現前轉得勝依方能離欲乃至人趣無一有情爾時名爲人趣已壞若諸天趣欲界六天隨一法然得初靜慮乃至並得生梵世中爾時名爲欲天已壞如是欲界無一有情名欲界中有情已壞若時梵世隨一有情無師法然得二靜慮從彼定起唱如是言定生喜樂甚樂甚靜餘天聞已皆入彼靜慮命終並得生極光淨乃至梵世中有情都盡如是名已壞有情世間唯器世間空曠而住餘方世界一切有情感此三千世界業盡於此漸有七日輪現諸海乾竭衆山洞然洲渚三輪並從焚燎風吹猛焰燒上天宮乃至梵宮無遺灰燼自地火焰燒自地宮非他地災能壞他地由相引起故作是說下火風飄焚燒上地謂欲界火猛焰上昇爲緣引生色界火焰餘災亦爾如應當知如是始從地獄漸滅乃至器世界盡總名壞劫又觀佛三昧

經云天地始終謂之一劫劫盡壞時火災將起一切人民皆背正向邪競行十惡天久不雨所種不生依水泉源乃至四大駛河皆悉枯竭久久之後風入海底取日上天城郭於須彌山邊置本道中長阿含經云其後久久有大黑風暴起海水深八萬四千由旬吹使兩披取日宮殿置於須彌山半去地四萬二千由旬安日道中乃至七日次第取之法用並然雜心論云劫滅之時由乾陀山後有七日輪住從彼而出又說云分一日爲七日又說云從阿鼻地獄下出日衆生業力故耳一日出時百草樹木一時彫落二日出時四大海水從百由旬乃至七百由旬內其水自然枯涸三日出時四大海水千由旬乃至七千由旬內水展轉消盡四日出時四大海水深千由旬五日出時四大海水縱廣七千由旬乃至竭盡長阿含經云五日出已其後海水轉減猶如春雨後亦如牛跡中水遂至涸盡不漬人物也六日出時此地厚六萬八千由旬皆悉煙出從須彌山乃至三千大千剎土及八大地獄靡不燒滅煙盡無餘人民命終皆依須彌山及六欲諸天皆悉命終宮殿皆空一切無常不得久住七日出時大地須彌山漸漸崩壞百千由旬永無遺餘山皆洞然諸寶爆裂煙焰震動至于梵天一切惡道皆悉蕩盡罪終福至皆集第十五天上十四天以下盡成灰墨新生天子未曾見此普懷恐懼舊生天子各來慰勞勿生恐怖終不至此人民命終生光音天以念爲食光明自照神足飛行或生他土若生地獄地獄罪畢亦生天上若罪未畢復移他方無日月星宿亦無晝夜唯有大冥謂之火劫火災與報致此壞敗劫欲成時火乃自滅更起大雲漸降大雨滴如車軸是時此三千大千剎土水遍其中及至梵天

故瑜伽論云又諸有情能滅壞業增上力故及依六種所燒事故復有六日輪漸次而現彼諸日輪望舊日輪所有熱勢踰前四倍既成七已熱遂增七云何名爲六所燒事一小大溝坑由第二日輪之所枯竭二小河大河由第三日輪之所枯竭三無熱大池由第四日輪之所枯竭四大海由第五日輪及第六一分之所枯竭五蘇迷盧山及以大地體堅實故由第六一分第七日輪之所燒然即此火焰爲風所鼓展轉熾盛極至梵世如是世界皆悉燒已乃至灰墨及與餘影皆不可得從此名爲器世間已壞滿足二十中劫如是壞已復二十中劫住云何水災謂過七火災已於第二靜慮中有俱生水界起壞器世間猶水消鹽此之水界與器世間一時俱沒如是沒已復二十中劫住云何風災謂七水災過已復七火災從此無間於第三靜慮中有俱生風界起壞器世間如風乾支節復能消盡此之風界與器世間世間已壞又依順正理論云此水火風三大災起逼有情類令捨下地集上天中初火災興由七日現有說如是七日輪行猶如鴈行分路旋運中間各相去五千踰繕那次水災興由降瀑雨有作是說從三定邊空中欻然雨熱灰水有餘復說從下水輪起湧沸水上騰漂浸決定義者即此邊生後風災興由風相擊有作是說從四定邊空中欻然飄擊風起有餘復說從下風輪起擊風上騰飄鼓此決定義准前應知三災起時云何次第要先無間起七火災其次定應一水災起此後無間復七火災度七火

災還有一水如是及至滿七水災復有七火災後風災起如是總有八七火災一七水災一風災起水風災起皆次火災自水風災必火災起故災次第理必應然何緣七火方一水災極光靜天壽勢故謂彼壽量極八大劫故至第八方一水災由此應知要度七水八七火後乃一風災由遍淨天壽勢力故謂彼壽量六十四劫故第八八方一風災如諸有情修定漸勝所感異熟身壽漸長由是所居亦漸久住故毗曇論偈云

七火次第過　然後一水災　七七火七水
復七火後風

又對法論云如是東方無間無斷無量世界或有將壞或有將成或有正壞或壞巳住或有正成或成巳住如於東方乃至一切十方亦爾如是若有情世間若器世間業煩惱力所生故業煩惱增上所起故總名苦諦又雜心論問何故壞劫不至第四禪答淨居天故彼無上地生即彼般涅槃故亦不下生下地非數滅故若彼住經壞劫者亦不然增上福力生彼處故內擾亂非故若彼地內有擾亂者則外有災患彼初禪內有覺觀火擾亂故外爲火災燒第二禪內喜水擾亂故外爲水災所漂第三禪內有出入息風擾亂故外爲風災所壞問第四禪未曾有擾亂者何得不常答刹那無常所壞故第四禪地不定相續隨彼天生宮殿俱起若天命終彼亦俱沒耳

成劫部第四

依起世經云爾時復經無量久遠不可計數日月時起大重雲乃至遍覆梵天世界既遍

覆已注大洪雨其滴甚麤或如車軸或復如杵經歷百千萬年彼雨水聚漸漸增長乃至天所住世界其水遍滿然彼水聚有四風輪之所住持何等爲四一名爲住二名安住三名不墮四名牢住彼雨斷已復還自退下無量百千萬億由旬當於爾時四方一時有大風起其風名爲阿那毗羅吹彼水聚混亂不停水中自然生大沫聚大風吹沫擲置空中從上造作梵天宮殿微妙可愛七寶間成謂金銀瑠璃玻瓈赤珠硨磲碼碯有斯梵天世間出生彼大水聚復更退下無量百千萬億由旬如前四方風起名阿那毗羅由此大風吹擲水沫復成宮殿魔身天牆壁住如梵身天無異唯有寶色精麤異耳如是次造他化自在天展轉至夜摩天六天次第具足如梵天無異精麤異耳時彼水聚轉復減少乃更退下無量百千億萬由旬湛然停住彼水聚中四方浮沫水上厚六十八億由旬周闊無量大風吹沫復造須彌山四寶所成復吹水上浮沫爲三十三天七寶所成又吹水沫於須彌山半腹之間四萬二千由旬爲日月天子宮殿皆七寶成以是因緣世間便有七日宮殿安住現在又吹水沫於海水上高萬由旬爲空居夜叉造玻瓈宮殿城郭亦爾又吹水沫於須彌山四面各去山一千由旬大海之下作四面阿脩羅城七寶莊嚴又復大風吹水聚沫造作餘大寶山如是展轉吹水沫過四大洲八萬小洲須彌山王并餘一切大山之外周帀安置名大輪圍山高廣正等六百八十萬億由旬牢固眞實金剛所成難可

破壞如是大風吹掘大地漸漸深入乃於其中置大水聚湛然停積以此因緣便有大海又起世經云此大海水何因緣故如是醎苦不堪飲食此有三因緣何等爲三一者從火災後經無量時起大重雲彌覆凝住後降雨滴注滿世界彼大雨汁洗梵身天一切宮殿次洗魔天宮殿次洗他化自在天化樂天兜率天夜摩天宮殿洗已洗彼宮時所有醎辛苦味悉皆流下次復洗須彌山及四大洲八萬小洲諸餘大山等如是洗時浸漬流蕩其中以是因緣令大海醎不堪飲食第二此大海水大神大身衆生在其中住所有屎尿流出海中以是因緣其水醎苦不堪飲食第三此大海水古昔諸仙曾所呪故願海成其鹽味不堪飲食以是因緣令大海醎不堪飲食

又依順正理論云所言成劫者謂從風起乃至地獄始有情生謂此世間災所壞已二十中劫唯有虛空過此長時次應復有等住世成劫便至一切有情業增上力空中漸有微細風生是器世間將成前相風漸增盛成立如前所說風輪水輪金輪等然初成立大梵天宮乃至夜摩天宮復起風輪等是謂成立外器世間由有情力謂光淨久集有情天衆旣多居處迫迮諸福減者應散居下此器世間初一有情極光淨歿生大梵處空宮殿中後諸有情亦從彼歿有生梵輔有生梵衆有生他化自在天宮漸漸下生乃至人趣後生餓鬼旁生地獄法爾後成壞必最初若初一有情生無間獄二十中成劫應知已滿此後復有二十中劫名成已住次第而起立世阿

毗曇論云一切器世界起作已成時二種界起長謂地火兩界風界起吹火界蒸鍊地界風界恒起吹一切物使成堅實旣堅實已一切諸寶種類皆得顯現如是多時六十小劫究竟已度又長阿含經云此三及地爲四災四劫除地説三爲大劫唯未至第四禪爲淨居天故無上地可生即於彼處涅槃亦不下生非數滅故變成天地天地更始了無所有亦無日月地湧甘泉味如酥蜜時光音諸天或有福盡來生或樂觀新地性多輕躁以指嘗之如是三轉得其甜味食之不已漸生麤肥失天妙色神足光明冥然大暗後大黑風吹彼海水漂出日月置須彌邊安日道中遶須彌山照四天下時諸人輩見出則歡見入則懼自茲以後晝夜晦朔春秋歲數終而復始劫初成時諸天來下爲人皆悉化生身光自在神足飛行無有男女尊卑衆共生世故名衆生有自然地味味猶如醍醐亦如生酥味甜如蜜其後衆生以手試嘗遂生味著漸成團食光明轉滅無復神通食地味多者顏色麤悴其食少者顏色光澤遂生勝負因緣勝負故便生是非地味稍歇咸皆懊惱咄哉爲禍無復地味又生地皮狀如薄餅地皮又滅又生地膚地膚滅故依增一經又生自然地肥味嘗如葡萄酒又樓炭經云地肥不生便生兩枝葡萄其味亦甘久久食多共相形笑兩枝葡萄不生更生粇米無有糠糩不加調和備衆美味衆生食之生男女形又增一經云時諸天子情意欲多者便成女人故有夫妻之名其後衆生婬欲轉增遂夫妻共住

其餘衆生壽福行盡後光音天來生此間在母胎中因此世間有處胎生爾時造贍婆大城乃至一切城郭自然粇米朝刈暮熟暮刈朝熟刈後隨生又依中阿含經米長四寸未有莖稈時有衆生併取日糧如是相斅乃至併取五日粇米漸生糠檜刈已不生遂有枯株爾時衆生懊惱悲泣各封田宅粇米以爲疆畔其衆自藏巳米盜他田穀無能決者議立一平等主善護人民賞善罰惡便有刀杖等物考楚殺戮此是生老病死之原由有田地致此諍訟故各共減割以供給之故選一人形貌尊雅甚有才德請以爲主於是始有民主之名田宅舍屋之名天下豐樂不可具述奉行十善哀念人民如父母愛子人民敬主如子敬父人壽大久豐樂無極又依順正理論云初受段食故身漸堅重光明隱沒黑暗便生日月衆星從玆出現由漸耽味地味便隱從玆復有地皮餅生競耽食之地餅復隱爾時復有林藤出現競耽食故林藤復隱有非種香稻自生衆共取之以充所食此食麤故殘穢在身爲欲蠲除便生二道因斯遂有男女根生由二根殊形相亦異宿習力故便相瞻視因此遂生非理乃至由有劫盜過起僉量衆內一有德人各以所收六分之一顧令防護封爲田主因斯故立剎帝利名大衆欽承恩流率土故復名大王未有多王自後諸王此王爲首又長阿含經云佛告比丘有四事長久無量無限不可以日月歲數而稱計也云何爲四一時世間災漸起壞此世時中間長久不可以日月歲數而稱計也二

者此世間壞已中間空曠無有世間長久迴遠不可以日月歲數而稱計也三者大地初起向欲成時中間長久不可以日月歲數而稱計也四者天地成已久住不壞不可以日月歲數而稱計也是爲四事長久無量無限不可以日月歲數而計量也頌曰

百旬芥易盡　三災理自傾　石火無恒焰
電光非久停　飢窘自相噉　刀兵競相征
疫病無醫効　空勞怨嗟聲　親戚無相救
殘害有餘情　遺文虛滿筍　徒欣富貴盈
太息波川迅　悲斯嗟業縈　生滅恒敦逼
煎迫未安寧

法苑珠林卷第一

音釋

垤徒結切蟻封也　涔鋤針切牛馬迹中水曰涔　縑古廉切繒也　籀直救切篆籀也　夥胡果切多也　甸堂線切自邦國四郊之內曰甸　嶷魚力切小兒有知識貌　搴苦堅切取也　菁咨盈切英華也　齅許救切以鼻擸氣也　怢直一切書衣也　賾鋤陌切深也　纂作管切綜集也　唄蒲拜切梵頌也　懲持陵切戒也　勗許玉切勉也　戇陟絳切愚也　浹即涉切十日幹一周曰浹日　饉具吝切饑饉也　驟鋤祐切急也　診章忍切驗視也　雩羽俱切祈雨祭也　簸補過切　颰蒲撥切　矬昨禾切短也　㯼陟華切　稗蒲拜切草似穀者　竄七亂切逃也　藪蘇后切　蹎都年切仆也　僵居良切債也　鋭于芮切利也　秔古行切不粘稻也　穛慈消切　悛此緣切改也　鞱土刀切藏也　毳充稅切細毛也　抖捒抖當口切捒所革切抖捒擇取物也　燎力弔切縱火也　燼徐晉切火餘也　駛踈吏切疾也　漬疾智切浸也潤也　爆布校切火裂聲　糠檜糠苦岡切檜苦外切糠檜穀皮也　刈魚肺切割也　斆胡教切做也　窘渠殞切窮迫也　噉徒感切食也

法苑珠林卷第二

唐西明寺沙門釋道世撰

三界篇第二（三界有二初明四洲二明諸天）

初四洲（此別十部）

述意部　會名部　地量部

山量部　界量部　方土部

身量部　壽量部　衣量部

優劣部

述意部第一

夫三界定位六道區分麤妙異容苦樂殊跡觀其源始不離色心檢其會歸莫非生滅生滅輪迴是曰無常色心影幻斯謂苦本故涅槃喻云於大河法華方之於火宅聖人啓悟息駕反源超出三有漸逾十地也尋世界立體四大所成業和緣合與時而作數盈災起復歸於滅所謂短壽者謂其長壽長者見其短矣夫虛空不有故厥量無邊世界無窮故其狀不一於是大千爲法王所統小千爲梵王所領須彌爲帝釋所居鐵圍爲藩牆之城大海爲八維之浸日月爲四方之燭總總群生於茲是宅瑣瑣含識莫思塗炭沉俗而觀則迂誕之奢言大道而察乃掌握之近事耳但世宗周孔雅伏經書然辯括宇宙臆度不了易稱天玄蓋取幽深之名莊說蒼天近在遠望之色於是野人信明謂旻青如碧儒士據典謂乾黑如漆青黑誠異乖體是同儒野雖殊不知是一然則俗尊天名而莫識實豈知六欲之嚴麗十梵之光明哉嗟夫區界現事猶莫之知不思妙義固其巳矣竊惟方等大典多說深空尋長含樓炭辯章世界而文

博偈廣卒難檢究今簡要略用標厥致耳

會名部第二

長阿含起世經等四洲地心即是須彌山山外別有八山圍如須彌山下大海深八萬四千由旬其邊八山大海初廣八千由旬中有八功德水（依順正理論云一甘二冷三輭四輕五清淨六不臭七飲時不損喉八飲已不傷腹）如是漸小至第七山下水廣一千二百五十由旬其外鹹海廣於無際海外有山即是大鐵圍山四周圍輪并一日月晝夜迴轉照四天下名為一國土即以此為量數至滿千鐵圍遶訖名一小千復至一千鐵圍遶訖名為中千世界即數中千復滿一千鐵圍遶訖名為大千世界其中四洲山王日月乃至有頂各有萬億（舊云百億者錯筭也）成則同成壞則同壞皆是一化佛所統之處名為三千大千世界號為娑婆世界梵本正音名為索訶世界依自誓三昧經云沙訶世界者（漢言忍界謂此土人物剛強難忍故立名號）其佛號曰能仁以別東廣名曰三界一欲界二色界三無色界初欲界者欲有四種一是情欲二是色欲三是食欲四是婬欲二色界有二一是情欲二是色欲無色界有一情欲初具四欲強色微故云欲界第二色界色強欲微故號色界第三無色界色絕欲劣故名無色界（更依華嚴辯三千大千世界乃有多重不煩廣述也）

地量部第三

依華嚴經云三千大千世界以無量因緣乃成且如大地依水輪水依風輪風依空輪空無所依然眾生業感世界安住故智度論云三千大千世界皆依風輪為基又新翻菩薩

藏經云諸佛如來成就不思議智故而能行知諸風雨相知世有大風名烏盧博迦乃至衆生諸有覺受皆由此風所摇動故此風輪量高三拘盧舍於此風上虚空之中復有風起名曰風雲輪此風輪量高五拘盧舍於此風上虚空之中復有風起名瞻蔔迦此風輪量高十踰繕那於此風上虚空之中復有風起名吠索縛迦此風輪量高三十踰繕那又此風上虚空之中復有風起名曰去來此風輪量高四十踰繕那如是舍利子次第輪上六萬八千拘胝風輪之相如來應正等覺依止大慧悉能了知舍利子最上風輪名爲周遍上界水輪之所依止其水高量六十八百千踰繕那爲彼大地之所依止其地量高六十八千踰繕那舍利子是地量表有一三千大千世界又樓炭經云此地深二十億萬里下有金粟亦二十億萬里下有金剛亦二十億萬里下有水際八十億萬里下有無極大風深五百二十億萬里此雖六重前四是地輪第五是水輪第六是風輪金光明經云此地深十八萬由旬下有金沙金沙正是金粟下有金剛地釋云前風輪堅固不可沮壞有大洛那力人以金剛杵擊之杵碎風輪無損大洛那力者是第四梵王那羅延力是佛身力亦名那羅延風輪風輪上次有水輪水輪者依立世經云深一百一十三萬由旬減風輪三十八萬由旬以衆生業力水不流散如食未消不墮熟藏又如倉貯米内外物持水輪亦爾外由有風持不散如世間鑽酪爲酥此風力順轉此水成金水深一百一十三萬

由旬既順成金水但厚八十萬由旬所略三十三萬由旬皆屬金地金地輪中從少向多應厚十二洛沙一洛沙有十萬由旬此輪縱廣一等

山量部第四

今據三千大千世界之中諸佛世尊皆垂化現現生現滅導聖導凡約一四天下即以一日月所照臨處以蘇迷盧山爲中（唐云妙高山舊名須彌山又曰迷留亦云彌婁山此皆訛略耳）高三百三十六萬里四寶所成東面黃金南面瑠璃西面白銀北面玻瓈在大海中亦深三百三十六萬里據金輪上如起世經云須彌山下有八重山初山名佉提羅高四萬二千由旬上闊亦爾七寶所成其須彌山佉提羅山二山之間闊八萬四千由旬周帀無量佉提羅山外有山名曰伊沙陀羅高二萬一千由旬上闊亦爾七寶所成二山之間闊四萬二千由旬周帀無量伊沙陀羅山外有山名曰遊乾陀羅高一萬二千由旬上闊亦爾七寶所成二山之間闊二萬一千由旬周帀無量遊乾陀羅山外有山名曰善見高六千由旬上闊亦爾七寶所成二山相去一萬二千由旬周帀無量善見山外有山名曰馬半頭高三千由旬上闊亦爾七寶所成二山之間闊六千由旬周帀無量馬半頭山外有山名曰尼民陀羅高一千二百由旬上闊亦爾七寶所成二山之間闊二千四百由旬周帀無量尼民陀羅山外有山名毗那耶迦高六百由旬上闊亦爾七寶所成二山之間闊一千二百由旬周帀無量毗那耶迦山外有山名斫迦羅（此言輪圍即鐵圍山是也）

高三百由旬上闊亦爾七寶所成二山之間闊六百由旬周帀無量上列諸山中間皆是海水水皆有優鉢羅華鉢頭摩華拘牟陀華奔荼利迦華等諸妙香物遍覆於水去斫迦羅山其間不遠亦有空地青草遍布即是大海於大海北有大樹王名曰閻浮樹身周圍有七十由旬根下入地二十一由旬高百由旬乃至枝葉四面垂覆五十由旬長阿含經云其山空地中有大海水名曰欝禪那此水下轉輪聖王道廣十二由旬俠道兩邊有七重牆七重欄楯七重羅網七重行樹周帀交飾七寶所成閻浮提地輪王出時水自然去其道平現去海不遠有山名欝禪山去此山不遠有山名金壁過此山已有山名雪山縱廣五百由旬深五百由旬雪山中間有寶山高二十由旬雪山埵出高百由旬其山頂上有阿耨達池縱廣五十由旬其水清冷澄徹無穢七寶砌壘其池底金沙充滿華如車輪根如車轂華根出汁色白如乳味甘如蜜池東有恒伽河從牛口出從五百河入于東海池南有新頭河從師子口出從五百河入于南海池西有博叉河從馬口出從五百河入于西海池北有斯陀河從象口出從五百河入于北海依奘法師西國傳其贍部洲之中地者阿那婆答多池也此云無熱舊曰阿耨達池訛也在香山之南大雪山之北周八百里金銀瑠璃頗胝飾其岸焉金沙彌漫清波皎鏡大地菩薩以願力故化為龍王於中潛宅出清冷水屬贍部洲是以池東面銀牛口流出殑伽河舊曰恒河又曰恒伽訛也繞池一帀入東南海池南面金象

口流出信度河舊曰辛頭河者訛也繞池一帀入西南海池西面瑠璃馬口流出縛芻河舊曰又河者訛也繞池一帀入西北海池北面頗胝師子口流出徙多河舊曰私陀河者訛也繞池一帀入東北海或曰潛流下地出積石山即徙多河之流為中國之河源也時無輪王應運贍部洲地有四主焉南象主則暑溫宜象西寶主乃臨海盈寶北馬主寒勁宜馬東人主和暢多人故象主之國躁烈篤學特閑異術寶主之鄉無禮義重財賄馬主之俗天資獷暴情忍殺戮人主之地風俗機變仁義照明四主之俗東方為上其居室則東開其戶日則東向以拜人主之地南面為尊方俗殊風斯其大槩至於君臣上下之禮憲章文軌之儀人主之地無以加也清心釋累之訓出離生死之數象主之國其理優矣斯皆著之經誥聞諸士俗博關今古詳考見聞然則佛興西方法流東國通譯音訛方言語謬音訛則義失語謬則理乖故曰必也正名乎貴無乖謬矣又起世經云阿耨達宮中有五柱堂阿耨達龍王恒於中止佛言何故名為阿耨達其義云何此閻浮提所有龍王盡有三患唯阿耨達龍無有三患云何為三一者所有諸龍皆被熱風熱沙著身燒其皮肉及燒骨髓以為苦惱唯有阿耨達龍無有此患二者所有龍宮惡風暴起吹其宮內失寶飾衣龍身自現以為苦惱唯阿耨達龍王無如此患三者所有龍王各在宮中相娛樂時金翅大鳥入宮搏撮或始生方便欲取龍食龍怖懼常懷熱惱唯阿耨達龍無如此患若金翅鳥王生念欲往即

便命終故名阿耨達阿耨者秦言無惱佛告比丘雪山右面有城名毗金離其城北有七黒山黒山北有香山其山常有歌舞唱妓音樂之聲山有二堀一名爲晝二名善晝七寶所成柔輭香潔猶如天衣妙音乾闥婆王從五百乾闥婆在其中止又順正理論云四洲之中唯贍部洲有金剛座上窮地際下據金輪諸最後身菩提薩埵將登無上正等菩提皆坐此座起金剛定以無餘依及餘處所有堅力能持此座又長阿含經云佛告比丘有四大天神何等爲四一者地神二者水神三者風神四者火神此之四大各共有之故地神生惡見言地中無水火風時我知此地神所念即往語言汝甞生念言地中無水火風耶荅曰地中實無水火風也我時語言汝勿生此念謂地中無水火風所以者何地中有水火風但地大多故地大得名佛告比丘我爲彼地神除其惡見示教利喜得法眼淨水中有地火風火中有地水風風中有地水火但初大多故偏得名也

界量部第五

依立世阿毗曇論云大鹹海外有山名曰鐵圍入水三百一十二由旬半出水亦然廣亦如是周迴三十六億一萬三百五十由旬從閻浮提南際取鐵圍山三億六萬六百六十三由旬從閻浮提中央取東弗于逮中央三億六萬六百由旬從閻浮提中央取西瞿耶尼中央三億六萬六百由旬從閻浮提北際取北欝單越北際四億七萬七千五百由旬從鐵圍山水際極西鐵圍山水際逕度十二

億二千八百二十五由旬鐵圍山水際周迴三十六億八千四百七十五由旬從此須彌山頂至彼須彌山頂邊十二億三千四百五十由旬從此須彌山中央至彼須彌山中央十二億八萬三千四百五十由旬從此須彌山根至彼須彌山根十二億三千十五由旬如是義者佛世尊說依長阿含經云閻浮提其地縱廣七千由旬西瞿耶尼其地縱廣八千由旬東弗于逮其地縱廣九千由旬北鬱單越其地縱廣十千由旬也

方土部第六

尋夫方土人別不同總有二種一凡二聖若約方言之即有四種所謂四天下人若以任處言之四天下中合有四千八處則有四千八種之人若直按閻浮提一方言之如樓炭經說大國總有三十六之大國人亦同之若展別論則有二千五百小國人亦同之又一一國中種類若干胡漢羌虜蠻夷楚越各隨方土色類不同未可具述故樓炭經云此南浮提種類差別合有六千四百種人但總彰大數不別其名長阿含經云佛告比丘此四天下有八千天下圍繞其外復有大海水周帀圍繞八千天下復有大金剛山繞大海水金剛山外復有第二大金剛山二山中間窈窈冥冥日月神天有大威力不能以光照及於彼八大地獄也第一北鬱單越國其土正方縱廣一萬由旬人面亦方像彼地形有大樹王名菴婆羅園七由旬高百由旬枝葉四布五十由旬多有諸山浴池華果豐茂無數衆鳥和鳴地生輭草槃縈右旋色如孔翠香

如婆師輭若天衣其地柔輭以足蹈地地凹四寸舉足還復地平如掌無有高下彼土四面有四阿耨達池各縱廣百由旬以七寶砌出四大河廣十由旬衆鳥和鳴彼土無有溝坑荊棘株杌亦無蚊虻毒蟲地純衆寶陰陽調柔四氣和順百草常生無有冬夏其土常有自然粇米不種自生無有糠糩如白華聚猶忉利天食衆味具足其土常有自然釜鍑有摩尼珠名曰焰光置於鍑下飯熟光滅不假樵火不勞人功其土有樹名曰曲躬葉葉相次天雨不漏彼諸男女止宿其下復有香樹高七十里華果繁茂其果熟時皮破自烈自然香出或高六十里五十里小者五里其果熟時皮破自然出種種衣或出種種嚴身之具或出種種器或出種種食或戲河中有衆寶船彼方人民欲入中洗浴遊戲時脫衣岸上乘船中流娛樂訖已度水遇衣便著先出先著後出後著不求本衣次至香樹樹爲曲躬其人手取樂器調絃並以妙聲和絃而行詣園娛樂其土中夜阿耨達龍王數數時起清淨雲周遍世界而降甘雨如搆牛乳以八味水潤澤普洽於中夜後淨無有翳空中清明海出涼風微吹人身舉體快樂其土豐熟人民熾盛設須飲食以自然粇米著於釜中以焰光珠置於釜下飯自然熟珠光自滅諸有來者自恣食之其主不起飯終不盡若其主起飯則盡竭其飯鮮潔如白華聚其味如天無有衆病氣力充足顏色和悅無有衰耗其土人身顏貌同等不可分別其貌少壯如閻浮提二十許人其人口齒平正潔白無

間髮紺青色無有塵垢髮垂八指齊眉而止不長不短若其土人起欲心時有熟視女人而捨之去彼女隨逐往詣園林若彼女人是彼男子父親母親骨肉中表不應行欲者樹不曲蔭各自散去若非親者樹則曲蔭隨意娛樂一日二日或至七日爾乃捨去立世阿毗曇論云北洲人不索女不迎妻不買不責若男子欲娶女時諦瞻彼女若女欲羨男時亦須諦視男子若不見視餘女報言是人看汝即為夫妻男不見女看餘男報言是女看汝亦為夫妻若自相見便即相隨其往別處若多欲者一生之中數唯至五其中品者或四三亦有修行至死無欲彼人懷妊有惡食者耳彼人懷妊七日八日便產隨生男女置於四衢大交道頭捨之而去有諸行人經過其邊出指含哺指出甘乳充遍兒身過七日已其兒長成與彼人等男向男眾女向女眾彼人命終不相哭泣莊嚴死屍置四衢道捨之而去有鳥名憂慰禪伽接彼死屍置於他方依世論云其鳥啄屍將去至山外而便噉食也又其土人大小便時地為開坼便利訖已地還自合其土人民無所繫戀亦無蓄積壽命常定死盡生天彼人何故壽命常定其人前世修十善行身壞命終生欝單越壽命千歲不增不減是故彼人壽命正等若有人能施沙門婆羅門及施貧窮乞兒疾病困苦者給其衣食乘轝華鬘塗香牀榻房舍又造塔廟燈燭供養其人命終生欝單越壽命千歲不增不減其土不受十惡舉動自然與十善合身壞命終生天善處是故彼人得稱為勝於三天下其土最上故泰言最上

立世論云彼土人民悉皆白淨人所莊飾鬚髮翠黑恒如剃周羅五日頭髮自然長橫七指無有增減順正論云北俱盧洲形如方座

四邊量等面各二千既說界方面各二千巳具其義邊有二中洲一矩婆洲二憍拉洲此二洲皆有人住第二東弗于逮依長阿含經云須彌山東有天下名弗于逮其土正圓縱廣九千由旬人面像彼地形有大樹王名伽藍浮園七由旬高百由旬枝葉四布五十由旬造天地經云東方人物勝閻浮提人彼土用綿絹共相市易

依長阿含經云彼土人壽二百歲少出多減樓炭經云人壽三百歲也飯食魚肉立世論云自不殺生不令他殺若有自死則食其肉以穀帛珠璣共相市易人有婚禮嫁娶立世論云東弗婆提人其多欲者一生之中其數至七其中品者或至五六亦有修行至死無欲東西二洲人唯無黑色餘同閻浮提身有種種色彼人頭髮莊飾剪前被後上下兩衣著下覓上衣繞身而已

依順正論云東勝身洲東狹西廣邊量等形如半月東三百五十三邊各二千此東洲東邊廣南洲南際故東如半月其洲邊有二中洲者一提訶洲二毗提訶洲此二洲皆有人住第三俱耶尼者

依長阿含經云須彌山西天下名俱耶尼其土形如滿月縱廣八千由旬人面像彼地形有樹王名曰斤提園七由旬高百由旬枝葉四布五十由旬起世經云於彼樹下有一石牛高一由旬以此因緣名瞿陀尼此云牛貨人壽三百歲以牛馬珠玉共相市易人物亦勝閻浮提立世論云彼土人或自殺生或令他殺死則食肉同閻浮提人若眷屬死送喪山中燒屍棄去或置水中或埋土裏或著空地東西二洲大同閻浮提婚禮亦同其欲多者一生之中數至十二其中品者數或至十亦有修行至死無欲彼人莊飾並皆

被髮上下著衣依順正理論云西牛貨洲圓如滿月逕二千五百周圍七千半其洲邊有中洲者一捨摅洲二嗢怛羅漫里拏洲皆有人住第四閻浮提者依長阿含經云須彌山南有天下名閻浮提其土南狹北廣縱廣七千由旬人面像此地形有大樹王名閻浮提圍七由旬高百由旬枝葉四布五十由旬起世經云於此樹下有閻浮那檀金聚高二十由旬以此勝金出此樹下故名閻浮那檀金復有金翅鳥王樹名俱利睒婆羅圍七由旬高百由旬枝葉四布五十由旬阿脩羅王有樹名曰善畫圍七由旬高百由旬枝葉四布五十由旬忉利天有樹名曰晝度圍七由旬高百由旬枝葉四布五十由旬閻浮提人人壽百歲中夭者多初十無知二十少知猶未黠了三十欲意盛四十所行無端五十所習不忘六十墜著七十體性遲緩八十無榮飾九十疾病百歲諸根衰耗經於三百冬夏春三萬六千食中間或有不具者立世阿毗曇論云閻浮提人衣服莊飾種種不同或有長髮分為兩髻或有剃落髮鬚或有頂留一髻餘髮皆除名周羅髮或有拔除髮鬚或有剪髮剪鬚或有編髮或有被髮或有剪前被後令圓或有裸形或著衣服覆上露下或露上覆下或上下俱覆或止障前後四洲人民所食多種不可具述婚禮市易現事可知然論云閻浮提人一生欲事無數無量不同餘三洲人少欲亦有修行至死無欲依順正理論云南贍部洲有邊洲一名遮末羅洲二名筏羅遮羅洲此二洲中皆有人住

身量部第七

依立世經云閻浮提人命促至十歲時身形短小或長二搩手三搩手於其自身則有八搩手毗曇論云閻浮提人至百歲時身長三肘半或長四肘（長阿含經云長三肘或有不定者大位言之）弗婆提人長八肘瞿耶尼人長十六肘欝單越人長三十二肘

壽量部第八

如毗曇說閻浮提人壽命不定有其三品上壽一百二十五歲中壽一百歲下壽六十歲其間中夭者不可勝數且依劫減時說有此三品若據劫初壽命無量或至八萬四千依長阿含經閻浮提人人壽百二十歲中夭者多東弗于逮人人壽二百歲（樓炭經云人壽三百歲）西俱耶尼人人壽三百歲北欝單越人人壽千歲（餘三方人並有中夭者唯北洲人定壽千年也）

衣量部第九

依起世經云閻浮提人身長三肘半衣長七肘闊三肘半瞿陁尼人弗婆提人身衣與閻浮提等量欝單越人身長七肘衣長十四肘上下七肘阿脩羅身長一由旬衣長二由旬闊一由旬重半起利沙（隋言半兩餘經說阿脩羅大小不定如毗婆質多阿脩羅四倍高須彌山）

優劣部第十

長阿含經云佛告比丘閻浮提人有三事勝拘耶尼人何等爲三一者勇猛强記能造業行二者勇猛强記勤修梵行三者勇猛强記佛出其土拘耶尼人有三事勝閻浮提人何等爲三一者多牛二者多羊三者多珠玉閻浮提有三事勝弗于逮何等爲三一者勇猛强記能造業行二者勇猛强記能修梵行三

者勇猛强記佛出其土弗于逮有三事勝閻浮提何等爲三一者其土極廣二者其土極大三者其土極妙閻浮提有三事勝欝單越何等爲三一者勇猛强記能造業行二者勇猛强記能修梵行三者勇猛强記佛出其土欝單越復有三事勝閻浮提何等爲三一者無所繫屬二者無有我所三者壽定千歲閻浮提人亦以上三事勝餓鬼趣餓鬼趣有三事勝閻浮提何等爲三一者長壽二者身大三者他作自受閻浮提人亦以上三事勝金翅鳥金翅鳥復有三事勝閻浮提何等爲三一者長壽二者身大三者宫殿閻浮提人亦以上三事勝阿須倫阿須倫復有三事勝閻浮提何等爲三一者宫殿高廣二者宫殿莊嚴三者宫殿清淨閻浮提人亦以上三事勝四天王天四天王天復以三事勝閻浮提何等爲三一者長壽二者端正三者多樂閻浮提人亦以上三事勝忉利天焰摩天兜率天化樂天他化自在天此諸天復有三事勝閻浮提何等爲三一者長壽二者端正三者多樂

二諸天部（別有二十二部）

辯位部　會名部　業因部
受生部　界量部　身量部
衣量部　壽量部　住處部
廣狹部　莊飾部　奏請部
通力部　身光部　市易部
婚禮部　飲食部　僕乘部
眷屬部　貴賤部　貧富部
送終部

辯位部第一

如婆沙論中說天有三十二種欲界有十色界有十八無色界有四合有三十二天也第一欲界十天者一名于手天二名持華鬘三名常放逸天四名日月星宿天五名四天王天六名三十三天(總名忉利天攝)七名炎摩天八名兜率陀天九名化樂天十名他化自在天(初星宿及後四此五居空于手華鬘放逸四天忉利此五在山其如下第九住處說)第二色界有十八天者初禪有三天一名梵衆天二名梵輔天三名大梵天(此大梵天無別住處但於梵輔有層臺高顯嚴博大梵天王獨於上住以別群下於此三天之中梵衆是庶民梵輔是臣大梵是君唯此初禪有其君臣民庶之則自此已上悉皆無也)二禪之中有三天一名少光天二名無量光天三名光音天第三禪中亦有三天一名少淨天二名無量淨天三名遍淨天第四禪中獨有九天一名福生天二名福慶天三名廣果天四名無想天(此無想天亦無別所但與廣果同皆一處以是外道所居故分二種別名)五名無煩天六名無熱天七名善現天八名善見天九名色究竟天(亦名阿迦尼吒天名色界合有十八天)第三無色界中有四天一名空處天二名識處天三名無所有處天四名非想非非想處天(是名三界總有三十二種天也)問曰未知此三十二天幾凡幾聖答曰二唯凡住五唯聖住自餘二十五天凡聖共住所言二唯凡住者一是初禪大梵天王二是四禪中無想天中唯是外道所居問曰何故此二唯凡住耶答曰爲大梵天王不達業因唯說我能造化一切天地人物恃此高慢輕蔑一切聖人故不與居又無想天中唯是外道修無想定以生其中受五百劫無心之報外道不達謂爲涅槃受報畢已必

起邪見來生地獄以是義故一切聖人亦不生中也所言五唯聖人居者謂從廣果巳上無煩無熱等五淨居天唯是那含羅漢之所住也縱凡生彼天者要是進向那含身得四禪發於無漏起熏禪業或起一品乃至九品方乃得生凡夫無此熏禪業故不得生也若言那含生彼理則無疑問曰阿羅漢旣是無生何故亦云生彼天者答曰此應言欲界那含生彼而得羅漢非謂先是羅漢而生彼也自餘二十五天凡聖共居不言可悉若總據大小乘說合有四天故涅槃經云有四種天一世間天二生天三淨天四義天世間天者如諸國王生天者從四天王乃至非想非無想天淨天者從須陀洹至辟支佛義天者十住菩薩摩訶薩以何義故十住菩薩名爲義天以能善解諸法義見一切法是空義故

會名部第二

第一四天王者依長阿含經云東方天王名多羅咤此云治國主(智度論云提頭賴叉)領乾闥婆及毗舍闍神將護弗婆提人不令侵害南方天王名毗瑠璃此云增長主(智度論名毗樓勒叉)領鳩槃茶及薜荔神將護閻浮提人西方天王名毗留博叉此云雜語主(智度論云毗樓博叉)領一切諸龍及富單那將護瞿耶尼人北方天王名毗沙門此云多聞主領夜叉羅剎將護欝單越人智度論云天帝釋具依梵音應云提婆那因釋迦者(此言能)提婆(此言天)因(此言主)合而言之是能天主也須夜摩天者(此言妙善)兜率陀者(此言妙足)須洹蜜陀者(此言化樂)婆舍跋提者(此言他化自在天也)梵天王名曰尸棄(此言大頂別云大器)首陀婆天者(此言淨居)

天且依智度論逐要釋此少多自外天已上天名具如婆沙論說為文繁故不可具錄也

中阿含經云時有異比丘來詣佛所稽首佛足退住一面白佛言世尊何因緣名釋提桓因佛告比丘釋提桓因本為人時行於頻施沙門婆羅門貧窮困苦施以飲食錢財燈明等以堪能故名釋提桓因復何因緣名富蘭陀羅告曰彼為人時數數行施衣被飲食乃至燈明故名富蘭陀羅復何因緣故名摩訶婆告曰本為人時名摩伽婆即以本為名復何因緣故名婆婆告曰本為人時以婆詵私衣布施供養故名婆婆復何因緣故名憍尸迦告曰本為人時為憍尸迦姓故復何因緣故名舍脂鉢低告曰彼舍脂為天帝釋第一天后復何因緣故名千眼告曰本為人時聰明智慧於一坐間思千種義觀察稱量故復何因緣故名因提利告曰天帝於諸三十二天為主故佛告比丘然彼釋提桓因本為人時受持七種受得天帝釋何等為七謂供養父母乃至等行惠施如經偈說為天帝釋

業因部第三

問曰六趣之報造何業生答曰依智度論說六趣之業不過善惡各有三品上者生天中者生人下者生四惡趣若依此義但善上品即得生天不分散定別耶若依業報差別經中具說十善得生天趣具分定散三界差別經云復有十善能令衆生得欲界天報具修增上十善得生欲界天報此則欲界散善業也復有十業能令衆生得色界天報為修有漏十善與定相應此則色界定善業也復有四業能令衆生得無色界天報一者謂過一

切色想滅一切有對想入空處定二者過一切空處定入識處定三者過一切識處定入無所有處定四者過一切無所有處定入非想非非想處定以是四業得無色界報若爾此界何故不言十善業者應言此界是無色報離色而修遠離身口是故據地但言四業不就十善也然上來所說皆是如來分別業報因果相當不差異也若依善戒經說僧持二百五十戒尼持三百四十八戒亦是生天之業故四分律偈云

明人能護戒　能得三種樂　名譽及利養　死得生天上

此據欲界天說又如正法念經說或因持戒不殺不盜不婬由斯三善亦得生天此亦生欲界色界天因別時之說然非局此三即得生天也又如温室經說浴僧淨業亦得生天及上界報此亦別時之意非將浴僧散善得生上界但是欲界天報又如涅槃經說慈母於恒河救兒兒母俱死得生梵天此是散心之慈不以餘定善助豈得生天此但據遠因非局散慈則得上生亦如一聞涅槃不墮四趣義亦如是故正法念經云若身不殺盜婬口不妄語不綺語不兩舌不惡口持此七戒得生四天王天若能持七種戒得生化生天此有上中下若持不殺戒得生四天王處若持不殺不盜得生三十三天若持不殺不盜不邪婬得生夜摩天若持不殺不盜不邪婬不妄語兩舌惡口綺語得生兜率陀天受世間戒信奉佛戒不殺不盜不邪婬不妄語兩舌惡口綺語得生化樂天他化自在天又長

阿含經云先於佛所淨修梵行於此命終生忉利天使彼諸天增益五福一者天壽二者天色三者天名稱四者天樂五者天威德

又雜阿含經云爾時世尊告比丘過去世時拘薩羅國有彈琴人名曰鹿牛於拘薩羅國人間遊行止息野中有六廣大天宮天女來至拘薩羅國鹿牛彈琴人所語鹿牛彈琴人言阿舅阿舅爲我彈琴我當歌舞鹿牛彈琴者言如是姊妹我當爲汝彈琴汝當語我是何人何由生此天女答言阿舅且彈琴我當歌舞於歌頌頌中自說所以生此因緣彼人即便彈琴彼六天女即便歌舞

第一天女說偈歌言

若男子女人　勝妙衣惠施　施衣因緣故
所生得殊勝　施所愛念物　生天隨所欲
見我居宮殿　乘虛而遊行　天身如金聚
天女百中勝　觀察斯福德　迴向中之最

第二天女復說偈言

若男子女人　勝妙香惠施　愛念可意施
生天隨所欲　見我處宮殿　乘虛而遊行
天身若金聚　天女百中勝　觀察斯福德
迴向中之最

第三天女復說偈言

若男子女人　以食而惠施　可意愛念施
生天隨所欲　見我居宮殿　乘虛而遊行
天身如金聚　天女百中勝　觀察斯福德
迴向中之最

第四天女復說偈言

憶念餘生時　曾爲人婢使　不盜不貪嗜
勤修不懈怠　量腹自節身　分餐救貧人

今見居宮殿　乘虛而遊行　天身如金聚
天女百中勝　觀察斯福德　供養中爲最

第五天女復說偈言

憶念餘生時　爲人作子婦　童嫗性狂暴
常加麤惱言　執節修婦禮　卑遜而奉順
今見處宮殿　乘虛而遊行　天身如金聚
天女百中勝　觀察斯福德　供養中爲最

第六天女復說偈言

昔曾見行路　比丘比丘尼　從其聞正法
一宿受齋戒　今見處天宮　乘虛而遊行
天身如金聚　天女百中勝　觀察斯福德
迴向中之最

爾時拘薩羅國鹿牛彈琴人而說偈言

我今善來此　拘薩羅林中　得見此天女
具足妙天身　既見又聞說　當增修善業
緣今修功德　亦得生天上

說是語已此諸天女即沒不見

受生部第四

第一四天王天受生者依長阿含智度論等四天王天皆有婚嫁行欲如人然受化生初生如二歲小兒在其膝上（依順正理論云如生五歲小兒別經云男生坐父右膝女生坐母左膝上）兒來未久便知飢渴自然寶器盛百味食若福多者飯色自白中者青色下者赤色若渴寶器甘露漿如食之色飲不留停如酥投火食訖便與諸天等量初生出時憶昔往業戲已忘念第二忉利天受生者依毗耶婆仙人問佛經云大仙當知三十三天遊戲受樂於樹林中行見彼天子天女同一處坐心喜愛樂速生彼處如線穿珠牽線珠走不生異道即於生時彼天婦女手華

忽生彼女見已自知有兒即以此華授與夫言若今得子可生歡喜彼生見之喜心增上必知其妻得天童子二天喜七日滿已長髮旋動清淨無垢天衣具足即彼天來生七日之中憶念我某處退生此天中某我父母我作善業極生喜生喜已則心欲得即便行往詣彼處如醉象行譬如象鼻洪圓纖長胷則平正譬如金色上下身麤中身則細行則庠審深心勇健腰如弓弝背骨平直兩脞洪滿如芭蕉樹善知天法髭鬚短細天香甚香爪甲赤薄身體香潔無主莊嚴取莊嚴身天無病苦於宮殿中次第漸行見無主天女天女見天童子一切悉來圍繞而住作如是言聖子善來此汝宮殿我無夫主久離夫主獨有童子我今年少妙色具足應相供養乳若金瓶面如蓮華開敷足色如雲電行端正可喜我是天女今相供養奉給走使此戲樂處如是婦女而來近之奉給供養彼三十三天有善法堂天衆集處有八萬四千柱皆是衆寶所成入者無諸惡觸蚊虻等過亦無眠睡懈怠嚬呻等過無量百千天女欲心戲笑無有嫉心鬬諍等過頰淨無垢如月鏡輪天女之法以香彩色用點頰額以莊嚴面天女詠聲共相娛樂

起世經云彼於天中或在天子或在天女或於坐處或兩膝內或兩股間忽然而生初生出時即如人間十二歲兒若是天男即在天子坐處膝邊隨一處生若是天女即在天女兩股內生既出生彼天即稱是我兒女初生之時以自業故得三種念一自知從某處死

二自知今此處生三知彼生是此業果是此福報作是念已便思念食即於其前有衆寶器自然盛滿天須陀味種種異色有衆寶器其須陀味色最白淨若報中者其色稍赤若福下者其色稍黑彼天子以手把取天須陀味内其口中即漸消融如酥置火即自消融無復形影若有渴時即於其前有天寶器盛滿天酒隨福上中下白赤黑色略説如前入口消融亦同前説飲食既訖身遂長大麤細高下與舊男女等無有異此諸天子天女等身既充足各隨意趣或詣園苑看其樹自然種種衣服瓔珞華鬘飲食音樂低垂隨取無量億數諸天玉女在此園中未見如是以業熟故了了分明憶宿世事如視掌中由見天女迷諸色故正念覺知此心即滅既失前念著現在欲口唯唱言此等皆是天玉女耶天玉女耶此則名爲欲愛所縛順正理論云諸天初受生時身量云何且六欲諸天初生如次如五六七八九十歲人生已身形速得圓滿色界天衆於初生時身量周圓具妙衣服一切天衆皆作聖言爲彼言詞同中印度然不由學自解典言

界量部第五

依起世經云須彌山下别有三級諸神住處其最下級縱廣正等六十由旬其第二級縱廣正等四十由旬其最上級縱廣正等二十由旬皆有七重牆院乃至諸鳥各出妙音莫不具足此三級中皆有夜义住須彌山半高四萬二千由旬有四大天王所居宫殿須彌山上有三十三天宫殿帝釋所居三十三天

已上一倍有夜摩天又更一倍有兜率天又更一倍有化樂天又更一倍有他化自在天他化天上又更一倍有梵身天梵身天下於其中間有羅摩波旬諸宮殿倍梵身天上有光音天倍光音天上有遍淨天倍遍淨天上有廣果天倍廣果天上有不麤天不麤天下其間別有諸天宮殿所居之處名無想衆生倍不麤天上有不煩天倍不煩天上有善見天倍善見天上有善現天倍善現天上有阿迦尼吒諸天宮殿阿迦尼吒天已上更有天名無邊空處無邊識處無所有處非想非非想處此等皆名諸天住處如是界分衆生居住若來若去若生若滅邊際所極此世界中所有衆生生老病死墮是道中至此不過是名娑婆世界無量剎土諸餘十方亦復如是

又立世阿毗曇論云從閻浮提向下二萬由旬是無間地獄從閻浮提向下一萬由旬是夜摩世間地獄處此二中間有餘地獄（計亦有遠近此論不述也）從此向上四萬由旬是四天王住處從此向上八萬由旬是三十三天住處從此向上十六萬由旬是夜摩天住處從此向上三億二萬由旬是兜率陀天住處從此向上六億四萬由旬是化樂天住處從此向上十二億八萬由旬是他化自在天住處有比丘問佛世尊從閻浮提至梵處近遠如何佛言比丘從閻浮提至梵處其遠甚高譬如九月十五日月圓滿時若有一人在彼梵處放一百丈方石墜向下界中間無礙到於後歲九月圓滿時至閻浮提地無量光天復遠一倍從無量光天至遍勝光天復遠一倍從遍勝

天至少淨天復遠一倍從少淨天至無量淨天復遠一倍從無量淨天至遍淨天復遠一倍從遍淨天至無雲天復遠一倍從無雲天至福生天復遠一倍從福生天至廣果天復遠一倍從廣果天至無想天復遠一倍從無想天至善現天復遠一倍從善現天至善見天復遠一倍從善見天至不煩天復遠一倍從不煩天至不燒天復遠一倍從不燒天至阿迦尼吒天復遠一倍而說偈言

從阿迦尼吒　至閻浮提地　放大密石山
六萬至千年　五百三十五　中間若無礙
方至於閻浮

智度論云譬如從色界初際下一丈石經一萬八千三百八十三年方至於地

法苑珠林卷第二

音釋

佉丘伽切　楯食尹切欄檻也　砌七計切甃也　壘力軌切疊也　殑其陵切　賄呼罪切布帛也　獷古猛切麤惡也　翅式利切　搏撮搏伯各切擊也撮子括切兩指撮也　崛苦骨切　窈烏皎切　鍑方六切釜屬　構古候切手取牛乳也　嗽雙角切吮也　坼丑厄切裂也　轝雲俱切車也　鬘莫還切　榻託甲切牀狹而長者　拉盧合切　搋丑皆切　嗢烏骨切　睒失冉切　黠胡戛切慧也　裸郎果切赤體也　詵所臻切　嫗於語切老婦之稱也　弝必駕切弓弣中手執處也　䏶傍禮切股也　頰古協切面兩旁也

法苑珠林卷第三

唐西明寺沙門釋道世撰

身量部第六

依雜心論云七極微塵成一阿耨池上塵彼是最細色天眼能見及菩薩輪王得見七阿耨塵爲銅上塵七銅上塵爲水上塵七水上塵爲兎毫上塵七兎毫上塵爲一羊毛上塵七羊毛上塵爲一牛毛上塵七牛毛上塵成一嚮遊塵七嚮遊塵成一蟣七蟣成一虱七虱成一穬麥七穬麥成一指二十四指爲一肘四肘爲一弓去肘五百弓爲一拘盧舍八拘盧舍名一由旬故說偈言

七塵成阿耨　七耨成銅塵　水兎牛毛塵
皆從於七起

故論中即以此拘盧舍用量天身從四天王身乃至阿迦尼迦身故婆沙論云四天王身長一拘盧舍四分之一若依正法念經說四天諸身其量脩短一同王身（毗曇亦同）如三十三天身長半拘盧舍帝釋身長一拘盧舍炎摩天身長一拘盧舍四分之三（若言帝釋之身何以長炎摩天若如經說以其過去偏脩恭敬業得偏長也）兜率天身長一拘盧舍與帝釋等化樂天身長一拘盧舍及拘盧舍四分之一他化自在天身長一拘盧舍半（欲界諸天身量如是）第二色界身量者依毗曇論說梵衆天身長半由延梵福樓天長一由延大梵天長一由延半光天長二由延無量光天長四由延光音天長八由延少淨天長十六由延無量淨天長三十二由延遍淨天長六十四由延福慶天長百二十五由延福生天長二百五十由延廣果天長五百由延無想天

亦爾無希望天長千由延無熱天長二千由延善見天長四千由延善現天長八千由延色究竟天長萬六千由延第三無色界無形不可說據大乘亦有細色但經論略而不說

衣量部第七

問曰諸天衣服云何答曰如經說六欲界六天中皆服天衣飛行自在看之似衣光色具足不可以世間繒綵比之色界諸天衣服雖號天衣衣如非衣其猶光明轉勝轉妙不可名也如起世經云四天王天身長半由旬衣長一由旬闊半由旬重半兩三十三天身長一由旬衣長二由旬闊一由旬重半兩夜摩天身長二由旬衣長四由旬闊二由旬重半兩四分之一兜率陀天身長四由旬衣長八由旬闊四由旬重半兩八分之一化樂天身長八由旬衣長十六由旬闊八由旬重半兩十六分之一他化自在天身長十六由旬衣長三十二由旬闊十六由旬重半兩三十二分之一魔身諸天身長三十二由旬衣長六十四由旬闊三十二由旬重半兩六十四分之一自此已上諸天身量長短與衣正等無差起世經云欲界諸天衣服種種莊嚴不可具述然化樂他化二天所著衣服隨心大小輕重亦爾色界諸天不著衣服如著不異頭雖無鬐如似天冠無男女相形唯一種長阿含經云忉利天衣重六銖炎摩天衣重三銖兜率陀天衣重一銖半化樂天衣重一銖他化自在天衣重半銖順正理論云色界天衆於初生時身量周圓具如衣服

壽量部第八

依阿毗曇論云天壽量者如人間五十歲爲四天王天一日一夜即用此日月歲數四天王天壽命五百歲計人間日月九百萬歲即是等活地獄一日一夜如是日月歲數等活地獄壽五百歲計人間百歲爲三十三天一日一夜如是日月歲數三十三天壽千歲計人間三億六十萬歲即是黑繩大地獄一日一夜如是日月歲數黑繩地獄壽千歲計人間二百歲爲炎摩天一日一夜如是日月歲數炎摩天壽二千歲計人間十四億四百萬歲即是衆合大地獄一日一夜如是日月歲數衆合大地獄壽二千歲計人間四百歲爲兜率陀天一日一夜如是日月歲數兜率陀天壽四千歲計人間五十七億六百萬歲即是呼地獄一日一夜如是日月歲數呼地獄壽四千歲計人間八百歲爲化樂天一日一夜如是日月歲數化樂天壽八千歲計人間二百三十億萬歲即是大呼地獄一日一夜如是日月歲數大呼地獄壽八千歲計人間一千六百歲爲他化自在天一日一夜如是日月歲數他化自在天壽一萬六千歲計人間九百二十一億六百萬歲即是熱大地獄一日一夜如是日月歲數熱大地獄壽一萬六千歲計衆熱大地獄壽其半劫無擇大地獄壽一劫畜生趣極長壽亦一劫如地持龍餓鬼等極長壽五百歲第二計色界壽命者即用劫爲量初梵衆天壽命半劫梵福樓天壽一劫大梵天壽一劫半少光天四劫光音天八劫少淨天十六劫無量淨天三十二劫遍淨天六十四劫福慶天一百二十五劫福

光天二百五十劫廣果天五百劫無想天亦爾無希望天千劫無熱天二千劫善見天四千劫善現天八千劫色究竟天一萬六千劫第三計無色界天壽命者空處天二萬劫識處天四萬劫無所有處天六萬劫非想非非想處天八萬劫三界皆有中夭唯鬱單越及兜率天最後身菩薩及無想天皆定壽命不說中夭餘有中夭也順正理論此亦皆同然北俱盧人於人趣福力最强鈍根薄塵多諸快樂無攝受過死必上生餘同前說問曰此火劫起時上至初禪悉皆燒盡何故論云大梵天王得壽一劫半耶答曰此言一劫半者據積六十小劫爲一劫半不據大劫若據水火風大劫說者猶是一劫合成八十小劫小中尚少二十小劫與彼一劫半壽義不相違也云何知然如舊俱舍論名爲別劫立世阿毗曇論名爲小劫新俱舍論新婆沙論名爲中劫此三名別體唯是一時量共等如阿含經說謂從人壽八萬四千歲百年減一年乃至十歲還從十歲復增至八萬四千歲一上一下爾許時分名一中劫量別小亦同若依俱舍論說謂天地始終三災一運盡時始名大劫隨一水火風災要經八十中劫如以一中劫壞一中劫成十九中劫衆生次第住二十中劫正住十九中劫次第壞空此則一中劫隨逢一火水風壞器世界十九中劫隨逢飢病刀壞衆生世界以如斯義是故毗曇說如是言是處最後住是處最初空衆生最後住者謂是最下阿鼻地獄也是處最後空衆生最初住者其則不定若據火劫即是初禪若約

水劫是其二禪若約風劫是其三禪以此而論是故一大劫中具彼六十中劫并空劫中二十別劫合有八十小劫始爲一大劫辯劫如是次顯無違今言初禪第一梵衆天壽命半劫者當知據彼一別劫中半劫二十中劫爲言第二梵輔天壽命一劫者所謂據彼一別劫四十中劫爲語第三大梵天壽命一劫半者當知據彼一別劫半六十中劫而說以如斯義故不相違也初禪如是二禪已上當知皆據三災大劫以明壽量不據中別劫也二禪之中第一少光天壽命二劫第二無量光天壽命四劫第三光音天壽命八劫若言水災既至二禪光音諸天何以得壽八大劫者應知於彼七火災後方有一水災起上及二禪是何以得壽八大劫也三禪之中第一少淨天壽命十六劫第二無量淨天壽命三十二劫第三遍淨天壽命六十四劫若言風災既至三禪何以遍淨諸天得壽六十四大劫者此亦應知彼六十三運水火災後方有一風災起是故遍淨得壽六十四劫云何知然此如毗曇中說於七火劫次第起後然有一水災起如是七七四十九火起時則有其一七水災合說即有五十六劫更復於此五十六劫之後復有七火劫起於此七火之後方有一風災起壞及三禪并前即爲六十四劫以如斯義是故遍淨得壽六十四劫故彼毗曇說是偈言

七火次第過　然後一水災　七七火七水
復七火後風

問曰此四無色天識處壽命既倍空處未知

後之二天何故不倍前耶答曰如婆沙論中說有三論師俱釋此義第一說者謂彼空識二處各有無量行及餘皆捨一切入等行故壽命相倍空處以有無量行故得一萬劫壽餘行復得一萬劫壽是故合得二萬劫壽識處以有無量行故得二萬劫壽餘行復得二萬劫壽以此倍前故得四萬劫壽上地更無無量行故壽不倍一說如是第二師說者謂彼空識二處各有定慧二種行故壽命相倍定得一萬劫壽慧行復得一萬劫壽命故合得二萬劫壽識處定行得二萬劫壽慧行復得二萬劫壽以此倍前故得四萬劫壽上之二地但有定行而無慧行是故壽命不復相倍二說如是第三師說者謂彼四無色處定壽報分各唯有其二萬劫壽由有離欲不離欲不離欲故是故壽命有倍不倍空處地中以其未離自地欲故是故但有二萬劫壽識處地中二萬劫者是其定壽由離空處欲故復得二萬劫以此倍前故得四萬劫壽無所有處二萬劫者是其定壽由離空識二處欲故復四萬劫壽非想非非想地中二萬者是其定壽由離下之三地欲故復得六萬劫壽以如斯義是故非想非非想地中得其八萬劫壽三說如是義顯於斯也

住處部第九

問曰諸天住處其義云何答曰如婆沙論說天雖有三十二住處但有二十八重以彼四空絕離形報故無別處遍在欲色二界之中但隨欲色二界衆生成就四空無色業者隨大乘說有色也其二十八重者謂須彌山根

從地上升去地四千由旬繞山縱廣一萬由旬是堅手天於中止住復上升一倍繞山八千由旬是彼持華鬘天於中止住復上一倍繞山四千由旬是彼常放逸天於中止住復上一倍繞山四千由旬是彼日月星宿天於中止住復上一倍繞山四千由旬是彼四天王天於中止住(其中由有七種金是四天王城聚落悉在其中)復上升四萬由旬至須彌山頂縱廣四萬由旬其中有善見城縱廣一萬由旬面别有其千門三十三天於中止住即從此山升虛空四萬由旬有處如雲七寶所成其猶大地是炎摩天於中止住復上一倍有地如雲七寶所成是兜率陀天復上一倍有地如雲七寶所成是化樂天復上一倍有地如雲七寶所成是化自在天如是乃至色界究竟天皆悉有地如雲七寶所成相去皆倍不煩具說依順正理論云三十三天迷盧山頂其頂四面各二十千若據周圍數成八萬有餘師說面各八十千與下際四邊其量無别山頂四角各有一峯其高廣量各有五百有藥叉神名金剛手於中止住守護諸天於山頂中有宫名善見面二千半周萬踰繕那金城量高一踰繕那半其地平坦亦真金所成俱用百一雜寶嚴飾地觸柔輭如妬羅綿於踐蹋時隨足高下是天帝釋所都大城城有千門嚴飾壯麗門有五百青衣藥叉勇健端嚴長一踰繕那量各嚴鎧仗防守城門於其城中有殊勝殿種種妙寶具足莊嚴映蔽天宫故名殊勝面二百五十踰繕那周千踰繕那是謂城中諸可愛事城外四面四苑莊嚴是彼諸天共遊

戲處一衆車苑謂此苑中隨天福力種種車現二麤惡苑天欲戰時隨其所須甲仗等現三雜林苑諸天入中所玩皆同俱生勝喜四喜林苑極妙欲塵雜類俱臻歷觀無猒如是四苑形皆異方一一周千踰繕那量居各有一如意池面各五十踰繕那量八功德水彌滿其中隨欲四苑華鳥香林莊飾業果差別難可思議天福城外西南角有大善法堂三十三天時集辯論制伏阿素洛等如法不如法事起世經云佛告比丘以何因緣諸天會處名善法堂三十三天集會坐時於中唯論微細善語深義稱量觀察皆是世間諸勝要法眞實正理是以諸天稱爲善法堂又何因緣名波婁沙迦苑隋言麤澀三十三天王入巳坐於賢及善賢二石之上唯論世間麤惡不善戲謔之語是故稱波婁沙迦又何因緣名雜色車苑三十三天王入巳坐於雜色善雜色二石之上唯論世間種種雜色相語言是故稱爲雜色車苑又何因緣名雜亂苑三十三天常以月八日十四日十五日放其宮內一切采女入此園中令與三十三天衆合雜嬉戲不生障隔恣其歡娛受天五欲具足功德遊行受樂是故諸天共稱此園爲雜亂苑又何因緣彼天有園名爲歡喜三十三天王入其中巳坐於歡喜善歡喜二石之上心受歡喜復受極樂是故諸天共稱彼園以爲歡喜又何因緣名波利夜怛邏拘毗陀羅樹彼樹下有天子住名曰末多日夜常以彼天種種五欲功德具足和合遊戲受樂是故諸天遂稱彼樹以爲波利夜怛邏拘毗陀羅樹

廣狹部第十

問曰天量廣狹云何答曰如婆沙論說須彌山頂面别縱廣八萬四千由旬其中平可居處但有四萬由旬炎摩天倍前四萬其地縱廣八萬由旬如是乃至他化自在天處次第倍前其地縱廣六十四萬由旬四禪之地廣狹不定有其兩說第一說者初禪廣如一四天下二禪如小千世界三禪如中千世界四禪廣如大千世界第二說者初禪如小千世界二禪廣如中千世界三禪廣如大千世界第四禪地寬廣無邊不可說其分齊(諸師評之第二說是)問曰初禪廣如小千世界乃至第四禪地廣無邊者未知於他大千之上爲當共有初禪梵天乃至共有色究竟天爲當於彼一一四天下上各各别有初禪梵天乃至别有色究竟天耶答曰如樓炭經說一一四天下上各各别有皆悉不同故彼說云三千世界之中有百億四天下須彌大海鐵圍四天王天乃至各說百億色究竟天此文斯顯無勞致惑又如順正理論云小者是卑下義以除上故如截角牛積小成餘亦非攝彼問曰既彼一一四天下上乃至各有色究竟天者是則處别可不相障礙耶答曰雖各有百億同居一處而不妨礙其猶光明迭相涉入相遍到亦無障礙彼亦如是以彼色細妙故故經中說色界諸天下來聽法六十諸天共坐一鋒之端而不迫窄都不相礙以斯文驗何所致疑矣(故義譬云初禪如鄉二禪如縣三禪如州四禪如國)

莊飾部第十一

如智度論云須彌山高三百三十六萬里四

寶所成東面黄金西面白銀南面瑠璃北面玻瓈四邊繞山半有遊乾陀山谷高四萬二千由旬四天王各居一山長阿含經云北面天金所成光照北方西面天水精所成光照西方東面天銀所成光照東方南面天瑠璃所成光照南方智度論云四天王各居其城東方城名上賢南方城名善見西方城名周羅北方城有三一名可畏二名天敬三名衆歸又長阿含經云般遮翼白世尊言一時忉利諸天集善法堂有所講論時四天王隨其方面各當位坐提頭賴吒天王在東方坐其面西向帝釋在前毗樓勒乂天王在南方坐其面北向帝釋在前毗樓博乂天王在西方坐其面東向帝釋在前毗沙門天王在北方坐其面南向帝釋在前時四天王皆先坐已然後我坐又立世阿毗曇論云如忉利天善見大城周圍四萬十千由旬純金爲城之所圍繞高十由旬城上埤堄高半由旬門高二由旬其外重門高一由旬半十十由旬有一門城之四面爲千門樓是諸城門衆寶所成種種摩尼之所嚴飾於大城四分之一中央金城帝釋住處十二由旬有二門四面四百九十九門復有一小門凡五百門是城形相亦衛四兵栅塹樹池雜林宫殿作倡伎樂及諸外戲種種寶莊不可具述是城中央寶樓重閣名皮禪延多樓長五百由旬廣二百五十由旬周迴一千五百由旬其閣四邊却敵寶樓東邊二十六所三面各二十五所凡一百一所一一却敵方二由旬周迴八由旬其却敵上復有寶樓高半由旬以爲觀望一

一却敵有七女天一一女天有七采女樓閣之内有萬七百房室一一房室有七天女一一天女采女亦七其天女者並是帝釋正妃其外却敵及内諸房凡四億九萬四千九百正妃三十四億六萬四千三百采女妃及采女合有三十九億五萬九千二百皮禪延多重閣最上當中央圓室廣三十由旬周廻九十由旬高四十五由旬是帝釋所住之處並是瑠璃所成衆寶廁填又雜阿含經云帝釋宫中有毗闍延堂有百樓觀有七重重有七房房有七天后后各七侍女尊者大目揵連遊歷小千界無有如是堂觀端嚴如毗闍延堂者依起世經云其天宫城内雕飾受欲歡樂不可具説如是説如是處者釋提桓因與阿脩羅女舍脂共住帝釋化身與諸妃共住一切諸妃作是思惟帝釋與我共住真身與舍脂共住是其城内四邊住處衢巷市鄽並皆調直是諸天城隨其福德屋舍多少衆寶所成平正端直是天城路數有五百四陌相通行列分明皆如基道四門通達東西相見巷巷市鄽寶貨盈滿其中天上有其七市第一穀米市第二衣服市第三衆香市第四飲食市第五華鬘市第六工巧市第七婬女市處處並有市官是諸市中天子天女往來貿易商量貴賤求索增減稱量斷數具市鄽法雖作是事以爲戲樂無取無與無我所心脫欲所須便可提去若樂相應隨意而取若不相應便作是言此物奇貴非我所須市中間路輭滑可愛衆寶莊嚴懸諸天衣竪立幢旛音樂等聲恒無斷絶又有聲言善哉善來願

食欲飲我今供養是善見大城帝釋住處復有天州天郡天縣天村周帀徧布自外諸天處寶莊嚴香樂隨處盈滿受報快樂不可録盡矣善見大城北門之外經二十由旬有大園林名曰歡喜周廻一千由旬此中有池亦名歡喜方百由旬深亦如是天水盈滿四寶爲塼壘其底岸城東門外有園名曰衆車有池名質多羅城南門外有園名之惡口池亦同名城西門外有園名雜園池亦同名園池大小並同前說華果鳥林種種翔鳴綺飾莊嚴不可述盡

奏請部第十二

如立世阿毗曇論云時帝釋將諸天衆欲園遊戲至善法堂諸天圍繞恭敬入園善法堂内最中柱邊有師子座帝釋昇座左右二邊各十六天王行列而坐其餘諸天隨其高下依次而坐時天帝釋有二太子一名栴檀二名脩毗羅是忉利天二大將軍在三十三天左右而坐時提頭賴吒天王依東門坐共諸大臣及與軍衆恭敬諸天得入中坐時毗留勒叉天王依南門坐共諸大臣及軍衆恭敬諸天得入中坐時毗留博叉天王依西門坐時毗沙門天王依北門坐並如前見得入中坐是四天王於善法堂世間善惡奏聞帝釋及忉利天時佛世尊說如是事是月八日四天王大臣遍行世間次第觀察當於今日若多若少受持八戒若多若少皆行布施若多若少修福德行若多若少恭敬父母沙門婆羅門家内尊長月十四日十五日亦如是若無多人受持八戒布施恭敬爾時四王往善法堂所諮問帝釋說如是事是時諸天帝釋聞此事已

生憂惱心說如是言是事非善非法家中諸天尊長諸天眷屬方應減損修羅伴侶日向增多若受持八戒布施修福恭敬沙門尊長等四王諮問諸天帝釋心生歡喜說如是言是事甚善如法諸天眷屬日向滋多脩羅伴侶稍就減少故引佛說祇夜偈言

是四王大臣　八日巡天下　四天王太子
十四觀世間　十五時最勝　四王好名聞
故自行世間　觀察諸善惡　是世間人意
與道法相應　善尊有多人　行施受布薩
伏瞋能修道　男女福增益　是時忉利天
得信甚歡喜　數數生隨喜　四天王善說
諸天樂眷屬　轉轉得增多　願脩羅伴侶
日日就損減　隨憶念正覺　法王說聖衆
諸天安樂住　心常生歡喜　世果出世果
人道所能得　善於佛法僧　住於三寶境
我今爲汝等　說三賢善道　若人求眞實
捨惡修行善　有如是寶貨　由少能獲多
如諸忉利天　行小善生天　帝釋等諸天
大福德名聞　聚集善法堂　及諸餘住處
男女善行者　四王所奏聞　清淨天所愛
重習遍諸天

通力部第十三

依樓炭經云在欲色二界中間別有魔宮其魔懷嫉譬如石磨磨壞功德也縱廣六千由旬宮牆七重一切莊嚴猶如下天上來七天具有十法一飛來無限數二飛去無限數三去無礙四來無礙五天身無有皮膚體筋脉血肉六身無不淨大小便利七身無疲極八天女不產九天目不瞬十身隨意好青則青

好黃則黃好餘色亦爾又有十事一飛行無極二往還無極三天無盜賊四不相說身善惡五無有相侵六諸天齒等而通七髮紺青色澤長八尺八天人青色髮亦青色九欲得白者身即白色十欲得黑色身即黑色起世經亦云一切諸天有十別法何等爲十一諸天行時來去無邊二諸天行時來去無礙三諸天行時無有遲疾四諸天行時足無蹤跡五諸天身力無患疲勞六諸天之身有形無影七一切諸天無大小便利八一切諸天無洟唾九諸天之身清淨微妙無皮肉筋脉脂血髓骨十諸天之身欲現長短青黃赤白大小麤細隨意悉能並皆美妙端嚴殊絶令人愛樂一切諸天有此十種不可思議又諸天身充實洪滿齒白方密髮青齊整柔輭潤澤身有光明及有神力騰虛飛遊眼視無瞬瓔珞自然衣無垢膩

如順正理論云四天王衆昇見三十三天非三十三天昇見夜摩天等然彼若得定所發通一切皆能昇見於上或依他力昇見上天謂得神通及上天衆引接往彼隨其所應或上天來亦能見若上界地來向下時非下化身下眼不見非其境界故如不覺彼觸故上界地來向下時必化下身爲令下見地居天立世阿毗曇論云閻浮提人若離通力及因他功力不能見障外等色餘三洲人若離他功力則不能見障外等色六欲諸天若離神通及他功力於自處所不能通見障外之色若遠觀時唯見鐵圍山內不能見於山外之色大梵天王於自宮殿若離神通及他功力

不能得見障外等色若遠觀時唯見一千世界之内

身光部第十四

依智度論云諸天業報生身光者欲界諸天身常光明以燈燭明珠等施及持戒禪定等清淨故身常光明不須日月所照色界諸天行禪離欲修習火三昧故身常出妙光明勝於日月及欲界果報光明離欲天取要言之是諸光明皆由心清淨故得若論釋佛常光明面各一丈諸天光明大者雖無量由旬於丈光邊蔽而不現又優婆夷淨行經云佛告毗舍佉如來有六種光明何謂爲六一青光二黄光三赤光四白光五紅光六紫光光色照明是名如來六種光明又長阿含經云佛告諸比丘螢火之明不如燈燭之明燈燭之明不如炬火炬火之明不如積火積火之明不如四天王四王宮殿衣服身光不如三十三天乃至展轉色究竟天光明不如自在天光明自在天光明不如佛光明從螢光明至佛光合集爾所光明不如苦諦集諦滅諦道諦光明是故諸比丘欲求光明者當求苦集滅道光明又人有七色云何爲七有人金色有人火色有人青色有人黄色有人赤色有人白色有人黒色有諸天阿須倫有七色亦復如是又立世阿毗曇論云閻浮提衆生色身種種不同東弗婆提西瞿耶尼人唯除黒色餘色同閻浮提人北欝單越一切人民悉皆白淨四天王有四種色有紺有赤有黄有白一切欲界諸天色皆亦復如是云何諸天色有四種如初受生時若見紺華則紺色餘

皆如是也

市易部第十五

依起世經云閻浮提人所有市易或以錢寳或以穀帛或以衆寳瞿陀尼人所有市易或以牛羊或摩尼寳弗婆提人所有市易或使財帛或以五穀或摩尼寳欝單越人無復市易所欲自然如起世經云欲界諸天如四天王天三十三天皆有市易遊觀悅神其實不同世人如前所述

婚禮部第十六

如起世經云餘三天下悉有男女婚嫁之法欝單越人無我我所樹枝若垂男女便合無復婚嫁諸龍金翅鳥阿脩羅等皆有婚嫁男女法式略如人間六欲諸天及以魔天皆有嫁娶略說如前從此以上所有諸天不復婚嫁以無男女異故四天下人若行欲時二根相到流出不淨一切諸龍金翅鳥等若行欲時二根相到但出風氣即得暢適無有不淨三十三天行欲之時根到暢適亦出風氣如前龍鳥無異夜摩天執手成欲兜率陀天憶念成欲化樂天熟視成欲他化自在天共語成欲魔身諸天相看成欲並得暢適成其欲事又立世論云四天王天若索天女女家許已乃得迎接或貨或買欲界諸天亦復如是閻浮提人及餘三洲四天王天忉利天等要須和合成欲夜摩天相抱爲欲兜率天執手爲欲化樂天共笑爲欲他化天相視爲欲西瞿耶尼人受諸欲樂兩倍勝於閻浮提人如是展轉乃至他化自在天受欲兩倍勝於化樂天餘四洲人並有慝食者有胎長者四天

王處諸女天等無有惡食無有胎長者亦不生兒亦不抱兒男女生時或於膝上或於眠處皆得生兒若於女處者天女作意此是我兒天男亦言此是我兒則唯一父一母若於父膝眠處生者唯有一父而諸妻妾皆得爲母亦有修行至死無欲四天王天生欲事無量無數亦有修行至死無欲一切欲界諸天亦爾凡一切女人以觸爲樂一切男子不淨出時以此爲樂欲界諸天泄氣爲樂又新婆沙論云引契經說劫初時人無男女根形相不異後食地味男女根生由此便有男女相異色界離段食故無此二根有說男女二根欲界有用非於色界是故彼無鼻舌二根欲界有用非於色界是故彼問色界天衆爲女爲男答應作是說彼皆是男雖無男根而有餘丈夫相又能離染故說男也

飲食部第十七

如起世經云一切衆生有四種食以資諸大得自住持何等爲四一麤段及微細食二觸食三意思食四識食何等衆生應食麤段及微細食如閻浮提人等飯麨豆肉等名爲麤段食按摩澡浴拭膏等名爲微細食自外三洲下人及六欲諸天等並以麤微細爲食自此已上色界無色天並以禪悅法喜爲食無復麤段微細食也問曰何等衆生以觸爲食答曰一切卵生得身故以觸爲食何等衆生以思爲食若有衆生意思資潤諸根增長如魚鼈蛇蝦蟆伽羅瞿陀等及餘衆生以意思潤益諸根壽命者此等皆用思爲食何等衆生以識爲食所謂地獄衆生及無邊識處天

等皆用識持以爲其食四天王天並食須陀味朝食一撮暮食一撮食入體已轉成身是須陀味園林池苑並自然生是須陀味亦能化作佉陀摩尼等八種飲食一切欲界諸天食亦如是色界諸天從初禪乃至遍淨以喜爲食無色界已上諸天以意業爲食問曰諸天飲食云何答曰如經說云欲界諸天隨其貴賤好惡不同其福厚者隨其所思無不具足飲則甘露盈杯食則百味俱至其福薄者雖有飲食恒不稱心以不足故猶下食來故經云譬如諸天共寶器食隨其福德飯色有異上者見白中者見黃下者見赤色界諸天以禪悅爲味若以四食言之唯有觸食法也

僕乘部第十八

問曰諸天僕乘云何答曰如經說云如欲界六天有僕乘僕諸僕從乘謂騎乘以六欲天皆有君臣妻妾尊卑上下卑必從尊下必隨工乘者以六欲天皆有雜類畜生諸天欲遊隨意乘之或乘象馬或乘孔雀或乘諸龍若依婆沙論說忉利天已下具有象馬鳧鴈鴛鴦孔雀龍等自炎摩天已上悉無象馬四足衆生唯有教放逸鳥實語鳥赤水鳥等訶責諸天誡不放逸問曰若無象馬四足衆生彼天欲遊何所乘耶答曰即如論說還自釋言雖無象馬諸天欲出以福力故即有象馬隨心化起任意所乘乘竟化滅此教放逸鳥等遍在六欲天皆悉有之常與諸天爲師訶責放逸不唯炎摩已上偏獨有也問曰此鳥既是畜生何得與天爲師答如正法念經說此鳥本爲人時於三天下教化之師諸天本是

所化衆生由信受化故布施持戒今得生天其鳥本爲師時爲名利故破戒其心不實今作天鳥然由教化微善力故今得生天由本化師故與諸天爲師若見諸天放逸即來訶責諸天見聞各生慚愧改不放逸

眷屬部第十九

問曰諸天眷屬多少云何答曰如論云色界諸天不可說甚多謂彼諸天非男非女無相疋配生則化起死還化滅依正兩報宫殿自隨以禪定爲樂不可說其眷屬多少也欲界諸天則有男女相疋配故大吉義呪經云護世四王典領四方提頭賴吒天王領乾闥婆衆毗留博叉天王領究槃荼衆毗留勒叉天王領諸龍衆毗沙門天王領夜叉衆此之四王各有九十一子姿貌端正有大威力皆名曰帝此天王合有三百六十四子能護十方有釋提桓因典領四維大梵天王典領上方叉智度論云一切山河樹木土地城郭一切鬼神皆屬四天王管故皆隨從共來是諸鬼神中有不得般若經卷者故來至般若波羅蜜處供養禮拜亦爲利益其忉利天已上眷屬轉多不可具說數也如忉利天已下眷屬多者如帝釋具有九十億那由他天女并有千子及有諸臣無量共爲眷屬故經偈云帝釋普應諸天女九十二億那由他天女各各自謂言天王獨與我娛樂乃至少者猶有一萬天女以爲眷屬更不減此也

貴賤部第二十

問曰諸天貴賤云何答初欲界六天皆有貴賤以有君臣民庶妻妾別故如帝釋天中帝

釋為君三十二天為臣自餘天衆是民女中悅意夫人是后諸餘天女是妾自餘五天類皆如此色界之中唯局初禪三天有貴有賤大梵天是君梵輔是臣梵衆是民自此已上諸天受報同等更無貴賤也

貧富部第二十一

問曰諸天貧富云何答曰如正法念經說如炎摩天已上乃盡色界諸天貧富皆等忉利天已下報有厚薄貧富之別其福厚者一切具足果報有餘其薄福者雖有衣服七寶宮殿食常不足故彼經說曾有薄福諸天以患飢故下來至此閻浮人中摘酸棗而食人見形殊遂怪問之彼則答言我非是人我薄福諸天雖有宮殿上妙衣服食常不足故故來於此摘棗食之汝不須怪廣如經說由前修戒忍等然不行施

送終部第二十二

如四天王天乃至阿迦尼吒天眷屬死不送不燒不棄不埋如光焰沒無有屍骸以化生故四天王天自殺令他殺死不食肉忉利諸天亦然夜摩天上至阿迦尼吒天不自殺生亦不令他殺死不食肉以化生故死無遺質也頌曰

三界擾擾　六道茫茫　往還不已　受苦未央
報纏斯逼　楚痛分張　寔由惡業　感此危亡
焉知溺水　詎識舟航　甚累重擔　夫翥翱翔
願出穢土　遊息淨方　一念歸正　萬壽無疆

法苑珠林卷第三

音釋

蟣居里切 穬古猛切 銖市朱切十黍重曰銖 鎧苦亥切甲也 謔虛約切戲調也 邏郎佐切 窄側革切狹也 埤堄埤匹計切堄五計切埤堄城上女牆也 塹七豔切遶城水也 貿莫候切市易也 洟他計切鼻液也 唾湯卧切口液也 髓息委切骨中脂也 積資四切聚也 翥陟慮切飛舉也

法苑珠林卷第四

唐西明寺沙門釋道世撰

日月篇第三此有一十三部

述意部第一

若夫世界未成之前二儀尚昧衆生貯糧之後三光乃照動寶意之深慈啓吉祥之幽思御陽精而澄流駕陰魄而騰暉馳風驛而運行應琁璣而合度紀寒暑於三際繫朝夕於四洲雖歷象於上天亦表徵於下土至若德契元良驅輪黃道義乖魚水轉鏡玄途三舍可迴奬善言而劾祉五重時現示兆民而肅蕤仰鑒玄文俯躬懲勸日月之用其大矣哉

星宿部第二

如大集經云爾時娑伽羅龍王白殊致羅婆菩薩言大士是星宿者本誰所說誰作大聖小星誰作日月何日之中何星在先於虛空中復誰安置三十日月十二月年云何爲時繫屬何處姓何字誰何善何惡何食施若爲是晝是夜日月星宿復若爲行等汝於諸聖中第一最尊願愍我龍具足解說我等聞已脫苦奉行爾時殊致羅婆菩薩告諸龍言過去世時此賢劫初有一天子名曰大三摩多端正少雙才智聰明以正行化常樂寂靜不樂愛染常樂潔身王有夫人多貪色慾王既不幸無處遂心曾於一時見驢命群根相出

見慾心發動脫衣就之驢見即交遂成胎藏月滿生子頭耳口眼悉皆似驢唯身類人而復麤澀駮毛被體與畜無殊夫人見之心驚怖畏即便委棄投於厠中以福力故處空不墜時有羅刹婦名曰驢神見兒不污念言福子遂於空中接取洗持將往雪山乳哺畜養猶如已子等無有異及至長成教服仙藥與天童子日夜共遊復有大天亦來愛護此兒飲食甘果藥草身體轉異福德莊嚴大光照曜如是天衆同共稱美號爲佉盧虱吒（漢言驢脣）大仙聖人以是因緣彼雪山中并及餘處悉皆化生種種好華好果好藥好香種種清流種種好鳥在所行住普皆豐盈以此藥果資益因緣其餘形容麤相悉轉身體端正唯脣似驢是故名爲驢脣仙人是驢脣仙人學於聖法經六萬年翹於一脚日夜不下無有倦心天見大仙受如是苦時諸梵衆及帝釋天并餘上方欲色界等和合悉來禮拜供養乃至龍衆脩羅夜叉一切雲集所有仙聖修梵行人皆來到此驢脣聖人邊覲設供養已合掌問言大仙聖人欲求何等唯願爲我諸天說之若我能即當相與終不恡惜爾時驢脣聞是語已內心慶幸答諸天言必能稱我情所求者今當略說我念宿命過去劫時見虛空中有諸列宿日月五星晝夜運行而守常度爲於天下而作照明我欲了知分別識解暗瞑故不憚劬勞此賢劫初無如是事汝等一切諸天龍神憐我故來願說星辰日月法用猶如過去置立安施造作便宜善惡好醜如我所願具足說之一切天言大德仙人其

事甚深非我境界若爲憐愍一切衆生如過去時願速自說爾時佉盧虱吒仙告一切天言初置星宿昴爲先首衆星輪轉運行虛空告諸天衆說昴爲先首其事是不爾時日天而作是言此昴宿者常行虛空歷四天下恒作善事饒益我等知彼宿屬於火天是時衆中有一聖人名大威德復作是言彼昴宿者我妹之子其星有六形如似剃刀一日一夜歷四天下行三十時屬於大天姓鞞耶尼屬彼宿者祭之用酪復次置畢爲第二宿屬於水天姓頗羅墮畢有五星形如立义一日一夜行三十五時屬畢宿者祭用鹿肉復次置觜爲第三宿屬於月天即是月天子姓毗黎伽耶尼星數有三形如鹿頭一日一夜行十五時屬觜宿者祭用根及果復次置參爲第四宿屬於日天姓婆利失絺其性大惡多於瞋忿止有一星如婦人黶一日一夜行三十五時屬參宿者祭用醍醐復次置井爲第五宿屬於日天姓婆私失絺其於有兩星形如脚跡一日一夜行十五時屬井宿者以粇米華和蜜祭之復次置鬼爲第六宿屬歲星天歲星之子姓炮波那毗其性温和樂修善法其有三星猶如諸佛胷滿相一日一夜行三十時屬鬼宿者亦以粇米華和蜜祭之復次置柳爲第七宿屬於蛇天即姓蛇氏止有一星如婦人黶一日一夜行十五時屬柳星者祭用乳糜

右此七宿當於東門

復次置南方第一之宿名曰七星屬於火天姓賓伽耶尼其有五星形如河岸一日一夜

行三十時屬此星者宜用粇米烏麻作粥祭之復次置張爲第二宿屬福德天姓瞿曇彌其星有二形如人之脚跡一日一夜行三十時屬張宿者將毗羅婆果以用祭之復次置翼爲第三宿屬於林天姓憍陳如其有二星形如脚跡一日一夜行十五時屬翼星者用青黑豆煑熟祭之復次置軫爲第四宿屬沙毗黎帝天姓迦遮延蝎仙人子其星有五形如人手一日一夜行三十時屬軫星者作莠稗飯而以祭之復次置角爲第五宿屬喜樂天姓質多羅延尼乾闥婆子止有一星如婦人黶一日一夜行十五時屬於角者以諸華飯而祭之復次置亢爲第六宿屬摩姑羅天姓迦旃延尼其有一星如婦人黶一日一夜行十五時屬亢星者當取蒜豆和酥蜜煑以用祭之復次置氐爲第七宿屬於火天姓些者利多耶尼一日一夜行三十五時屬氐宿者取種種華作食祭之

右此七宿當於南門

復次置西方第一之宿其名曰房屬於慈天姓阿藍婆耶尼房有四星形如瓔珞一日一夜行三十時屬房宿者以酒肉祭之次復置心爲第二宿屬帝釋天姓羅延那心有三星形如大麥一日一夜行十五時屬心星者以粇米粥而用祭之次復置尾爲第三宿屬獵師天姓迦遮耶尼尾有七星形如蝎尾一日一夜行三十時屬尾星者以諸果根作食祭之次復置箕爲第四宿屬於水天姓持叉迦旃延尼箕有四星形如牛角一日一夜行三十時屬箕宿者取尼拘陀皮汁祭之次復置

斗爲第五宿屬於火天姓摸伽邏尼斗有四星如人拓地一日一夜行四十五時屬斗宿者以粇米華和蜜祭之次復置牛爲第六宿屬於梵天姓梵嵐摩牛有三星形如牛頭一日一夜行於六時屬牛宿者以醍醐而用祭之次復置女爲第七宿屬毗紐天姓帝利迦遮耶尼女有四星如大麥粒一日一夜行三十時屬女宿者以鳥肉祭之

右此七宿當於西門

次復置北方第一之宿名爲虛星屬帝釋天娑婆天子姓憍陳如虛有四星其形如鳥一日一夜行三十時屬虛星者以烏豆汁而用祭之次復置危爲第二宿屬多羅拏天姓單那尼一日一夜行十五時屬此危宿者以粇米粥而用祭之次復置室爲第三宿屬蛇頭天蝎天之子姓閣都迦尼拘室有二星形如脚跡一日一夜行三十時屬室宿者以肉血祭之次復置壁爲第四宿屬林天婆婁那子姓陀難闍壁有二星形如脚跡一日一夜行四十五時屬壁星者以肉祭之次復置奎爲第五宿屬富沙天姓阿虱吒排尼奎有一星如婦人黶一日一夜行三十時屬奎宿者以酪祭之次復置婁爲第六宿屬乾闥婆天姓阿舍婆婁有三星形如馬頭一日一夜行三十時屬婁星者以大麥飯并肉祭之次復置胃爲第七宿屬閻摩羅天姓跋伽毗胃有三星形如鼎足一日一夜行四十時屬胃宿者以粇米烏麻及以野棗而用祭之

右此七宿當於北門

此二十八宿有五宿行四十五時所謂畢參

氐斗壁等二十八宿言義廣多特難深趣故不具宣我今略說是宿時同聞諸天皆悉歡喜爾時盧虱吒仙人於大衆前合掌說言如是安置日月年時（此置日月年時經向一卷以文多故不錄之）大小星宿何者名爲有六時耶答曰正月名暄暖時三月名種作時五月六月名求降雨時七月八月名物欲熟時九月十月名寒凍之時十一月十二月合此十二月大雪之時是十月分爲六時又大星宿其數有八所謂歲星熒惑星鎭星太白星辰星日星月星荷邏候星又小星宿有二十八所謂從前昴至胃諸星是也我作如是次第安置汝等皆得見聞於意云何爾時一切天人仙人阿脩羅龍及那羅等皆悉合掌咸作是言如今天仙於天人間最爲尊重乃至諸龍及阿脩羅無能勝者智慧慈悲最爲第一於無量劫不忘憐愍一切衆生故獲福報一切天人之間無有如是智慧之者如是法用更無衆生能作是法皆悉隨喜安樂我等善哉大德安隱衆生是時佉盧虱吒仙人復作是言此十二月一年始終如此方便大小星等刹那時法皆已說竟又復安置四天大王於須彌四方面所各置一王是諸方所各饒衆生是時一切大衆皆稱善哉歡喜無量是時天龍夜叉阿脩羅等日夜供養復於後過無量世更有仙人名伽力出現於世後更別說置於星宿小大月法時節要略（見如經說）今且列二十八宿所屬不同各有靈衞故大集經云爾時佛告娑婆世界主大梵天王釋提桓因四天王言過去天仙　云何布置諸宿曜辰攝護國土養育衆

生大梵天王等而白佛言過去天仙分布安置諸宿曜辰攝護國土養育衆生於四方中各有所主東方七宿一者角宿主於衆鳥二者亢宿主於出家求聖道者三者氐宿主水主衆生四者房宿主行車求利五者心宿主於女人六者尾宿主洲渚衆七者箕宿主於陶師南方七宿一者井宿主於金師二者鬼宿主於一切國王大臣三者柳宿主雪山龍四者星宿主巨富者五者張宿主於盜賊六者翼宿主於商人七者軫宿主須羅吒國西方七宿一者奎宿主行船人二者婁宿主於商人三者胃宿主於婆樓迦國四者昴宿主於水牛五者畢宿主一切衆生六者觜宿主鞞提訶國七者參宿主於剎利北方七宿一者斗宿主澆部沙國二者牛宿主於剎利及安多鉢竭那國三者女宿主鴦伽摩伽陀國四者虛宿主那遮羅國五者危宿主著華冠六者室宿主乾陀羅國輸盧那國及諸龍蛇腹行之類七者壁宿主乾闥婆善樂者大德婆伽婆過去天仙如是布置四方諸宿攝護國土養育衆生爾時佛告梵王等言汝等諦聽我於世間天人仙中一切知見最爲殊勝亦使諸曜星辰攝護國土養育衆生汝等宣告令彼得知如我所分國土衆生各各隨分攝護養育分國多少各屬二十八宿問曰此之諸星形量大小云何答曰依增一阿含經云大星一由旬小星二百步樓炭經云大星圍七百里中星四百八十里小星二十里星是諸天宮宅瑜伽論云諸星宿中其星大者十八拘盧舍其中者十拘盧舍最小者四拘

盧舍述曰若依内經此諸星宿並是諸天宫宅内有天住依報所感福力光現若依俗書即云是石故宋時星落殞星如石或云非星是天河石落故俗書云天河共地河相連故河内時有石落如須彌象圖山經云天空有河名耶摩羅於虚空中行亦有大石小砂時有漏失即執爲星此非正經是俗所造妄述流行非是佛說唐貞觀十八年十月丙申後汾州并州文水縣兩界天大雷震空中雲内落一石下大如碓嘴脊高腹平其文水縣丞張孝静共汾州官同奏當時西域摩伽陀菩提寺長年師來到西京内外博知勑問答云是龍食二龍相諍故落下如石准此而言何必天落即云是星夫遥天之物非凡度量今人難知莫若天也俗云天爲精氣日爲陽精星爲萬物之精儒教所安也星有墜落乃爲石矣精若是石不可有光性又質重何所繫屬一星之徑大者百里一宿首尾相去數萬百里之物數萬相連闊狹縱斜常不盈縮又星與日月光色同耳但以大小差别不同然而日月又當石耶石既牢密烏兎焉容石在氣中豈能獨運日月辰宿若皆是氣氣體輕浮當與天合往來環轉不得背違其間遲疾理寧一等何故日月五星二十八宿各有度數移動不均寧當氣墮忽變爲石地既滓濁法應沉厚鑿土得泉乃浮水上積水之下復有何物江河百谷從何處生東流到海何爲不溢歸塘尾閭渠何所到沃焦之石何氣所然潮汐去還誰所節度天漢懸指那不散落水性就下何故上騰天地初開便有星宿九

州未畫列國未分翦壃區野若爲躔次封建以來誰所制割國有增減星無進退災祥禍福就中不差懸象之大列星之夥何爲分野止繫中國昴爲旄頭匈奴之次西胡東夷彫題交趾獨棄之乎以此而求迄無了者豈得以人事尋常抑必宇宙之外乎凡人所信惟耳與目自此之外咸致疑焉儒家說天自有數義或渾或蓋乍穹乍安計極所周苑維所屬若有親見不容不同若所測量寧足依據何故信凡人之臆說疑大聖之妙旨而欲必無恒沙世界微塵數劫乎而鄒衍亦有九州之談山中人不信有魚大如木海上人不信有木大如魚漢武帝不信弦膠魏人不信火布胡人見錦不信有蟲食樹吐絲所成吳人身在江南不信有千人氈帳及來河北不信有二萬石船皆實驗也如世有祝師及諸幻術猶能履火蹈刃種瓜移井倏忽之間千變萬化人力所爲尚能如此何況神通感應不可思量寳幢百由旬座化成淨土踊生妙塔乎

又王玄策西國行傳云王使顯慶四年至婆栗闍國王爲漢人設五女戲其五女傳弄三刀加至十刀又作繩技騰虛繩上著履而擲手弄三仗刀楯槍等種種關伎雜諸幻術截舌抽腸等不可具述

日宮部第三

依起世經云佛告諸比丘日天宮殿縱廣正等五十一由旬上下亦爾以二種物成其宮殿正方如宅遥看似圓何等爲二所謂金及玻瓈一面兩分皆是天金成清淨光明一面

一分是天玻瓈成淨潔光明有五種風吹轉而行何等爲五一名爲持二名爲任三名隨順轉四名波羅訶迦五名將行彼日天宮之前別有無量諸天於前而行時各常受樂皆名牢行（依長阿含經云日天宮牆地薄如華葩爲五風所持地）又日宮殿中有閻浮檀金以爲妙輦轝高十六由旬方八由旬莊嚴殊勝天子及眷屬在彼輦中以天五欲具足受樂日天子身壽五百歲子孫相承皆於彼治宮殿住持滿足一劫日天身光出照於輦輦有光明復照宮殿光明相接出已照曜遍四大洲及諸世間日天身輦及宮殿有一千光明五百光明傍行而照五百光明向下而照日天宮殿常行不息六月北行於一日中漸移北向六拘盧舍（依雜寶藏經有五里）未曾暫時離於日道六月南行亦一日中漸移南向六拘盧舍不差日道日天宮殿六月行時月天宮殿十五日中亦行爾許

月宮部第四

如起世經云佛告比丘月天子宮殿縱廣正等四十九由旬四面垣牆七寶所成月天宮殿純以天銀天青瑠璃而相間錯二分天銀清淨無垢光甚明曜餘之一分天青瑠璃亦甚清淨表裏映徹光明遠照亦爲五風攝持而行（五風如前）月天宮依空而行亦有無量諸天宮殿引前而行恒受快樂於此月殿亦有大輦青瑠璃成轝高十六由旬廣八由旬月天子身與諸天女在此輦中以天種種五欲功德和合受樂隨意而行彼月天子身壽五百歲子孫相承皆於彼治然其宮殿住於一劫彼月天子身分光明照彼青輦其輦光明照

月宮殿宮殿光照四大洲彼月天子有五百光向下而照有五百光傍行而照是故月天名千光明亦復名爲凉冷光明又何因緣月天宮殿漸漸現耶佛荅此月三因緣一背相轉二青身諸天形服瓔珞一切悉青常半月中隱覆其宮以隱覆諸月漸而現三從日天宮殿有六十光明一時流出障彼月輪以是因緣漸漸而現復何因緣是月宮殿圓淨滿足亦三因緣故令如是一爾時月天宮殿面相轉出二青色諸天一切皆青當半月中隱於十五日時形最圓滿光明熾盛譬如於多油中然火熾炬諸小燈明皆悉隱翳如是月宮十五日時能覆諸光三復次日宮殿六十光明一時流出障月輪者此月宮殿十五日時圓滿具足於一切處皆離翳障是時日光不能隱覆復何因緣月天宮殿於黑月分第十五日一切不現此月宮殿於黑月分十五日最近日宮由彼日光所覆翳故一切不現復何因緣名爲月耶此月宮殿於黑月分一日已云乃至月盡光明威德漸漸減少以此因緣名之爲月（西方一月分爲黑白初月一日至十五日名爲白月十六日已去至於月盡名爲黑月此方通攝黑月合爲一月也）復何因緣月宮殿中有諸影現此大洲中有閻浮樹因此樹故名閻浮洲其樹高大影現月輪又瑜伽論云由大海中有魚鼈等影現月輪故有其內有黑相現（依西國傳云過去有兔行菩薩行天帝試之索肉欲食捨身火中天帝愍之取其焦兔置於月內令未來一切衆生舉目瞻之知是過去菩薩行慈之身）

寒暑部第五

依起世經云復何因緣夏時生熱佛言日天宮殿六月之間向北行時一日常行六拘盧

舍未曾捨離日所行道但於其中有十因緣所有光明照觸彼十種山令其生熱復何因緣有諸寒冷日天宫殿六月已後漸向南行復有十二因緣能生寒冷於須彌山佉提羅迦山二山之間有須彌海闊八萬四千由旬周迴無量其中衆華悉皆徧滿香氣甚盛日天光明照觸彼海此是第一寒冷因緣第二伊沙陀羅山第三遊乾陀山第四善現山第五馬耳頭山第六尼民陀羅山第七毗那耶迦山第八輪圍大山第九閻浮洲中所有諸河流行之處日天照觸故有寒冷第十瞿陀尼洲諸河倍多第十一弗婆提諸河倍多第十二欝單越諸河倍多此之十二諸河流水日天光明照觸寒冷（前之生熱十二次前八山外第九是空中去地萬由旬有夜叉宫殿第十是四大洲山合為第十也）又立世阿毗曇論問言云何冬寒云何春熱云何夏時寒熱是冬時水界最長未減盡時草木由濕未萎乾時地大濕滑火大向下水界上昇所以知然深水最暖淺水則寒節已至日行路照炙不久陽氣在内食消則遠以是事故冬時則寒云何春熱時水界長起減已盡草木乾萎地已燥坼水氣向下火氣上昇何以知然深水則冷淺水則熱冬時已過日行内路照炙則久身内火羸故春熱云何夏時冷熱是大地八月日中恒受照炙大雲降雨之所灑散地氣蒸欝若風吹時蒸氣消已是時則寒若風不起是時則熱是故夏中有時寒熱（西方四月爲一時但立春夏冬故不立秋故立三時殿也）又起世經云以何因緣有諸河水流於世間佛告比丘以有日故有熱有熱故有炙有炙故有蒸有蒸故有汗濕

以汗濕故一切山中汗流爲水以成諸河

照用部第六

依長阿含經云劫初長成時天地大闇有大黑風吹大海水開取日以照天下著須彌半安日道中行旋繞四天下照燭衆生又起世經云爾時世間便成黑暗是時忽然出生日月及諸星宿便有晝夜年歲時節爾時日天昇大宮殿從東方出繞須彌山半腹而行於西方没已還從東出爾時衆生復見日天從東方出各相告言諸仁者還是日天光明宮殿再從東出右繞須彌當於西没第三見已亦相語言是天光明流行此也故有如是名字出又智度論云日月方圓五百由旬而今所見不過如扇處處經云佛語阿難人眼所見知四十二萬由旬人眼所見又立世阿毗曇云云何爲夜云何爲晝因月故夜因日故晝欲界者自性黑暗日光隱故是則爲夜日光顯故是則爲晝又起世經云佛告諸比丘若閻浮洲日正中時弗婆提洲日則始没瞿耶尼洲日則初出欝單越洲正當半夜若瞿耶尼洲日正中時此閻浮洲日則始没欝單越洲日正中時瞿耶尼洲日則始没弗婆提洲日則初出閻浮洲正當夜半若弗婆提洲日正中時欝單越洲日則始没閻浮洲中日則初出瞿耶尼洲正當半夜佛告比丘若閻浮洲人所謂西方瞿耶尼人以爲東方瞿耶尼人所謂西方欝單越人以爲東方欝單越人所謂西方弗婆提人以爲東方弗婆提人所謂西方閻浮洲人以爲東方南北二方亦復如是

虧盈部第七

依立世阿毗曇論云云何黑半云何白半由日黑半由日白半日恒逐月行一一日相近四萬八千八十由旬日日相離亦復如是若相近時日月圓被覆三由旬又一由旬三分之一以是事故十五日月被覆則晝是日黑半圓滿日日離月亦四萬八千八十由旬月日日開三由旬又一由旬三分之一以是事故十五日月則開淨圓滿世間則名白半圓滿日月若最相離行是時月圓世間則說白半圓滿日月若共一處是名合行世間則說黑半圓滿若日隨月後行日光照月光月光麤故被照生影此月影還自翳月是故見月後分不圓以是事故漸漸掩覆至十五日覆月都盡隨後行時是名黑半若日在月前行日日開淨亦復如是至十五日具足圓滿在前行時是名白半又起世經問言復有何因緣於冬分時夜長晝短佛答比丘日天宮殿過六月已漸向南行每於一日移六拘盧舍無有差失當於是時日天宮殿在閻浮洲最極南畨地形狹小日過速疾以此因緣於冬分時晝短夜長復何因緣於春夏時晝長夜短佛答云日天宮殿過六月已漸向北行每一日中移六拘盧舍無有差失異於常道當於是時在閻浮洲處中而行地寛行久所以晝長以此因緣春夏晝長夜分短促智度論云如阿鞞跋致品中所說日月歲節者日名從旦至日初分中分後分夜亦有三分一日一夜有三十時春秋分時十五時屬晝十五時屬夜餘時增減若五月至晝十八時夜十

二時十一月至夜十八時晝十二時一月或三十日半或三十日或二十九日半或二十七日半有四種月一者日月二者世間月三者月四者星宿月日月者三十日半世間月者三十日月月者二十九日加六十二分之三十星宿月者二十七日加六十分之二十一閏月者從日月世間月二事中出是名十三月或十三月名一歲是歲三百六十六日周而復始菩薩知日中分時前分已過後分未生中分無住處無相可取日分空空無所有到三十日時二十九日滅云何和合成日月無故云何和合而爲歲以是故佛言世間法如幻如夢但是誑心法菩薩能知世間日月歲和合能知破散無所有是名巧分別依經人多薄徧日月交變或有赤日赤月種種徵惡具如經說

昇雲部第八

依起世經云於世間中有四種雲一白二黑三赤四黃此四雲中若白色雲者多有地界若黑色雲者多有水界若赤色雲者多有火界若黃色雲者多有風界有雲從地上昇在虛空中一拘盧舍二三乃至七拘盧舍住或復有雲上虛空中一由旬乃至七由旬住或復有雲上虛空中百由旬乃至七百由旬住或復有雲從地上虛空千由旬乃至七千由旬住乃至劫盡長阿含經云劫初時有雲得至光音天依經雲亦多種或有五色慶雲而現或有赤雲黑雲種種而現不可盡說備如仁王經等具述也

震雷部第九

依起世經云佛告諸比丘或有外道來問汝云何因緣故虛空中有是聲耶汝應答云有

三因緣更相觸故雲聚空中有音聲出何者爲三一雲中風界與地界相觸著故便有聲出二於雲中風界與彼水界相觸著故即便聲出三於雲中風界與彼火界相觸著故即便聲出所以者何譬如樹枝相揩即有火出此亦如是依經雷亦多種或有雷車鼓鬼神桴打手擊故俗云稱爲天鼓於中亦有罪惡多者霹靂而死見受報也

擊電部第十

依起世經云佛告諸比丘或有外道來問汝云何因緣故虛空中忽生電光汝應答云有二因緣雲中出電何等爲二一東方有電名曰無厚南方有電名順流西方有電名墮光明北方有電名曰百生樹二者或有一時東方所出無厚大電與彼西方墮光明電相觸相對相磨相打以如是故從彼虛空雲聚之中出生大明名曰電光或復南方順流大電與彼北方百生樹大電相觸相對相磨相打以如是故出電光譬如兩木風吹相著忽然火出還歸本處依經文先有雷無電或先有電後雷相擊火出霹靂人物

降雨部第十一

依分別功德論云雨有三種一天雨二龍雨三阿脩羅雨天雨細霧龍雨甚麤喜則和潤瞋則雷電阿脩羅爲共帝釋鬬亦能降雨麤細不定依經雨亦多種或有無雲而雨或有先雲而雨或有因龍而雨或有不依龍而雨寔由衆生自業所感具如經說也

失候部第十二

如起世經云佛告諸比丘有五因緣能障礙雨令占師不測增長迷惑記天必雨而更不雨何者爲五一於虛空中雲興雷作伽荼伽荼瞿厨瞿厨等聲或出電光或有風吹冷氣

至如是種種皆是雨相諸占察人及天文師等悉尅此時必當降雨爾時羅睺阿脩羅王從其宮出便以兩手撮彼雨雲擲置海中此是第一雨障因緣占者不知而竟不雨第二有時虛空起雲雲中亦作伽荼等聲亦出電光復有風吹冷氣來時占者見相尅天降雨爾時火界增上力生即於其時雨雲燒滅此名第二雨障因緣占者不知而遂不雨第三有時虛空中起雲雲中亦作伽荼等聲亦出電光復有風吹冷氣來時占者見已記天必雨以風界增上力生則吹雲擲置於彼迦陵伽磧中或置諸曠野中或置摩連那磧地此名第三雨障因緣占者不知而遂不雨第四有諸衆生爲放逸污清淨行故天不降雨第五爲閻浮提人有不如法慳貪嫉妬邪見顛倒故天則不雨（此二作法並同前說長阿含經亦同相似）以此因緣相師迷惑占雨不定增一阿含經云日月有重翳使不得放光明何等爲四一者雲二者風塵三者煙四者阿須倫使覆日月不得放光明比丘亦有四結覆蔽人心不得開解一者欲結二者瞋恚三者愚癡四者利養覆蔽人心不得開解四分律亦有四種喻同前一者婬慾二者飲酒三者捉錢寶四者邪命有此四法亦令佛法不明了故頌曰

火氣上昇煙　雲氣霚靆雲　神龍吐津霧
颼埃坋人塵　酒爲放逸門　婬爲生死源
金銀生患重　邪命壞戒根

地動部第十三

依佛般泥洹經云阿難乂手問佛欲知地動幾事佛語阿難有三因緣一爲地倚水上水

倚於風風倚於空大風起則水擾水擾則地動二爲得道沙門及神妙天欲現感應故以地動三爲佛力自我作佛前後巳動三千日月萬三千天地無不感發夫人鬼神多得聞解又大方等大集念佛三昧經云一切大地六種震動一動遍動等遍動二震遍震等遍震三涌遍涌等遍涌四吼遍吼等遍吼五起遍起等遍起六覺遍覺等遍覺是六各三合十八相如是東涌西沒西涌東沒南涌北沒北涌南沒中涌邊沒邊涌中沒又立世阿毗曇論云佛告富樓那復有大神通威德諸天若欲震動大地即能令動若諸比丘有大神通及大威德觀地大相令小小相令大欲令地動亦能震動令地動有風名鞞嵐婆此風常吹俱動不息風力上昇有風下吹亦有傍動是風平等圓轉相持又智度論云地動有四種一火二龍三金翅鳥四天二十八宿等又諸羅漢諸天等亦能地動又增一阿含經云佛在舍衛城告諸比丘有八因緣而地大動此地深六十八千由延爲水所持水依虛空或復是時虛空風動而水亦動水動地便大動是初動也若比丘得神足所欲自在觀地如掌能使地大動是二動也若復諸天有大神足有大威力能使地動是三動也若復菩薩在兠術天欲降神下生是時地動是四動也若菩薩自知在毋胞中地爲大動是五動也若菩薩知滿十月當出毋胎地爲大動是六動也若菩薩出家於道場坐降伏魔怨終成等覺地爲大動是七動也若未來於無餘涅槃界而般涅槃地爲大動是八動也依經

地動亦有多種或有地動聖人出世有山動四果聖人出世或有諸佛菩薩出世或動一世界多世界亦有薄福衆生感得地動損破依正兩報具如經說

述曰自下略叙俗書天地初分陰陽形變之意謂有五重一元氣二太易三太初四太始五太素第一元氣者依河圖曰元氣無形匈匈蒙蒙偃者爲地伏者爲天禮統曰天地者元氣之所生萬物之祖皇甫士安帝王世紀曰元氣始萌謂之太初三五歷紀曰未有天地之時混沌如鷄子溟涬始可濛鴻滋分歲起攝提元氣啓肇帝系譜曰天地初起溟涬濛鴻即生天皇治萬八千歲以木德王列子曰夫有形者生於無形則天地安從生張虔注曰天地無所從生而自然生故有太易有太初有太始有太素變而爲一一變而爲七七變而爲九九者變之究也乃復變而爲一一者形變之始也清輕者上爲天濁重者下爲地沖和氣者爲人故天地含精萬物化生也故易上繫曰易有太極是生兩儀兩儀生四象四象生八卦八卦定其吉凶也春秋感精符曰人主與日月同明四時合信故父天母地兄日姊月父天於圓丘之禮也母地方澤之祭也兄日於東郊姊月於西郊春秋說題辭曰天之爲言填也居高理下爲人經群陽精也含爲太一分爲殊名故立字一大爲天春秋繁露曰天有十端天爲一端地爲一端陽爲一端陰爲一端土爲一端人爲一端金爲一端木爲一端水爲一端火爲一端凡十端天亦喜怒之氣哀樂之心與人相副以類合之天人一也春喜氣故生秋怒氣故殺夏樂氣故養冬哀氣故藏四者天人同有之爾雅曰穹蒼蒼天也李巡曰古時人質仰視天形穹隆而高其色蒼蒼故曰穹

蒼也春爲蒼天李巡曰春萬物始生其色蒼蒼故曰蒼天也夏爲昊天李巡曰夏萬物壯其氣昊昊故曰昊天也秋爲旻天李巡曰秋萬物成熟皆有文章故曰旻天旻文也郭景純曰旻猶愍愍萬物彫落也冬爲上天李巡曰冬陰氣在上萬物伏藏故曰上天郭景純曰言時無在上臨下而已也廣雅曰天圓廣南比二億三萬三千五百里七十五步東西短減四步周六億十萬七百里二十五步從地至天一億一萬六千七百八十一里半下度之厚與天高等孝經周天七衡六間日周天有七衡而六間者相去萬九千八百三十三里三分里之一合十一萬九千里從内衡以至中衡從中衡以至外衡各五萬九千五百里洛書甄曜度曰周天三百六十五度四分度之一又度爲千九百三十二里則天地相去十七萬八千五百里論衡曰日一日行一度一度二千里日晝行千里舒疾與騏驥之步相類也白虎通曰日行遲日行一度月行十三度十九分度之七日月徑千里又計日行路有其内外從極北至極南相去九百九十由旬經一百八十日日行從内至外又經一百八十日日行從外至内是故名行言日行六十里者由輪大故日逆天行以行遲故唯六十里是故一年有十二月六月北行六月南行總有三百六十度行路也白虎通曰月所以滿缺何歸功於日也三日成魄八日成光二八十六轉而歸功晦至朔旦受符復行也月有大小何天左旋日右行日行遲月行疾及日爲一月至二十九日未及七度即須三十日過七度日不可分故乍小明有陰陽即有閏月行周天三百六十五度四分度之一十二月日不帀十二度故三

年一閏五年再閏也明陰不足陽有餘閏者陽之餘也徐整長曆日月徑千里周圍三千里下於天七千里尚書者靈曜之日光照三十萬六千里又地說書日月照四十五萬里列子曰孔子東遊見兩小兒辯鬬問其故一小兒曰我以日始出去人近而日中時遠一小兒以爲日初出時遠而日中時近也一兒曰日初出大如車蓋及其中纔如槃蓋此不爲遠者小而近者大乎一小兒曰日初出滄滄涼涼及其中如探湯此不爲近者熱而遠者涼乎孔子不能決也兩小兒笑曰孰謂汝多智乎桓譚新論曰予小時聞閭巷言孔子東遊見兩小兒辯鬬問其故一兒曰我以日始出時近日中時遠一兒以日初出遠日中時近長水校尉關子陽以爲天去人上遠而四傍近以星宿昏時出東方其間甚疎相去丈餘夜半在上視之甚數相去唯一二尺日爲天陽火爲地陽地陽上昇天陽下降今置火於地從傍與上診其熱遠近不同乃差半焉日中在上當天陽之衝故熱於始出從太陽中來故涼西在桑榆大小雖同氣猶不如清朝也論衡曰夫日月不圓視若圓若圓者去人遠也夫日火精在地水火不圓在天火何故獨圓日月在天猶五星五星猶列星不圓光曜若圓何以明之春秋之時星霣宋都視之石也不圓是知日月五星亦不圓也論衡曰儒言日中有三足烏日者火也烏火中焦爛安得如立然烏日氣也詩推度災曰月日三日成魄八日成光蟾蠩體就決鼻始萌（宋均注曰決鼻兔也）春秋演孔圖曰蟾蠩月精也春秋

元命包曰陰精爲月日行十三度常詘任而受(受陽精也)受明精在内故金水内景河圖始開曰黄泉之埃上爲青雲青泉之埃上爲赤雲白泉之埃上爲白雲玄泉之埃上爲玄雲(淮南又載)河圖括地象曰崑崙山出五色雲氣易説卦曰巽爲風撓萬物者莫疾於風風以動之河圖帝通記曰風者天地之使也爾雅曰四時和爲通正謂之景風(李巡曰景風太平之風也)南風謂之颽風東風謂之谷風北風謂之涼風西風謂之太風焚輪謂之頹(郭朴注暴風從上下)扶摇謂之猋(從下上也)風與之爲忳(音屯忳感貌)囬風爲飄日出而風爲暴風而雨土爲霾(音埋)陰而風爲曀易稽覽圖曰降陽爲風降陽之動不鳴條易説卦曰震爲雷動萬物者莫大於雷河圖帝通記曰雷天地之鼓也左傳服二日藏氷以時則雷出震棄氷不用則雷不發而震春秋元命包曰陰陽合而爲雷師曠占曰春雷始起其音柏柏格其霹靂者所謂雄雷旱氣也其鳴依音音不大霹靂者所謂雌雷水氣也師曠占曰春分雨雷有音如雷非雷音在地中其所住者兵起其下無雷而雷名曰天狗行不出三年其國凶河圖始開圖曰激陽爲雷易稽覽圖曰陰陽和合其電耀耀也其光長春秋元命包曰陰陽激爲電史記天官書電者陰陽之動也穀梁傳曰隱公曰霆雷(謂急雷今之霹靂也)爾雅曰疾雷爲霆蜺(郭朴注曰雷之急激者謂之霹靂也)説文曰震霹靂震動也釋名曰霹靂折也震戰也所擊輒破若攻戰也異苑曰沙門釋慧遠棲神廬嶽嘗有遊龍翔其前遠公有奴以石擲中仍騰躍上昇有頃風飈燁公知是龍

之所興登山燒香會僧齋聲唱偈於是霹靂迴向投龍之石雲雨乃除異苑曰乞佛虜凶虐暴惡賁中霹靂其挺引身出外題背四字表其凶慝國少時爲涉去所棄頌曰

日月長懸　天曜恒暉　晝金夜玉　孰與玄期
出則晃朗　沒已還晞　虧盈隱顯　晦朔旋璣
星辰列位　福壽靈威　聖人建立　隨業增徽
雲龍相會　升降分離　擊動雷電　寒暑應時

法苑珠林卷第四

音釋

駮壯角切色不純也　翹渠堯切舉也　悋良刃切慳也　憚徒案切畏也　鞞符羈切　觜津私切宿名　絺丑飢切　忿房吻切怒也　黶於琰切　炮薄交切　蝎許竭切　莠與久切禾下莠草也　拓他各切　嵐盧含切　奎苦圭切宿名　碓都隊切舂具　嶲即委切與觜同　滓側氏切濁也　迄許訖切至也　穹丘弓切　萎於爲切枯也　桴芳無房尤二切擊鼓杖也　磧七迹切水渚中有石者　靉靆靉於改切靆徒亥切靉靆雲盛貌　颺余章切風飛物也　坋蒲悶切塵坌也　溟涬溟莫迥切涬下頂切溟涬自然氣也也　霣于敏切落也　甄居延切　騏驎騏渠羈切驎几利切騏驎良馬　蟾蠩蟾視占切蠩長魚切蟾蠩蝦蟆也　颽苦海切與凱同南風也　猋卑遥切旋風也　曀於計切陰而風也　霆蜺蜺五稽切霆蜺疾雷也　飇卑遥切疾風也　爗疑輙切光也

法苑珠林卷第五

唐西明寺沙門釋道世撰

六道篇第四此有六部

諸天部　人道部　阿脩羅部

鬼神部　畜生部　地獄部

諸天部此別四部

述意部　會名部　受苦部

報謝部

述意部第一

夫論天報識復豐華服玩光新身形輕妙而自在天上更是魔王無想定中翻為外道四空之頂邪執不輕六欲之間迷惑殊重不能受持般若供養涅槃憍慢轉增我人逾盛所以頭華萎髻腋汗流衿寶殿欹光羅衣聚膩憑斯淨心悉皆懺蕩普為四王忉利兜率炎摩化樂他化梵王梵輔光音遍淨廣果那含不煩不熱善見善現空處識處不用處非非想處乃至橫窮他界竪極上天或復端坐華臺動逾劫數凝神王殿一視千年願今自然之服不離身形善法之堂永蒙遊觀絕生離之病無戰陣之勞長謝五衰恒豐七寶色像端嚴容儀煒燁永離苦因清昇樂果也

會名部第二

問曰云何名六趣依毗曇論云趣者名到亦名為道謂彼善惡業因道能運到其生趣處故名為趣亦可依所造之業趣彼生處故名為趣又趣者歸向之義謂所造業能歸向於天乃至地獄也問曰唯有此六趣定更有餘道耶答曰且據一家不增減說若依樓炭經中亦說九道衆生共居一菩薩道二緣覺道

三聲聞道帖前六道以凡聖同居爲欲相倣也天者如婆沙釋名光明照曜故名爲天又天者顛也顛謂上顛萬物之中唯天在上故名顛也又天者顯也顯謂高顯萬物之中唯天獨高在上顯覆故名顯也問曰何故彼趣名天答曰於諸趣中彼最勝最樂最善最妙最高故名天趣有說先造作增上身語意妙行往彼生彼令彼相續故名天趣有說光明增故名天以彼自然光恒照晝夜故聲論者說能照故名天以現勝果照了先時所修因故復次戲樂故名天以恒遊戲受勝樂故問曰諸天形相云何答曰其形上立問曰語言云何答曰皆作聖語又立世阿毗曇論云天名提婆謂行善因於此道生故名提婆今略論諸天報身之相所謂諸天皆無骨肉亦無大小便利不淨身故光明無别晝夜報得五通形無障礙故正法念經云譬如一室然五百燈光明不相逼迫諸天手中置五百天亦復如是不窄不妨又彼經云彼夜摩天或有一百或有一千共聚在一蓮華鬚同坐不妨不隘不窄以善業故自業力故又智度論云第三遍淨天六十人坐一針頭而聽法不相妨礙又正法念經云爾時夜摩天王爲諸天說偈云

若人心念佛　是名善命人　不離念佛故
是爲命中命　若人心念法　是名善命人
不離念法故　是爲命中命　若人心念僧
是名善命人　不離念僧故　是爲命中命

又夜摩天中有三大士常爲放逸諸天而演說法何等爲三一者夜摩天王牟修樓陀菩

薩二者善時鵝王菩薩三者種種莊嚴孔雀王菩薩是三大士常爲利他而演說法或有令得聲聞菩提或有令得緣覺菩提無上菩提

受苦部第三

今述諸經具明諸天趣苦光明色界無色界苦上界雖勝仍有微苦故成實論云上二界中雖無麤苦而有微細苦何以知之四禪中說有行立坐卧隨有四故皆應有苦又色界有眼耳身識即此識中所有諸受名爲苦樂從一威儀求一威儀求一威儀故知有苦又無理解愛着已報失時大苦如經中說唯得道者將命終時無憂苦色今既是凡寧無憂苦論中云無苦者以苦相微故說言無如食少鹽故言無鹽非是一向唯樂無苦由上界樂行寂滅不著不能發起麤貪恚瞋故名無苦無樂又無刀杖等故言無苦非無微苦故涅槃經云世間雖有上妙清淨園林然死屍處中則爲不淨衆共捨之不生愛著色界亦爾雖復淨妙以有身故諸佛菩薩悉共捨之若不作此觀名不修身故知有苦

又法句喻經云有四比丘坐於樹下共相問言一切世間何者最苦一人言天下之苦無過婬欲一人言世間之苦無過飢渴一人言世間之苦無過瞋恚一人言天下之苦莫過驚怖共諍苦義紛紜不止佛知其言往到其所問諸比丘向論何事即起作禮具白所論佛言比丘汝等所論不究苦義天下之苦莫過有身飢渴寒熱瞋恚驚怖色欲怨禍皆由於身夫身者衆苦之本患禍之元勞心極慮

憂畏萬端三界蠉動更相殘害吾我縛著生死不息皆由身與欲離世苦本當求寂滅攝心守正怕然無想可得泥洹此最爲樂故知未得聖智滅此三界之身當非苦耶問曰色界有身有苦可爾無色無形苦受何生答曰彼報精微凡小不覩無其麤礙非無細色廣論有無備在別章故智度論云上二界死時退時生大懊惱甚於下界譬如極處墮摧碎爛又成實論云苦樂隨身至於四禪憂喜隨心至於有頂問曰生上天者離惡積善何故報盡即入三塗答曰凡夫無始已來惡業無窮一日貪瞋尚受千形況惡既多暫伏結生報福既盡昔業時熟還墮三塗何所致惑故成實論云人在色無色界謂是涅槃臨命盡時見欲色中陰即生邪見謂無涅槃謗無上法當知彼中有不善業又智度論云非有想非無想天中死墮阿鼻地獄中故知三界輪轉皆苦第三明欲界諸天苦者謂彼天中鬬戰之時逓相加害身心俱苦若割肢節斷而復生斬首截腰則有死苦如毗曇說欲界諸天有十業道雜不律儀雖天不害天而害餘趣亦有截手截足斷而還生若斬首則死展轉相奪乃至十業道皆有又福欲盡時五衰相現則大憂惱故涅槃經云天上雖無大苦惱事然其身體柔輭細滑見五相時極受大苦如地獄苦等無差別如蜜和毒藥初美後苦故正法念經偈云

如蜜和毒藥　是則不可食　天樂亦如是
退沒時大苦　業盡懷憂惱　捨離諸天女
退時大苦惱　不可得譬喻　善業欲盡時

如燈焰欲滅　不知何所趣　心生大苦惱
天上欲退時　心生大苦惱　地獄衆苦毒
十六不及一　一切諸焰輪　愛力之所作
愛鏁縛衆生　至諸險惡道　三界如轉輪
業繫輪不斷　是故捨愛欲　離欲得涅槃

又涅槃經云雖復得梵天之身乃至非想非非想天命終之時還墮三惡道中雖爲四天王乃至他化自在天身命終生於畜生道中或爲師子虎兕豺狼象馬牛驢等故知天報盡時其身大苦既有斯難即須披誠踈滌此業懺令伏滅若人造罪受報盡已後時修善設生天上由昔餘殃天中微受故正法念經云若於先世有偷盜業爾時自見諸天女等奪其所著莊嚴之具奉餘天子若於先世有妄語業諸天女等聞其所說生顛倒解謂其惡罵若於先世以酒施於持戒之人或破禁戒而自飲酒或作麴糵臨命終時其心迷亂失於正念墮於地獄若於先世有殺生業壽命短促速疾命終若於先世有邪婬業見諸天女皆悉捨已共餘天子互相娛樂是則名曰五衰相也以其持戒五種缺故業網所縛受此業報又帝釋復觀業果於殿中呌喚大地獄十八隔處殺生偷盜邪婬妄語業墮此地獄具受衆苦從地獄出生餓鬼中壽命長遠從餓鬼中死生畜生中互相殘害從畜生中死若生人中身色憔悴無有威德若有餘業得生天中身量形貌皆悉減劣一切衆寶莊嚴之具光明微少不爲天女之所愛敬天女背叛捨至餘天智慧薄少心不正直爲餘天子之所輕笑若諸天衆與阿脩羅鬭戰之

時爲他所殺以餘業故

報謝部第四

依新婆沙論云諸天中將命終位先有二種五衰相現一小二大云何名爲小五衰相一者諸天往來轉動從嚴身具出五樂聲善奏樂人所不能及將命終位此聲不起有說復出不如意聲二者諸天身光赫奕晝夜相照身無有影將命終時身光微昧有說令滅身影便現三者諸天膚體細滑入香池浴纔出水時水不著身如蓮華葉將命終位水便著身四者諸天種種境界悉皆殊妙漂脫諸根如旋火輪不得暫住將命終位專著一境經於多時不能捨離五者諸天身力強盛眼曾不瞬將命終時身力虛劣眼便數瞬云何爲大五衰相一者衣服鮮淨今穢二者華冠光盛今萎三者兩腋忽然流汗四者身體欻生臭氣五者不樂安住本座前五衰相現已不可轉時天帝釋以有五種小衰相現不久當有大衰相現心生怖畏作是念言誰能救我如是衰厄我當歸依便自了知除佛世尊無能救護尋詣佛所求哀請救佛爲說法便得見諦令彼衰相一時皆滅故於佛前歡喜踊躍作諸愛語說此伽他曰

大仙應當知　我即於此座　還得天壽命

唯願尊憶持

又折伏羅漢經云昔忉利天宮有一天壽命垂盡有七種瑞現一項中光滅二頭上華萎三面色變四衣上有塵五腋下汗出六身形瘦七離本座即自思惟壽終之後下生鳩夷那竭國疥癩母猪腹中作㹠甚預愁苦不知

何計餘天語言今佛在此爲衆說法唯佛能脫卿之罪耳即到佛所稽首作禮未及發問佛知告曰一切萬物皆歸無常汝素所知何爲憂愁得離豚身常誦三自歸如是日三却後七日天即壽盡下生維耶離國作長者家子在母胞胎日三自歸始生墮地亦跪自歸其母娩身又無惡露母傍侍婢持而棄走母亦深恠謂之熒惑意欲殺之父知貴子令好養之年向七歲與其輩類於道邊戲遇舍利弗目連兒前作禮衆聖驚恠具說天上事此兒請佛到家佛爲說經兒及父母內外親屬皆得阿惟越致此云不退（依經天有多種具如前三界篇中二十二門說今對六道略述四門）

感應緣（略引六驗）

晉居士史世光　晉沙門釋慧嵬

宋俞氏有二女　魏沙門釋僧鸞

魏居士椽弦超　梁沙門釋慧韶

夫十惡緣巨易惑心塗萬善力微難感靈性姦心頻發凶狀屢聞正法罕逢教沉道喪所以一息不追則萬劫永別刹那蹔隔則千代長離良由信毀相競善惡交侵愚惑之徒輕舉邪風淳正之輩時遭佞逼所以教流震旦六百餘年崔赫周虐三被殘屏禍不旋踵殃及巳身致招感應之徵善惡之報是以建安感夢而疾瘳文宣降靈而疾愈吳王閫寺舍利浮光齊主行刑刀尋刃斷宇文毀僧而瘡潰拓拔廢寺而膿流孫皓溺像而陰疼赫連咒頑而震死古今善惡禍福徵祥廣如宣驗冥祥報應感通寃魂幽明搜神旌異法苑弘明經律異相三寶徵應聖迹歸心西國行傳

名僧高僧冥報拾遺等卷盈數百不可備列傳之典謨懸諸日月足使目覩當猜來惑故經曰行善得善報行惡得惡報易曰積善之家必有餘慶積惡之家必有餘殃信知善惡之報影響相從苦樂之徵由來相尅余尋傳記四千有餘故簡靈驗各題篇末若不引證邪病難除餘之不盡冀補茲處

晉史世光者襄陽人也咸和八年於武昌死七日沙門支法山轉小品疲而微卧聞靈座上如有人聲史家有婢字張信見世光在靈上著衣帢具如平生語信云我本應墮龍中支和尚爲我轉經曇護曇堅迎我上第七梵天快樂處矣護堅並是山之沙彌已亡者也後支法山復往爲轉大品又來在座世光生時以二旛供養時在寺中乃呼張信持旛送我信曰諾便絶死將信持旛俱西北飛上一青山上如瑠璃色到山頂望見天門光乃自提旛遣信令還與一青香如巴豆曰以上支和尚信未還便遥見世光直入天門信復道而還倏忽甦活亦不復見手中香也旛亦故在寺中世光與信於家去時其六歲兒見之指語祖母曰阿爺飛上天婆爲見不世光後復與天人十餘俱還其家徘徊而去每來必見簪帢去必露髻信問之答曰天上有冠不著此也後乃著天冠與群天人鼓琴行歌徑上母堂信問何用屢來曰我來欲使汝輩知罪福也亦兼娛樂阿母琴音清妙不類世聲家人小大悉得聞之然聞其聲如隔壁障不得親察也唯信聞之獨分明焉有頃去信自見光入一黒門有頃來出謂信曰舅在此日

見榜撻楚痛難勝省視還也舅生犯殺罪故受此報可告舅毋會僧轉經當稍免脱舅即輕車將軍報終也 右一出冥祥記

晉長安釋慧嵬不知何處人止長安大寺戒行澄潔多栖處山谷修禪定之業有一無頭鬼來嵬神色無變乃謂鬼曰汝無頭便無頭痛之患一何快哉鬼便隱形復作無腹鬼來但有手足嵬又曰汝旣無腹便無五藏之憂一何樂哉須臾復作異形嵬皆隨言遣之後久時天甚寒雪有一女子來求寄宿形貌端正衣服鮮明姿媚柔雅自稱天女以上人有德天遣我來以相慰喻廣談欲言勸動其意嵬執志貞確一心無擾乃謂女曰吾心若死灰無以革囊見試女遂淩雲而逝顧謂歎曰海水可竭須彌可傾彼上人者秉志堅貞後以晉隆安三年與法顯俱遊西域不知所終續有釋賢護姓孫涼州人來止廣漢閻興寺常習禪爲業又善律行纖毫無歃以晉隆安五年卒臨亡口出五色光明照滿寺內遺言使燒身弟子行之旣而支節都盡唯手一指不然因埋之塔下 右一出梁高僧傳

宋俞氏二女東官曽城人也是時祖姊妹元嘉九年姊年十歲妹年九歲里越愚蒙未知經法忽以二月八日並失所在三日而歸粗說見佛九月十五日又失一旬還作外國語誦經及梵書見西域沙門便相開解明年正月十五日忽復失之田間作人云見其從風徑飄上天父母號懼祀神求福旣而經月乃返剃頭爲尼被服法衣持髮而歸自說見佛及比丘尼曰汝宿世因緣應爲我弟子舉手

摩頭髮因墮落與其法名大曰法緣小曰法緣臨遣還曰可作精舍當與汝經法也女既歸家即毀除鬼座繕立精廬夜齊誦經夕中每有五色光明流泛峯嶺若燈燭二女自此後容止華雅音制詮正上京風調不能過也刺史韋朗就里並迎供養聞其談說甚敬異焉於是溪里皆知奉法右一出冥祥記

魏西河石壁谷玄中寺沙門曇鸞未詳氏族鴈門人家近五臺山神迹靈異怪逸于民鸞因患氣疾周行醫療行至汾川秦陵故墟入城東門上望青雲忽見天門調開六欲階位上下重複歷然齊覩由斯疾愈後往江南陶隱居處求覓仙方冀益長壽及届山所接對欣然便以仙方十卷用酬來意還至浙江有鮑郎子神者一鼓湧浪七日便止正值波初無由得度鸞便往廟所以情祈告必如所請當為起廟須史神即現形狀如二十來告鸞曰若欲度者明旦當得願不食言及至明晨濤猶鼓怒纔入船裏恬然安靜依斯達到梁帝見重因出勑為江神更起靈廟後辭帝還魏境欲往名山依方修治行至洛下逢中國三藏菩提流支鸞往啓曰佛法頗有長生不死法勝此土仙經者乎支唾地告曰是何言歟非相比也此方何處有長生不死法縱得長年少時不死終輪三有即以觀經授之曰此大仙方依之修行當得解脫生死永絶輪迴後移住汾州北山石壁玄中寺一心依經作淨土業春秋六十有七臨至終日旛華幢蓋高映院宇香氣蓬焞音聲繁鬧預登寺者並同矚之以魏興和四年卒於平遥山寺年

六十有七右一出梁高僧傳

魏濟北郡從事椽弦超字義起以嘉平中夜獨宿夢有神女來從之自稱天王女東郡人姓成公字知瓊早失父母天帝哀其孤遣令下嫁從夫當其夢也精爽感寤嘉其美異非常人之容覺寤欽想若存若亡如此三四夕顯然來遊駕輜軿從八婢服綾羅綺繡之衣姿顏容體狀若飛仙自言年七十視之如十五六女車上有壺榼清白瑠璃五具飲啖奇異饌具遂下酒啖與義起共飲食謂義起曰我天上玉女見遣下嫁故來從君不謂君德宿時感運宜為夫婦不能有益亦不為損然行來常可得駕輕車乘肥馬飲食常得遠味異膳繒素可得充用不乏然我神人不為君子亦無妬忌之性不害君婚姻之義遂為夫婦贈其詩一篇其文曰飄颻浮勃述敖曹雲石滋芝英不須潤至德與時期神仙豈虛降應運來相之納我榮五族送我致禍災此其詩之大較其文二百餘言不能悉錄兼註易七卷占卜吉凶等義起皆通其旨作夫婦經七八年父母為義起娶婦之後分日而嫌分夕而寢夜來晨去倏忽若飛唯義起見之餘人不見雖居闇室輒聞人聲常見蹤跡然不覩其形後人怪問漏泄其事玉女遂便求去云我神人也雖與君交不願人見而君性踈漏我往與君積年交結恩義不輕一旦分別豈不愴恨勢不得久各努力呼侍御人下酒啖食發簏取織成裙衫兩腰賜與義起又贈詩一首把臂告辭涕泠流離肅然昇車去若飛迅義起憂感積日殆至委頓後到濟北

魚山陌上西行遥望曲道頭有一馬車似知瓊馳前到果是玉女也遂披帷相見前悲後喜控左授接同乘至洛遂爲室家剋復舊好生于太康中猶在但不日日往來每於三月三日五月五日七月七日九月九日旦十五日輒下往來經宿而去張茂先爲作神女賦

右一出搜神記

梁蜀郡龍淵寺沙門慧韶姓陳本潁川太丘人少欲多智聰敏不群春秋五十四卒於本寺摩訶衍堂中時成都民應始豐賢者因病氣絶而心上煖五日方醒云被攝至閻羅王閑處分云迎法師須臾便至王下殿合掌頂禮更無言説唯書文書作一大政之字韶出外坐於曠路樹下見一少童以漆柳箕擎生袈裟令韶著之有十僧來迎豐識和慈二禪師幢蓋列道騰虛而去又當終夕有安浦寺尼久病悶絶醒云送韶法師及五百僧登七寶梯到天宮殿講堂中其地如水精牀席華整亦有麈尾机案蓮華滿池韶就座談説少時便起送別者令歸其生滅冥祥感見類此以天監二年七月三日卒于龍淵寺春秋五十有四

右一出梁高僧傳

人道部 此別七部

述意部　會名部　住處部
業因部　貴賤部　貧富部
受苦部

述意部第一

夫論人道之中身形浮僞多諸罪業喜造僭瑕仁智道消恩良義絶所以崔杼殺君商臣害父七雄並爭六國連縱互騁憍奢各銜姪

蕩淳風永盡美化不行三毒競興十纒爭發四流浩漫五蓋幽深顛倒無明轉復滋甚遂使生同險樹命等危城口蜜易消井藤難久壠頭松下哭響摧殘廣巷重門悲聲鳴咽今爲人中悉皆懺悔結是圓首方足上智下愚西盡瞿耶東極于逮北窮單越南罄閻浮乃至板屋氈帷文身被髮飲血茹毛巢居穴處雕蹄黒齒倒住傍行弱水毛浮危峯繩度邊城遠戍裝甲負戈囹圄鏁囚檐金棒木並願各修禮讓人稟孝慈息放蕩之心斷荒婬之色質齊金石體類嵩華八難不侵九横長遣也

會名部第二

如婆沙論中釋人名止息意故名爲人謂六趣之中能止息意故名爲人謂於六趣之中能止息煩惱惡亂之意莫過於人故稱止息意也又人者忍也謂於世間違順情能安忍故名爲忍又立世阿毗曇論云何故人道名摩㝹沙此有八義一聰明故二爲勝故三意微細故四正覺故五智慧增上故六能別虚實故七聖道正器故八聰慧業所生故說人道爲摩㝹沙

又新婆沙論問何故此趣名末奴沙答昔有轉輪王名曼䭾多告諸人曰汝等欲有所作應先思惟稱量觀察爾時人即如王教欲有所作皆先思惟稱量觀察便於種種工巧業處而得善巧以能用意思惟觀察所作事故名末奴沙有說先造作增長下身語意妙行往彼生令彼生相續故名人趣有說多憍慢故名人以五趣中憍慢多者無如人故有說

能寂靜意故名人以五趣中能寂靜意無如人者故契經說人有三事勝於諸天一勇猛二憶念三梵行

住處部第三

如新婆沙論云此四天下人住四大洲謂贍部洲毗提訶洲瞿陀尼洲拘盧洲亦住八中洲何爲八謂拘盧洲有二眷屬一矩拉婆洲二憍拉婆洲毗提訶洲有二眷屬一提訶洲二蘇訶洲瞿陀尼洲有二眷屬一舍搋洲二嗢怛羅漫怛里拏洲贍部洲有二眷屬一遮末羅洲二筏羅遮末羅洲此八洲中人形短小如此方侏儒有說七洲是人所住遮末羅洲唯邏刹娑居此有說此所說八即是四大洲之異名以一一洲皆有二異名故如是說者應如初說此八中洲一一復有五百小洲以爲眷屬於中或有人住或非人住或有空者也問曰人趣形貌云何答曰其形上立然贍部洲人面如車箱毗提訶人面如半月瞿陀尼人面如滿月拘盧州人面如方池問曰語言云何答曰世界初成一切皆作聖語後以飲食時有情不平等故及諂誑增上故便有種種語乃至有不能言者

業因部第四

依業報差別經中作四句分別一者有業得身樂報而心不樂如有福凡夫二者有業得心樂報而身不樂如薄福羅漢三者有業得身心俱樂如有福羅漢四者有業得身心俱不樂如薄福凡夫諸如此等皆悉報得此苦樂也又菩薩藏經云爾時世尊告賢守長者曰長者當知我觀世間一切衆生爲十苦事

之所逼迫何謂爲十一者生苦逼迫二者老苦逼迫三者病苦逼迫四者死苦逼迫五者愁苦逼迫六者怨苦逼迫七者苦受逼迫八者憂愛逼迫九者痛惱逼迫十者生死流轉大苦之所逼迫我見如是十種苦事逼迫衆生爲得阿耨菩提出離如是逼迫事故以淨信心捨釋氏家趣無上道復次長者我觀世間一切衆生於無數劫具造百千那庾多拘胝過失常爲十種大毒箭所中何謂爲十一者愛毒箭二者無明毒箭三者欲毒箭四者貪毒箭五者過失毒箭六者愚癡毒箭七者慢毒箭八者見毒箭九者有毒箭十者無有毒箭長者我見衆生爲於十種毒箭所中求阿耨菩提求斷如是毒箭故以淨信心捨釋氏家趣無上道

貴賤部第五

若以四方言之則北欝單越無貴無賤彼無僕使之殊故無貴賤餘之三方皆有貴賤以有君臣民庶之别大家僕使之殊故有貴賤别類也總束貴賤合有六品一貴中之貴謂輪王等二貴中之次謂粟散王等三貴中之下謂如百僚等四賤中之賤謂臺奴竪子等五賤中之次謂僕隷等六賤中之下謂姬妾等麤束如是細分難盡

貧富部第六

若以四方言之則北欝單越最富平等東西二方處中然有優劣南閻浮提最貧四方不同如經具述又閻浮提人貧富不定各有三品上者如轉輪王總攝四方富包四海一切所須無不備足如經說輪王福力最大若出

世時感五奇特七寶來應五奇特者一者感於世界之中平正清淨流泉浴池處處皆有二者感天甘露生於殿庭王渴飲之身輕愈病三者感大海水減一由旬各於內畔湧出金沙之道使王行之遊四天下四者感於牛頭之香生於海岸王取燒之香氣彌盛逆風遠聞四十里香死者聞之悉皆還活五者迦眞隣陀之鳥生於海中王抱觸之身心猗適勝過六欲天之樂以斯義故往生論說偈云

寶性功德草　柔輭左右旋　觸者生勝樂
過迦眞隣陀

七寶具足千子雄猛（如前經說）第二富中者謂如粟散王等第三富中下者謂如樹提伽等（貧亦有三思之可解）

受苦部第七

夫論人道唯苦非樂愚者爲樂識者爲苦妄見爲樂實見爲苦故付法藏經云世間衆苦不可願樂此身不堅腐敗危脆猶如聚沫須臾變滅端正容貌甚可愛著衰老既至將安所在外覆薄皮謂爲嚴飾膿血內流惡露不淨有爲無常甚大迅速一視息頃四百生滅譬如虛空震雷起雲暴風卒起尋復散滅五欲不堅亦復如是共相愛樂安隱快樂無常既至誰有存者世間衆苦甚難久居故知人身唯苦無常理應生猒速求解脫一切有爲衆苦積聚如癰如廁如箭入心生老病死輪轉無際無常敗壞速朽之法如臨死囚命不云遠譬如牢獄人無可愛樂猶路上果衆所苦擲此身可惡會歸磨滅烏鵲狐狼競共噉食風吹日暴青爛臭處髮毛牙齒狼藉在地

如此之身當何愛樂宜勤方便速求解脫縱使富貴如天終歸磨滅外相似好内恒憂懼故大莊嚴論云如人著金鏁雖能繫於人王位亦如是恒有憂懼想守護念若失則大愁猶如衣食遮故名樂辛苦之中横生樂想故賓頭盧爲優陀延王說法經偈云

王位雖尊嚴　代謝不暫停　輕疾如電光
須臾歸衰滅　王位極富逸　愚者情愛樂
衰滅無時至　苦劇過下賤　王者居高位
名聞滿十方　端正甚可愛　種種自嚴身
譬如臨死者　著華鬘瓔珞　捨命未幾時
王位亦如是　佛言譬如王　常懷諸恐怖
行住及坐時　乃至一切時　於其親疎中
恒有疑懼心　臣民官妃后　象馬及珍寶
國土諸所有　一切是王物　諸王捨命時
皆棄無隨者

又涅槃經佛說偈云

一切諸世間　生者皆歸死　壽命雖無量
要必有終盡　夫盛必有衰　合會有離別
壯年不久停　盛色病所侵　命爲死所吞
無有法常住　諸王得自在　勢力無等雙
一切皆遷滅　壽命亦如是　衆苦輪無際
流轉無休息　三界皆無常　諸有無有樂
有道本性相　一切皆空無　可壞法流動
常有衰患者　恐怖諸過惡　老病死衰惱
是諸無有邊　易壞怨所侵　煩惱所纒裹
猶如蠶處繭　何有智慧者　而當樂是處
此身苦所集　一切皆不淨　扼縛癰瘡等
根本無義利　上至諸天身　皆亦復如是
諸欲皆無常　故我不貪著　離欲善思惟

而證於眞實

故賓頭盧尊者語王云大王宜善觀察何有五欲而得常者何有王位而得久停何有國界而不遷滅何有珍寶而不散失何有欲樂常恒不變何有合會而不離散一切五欲體性實皆從妄想而生於樂故王位亦皆無安如夢所見覺則知虚是故智者應生猒離即知一切内外所遷皆是無常雖可麤細似異然剎那不住不住是同故經說由色皆故十時差别一者膜時二者泡時三者皰時四者肉團時五者肢時六者嬰孩時七者童子時八者少年時九者盛壯時十者衰老時若非時無常不應從膜乃至老死良由三毒猛火燒心熾然不絶故受斯苦依經云人亦多種具如前三界篇中四天下洲品類廣說

感應緣略引二十驗

孔子長十尺大九圍

伍子胥長一丈大十圍

吕光長八尺四寸

龍伯國人長三十丈

天之東西南極人各長三千萬丈

秦始皇時有大人長五丈

僬僥國人長三尺

天竺國人皆長一丈八尺

襄武縣有大人現長三丈餘

東南有人其長七尺

西北海外有人長二千里

秦襄王時有人長二十五丈六尺

大秦國人長一丈五尺

短人國男女皆長三尺

侏儒國人長三四尺
又僬僥國人長一尺五寸
東北極竫人長九寸
王莽時有人長一丈餘
涸澤生慶忌
涸小水精生蚳
春秋演孔圖曰孔子長十尺大九圍坐如蹲
龍立如牽牛就之如昴如斗
吳越春秋曰伍子胥見吳王僚僚望其顏色
甚可畏長一丈大十圍眉闊一尺王僚與語
三日辭無復者胥知王好之每入言語偘偘
有勇壯之氣
涼記曰呂光字世明連結豪賢施與待士身
長八尺四寸目重童子左肘生肉印性沉重
質略寬大有度量時人莫之識唯王猛布衣
時異之曰此非凡人
河圖玉板曰從崑崙以北九萬里得龍伯國
人長三十丈生萬八千歲而死從崑崙以東
得大秦國人長十丈從此以東十萬里得佻
國人長三丈五尺從此國以東十萬里得中
秦國人長一丈
龍魚河圖曰天之東西南北極各有銅鐵額
兵長三千萬丈三千億萬人天之東西南北
極各有金剛敢死力士長三千萬丈三千億
萬人天中太平之都有甲都食鬼鐵面兵長
三千萬丈三千億萬人
洪範五行傳曰秦始皇二十六年有大人身
長五丈足跡六尺夷狄皆服有十二人見于
臨洮
孔子曰僬僥長三尺短之至也長者不過十

數之極也今有五丈之人此則無類而生也是歲秦初兼六國喜以爲瑞鑄金人十二以像之南戍五嶺北築長城西徑臨洮東至遼東徑數千里故大人先見於臨洮明禍亂所起也後十二年而秦亡

魏志曰天竺國人皆長一丈八尺離車國男女皆長八尺

魏志曰咸熙二年襄武縣言有大人現長三丈餘跡長三尺二寸白髮著黃單衣黃巾拄杖呼民王始語云今當太平

神異經曰東南有人焉周行天下其長七尺腹圍如長箕頭(箕頭髮煩亂也)不飲食朝吞惡鬼三千暮吞三百但吞不咋此人以鬼爲飯以霧露爲漿名天郭一名食邪(吞食邪鬼)一名黃火(今黃火鬼俗人依此入而名之)

神異經曰西北海外有人焉長二千里兩脚中間相去千里腹圍一千六百里但飲酒五升(天酒甘露)不食五穀魚肉忽有飢時向天仍飽好遊山海間不犯百姓不干萬物與天地同生名無路之人(言無路者高大不可爲路)一名仁(禮曰仁人)一名信(禮曰信人)一名神(與天地俱生而不没故曰神也)

蜀王本記曰秦襄王時宕渠郡獻長人長二十五丈六尺

外國圖曰大秦國人長一丈五尺猨臂長脇好騎駱駝詩含神霧曰東北極有人長九寸

國語曰孔子曰僬僥長三尺短之至也

魏略西域傳曰短人國在康居西北男女皆長三尺衆甚多康居長老傳聞嘗有商迷惑失道而到此國國中甚多貝珠夜光明珠商度此國去康居可萬餘里

魏略曰倭南有侏儒國其人長三四尺去女王國四千餘里

外國圖曰焦僥國人長尺六寸迎風則偃背風則伏眉目具足但野宿一曰焦僥長三尺其國草木夏死而冬生去九疑三萬里列子曰從中州以東四十萬里得焦僥國人長一尺五寸

東北極有人名竫人長九寸（右此一十七驗各依本録記也）

王莽建國四年池陽有小人景長一尺餘或乘車或步行操持萬物大小各自稱三日止

管子曰涸澤數百歲谷之下水不絶者生慶忌慶忌者其狀若人長四寸衣黃冠戴黃蓋乘小馬好疾遊以其名呼之可使千里外一名反報然池陽之景者或慶忌也乎

又曰涸小水精生蚳蚳者一頭而兩身其狀若蛇長八尺以其名呼之可使取魚鼈（右三事見搜神記）

阿修羅部（此別七部）

述意部第一

夫論脩羅道者生此一途偏多諂曲或稱兵鬪亂興師相伐形容長大恒弊飢虛體貌麤鄙每懷瞋毒稜層可畏擁聳驚人並出三頭重安八臂跨山蹋海把日擊雲天上求餐海中釀酒如斯之類悉爲歸依絓是阿須輪王睒婆利等毗摩質多之眷屬佉羅騫馱之朋流乃至婆稚羅睺之等侶含脂跋駝之氣類並願除憍慢習離諂曲心殿堂光明蘭藉豐

滿休兵息刃止恚防貪無復雨刃之眥永絶藕絲之痛樂聞正法渴仰大乘捨離弊惡之身受端嚴之質任持國境擁護邦家興建法城弘益慧日也

會名部第二

云何名阿脩羅道者依立世阿毗曇論釋云阿脩羅者以不能忍善不能下意諦聽種種教化其心不動以憍慢故非善健兒又非天故名阿脩羅餘經亦云阿須倫今依新婆沙論云梵本正音名素洛素洛是天彼非天故名阿素洛復素洛名端正彼非端正名阿素洛又長阿含經云脩羅生女端正生男多醜故云不端正或名不飲酒此有二釋一由過去持不飲酒戒宿習餘力云不飲酒二由因好酒四天下採華布海釀酒不成變爲醎水既不得酒則便令斷故云不飲酒神婆沙論云或說天趣由諂曲覆故無決定者或說鬼趣由有含胎故得與諸天交通故伽陀經云有鬼有畜有天正法念經亦云有鬼有畜或云劣天劣天者是毗摩質多者此云響高亦云宂居謂大海水底出大音聲自唱云我是毗摩質多故云響高居在海宂故云宂居也

住處部第三

依正法念經云修羅居在五處住一在地上衆相山中其力最劣二在須彌山北入海二萬一千由旬有脩羅名曰羅睺統領無量阿脩羅衆三復過二萬一千由旬有脩羅名曰勇健四復過二萬一千由旬有脩羅名曰華鬘復過二萬一千由旬有脩羅名曰毗摩質多此中出聲徹於海外自云我是毗摩質多

阿脩羅故云響高其毗摩之毋依長阿含經云劫初成時昔有光音天入海洗身水精入身生一肉卵經八千歲乃生一女身若須彌千頭少一頭有千眼口別有千少一口別四牙牙上出火猶若霹靂有二十四脚有九百九十九手此女有時在海浮戲水精入身生一肉卵復經八千歲生毗摩質多有九頭頭有千眼口常水出手有千少一脚唯有八納香山乾闥婆女生舍脂羅睺舍脂羅睺者是帝釋取爲夫人羅睺阿脩羅亦云障日月是帝釋前軍先放日光射脩羅眼令不見天衆故彼以手障之由有勢力多共天諍又新婆沙論問諸阿素洛退住何處有說妙高山中有空缺處如覆寶器其中有城是彼所住問何故經說阿素洛云我所部村落住醎海中

而阿素洛王住彼山內有說大醎海中於金輪上有大金臺高廣各五百踰繕那臺上有城是彼所住阿素洛王亦有四苑一名慶悅二名歡喜三名極喜四名可愛如三十三天有波利夜恒羅樹阿素洛王所居樹亦有問阿素洛其形云何答其形上立問語言云何答皆作聖語問何趣所攝有說是天趣有說鬼趣攝

又起世經云須彌山王東面去山過千由旬大海之下有鞞摩質多羅阿脩羅王國土住處縱廣八萬由旬七重欄楯七重金銀鈴網外有七重多羅行樹皆是七寶所成莊嚴校飾不可述盡大城之中別立宮殿名曰設摩婆啻宮城縱廣一萬由旬七重城壁並七寶合成高百由旬厚五十由旬園池華果衆鳥

和鳴廣說如經不煩具錄須彌山王南面過千由旬大海之下有踊躍阿脩羅王宮殿其處縱廣八萬由旬須彌山王西面亦千由旬大海水下有奢婆羅阿脩羅王宮殿其處縱廣八萬由旬須彌山王北面過千由旬大海水下有羅睺羅阿脩羅王宮殿其處廣八萬由旬住處精好共前相似摩婆帝城王所住處有羅睺羅阿脩羅王聚會之所亦名七頭其處縱廣八萬由旬牆壁欄楯各有七重七寶合成四面左近並有衆多諸小阿脩羅不可述盡如備經說

業因部第四

依業報差別經中具說十業得阿脩羅報一身行微惡二口行微惡三意行微惡四起於憍慢五起於我慢六起於增上慢七起於大慢八起於邪慢九起於慢慢十迴諸善根向阿脩羅趣若依正法念經廣說四種脩羅因不同若約餘經多由瞋慢及疑三種因業得彼生報又雜阿含經云阿脩羅前世時曾爲貧人居近河邊常度河擔薪時河水深流復駛疾此人數爲水所漂殆死得出時有辟支佛詣舍乞食歡喜即施食訖空中飛去貧人見之因以發願願我後身長大一切深水無過膝者以是因緣得此極大身四大海水不能過膝立大海中身過須彌手據山頂下觀忉利天

眷屬部第五

依正法念經云第一羅睺阿脩羅王有四玉女從憶念生一名如影二名諸香三名妙林四名勝德即此四女一一皆有十二那由他侍女以爲眷屬悉皆圍繞阿脩羅王共相娛

樂恣情受樂不可具說第二名勇健威勢次
勝第三名華鬘威勢更勝第四名毗摩質多
威勢眷屬倍數更不可稱計自餘臣妾左右
僕使亦不可說即知貴賤懸殊不可一槩而
論

衣食部第六

若依正法念經說脩羅衣食自然冠纓衣服
純以七寶鮮潔同天所餐飲食隨念而生悉
皆百味與天同等如大論說彼之衣食雖復
勝人其若喫時是則不如人也謂彼凡所食
時末後一口要變作青泥亦如龍王雖食百
味末後一口要當變作蝦蟇是故經說不如
人也

戰鬬部第七

如增一阿含經云爾時世尊告諸比丘受形
大者莫過阿須倫王形廣長八萬四千由延
其口縱廣千由旬或欲觸犯日時倍復化身
十六萬由旬往日月前日月王見已各懷恐
怖不寧本處以形可畏故日月王懼不復有
光明然阿須倫不敢前捉日月何以故日月
威德有大神力壽命極長顏色端正受樂無
窮住壽一劫復是此間衆生福祐令日月不
爲阿須倫所見觸惱時阿須倫便懷愁憂即
於彼沒

又長阿含經云阿脩羅大有威力而生念言
此忉利天王及日月諸天行我頭上誓取日
月以爲耳璫漸大瞋恚加欲擂之即命舍摩
梨毗摩質多二阿脩羅王及諸大臣各辦兵
仗往與天戰時難陀跋難陀二大龍王身繞
須彌周圍七帀山動雲布以尾打水大海浪

冠須彌忉利天曰脩羅欲戰矣諸龍鬼神等各持兵從次交鬪天若不如皆奔四天王宮嚴駕攻伐先白帝釋帝釋告上乃至他化自在天無數天衆及諸龍鬼前後圍繞帝釋命曰我軍若勝以五繫縛毗摩質多阿脩羅將還善法堂我欲觀之脩羅亦曰我衆若勝亦以五繫縛帝釋還七葉堂我欲觀之一時大戰兩不相傷但觸身體生於痛惱於是帝釋現身乃有千眼執金剛杵頭出煙焰脩羅見之乃退敗即擒質多脩羅繫縛將還遥見帝釋便肆惡口帝釋答曰我欲共汝講說道義何須惡口壽天千歲少出多減惡心好鬪而不破戒大修布施故然以諂慢故受此身（餘經以諂心修福故受此身也）

觀佛三昧經云此毗摩質多羅阿脩羅王此鬼食法唯敢淤泥及渠藕根其兒長大見於諸天采女圍繞即白母言人皆伉儷我何獨無其母告曰香山有神名乾闥婆其神有女容姿美妙色踰白王身諸毛孔出妙音聲甚適我意今爲汝娉適汝願不阿脩羅言善哉善哉願母往求爾時其母行詣香山告彼樂神我有一子威力自在於四天下而無等倫汝有今女可適吾子其女聞已願樂隨從時阿修羅納彼女已未久之間即便懷孕經八千歲乃生一女其女顔容端正挺特天上天下更無有比面上姿媚八萬四千左邊右邊各有八萬四千前後亦爾阿脩羅見以爲殊異如月處星甚爲奇特憍尸迦聞求女爲妻脩羅聞喜以女妻之帝釋立字號曰悅意諸天見之歎未曾有視東忘西視南忘北乃至

毛髮皆生悅樂帝釋至歡喜園共諸采女入池遊戲爾時悅意即生嫉妬遣五夜叉往白父王今此帝釋不復見寵與諸采女自共遊戲父聞此語心生瞋恚即興四兵往攻帝釋立大海水踞須彌山頂九百九十九手同時俱作撼善見城搖須彌山四大海水一時波動帝釋驚怖靡知所趣時宮有神白天王言莫大驚怖過去佛說般若波羅蜜王當誦持鬼兵自碎是時帝釋坐善法堂燒衆名香發大誓願般若波羅蜜是大明呪是無上呪是無等等呪眞實不虛我持此法當成佛道令阿脩羅自然退散作是語時於虛空中有刀輪帝釋功德故自然而下當阿脩羅上時脩羅耳鼻手足一時盡落令大海水赤如蜯珠時阿脩羅即便驚怖遁走無處入藕絲孔中

感應緣（略引三驗）

瞻波國脩羅窟大頭仙人

南印度婆毗吠伽論師祈見彌勒

摩伽陀國有一人見修羅女

西國志云中印度在瞻波國西南山石澗中有脩羅窟有人因遊山修道遇逢此窟人遂入中見有脩羅宮殿處妙精華卉乍類天宮園池林果不可述盡阿脩羅衆既見斯人希來到此語云汝能久住以不答云欲還本處脩羅既見不住遂施一桃與食訖脩羅語言汝宜急出恐汝身大窟不得容言訖走出身遂增長形貌麤人頭纔出身大孔塞遂不出盡自爾已來年向數百唯有大頭如三碩甕人見共語具說此緣人愍語云我等鑿石令汝身出其事云何答云恩澤人奏國王具述

此意君臣共議此非凡人力敵千人若鑿令出儻有不測之意誰能抗之因此依舊時人號爲大頭仙人唐國使人王玄策已三度至彼以手摩頭共語了了分明近有山内野火燒頭焦黑命猶不死西國志六十卷國家修撰奉勑令諸學士畫圖集在中臺復有四十卷從麟德三年起首至乾封元年夏末方訖余見玄策具述此事

又奘法師傳云馱那羯磔迦國屬南印度都城東西據山間各有大寺其寺有婆毗吠伽論師（唐云明辯）於觀自在菩薩（舊云觀世音菩薩是）絶粒而服水三年立志祈請待見彌勒菩薩於是觀自在乃爲現色身令在城南大山巖執金剛神所誦金剛呪三年神授方此巖石内有阿素洛宮（舊云阿脩羅宮）如法行請石壁當開可即入中待彌勒出我當相報又經三年呪芥子擊於石壁豁然洞開時有百千萬衆觀覩驚歎論師跨門再三顧命衆人唯有六人從入餘者謂是毒蛇窟懼而不入論師入已當即石門還合如壁

又玄奘法師云貞觀十三年奘在中印度摩伽陀國那蘭陀寺見一俗人説云有一人好色每承經言脩羅生男極醜生女端正聞彼山内有阿脩羅窟别有宮殿甚精殊好同天佳妙其人思欲願見脩羅女共爲匹對常受持呪精勤三年三年將滿所祈遂願其人先是弟子親友臨去召弟子相伴同去弟子于時亦隨同行既呪有徵遂到宮門門首當者極嚴志誠求請門人令通夫人門人爲通具述來意脩羅女喜報守門人云來者幾人報

云二人女報門人呪者來入同伴者且住門外門人來報誦呪者引入弟子見引入已自身不覺已到自家舍南門立自爾已來更不知彼人消息弟子因此發心捨家修道願在伽藍供養三寶其人具向奘法師述此因緣

法苑珠林卷第五

音釋

隘烏懈切陋也　怕弼角切恬靜也　鏁蘇果切　兕詳里切獸似牛一角　滌徒歷切洗除也　麴丘匊切酒媒也　叛薄半切背也　腋羊益切脇下也　欻許勿切忽也　娩美辯切產子也　嵬五灰切　椽直攣切　潰胡對切壞爛也　溺奴弔切溲便也　猜倉才切測也　甦桑姑切死而復生也　榜撻榜蒲耕切撻他達切榜撻捶擊也　確苦角切堅也　閫苦本切　焞蒲沒切烟起貌　輜輧輜莊持切輧步丁部田二切輜輧四面有屛車也　榼克盍切酒器　簶盧谷切簏也　諐去乾切過也　杼神與切　衒黄絹切矜也　絓古畫切　罄苦定切盡也　囹圄囹郎丁切圄魚巨切囹圄獄名　㝹奴侯切　犾語斤切　姬居宜切妾稱　脆此芮切物易斷也　暴蒲木切日乾也　繭古典切蠶衣也　皰匹貌切　僬僥僬即消切僥五聊切　竫疾郢切　蚔巨支切　偘空旱切　佻吐凋切　洮他刀切　咋士華切齒也　倭烏禾切國名　窨失利切　伉儷伉口浪切儷吕詣切伉儷匹偶也　蜯步項切蛤屬　磔陟革切　當丁盎切　帢乞洽切帽也　溺像溺奴弔切尿同

法苑珠林卷第六 六道之二

唐西明寺沙門釋道世撰

鬼神部 此別十部

述意部　會名部　住處部

列數部　業因部　身量部

壽命部　好醜部　苦樂部

貴賤部　舍宅部

述意部第一

夫論鬼神之法特喜妖邪冥密之中偏多罪戾或處幽巖乍依高隴絕澗深叢之裏荒郊野莽之中異種音聲特奇形勢搖動凡識恐怖愚情假使威光虛僞恠相或復鳥魚形質人面獸心或鼓樂絃歌鳴桴響鐸如斯之類悉皆懺悔結是九州房廟萬國之靈姑蘇泰伯延陵季子禹川文命窟澤須王水府山精風師雨伯豐隆列缺迴祿陵侯或駕竹爲龍飛皁代舄形依高廟體附重樓行雨去來分風上下爰及黃頭大將針髮鬼神繡利勒那槃荼羅刹三千眷屬五伯徒黨悉爲懺悔復有極重之障稱爲餓鬼眼光似電咽孔如針不聞漿水之名永絕粇粮之味肢節一時火起動轉五百車聲今日善根並皆霑被當願飢渴之鬼飲食自然妖媚鬼神無復諛諂光榮佛法擁護世間衛像防經長申供養疏善記惡永得熏修也

會名部第二

問曰云何名鬼道者如立世論云鬼道名閃多爲閻摩羅王名閃多故其生與王同類故閃多復說此道與餘往還善惡相通故名閃多又薪婆沙論問何故彼趣多閉戾多答施

設論説如今時鬼世界王名琰摩如是劫初時有鬼世界王名粃多是故徃彼生彼諸有情類皆名閉戾多即是粃多界中所有義從是以後皆立此名有説由造作增長增上慳貪身語意惡行徃彼生故感飢渴業經百千歲不聞水名豈能得見況復得觸或有腹大如山咽如針孔雖遇飲食而不能受有説被驅役故名鬼恒爲諸天處處驅役常馳走故有希望故名鬼謂五趣中從他有情希望多者無過此故由此因緣故名鬼趣又鬼神者婆沙論中云鬼者畏也謂虛怯多畏故名爲鬼又希求名鬼謂彼餓鬼恒從他人希求飲食以活性命故名希求也

住處部第三

如婆沙論説餓鬼有二住處一正二邊第一正住者説之不定彼論説云此閻浮提五百由旬之下有餓鬼界彼閻羅王領是其正處又善生優婆塞經亦同此説五百由旬之下有閻羅鬼王城周帀四面七萬五百千由旬王領鬼衆於中止住又如五道苦經説此之餓鬼正住彼鐵圍兩山中間故説偈言

鐵圍兩山間　不覩日月光　餓鬼聚其中　償其宿罪故

第二邊住處者如婆沙論説亦不定有其二種一有威德二無威德彼有威德者住山谷或住空中或住海邊皆有宮殿果報過人彼無威德者或依不淨糞穢而住或依草木塚墓而止或依屏廁故塸而居皆無舍宅果報劣人又如論説四天下中悉有鬼住東西二方有威德無威德鬼於北方中唯有威德鬼

住無有無威德鬼以其報勝故如是乃至忉利天中亦有威德鬼神住應彼諸天所驅使故自上諸天更無住處故新翻婆沙論亦云四大天衆及三十三天中唯有大威德鬼與諸天衆守門防邏導從給使有說於此贍部洲西有五百渚兩行而住（依舊婆沙論云閻浮提西有五百鬼城於此五百自有兩別矣）於兩行渚中有五百城二百五十城有威德鬼住二百五十城無威德鬼住是故昔有轉輪王名你彌告御者摩怛梨曰吾欲遊觀汝可引車從是道去令我見諸有情受善惡果時摩怛梨即如王教引車從於二渚中過時王見彼有威德鬼首冠華鬘身著天衣食甘美食猶如天子乘象馬車各各遊戲見無威德鬼頭髮蓬亂裸形無衣顏色枯悴以髮自覆執持瓦器而行乞丐見已深信善惡業果問鬼趣形狀云何答多分如人亦有傍者或面似猪或似種種餘惡禽獸如今壁上彩畫所作問語言云何答劫初成時皆作聖語後時隨處作種種言或有說者隨從何處命終生此即作彼形即作彼語評曰不應作是說若從無色界没來生此趣可無形無言耶應作是說隨所生處言形亦爾

列數部第四

依正法念經云餓鬼大數有三十六種行因不等受報各别

一鑊身鬼（由受他顧殺生受鑊湯煎煑或受他寄抵拒不還故受斯報也）

二針口臭鬼（以財顧人令行殺戮故咽如針鋒滴水不容也）

三食吐鬼（夫勸婦施惜言無積財慳悋故常食吐也）

四食糞鬼（由婦人誑夫自噉飲食惡婦夫故常食吐糞也）

五食食鬼（由禁人根食令其合死故受火燒嘷叫飢渴苦也）

六食氣鬼多食美食不施妻兒常因飢渴唯得臭氣

七食法鬼爲求財利爲人說法身常飢渴身肉消盡蒙僧說法命得存立也

八食水鬼由酤酒如水以惑愚人不持齋戒常患燋渴也

九希望鬼由買賣諍價欺誑取物常患飢渴先靈祭祀即得食之也

十食唾鬼以不淨食誑出家人身常飢渴恒被焚燒以求人唾兼食不淨

十一食鬘鬼以前世時盜佛華鬘用自莊嚴若人遭事以鬘賞祭因得鬘食也

十二食血鬼由殺生血食不施妻子又受此鬼身以血塗祭方得食之也

十三食肉鬼由以衆生身肉臠割稱之賣買欺誑因受此報也多詐醜惡人惡見之祭祀雜肉方得食之

十四食香鬼由賣惡香多取酬直唯食香煙後受窮報

十五疾行鬼若有破戒而披法服誑惑取財言供病人竟不施與便自食之由受此報常食不淨自燒其身

十六伺便鬼由謀誑取財不修福業因受此報身毛火出食人氣力不淨以自存活

十七黑闇鬼由枉法求財繫人牢中目無所見聲常哀酸故受闇處惡蛇遍滿猶刀割苦也

十八大力鬼由偷盜人物施諸惡友不施福田因受此報大力神通多被苦惱也

十九熾然鬼由破城抄掠殺害百姓因受此報嘷哭叫喚遍身火然後得爲人常被刦奪也

二十伺嬰兒便鬼由殺嬰兒心生大怒因受此報常伺人便能害嬰兒也

二十一欲色鬼由好婬得財不施福田因受此報遊行人間與人交會妄爲妖恠以求活命也

二十二海渚鬼由行曠野見病苦人欺人誑取財物生海渚中受寒熱苦十倍過人也

二十三閻羅王執仗鬼由前世時親近國王大臣專行暴惡因受此報爲王給使作執仗也

二十四食小兒鬼由說咒術誑惑取人財物殺害猪羊死墮地獄後受

此報常食小兒

二十五食精氣鬼由詐爲親友我爲汝護令他勇力沒陣而死竟不救護故受斯報也

二十六羅刹鬼由殺生命以爲大會故受此飢火所燒報

二十七燒食鬼由慳嫉覆心喜噉僧食先墮地獄從地獄出受火爐燒身也

二十八不淨巷陌鬼由此不淨食與梵行之人因墮此報常食不淨也

二十九食風鬼由見出家人來乞許而不施其食因受此報常患飢渴如地獄苦也

三十食炭鬼由典主刑獄禁其飲食因受此報常食火炭也

三十一食毒鬼由以毒食令人喪命因墮地獄後出爲鬼常飢餓恒食毒火燒其身也

三十二曠野鬼由曠野湖池造已施人惡口決破令行渴乏故受斯報常患飢渴火燒其身也

三十三塚間食灰土鬼由盜佛華賣已活命故受此報常食死人處燒屍熱灰也

三十四樹下住鬼由見人種樹爲施人作蔭惡心斫伐取財而用故墮樹中常被寒熱也

三十五交道鬼由盜行路人粮以惡業故常被鐵鋸截身因交道祭祀取食自活也

三十六魔羅身鬼由行邪道不信正眞因墮魔鬼常破人善法也

依順正理論云鬼有三種謂無少多無財復有三炬鍼臭口炬口鬼者此鬼口中常吐猛焰熾然無絶身如被燎多羅樹形此爲極慳所招苦果鍼口鬼者此鬼腹大量如山谷口如鍼孔雖見種種上妙飲食不能受用飢渴難忍臭口鬼者此鬼口中恒出極惡腐爛臭氣過於糞穢沸溢廁門惡氣自熏恒空嘔逆設遇飲食亦不能受飢渴所惱狂叫亂奔少

財亦有三謂鍼毛臭毛癭鍼毛鬼者此鬼身
毛堅剛銛利不可附近內鑽自體外射多身
如鹿中毒箭怖狂走時若逢不淨少濟飢渴
臭毛鬼者此鬼身毛臭甚常穢薰爛肌骨蒸
坌腸腹衝喉變歐荼毒難忍攫體拔毛傷裂
皮膚轉加劇苦時逢不淨少濟飢渴言癭鬼
者謂此鬼咽惡業力故生於大癭加大癰腫
熱怖酸疼更相㓷爵臭膿湧出爭共取食少
得充飢多財亦有三謂希祠希棄大勢希祠
鬼者此鬼恒時往祠祀中饗受他祭生處法
爾時歷異方如鳥凌空往還無礙由先勝解
作是希望我若命終諸子孫等必當祠我資
具飲食由勝解力生此鬼中乘宿善因感此
祠祀或有先世性愛親知爲欲皆令豐足資
具以不如法積集珍財慳悋居心不能布施
乘斯惡業生此鬼中住本舍邊便穢等處親
知追念爲請沙門梵志孤窮供施崇福彼鬼
見已於自親知及財物中生已有想又自明
見慳果現前於所施田心生淨信相續生長
捨相應心由此便成順現法受乘斯力故得
資具豐饒希棄鬼者此鬼欲恒收他所棄吐
殘糞等用充所食亦得豐饒謂彼宿生慳過
失故有飲食處見穢或空樂穢見空樂淨見
穢亦由現福如其所應各得豐饒飲食資具
生處法爾所受不同不可推徵詞到所以如
地獄趣異熟生色斷已還續餘趣則無於人
趣中有勝念智修梵行等餘趣中無如天中
隨欲衆具皆現如斯等事生處法然不可於
中求其定量大勢鬼者大同前婆沙論說又
瑜伽論云鬼趣有三一者外障鬼謂彼有情

由習上慳生鬼趣中常與飢渴相應皮肉枯槁猶如火炭頭髮蓬亂脣口乾焦常以其舌舐略口面飢渴慞惶處處馳走所到泉池爲諸有情手執刀杖護不令趣或變成膿血自不欲飲是名外障鬼二者內障鬼謂彼有情口如針炬其腹寬大縱得飲食自不能食是名內障鬼謂有餓鬼名猛焰鬘隨所飲噉皆被燒然由此因緣飢渴大苦是名無障鬼若失善名利物感報恬愉惡是損他招果摧折但善類登山理爲難上惡如崩墜實可易行是以天宮閑曠來蹤蓋寡地獄籠樊往人爭湊也

業因部第五

如智度論說惡有三品但造下品之惡即生餓鬼趣中依如十地論亦同此說於十惡業隨造何業一一先生三塗後得人身若依正法念經說若起貪嫉邪佞諂曲欺誑於他或復慳貪積財不施皆生鬼道從鬼命終多生畜生道中受遮吒迦鳥身恒常飢渴受大苦惱唯飲天雨仰口而承不得更飲餘水是故常困飢渴也依業報差別經說具造十業生餓鬼中一身行輕惡二口行輕惡三意行輕惡四慳澀多貪五起非分惡六諂曲嫉妬七起於邪見八愛著資生即便命終九因飢而亡十枯渴而死以是業故生餓鬼中

又分別功德論云有諸沙門行諸禪觀或在塚間或在樹下時在塚間觀於死屍夜見飢鬼打一死屍沙門問曰何以打此死屍耶答曰此屍困我如是是以打之道人曰何以不打汝心打此死屍當復何益也於須臾頃復

有一天以天文陀羅花散一臭屍沙門問曰何爲散花此臭屍耶答曰由我此屍得生天上此屍即是我之善友故來散花報徃昔恩道人答曰何以不散花汝心中乃散臭屍夫爲善惡之本皆心所爲乃捨本求末耶

身量部第六

如五道經說餓鬼形量極大者長一由旬頭如太山咽内如針頭髮蓬亂形容羸瘦柱杖而行如是者極衆最小者如有知小兒或言三寸中間形量依經具說不可備録

壽命部第七

如觀佛三昧經說其有餓鬼極長壽者八萬四千歲短則不定依成實論極長壽者七萬歲短亦不定若依優婆塞經說極長壽者一萬五千歲如人間五千年爲餓鬼中一日一夜如是日夜即彼鬼壽一萬五千歲（計此人間日月歲數當二千七百萬歲也）若依正法念經說有鬼壽命五百歲如人間十年爲餓鬼一日一夜如是日夜壽五百歲（計此人間日月歲數當一百八十萬歲也）

好醜部第八

如婆沙論云鬼中好者如有威德鬼形容端正諸天無異又一切五嶽四瀆山海諸神悉多端正名爲好也第二醜者謂無威德鬼形容鄙惡不可具說頭如餓狗之腔頭若飛蓬之亂咽同細小之針脚如朽槁之木口常垂涎鼻恒流涕耳内生膿眼中出血諸如是等名爲大醜

苦樂部第九

如婆沙論說鬼中苦者即彼無威德鬼恒常飢渴累年不聞漿水之名豈得逢斯甘饍設

值大河欲飲即變爲炬火縱得入口即腹爛焦然如斯之類豈不苦哉第二鬼中樂者即彼有威德中富足豐美衣食自然身服天衣口餐天供形常優縱策乘輕馳任情遊戲共天何殊如斯之類豈不樂哉問曰既有斯樂便勝於人何故經說人鬼殊趣答曰經說鬼神不如人道略述二意一受報分顯不及於人爲彼鬼神晝伏夜遊故不及於人二虚怯多畏不及於人雖有威德以報卑劣常畏於人縱晝夜值人恒避路私隱問曰既劣於人何得威德報同天答然由前身大行檀故得受威報由前身諂曲不實故受斯鬼道也

貴賤部第十

如婆沙論云有威德者即名爲貴無威德者即名爲賤又爲鬼王者即名爲貴受驅使者即名爲賤貧富如何答有威德者多饒衣食僕使自在即名爲富身常區區恒被敦役麤食不聞弊服難值如斯之類即名爲貧也

舍宅部第十一

如婆沙論說有威德者便有官宅七寶莊嚴一切山河諸神悉有舍宅依之而住無威德者如浮遊浪鬼飢渴之徒悉無舍宅權依塜墓暫止叢林草木巖穴是其處所故莊嚴論云佛言我昔曾聞有大商主子名曰億耳入海採寶既得迴還與伴别宿失伴慞惶飢渴所逼遥見一城謂爲有水往至城邊欲索水飲然此城者是餓鬼城到彼城中四衢道頭衆人集處空無所見飢渴所逼唱言水水諸餓鬼輩聞是水聲皆來雲集誰慈悲者欲與我水此諸餓鬼身如焦柱以髮自纏皆來合

掌作如是言願乞我水億耳語言我渴所逼
故來求水爾時餓鬼聞億耳爲渴所逼自行
求水希望都息皆各長歎作如是言汝可不
知此餓鬼城云何此中而索水耶即說偈言
我等處此城　百千萬歲中　尚不聞水名
況復得飲者　譬如多羅林　燋然被火焚
我等亦如是　支節皆火然　頭髪悉蓬亂
形體皆毀破　晝夜念飲食　慞惶走十方
飢渴所逼切　張口馳求索　有人執杖隨
尋逐加楚撻　槌打不得近　我等受此呰
云何能得水　以用惠施人　我等先身時
慳貪極嫉妬　不曾施一人　漿水及飲食
自物不與他　抑彼令不施　以是重業故
今受是呰惱

感應緣略引六驗

宋司馬文宣　長安王胡
廣陵李旦　滎陽鄭鮮之
唐眭仁蒨　臨川諸山鬼怪
雜明俗中鬼神

宋司馬文宣河內人也頗信佛法元嘉九年丁毋艱弟喪月望旦忽見其弟身形於靈座上不異平日迴遑歎嗟諷求飲食文乃試與言曰汝平生時修行十善若如經言應得生天若在人道何故乃生此鬼中耶沉吟俯仰默然無對文即夕夢見其弟云生所修善蒙報生天旦靈床之鬼是魔魅耳非其身也恐兄疑怪故詣以白兄文宣明旦請僧轉首楞嚴經令人撲繫之鬼乃逃入床下又走戶外形稍醜惡舉家駭懼詈叱遣之鬼云餓乞食耳積日乃去頃之毋靈床頭有一鬼膚體赤

色身甚長壯文宣長息孝祖與言往反答對周悉初雖恐懼末稍安習之鬼亦轉相附狎居處出入殆同家人於時京師傳相報告往來觀者門巷疊跡時南林寺有僧與靈味寺僧含沙門與鬼言論亦甚欵曲鬼云昔世嘗爲尊貴以犯衆惡受報未竟果此鬼身去寅年有四百部鬼大行疾癘所應鍾災者不忓道人耳而犯横極衆多濫福善故使我來監察之也僧以食與之鬼曰我自有粮不得進此食也含曰鬼多知我生何來何因作道人答曰人中來出家因緣本誓願也問諸存亡生死所趣略皆答對具有靈驗條次繁多故不曲載含曰人鬼道殊汝既不求食何爲久留鬼曰此間有一女子應在收捕而奉戒精勤故難可得比日稽留用此故也藉亂主人有愧不少自此巳後不甚見形後往視者但聞語耳時元嘉十年也至三月二十八日語文宣云暫來寄住而汝傾家營福見畏如此那得久留孝祖云聽汝寄住何故據人先亡靈筵耶答曰汝家亡者各有所屬此座空設故權寄耳於是辭去

宋王胡者長安人也叔死數載元嘉二十三年忽見形還家責胡以修謹有闕家事不理罰胡五杖傍人及隣里並聞其語及杖聲又見杖瘢迹而不覩其形唯胡猶得親接叔謂胡曰吾不應死神道須吾筭諸鬼録今大從吏兵恐驚損墟里故不將進耳胡亦大見衆鬼紛鬧若村外俄然叔辭去曰吾來年七月七日當復暫還欲將汝行遊歷幽途使知罪福之報也不須費設若意不已止可茶來耳

至期果還語胡家人云吾今將胡遊觀畢當使還不足憂也胡即頻卧床上泯然如盡叔於是將胡徧觀群山備覩鬼恠未至嵩高山諸鬼遇胡並有饌設餘族味不異世中唯薑甚脆美胡欲懷將還左右人笑胡云止可此食不得將還也胡末見一處屋宇華曠帳筵精整有二少僧居焉胡造之二僧為設雜果檳榔等胡遊歷久之備見罪福苦樂之報乃辭歸叔謂胡曰汝既已知善之可修何宜在家白足阿練戒行精高可師事也長安道人足白故時人謂為白足阿練也甚為魏虜所敬虜主主事為師胡既奉此諫於其寺中遂見嵩山上年少僧者遊學衆中胡大驚與叙乖闊問何時來二僧答云貧道本住此寺往日不憶與君相識胡復說嵩高之遇此僧云君謬耳豈有此耶至明日二僧無何而去胡乃具告諸沙門叙說往日嵩山所見衆咸驚恠即追求二僧不知所在乃悟其神人焉元嘉末有長安僧釋曇爽來遊江南具說如此也

宋李旦字世則廣陵人也以孝謹質素著稱鄉里元嘉三年正月十四日暴病心下不冷七日而甦含以飲粥宿昔復常云有一人持信播來至床頭稱府君教喚旦便隨去直北向行道甚平淨既至城閤高麗似今宮闕遣傳教慰勞問呼旦可前至大廳事上見有三十人單衣青幘列坐森然一人東坐披袍隱几左右侍衞可有百餘視旦而語坐人云當示以諸獄令世知也旦聞言已舉頭四視都失向處乃是地獄中見群罪人受諸苦報呻

吟號呼不可忍視尋有傳教稱府君信君可還去當更相迎因此而還至六年正月復死七日又活述所見事較略如先或有罪囚寄語報家道生時犯罪使爲作福稱説姓字親識鄉伍旦依言尋求皆得之又云甲申年當行疾癘殺諸惡人佛家弟子作八關齋心修善行可得免也旦本作道家祭酒即欲棄籙本法道民諫制故遂兩事而常勸化作八關齋

宋尚書僕射榮陽鄭鮮之元嘉四年從大駕巡京至都夕暴亡乃靈語著人曰吾壽命久盡早應過世頼比歳來敬信佛法放生布施以此功德延駐數年耳夫幽顯報應有若影響宜放落俗務崇心大教于時勝貴多皆聞云右三人出冥報記也

唐眭仁蒨者趙郡邯鄲人也少事經學不信鬼神常欲試其有無就見鬼人學之十餘年不能得見後徙家向縣於路見一人如天官衣冠甚暐曄乘好馬從五千餘騎視仁蒨而不言後數見之常如此經十年凡數十相見後忽駐馬呼仁蒨曰比頻見君情相眷慕願與君交遊蒨即拜之問公何人耶答曰吾是鬼耳姓成名景本弘農西晉時爲別駕今任胡國長史仁蒨問其國何在王何姓名答曰黃河已北總爲臨胡國國都在樓煩西北沙磧是也其王即是故趙武靈王今統此國總受太山控攝每月各使上相朝於太山是以數來過此與君相遇也吾乃能有相益令君預知禍難而先避之可免橫害唯死生之命與大禍福之報不能移動耳仁蒨從之景因

命其從騎常掌事以是贈之遣隨蒨行有事令先報之即爾所不知當來告我於是便別掌事恒隨逐如侍從者嘖有所問無不先知時大業初陵岑之象爲邯鄲令子文本年未弱冠之象請仁蒨於家教文本書蒨以此事告文本仍謂曰成長史語我有一事羞君不得道既與君交亦不能不告君鬼神道亦有食然不能得飽常苦飢渴若得人食便得一年飽衆鬼多偷竊人食我既貴重不能偷之從君請一餐蒨既告文本文本即爲具饌備設珍羞蒨曰鬼不欲入人屋可於外水邊張幕設席陳酒食於上文本如其言至時仁蒨見景兩客來坐從百餘騎既坐文本向席再拜謝以食之不精亦傳景意辭謝初文本將設食仁蒨請有金帛以贈之文本問是何等物蒨云鬼所用物皆與人異唯黃金及絹爲得通用然亦不如假者以黃色塗大錫作金以經爲絹帛最爲貴上文本如言作之及景食畢令其從騎更代坐食文本以所作金錢絹贈之景深喜謝曰因眭生煩郎君供給郎君頗欲知壽命乎文本辭云不願知也景笑而去數年後仁蒨遇病不甚困篤而又不起月餘日蒨憑常掌事掌事不知便問長史長史報云國內不知後月因朝太山爲問消息相報至後月長史來報云是君鄉人趙某爲太山主簿主簿一員闕薦君爲此官故爲文案經紀召君耳案成者當死蒨問請將案出景云君壽應年六十餘今始四十但以趙主簿横徵召耳當爲請之乃曰趙主簿相問眭兄昔與同學恩情深至今幸得爲太山主簿

適遇一負官闕明府令擇人吾已啓公公許相用兄既不得長生命當有死死遇濟會未必當官何惜一二十年苟生延時耶令文書已出不可復止願決作來意無所疑也蒨憂懼病逾篤景請蒨曰趙主簿必欲致君君可自往太山於府陳訴則可以免蒨問何因見府君景曰鬼者可得見耳往太山廟東度一小嶺平地是其都所君往自當見之蒨以告文本文本爲具行裝數日景又告蒨曰文書欲成君訴懼不可免急作一佛像彼文書自消蒨告文本以三千錢爲畫一座像於寺西壁訖而景來告曰免矣蒨情不信佛意尚疑之因問景云佛法說有三世因果此爲虛實答曰皆實蒨曰即如是人死當分入六道那得盡爲鬼而趙武靈王及君今尚爲鬼耶景曰君縣內幾戶蒨曰萬餘戶又曰獄囚幾人蒨曰常二十人已下又曰萬戶之內有五品官幾人蒨曰無又曰九品已上官幾人蒨曰數十人景曰六道之義分一如此耳其得天道萬無一人如君縣內無一五品官得人道者萬有數人如君縣內九品數十人入地獄者萬亦數十如君獄內囚唯鬼及畜生最爲多也如君縣內課役戶就此道中又有等級因指其從者曰彼人大不如我其不及彼者尤多蒨曰鬼有死乎曰然蒨曰死入何道答曰不知如人知生而不知死後之事蒨問曰道家章醮爲有益不景曰道者彼天帝總統六道是謂天曹閻羅王者如人間天子太山府君如尚書令錄五道神如諸尚書若我輩國如大州郡每斷人間事道上章請福如

求神之恩天曹受之下閻羅王云以某月日得某甲訴云云宜盡理勿令枉濫閻羅敬受而奉行之如人奉詔也無理不可求免有枉必當得申何為益也蒨又問佛法家修福何如景曰佛是大聖無文書行下其修福者天神敬奉多得寬宥若福厚者雖有惡道文字不得追攝此非吾所識亦莫知其所以然言畢即去蒨一二日能起便愈文本父卒還鄉里蒨寄書曰鬼神定是貪諂往日欲郎君飲食乃爾慇懃比知無復利相見殊落漠然常掌事猶見隨本縣為賊所陷死亡略盡僕為掌事所導常如賊不見竟以獲全貞觀十六年九月八日文官賜射於玄武門文本時為中書侍郎與家兄太府卿及治書侍御史馬周給事中韋琨及臨對坐文本自語人云爾右驗出冥報記

臨川間諸山縣有妖魅來常因大風雨有聲如嘯能射人其所著者如蹄頭腫大毒有雌雄雄急雌緩急者不過半日緩者不延經宿其有旁人常以救之救之小免則死俗名曰刀勞鬼故外書云鬼神者其禍福發揚之驗於世者也老子曰昔之得一者天得一以清地得一以寧神得一以靈谷得一以盈侯王得一以為天下貞然則天地鬼神與我並生者也氣分則性異域立則形殊莫能相兼也生者主陽死者主陰性之所託各安其方太陰之中恠物存焉右二條出搜神記也

韓詩外傳曰死為鬼鬼者歸也精氣歸於天肉歸於土血歸於水脉歸於澤聲歸於雷動作歸於風眼歸於日月骨歸於木筋歸於山

齒歸於石膏歸於露露歸於草呼吸之氣復歸於人

禮記祭義曰宰我曰吾聞鬼神之名不知其所謂子曰氣之也者神之盛也魄也者鬼之盛也合鬼與神教之至也依崔鴻國春秋前涼錄曰張傾安定馬氏人初傾之殺麴儉儉有恨言恨言是月光見白狗拔劍斫之傾委地不起左右見儉在傍遂乃暴卒

依神異經曰東北方有鬼星石室屋三百戶而共所石傍題曰鬼門門晝日不閉至暮則有人語有火青色（右此四驗出其御覽）

南陽宋定伯年少時夜行逢鬼問曰誰鬼尋復問之卿復誰定伯誑之言我亦鬼鬼問欲至何所答曰欲至宛市鬼言我亦欲至宛市遂行數里鬼言步行太遲可共遞相擔也定伯曰大善鬼便先擔定伯數里鬼言卿大重將非鬼也定伯言我新死故身重耳伯因復擔鬼鬼略無重如是再三定伯復言我新死不知鬼悉何所畏忌鬼答言唯不喜人唾於是共行道遇水定伯令鬼先度聽之了無聲音定伯自度漕漼作聲鬼復言何以聲定伯曰新死不習度水故爾勿怪吾也行欲至宛市定伯便擔鬼著頭上急持之鬼大呼聲咋咋然索下不復聽之徑至宛市中下著地化爲一羊便賣之恐其變化爲並唾之得錢千五百乃去于時石崇言定伯賣鬼得千五百文（右此一驗出列異傳）

趙泰傳曰泰曾死而絶有使二人扶而從西入趣官治合有三重黑門周帀數千里高梁瓦屋是日亦有同死者男女五六千人皆在

門外有吏著帛單衣持筆抄人姓名男女左右別記謂曰莫動當將汝入呈太山府君名簿在第二十須臾便至府君西向坐邊有持刀直衛左右主者按名一一呼入至府君所依罪輕重斷之入獄按抱朴子曰按九鼎記及青靈經並云人物之死俱有鬼也

魏孫恩作逆時吳興紛亂一男子避急突入蔣侯廟始入門木像彎弓射之即死行人及守廟者無不必見（右此一驗出幽冥録）

畜生部（此有十部）

述意部第一

夫論畜生癡報所感種類既多條蔓非一稟茲穢質生此惡塗頓罷慧明唯多貪恚所以蜂蠆蘊毒蛇蝮懷瞋鴿雀嗜婬犲狼騁暴或復披毛戴角抱翠銜珠雋巨鋒芒爪牙長利或復聽物往還受人驅策犬勤夜吠雞競曉鳴牛弊田農馬勞行陣肌肉於是消耗皮膚爲之零落或潛藏草澤遂被罝羅竄伏陂池擴遭罾網如是畜生悉皆懺悔乃至鵾鵬大質螻蟻細軀偃鼠飲河鷦鷯巢木水生陸産羽族毛群錦質紫鱗丹鰓赬尾如此之流悉皆代爲懺悔當令信根清淨捨此惡形慧命莊嚴復茲天報無復驅馳之苦永離屠割之悲縱意逍遥隨心放蕩飲啄自在鳴嘯無爲出彼籠樊免乎繫縛也

會名部第二

畜生者如婆沙論中釋生謂衆生畜謂畜養謂彼横行禀性愚癡不能自立爲他畜養故名畜生問曰若以畜養名畜生者如諸龍水陸空行豈可爲人所養名爲畜生耶答曰養者義寛具滿人間及以六天不養者處狹唯在人中山野澤内又古昔諸龍亦爲人養具在文史今從畜養偏多故名畜生又立世論云畜生梵名底栗車由因諂曲業故於中受生故復説此道衆生多覆身行故説名底栗車

依新婆沙論名爲旁生故問云何旁生趣答其形旁故行亦旁以行旁故形亦旁是故名旁生有説彼諸有情由造作增上愚癡身語意惡行徃彼生彼闇鈍故名旁生謂此遍於五趣皆有如捺落迦中有無足者如娘矩吒蟲等有二足者如鐵嘴鳥等有四足者如黒駮狗等有多足者如百足等於鬼趣中有無足者如毒蛇等有二足者如烏鵄等有四足者如狐狸象馬等有多足者如六足百足等於人趣三洲中有無足者如一切腹行蟲有二足者如鴻鴈等有四足者如象馬等有多足者如百足等於拘盧洲中有二足者如鴻鴈等有四足者如象馬等無有無足及多足者彼是受無惱害業果處故四天王衆天及三十三天中有二足者如妙色鳥等有四足者如象馬等餘無者如前釋上四天中唯有二足者如妙色鳥等餘皆無者空居天處轉勝妙故問彼處若無象馬等者如何爲乘亦聞彼天乘象馬等云何言無答由彼諸天福業力故作非情數象馬等形而爲御乘自娱

樂也依樓炭經說畜生不同大約有其三種一魚二鳥三獸於此三中一一無量魚有六千四百種鳥有四千五百種獸二千四百種於彼經中但列總數不別列名正法念經種數不同有四十億亦不列名

住處部第三

如新婆沙論問旁生本住何處答本所住處在大海中後時流轉遍在諸趣問其形云何答多分旁側亦有竪者如緊㮈落畢舍遮醯盧索迦等問語言云何答劫初成時皆作聖語後以飲食時分有情不平等故諂誑增上故便有種種語乃至有不能言者

又舊婆沙論說畜生住處乃有邊正之別第一正住者或說在鐵圍兩界之間㝠闇之中或在大海之內或在洲渚之上第二邊住者謂在五趣之中如地獄中或有無足畜生如彼蛇等或有二足者如彼烏鴟等或有四足者如彼狗等(此中或有實報或有化者不定)於鬼趣中亦有無足二足四足多足畜生謂彼有威德鬼中亦有象馬駝驢等無威德鬼中唯有狗等修羅趣中(一同鬼趣中說)於天趣中唯有二足四足畜生更無餘種(然欲色二界諸天有具不具報化畜生者一如前天中說)

身量部第四

如菩薩處胎經云第一大鳥不過金翅鳥頭尾相去八千由旬高下亦爾若其飛時從一須彌至一須彌終不中止廣如經說第二獸者不過於龍如阿含經說難陀跋難陀二龍其形最大繞須彌山七帀頭猶山頂尾在海中第三魚身者不過摩竭大魚如四分律說摩竭大魚身長或三百由旬四百由旬乃至

極大者長七百由旬故阿含經云眼如日月鼻如太山口如赤谷若依俗書莊周說云有大鵬其形極大大鵬之背不知幾千里將欲飛時擊水三千里翼若垂天之雲搏扶搖而上去地九萬方乃得逝要從北溟至於南溟一飛六月終不中息（此當內典小金翅鳥俗情不測謂言別有大鵬之鳥）俗書復說水獸大者不過巨靈之龜其形最大首冠蓬萊海中遊戲亦不說其高下長短也（此龜未同小小之摩竭不可較其優劣也）莊周說小鳥之微不過於鷦鷯之鳥蚊子鬚上養子有卵鬚上乎乳其卵不落（此亦未達內典眾生受報極小者形如微塵凡眼不覩故內律云佛令比丘濾水而飲舍利弗乃多遍而濾猶有細蟲因此七日不飲水身形枯顇佛知其故問汝云何顦顇答佛言佛令濾水而飲弟子縱多遍濾以天眼觀蟲猶尚而過如器中粟水沙以護生命不敢飲水故身顦顇佛告舍利弗若以天眼觀一切人民無有活者自今已後但聽肉眼看水清淨其內無蟲即得開飲故知眾生微報處處皆遍小者豈同鷦鷯之質大也）

壽命部第五

如毗曇說云畜生道中壽極長者不過一劫如持地龍王及伊羅鉢龍等壽極短者不過蜉蝣之蟲朝生夕死不盈一日中間長短不可具述如智度論說佛令舍利弗觀鴿過未前後各八萬劫猶不捨鴿身故知畜生壽報長遠非凡所測也

業因部第六

依業報差別經中說具造十業得畜生報一身行惡二口行惡三意行惡四從貪煩惱起諸惡業五從瞋煩惱起諸惡業六從癡煩惱起諸惡業七毀罵眾生八惱害眾生九施不淨物十行於邪婬若依正法念經說畜生種類各各差別業因得報亦各不同備如經說

不可具述若依地持具造十惡一一能令衆生墮於地獄畜生餓鬼後得人身猶有習報具其餘篇中說

受報部第七

依賢愚經云爾時有諸估客欲詣他國其諸商人共將一狗至於中路衆賈頓息伺人不看狗便盜肉衆人瞋打而折其脚棄野而去時舍利弗天眼見狗癈躃飢餓困篤垂死著衣持鉢入城乞食得已持出飛至狗所慈心憐愍以食施與狗得其食活命歡喜即爲狗說微妙之法狗便命終生舍衛國婆羅門家後舍利弗獨行乞食婆羅門見而問言尊者獨行無沙彌耶舍利弗言我無沙彌聞鄉有子當用見與婆羅門言我有一子字曰均提年既孤幼不任使令比前長大當用相與後至七歲以其兒付令使出家便受其兒將至祇桓聽爲沙彌漸爲說法心開意解得阿羅漢果功德悉備均提沙彌始得道已自以智力觀過去世本造何行遭聖獲果覩見前身作一餓狗蒙和尚恩今得人身并獲道果欣心內發而自念言我蒙師恩得脫諸苦今當盡身供給所須求作沙彌不受大戒佛告阿難由過去世迦葉佛時均提出家少年聲好善巧讚唄人所樂聽有一老僧音聲濁鈍不能經唄已得羅漢功德皆具年少比丘自恃好聲見而訶之聲如狗吠時老比丘便呼年少汝識我不我得羅漢儀式悉具年少聞說心驚毛豎惶怖自責即於其前懺悔過咎由其惡言五百世中常受狗身由其出家持淨戒故今得見我蒙得解脫又智度論云愚癡

多故受蚳蚓蟯蜋螻蟻鵂鶹角鵄之屬諸騃蟲鳥龍樹菩薩或云婬欲情欲受鶩身或云愚癡多故亦受鶩身問此二鶩身爲同爲異答謂習欲生者是水鳥鳧鴨之流習癡生者是陸鳥鵄梟之類者或晝見夜亦見由欲生故恒多連飛並汎鳥之類者或夜見晝不見由癡生故恒多夜遊伺鼠鵄亦二種習欲生者是老鵄則晝見夜不見習欲癡生者是角鵄則夜見晝不見又長阿含及增一經云金翅鳥有四種一卵生二胎生三濕生四化生皆先大布施由心高凌虛苦惱衆生心多瞋慢生此鳥中有如意寶珠以爲瓔珞變化萬端無事不辦身高四十里衣廣八十里長四十里重二兩半食黿鼉蟲鼈以爲段食涅槃經云能食能消一切魚金銀等寶唯除金剛也洗浴衣服爲細滑食亦有婚姻兩身相觸以成陰陽壽命一劫或有減者大海北岸一樹名究羅瞋摩高百由旬蔭五十由旬樹東有卵生龍宮卵生金翅鳥宮樹南有胎生龍宮胎生金翅鳥宮樹西有濕生龍宮濕生金翅鳥宮樹北有化生龍宮化生金翅鳥宮各各縱廣六千由旬莊飾如上若卵生金翅鳥飛下海中以翅搏水水即兩披深二百由旬取卵生龍隨意而食之華嚴經云此鳥食龍所扇之風風若入人眼人眼失明故不來人間恐損人眼也胎濕化等亦復如是涅槃經云唯不能食受三歸者有化龍子於六齋日受齋八禁時金翅鳥欲取食之銜上須彌山北大鐵樹上高十六萬里求覓其尾了不可得鳥聞亦受五戒又觀佛三昧經云金翅鳥王名曰正音於衆羽族快樂自在於閻浮提日食一龍王及五百小龍於四天下

更食日日數亦如上周而復始經八千歲死相既現諸龍吐毒不能得食飢逼慞惶求不得安至金剛山從金剛山直下從大水際至風輪際爲風所吹還上金剛如是七返然後命終以其毒故令十寶山同時火起難陀龍王懼燒此山即降大雨滴如車軸鳥肉消盡唯餘心存心又直下七返如前住金剛山難陀龍王取爲明珠轉輪聖王得爲如意珠若人念佛心亦如是又樓炭長阿含經等云龍還有四皆先多瞋恚心曲不端大行布施令受此形由施福故以七寶爲宮宮之所在如前金翅鳥中說也身高四十里衣長四十里廣八十里重二兩半神力自在百味飲食最後一口變爲蝦蟇若自化眷屬發於道心乞施皂衣能使諸龍各與供養者沙不雨身及離衆患亦能變身爲蛇等不遭蝦蟇及金翅鳥也食黿鼉魚鼈以爲段食洗浴衣服爲細滑食亦有婚姻身相觸以成陰陽壽命一劫或有減者得免金翅鳥食唯有十六王一娑竭二難陀三跋難陀四伊那婆羅五提頭賴吒六善見七阿盧八伽句羅九伽毗羅十阿波羅十一伽㝹十二瞿伽㝹十三阿耨達十四善住十五憂睒伽波頭十六得叉迦又樓炭華嚴經云娑竭龍王住須彌山比大海底宮宅縱廣八萬由旬七寶所成牆壁七重欄楯羅網嚴飾其上園林浴池衆鳥和鳴金壁銀門門高二千四百里廣二千二百里彩畫殊好常有五百鬼神之所守護能隨心降雨群龍所不及住淵湧流入海青瑠璃色又海龍王經云龍王白佛言我從劫初正住大海從拘樓秦佛時大海之中妻子甚少

今者海龍眷屬繁多佛告龍王其於佛法出家違戒犯行不捨直見不墮地獄如斯之類壽終已後皆生龍中佛告龍王拘樓秦佛時九十八億居家出家違其禁戒皆生龍中拘那含牟尼佛時八十億居家出家毀戒恣心壽終之後皆生龍中迦葉佛時六十四億居家出家犯戒皆生龍中於我世中九百九十億居家鬪諍誹謗經戒死生龍中今已有出者以是之故在大海中諸龍妻子眷屬不可稱計泥洹後多有惡優婆塞違失禁戒當生龍中或墮地獄

又僧護經云爾時世尊告僧護比丘汝於海中所見龍王受此龍身牙甲鱗角其狀可畏臭穢難近以畜生道障出家法不能得免金翅鳥王之所食噉龍性多睡有五法不能隱身一生時二死時三婬時四瞋時五睡時復有四毒不能如法一以聲毒故不能如法若出聲者聞則害人二以見毒故不能如法若見身者必能害人三以氣毒故不能如法若彼氣噓必能害人四以觸毒故不能如法若觸身者必能害人

修福部第八

如菩薩處胎經云佛告智積菩薩吾昔一時無央數劫爲金翅鳥王七寶宮殿後園浴池皆七寶成心得自在如轉輪王乃能入海求龍爲食時彼海中有化生龍子於其齋日奉持八禁時金翅鳥王身長八千由旬左右兩翅各長四千由旬以翅斫海取龍水未合頃吏飛銜龍出鳥欲食龍時先從尾而呑到須彌山北有大鐵樹高下六萬里銜龍至彼欲

得食毀求龍尾不知處以經日夜明日龍始出尾語金翅鳥化生龍者我身是也我不持八齋法者汝即灰滅時金翅鳥聞悔過自責佛之威神甚深難量我有宮殿去此不遠共我至彼以相娛樂龍即隨鳥至宮觀看今此眷屬不聞如來八關齋法唯願指授禁戒威儀若壽終後得生人中爾時龍子具以禁戒法便讀誦之即於鳥宮而說頌曰

我是龍王子　修道七萬劫　以針刺樹葉
犯戒作龍身　我宮在海內　亦以七寶成
摩尼玻瓈珠　明月珠金銀　可隨我到彼
觀看修佛事　復益善根本　慈潤悉周遍

爾時鳥聞龍子所說受八關齋法口自發言從今以後盡形壽不殺生如諸佛教金翅鳥眷屬受三自歸已即從龍子到海宮殿彼有七寶塔諸佛所說諸法深藏別有七寶函滿中佛經見諸供養猶如天上龍子語鳥我受龍身劫壽未盡未曾殺生嬈觸水性時龍子龍女心開意解壽終之後皆當得生阿彌陀佛國

苦樂部第九

如經說云如有福龍依報快樂具足妻妾妓女衣服飲食象馬七珍無不備有優樂自在過踰於人乃至六欲天中亦有鳥獸自在受樂亦有薄福諸龍日別熱沙搏身爲諸小蟲之所唼食又如人間畜生驅策鞭打擔輕負重馳騁走使不得自在乃至水陸空行乏少水草共相殘害又復鐵圍山間兩界畜生恒居暝冥受苦無間無暫時樂如是諸苦不可具陳

好醜部第十

如經說云如龍驎麟鳳孔雀鸚鵡山鷄畫雉爲人所貴情希愛樂如獼猴犲狼虎蛇蚖蝮服鳥梟鵄等人所惡見不喜聞音如是好醜陳列難盡貴賤可知不可具述

感應緣 略引其七

黄初有魅恠　蜀山有猳國恠

越山有鳥恠　季桓子井有羊恠

晉懷瑶家地有犬恠

高辛氏時有狗恠

西國行記人畜交孕恠

魏黄初中頓丘界有人騎馬夜行見道中有物大如兎兩眼如鏡跳梁遮馬令不得前人遂驚懼墮馬魅便就把捉驚怖暴死良久得甦甦已失魅不知所在乃便上馬前行數里逢一人相問訊已說向者事變如此今相得爲伴甚佳歡喜人曰我獨行得君爲伴快不可言君馬行疾且前我在後隨也遂共行語曰向者物何如乃令君懼怖耶對曰其身如兎兩眼如鏡形甚可惡伴曰試顧視我耶人顧視之猶復是也魅便跳上馬人遂墮地怖死家人恠馬獨歸即行推見於道得之宿昔乃甦說狀如是

蜀中西南高山之上有物與猴相類長七尺能作人行善走逐人名曰猳國一名馬化或曰玃猨伺道行婦女有長者輒盜取將去人不得知若有行人經過其旁皆以長繩相引猶故不免此物能別男女氣臭故取女男不知也若取得人女則爲家室其無子者終身不得還十年之後形皆類之意亦迷惑不復

思歸若有子者輒抱送還其家產子皆如人形有不養者其母輒死故懼怕之無敢不養及長與人不異皆以楊爲姓故今蜀中西南多諸楊率皆是玃國馬化之子孫也

越地深山中有鳥大如鳩青色名曰冶鳥穿大樹作巢如五六升器戶口徑數寸周飾以土堊赤白相分狀如射侯伐木者見此樹即避之去或夜冥不見鳥鳥亦知人不見便鳴喚曰咄咄上去明日便急上去咄咄下去明日便宜急下若不使去但言笑而已者人可止伐也若有穢惡及其所止者則有虎通夕來守人不去便傷害人此鳥白日見其形是鳥也夜聽其鳴亦鳥也時有觀樂者便作人形長三尺至澗中取石蟹就人火炙之人不可犯也越人謂此鳥是越祝之祖也

季桓子穿井獲如土缶其中有羊馬便問之仲尼曰吾穿井而獲狗何耶仲尼曰以丘所聞羊也丘聞之木石之恠蚑蝄蜽水中之恠是龍罔土中之恠曰賁羊夏鼎志曰罔象如三歲兒赤目黑色大耳長臂赤爪索縛則可得食王子曰木精爲遊光金精爲清明也

晉元康中吳郡婁縣懷瑤家忽聞地中有犬子聲隱其聲上有小穿大如螾瑤以杖刺之入數尺覺如物乃掘視之得犬子雌雄各一目猶未開形大於常犬也哺之而食左右咸往觀焉長老或云此名犀犬得之者令家富昌宜當養之以目未開還置穿中覆以磨礱宿昔發視左右無孔遂失所在瑤家積年無他禍福也大興中吳郡府舍中又得二枚物如初其後太守張茂爲吳興兵所殺尸子曰

地中有犬名曰地狼有人名曰無傷夏鼎志曰掘地而得狗名曰賈掘地而得豚名曰邪掘地而得人名曰聚聚無傷也此物之自然無謂鬼神而怪之然則與地狼名異其實一物也淮南萬畢曰千歲羊肝化爲地宰蟾蜍得菰卒時爲鶉此皆因氣作以相感而惑也高辛氏有老婦人居於王宫得耳疾歷時醫爲挑治出頂蟲大如繭婦人去後置以瓠蘺覆之以盤俄爾頂蟲乃化爲犬其文五色因名盤瓠遂畜之時戎吴盛强數侵邊境遣將征討不能擒勝乃募天下有能得戎吴將軍首者購金千斤封邑萬戶又賜以少女後盤瓠銜得一頭將造王闕王診視之即是戎吴爲之柰何群臣皆曰盤瓠是畜不可官秩又不可妻雖有功無施也少女聞之啓王曰大王既以我許天下矣盤瓠銜首而來爲國除害此天命使然豈狗之智力哉王者重言覇者重信不可以子女微軀而負明約於天下國之禍也王懼而從之令少女隨盤瓠盤瓠將女上南山山草木茂盛無人行迹於是女解去上衣爲僕豎之扮著獨揭之衣隨盤瓠昇山入谷止于石室之中王悲思之遣往視覓天輒風雨嶺震雲晦往者莫至蓋經三年產六男六女盤瓠死後自相配偶因爲次妻織績木皮染以草實好五色衣服裁制著用經後毋歸以語王王遣追之男女天不復雨衣服褊褳言語侏離飲食蹲踞好山惡都王順其意有詔賜以名山廣澤號曰蠻夷蠻夷者外癡内黠安土重賜以其受異氣於天命故待以不常之律田作賈販無關繻符傳租

稅之賦有邑君長皆賜印綬冠用獺皮取其遊食於水今即梁漢巴蜀武陵長沙廬江群夷是也用糝雜魚肉叩槽而號每祭盤瓠其俗至今故世稱赤髀橫裙盤瓠子孫右六條出搜神記也

奘法師西國記云僧伽羅國雖非印度之國路次附出此國本寶渚也多有珍寶栖止鬼神其後南印度有一國王女聘隣國吉日送歸路逢師子侍衛之徒棄女逃難女居轝中心甘喪命時師子王負女而去入深山處幽谷捕鹿採果以時資給既積歲月遂孕男女形貌同人性種畜也男漸長大力格猛獸年方弱冠人智斯發請其母曰我何謂乎父則野獸母乃是人既非族類如何配偶母乃述昔事以告其子曰人畜殊途宜速逃逝曰我先已逃不能自濟其子於後逐師子父登山踰嶺察其遊止可以逃難伺父去已遂擔負母下趣人里母曰宜各慎密勿說事源人或知聞輕鄙我等於是父國國非家族宗祀已滅投寄邑人人謂之曰爾曹何國人也曰我本此國流離異域子母相携來歸故里人皆哀愍更共資給其師子王還無所見追戀妻兒憤恚既發便出山谷往來村邑咆哮震吼暴害人物殘毒生類邑人輒出遂取而殺擊鼓吹貝負弩持鉾群從成旅然後免害其王懼仁化之不洽也乃縱獵者期於擒獲王躬率四兵衆以萬計掩捕林藪彌跨山谷師子震吼人畜辟易既不擒獲尋復招募其有擒執師子除國害者當酬重賞式旌茂績子聞王之令乃謂母曰飢寒已久宜可應募或有所得以相撫

育毋言不可若是彼獸雖是畜也猶是汝父豈以艱辛而興逆害父子曰人畜異類禮義安在既以違阻此心何冀乃抽小刃出應招募是時千衆萬騎雲屯霧合師子踞在林中人莫敢近子即其前父遂馴伏於是乎親愛忘怒乃剸刃於腹中尚懷慈愛猶無忿毒乃至刳腹含苦而死王曰斯何人哉若此之異也誘之以福利震之以威禍然後具陳始末備述情事王曰逆哉父而尚害況非親乎畜種難馴兇情易動除民之害其功大矣斷父之命其心逆矣重賞以酬其功遠放以誅其逆則國典不虧王言不貳於是裝二大船多儲糧糗毋留在國周給賞功子女各從一舟隨波飄蕩其男船泛海至此寶渚見豐珍王便於中止其後商人採寶後至渚中乃殺其

商主留其子女如是繫息子孫衆多遂立君臣以位上下連都築邑據有疆域以其先祖擒執師子因舉元功而爲國號其女船者泛至波刺斯西神鬼所魅産育群女故今四大女國是也故師子國人形貌甲黑方頤大顙情性獷烈安忍鴆毒斯亦猛獸遺種故其人多勇健斯一說也若據佛法所記則依起世經昔此寶洲大鐵城中五百羅剎女之所居也又屈支國東境城北天祠前有大龍池諸龍易形交合牝馬遂生龍駒之子方乃馴駕所以此國多出善馬聞諸先志曰近代有王號曰金華政教明察感龍馭乘王欲終没鞭觸其耳因即潛隱以至千金城中無井取彼池水龍變爲人與諸婦人會生子驍勇走及奔馬如是漸染人皆龍種恃力作威不恭王

命王力乃引搆突厥殺此人少長俱戮略無遺類城今荒蕪人烟斷絕右二驗出奘法師傳述曰數見愚俗邪說之人云貴賤不同人畜殊别何有人作畜生畜生作人佛說虚誑恐不依實若汝守愚不信佛言者何故前列俗典書史具述目驗所覩豈亦不信如行恩含忍即同楚子蛭痼疾皆愈宋公不禱妖星夕退若也行惡如漢鴆趙王如意蒼狗成肉齊殺彭生立豕爲祟近事尚然況復行因善惡業報昇沉殊趣累劫受殃也

法苑珠林卷第六

音釋

艿而證切草不翦也　怯乞協切畏懦也　塸烏侯切墓也　嘷胡刀切大呼也　臠力兖切塊切肉也　孾音嬰孾孩也　鍼職深切　梟尺救切腐氣也　癭於郢切瘤也　銛息廉切利也　荼同都切苦荼也　攖於盈切觸也　㓖疋碑切剝也　擠子禮切以手擠也　頡胡結切直項也　腔枯江切骨體也　眭息爲切姓也　蒨倉甸切　駭下楷切驚也　詈力智切罵也　忏古安切擾也　幘側革切覆髻巾也　邯鄲邯胡安切鄲都寒切邯鄲縣名　漕漼漕作勞切漼作回切　蠆丑懈切毒蟲也長尾爲蠆　蝮房六切　鷦鷯鷦即消切鷯力招切鷦鷯小鳥也　鰓蘇來切魚頰中骨也　頳丑盈切赤色　蜉蝣蜉縛謀切蝣以周切蜉蝣渠略也　癵呂員切拘也　躃必歷切跛也　鶩莫卜切野鴨也　鵄赤脂切怪鳥也　騃五駭切癡也　唼子合切聚食也　猳居牙切　玃居縛切大猿也　堊音惡白塗也　缶方久切　蚑詰利渠宜二切　螾以忍切蚯蚓也　礱盧紅切磨也　苽音孤蔣草也　鶉常倫切鵪鶉也　瓠胡誤切　購古候切以財有所求也　扮晡幻切打扮也　拗於絞切　繻新於切帛邊傳符也　獺他達切捕魚獸也

糝桑感切米粒和羹也　髖苦本切　頵俱倫切　鉾莫浮切句兵也　獠張巧切　馴詳遵切順善也　剚資四切插刀也　刳苦胡切剖也　糗丘九切乾糧也　頤弋支切領也　鴆直禁切毒鳥也　牝毘忍切母畜　驍古堯切武猛也　蛭職日切　祟雖遂切神禍也

法苑珠林卷第七 六道之三

唐 西明寺沙門釋 道世撰

地獄部 此別八部

述意部　會名部　受報部
時量部　典主部　王都部
業因部　誡勗部

述意部第一

夫論地獄幽酸特爲痛切刀林聳日劍嶺參天沸鑊騰波炎爐起焰鐵城晝掩銅柱夜然如此之中罪人遍滿周慞困苦悲號叫喚牛頭惡眼獄卒凶牙長叉拄肋肝心碓擣猛火逼身肌膚淨盡或復舂頭擣脚煑魄烹魂裂膽抽腸屠身膾肉如斯之苦何可言念於是沉浮鑊湯之裏偃仰爐炭之中肉盡戈劍之端骨碎枯形之側鐵林之上詎可安眠銅柱之間何宜久附眼中帶火啼淚不垂口裏含煙叫聲難出如此之處猶爲輕者所以寒氷之內儻遇溫風炭火之中若蒙涼氣便爲歡樂即復欣然脫在阿鼻稟形始奇酸楚鐵墻縱廣八萬由旬爆聲震骸梟煙蓬勃如魚在鏊脂血焦然聞無暫樂觸緣皆苦動轉不得纏縛甚嚴東西交過上下通徹此間劫燒徙寄他方他方劫盡還歸此處如是展轉經無量劫願令修福悉皆懺悔當願鑊湯清淨變作華池爐炭氛氲化成香蓋危昂劍樹即是瓊林蓊欝刀山真如鷲嶺銅柱變色永竪法幢鐵網改形方開淨土牛頭擲刃更受三歸獄卒棄鞭還持五戒怨家和解寧有帶忿之容債主歡喜人無含瞋之色亡頭失首之客藉此完全粉骨糜筋之士因茲平復也

會名部第二

問曰云何名地獄耶答曰依立世阿毗曇論云梵名泥犂耶以無戲樂故又無喜樂故又無行出故又無福德故又因不除離惡業故故於中生復說此道於欲界中最爲下劣名曰非道因是事故說地獄名泥犂耶如婆沙論中名不自在謂彼罪人爲獄卒阿傍之所拘制不得自在故名地獄亦名不可愛樂故名地獄又地者底也謂下底萬物之中地最在下故名爲底也獄者局也謂拘局不得自在故名地獄又名泥犂者梵音此名無有謂彼獄中無有義利故名無有也問曰地獄多種或在地下或處地上或居虛空何故並名地獄答曰舊翻地獄名狹處局不攝地空今依新翻經論梵本正音名那落迦或云捺落迦此總攝人處苦盡故名捺落迦故新婆沙論云問何故彼趣名捺落迦答彼諸有情無悅無愛無味無利無喜樂故名那落迦或有說者由彼先時造作增長增上暴惡身語意惡行往彼令彼相續故名捺落迦有說彼趣以顛墜故名捺落迦如頌言

顛墜於地獄　足上頭歸下　由毀謗諸仙
樂寂修苦行

有說捺落名人迦名爲惡惡人生彼處故名捺落迦問何故最下大者名無間耶答彼處恒受苦受無喜樂間故名無間問餘地獄中豈有歌舞飲食受喜樂異熟故不名無間耶答餘地獄中雖無異氣喜樂而有等流喜樂如於施設論說等活地獄中有時涼風所吹血肉還生有時出聲唱言等活彼諸有情歘

然還活准於如是血肉生時及還活時暫生喜樂間㫁受故不名無間也

受報部第三

如新婆沙論云問曰地獄在何處答曰多分在此贍部洲下云何安立有說從此洲下四萬踰繕那至無間地獄底無間地獄縱廣高下各二萬踰繕那次上一萬九千踰繕那中安立餘七地獄謂次上有極熱地獄次上有熱地獄次上有大嘷叫地獄次上有嘷叫地獄次上有衆合地獄次上有黑繩地獄次上有等活地獄此地獄一一縱廣萬踰繕那次上餘有一千踰繕那五百踰繕那是白墡五百踰繕那是泥有說從此泥下有無間地獄在於中央餘七地獄周迴圍繞如今聚落圍繞大城問曰若爾施設論說當云何通如說贍部洲周圍六千踰繕那三踰繕那半一一地獄其量廣大云何於此洲下得相容受答曰此贍部洲上尖下闊猶如穀聚故得容受由此經中說四大海漸入漸深又一一大地獄有十六增謂各有四門一一門外各有四增一塘煨增謂此增內塘煨沒膝二屍糞增謂此增內屍糞泥滿三鋒刃增謂此增內復有三種一刀刃路謂於此中仰布刀刃以爲道路二劍葉林謂此林上純以銛利劍刃爲葉三鐵刺林謂此林上有利鐵刺長十六指刀刃路等三種雖殊而鐵林同故一增攝四烈河增謂此增內有熱醎水并本地獄以爲十七如是八大地獄并諸眷屬便有一百三十六所是故經說有一百三十六捺落迦故長阿含經云大地獄其數總八其八地獄各

有十六小地獄圍繞如四天下外有八萬天下而圍繞八萬天下外復有大海海外復有大金剛山山外復有山亦名金剛（樓炭經云大鐵圍山）二山中間日月神天威光並不照八大地獄者一想二黑繩三堆壓四叫喚五大叫喚六燒炙七大燒炙八無間（樓炭及餘經各有不同者猶翻有訛正大意並同也）

第一想地獄十六者其中衆生手生鐵爪遞相瞋忿以爪相鬫應手肉墮想以爲死故名其想復次其中衆生懷害想手執刀劒遞相斫刺劌剥臠割身碎在地想謂爲死冷風來吹尋復活起彼自想言我今已活久受罪已出想地獄憧惶求救不覺忽到黑沙地獄熱風暴起吹熱黑沙來著其身燒皮徹骨身中焰起迴旋周還身燒焦爛其罪未畢故使不死久受苦已出黑沙地獄到沸屎地獄有沸屎鐵丸自然滿前驅迫罪人使把鐵丸燒其身手復使撮著口中從咽至腹通徹下過無不焦爛有鐵嘴蟲唼肉達髓苦毒無量受罪未畢復不肯死久受苦已出沸屎獄到鐵釘地獄獄卒撲之偃熱鐵上舒展其身以釘釘手足周遍身體盡五百釘苦毒號吟猶不復死久受苦已出鐵釘地獄到飢鐵地獄即撲熱鐵上銷銅灌口從咽至腹通徹下過無不焦爛餘罪未盡猶復不死久受苦已出飢地獄到渴地獄即撲熱鐵上以熱鐵丸著其口中燒其脣舌通徹下過無不焦爛苦毒啼哭久受苦已出渴地獄到一銅鍑地獄獄卒怒目捉罪人足倒投鍑中隨湯涌沸上下迴旋身壞爛熟萬苦並至故令不死久受苦已出

一銅鍑至多銅鍑地獄捉罪人足倒投鍑中隨湯涌沸上下迴旋舉身壞爛以鐵鉤取置餘鍑中悲叫苦毒故使不死久受苦已出多銅鍑獄至石磨地獄捉彼罪人撲熱石上舒展手足以大熱石壓其身上迴轉揩磨骨肉糜碎苦毒切痛故使不死久受苦已出石磨獄至膿血地獄膿血沸涌罪人於中東西馳走湯其身體頭面爛壞又取膿血食之通徹下過苦毒難忍故令不死久受苦已乃出膿血獄至量火地獄有大火聚其火焰熾驅迫罪人手把熱鐵斗以量火聚遍燒身體苦熱毒痛吟呻號哭故令不死久受苦已出量火獄到灰河地獄縱廣深淺各五百由旬灰湯涌沸惡氣熢㶿迴波相博聲響可畏從底至上鐵刺縱橫其河岸上有劒樹林枝葉華實皆是刀劒罪人入河隨波上下迴覆沉没鐵刺刺身內外通徹膿血流出苦痛萬端故令不死乃出灰河至彼岸上到劒樹林被劒割刺身體傷壞復有豺狼來齧罪人生食其肉走上劒樹時劒刃下向下劒樹時劒刃上向手攀手絶足踏足斷皮肉墮落唯有白骨筋脉相連時劒樹上有鐵嘴烏啄頭食腦苦毒號叫故使不死還入灰河隨波沉没鐵刺刺身苦毒萬端皮肉爛壞膿血流出唯有白骨浮漂於水冷風來吹尋便起立宿對所牽不覺忽至鐵丸地獄有熱鐵丸獄鬼驅使捉之手足爛壞舉身火然萬毒並至故令不死久受苦已乃出鐵丸獄至斤斧地獄捉此罪人撲熱鐵上以熱鐵斤斧斫其手足耳鼻舌身體苦毒號叫猶不令死久受罪已出斤斧獄

至犲狼獄有群犲狼竟來齧嚙肉墮骨傷膿血流出苦痛萬端故令不死久受苦已乃出犲狼獄至劒樹獄入彼劒林有暴風起吹劒樹葉墮其身上頭面身體無不傷壞有鐵嘴烏啄其兩目苦痛悲號故使不死久受苦已乃出劒樹獄至寒氷獄有大寒風吹其身上舉體凍傷皮肉墮落苦毒叫喚然後命終身爲不善口意亦然斯墮想地獄懷懼毛竪

第二黑繩大地獄有十六小地獄周帀圍繞各縱廣五百由旬何故名黑繩其諸獄卒捉彼罪人撲熱鐵上舒展其身以熱鐵繩拼之使直以熱鐵斧逐繩道斫罪人作百千段復次以鐵繩拼鋸鋸之復次懸熱鐵繩交擖無數驅迫罪人使行繩閒惡風暴起吹諸鐵繩歷絡其身燒皮徹肉焦骨沸髓苦毒萬端餘罪未畢故令不死故名黑繩久受苦已乃出黑繩至黑沙地獄乃至寒氷地獄然後命終不可具述餘十六地獄受苦痛事准前同法然受苦加重由惡意向父母佛及聲聞即墮黑繩地獄苦痛不可稱述

第三埠壓大地獄亦有十六小地獄圍繞各縱廣五百由旬何故名埠壓有大石山兩兩相對人入此中山自然合埠壓其身骨肉糜碎山還故處苦毒萬端故使不死復有大鐵象舉身火然哮呼而來蹴蹋罪人宛轉其上身體糜碎膿血流出號咷悲叫故使不死復捉罪人卧大石上以大石壓復取罪人卧地鐵杵擣之從足至頭皮肉糜碎膿血流出萬毒竝至餘罪未畢故令不死故名埠壓久受苦已乃出埠壓地獄到黑沙地獄乃至寒氷

地獄然後命終但造三惡業不修三善行即墮堆壓地獄苦痛不可稱計

第四叫喚大地獄亦有十六小地獄圍繞各縱廣五百由旬何故名叫喚地獄獄卒捉罪人擲大鑊中又置大鐵鍑中熱湯涌沸煑彼罪人號咷叫喚苦辛痛酸又取彼罪人擲大鏊上反覆煎熬久受苦已乃出叫喚至黑沙地獄乃至寒氷地獄爾乃命終由瞋恚懷毒造諸惡行故墮叫喚地獄

第五大叫喚地獄亦有十六小地獄圍繞（大小同前）何故名大叫喚地獄取彼罪人著大鐵釜中又置鐵鑊中熱湯涌沸煑彼罪人又擲大鐵鏊上反覆煎熬號咷大叫苦痛辛酸餘罪未畢故使不死名大叫喚久居苦已乃出大叫喚乃至寒氷地獄爾乃命終由習衆邪見爲愛網所牽造卑陋行墮大叫喚地獄

第六燒炙地獄亦有十六小地獄圍繞（大小同前）何故名燒炙將諸罪人置鐵城中其城火然內外俱赤燒炙罪人又著鐵樓上其樓火然內外俱赤又擲著大鐵陶中其陶火然內外俱赤燒炙罪人皮肉焦爛萬毒並至餘罪未畢故使不死故名燒炙久受苦已出燒炙地獄乃至寒氷地獄然後命終爲燒炙衆生故墮燒炙地獄長夜受此燒炙之苦

第七大燒炙地獄亦有十六小地獄圍繞（大小同前）何名大燒炙地獄謂將諸罪人置鐵城中其城火然內外俱赤燒炙罪人皮肉焦爛萬毒並至有大火坑火焰熾盛其坑兩岸有大火山捉彼罪人貫鐵叉上豎著火中然火燒炙皮肉焦爛餘罪未畢故使不死久受苦已

出大燒炙乃至寒氷爾乃命終由捨善果業爲衆惡行故墮大燒炙地獄

第八無間地獄亦有十六小地獄圍繞（大小同前）何名阿鼻地獄此云無間地獄何名無間獄卒捉彼罪人剥取其皮從足至頂即以其皮纏罪人身著火車上輪輾熱地周迴往反身體碎爛皮肉墮落萬毒並至故使不死又有鐵城四面火起東焰至西西焰至東南北上下亦復如是焰熾迴遑間無空處東西馳走燒炙其身皮肉焦爛苦痛辛酸萬毒並至罪人在中久乃開門其諸罪人奔走往趣身諸支節皆火焰出走欲至門門自然閉餘罪未畢故使不死又其中罪人舉目所見但見惡色耳聞惡聲鼻聞臭氣身觸苦痛意念惡法彈指之頃無不苦時故名無間地獄久受苦已從無間出乃至寒氷地獄爾乃命終爲重罪行生惡趣業故墮無間地獄受罪不可稱計名八大地獄各歷十六受罪如前

又觀佛三昧海經云阿鼻地獄者縱廣正等八千由旬七重鐵城七層鐵網有十八隔子周帀七重皆是刀林復有七重劍林四角有四大銅狗廣長四十由旬眼如掣電牙如劍樹齒如刀山舌如鐵刺一切身毛皆然猛火其煙惡臭有十八獄卒口如夜叉六十四眼散迸鐵丸狗牙上出高四由旬牙端火流燒前鐵車輪輞出火鋒刃劒戟燒阿鼻城赤如融銅獄卒八頭六十四角角頭火然火化成鋼復成刀輪輪輪相次在火焰間滿阿鼻城城内有七鐵幢火涌如沸鐵融流迸涌出四門上有十八釜沸銅涌漫滿城中二隅間有

八萬四千鐵蟒大蛇吐毒火中身滿城内其蛇哮吼如天震雷雨大鐵丸五百夜叉五百億蟲八萬四千嘴頭上火流如雨而下滿阿鼻城此蟲若下猛火火熾照八萬四千由旬獄上衝大海水沃焦山下貫大海底形如車輪若有殺父害毋罵辱六親命終之時銅狗化十八車狀如寶蓋一切火焰化爲玉女罪人遥見心喜欲往風刀解時寒急作聲寧得好火安在車上然火自暴即便命終坐金車上瞻王女者皆捉鐵斧斬截其身屈伸臂頃直落阿鼻從上隔下如旋火輪至於下隔身體偏内銅狗大吼齧骨唼髓獄卒羅刹捉大鐵叉叉頭令起遍體火焰滿阿鼻獄閻羅王大聲告勑曰癡人獄種汝在世時不孝父毋邪慢無道汝今生處名阿鼻獄如是展轉經歷大苦説不可盡地獄一日一夜受罪如閻浮提六十小劫如是一大劫具五逆者受罪五劫復有衆生犯四重禁虚食信施誹謗邪見不識因果斷學般若毁十方佛偷僧祇物婬泆無道逼掠淨戒尼姊妹親戚造衆惡事此人罪報臨命終時此等罪人經八萬四千大劫復入東方十八隔中如前受苦南西北方亦復如是身滿阿鼻獄四支復滿十八隔中阿鼻地獄有十八小地獄小地獄中各有十八寒氷地獄十八黒暗地獄十八小熱地獄十八刀輪地獄十八劒輪地獄十八火車地獄十八沸屎地獄十八鑊湯地獄十八灰河地獄五百億劒林地獄五百億刺林地獄五百億銅柱地獄五百億鐵機地獄五百億鐵網地獄十八鐵窟地獄十八鐵丸地獄十

八尖石地獄十八飲銅地獄如是阿鼻大地獄中有此十八地獄一一獄中別有十八隔小地獄始從寒氷乃至飲銅總有一百四十二隔地獄各有造業不同然歷此獄受苦皆遍

又起世經云佛告諸比丘阿毗至大地獄中亦有十六諸小地獄而爲眷屬以自圍繞各廣五百由旬所有衆生有生者出者住者惡業果故自然出生諸守獄卒各以兩手執彼地獄諸衆生身撲置熾然熱鐵地上火焰直上一向猛威而覆於地便持利刀從脚踝上破出其筋手捉挽之乃至頂筋皆相連引貫徹心髓痛苦難論如是挽已令駕鐵車馳奔而走其車甚熱光焰熾然所行之處純是洞然熱鐵險道去已復去隨獄卒意無暫時停欲向何方稱意即去隨所去處獄卒挽之未曾捨離隨所經歷銷鑠罪人身諸肉血無復遺餘往昔人非人時所作業者一切悉受以不善報故從於東方有大火聚忽爾出生熾然赤色極大猛焰一向焰赫南西北方四維上下各各如是諸大火聚之所圍繞漸漸逼近受諸苦痛從於東壁出大火焰直射西壁到已而住從於西壁出大光焰直射北壁從於北壁出大光焰直射南壁從下於上自上於下縱横相接上下交射熱光赫奕騰焰相衝爾時獄卒以諸罪人擲置六種大火聚內乃至受於極嚴切苦命亦未終彼不善業未畢未盡於其中間具足而受此阿毗至大地獄中諸衆生等以諸不善業果報故經無量時長遠道中受諸苦已地獄四門還復更開

於門開時諸衆生等聞聲見開向門而走作如是念我等今者必應得脫彼人如是大馳走時其身轉復熾然猛烈譬如壯夫執乾草炬逆風而走彼炬旣然轉復熾盛彼諸衆生走已復走彼人身分轉更熾然欲舉足時肉血俱散欲下足時肉血還生及到獄門其門還閉旣不得出其心悶亂覆面倒地遍燒身皮次燒其肉復燒其骨乃至徹髓烟焰洞然其烟熢焞其焰炎赫煙焰相雜熱惱復倍彼人於中受極嚴苦惡業未滅一切悉受此阿毗至大地獄中於一切時無有須臾暫受安樂如彈指頃如是次第具受此苦世尊告諸比丘作如是言汝應當知彼世中間別有十地獄何等爲十一頞浮陀地獄二泥羅浮陀地獄三阿呼地獄四呼呼婆地獄五阿吒吒地獄六搔捷提迦地獄七優鉢羅地獄八波頭摩地獄九奔荼黎迦地獄十拘牟陀地獄何因何縁名頞浮陀地獄耶此諸衆生所有身形猶如泡沫是故名爲頞浮陀地獄復何因縁名泥羅浮陀地獄此諸衆生所有身形譬如肉段是故名爲泥羅浮陀地獄復何因縁名阿呼地獄此諸衆生受嚴切苦逼迫之時叫喚而言阿呼阿呼甚大苦也是名爲阿呼地獄復何因縁名呼呼婆地獄此諸衆生爲彼地獄極苦逼時叫喚而言呼呼婆呼呼婆是故名爲呼呼婆地獄復何因縁名阿吒吒地獄此諸衆生以極苦惱逼切其身但得唱言阿吒吒阿吒吒然其舌聲不能出口是故名爲阿吒吒地獄復何因縁名搔捷提迦地獄此諸衆生地獄之中猛火焰色如搔捷

提迦華是故名爲搔揵提迦地獄復何因緣名優鉢羅地獄此諸衆生地獄之中猛火焰色如優鉢羅華是故名爲優鉢羅地獄復何因緣名拘牟陀地獄此諸衆生地獄之中猛火焰色如拘牟陀華是故名爲拘牟陀地獄復何因緣名奔荼黎迦地獄此諸衆生地獄之中猛火焰色如奔荼黎迦華是故名爲奔荼黎迦地獄復何因緣名波頭摩地獄此諸衆生地獄之中猛火焰色如波頭摩華是故名爲波頭摩地獄

又三法度論經云地獄有三一熱二寒三邊熱地獄者依薩婆多部有八大地獄一等活亦名更活或獄卒唱生或冷風吹活兩緣雖異令活一等名等活地獄二名黒繩地獄先以繩拼後以斧斫三名衆合地獄亦名衆磕兩山下合以磕罪人四名呼呼地獄亦名叫喚地獄獄卒逼趂叫呼而走五名大呼亦名大叫喚地獄四山火起欲逃無路故名大叫喚地獄六名熱地獄亦名燒然火鐵狹近於中受熱七名衆熱地獄亦名大燒然山火相博鏇炙罪人八名無擇地獄亦名無間一投苦火永無樂間既苦無間何所可擇此八地獄在閻浮洲下重累而住依三法度論云前二有主治次三少主治後三無主治然此八爲本一一各有十六園一面有四四四而合總有十六通本爲十七八箇十七合有一百三十六所罪人於中受熱惱苦第二寒地獄亦八一名頞浮陀地獄由寒苦所切肉生細皰二名尼賴浮陀地獄由寒風吹通身成皰三名阿吒吒地獄由脣動不得唯舌得動故

作此聲四名阿波波地獄由舌不得動唯脣得動故作此聲五名嘔喉地獄由脣舌不得動以喉內振氣故作此聲六名欝波羅地獄此是青蓮華此華葉細由肉色細坼似此華裂對日而開七名波頭摩地獄此是赤蓮華由肉色大坼似此華開八名分陀利地獄此是白蓮華由彼骨坼似此華開前二從身相受名次三從聲相受名後三從瘡相受名故俱舍論云於此八中衆生極寒所逼由身聲瘡變異故立此名依三法度論云前二爲可呌次三不可呌後三不呌此八在洲間著鐵圍山底仰向居止罪人於中受寒凍苦第三邊地獄者依三法度論云亦三一山間二水間三曠野受別業報此應寒熱雜受若論壽報命有延促又立世毗曇論云世尊說有大地獄名曰黑闇各各世界外邊悉有皆無覆蓋此中衆生自舉手眼不能見雖復日月具大威神所有光明不照彼邑諸佛出世大光遍照因此光明互得相見住在兩山世界鐵輪外邊名曰界外是寒地獄於兩山間有十名一名頞浮陀乃至第十名波頭摩彼中衆生傍行作向上想猶如守宮鐵輪外邊恒作傍行是其身量如頞多大因冷風觸其身坼破譬如熟瓜如竹葦林被大火燒爆聲吒吒如是衆生被寒風觸骨破爆聲吒吒遠徹因是聲故互得相知有諸衆生此中受生若有衆生於此間死多徙生此寒氷地獄在鐵輪外若餘世界有衆生死應生寒氷地獄多彼世界鐵輪外生兩界中間其最狹處八萬由旬在下無底向上無覆其最廣處十六萬由

旬

時量部第四

如起世經云佛言如憍薩羅國斛量胡麻滿二十斛高盛不槩有一丈夫滿百年已取一胡麻如是次第滿百年已復取一粒擲著餘處擲滿二十斛胡麻盡已爾所時節我說其壽猶未畢盡且以此數略而計之如是二十頞浮陀壽爲一泥羅浮陀壽二十泥羅浮陀壽爲一阿呼壽二十阿呼壽爲一呼呼婆壽二十呼呼婆壽爲一阿吒吒壽二十阿吒吒壽爲一搔揵提迦壽二十搔揵提迦壽爲一優鉢羅壽二十優鉢羅壽爲一拘牟陀壽二十拘牟陀壽爲一奔茶黎迦壽二十奔茶黎迦壽爲一波頭摩壽二十波頭摩壽爲一中劫又那先比丘問佛經云如世間火熱不如泥犂中火熱如持小石著世間火中至暮不消取大石著泥犂火中即消亦如有人作惡死在泥犂中數千萬歲其人不死亦如大蟒蛟龍等以沙石爲食即消如人懷胎腹中有子不消此並由善惡業力致使消與不消如人所作善惡隨人如形影隨身人死但亡其身不亡其行譬如然火夜書火滅字存火至後成今世所作行後世成之又如鉢頭摩地獄中火焰熾盛罪人去此火一百由旬火已燒炙若去六十由旬罪人兩耳已聾無所聞知若去火五十由旬其罪人兩目已盲無所復見如瞿波利比丘已懷惡心謗舍利弗目揵連身壞命終墮此鉢頭摩地獄中又如起世經云波頭摩地獄所住之處若諸衆生離其處所一百由旬便爲彼獄火焰所及若離

五十由旬所住衆生爲彼火熏皆盲無眼若離二十五由旬所住衆生身之肉血焦然破散謂於梵行出家人邊生污濁心故損惱心故毒惡心故不利益心故無慈心故無淨心故自受斯殃是故於一切梵行人所起慈身口意業常受安樂爾時世尊說此伽陀曰

世間諸人在世時　舌上自然生斤斧
所謂口說諸毒惡　還自衰損害其身
應讚歎者不稱譽　不應讚者反談美
如是名爲口中諍　以此諍故無樂受
若人博戲得資財　是爲世間微諍事
於淨行人起濁心　是名口中大鬭諍
如是三十六百千　泥羅浮陀地獄數
五頞浮陀諸地獄　反墮波頭摩獄中
以毀聖人致如是　由口意業作惡故

典主部第五

如問地獄經及淨度三昧經云總括地獄有一百三十四界先述獄主名字處所閻羅王者昔爲毗沙國王經與維陀如生王共戰兵力不敵因立誓願爲地獄主臣佐十八人領百萬之衆頭有角耳皆悉忿懟同立誓曰後當奉助治此罪人毗沙王者今閻羅王是十八大臣者今諸小王是百萬之衆諸阿傍是又長阿含經云閻浮提南有金剛山内有閻羅王宫縱廣六千由旬（問地獄經云住獄閻城縱廣三萬里金銀所成）晝夜三時有大銅鑊自然在前若鑊入宫内王見怖畏捨出宫外若鑊出宫外王入宫内有大獄卒臥王熱鐵上鐵鉤擗口洋銅灌之從咽徹下無不焦爛事竟還與采女共相娛樂彼諸大臣同受福者亦復如是問地獄

經云十八王者即主領十八地獄一迦延典泥犂二屈遵典刀山三沸進壽典沸沙四沸屎典沸屎五迦世典黒耳六盧嵯典火車七湯謂典鑊湯八鐵迦然典鐵牀九惡生典盧山十寒氷（經闕王名）十一毗迦典剥皮十二遥頭典畜生十三提薄典刀兵十四夷大典鐵磨十五悦頭典氷地獄十六典鐵笧（經闕王名）十七名身典蛆蟲十八觀身典洋銅又淨度三昧經云復有三十地獄各有主典不煩具録但列五官名字者一者鮮官禁殺二者水官禁盜三者鐵官禁婬四者土官禁兩舌五者天官禁酒問地獄經云閻羅王城之東西南北面列諸地獄有日月光而不明淨唯黒耳獄光所不照人命終時生中陰中陰者已捨死陰未及生陰其罪人乘中陰身入泥犂城者（梁言寄條城又云閉城也）是諸罪人未受罪之間共聚是處巧風所吹隨業輕重受大小身臭風所吹成就罪人麤醜之形香風所吹成就福人微細之體

王都部第六

如起世經云當閻浮洲南二鐵圍山外有閻摩王宫殿住處縱廣正等六千由旬七重牆壁七重欄楯七重鈴網其外七重多羅行樹周帀圍繞雜色可觀七寶所成於其四方各有諸門一一諸門皆有却敵樓櫓臺殿園苑華池有種種美果彌滿香風遠熏衆鳥和鳴王以惡業不善果故於夜三時及晝三時自然有赤融銅汁在前出生其王宫殿即變爲鐵五欲功德皆没不現王見此已怖畏不安諸毛皆豎即便出外若在宫外即走入内時

守獄者取閻摩王高舉撲之置熱鐵地上其地熾然極大猛盛光焰炎赫撲令卧已即以鐵鉗開張其口赤融銅汁瀉置口中時閻摩王被燒脣口次燒其舌後燒咽喉復燒大腸及小腸等次第焦然從下而出爾時彼王作如是念一切衆生以於徃昔身作惡行口作惡行意作惡行并餘衆生同作業者皆受此苦願我從今捨此身已更得身時但於人間相逢受生於如來法中當得信解剃除鬚髮著袈裟衣得正信解從家出家既出家已願得通證生死已盡梵行已立所應作者皆已作訖更不復於後世受生發如是等熏習善念即於所住宫殿還成七寶猶如諸天五欲功德現前具足以三業善便得快樂又新婆沙論問諸地獄卒爲是有情數爲是非有情數耶答若以鐵璅繫縛初生地獄有徃琰摩王所者是有情數若以種種苦具於地獄中害有情者是非有情數贍部州下有大地獄贍部洲上亦有邊地地獄及獨地獄或在谷中或在山上或在曠野或在空中於餘三洲唯有邊地獄獨地獄無大地獄所以者何唯贍部洲人造善猛利彼作惡亦復猛利非餘洲故有說北拘盧洲亦無邊地獄等是受純淨業果處故問若餘無大地獄者彼諸有情造無間業斷善根等當於何處受異熟耶答即於此贍部洲下大地獄受問地獄有情其形云何答其形如人問語言云何答彼初生時皆作聖語後受苦時雖出種種受苦痛聲乃至無有一言可了唯有斫刺破裂之聲

業因部第七

如十輪經云有五逆罪爲最極惡何者爲五故心殺父母阿羅漢破壞聲聞和合僧事乃至惡心出佛身血諸如是等名爲五逆若人於五逆中作一一逆者不得出家受具足戒若聽出家則犯重罪應擯令出若已有出家諸威儀者不應加其鞭杖及諸繫閉復有四種本罪同於四逆犯根本罪何者爲四殺辟支佛是名殺生犯根本罪婬阿羅漢比丘尼是名邪婬犯根本罪若人捨財與佛法僧主掌此物而輒用之是名爲盜犯根本罪若人倒見破壞比丘僧是名破僧犯根本罪若人於此四根本罪中犯一一罪皆悉不聽佛法出家設使出家不得聽受具足戒若受具者應驅令出以有出家威儀法故不應鞭杖繫閉奪其生命如是皆犯根本罪非逆罪也有是根本罪亦是逆罪有是逆罪非根本罪有非根本罪亦非逆罪何者爲逆罪亦是根本罪若人出家受具足戒得見諦道斷其命根是名逆罪亦根本罪也如是衆生於我戒律中應驅令出何者爲根本罪非逆罪若人在我法中出家如是凡夫衆生故害其命若以毒藥或墮其胎是名犯根本非逆罪也若有四方僧物飲食敷具悉不應與同共利養若有衆生於佛法僧而生疑心此中出家乃至見他讀誦而作留難乃至一偈此非根本罪亦非逆罪是名甚惡近於逆罪如是衆生若不懺悔除其罪根終不聽使佛法出家設使出家受具足戒不悔過者亦驅令出何以故不信正法毀謗三乘壞正法眼欲滅法燈斷三寶種減損人天而無利益墮於惡道此二

種人名謗正法毀呰賢聖地獄劫壽增長如是諸惡業已是名根本大重罪也何者是不威儀根本法罪若比丘故婬故殺凡人不與而取犯故妄語於此四根本中若犯一一罪一切比丘所作法事悉不聽入四方僧物飲食卧具皆悉不得共同受用然帝王大臣一切群官不應加其鞭杖繫閉刑罰乃至奪命是名根本罪體性相也何故名爲根本重罪若人作如是行身壞命終墮於惡趣作如是行是惡道根本是故名爲根本罪也譬如鐵丸雖擲空中終不暫住速疾投地如是五逆犯四重禁及二種衆生毀壞正法誹謗賢聖如是等十一種罪中若人犯一一罪者身壞命終皆墮阿鼻地獄又如正法念經說阿鼻地獄苦千倍過前十大地獄壽經一劫其身長大五百由旬造四逆人四百由旬造三逆人三百由旬造二逆人二百由旬造一逆人一百由旬彼五逆業人臨欲死時唱喚失糞咽喉抒氣如是死滅中有色生不見其對其身猶如八歲小兒閻羅王然焰鐵羂繫縛其咽及束兩手頭面向下足在於上經二十年皆向下行多燒焰鬘先燒其頭次燒其身彼六欲天聞彼阿鼻地獄中氣即皆消散何以故以阿鼻獄人極大臭故

又觀佛三昧海經云佛告阿難若有衆生殺父害母罵辱六親作是罪者命終之時揮霍之間譬如壯士屈伸臂頃直落阿鼻大地獄中化閻羅王大聲告勑癡人獄種汝在世時不孝父母邪慢無道汝今生處名阿鼻地獄作是語已即滅不現爾時獄卒復驅罪人從

於下隔乃至上隔經歷八萬四千隔中攢身而過至鐵網際一日一夜乃至周遍阿鼻地獄一日一夜比此閻浮提日月歲數經六十小劫如是壽命盡一大劫具五逆者其人受罪足滿五劫復有衆生犯四重禁虚食信施誹謗邪見不識因果斷學般若毁十方佛偷僧祇物婬泆無道逼掠淨戒諸比丘尼姊妹親戚不知慚愧毁辱所親造此惡事此人罪報臨命終時刀風解身俄爾之間身如鐵華滿十八隔中一一華八萬四千葉一一葉頭身手支節各在一隔地獄不大此身不小遍滿如此大地獄中經歷八萬四千大劫此泥犁滅復入東方十八隔中如前受苦此阿鼻獄南西北方經十八隔謗方等經具五逆罪破壞僧祇汚比丘尼斷諸善根如此罪人具衆罪者身滿阿鼻獄四支復滿十八隔中此阿鼻獄但燒此獄種種衆生劫欲盡時東門即開見東門外清泉流水華果林樹一切俱現是諸罪人從下上走到上隔中手攀刀輪時虚空中雨熱鐵丸走趣東門既至門閫獄卒羅剎手捉鐵叉逆刺其眼鐵狗嚙心悶絶而死死已復生見南門開如前不異如是西門北門亦復如是如此時間經歷半劫阿鼻獄死生寒氷中寒氷獄死生黑闇處八千萬歲目無所見受大蟲身宛轉腹行諸情暗塞無所解知百千狐狼牽掣食之命終之後生畜生中五千萬身受鳥獸形還生人中聾盲瘖瘂疥癩癰疽貧窮下賤一切諸衰以爲嚴飾受此賤形經五百身後復還生餓鬼道中餓鬼道中遇善知識諸大菩薩訶責其言汝

於前身無量世時作無限罪誹謗不信墮阿鼻獄受諸苦惱不可具說汝今應當發慈悲心時諸餓鬼聞是語已稱南無佛稱佛恩力尋即命終生四天處生彼天已悔過自責發菩提心諸佛心光不捨是等攝受是輩如羅睺羅教避地獄如愛眼耳故起世經世尊說偈言

若人身口意造業　作已入於惡道中
如是當生活地獄　最爲可畏毛豎處
經歷無數千億歲　死已須臾還復活
怨讎各各相報對　由此衆生更相殺
若於父母起惡心　或佛菩薩聲聞衆
此等皆墮黒繩獄　其處受苦極嚴熾
教他正行令邪曲　見人發善必破壞
此等亦墮黒繩獄　兩舌惡口多妄語
樂作三種重惡業　不修三種善根牙
此等癡人必當入　合大地獄久受苦
或殺羊馬及諸牛　種種雜獸雞猪等
并殺諸餘蟲蟻類　彼人當墮合地獄
世間怖畏相多種　以此逼迫惱衆生
當墮磓山地獄中　受於壓磨舂擣苦
貪慾恚癡結使故　迴轉正理令別異
判是作非乖法律　彼爲刀劒轉所傷
倚恃強勢劫奪他　有力無力皆悉取
若作如是諸逼惱　當爲鐵象所蹴踏
若樂殺害諸衆生　身手血塗心嚴惡
常行如是不淨業　彼等當生叫喚處
種種觸惱衆生故　於叫喚獄被燒煮
其中復有大叫喚　此由諂曲姦猾心
諸見稠林所覆蔽　愛網彌密所沉淪

常行如是最下業　彼則墮於大叫喚
若至如是大叫喚　熾然鐵城毛豎處
其中鐵堂及鐵屋　諸來入者悉燒然
若作世間諸事業　恒多惱亂諸衆生
彼等當生熱惱處　於無量時受熱惱
世間沙門婆羅門　父母尊長諸耆舊
若恒觸惱令不喜　彼等皆墮熱惱獄
生天淨業不樂修　所愛至親常遠離
喜作如是諸事者　彼人當入熱惱獄
惡向沙門婆羅門　并諸善人父母等
或復害於餘尊者　彼墮熱惱常熾然
恒多造作諸惡業　不曾發起一善心
是人直趣阿鼻獄　當受無量衆苦惱
若說正法爲非法　說諸非法爲正法
既無增益於善事　彼人當入阿鼻獄
活及黑繩及兩獄　合會叫喚等爲五
熱惱大熱共成七　阿鼻地獄爲第八
此八名爲大地獄　嚴熾苦切難忍受
惡業之人所作故　其中小獄有十六

誡勗部第八

如起世經云佛告諸比丘有三天使在於世間何等爲三一老二病三死有人放逸三業惡行身壞命終生地獄中諸守獄者應時即來驅彼衆生至閻摩王前白言大王此等衆生昔在人間縱逸自恣不善三業今來生此唯願大王善教示之王問罪人汝昔人間第一天使善教示汝善訶責汝豈得不見出現生耶答言大天我實不見王重告言汝豈不見爲人身時或作婦女或作丈夫衰老相現齒落髮白皮膚緩皺黑黶遍體狀若胡麻膞

傴背曲行步跛蹇足不依身左右傾側頸細皮寬兩邊垂緩猶若牛胡脣口乾枯喉舌燥澀身體屈弱氣力綿微喘息出聲猶如挽鋸向前欲倒恃杖而行盛年衰損血肉消竭羸瘦尫弱趣來世路舉動沉滯無復壯形乃至身心恒常戰掉一切支節瘦懈難攝汝見之不答言大天我實見之時王告言汝愚癡人無有智慧昔日既見如是相貌云何不作如是思惟我今具有如是老法未得遠離可作善業使我長夜利益安樂彼人復答言大天我實不作如是思惟以心縱蕩行放逸故王又告言汝愚癡人不修善業當具足受放逸之罪此之咎報非他人作是汝自業今還聚集自受報也

爾時閻摩王第二訶之告言諸人豈不見第二天使世間出耶答言大天我實不見王復告言汝豈不見昔在世間作人身時若婦女身若丈夫身四大和合忽爾乖違病苦所侵纏綿困篤或臥大小牀上糞尿汙穢宛轉其中不得自在眠臥起坐仰人扶侍洗拭抱持與飲與食一切須人汝見之不彼人答言大天我實見之王復告言癡人汝見如是云何不思我今亦有如是之法未離患法可作善業令我當來長夜得大利益大安樂事彼人答言不也我實不作如是思惟以懈怠心行放逸故王告癡人汝既懶惰不作善業受此惡報非他人造還自受報

爾時閻摩王第三訶之語言汝愚癡人汝昔作人時豈可不見第三天使世間出耶答言大天我實不見王復告言汝人間時豈不復

見若婦人身若丈夫身隨時命終置於牀上以雜色衣而蒙覆之將出聚落斗帳軒蓋種種莊嚴眷屬圍繞舉手散髮灰土坌頭極大悲惱號咷哭泣舉聲大叫椎胷哀慟酸叓楚切汝悉見不答言大天我實見之時王告言癡人汝昔既見如此何不思惟我亦有死未得免離今宜作善爲我長夜得大利益彼人答言大天我實不作如是思惟何以故以放逸故時王告言汝既放逸不作善業自造此惡非他人造得此果報汝還自受以此三使教示訶責已勑令將去時守獄者即執罪人兩足兩臂以頭向下以足向上遥擲置於諸地獄中

夫擁其流者未若杜其源揚其湯者未若撲其火何者源出於水源未杜而水不窮火沸於湯火未撲而湯詎息故有杜源之客不擁流而自乾撲火之賓不揚湯而自止類斯而談可得詳矣猒其果者未若絶其因怖其苦者豈若懲於惡因資於果因未絶而果不窮惡生於呰惡未懲而苦詎息故使絶因之士不猒果而自亡懲惡之賢不怖呰而自離凡百君子書而誡歟頌曰

生來死還迭　日往復月旋　弱喪昏風動
流浪逐物遷　愚巓失正路　漂没入重淵
一墜幽暗處　萬劫履鋒鋋　六道旋環呰
三業未曽全　隨流無人救　悽傷還自憐
歸誠觀像物　方知虚妄筌　呰海深何趣
思登般若船

感應緣（略引七驗）

晉居士趙泰　晉沙門支法衡

趙居士石長和　　漢函谷鬼
盧江縣吳　　吐蕃國鑊湯
唐柳智感判地獄

晉趙泰字文和清河貝丘人也祖父京兆太守泰郡舉孝廉公府辟不就精思典籍有譽鄉里當晚乃膺仕終於中散大夫泰年三十五時嘗卒心痛須臾而死下屍於地心煖不已屈伸隨人留屍十日平旦喉中有聲如雨俄而穌活說初死之時夢有一人來近心下復有二人乘黃馬從者二人夾扶泰掖徑將東行不知可幾里至一大城崔嵬高峻城邑青黑狀錫將泰向城門入經兩重門有瓦屋可數千間男女大小亦數千人行列而立吏著皂衣有五六人條疏姓字云當以科呈府君泰名在三十須臾將泰與數千人男女一時俱進府君西向坐簡視名簿訖復遣泰南入黑門有人著絳衣坐大屋下以次呼名問生時所事作何罪行何福善諦汝等辭以實言也此恒遣六部使者常在人間疏記善惡具有條狀不可得虛泰答父兄仕宦皆二千石我少在家修學而已無所事也亦不犯惡乃遣泰爲水官監作使將二千餘人運沙裨岸晝夜勤苦後轉泰水官都督知諸獄事給泰馬兵令案行地獄所至諸獄楚毒各殊或針貫其舌流血竟體或被頭露髮裸形徒跣相牽而行有持大杖從後催促鐵牀銅柱燒之洞然驅迫此人抱臥其上赴即焦爛尋復還生或炎爐巨鑊焚煮罪人身首碎墜隨沸翻轉有鬼持叉倚于其側有三四百人立于一面次當入鑊相抱悲泣或劒樹高不知限

量根莖枝葉皆劒為之人衆相訾自登自攀若有欣意而身首割截尺寸離斷泰見祖父母及二弟在此獄中相見涕泣泰出獄門見有二人賫文書來語獄吏言有三人其家為其於塔寺中懸旛燒香救解其罪可出福舍俄見三人自獄而出已有自然衣服完整在身南詣一門云多開光大舍有三重門朱采照發見此三人即入舍中泰亦隨入前有大殿珍寶周飾精光耀目金玉為牀見一神人姿容偉異殊好非常坐此座上邊有沙門立侍甚衆見府君來恭敬作禮泰問此是何人府君致敬吏曰號名世尊度人之師有願令惡道中人皆出聽經時云有百萬九千人皆出地獄入百里城在此到者奉法衆生也行雖虧殆尚當得度故開經法七日之中隨本

所作善惡多少差次免脫泰未出之頃已見十人升虛而去出此舍復見一城方二百餘里名為受變形城地獄考治已畢者當於此城更受變報泰入其城見有土瓦屋數千區各有坊巷正中有瓦屋高壯欄檻采飾有數百局吏對校文書云殺生者當作蜉蝣朝生暮死劫盜者當作猪羊受人屠割婬泆者作鶴鶩麞麋兩舌者作鴟梟鵂鶹捍債者為驢騾牛馬泰案行畢還水官處主者語泰卿是長者子以何罪過而來在此泰答祖父兄弟皆二千石我舉考公府辟不行修志念善不染衆惡主者曰卿無罪過故相使為水官都督不爾與地獄中人無以異也泰問主者曰人有何行死得樂報主者唯言奉法弟子精進持戒得樂報無有謫罰也泰復問曰人未

事法時所行罪過事法之後得除以不答曰皆除也語畢主者開縢篋檢泰年紀尚有餘筭三十年在乃遣泰還臨别主者曰已見地獄罪報如是當告世人皆令作善善惡隨人其猶影響可不慎乎時親表內外候視泰五六十人同聞泰說泰自書記以示時人時晉太始五年七月十三日也乃爲祖父母二弟延請僧衆大設福會皆命子孫改意奉法課勸精進時人聞泰死而復生多見罪福互來訪問時有太中大夫武城孫豐關內侯常山郝伯平等十人同集泰舍欵曲尋問莫不懼然皆即奉法也

晉沙門支法衡晉初人也得病旬日亡經三日而穌活說死時有人將去見如官曹舍者數處不肯受之俄見有鐵輪輪上有鐵爪從西轉來無持引者而轉駛如風有一吏呼罪人當輪立輪轉來轢之翻還如此數人碎爛吏呼衡道人來當輪立衡恐怖自責悔不精進今當此輪乎語畢謂衡曰道人可去於是仰首見天有孔不覺倏爾上昇以頭穿中兩手博兩邊四向顧視見七寶宮殿及諸天人衡甚踊躍不能得上疲而復還下所將衡去人笑曰見何等物不能上乎乃以衡付船官船官行船使爲柂工衡曰我不能持柂强之有船數百皆隨衡後衡不曉捉柂蹌沙洲上吏司推衡汝道而失以法應斬引衡上岸雷鼓將斬忽有五色二龍推船還浮吏乃原衡罪載衡北行三十許里見好村岸有數萬家云是流人衡竊上岸村中餓狗牙欲齧之衡大恐懼望見西北有講堂上有沙門甚衆聞

經唄之聲衡遽走趣之堂有十二階衡始躡一階見亡師法柱踞胡牀坐見衡曰我弟子也何以而來因起臨階以手巾打衡面曰莫來衡甚欲上復舉步登階柱復推令下至三乃止見平地有井一口深三四丈塼無隙際衡心念言此井自然井邊有人謂曰不自然者何得成井雖見法柱故倚望之謂衡可復道還去狗不齧汝衡還水邊亦不見向來船也衡渴欲飲水乃墮水中因便得穌於是出家持戒菜食晝夜精思爲至行沙門比丘法橋衡弟子也

趙石長和者趙國高人也年十九時病一月餘日亡家貧未能及時得殯斂經四日而穌說初死時東南行見二人治道在和前五十步和行有遲疾二人治道亦隨緩速常五十步而道之兩邊棘刺森然皆如鷹爪見人甚衆群走棘中身體傷裂地皆流血見和獨行平道俱歎息曰佛子獨行大道中前至見瓦屋采樓可數千間有屋甚高上有一人形面壯大著皂袍四縫臨窻而坐和拜之閣上人曰石君來耶一別二千餘年長和爾時意中便若憶此別時也和相識有馬牧孟丞夫妻先死已積年歲閣上人曰君識孟丞不長和曰識閣上人曰孟丞生時不能精進今恒爲我司掃除之役孟丞妻精進居處甚樂舉手指西南一房曰孟妻在此也孟妻開窻見和厚相慰問遍訪其家中大小安否消息曰石君還時可更見過當因書也俄見孟丞執箒提箕自閣西來亦問家消息閣上人曰聞魚龍超精進爲信爾何所修行長和曰不食魚

肉酒不經口恒轉尊經救諸疾痛閣上人曰所傳不妄也語久之問閣上人問都錄主者審案石君名錄勿謬濫也主者案錄云餘三十年命在閣上人曰君欲歸不和對曰願歸乃勑主者以車騎兩吏送之長和拜辭上車而歸前所行道更有傳館吏民飲食儲跱之具倏忽至家惡其屍臭不欲附之於屍頭立見其亡妹於後推之踣屍面上因得穌活道人支法山時未出家聞和所說遂定入道之志法山者咸和時人也（右三人出冥祥記）

漢武帝東遊未出函谷關有物當道其身數十丈其狀像牛青眼矐睛四足入土動而不徙百官驚懼東方朔乃請以酒灌之灌之數十斛而恠物始消帝問其故答曰此名爲患憂氣之所生此必是秦家之獄地不然則是罪人徒作之所聚也夫酒是忘憂故能消之也帝曰吁博物之士矣於此乎

盧江眈樅陽二縣境上有大青小青黒居山野之中時聞有哭聲多者至數十人男女大小如始喪者隣人驚駭至彼奔赴常不見人然於哭地必有死喪率聲若多則爲大家聲若小者則爲小家（右二事出搜神傳記）

王玄策行傳云吐蕃國西南有一涌泉平地涌出激水遂高五六尺甚熱煑肉即熟氣上衝天像似氣霧有一老吐蕃云十年前其水上激高十餘丈然始傍散有一人乘馬逐鹿直赴泉中自此已來不復高涌泉中時時見人骸骨涌出垂邊布水須臾即爛或名爲鑊湯此泉西北六七十里更有一泉其熱略等時時盛沸殺若雷聲諸小泉温往往皆然今

此震旦諸處多有温湯准此亦是鑊湯故四分律下文佛言王舍城北有熱湯從地獄中來初出甚熱後流至遠處稍冷爲有餘水相和所以冷也右此一人出西國傳

唐河東柳智感以貞觀初爲長舉縣令一夜暴死明旦而穌説云始忽爲冥官所追至大官府使者以智感見已謂感曰今有一官闕故枉君任之智感辭以親老且自陳福業未應便死王使勘之籍信然因謂曰君未當死可權判録事智感許諾謝吏引退至曹曹有五判官連坐感爲第六其廳事是長官人坐三間各有牀案務甚繁擁西頭一坐處無判官吏引智感就空坐群吏將文書簿帳來取智感署置於案上而退立階下智感問之對曰氣惡逼公但遥以案中事答智感省讀其如人間者於是爲判句文有頃食來諸判官同食智感亦欲就之諸判官曰君既權判不宜食此感從之竟不敢曰別吏送智感歸家穌而方曉自歸家中日瞑吏復來迎至彼而旦故知幽顯晝夜相反矣於是夜判冥事晝臨縣職遂以常歳餘智感在冥曹因起至廁於堂西見一婦女年三十許姿容端正衣服鮮明立而掩涕智感問是何人答曰妾是興州司倉參軍之婦也攝來此方別夫子是以悲傷智感以問吏吏曰官攝來有所案問且以證其夫事爾智感因謂婦人曰感長舉縣令也夫人若被勘問幸自分疏無爲牽引司倉俱死無益婦人曰誠不顧引之恐官相逼耳感曰夫人幸勿相牽可無逼迫之慮婦人許之既而智感還州先問司倉婦有疾否司

倉曰吾婦年少無疾患智感以所見告之說其衣服形貌且勸令作福司倉走歸家見其婦在機中織無患也不甚信之後十餘日司倉婦暴疾死司倉始懼而作福禳之又興州官二人考滿當赴京選謂智感曰君判冥道事請問吾選得何官智感至冥曹以其姓名問小録事録事曰名簿並封在石函中檢之二日方可得報及期來報仍具二人今年所得官名號智感以報二人二人至京選吏部擬其官皆與報不同州官聞之以語智感後問小録事覆檢簿云定如所檢不錯也既而選人過門下門下審退之吏部重名果是冥簿檢報者於是衆咸信服智感每於冥簿見其親識名狀及死時日月報之使修福多得免智感權判三年其部吏來告曰已得隆州李司戸授正官以代公不復判矣智感至州因告李刺史李徳鳳遣人往隆州審焉其司戸已亡問其死日即吏來告之時也從此遂絶州司遣智感領囚送京至鳳州界囚四人皆逃智感憂懼捕捉不獲夜宿於傳舍忽見其故部吏來告曰囚盡得矣一人死三人在南山西谷中並已擒縛願公勿憂言畢辭去智感即請人兵入南山西谷果得四囚囚知走不免因來拒抗智感格之殺一囚三囚受縛果如所告智感今在南任慈州司法光禄卿柳亨爲臨說之亨爲邛州刺史見智感親問之然御史裴同節亦云見數人說如此爾

右一驗出冥報記

法苑珠林卷第七

音釋

肋盧則切脇幹也　擣都晧切舂也　鐓五到切餅鐓也　埠都同切　爴居縛切爪持也　囓嚙並五結切噬也　齎才詣切　拼比耕切以繩直物也　蹴七六切踏也　咷徒刀切號咷大哭也　碾女箭切轢也　迸比諍切涌出也　戟紀逆切杖兵也　泆夷質切婬放也　踝胡瓦切腿兩旁下之骨也　鑠書藥切銷鑠也　頞烏割切　磕克合切石相築聲　鏟初限切　擗匹亦切擘閉也　鉗巨盐切　璅蘇果切　捋丈呂切引而泄之也　羂古泫切　磑五對切磨也　傴於武切背曲也　蹇九輦切跛也　尪烏光切劣弱也　鋋時連切小矛也　筌此緣切　跣息淺切足親地也　轢郎擊切車踐也　柂待可切正船木也　蹌七羊切　跱丈几切具也　踣蒲北切偃仆也　晥九究二音　樅七恭切　氎正作氎徒協切

法苑珠林卷第八

唐西明寺沙門釋道世撰

千佛篇第五（此有十五部）

七佛部　因緣部　種姓部
降胎部　出胎部　侍養部
占相部　遊學部　納妃部
厭苦部　出家部　成道部
說法部　涅槃部　結集部

七佛部第一（此別九部）

述意部　出時部　姓名部
種族部　道樹部　身光部
會數部　弟子部　久近部

述意部第一

蓋聞九土區分四生殊俗昏波易染慧業難基久復愛河長流苦海不生意樹未啓心燈故三明大聖八解至人總法界而爲智竟虛空以作身形無不在量極規矩之外智無不爲用絕思議之表不可以人事測豈得以處所論將欲啓愚夫之視聽須示眞人之影迹其猶谷風之隨嘯虎慶雲之逐騰龍感應相招仰惟常理自鹿樹表光金河匿曜故像法衆生歸向有徵雖千佛異迹一智同途大悲平等隨性欲而利生弘誓莊嚴運慈舟而濟溺衆生有感機緣契會也

出時部第二

述曰今據賢劫一代分爲四時一壞二空三成四住就此四中成劫已往壞空未至今在住劫故有千佛出現大約而言三佛已往今是第四釋尊遺法此四時中各分二十小劫總爲八十小劫始爲一大水火劫名爲賢劫

也就住中二十別小劫内依立世阿毗曇論云十一劫是未來八劫是過去今釋迦佛當第九劫内成佛問此賢劫中成壞空劫佛不出世唯取住劫此住劫中復未來唯十一小劫何得頓有九百九十六佛一時出世耶答曰實如所難古來諸佛亦有斯妨會意稍難今依藥王藥上佛名經等略知途路且先録藥王藥上經文後引佛名經和會劫有延促不同故藥王藥上經云爾時釋迦牟尼佛告大衆言我曾往昔無數劫時於妙光佛末法之中出家學道聞是五十三佛名聞已合掌心生歡喜復教他人令得聞持他人聞已展轉相教乃至三千人異口同音一心敬禮即得超越無數億劫生死之罪其千人者華光佛爲首下至毗舍浮佛於莊嚴劫得成爲佛過去千佛是也此中千佛者拘留孫佛爲首下至樓至如來於賢劫中次第成佛後千佛者日光如來爲首下至須彌相佛於星宿劫中當得成佛若依佛名經過去九十一劫有佛名毗婆尸如來過去三十劫有佛出世名尸棄如來即此劫中復有佛出世名毗舍浮如來問曰此九十一劫爲大爲小答曰是大劫也問曰何以得知依舊婆沙論云釋迦菩薩因地從毗婆尸佛以來種相好業至今第九住劫以經九十一大劫故舊俱舍論云釋迦菩薩由禮底沙佛精進力故即得超九大劫究竟成佛故知九劫既大餘九十一劫寧不是大又依藥王藥上經莊嚴劫賢劫星宿劫各有千佛出世即知此劫亦是大阿僧祇劫又藥王經中若善男子善女人及餘一切

衆生聞是五十三佛名者是人於百千萬億阿僧祇劫不墮惡道依此文勢展轉名莊嚴劫賢劫星宿劫等各有千佛出世故知是過於大劫阿僧祇劫至今賢劫中四佛出世者亦是阿僧祇劫非是住小劫也既是大劫故於賢劫之中千佛出世無所疑也又長阿含經云過去九十一劫有佛名毗婆尸復過去三十一劫有佛出世名尸棄復過去三十一劫有佛出世名毗舍婆此尸棄佛及毗舍婆佛依佛名經即此劫中有二佛出世不別或容阿含翻譯剩此三十一劫也又更一釋云依立世阿毗曇論二十住劫中過去八劫已有三佛出世釋迦當現在第九劫出世即以前九劫已有四佛出世未來猶有十一劫焉知不有多佛出世耶故經云或有一劫中有無量佛出世或無數劫中空過無有一佛出世以此義准縱是小劫多佛出世亦自無妨良由衆生根有强弱故感見不同也（此義難知更推後哲）

述曰此賢劫千佛所化住境隄封周統奄及三千大千世界所居土地最爲中也以佛是能化之人心實虛中所化之人及以方處亦皆是中故此有金剛之座餘方餘域無此座故佛則不居故瑞應經云此方國土三千日月萬二千天地之中央也佛之威神不生邊地若居邊地地爲之傾斜是以古往佛興皆出於此同斯成感良爲明證也如長阿含經云過去九十一劫有佛出世名毗婆尸人壽八萬歲復過去三十一劫有佛出世名尸棄人壽七萬歲復過去三十一劫有佛出世名

毗舍浮人壽六萬歲復過去此賢劫中有佛出世名拘樓孫人壽五萬歲又賢劫中有佛出世名拘那含人壽四萬歲又賢劫中有佛出世名迦葉人壽二萬歲我今出世人壽百歲少出多滅依智度迦延論據釋迦人壽一萬歲世時合出為觀衆生一萬歲已來無機可度乃至百歲衆生見苦敦逼劫欲將末故出乎世故論云劫末佛與世劫初轉輪王出二不同如下輪王篇說

姓名部第三

此下並依增壹阿含經云七佛父母姓字經云第一維衛佛第二式佛第三隨葉佛此三佛同姓拘樓長阿含經云第一名毗婆尸佛第二尸棄佛第三毗舍婆佛第四拘樓秦佛第五拘那含牟尼佛第六迦葉佛此三佛同姓迦葉長阿含經云第四名拘樓孫佛第五拘那含佛第六同名迦葉佛第七今我釋迦牟尼佛姓瞿曇

種族部第四

第一維衛佛第二式佛第三隨葉佛此三佛同是刹利王種第四拘樓秦佛第五拘那含牟尼佛第六迦葉佛此三佛同是婆羅門種第七今我作釋迦文佛是刹利王種第一維衛佛父字槃裓刹利王母字槃頭末陀所治國名刹末提第二式佛父字阿輪拏刹利王母字波羅訶越提所治國名阿樓那和提第三隨葉佛父字須波羅提和刹利王母字耶舍越提所治國名阿耨憂摩第四拘樓秦佛父字阿枝達兜婆羅門種母字隨舍迦所治國名輪訶利提那王字須訶提第五拘那含牟尼佛父字耶睒鉢多婆羅門種母字欝多羅所治國名差摩越提王字差摩第六迦葉

佛父字阿枝達耶婆羅門種母字檀那越提耶所治國名波羅私王名其隋第七今我作釋迦牟尼佛父字閱頭檀刹利王種母字摩訶摩耶所治國名迦維羅衛先大王名槃提統而言之總有四族一婆羅門二刹帝利三毗舍四首陀然則後二族卑非上尊之所託前二種貴寔正覺之宅生婆羅門德行清高刹帝利威恩遐舉智度論曰隨時所尚佛生其中故釋迦出剛强之世託王種以振威迦葉生善順之時居淨行而標德也

道樹部第五

第一維衛佛得道爲佛時於波陀羅樹下第二式佛得道爲佛於分塗利樹下第三隨葉佛得道爲佛時於菩薩羅樹下第四拘樓秦佛得道爲佛時於斯利樹下第五俱那含牟尼佛得道爲佛時於烏暫樹下第六迦葉佛得道爲佛時於拘類樹下第七今我作釋迦牟尼佛時於阿沛多羅樹下夫繡楄丹楹者非出家之高躅蔭松藉卉者爰入道之清規何者俗以形骸之可貴故華屋以居之道以室家之可累故脫屣而棄之凡百仕人孰能先覺聿我調御之師是曰生知成道涅槃初生說法皆依樹下斯其旨焉有落髮抽簪排榮涕利可不景慕而置心哉

身光部第六

如觀佛三昧經云毗婆尸佛身長六十由旬圓光百二十由旬尸棄佛身長四十由旬圓光四十五由旬通身光一百由旬毗舍婆佛身長三十二由旬圓光四十二由旬通身光六十二由旬拘留孫佛身長二十五由旬圓光三十二由旬通身光五十由旬拘那含牟尼佛身長二十五由旬圓光三十由旬通身光長四十由旬迦葉佛身長十六丈圓光二

十由旬釋迦牟尼佛身長丈六圓光七尺七佛身並紫金色敬尋法身平等非有優劣但隨機業異故現化不同是以釋迦牟尼出也紫金色而千比丘咸見赭容十六信士偏視灰色自彼之異佛恒一也類此而言謂無感焉依彌勒下生經云身長千尺圓光二十丈

會數部第七

第一維衛佛前後三會說法初會說經有十萬比丘皆得阿羅漢第二會說經有九萬比丘皆得阿羅漢第三會說經有八萬比丘皆得阿羅漢長阿含經云毗婆尸佛初會弟子有十六萬八千人二會弟子有十萬人三會弟子有三十六萬八千人第二式佛亦三會說法初會說經有九萬比丘皆得阿羅漢第二會說經有八萬比丘皆得阿羅漢第三會說經有七萬比丘皆得阿羅漢長阿含經云尸棄佛初會弟子有十萬人第二第三會數並同第三隨葉佛再會說法初會說經有七萬比丘皆得阿羅漢第二會說經有六萬比丘皆得阿羅漢第四拘樓秦佛一會說經有四萬比丘皆得阿羅漢第五拘那含牟尼佛一會說經有三萬比丘皆得阿羅漢第六迦葉佛一會說經有二萬比丘皆得阿羅漢第七今我作釋迦牟尼佛一會說經有千二百五十比丘皆得阿羅漢

述曰上來所列七佛說法度人多少者此據小乘如來初成佛時創度外道迴邪入正聲聞弟子以為親侍故限斯數若據如來一代說法度三乘人得入道者則無量無邊故奘法師云依如西域釋迦一代說法總有三時第一時中為諸聲聞說有相法為破外道執令悟得道第二時中為小行菩薩說無相法為破聲聞令悟無相大乘第三時中為大行

菩薩雙說有相無相法爲破有相無相法令悟中道究竟圓教於此三時一一隨機廣化無量或展轉從三乘弟子邊聞法得道亦塵沙無數不可以一文定不可以一義局也

弟子部第八

依長阿含經云毗婆尸佛有二弟子一名騫茶二名提舍尸棄佛有二弟子一名阿毗浮二名婆毗舍婆佛有二弟子一名扶遊二名欝多拘樓孫佛有二弟子一名薩尼二名毗樓拘那含佛有二弟子一名舒般那二名欝多樓迦葉佛有二弟子一名提舍二名婆羅婆我今有二弟子一名舍利弗二名大目揵連（上來列名各述二者此據聲聞中第一者故別論之）毗婆尸佛有執事弟子名無憂尸棄佛有執事弟子名忍行毗舍婆佛有執事弟子名寂滅拘樓孫佛有執事弟子名善覺拘那含佛有執事弟子名安和迦葉佛有執事弟子名善友我今有執事弟子名阿難毗婆尸佛有子名方膺尸棄佛有子名無量毗舍婆佛有子名妙覺拘樓孫佛有子名上勝拘那含佛有子名導師迦葉佛有子名進軍我今有子名羅睺羅

久近部第九

依菩薩本行經云毗婆尸佛如來滅後正法住世經二萬歲神聞佛如來滅後正法住世經六萬歲（別經云尸棄佛）拘樓孫馱佛如來滅後正法住世經五百歲拘那含牟尼佛如來滅後正法住世二十九日迦葉佛如來滅後正法住世經於七日釋迦佛如來滅後正法住世五百歲像法住世亦五百歲（依善見論云正法住世一千年）

因緣部第二（此別三部）

述意部　引證部　業因部

述意部第一

夫千佛乘暉萬靈景燭觀機適務極聖弘恩所以聖人陳福以勸善示禍以戒惡小人謂善無益而不爲謂惡無傷而不去然有殃有福之言乃華而不實無益無傷之論則信而有徵是以大聖慈愍哀斯愚惑廣與六度接引四生弘宣二諦停毒三有故垂無限之悲計賢劫之緣也

引證部第二

依五仙人經云久遠無數劫時有仙人處於林藪四人爲主一人供給奉事未曾失意一日遠採果蓏𥨊不時還至日已中四人失食懷恨可爲凶咒遂感而死復生人中有梵志能相占之爲王後果爲王佛言王者則吾是四仙人者拘留秦佛拘那含牟尼佛迦葉佛彌勒佛是也其梵志者調達是也又智度論云劫盡燒時一切皆空衆生福力十方風至相對相觸能持大水有一千頭人二千手足名爲韋紐天是人臍中出千葉金色妙寶蓮華其光大明如萬日俱照華中有人結跏趺坐此人復有無量光明名梵天王心生八子八子生天地人民是梵天王坐蓮華上是故諸佛隨世俗故云寶蓮華上結跏趺坐説六波羅蜜又大悲經云佛告阿難何故名爲賢劫者由此三千大千世界劫欲成時盡爲一水時淨居天以天眼觀見此世界唯一大水見有千枝蓮華一一蓮華名爲千葉金色金光大明普照香氣芬熏甚可愛樂彼淨居天因見此事心生歡喜讃言希有如此劫中當

有千佛出興於世以是因緣遂名此劫號之為賢我滅度後此賢劫中當有九百九十六佛出興於世拘留孫佛如來為首我為第四次復彌勒當補我處乃至最後盧遮如來如是次第汝應當知餘經後佛號為樓至

業因部第三

依千佛因緣經云爾時世尊在王舍城耆闍崛山從石室出問阿難言今諸聲聞諸菩薩等皆講何論阿難白佛言世尊諸菩薩衆各各自說宿世因緣時有跋陀婆羅菩薩白佛言我於今日欲少諮問唯願天尊為我解說說是語時八萬四千諸菩薩等各脫瓔珞散佛供養所散瓔珞住佛頂上如須彌山嚴顯可觀有千化佛坐山窟中時諸菩薩白佛言世尊此賢劫千佛過去世時種何功德常生一處同共一家於一劫中次第當得菩提化度衆生爾時世尊告諸菩薩言吾當為汝分別廣說汝今當知乃往過去無量百千萬億阿僧祇劫復過是數此世界名大莊嚴劫名大寶有佛名寶燈焰王如來佛壽半劫正法化世住於一劫像法化世住於二劫於像法中有一大王名曰光德十善化民如轉輪王爾時大王教諸人民讀毗陀論時學堂中有千童子年各十五聰敏多知聞諸比丘讚佛法僧有一童子名蓮華德白善稱比丘言云何名佛法僧比丘答言

波羅蜜滿足　淨性覺智慧　勝心得成就
故號名為佛　無染性清淨　永離於世間
不觀世五陰　常住名為法　身心常無為
永離四種食　為世良福田　故稱比丘僧

時千童子聞三寶名各持香華隨彼比丘入塔禮拜見佛色像五體投地即於像前發弘誓願各發阿耨菩提心過筭數劫必得成佛如今世尊隨壽長短皆命臨終時以聞三寶善根因縁故除却五十一劫生死之業命終之後得生梵世自憶往世聞三寶名得生天上時千梵王各乘宫殿持七寶華至塔供養於像時千梵王異口同音而說偈言

慧日大名稱　久住善寂地　聞名除諸惡

自然生梵世　我今頭面禮　歸依大解脫

說此偈已各還梵世跋陀婆羅汝今當知時彼國王十善化人者久已成佛毗婆尸如來是善稱比丘尸棄如來是時千童子豈異人乎今拘留秦佛乃至最後樓至如來是跋陀婆羅汝今當知我與賢劫千菩薩從彼佛所聞三寶名始發阿耨菩提心其事如是佛告跋陀婆羅菩薩言過去無數阿僧祇劫此娑婆世界有一大國名波羅柰王名梵德常以善法化諸人民以國付子出家學道得辟支佛踊身虚空化十八變時千梵王各以衣裓盛諸妙華至優曇林中供養辟支佛白佛言大德爲我說法時辟支佛踊身虚空化十八變舒手現足中有一梵王名曰慧見告餘梵言我見辟支佛受持五戒以戒齋法當行十善觀諸縁起以此善根迴向甚深阿耨菩提願我作佛過於辟支佛百千萬億時千梵王命終之後於娑婆世界千四天下爲千轉輪王壽命八萬四千歲臨命終時雪山之中有一婆羅門聰明多智壽命半劫於先經中聞過去佛號栴檀莊嚴如來彼佛爲說甚深檀

波羅蜜不見施受心行平等時大仙人聞此事已從雪山出詣千聖王讚說施法時千聖王各以國土付其太子出家學道時千聖王於雪山中各立草菴求無上道即獲五通飛騰空虛壽命一劫時雪山中有大夜义身長四千里利牙上出高八十里面十二里眼出迸血光如融銅左手持劒右手持义住聖王前高聲唱言我今飢渴無所飯食惟王矜愍施少飲食時千聖王告夜义言我等誓願一切施與各各以水澡夜义手授以仙果而今食之夜义得果怒棄置地告聖王言我父夜义噉人精氣我母羅刹恒噉人心飲人熱血我今飢急唯須人心血何用果爲時千聖王告夜义言一切難捨無過已身我等今日不能捨心持用相與是時夜义即說偈言

觀心無心相　四大色所成　一切悉能捨

乃應菩薩行

時雪山中有婆羅門名牢度跋提白夜义言唯願大師爲我說法我今不惜心之與血即脫單衣敷爲高座即請夜义令就此座時大夜义即說偈言

欲求無爲道　不惜身心分　割截受衆苦

能忍猶如地　亦不見受者　求法心不悔

一切無悋惜　猶如救頭然　普濟衆飢渴

乃應菩薩行

時牢度跋提聞是偈已身心歡喜即持利劒刺胷出心是時地神從地涌出白牢度跋提唯願大仙愍憐我等及山樹神莫爲一鬼捨於身命牢度跋提告諸神言

此身如幻焰　隨現即變滅　猶如呼聲響

呼已更不應　四大五陰力　其勢不久停
於千萬億歲　未曾爲法死　我今爲法故
以心血布施　慎勿固遮我　障我無上慧
以此布施報　誓願成佛道　若後成佛時
要先度汝等

說此偈已卧夜叉前以劒刺頸施夜叉血即復破胷出心與之是時天地大動日無精光無雲而雷有五夜叉從四方來爭取分裂競共食之食已大叫躍立空中告千聖王誰能行施如牢度跋提如此行施乃可成佛時千聖王驚怖退沒不欲菩提生變悔心各欲還國時五夜叉即說偈言

不殺是佛種　慈心爲良藥　大慈常安隱
終無老死畏　一切受身者　畏殺毒害人
是故諸菩薩　教我不殺戒　汝今若畏死
常行不殺事　云何欲還國　捨靜求憒閙

時千聖王聞此語已皆默然住佛告跋陀婆羅菩薩汝今當知第一婆羅門讚檀波羅蜜者過去定光明王佛是牢度跋提者過去然燈佛是千聖王出家學道見然燈佛行諸苦行心生悔恨於一劫中墮大地獄雖墮地獄菩提願力莊嚴心故火不能燒從是已後復得值遇燈明王菩薩爲其說法從地獄出廣爲讚歎過去千佛解脫稱莊嚴佛乃至自在王佛時千聖王聞千佛名歡喜敬禮以是因緣超越九億那由他恒河沙劫生死之罪跋陀婆羅汝今當知時千聖王豈異人乎我等賢劫千佛是也

種姓部第三（此別四部）

述意部　王族部　種姓部

求婚部

述意部第一

敬尋白淨所承出自懿師摩王聖輪相纂億業重暉所以釋迦權應示現降生託迹旣顯苗裔遂彰故應迦毗丈六金容現三十二相之儀統領三千大千之化愍彼四流之漂運斯六度之舟也

王族部第二

如長阿含經云天地初成諸天下來食其地味變化爲人因有諍起衆議立主選得一人豪族最尊榮爲國主以治百姓此即是釋迦先祖之王（廣如前劫量篇具說）又依樓炭經云後有他王治化不如先王其壽遂減生至八萬歲展轉稍減至一萬歲乃至百歲從劫初有王名大人相巳來依四分律總筭合有八萬四千二百五十三王出世其中別有十大轉輪聖王王四天下自外諸王不可備列且列如來七世祖族名諱具録如下故五分律云過去有王名欝摩王（四分名懿師摩）此王庶子有四名一名照目（長阿含經名日面光）二名聰目（經名食衆）三名調象（經名路指）四名尼樓（經名莊嚴）尼樓王有子名烏頭羅烏頭羅王有子名瞿頭羅瞿頭羅王有子名尸休羅尸休羅王有四子一名淨飯二名白飯三名斛飯四名甘露飯若依長阿含經四分律等皆云師子頰王有四子一名淨飯王有二子（一是菩薩二是難陀）第二白飯王有二子（一是調達二是阿難）第三斛飯王有二子（一是摩訶男二是阿那律）第四甘露飯王有二子（一是婆娑二是跋提）依智度論云師子頰王有一女名甘露味甘露味有子名施婆羅依雜阿含經云世尊姑子名低沙比丘

是也依分別功德論云阿難有妹出家作比丘尼（不出名字）嫌迦葉訶阿難作小兒者是又大方便經云白淨王劫初已來嫡嫡相承作轉輪王近來二世不作輪王而作閻浮提王又優婆塞戒經云我於初釋迦佛所發心於寶頂佛所滿初僧祇於然燈佛所滿第二僧祇於迦葉佛所滿第三僧祇（俱舍論云逆次逢勝觀然燈寶髻佛則毗婆尸所滿三僧祇若正滿爲言在於勝觀已滿爲語在於飲光經論不同理各據矣良由釋迦高貴古今無比宿殖福因今受勝報）

種姓部第三

如十二遊經云阿僧祇時有菩薩爲國王其父母早喪讓國與弟捨行求道遥見一婆羅門姓曰瞿曇因從學道婆羅門言當解王衣如吾所服受瞿曇姓於是菩薩受瞿曇姓入於深山食果飲水坐禪念道菩薩乞食遂還國界舉國吏民無能識者謂爲小瞿曇菩薩於城外甘蔗園中以爲精舍（佛所行讚經云甘蔗之苗裔釋無勝淨王財德純備故曰淨飯王案淨飯遠祖乃是瞿曇之後身以其前世居甘蔗園故經囑甘蔗之苗裔也）於中獨坐時有五百大賊劫取官物路由菩薩廬邊明日捕賊蹤跡在菩薩舍下因收菩薩前後劫盜法以木貫身立爲尖摽血流於地是大瞿曇以天眼見之便以神足飛來問曰子有何罪酷乃爾乎卿無子孫當何係嗣菩薩答言命在須臾何陳子孫王使左右弩弓射殺之瞿曇悲哀涕泣下棺斂之取土中餘血以泥團之著二器中還其精舍左血著左器中其右亦然大瞿曇言是道人若其志誠天神當使血化爲人却後十月左即成男右即成女於是便姓瞿曇氏一名舍夷（舍夷者是西方貴姓之號）血化爲人乃是宿世之事

恐文繁故不可具說所因也又菩薩本行經云甘蔗王次前有王名大茅草即以王位付諸大臣大衆圍繞送王出城剃除鬚髮服出家衣王出家已持戒清淨專心勇猛成就四禪具足五通得成王仙壽命極長至年衰老肉消背曲雖復拄杖不能遠行時彼王仙諸弟子欲往東西求覓飲食取好輭草安置籠裏用盛王仙懸樹枝上何以故畏諸蟲獸來觸王仙時諸弟子乞食去後有一獵師遊行山野遥見王仙謂是白鳥遂即射之時彼王仙既被射已有兩滴血出墮於地即便命終彼諸弟子乞食來還見彼王仙被射命終復見有血兩滴在地即下彼籠將王置地集聚柴木焚燒王屍收骨爲塔復將種種雜妙香華供養彼塔尊重讚歎承事畢了爾時彼地有兩滴血即便生出二甘蔗芽漸漸高大至時甘蔗熟日炙開剖其一莖蔗出一童子更一莖蔗出一童女端正可喜世無有雙時諸弟子心念王仙在世之時不生兒子今此兩童是王仙種養護看視報諸臣知時諸大臣召喚解相大婆羅門教令占相并遣作名彼相師言此童子者既是日炙熟甘蔗開而出生故一名善生又其從甘蔗出故第二復名甘蔗生又以日炙甘蔗出故亦名日種彼女因緣一種無異故名善賢復名水波時彼諸臣取甘蔗種所生童子幼小年時即灌其頂立以爲王其善賢女至年長大堪能伏事即拜爲王第一之妃

求婚部第四

如菩薩本行經云時迦毗羅城不遠復有一

城名曰天臂彼天臂城有一釋種豪貴長者名為善覺大富多財積諸珍寶資產豐饒具足威德稱意自然無所乏少舍宅猶如毗沙門王宮殿無異彼釋長者生於八女一名為意二名無比意三名大意四名無邊意五名髮意六名黒牛七名瘦牛八名摩訶波闍波提(此言大慧亦云梵天)而此梵天於諸女中年最幼小初生之日為諸能相婆羅門師觀占其體云此女嫁若生兒者必當得作轉輪聖王王四天下七寶自然千子具足乃至不用鞭杖治民時善覺女年漸長成堪欲行嫁白淨王聞自國境內有一釋氏甚大豪富生於八女端正少雙乃至相師占觀其女當生貴子時淨飯王聞是語已作如是言我今當索是女作妃今我甘蔗轉輪聖王苗裔不絕(此是律家作如是說)(又言大慧是菩薩母者此依阿波陀那經文又言輸頭檀王是我之父摩耶夫人是我之母阿波陀那經說檢諸經文此義是實也)時淨飯王即遣使人往詣善覺大長者家求索大慧為我作妃波闍波提(此言生活本)爾時善覺語彼使言善使仁者為我諮啓大王言我有八女一名為意乃至第八名為大慧何故大王求最小者大王且可待我處分七女竟已當與小女大慧作妃時淨飯王復更遣使語長者言我今不待汝一一嫁七女訖然後取於大慧作妃汝八頭女我盡皆取時善覺釋報大王言若如是者依大王命隨意將去時淨飯王即遣使人一時迎取八女向宮至於宮已即納二女自用為妃其二女者第一名為意第八名大慧者自餘六女分與三弟一人與二並妻為妃時淨飯王納意姊妹內於宮中縱情嬉戲歡娛

受樂依諸王法治化四方又菩薩本行經云時甘蔗王有第二妃絕妙端正生於四子一名炬面二名金色三名家家象衆四名別成其第一善賢妃唯生一子名爲長壽端正可喜世間少雙然其骨相不堪作王時善賢妃如是思惟甘蔗種王有此四子炬面等輩兄弟群强我今唯有此之一子雖極端正而無有雙然其相分不堪爲王作何方便令我此子得紹王位復作念是甘蔗王今於我邊無量敬愛深心染著縱情蕩意我今可窮極婦人莊飾之法令王於我重生沈湎若得如心我於屛處當乞求願思惟是已如上所說莊嚴自身令極殊絕至於王邊王見妃來生重愛敬縱逸其心見王生如是心已二人眠卧妃白王言大王當知我今從王乞求一願願

王與我王言大妃隨意不逆從心所欲我當與妃時妃重質王言若與我願不得變悔王言一與妃願後若悔者當令我頭破作七分妃言大王王之四子炬面等輩願儐出國遣我生子長壽爲王時甘蔗王即語妃言我此四子無有過失國境之內有何非祥不聽其住妃又白言王已先立誓我若悔者頭破七分王告妃言我如前言與妃所願時甘蔗王過此夜後至明清旦集聚四子而告勑言汝四童子今可出去我治化內不得居住遠向他國時四童子胡跪合掌白父王言大王當知我等四人無有罪惡無諸過咎云何父王忽然儐我出於國界王勑子言我知汝等實無過失此非我意驅儐於汝此善賢大妃之意彼妃乞願我不違彼令汝出國時四王子

所生之母各求乞隨兒去王報諸妃隨汝意去時妃眷屬及諸臣百姓等各白王言今遣此四子令出國者我等諸臣各亦求隨去王言任意時甘蔗王勑諸王子從今已去若欲婚姻不得餘處取他外族還於自家姓內而莫令甘蔗種姓斷絕彼諸王子受父王教已各各自將所生之母并及眷屬資財諸馱乘等即向北方到雪山下經少時住有一大河名婆耆羅湊度於彼河上雪山頂遊涉久停見川寬平無諸坑坎埠阜唯生輭細青草清淨可愛樹林華果蔚茂敷榮王子見已共相謂言可於此間造城治化爾時王子既安住已憶父王語於自姓中求覓婚姻不能得婦各納姨母及其姊妹共爲夫妻依於婦禮一隨王教二恐釋種雜亂相生爾時日種甘蔗之王召一國師大婆羅門來語之言大婆羅門我四王子今在何處國師答言大王當知王之四子已各出國向於北方乃至已生端正男女時甘蔗王爲自所愛諸王子故心思欲見意情歡喜而發是言彼諸王子能立國計大好治化彼等王子是故立姓稱爲釋迦以釋迦住大樹蓊蔚枝條之陰是故名爲奢夷者耶以其本於迦毗羅仙處所住故因城立名故名迦毗羅婆蘇都時甘蔗王三子沒後唯一子在名尼拘羅（此言別成）長阿含經云住直樹林又號釋林因林爲姓又父王聞四子端正曰此眞釋子也

降胎部第四（此別六部）

述意部　現衰部　觀機部

呈祥部　降胎部　獎導部

述意部第一

夫誠心内感則至覺如在形力外單則法身咫尺是以能仁大師隨緣赴機愍焰宅之旣焚傷欲流之永鶩託白淨之宮降摩耶之胎啓黃金之色破無明之闇居兹三惑示畫篋之非眞出彼四門鶩浮雲之易滅也

現衰部第二

如因果經云爾時善慧菩薩功行滿足位登十地在一生補處近一切種智生兜率天名聖善爲諸天主說於一生補處之行亦於十方國土現種種身爲諸衆生隨宜說法期運將至當下作佛即觀五事一者觀諸衆生熟與未熟二者觀時至與未至三者觀諸國土何國處中四者觀諸種族何族貴盛五者觀過去因緣誰最眞正應爲父毋觀此五巳即下生者不能廣利諸天人衆仍於天宮現五種相令諸天子皆悉覺知菩薩期運應下作佛一者菩薩眼見瞬動二者頭上華萎三者衣受塵垢四者腋下汗出五者不樂本座諸天衆見菩薩有此異相心大驚怖身諸毛孔血流如雨自相謂言菩薩不久捨於我等爾時菩薩又現五瑞一者放大光明普照三千大千世界二者大地十八相動須彌海水諸天宮殿皆悉震搖三者諸魔宮宅隱蔽不現四者日月星辰無復光明五者天下八部皆悉震動不能自禁是諸天見菩薩身巳有五相又覩外五現希有事皆悉聚集到菩薩所頭面禮足白言尊者我等今日見此諸相擧身震動不能自安願爲我釋此因緣耶便答天言善男子當知諸行皆悉無常我今不久

捨此天宫生閻浮提于時諸天聞此語已悲號涕泣心大憂惱舉體血現迷悶於地深歎無常爾時有天子即説偈言

菩薩在於此　開我等法眼　今者遠我去
如盲離導師　又如欲度水　忽然失橋船
亦似嬰孤兒　喪亡其慈母　我等亦如是
失所歸依處　方漂生死流　了無有出緣
我等於長夜　爲癡箭所射　既失大醫王
誰當救我者　滯卧無明牀　長没愛欲海
永絶尊者訓　未見超出期

爾時菩薩以偈答曰

我於此不久　當下閻浮提　迦毗羅施兜
白淨王宫生　辭父母親屬　捨轉輪王位
出家行學道　成一切智種　建立正法幢
能竭煩惱海　關塞惡趣門　淨開八正路
廣利諸天人　其數不可量　以是因緣故
不應生憂惱

又智度論問菩薩何以生兜率天上不在上生不在下生是大福德應自在生答曰有人言作業熟故應是中生又下生地中結使厚濁上地中結使猛利兜率天上不厚不利智慧安隱故又佛出世時不欲過故若於下地生命短壽終時佛未出世若於上地生命長壽未盡復過佛出時故兜率天於六天及梵之中上三下三於彼天下必生中國中夜降神中夜出迦毗羅國行中道得菩提中道爲人説法中夜入無餘涅槃以好中法故中天上生

觀機部第三

如菩薩降胎以四種觀人間一觀時二觀土

地三觀種姓四觀生處初觀時者時有八種佛出後第一人壽八萬四千歲時乃至第八人壽一百餘歲菩薩如是念人壽百歲佛出時到是名觀時第二觀土地者諸佛常在中國生多豐財寶其土清淨第三觀種姓者佛生二種姓中若刹利若婆羅門刹利種勢力大故婆羅門種智慧大故隨時所貴佛於中生第四觀生處者何等母人能懷那羅延力菩薩亦能自護淨戒如是觀竟唯中國迦毗羅淨飯王后能懷菩薩如是思巳於兜率天下不失正慧入於母胎又佛本行經云爾時兜率天衆之中有一天子名曰金團往昔巳來數曾下到閻浮地補處菩薩名曰護明護明知巳告金團言金團天子汝數下至閻浮提中汝應知彼城邑聚落諸王種族一生菩薩當生何家金團天子報言尊者我甚知之尊者善聽我今當說護明言善金團言此之三千大千世界有一菩提道場處所在彼閻浮摩伽陀國境界之内是昔諸佛成菩提處如是展轉遍歷天下諸國王處皆不稱菩薩意金團天子復作是言我於閻浮提一切諸國處處聚落處處諸王處處城邑處處刹利各住諸城而是刹利造種種業我爲尊者經歷巳來生於無量疲極苦惱心迷意亂更不復能觀看餘處唯有一刹利從本以來至於大衆平量安立世世轉輪聖王之種乃至甘蔗苗裔巳來子孫相承在彼迦毗羅婆蘇都釋種所生其王名爲師子頰王其子名爲輸頭檀王一切世間天人之中有大名稱尊者堪爲彼王作子護明菩薩報金團言善哉善

哉金團天子汝善觀察諸王家種我亦念在於此家生我今深心如汝所說金團當知我定往生彼家作子金團往昔一生補處菩薩所託家者有六十種功德具足滿於彼家何等六十彼家本來清淨好種一一切諸聖恒觀彼家二彼家不行一切惡事三彼家所生悉皆清淨四彼家種姓真正無雜五彼家體胤嫡嫡相承無有斷絕六彼家昔來不斷王種七彼家所生一切諸王皆是往昔深種善根八生彼家者常為諸聖之所讚歎九彼家生者具大威德十彼家多有端正婦女十一彼家多有智慧男兒十二彼家所生心性調順十三彼家所生無有戲調十四彼家生者無所可畏十五彼家生者不曾怯弱十六彼家生者聰明多智十七彼家生者多解工巧十八彼家生者皆無

過罪十九彼家所生不與世間工巧雜合亦不貪財以為活命二十彼家所生常好朋友二十一彼家所生不以殺害諸蟲諸獸以自活命二十二彼家種姓恒知恩義二十三彼家種族能修苦行二十四彼家所生不隨他轉二十五彼家所生不曾懷恨二十六彼家所生不結癡心二十七彼家生者不以怖畏隨順於他二十八彼家生者畏殺害他二十九彼家生者無有罪患三十彼家生者乞食得多三十一彼家至者無空發遣三十二彼家剛強難可降伏三十三彼家法則恒出禮律三十四彼家常樂布施眾生三十五彼家建立因果勤劬三十六彼家所生世間勇健三十七彼家恒常供養一切諸仙諸聖三十八彼家恒常供養神靈三十九彼家恒常供養諸天四十彼家恒常供養丈夫四十一彼家歷世無有怨

讎四十二彼家名聲威振十方四十三彼家一切諸宗爲最四十四彼家生者上世已來悉是聖種四十五彼家生者於聖種中最爲第一四十六彼家生者位是轉輪聖王之種四十七彼家生者是大威德人之種性四十八彼家生者多有無量眷屬圍繞四十九彼家生者所有眷屬不可破壞五十彼家生者所有眷屬勝一切人五十一彼家生者悉孝養母五十二彼家生者皆孝順父五十三彼家生者悉皆供養一切沙門五十四彼家生者悉皆供養諸婆羅門五十五彼家生者豐饒五穀倉庫盈溢五十六彼家生者多有金銀硨磲碼碯一切資財無所乏少五十七彼家生者多畜奴婢象馬牛羊一切具足五十八彼家生者不曾事他五十九彼家生者如是一切衆事具足於世間中無所乏少六十佛告

金團天子凡是一生補處菩薩處於母胎彼母若有三十二種相具足者乃能堪受菩薩在胎何等爲三十二事一彼母人正德而生二彼母支體具足三彼母人德行無缺四彼母人所生得處五彼母人爲行庶幾六彼母人種類清淨七彼母人端正無比八彼母人名字得稱九彼母人身體形容上下相稱十彼母人未曾産生十一彼母有大功德十二彼母恒念樂事十三彼母心常隨順一切善事十四彼母無有邪心十五彼母身口及心自然調伏十六彼母心口無所畏十七彼母多聞總持十八彼母極女工巧十九彼母心無諂曲二十彼母心無誑詐二十一者彼母人心無有瞋恚二十二者彼母人心無有嫉妬二十三者彼母人心無有慳悋二十四者

彼母人心無有急速二十五者彼母人心難可迴轉二十六者彼母人體有至德相二十七者彼母人心能懷忍辱二十八者彼母人心有慚有愧二十九者彼母人得薄婬怒癡三十者彼母人行無女家過三十一者彼母人行孝順向夫三十二者彼母人出生一切人諸德一切諸行皆悉具足如是母人乃能堪受一生補處後身菩薩欲入母胎之時取鬼宿日然後乃入於母胎中其受一生補處菩薩母胎已前其母必須受八關齋然後菩薩入於彼胎護明菩薩復作是言我受有不爲世間一切錢財五欲快樂故下人間受此一生唯欲安樂諸衆生故哀愍背惱諸衆生故

呈祥部第四

依佛本行經云爾時護明菩薩冬分過已至於最勝春初之時一切樹木諸華開敷天氣澄清温涼調適百草新出滑澤和柔滋茂光鮮遍滿於地正取鬼宿星合之時爲彼諸天說於法要悉令歡喜時淨居天告彼一切諸天大衆言汝等今見護明菩薩欲生時莫生憂惱何以故彼下生時必定當得成阿耨菩提成已還來至此天宫爲汝說法猶如往昔毗婆尸佛乃至迦葉佛等皆從此去還來到此爲汝說法如前無異爾時菩薩於夜下生當欲降神入胎時時彼摩耶夫人當其夜白淨飯王言大王當知我從今夜欲受八禁清淨齋戒所謂不殺生不偷盜不婬泆不妄語不飲酒不兩舌不惡口不無義語又願不貪欲不瞋恚不愚癡不生耶見我當正見諸衆生等禁戒齋法我當受持我今繫念恒常勤

行於諸衆生當起慈心時淨飯王即報夫人言心所愛樂隨意而行我今亦捨國王之位隨汝所行而有偈言

王見菩薩母　從坐恭敬起　如母如姊妹
心不行欲想

菩薩正念從兜率下託淨飯王第一大妃摩耶夫人右脇住已是時大妃於睡眠中夢見有一六牙白象其頭朱色七支拄地以金裝牙乘空而下入於右脇夫人夢已明旦即向淨飯王言大王當知我於昨夜作如是夢當入於我右脇之時我受快樂昔所未有從今日後我實不用世間快樂此夢瑞相誰占夢師能爲我解時淨飯王召一宮監內侍女人而告之言汝速疾來至外宣勑語我國師大那摩子令追喚八婆羅門大占夢師彼使依王勑已喚得八婆羅門八婆羅門等聞王語已善知諸相善占夢祥即具諮王大王善聽所夢瑞相我當具說如我所見往昔神仙諸天經於典籍所載爲說偈言

若母人夢見　日天入右脇　彼母所生子
必作轉輪王　若母人夢見　月天入右脇
彼母所生子　諸王中最勝　若母人夢見
白象入右脇　彼母所生子　三界無極尊
能利諸衆生　怨親悉平等　度脫千萬衆
於深煩惱海

爾時占夢婆羅門師白大王言夫人所夢其相甚善大王今者當自慶幸夫人所産必生聖子彼於後時必成佛道名聞遠至時淨飯王聞諸占師說此偈已心大歡喜多以財施時淨飯王聞此相師占覩妃夢云是吉祥瑞

占相之後即於其國迦毗羅城四門之外并衢道頭街巷阡陌有人行處安大無遮義會之施所須飲食財寶宅舍畜生皆悉與之又阿私陀是五通仙人聞菩薩從兜率陁天正念下至淨飯王宮夫人右脇入於胎時放大光明遍照人天一切世界後此大地具足六種十八相動時阿私陀見未曾有事心大驚怖毛孔悉竪今有何緣此大地動有何果報時彼仙人少時思惟然後而住心生歡喜踊躍無量不能自勝作是唱言希有大聖不可思議世間當出大富伽羅又菩薩初從兜率下時入母右脇受胎訖已時有一天名曰速往至諸地獄大聲唱言汝諸人輩一切當知菩薩今從兜率天下入於母胎是故汝等速發誓願願生人間地獄衆生聞此語已所有衆生往昔已來曾種善根復造雜業以惡强故墮於地獄彼等各各面相覩見猒離地獄復得光明身心安樂復得聞於速往世間諸天之聲捨地獄身即生人中所有三千大千世界諸衆生等往昔已來種善根者皆來於此迦毗羅城四面託生

降胎部第五

如涅槃經云菩薩下時欲色界諸天悉來侍送發大音聲讚歎菩薩以口氣風故令地動又念佛三昧經云菩薩欲降母胎時三千大千世界悉皆六種震動又因果經云爾時菩薩欲降母胎即乘六牙白象發兜率宮無量諸天作諸妓樂燒衆名香散天妙華隨菩薩滿虛空中放大光明普照十方以四月八日明星出時降神母胎于時摩耶夫人於眠寤

之際見菩薩乘六牙白象騰虛而來從右脇入身現於外如處瑠璃夫人體安快樂如服甘露顧見自身如日月照心大歡喜踊躍無量見此相已然後而覺生希有心即以此狀具告白淨王知爾時白淨見此瑞已歡喜踊躍不能自勝即召善相婆羅門占之知菩薩處胎出已成佛功德利益不可具說爾時兠率天衆念言菩薩已生白淨王宮我等亦當下生人間菩薩成佛我得在先爲其眷屬聽法作此念已便即下生其數有九十九億諸天下生人間又從他化自在天乃至四天王及色界天王與其眷屬亦皆下生不可稱計菩薩在母胎行住坐卧無所妨礙不令母有諸苦患事菩薩至晨朝於母胎中爲色界諸天說種種法至日中時爲欲界諸天說法於日晡時爲諸鬼神說法於夜三時亦復如是（依普曜經云菩薩在母胎十月開化訓誨三十六載諸天人民使立聲聞及諸大乘行也）

華嚴經云菩薩於母胎中三千大千世界衆生普見菩薩於胎中如明鏡中見其面像

奬導部第六

如菩薩處胎經云佛告喜見菩薩曰汝欲知過去諸佛滅不滅剎土不耶當知我過去身其無數不可稱不可量即以神足入濕生界衆相具足與無數阿僧祇爲濕識衆生說法令濕識隨意所願各得解脫入化卵等生隨意所願各得解脫亦復如前復以神足現當來世界入四生中各得解脫亦復如前如我今日在母胎中與諸十方神通菩薩說不退轉難有之法亦以神通入天四生入地獄四生餓鬼四生畜生四生於四生中胎化二生

盡漏得疾濕卵二生盡漏稍遲化生胎生是利根人濕卵是鈍根人又佛告阿難諦聽善思念之吾今與汝一一分別大士難有之行阿難白佛言願樂欲聞佛告阿難去此東南方一億一萬一千六十二恒河沙刹彼有世界名曰思樂佛名香焰如來於彼現般涅槃而來至忉利天宮經歷無數阿僧祇劫三十六返作大梵天王三十六返作帝釋身三十六返作轉輪王所度衆生無墮二乘及諸惡趣何以故皆是諸佛神智所感佛告阿難如來有胎分耶無胎分耶阿難白佛言如來之身無有胎分也佛告阿難若如來無胎分者云何如來十月處胎教化說法耶阿難白佛言如來有胎分者此亦處寂無胎分者亦復處寂爾時世尊即以神足現毋摩耶身中坐卧經行敷大高座縱廣八千由旬金銀梯陛天繒天蓋懸處虛空作唱妓樂不可稱計復以神足東方去此娑訶世界萬八千土菩薩大士皆來雲集南西北方四維亦爾復有下方六十二億刹土諸神通菩薩亦來大會上方七十二億空界菩薩亦來雲集入胎中爾時文殊師利菩薩白世尊曰此諸菩薩大士雲集欲聽世尊不思議法如是三昧億千那由他如今如來入何三昧居於胎舍與諸大士說不思議法佛告文殊汝今觀察一住二住乃至十住一生補處諸方菩薩名當其位勿相雜錯今此大衆清淨無雜寄生枝葉亦無穢惡令此座上無有一人雜穢惡者有退轉者所以者何是利根不處生施又問彌勒心有所念幾念幾相識耶彌勒言舉手彈指

之頃三十二億百千念念念成形形皆有識識念極微細不可執持佛之威神入彼微識皆令得度此識教化非無識也

法苑珠林卷第八

音釋

剩實證切餘也　裱陂嬌切　赭章也切赤色也　憒古對切心亂也　慤苦角切　裔餘制切種族也　剖普后切破也　儐必刃切斥也　胤羊晉切繼也嗣也　陛旁禮切

法苑珠林卷第九千佛之二

唐 西 明 寺 沙 門 釋 道世撰

出胎部第五此別八部

述意部 迎后部 感瑞部
誕孕部 掊福部 降邪部
同應部 校量部

述意部第一

敬思定光授記逆號能仁玄符合契故託化釋種萌兆於未形之前跡孚於已生之後照炳人天聯綿曠劫其爲源也邃乎勝矣所以神形六動方行七步五淨雨華九龍灑水神瑞畢臻吉徵總萃觀諸百代曾未之有然後孕異堯軒產殊禹契至如黒帝入夢之兆白光滿室之徵徒曰嘉祥詎可擬議身邊則光色一丈眉間則白毫五尺開卍字於胷前躡千輪於足下大略以言三十有二非可以龍顔虎鼻八采雙瞳方我妙色較其升降者也

迎后部第二

如佛本行經云爾時菩薩聖母摩耶懷孕菩薩將滿十月垂欲生時時彼摩耶大夫人父善覺長者即遣使人詣迦毗羅淨飯王所又云夫人父名善智奏大王言如我所知我女摩耶王大夫人懷藏聖胎威德既大若彼產出我女命短不久必終我意欲迎我女摩耶還我安止住於嵐毗尼中共相娛樂盡父子情惟願大王莫生留難乞垂哀愍遣放女來我家產訖即遣送還時淨飯王聞善覺使作是言已即勅有司其迦毗羅城及提婆陀河兩間之中平治道路具辦旛華種種音樂僕從人物不可稱計送妃至家自外云云

感瑞部第三

如普曜經云太子滿十月已臨產之時先現瑞應三十有二一後園樹木自然生果二陸地生青蓮華大如車輪三陸地枯樹皆生華葉四天神牽七寶交露車至五地中二萬寶藏自然發出六名香好熏遍布遠近七雪山中出五百白師子羅住城門無所嬈害八五百白象子羅住殿前九天爲四面細雨澤香一十其王宮中自然泉水百味飲食給諸虛渴十一諸龍王女在虛空中現半身住十二天萬玉女抱孔雀拂現宮牆上十三諸天玉女持萬金瓶盛甘露住虛空中十四天萬玉女手執萬瓶皆盛香水行住虛空十五天萬玉女手執幢蓋而住侍焉十六諸天玉女羅列而住鼓百千樂在於虛空自然相和十七四瀆江河清澄不流十八日月宮殿停住不進十九沸宿下侍諸星衛從二十交露寶帳普覆王宮二十一明月神珠懸於殿堂光明晃煜二十二宮中燈火爲不復明二十三箧笥衣被在椸架二十四奇珍瓔珞一切寶藏自然出現二十五毒蟲隱藏吉鳥翔鳴二十六地獄皆休毒痛不行二十七地爲大動丘墟皆平二十八四衢街巷平正散華二十九諸深坑壍悉皆爲平三十漁獵怨惡一時慈心三十一境內孕婦產者悉男聾盲瘖瘂癃殘百疾皆悉除愈三十二一切樹神半身出現低首頂禮是爲三十二瑞當此之時彊場左右莫不雅奇歎未曾有

誕孕部第四

如因果經云菩薩處胎垂滿十月身諸支節

及以相好皆悉具足夫人憶入園遊觀王勑後宮端正采女凡有八萬四千以用侍摩耶夫人又擇取八萬四千端正童女賫持香華往藍毗尼園王又勑諸群臣百官夫人皆悉隨從於是夫人即升寶轝與諸官屬及采女前後導從往藍毗尼園爾時復有天龍八部亦皆隨從充滿虛空十月滿足於四月八日日初出時夫人見後園中有一大樹名曰無憂華色香鮮枝葉分布極為茂盛即舉右手欲牽摘之菩薩漸漸從右脇而出菩薩處胎經云佛告彌勒當知汝復受記五十六億七千萬歲於此樹王下成無上等正覺我以右脇生汝彌勒從頂生如我壽百歲彌勒壽八萬四千歲我國土土汝國土金我國土苦汝國土樂

又依菩薩本行經云爾時菩薩見母立地以手攀樹枝時在胎正念從坐而起自餘一切諸衆生母欲生子時身體遍痛受大苦惱數坐數起不能自安其菩薩母熈怡坦然身受大樂是時摩耶夫人立地以手執波羅叉樹枝訖即生菩薩此是菩薩希奇之事未曾有法表如來得成於佛已無疲勞倦能拔一切諸煩惱根割斷一切諸煩惱結猶如截於多羅樹頭畢竟不生無相無形無後生法此是如來往先瑞相

又復一切諸衆生等生苦逼故在於胎內處處移動菩薩不然從右脇入還住右脇在於胎內不曾移動及欲出時從右脇生不為衆苦之所逼切此是菩薩未曾有事表成佛已盡其後際修行梵行永無有畏常得快樂無

復諸苦又菩薩初從母胎右脇正念生時放大光明悉皆遍照此是菩薩未曾有事表成佛已裂破無明黑暗之網能出明淨大智慧之光又菩薩初從右脇出已正心憶念時菩薩母身體安常不傷不損無瘡無痛菩薩母身如本無異此是菩薩未曾有法表成佛已行於梵行不缺不減具足不少又菩薩初從母胎出時無苦無惱安庠而起一切諸穢不能污染不同衆生譬如如意瑠璃之寶用於迦尸迦衣裹時各不相染此是菩薩未曾有法表成佛已在於世間住於世間示希有法世間穢濁不汙不染又菩薩初從母胎出時時天帝釋將天細妙憍尸迦衣裹於自手於先承接擎菩薩身此是菩薩未曾有法表成佛已創爲娑婆世界之主大梵天王於先勸請如來說法又菩薩初從右脇生時四大天王抱持菩薩將向母前示其母言世大夫人今可歡喜夫人生子既得人身諸天猶尚歡喜讚歎況復於人此是菩薩未曾有法表成佛已無量四衆皆向如來聽受於法依如來教不違不背又菩薩生已立在於地仰觀於母右脇之時口作是言我此身形從今日後不復更受於母脇中不入胎卧此是於我最末後身我當作佛此是菩薩未曾有法表成佛已口作是言我今生分一切已盡梵行已立所作已辦不受後有此是如來往先瑞相又涅槃經云菩薩初生之時於十方面各行七步摩尼跋陀富那跋陀鬼神大將執持旛蓋振動無量無邊世界金色晃曜彌滿虛空難陀龍王及跋難陀以神通力浴菩薩身諸

天形像承迎禮拜阿私陀仙合掌恭敬盛年捨欲如棄涕唾不爲世樂之所迷惑出家修道樂於閑寂爲破邪見六年苦行於諸衆生平等無二心常在定初無散亂相好嚴麗莊飾其身所遊之處丘墟皆平衣服離身四寸不墮行時直視不顧左右所食之物物無完過坐起之處草不動亂爲調衆生故往說法心無憍慢

招福部第五

如因果經云太子生時于時樹下亦生七寶七莖蓮華大如車輪菩薩即便墮蓮華上無扶侍者自行七步（大善權經云行七步者爲應七覺意耶）舉其右手而師子吼云我於一切天人之中最尊最勝無量生死於今盡矣說是語已時四天王即以天繒接太子身置寶机上釋提桓因手執寶蓋大梵天王又持白拂侍立左右難陀龍王優波難陀龍王於虛空中吐清淨水一溫一涼灌太子身（普曜經云諸天釋梵雨雜名香九龍在上而下香水洗浴菩薩瑞應本起經云梵釋下侍四天大王接菩薩身置金机上修行本起經云龍王兄弟左雨溫水右雨冷水釋梵天衣裹菩薩身也）身黃金色三十二相放大光明普照三千大千世界迦維羅衛國三千日月萬二千天地之中央也（便有一百萬億日月四百萬億天下三千者略舉其要故如華戎之判非易而詳海內經云身毒之國是軒轅氏居之郭氏注云天竺國也以此而言天地中央未爲甚濫後漢書云以葱嶺之外稱爲九夷語其壯麗勝於中國吳越春秋云季子入周見章甫之服三代之樂云吳蠻夷之國豈有此哉推此而辨未必即地爲正故當隨其時代改張不可同於中天始末常定）

又智度論問曰何故佛作金色答曰若鐵在金邊則不現今現在金比佛在時金則不現佛在時金比閻浮那金閻浮那金比

大海中轉輪聖王道中金沙則不現金沙比金山則不現金山比須彌山金則不現須彌山金比三十三諸天瓔珞金則不現三十三天瓔珞金比燄摩天金則不現燄摩天金比兜率陀天金則不現兜率陀天金比化自在天金則不現化自在天金比他化自在天金則不現他化自在天金比菩薩身色則不現如是妙色是名金色相

又瑞應經云太子初生之時天龍八部亦於虛空作天伎樂歌唄讚頌燒香散華雨衆天衣瓔珞繽紛不可稱數又於樹下忽生四井八功德水瑞應有三十四相不可具說略同前三十二相中說

降邪部第六

如瑞應經云太子初生之時是時大王即嚴四兵共諸臣等入園見太子奇瑞如是一喜一懼合掌禮諸天神前抱太子置於七寶象轝之上與諸群臣采女諸天作伎隨從入城王未識三寶即將太子往詣天祠太子即入梵天形像皆從坐起禮太子足而語王言大王當知今此太子天人中尊虛空天神皆悉禮敬大王豈不見如是相耶云何而今來此禮我白淨王及諸大臣等歎未曾有即將太子出於天祠還入後宮普曜經云太子至祠說偈言

初生動三千　釋梵須倫神　日月衆天王
來稽頭面禮　何有天過是　將吾到其所
超天天中天　天無比況勝　隨俗來現此
現瑞人歡喜　若干種奉養　過聖天中天

於是天王釋梵四王各捨本位尋時來下五

體投地禮菩薩足諸天人民百千之衆默然歎嗟稱揚洪音歎未曾有歡喜踊躍天地大動天雨衆華百千伎樂不鼓自鳴諸天形像現其本身禮菩薩足則在前住於是頌曰

須彌比芥子　過天龍王變　日月禮勞耶
慧德豈禮敬　三千界自歸　芥子比須彌
牛跡比大海　上尊逾日月　若能禮其尊
功福不可計　各各得安隱　德豐無限量

同應部第七

如瑞應經云當爾之時諸釋種姓亦同一日生五百男修行本起經云國中八萬四千長者生子悉男八萬四千廐馬生駒其一特異毛色純白騣髦貫珠故名為騫特奴名闡特又瑞應本起經云奴名車匿馬名揵陟時王廐中象生白子馬生白駒牛羊亦生五色羔犢如是等類數各五百王子青衣亦生五百倉頭（普曜經云五千青衣各生力士）爾時宮中五百伏藏自然發出有諸商人從海採寶而還各賫奇珍奉貢上王諸瑞吉祥當名太子為悉達爾時八王子亦於白淨王同生太子各懷歡喜共制好名又佛本行經云迦維羅閱國有八城合有九百萬戶調達以四月七日生佛以四月八日生佛弟難陀以四月九日生阿難以四月十日生調達身長一丈五尺四寸佛身長一丈六尺難陀身長一丈五尺四寸阿難身長一丈五尺三寸其貴姓舍夷長一丈四尺其餘國種皆長一丈三尺菩薩外家去城八百里姓瞿曇氏作小王主百萬戶名一億王菩薩婦家姓瞿曇氏舍夷長者名水光其婦母名月女有一城居近其邊生女之時日

將欲沒餘明照其家室內皆明因字之爲瞿夷晉言明女瞿夷者是太子第一夫人其父名水光長者太子第二夫人生羅雲者名耶維檀其父名移施長者太子第三夫人名鹿野其父名擇長者以有三婦故太子父王爲立三時殿殿有二萬采女三殿凡有六萬采女以太子當作遮迦越王故置有六萬采女

校量部第八

如瑜伽論云四種入胎一正知而入不正知住出二正知入住不正知而出三俱能正知四俱不正知初謂輪王二謂獨覺三謂菩薩四謂所餘有情實性論偈云

從天退入胎　現生有父母　在家示嬰兒
習學諸伎藝　戲樂及遊行　出家行苦行
現就外道學　降伏於天魔　成佛轉法輪
示導入涅槃　諸薄福衆生　不能見如來

瑞應經云太子四月八日夜明星出時生又佛所行讚云於三月八日菩薩從右脇生過去現在因果經云二月八日夫人往毗藍尼園見無憂華舉右手摘從右脇出今謂世代既遙譯人前後直就經文難可論辯考求外典如似可見春秋云魯莊公七年即莊王一十年四月辛亥恒星不見星殞如雨檢內外典以四月爲正也

侍養部第六（此別三部）

述意部　養育部　善徵部

述意部第一

夫神妙寂通圓智湛照道絕於形識之封理畢於生滅之境形識久絕豈實誕於王宮生滅已畢寧假資於侍衛但大聖應生本期利

物有感斯現無幽不矚機化萬途受說非一或假安禪悟道或藉慧解開襟或示嬰孩扶侍或現乳哺資養緣悟多種不可一例此是誘物之能濟俗之術也

養育部第二

依佛本行經云爾時太子既誕生適滿七日其太子母摩耶夫人遂便命終或有師言摩耶夫人壽命筭數唯在七日是故命終雖然但往昔常有是法其菩薩生滿七日已而菩薩母皆取命終何以故以諸菩薩幼年出家母見是事其心碎裂即便命終又薩婆多師母見生子身體端正希奇之事歡喜不勝即便命終命終之後即便往生忉利天上時淨飯王見夫人命終之後即便喚召釋種皆令雲集而告之言汝等眷屬並是國親今是童子嬰孩失母乳哺之寄將付囑誰教令養育使得存活誰能憐愍愛如已生時有五百釋種新婦彼等新婦各各唱言我能養育我能瞻看時釋種族語彼婦言汝等一切年少盛壯意躭色欲不能依時養育依法慈憐唯此摩訶波闍波提親是童子真正姨母是故堪能將息養育童子之身時淨飯王即將太子付囑姨母而告之言善來夫人如是童子應當養育善須護持應令增長依時澡浴又別簡取三十二女令助養育以八女人擬抱太子以八女人洗浴太子以八女人令乳太子以八女人令其戲弄是時摩訶波闍波提白淨飯王言謹依王勅不敢乖違

善徵部第三

又佛本行經云從太子出生已來淨飯王家

日日增長一切財利金銀珍寶二足四足無所乏少而說偈言

五穀及財寶　金銀諸衣服　或造或不造
自然得充足　童子及慈母　乳酪酥常豐
慈母少乳者　悉皆得盈溢

時淨飯王所有怨讎自然皆悉生平等心已漸生親厚同一心意風雨隨時無諸災雹亦無擾亂少種多收一切人民如法而行種種布施作諸功德人無枉橫皆並歡喜猶如天上無有差殊以太子威德力故如是諸事莫不成就如偈所說

人世順尊教　不慳亦不惜　無不如法行
慈心不起煞　飢渴既得解　飲食皆充足
一切悉歡喜　並受如天樂

又普曜經云菩薩生已七日其母命終受忉利天上福相適昇彼天五萬梵天各執寶瓶二萬梵魔妻手執寶縷侍菩薩母又瑞應本起經云菩薩本知母人之德不堪受其禮故因其將終而從之生又大善權經云生後七日其母覺福應昇天非菩薩咎又因果經云太子姨母摩訶波闍波提乳養太子如母無異

占相部第七 此別八部

述意部　勑占部　呈恭部
現相部　業因部　同異部
校量部　百福部

述意部第一

夫至聖無方隨緣顯晦澄神虛照應機如響所謂寂然不動感而遂通於是降神兜率之宮垂像迦毗之域家世則輪王逓襲門望則

聖道相因地中三千既殊於洛邑國朝八萬有逾於稽嶺宗親籍甚孰可詳焉縱呂公之相高帝世謂知人若私陀之視吾師未可同日較其優劣昇沉有異也

勑占部第二

如瑞應經云爾時白淨王令訪得五百聰明相師令占太子相師言是王之子乃是世間之眼猶如眞金有諸相好極爲明淨若當出家成一切種智若在家者爲轉輪聖王領四天下第一之最又白王言有一梵仙名阿私陀具足五通在於香山彼能爲王斷於疑惑時王心自思惟香山途路嶮絶非人能到當以何方請來至此王作念時阿私陀仙遥知其意騰空而來爲王相之王見來已喜慰不可言王及夫人抱太子出欲禮仙人時仙人止王曰此是天人三界中尊云何而令禮於我耶時彼仙人即起合掌禮太子足王及夫人白仙人曰唯願善相太子仙人相已忽然悲泣不能自勝王及夫人見彼仙悲泣舉身戰怖生大憂惱如大波浪動於小船即問仙人我子有何不祥而悲泣耶答言太子相好具足無有不祥但恨我今年壽已百二十不久命終生無想天不覩佛興不聞經法故自悲耳若有衆生具三十二相或生非處久不明顯此人必爲轉輪聖王若三十二相皆得其處又復明顯此人必成一切種智我今觀大王太子諸相皆得其所又極明顯是以決定知成正覺仙人爲王說此語已辭别而退又佛本行經云大王我今自慨年者根熟衰朽老邁當於爾時不得覩見失此大利是故

我今悲惋自傷非彼不吉即爲大王而説偈言

自恨我有大顛倒　不值此當得道時
空過一生無所聞　豈非是我失大利
我今年老根純熟　死時將至不復賒
念此生分得遭逢　所以一喜一憂懼
大王釋種方興盛　誕此童子福德人
一切諸苦逼世間　此悉能令得安樂

呈恭部第三

依佛本行經云是時摩耶諸童子所至已持手抱童子頭令向仙人擬令禮拜仙人之足是時童子威德力故其身自轉足向仙人時淨飯王更復共扶迴童子頭令拜仙人童子力故足還自轉向彼仙人時淨飯王復迴童子頭向仙人還復轉足如是至三其阿私陀遥見童子是時童子放常光明照觸大地童子威德端正可喜色純黄金頭如寶蓋鼻直而圓脩臂下垂支節正等無缺無減具足莊嚴時阿私陀即從坐起白於王言大王莫將童子聖頭迴向於我何以故彼頭不合頂禮我足我頭應當頂禮彼足復唱是言希有希有大人出世最大希有大人出世我本從天所聞者即此童子真實定是如彼不異時阿私陀整理衣服偏袒右臂右膝著地伸其兩手抱持童子安其頂上還復本座本座坐已還下童子置於膝上

現相部第四

如佛本行經云時淨飯王復白仙言大師我意欲令我子常在云何方便及令幼年勿使捨我阿私陀仙復白王言大王我實不能專

正決定説是方便令作障礙時淨飯王復語仙人作如是言大師善聽我今當作種種方便設方便已不令我子從今幼稚及到盛年不聽暫離捨我出家阿私陀仙即問王言大王令者因何事故説如是語時淨飯王報彼仙人阿私陀言尊師當知如我國內所有相師皆語我言若是童子在家當作轉輪聖王以是因緣我如是語阿私陀仙復白王言大王當知彼等相師皆大妄語何以故如是勝相非是轉輪聖王之相今此童子有百善相八十隨形挺特殊好分明炳著皆悉具足時淨飯王問仙人言大師何等是八十隨形好時阿私陀具白王言具説八十種好文殊經令依勝天王經説故勝天王經佛自説云八十種好者一無能見頂二頂骨堅實三額廣平正四眉高而長形如初月紺瑠璃色五目廣長六鼻高圓直而孔不現七耳厚廣長埵輪成就八身堅實如那羅延九身分不可壞十身節堅密十一合身迴顧猶如象王十二身有光明十三身調直十四常少不老十五身恒潤澤十六身自將衞不待他人十七身分滿足十八識滿足十九容儀具足二十威德遠震二十一一切向不背他二十二住處安隱不危動二十三面門如量不大不長二十四面廣而平二十五面圓淨如滿月二十六無憔悴容二十七進止如象王二十八容儀如師子王二十九行步如鵝王三十頭如摩陀那果三十一身色光悅三十二足趺厚三十三爪如赤銅葉三十四行時印文現地三十五指文莊嚴三十六指文明了不闇三十七手文明直三十

八手文直三十九手文不斷四十手足如意四十一手足紅白色如蓮華四十二孔門相具四十三行步不減四十四行步不過四十五行步安平四十六臍深厚狀如盤蛇團圓右轉四十七毛色青紅如孔雀項四十八毛色潤淨四十九身毛右旋五十口出無上香身毛皆爾五十一脣色潤澤如頻婆果五十二脣潤相稱五十三舌形薄五十四一切樂觀五十五隨衆生意和悅與語五十六於一切處無非善言五十七若見人先與語五十八音聲不高不下隨衆生樂五十九說法隨衆生語言六十說法不著六十一等觀衆生六十二先觀後作六十三發一音答衆聲六十四說法次第皆有因緣六十五無有衆生能見相盡六十六觀者無猒六十七具足一切音聲六十八顯現善色六十九剛强之人見則調伏恐怖者見即得安隱七十音聲明淨七十一身不傾動七十二身分大七十三身長七十四身不染七十五光遍身各一丈七十六光照身而行七十七身清淨七十八光色潤澤猶如青珠七十九手足滿八十手足德字依佛說寶女經云於是寶女問世尊曰如來有三十二大人之相前世宿命行何功德而致是相遍布于體佛告寶女吾往古世行無量德合集衆行由得是相遍于身體今粗舉要如來之相足安平立大人相者乃往古世堅固勸助而不退轉未曾覆蔽他人功德故如來手足而有法輪大人相者乃往古世與設若干種種施故如來至眞指纖長好大人相者乃往古世剖說經義救護衆生

令無恚故如來手足生網縵理大人相者乃往古世未曾破壞他人眷屬故如來手足柔輭微妙大人相者乃往古世而以惠施若干種衣細輭服故如來而有七合充滿大人相者乃往古世廣設衆施供諸乏故如來之膝平正無節蹲腸如鹿大人相者乃往古世奉受經典不違失故如來之身其陰馬藏大人相者乃往古世謹愼已身遠色欲法故如來之身頰車充滿猶如師子大人相者乃往古世廣修淨業修行備故如來至眞常於胷前自然卍字大人相者乃往古世蠲除穢濁不善行故如來支體具足成就大人相者乃往古世施以無畏安慰人故如來手臂長出於膝大人相者乃往古世人有作事佐助勸故如來身淨而無瑕疵大人相者乃往古世奉行十善無猒足故如來腦戶充滿弘備大人相者乃往古世其有病者施若干種藥瞻視療故如來師子頰大人相者乃往古世植衆德本具足備故如來具四十齒白齊密大人相者乃往古世志性等仁於衆生故如來牙齒無有間踈大人相者乃往古世諫人諍鬪令和合故如來頰牙大人相者乃往古世則以微妙可意之物而施與故如來清白美好髮眉大人相者乃往古世善自護已身口心故如來廣長舌大人相者乃往古世出言至誠護口之過故如來亹亹大人相者以無量福供養究竟心行仁和與衆生願使得覆蓋故如來梵聲哀戀之音大人相者乃往古世言語柔和與衆人言護口節辭無央數人聞其所語無不悅故如來瞳子如紺青色大人

相者乃往古世常以慈目察衆人故如來之眼如月初生大人相者乃往古世無麤暴志心性和順故如來眉間白毫大人相者乃往古世咨嗟歌誦閑居之德衆行故如來頂上肉髻自然大人相者乃往古世奉敬賢聖禮尊長故如來肌體柔輭妙好大人之相者乃往古世心念合集法品藏故如來身形紫磨金色大人相者乃往古世多施衣服卧具牀故如來之體一一毛生大人相者乃往古世離於集會衆閙之故如來之毛向上右旋大人相者乃往古世尊敬於師受善友教稽首從故如來頭髮如紺青色大人相者乃往古世愍傷群黎不以刀杖而加害故如來之身平正方圓無有斜曲大人相者乃往古世已身衆生勸化安之令定意故如來之脊如大鉤鎖善有威曜巍巍之德大人相者乃往古世爲諸正覺興立形像繕修壞寺其離散者勸使和合施無畏懼其諍訟者化令相順故汝欲知之吾往世時行於無量不可計會衆德之本故如來宿世奉行如斯乃能致此三十二大人之相也

如第二十二梵聲相中依新婆沙論云如來梵聲相謂佛於喉藏中有妙大種能發悅意和雅梵音如羯羅頻迦鳥及發深遠雷震之聲如帝釋鼓如是音聲具八功德一者深遠二者和雅三者分明四者悅耳五者入心六者發喜七者易了八者無猒

大智度論云如來有梵聲相如梵天王五種聲而從口出一甚深如雷二清徹遠聞聞者悅樂三入心敬愛四諦了易解五聽者欲聞

無猒菩薩亦有如是五種聲從口中出迦陵毗伽聲相可愛如大鼓音深遠

又新婆沙論問相是何義答幖幟義是相義殊勝義是相義祥瑞義是相義問何故丈夫相唯三十二不增不減耶脇尊者説曰若增若減俱亦生疑不違法相説有三十二者世間共許是吉祥義數不增減若三十二相莊嚴佛身則於世間最勝無比若當減者便有闕少若更增者則爲雜亂皆非殊妙故唯爾所三十二丈夫相也

又智度論問是三十二相三業之中何業種耶答曰是意業非身口業是意業利故又六識中是意識非五識以五識不能分別故問曰是三十二相幾時能成種答曰極遲百劫極疾九十一劫釋迦牟尼菩薩九十一大劫行辦得三十二相如經中言過去久遠有佛名弗沙時有二菩薩一名釋迦牟尼一名彌勒弗沙佛欲觀釋迦牟尼菩薩心純熟未即觀見之知其心未純熟而諸弟子心皆純熟又彌勒菩薩心已純熟而弟子未純熟是時弗沙佛如是思惟一人之心易可速化衆人之心難可疾治如是思惟竟弗沙佛欲使釋迦菩薩疾得成佛上雪山上入寶窟中入火禪定是時釋迦菩薩作外道仙人上山採藥見弗沙佛坐寶窟中入火禪定放大光明見已心生歡喜信敬翹一脚立叉手向佛一心而觀目未曾瞬七日七夜以一偈讚佛

天上天下無如佛　十方世界亦無比
世界所有我盡見　一切無有如佛者

七日七夜諦觀世尊目未曾瞬超越九劫於

九十一劫中得阿耨菩提釋迦菩薩貴其心思不貴多言若更以餘偈讚佛心或散亂是故七日七夜以一偈讚佛問曰何故釋迦菩薩心不純熟而弟子純熟彌勒菩薩自心純熟而弟子不純熟耶答曰釋迦菩薩饒益衆生心多自爲身少故彌勒菩薩多爲已身少爲衆生故

業因部第五

如得無垢女經云佛言菩薩成就四法得三十二丈夫相何等爲四一把金散佛或散浮圖二常以香油塗如來塔三種種華香伎樂布施四眷屬相隨供養和尚阿闍黎等爾時世尊而說偈言

把金散浮圖　香油塗佛塔　施以華香樂
敬心供養師　行如是四法　得三十二相
端正甚奇妙　一切功德具

菩薩成就四法得八十種好何等爲四一種種妙衣莊嚴法座二供養他人心不生倦三於法師所不作鬬亂四教諸衆生修菩提行爾時世尊而說偈言

妙衣嚴法座　供養他不倦　教衆生菩提
易得八十好　菩薩修行此　四種功德故
常於一切時　有勝相莊嚴

同異部第六

如新婆沙論問八十隨好爲在何處答在諸相間隨諸相轉莊嚴佛身令極妙好問相與隨好不相障奪耶答不爾相與隨好更相顯發如林中華顯發諸樹佛身如是相好莊嚴又如金山衆寶雜飾問菩薩所得三十二相與輪王相有何差別答菩薩所得四事勝一

熾盛二分明三圓滿四得處復有五事勝一得處二極端嚴三文像深四隨順勝智五隨順離染

校量部第七

佛阿毗曇經云以一千阿僧祇世界衆生所有功德成佛一毛孔如是成佛一毛孔功德遍如來身毛孔功德成佛一好如是成就八十種好功德增爲百倍乃成如來身上一相所成就三十二相功德增爲千倍乃成如來額上一白毫相以一千毫相功德增爲百倍乃成如來一頂骨相一切飛天所不能見頂如是不思議清淨功德聚成就佛身是故如來於天人中最爲尊勝

百福部第八

依優婆塞戒經云佛言菩薩修一一相以百福德而爲圍繞修心五十具思心五十是則名爲百種福德善男子一切世間所有福德不及如來一毛功德如來一切毛孔功德不如一好功德聚合八十種好功德不如一相功德一切相功德不如白毫相功德白毫相功德復不及無見頂相功德是故如來成就具足無量功德是三十二相即是大悲之果報又新婆沙論問如契經說佛一一相百福莊嚴何謂百福答此中百思名爲百福何謂百思謂如菩薩造作增長足善住相業時先起五十思修治身器令淨調柔次起一思正牽引彼後復起五十思令其圓滿譬如農夫先治畦隴次下種子後以糞水而覆溉之彼亦如是始足善住相業有如是百思莊嚴乃至頂上烏瑟膩沙相業亦復如是由此故說

佛一一相百福莊嚴問何者五十思耶答依十業道各有五思謂依離業道有五思一離殺思二勸導思三讚美思四隨喜思五迴向思謂迴所修向菩提故乃至正見亦爾是名五十思有說依十業道各起下中上上勝上極五品善思如雜修靜慮有說依十業道各起五思一加行淨二根本淨三後起淨四非尋所害五念攝受有說緣佛一一相起五十剎那未曾習思相續而轉問如是百福一一量云何有說若業能感轉輪王位於四大洲自在而轉是一福量有說若業能感天帝釋位於二天衆自在而轉是一福量有說若業能感他化自在天王位於一切欲界天衆自在而轉是一福量有說若業能感大梵天王位於初靜慮及欲天衆自在而轉是一福量有說娑訶世界主大梵天王勸請如來轉法輪福是一福量問彼請佛時是欲界繫無覆無記心云何名福有說彼住梵世欲來請時先起如是善心我當爲諸有情作大饒益請佛轉法輪爾時即名得彼梵福此不應理所以者何非未作時已成就故如是說者彼請佛已還至梵宮後世尊轉法輪時地神先唱如是展轉聲徹梵宮梵王聞已歡喜自慶發純淨心而生隨喜爾時乃至成就此福有說世界成時一切有情業增上力能感三千大千世界是一福量有說除近佛地菩薩餘一切有情所有能感富樂果業是一福量有說此中一一福量應以喻顯假使一切有情皆悉生盲有一有情以大方便令俱得眼彼有情福是一福量復次假使一切有情皆飲毒藥

悶亂將死有一有情令皆除毒心得醒悟彼有情福是一福量復次假使一切有情皆被縛錄臨當斷命有一有情俱令解脫一時得命彼有情福是一福量復次假使一切有情壞戒壞見有一有情能令俱時戒見具足彼有情福是一福量評曰如是說所說皆是純淨意樂方便讚美菩薩福量然皆未得其實如實義者菩薩所起一一福量無量無邊以菩薩三無數劫積集圓滿諸波羅蜜多已所引思願極廣大故唯佛能知非餘所測如是所說廣大量福具足滿百莊嚴一相展轉乃至三十二相皆具百福佛以如是三十二百福莊嚴相及八十隨好莊嚴其身故於天上人中最尊最勝

遊學部第九（此別四部）

述意部　召師部　捔力部
校量部

述意部第一

竊聞一切種智號悉達多樹自三祇之初獨高百劫之末總法界而爲智竟虛空以作身然身無不在量極規矩之外智無不爲用絕思議之表不可以人事測豈得以處所論將啓愚夫之視聽須示聖人之影迹或復示居外道或復現作童蒙應同類而誘凡隨異形而化物然後稱無上士號天中天良由愚智潛通凡聖難測不思議德而功莫大焉

召師部第二

如佛本行經云時淨飯王知其太子年已八歲（因果經云年至七歲）即會百官群臣宰相而告之言卿等當知今我化內誰最有智智能悉通堪

爲太子作師諸臣報言大王當知今有毗奢婆蜜多羅善知諸論最勝最妙如是大師堪教太子(已下略述)王即遣召而告之言尊者大師能教我太子一切技藝諸書論不時蜜多報言大王謹依王命我今堪能心生歡喜即嚴五百釋種童子前後左右別有無量無邊童男童女隨從太子將昇學堂時彼大師遥見太子威德力故不能自禁遂使其身從座忽起屈身頂禮於太子足禮拜迴已四面顧視生大羞慚時蜜多羅生慚愧已於虛空中有一天子名曰淨妙從兜率宮共於無量無邊最大諸天神王恒常守護太子在彼虛空隱身不現而說偈言

世間諸技藝　及餘諸經論　此人悉能知
亦能教示他　是勝衆生者　隨順世間故
往昔久習來　今示從師學　出世所有智
諸諦及諸力　因緣所生法　生已及滅無
一念知彼等　名色現不現　猶尚能證知
況復諸文字

爾時天子說此偈已以種種華散太子上即還本宮爾時太子即初就學將好最妙牛頭栴檀作於書板純用七寶莊嚴四緣以天種種殊特妙香塗其背上執持至於毗奢蜜多羅阿闍黎所而作是言尊者闍黎教我何書(自下太子廣爲說書)或復梵天所說之書(今婆羅門書正有十四音是)佉盧虱吒書(此言驢脣)富沙迦羅仙人說書(此言華果)阿迦羅書(此言節分)瞢伽羅書(此言吉祥)耶寐尼書(此言大秦國書)鴦瞿梨書(此言指書)耶那尼迦書(此言馱書)娑伽羅書(此言牸牛)波羅婆尼書(此言樹葉)波流沙書(此言惡言)父與書毗多荼書(此言起尸)陀毗荼國書(此云南天

竺脂羅低書此言形人度其差那婆多書此言右旋優波伽書此言嚴熾僧佉書此言等計阿婆勿陀書此言覆阿㝹盧摩書此言順毗耶寐奢羅書此言雜陀羅多書烏場邊山西瞿耶尼書須彌西阿沙書踈勒支那國書即此國也摩那書科斗末荼叉羅書中字毗多悉底書尺富數波書華提婆書天那伽書龍夜叉書乾闥婆書天音聲阿脩羅書不飲酒迦婁羅書金翅鳥緊那羅書非人摩睺羅伽書天地彌伽遮迦書諸獸音迦迦婁多書烏音浮摩提婆書地居天安多梨叉提婆書虛空天欝多羅拘盧書須彌北逋婁婆毗提訶書須彌東烏差婆書舉膩差波書擲娑伽羅書海跋闍羅書金剛梨伽波羅低犁伽書往復毗棄多書食殘阿㝹浮多書未曾有奢娑多羅跋多書如伏轉伽那那跋多書等轉優差波跋多書舉轉尼差波跋多書擲轉波陀梨佉書上句毗拘多羅波陀那地書從二增上山耶婆陀輸多羅書增上句已上末荼婆陋尼書中流梨沙邪婆多波恀比多書諸山當行陀羅尼卑叉梨書觀地伽伽那卑麗叉尼書觀虛空薩蒱沙地尼山陀書一切藥草因一沙羅僧伽何尼書總覽薩婆常多書一切種音

爾時太子說是書已復諮蜜多阿闍黎言此書凡有六十四種未審尊者欲教我何書是時多羅聞於太子說是書已內心歡喜悅豫熈怡密懷私慚折伏貢高我慢之心向於太子而說偈言

希有清淨智慧人　善順於諸世間法
自已該通一切論　復更來入我學堂
如是書名我未知　其本悉皆誦持得
是爲天人大導尊　今復更欲見於師

夫神理無聲因言辭以寫意言詞無跡緣文字以圖音故字為言諦言為理筌音義合符不可偏失是以文字應用彌綸宇宙雖跡繫翰墨而理契乎神昔造書之主凡有三人長名曰梵其書右行次曰佉盧其書左行少者蒼頡其書下行梵佉盧居于天竺黃史蒼頡在於中夏梵佉取法於淨天蒼頡因華於鳥跡文畫誠異傳理則同矣仰尋先覺所說有六十四書鹿輪轉眼筆制區分龍鬼八部字體殊式准梵及佉盧為世勝文故天竺諸國謂之天書西方寫經同祖梵文然　二十六國往往有異譬諸中土猶有篆籀之變體乎按蒼頡古文沿世代變古移為籀籀遷為篆篆改成隸其轉易多矣至於傍生八體則有仙龍雲芝二十四書則有楷草鍼殳名實雖繁為用益尠然原本定義則體備於六文適時為斂則莫要於隸法東西之書源亦可得而略究也

又佛本行經云時淨飯王復集群臣言何處有師最便武技教我太子諸臣報王此處有釋名為善覺其子名羼提提婆（此言忍天）堪教太子兵戎法式其所解知一切凡有二十九種善巧妙術（已下略而不述）忍天向王云臣甚能教王為太子欲遊戲故造一園苑名曰勤劬是時太子入彼苑內遊戲或令按摩時彼五百釋種臣悉為其兒古先一切書典教於太子及自釋子亦如是教又復世人積年累月所學問者或成不成太子能於四年之中及餘釋種皆悉學得通達無礙一切自在是時忍天即為太子而說偈言

汝於年幼時　安詳而學問　不用多功力
須臾而自解　於少日月學　勝他多年歲
所得諸技藝　成就悉過人

爾時太子生長王宮孩童之時遊戲未學年滿八歲出問諸師入於學堂從富多及忍天所二大尊邊受讀諸書并一切論兵戎雜術經歷四年至十二時種種技能遍皆涉歷既通達已隨順世間悅目適心曾於一時在勤劬園遨遊射戲自餘五百諸釋種童子亦各在其自己園內嬉戲時有群鴈行飛虛空是時童子提婆達多彎弓而射即着一鴈其鴈被射帶箭遂墮悉達園中時太子見彼鴈帶箭被傷墮地見已兩手安徐捧取已跏趺安鴈膝上以妙滑左手擎持右手拔箭即以酥蜜封其瘡是時提婆達多遣使來語太子言我射一鴈墮汝園中宜速付來不得留彼是時太子報使人言鴈若命終即當還汝若不死者終不可得時提婆達多復更重遣使人語言若死若活快須相還我手於先善攻射得云何忽留太子報言我已於先攝受此鴈所以然者自我發於菩提心來我皆攝受一切衆生況復此鴈而不屬我以是因緣即便相競聚集諸釋宿老智人判決此事是時有一淨居諸天變化作老宿長者入釋會所而作是言誰養育者即是攝受射著之者即是放捨時彼諸釋宿老諸人一時印可高聲唱云如是如是如仁者言此是提婆達多童子共於太子最初搆結怨讎因緣

捔力部第三

如因果經云太子至年十歲與兄弟捔力與

萬眷屬將欲出城于時有一大象當城門住諸人皆不敢前提婆達多以手摶頭即便躃地難陀以足指挑擲著路傍太子以手執象擲著城外還以手接不令傷損象又還甦時諸人民歎未曾有深生奇特四遠人民百千萬億皆集來看園中有七重金鼓銀鼓鍮石銅鐵等鼓各有七枚提婆達多最先射之徹三金鼓次及難陀亦徹三鼓太子嫌弓弱取庫內祖王一 良弓無能張者太子在坐以手拼弓聲悉聞城內百千國人及虛空天子舉聲嗟歎以放一箭徹過諸鼓然後入地泉水流出又徹過大鐵圍山

又佛本行經云是時太子所射之箭天主帝釋從虛空中秉執將向三十三天至天上已為此箭故於彼天中建立箭節常以吉日諸天聚集以諸香華供養此箭乃至於今諸天猶有此箭節日又太子執箭一射便穿七鐵猪過七鐵猪過已彼箭入地至於黃泉其箭所穿入地之處即成一井於今人民當稱箭井又太子共諸釋種相撲並皆臥地其體不傷又一切釋種一時共撲太子太子以手觸彼皆悉倒地爾時彼釋及諸看眾皆生奇特之心於上虛空無量諸天同以一音而說偈言

十方一切世界中　所有勇健諸力士
悉皆力敵如調達　不及太子聖一毛
大人威德力無邊　暫以手觸皆倒地
聖者威神力廣大　汝等云何欲比方
假使不動須彌山　大小鐵圍甚牢固
并及十方諸山等　一觸能碎如微塵

鐵等强鞕金剛珠　及以諸餘一切寶
大智力能末如粉　況復撲此少力人
爾時諸天說此偈已將諸種種天華散太子上於虛空中隱身不現時淨飯王知其太子所有技能皆悉勝彼一切諸人自旣眼見踊躍喜歡勑喚白象瓔珞莊飾令太子乘將入城內從城門出是時提婆城外而入見此白象而問人言此象誰許欲將何處其人報言欲將出城擬悉達乘欲入城內提婆達以妒嫉故便以左手執於象鼻右手築頟一下倒地宛轉三帀遂即命終白象卧地塞彼城門衆人往來不通出入道路塡咽不能得行復有童子名曰難陀相續而來問知事已即以右手執彼象尾牽取離門可行七步許太子復問誰牽離門衆人言難陀太子言善哉難陀作事善也太子思惟彼等二人雖能示現其自氣力但此象身甚大麤壯於後壞爛臭熏此城門以左手擧象以右手承從於空中擲置城外越七重墻度七重塹旣擲過已離城可有一拘盧奢而象墮地即成大坑乃至今者諸人相傳名於此處爲象墮坑即此是也爾時無量百千衆生一時唱言希有奇特未曾聞見而說偈言

調達築煞白象已　難陀七步牽離門
太子手擎在虛空　如以土塊擲城外

集一切福德三昧經云爾時毗耶離大城有大力士名曰淨威德成就大力閻浮提中所有衆生無有等者聞沙門瞿曇成就十力那羅延身復作是念我當往觀沙門瞿曇何如我也即往佛所初覩如來得大信樂禮如來

足一心觀佛世尊知已心欲降伏即告目連汝往取吾昔菩薩時爲妙瞿夷釋種捔力時箭目連白佛不知何處爾時世尊從右足放光遍照三千世界之下大金剛輪箭在彼竪住佛告目連汝見箭不目連白言已見佛告目連汝取持來時大目連即下至彼如屈伸臂頃一切大衆皆見其去即便持來授與如來佛言此父母生力非神通力若以神通之力是箭即過無量無邊諸佛世界

校量部第四

如集一切諸功德三昧經云佛告目連如一切四天王中一切天子力等一天王力十天王力等三十三天中一天子力一切三十三天中天子力等一帝釋力十帝釋力等燄摩天中一天子力一切燄摩天中天子力等一燄摩天王力十燄摩天王力等一兜率陀天中一天子力一切兜率陀天中天子力等兜率陀天王力十兜率陀天王力等一化樂天中一天子力一切化樂天中天子力等一化樂天王力十化樂天王力等他化自在天中一天子力一切他化自在天中天子力等一他化自在天王力十他化自在天王力等一魔天中一天子力一切魔天中天子力等一魔王力十魔王力等半那羅延力十半那羅延力等一那羅延力十那羅延力等一大那羅延力十大那羅延力等一百劫修行菩薩力十百劫修行菩薩力等一千劫修行菩薩力如是已下展轉十重加之乃至十方千千千萬劫修行菩薩力等一無生法忍菩薩力十無生法忍菩薩力等一十地菩薩力十十

地菩薩力等一最後身菩薩力是故目連菩薩成就如是力故生便卽能行於七步若此世界佛不持者便壞不住何以故菩薩當其生已行七步時此界大地縱廣六十千由旬菩薩生已當下足時便當都沒深百千由旬還舉足時復當涌出百千由旬以佛持故令是世界不動無壞衆生無惱最後身菩薩始初生時則便具有如是力假使一切世界衆生悉得具足垂成菩提菩薩之力補於如來處非處智力百千萬億分不及其一乃至筭數譬喻所不能及得具如是十種之力名爲如來應正遍覺此中不明菩薩通力若用通力能以恒沙世界置於足指一毛端上擲過無邊恒沙世界如是往來不令衆生有於苦惱如是神力不可稱量不可數知若當如來盡現通力者汝等聲聞尚不能信況餘衆生

爾時淨威力士聞說菩薩父母生力聞已驚恠身毛皆豎生希有心憍慢皆滅歸依三寶發無上心

法苑珠林卷第九

音釋

煜（余六切耀也）椸（弋支切衣架也）塹（七豔切坑也）孕（以證切懷妊也）廐（居祐切馬舍也）騣䭫（騣子紅切䭫巨支切騣䭫馬鬣也）薨（呼弘切死也）蹲（市兖切腓腸也）亹（無匪切不倦意）慓幟（慓甫遙切幟昌志切）眭（户圭切眄也）溉（古代切灌也）瞢（莫中切）哂（式忍切）恀（尺紀切）殳（市朱切）尠（息淺切少也）鞕（魚孟切堅也）

法苑珠林卷第十（千佛之三）

唐西明寺沙門釋道世撰

納妃部第九（此別六部）

述意部第一

夫法身無形隨應而現機緣萬途故化迹非一或離欲而受道或處染而現權若不示其納妃凡識謗非人種雖示五欲之境不壞一心之志故歷王城之門衰老病死之八苦乃自嗟曰人生若此在世何堪脫屣尋真其於斯矣故維摩經曰先以欲鉤牽後令入佛道也

灌頂部第二

依因果經云太子年大父王勅下餘國却後二月八日灌太子頂皆可來集立爲太子勅既至巳諸國王及群臣等至時並皆雲集看立太子放大鴻恩

長安西明寺道宣律師者德鏡玄流業高清素精誠苦行畢命終身早得從師五十餘年棲遑問道志在住持但一事可觀資成三寶綴緝儀範百有餘卷結集高軌屬有深旨粤以大唐乾封二年仲春之節身在京師城南清宮故淨業寺逐靜修道年至桑榆氣力將衰專念四生又思三會忽以往緣幽靈顧接病漸瘳降勵力殷仰遂感冥應時有諸天四王臣佐至律師房門似人行動蹀足出聲律師問言是誰答言弟子張瓊律師又問何處檀越答言弟子是第一欲界南天王之第十五子王有九十一子英略神武各御邦都所

統海陸道俗區分持犯界別並親受佛教護
持善惡使遺法載隆積殖其功也依經即是
護世四王南方毗留離王之子常加守衛不
徒設也律師又問檀越既遺德劣故來相看
何故門首不入答云弟子不得師教不敢輒
入律師云願入就座入已禮敬伏坐律師又
問檀越既篤信三寶又受佛囑護持善來相
看何不現形答言弟子報身與餘人別光色
又異驚動衆心共師言論足得不勞現身律
師又問貧道入春已來氣力漸弱醫藥無効
未知報命遠近答云律師報欲將盡無煩醫
藥律師又問定報何日答云何須道時但知
律師不久報盡生第四天彌勒佛所律師又
問同伴是誰答云弟子第三兄張璵通敏超
悟信重釋宗撰祇洹圖經百有餘卷烈峙天

宮無聞地府律師承此告及踊思尋之請述
用開道俗又有天人韋琨亦是南天王八大
將軍之一臣也四天王合有三十二將斯人
爲首生知聰慧早離欲塵清淨梵行修童真
業面受佛囑弘護在懷周統三洲住持爲最
亡我亡瑕殷憂於四部達物達化大濟於五
乘所以四有佛教互涉頹綱僧像阽危無非
扶衛屢蒙展對曲備嘉猷歎律師緝叙餘風
聖迹住持刪約撰集於是律師既承靈屬扶
疾筆受隨聞隨録合成十卷律師憂報將盡
復慮天人將還筆路蒼茫無暇餘事文字亦
復疏略但救聖意不存文飾所有要略住持
教迹不決者並問除疑以啓心惑合有三千
八百條勒成十篇一叙結集儀式二叙天女
偈頌三叙付囑舍利四叙付囑衣鉢五叙付

囑經像六叙付囑佛物七叙結集前後第八第九此二不成闕於名字十叙住持聖迹律師既親對冥傳躬受遺誥隨出隨欣耳目雖倦不覺勞苦但恨知之不早文義不周今依天人所說不違三藏教旨即皆編録雖聞天授還同佛說始從二月迄至六月日別來授無時暫閑至冬初十月三日律師氣力漸微香旛遍空天人聖衆同時發言從兜率天來請律師律師端坐一心合掌斂容而卒臨終道俗百有餘人皆見香華迎往昇空律師是余同學昇壇之日同師受業雖行殊薰蕕好集無二若見若聞隨理隨事捃摭衆記簡略要集編録條章並存遺法住持利益也爾時有四天王白宣律師如來臨涅槃時與人天大衆在于香山頂阿耨達池南牛頭精舍住告大迦葉汝將須菩提在須彌山頂吹大法螺召集十方十地諸菩薩及聲聞僧百億梵釋及四天王等亦召十方諸佛來集香山迦葉隨教大衆雲集爾時世尊跏趺而坐入金剛三昧定大地六種震動又放眉光遍照大千經于七日大衆咸疑不知何緣世尊從三昧起熈怡微笑告諸大衆言我初踰城始出宫門外有揵闥婆王將領部族奏百千天樂來至我所即問我言欲往何所我答言欲求菩提彼語我言汝定成正覺有拘留孫佛欲入涅槃時付囑我金瓶瓶中有寶塔盛七寶印黄金印有二白銀印有五將付悉達常使我護若成正覺時我尋來至依言受瓶已不久成道大梵天王與地神堅牢於菩提樹南以黄金白玉造大金剛壇衆寶莊嚴爾時揵闥婆王白

十方佛言我見過去佛初成道時咸昇金剛壇金瓶盛水用灌佛頂成就法王位今見釋尊始得菩提亦如前佛昇金剛壇我聞山王下七重清海內有八功德水往古諸佛欲昇法王位皆登金剛壇用水灌頂我自往取欲灌釋迦頂彼揵闥婆王開瓶出印塔將瓶取水爾時十方諸佛命我昇壇我即繞壇三帀從于南面上西轉而北住至于壇中心自敷尼師壇禮十方佛諸佛命我坐入金剛三昧十方來佛又告娑竭龍王汝往大海底寶馬王洲上頻伽羅山頂彼有大巖窟名為金剛藏用貯輪王鍾及貯法王鍾皆用黃金作七寶白玉用填其上諸佛出世皆用千鍾灌頂之上輪王出世亦千鍾灌汝持佛鍾來不用輪王者即盛八功德水以灌釋迦爾時龍王承佛教已即取金鍾以授十方佛諸佛受已命揵闥婆王汝持彼水來瀉我金鍾內諸佛受已地為六種震動十方諸來佛各放白毫光而彼光明中歎佛寶功德我從三昧起亦放眉光共諸佛光合成一寶蓋遍覆大千界日月星辰大海諸山及衆生業報蓋中悉現而是寶蓋中有百億諸佛土諸佛命我起立金壇又禮十方佛時十方諸佛又告和修龍王往頻伽山頂彼山有窟藏諸佛座及輪王座皆用黃金作之如須彌山佛座九龍繞之輪王座五龍繞之令法王登位時座于時十方諸佛又命大魔王及大梵王共舉佛座來至于金壇上諸佛命我坐我坐即依言便却踞坐時十方諸佛以金鍾盛水用灌我頂諸佛灌已次及四王帝釋魔梵次第灌之我灌

頂已得淨三昧無量佛法一時皆現地又大動百億諸魔皆來降伏十方諸梵王各執天樂奏佛成道曲而諸樂器中皆放光明說六波羅蜜時揵闥婆王將前七寶印來授十方佛諸佛受印以印我面七竅佛又告我言令印汝七竅令具七覺分最初印面門爲揀擇煩惱及諸智數如是耳目鼻等次第印之又以黃金印用授十方諸佛諸佛受已即印我智三處由獲法印故證得三空智解了諸佛法次持白銀印又授十方佛諸佛受已即印我頂及以手足旣得印已證成無漏智具五分法身諸佛印竟咸舒金色手以摩我頂我得摩已證百千三昧得千法明門斯等諸佛法我已久證爲諸衆生故示同輪王相又示希瑞相我頂及手足皆放五色光明一一光中具百千樓觀我諸分身佛並在樓觀中皆如我受印登大法位我自成道來常持此瓶塔未曾示汝等今時方現又佛告普賢大士開瓶出寶塔依命出塔已在世尊前立世尊起禮塔已塔門自開中有眞珠觀其數十三萬觀別成一印并金疊毗尼還有十三萬中有五比丘入于滅盡定佛告文殊汝取我法角黃金爲釦至彼比丘所吹我出世曲及起深定曲比丘聞樂音尋從定起問文殊師利今何佛與世耶答曰此賢劫中第四釋迦佛比丘又言我是拘留孫佛聲聞大弟子彼涅槃時令我住此塔內守護諸印等乃至樓至佛方始涅槃爾時比丘即從座起遥禮世尊問訊起居已又告文殊彼佛勑我釋迦臨涅槃時汝於諸印中取二十三印將付釋迦佛

滅度之後所有遺教彼時衆生垢重邪見不持禁戒諸天龍神皆不擁護令諸四部無有威德我留此印與釋迦文佛令大菩薩於後世中將二十三印遍印遺法印彼四部無有毁犯若樂讀誦經者印彼人口無有遺忘若修定人行直心者並用印之令彼終後屍形不壞或有光明諸惡衆生見如上瑞皆生欣重心說是語已塔門還自閉之

求婚部第三

如佛本行經云爾時太子漸向長成至年十九時淨飯王爲於太子造三時殿一者暖殿以擬隆冬第二涼殿以擬夏暑第三中殿用擬春秋於後園廣造池臺栽蒔華果衆人作樂隨時侍衞不可具陳淨飯王復憶太子初生之時相師私陀記爲輪王復記成道作何方便令不出家得紹王位釋族報王今當速爲太子別造宫室令諸釆女娛樂是則太子不捨出家而說偈言

阿私陀所記　決定無移動　諸釋勸立殿望使不出家

王復語釋種言汝等當觀誰女堪與太子爲妃爾時五百釋種各各唱言我女堪爲作妃王復籌量忽取他女脫不稱可則成違負若語太子終不可道復更思惟可以雜寶作無憂器持與太子令施諸女密使觀察看太子眼目瞻矚在誰即聘作妃王即於迦毗城振鐸唱言從今已去至七日來我太子欲見諸釋女施與一切雜寶種種玩弄無憂之器爾時一切諸女莊嚴其身來集宫門欲見太子以太子威德大故不敢正看但取寶器各各

低頭速疾而過寶器盡已最後一女波私吒族釋種大臣摩訶那摩其女名為耶輸陀羅前後侍從圍繞而來遥見太子峨峨注睛舉其雅步瞻覲直眄目不斜窺漸進前趨來迎太子如舊相識曽無愧顔即白太子可與我寶太子報言汝來既遲皆悉施盡女復白言我有何過汝今欺我不與寶器太子答言我不欺汝但汝不及是時大指邊有一所著印環價直百千從指脱與耶輸白言我於汝邊可止直爾許物耶太子報言我之所著自餘瓔珞任意所取女復白言我今豈可剥脱太子止可莊嚴太子作此語已心不歡喜即迴還去爾時世尊成佛已後尊者優陀夷而白佛言云何如來將身一切無價瓔珞脱持施與耶輸陀羅不能令彼心喜佛告優陀夷言至心諦聽我當説之優陀夷言願為我説爾時佛告優陀夷言我念往昔無量世時迦尸羅國内波羅柰城時有一王信邪倒見而行治化彼王有子造少罪愆父王驅擯令出國界漸漸行至一天祠中共婦相隨居停而住食粮罄盡王子遊獵殺捕諸蟲以用活命所獵之處見一鼉蟲趂而殺之即剥其皮肉水中煑其欲向熟汁便竭盡是時王子語其婦言肉未好熟卿更取水彼王子婦即便取水婦去已後王子飢急不能忍耐即食鼉肉一切悉盡不留片殘時王子婦取水迴還問其夫言此中鼉肉今在何處王子報言鼉忽然還活今已走去其婦不信何忽如是鼉肉已熟云何能走婦心不信而意思念必是我夫飢急食盡誑我言走情懷瞋恨心常不歡於

後數年其父命終時諸大臣即迎王子灌頂爲王既作王已所得衆寶皆悉與妃其妃不悅王語妃言何故顏容不悅其夫人即說偈以報王言

最勝大王聽　往昔遊獵時　執箭或持刀
射殺野麞死　剥皮煑欲熟　遣我取水添
食肉不留殘　而誑我言走

佛告優陀夷此汝當知爾時王者我身是也其王后者今耶輸是也我於爾時少許犯觸猶今不喜又佛本行經云爾時大臣摩訶那摩見於太子一切技藝勝妙智能最爲上首而作是言惟願太子受我懺悔我於先時謂言太子不解多種技藝令我心疑不嫁女與我今已知願受我女用以爲妃爾時太子占良吉日及吉宿時稱自家資而辦具禮持大王勢將大王威而用迎納耶輸陀羅以諸瓔珞莊嚴其身又復共五百釆女相隨而往迎取入宫共相娛樂受五欲樂是故說偈言

耶輸陀羅大臣女　名聞蓋國遠近知
占卜吉日取爲妃　迎將來入宫殿内
太子共其受欲樂　歡娛縱逸不知猒
猶如天王憍尸迦　共彼舍脂夫人戲

爾時世尊於後最初得成道已時優陀夷即白佛言未審世尊往昔之時與瞿多彌釋種之女有何因緣乃能令彼捨諸童子直取如來用以爲夫而心娛樂云何而得爾時佛告彼優陀夷言汝優陀夷至心諦聽其瞿多彌釋種之女非但今世嫌餘釋童而樂於我乃往過去世時亦復如是不用彼等諸釋童子取我爲夫我念往昔雪山之下多有雜類無

量無邊諸獸馳遊各各相隨任其所食時彼獸中有一牸虎端正少雙於諸獸中無比類者彼虎如是毛色光鮮爲於無邊諸獸求覓欲取爲對各各皆言汝屬我來汝屬我來復有諸獸自相謂言汝等且待莫共相爭聽彼牸虎自選取誰即爲匹偶彼獸即是我等之王時諸獸中有一牛王向於牸虎而說偈言

世人皆取我之糞　持用塗地爲清淨
是故端正賢牸虎　應當取我以爲夫

是時牸虎向彼王說偈答言

汝項斛領甚高大　止堪駕車及挽犁
云何將此醜身形　忽欲爲我作夫主

是時復有一大白象向於牸虎而說偈言

我是雪山大象王　戰鬬用我無不勝
我既有是大威力　汝今何不作我妻

是時牸虎復以偈答彼白象言

汝若見聞師子王　膽讋驚怖馳奔走
遺失屎尿狼藉去　云何堪得爲我夫

爾時彼中有一師子諸獸之王向彼牸虎而說偈言

汝今觀我此形容　前分闊大後纖細
在於山中自恣活　復能存恤餘衆生
我是一切諸獸王　無有更能勝我者
若有見我及聞聲　諸獸悉皆奔不住
我今如是力猛壯　威神甚大不可論
是故賢虎汝當知　乃可爲夫作於婦

時彼牸虎向師子而說偈言

大力勇猛及威神　身體形容悉端正
如是我今得夫已　必當頂戴而奉承

爾時佛告優陀夷言汝優陀夷應當悟解彼

時師子諸獸王者即我身是時彼牸虎者今瞿多彌釋女是也時彼諸獸現今五百釋童子是當於彼時其瞿多彌已嫌諸獸意不願樂聞我說偈即作我妻今日亦然捨諸釋種五百童子既嫌薄已取我爲夫又因果經云時太子至年十七王集諸臣而共議言爲訪索婚有一釋種婆羅門名摩訶那摩其人有女名耶輸陀羅顏容端正聰明智慧賢才過人人禮備舉有如是德故索爲妃太子雖納爲妃然恒與妃行住坐卧未曾有世俗之意但修禪觀又普曜經云時諸力士釋種長者啓王若太子作佛斷聖王種王曰何所有玉女宜與太子爲妃以權方便今當試之使上工匠立端金像以書文字女人德義如吾所流能應聘耳王告左右梵志入迦夷衛國遍瞻周行覩一玉女淨猶蓮華類玉女寶是執杖釋種女名俱夷見太子奇異才術以女俱夷爲太子妃又年十七王爲納妃揀選數千最後一女名曰裘夷端正第一神義備舉是則宿命賣華女也雖納爲妃久而不接婦人情欲有附近心太子曰汝却人有汙垢必汙此褻婦不敢近諸女咸疑太子不男太子以手指妃腹曰却後六年爾當生男遂以有娠又五夢經云太子有三妃菩薩母姓瞿曇氏是舍夷長者女長者名水光其婦名餘明婦居近邊城生女之時日將欲没餘明照其家内皆明因立字之瞿夷（此云明女）即是太子第一妃也第二妃生羅雲名耶檀亦名耶輸其父名移施長者（按瑞應本起善權衆經及智度論並云羅睺羅是第二耶輸生依五夢十二遊經等云第一妃生十二遊經前無如是復開流通恐是西方諸羅漢別集）

（釋前卷已會之）第三妃名鹿野其父名釋長者太子以三妃故白淨王爲立三時殿（依西方一年立爲三時春夏冬不別立秋用四月爲一時故云三時殿也）殿別有二萬采女以娛樂太子太子不出家時身作轉輪王別名遮迦王（此云飛行皇帝）

疑謗部第四

如智度論云菩薩有二夫人一名劬毗耶是王女不孕二名耶輸陀羅菩薩出家夜有人言太子出家何得有娠汙辱我門釋種欲以火坑焚燒母子耶輸自恨無事立大誓言我若邪行其腹內兒願母子隨火消化耶輸發此願已即投火坑於是火滅母子俱存火變蓮池母處華座知實不虛後生兒似菩薩身父王大喜作百味歡喜丸奉佛佛變五百比丘皆如佛身羅睺持丸與佛鉢中方驗不虛

又大善權經云疑菩薩非男是黃門故納瞿夷釋氏之女羅雲於天變沒化生不由父母合會而有

又佛本行經云爾時摩訶波闍波提共彼釋女耶輸陀羅將羅睺羅廣辦供具賷持雜物詣彼神所其神名曰盧提羅迦從神作名其苑亦名盧提羅迦於彼苑中菩薩往昔在家之日恒於彼苑按摩遊戲彼苑內有一大石菩薩往日於上坐起耶輸陀羅釋種之女當於爾時將羅睺羅臥息彼石於後捉石擲著水中遂立誓言我今安誓如實不虛唯除太子更無丈夫共行彼此我所生兒實是太子體胤之息是不虛者今此大石在於水上浮遊不沒時彼大石如彼安誓在於水上遂即浮泛如芭蕉葉浮於水上不沒亦復如

是於時大衆見聞此已生希有心歡譁嘯調
踊躍無已叫喚跳躑歌舞作唱旋裾舞袖又
作種種音聲伎樂更爲羅睺羅作其生日耶
輸陀羅生息之時是羅睺羅阿脩羅王捉蝕
其月於剎那頃暫捉還放是故立名羅睺羅
可喜端正諸人見者莫不歡悅膚體黃白如
眞金色然其頭頂猶如繖蓋其鼻高隆猶如
鸚鵡兩臂脩傭下垂過膝一切支節無有缺
減諸根完具莫不充備

胎難部第五

如佛本行經云其羅睺羅如來出家六年已
後始出母胎如來還其父家之日其羅睺羅
年始六歲問曰何故羅睺處在母胎六年不
出答曰羅睺往昔爲王將彼仙人入苑六日
不出故在母胎止住六歲大意同前問何故
其母耶輸六年懷胎答故本行經云佛言汝
諸比丘我念往昔過無量世有一群牛在於
牧所其牛主妻自將一女往至牛群搆取乳
酪所將二器並皆盈滿其器大者遣女而負
其器小者身自擔提至其中路語其女言汝
速疾行此間路嶮有可怖畏爾時彼女語其
母言此器大重我今云何可得速疾其母如
是再三語汝速疾行今此路中大有恐怖爾
時彼女而作是念云何遣負最大器更復催
促遣令急行其女因此便生瞋恚而白母言
母可且兼將此乳器我今暫欲大小便耳而
彼母取此大器負擔行已其女於後徐徐後
行爾時彼母兼負重擔遂即行至六拘盧舍
爾時佛告諸比丘言汝等若有心疑彼女有
瞋恚心乃遣其母負重行六拘盧舍者莫作

異見耶輸陀羅釋女是也旣於彼時遺毋負重行其道路六拘盧舍由彼業障在於生死煩惱之内受無量苦以彼殘業今於此生懷胎六歲亦有經云羅雲由過去塞其鼠孔禁鼠六日不出故受胎六年

神異部第六

如觀佛三昧經云時耶輸陀羅及五百侍女或作是念太子生世多諸奇特唯有一事於我有疑采女衆中有一女子名脩曼那即白妃言太子是神人也奉事歷年不見其根況有世事復有一女名曰淨意白言大家我事太子經十八年未見太子有便利患況復諸餘爾時諸女各各異說皆謂太子是不能男太子晝寢皆聞諸女欲見太子陰馬藏相爾時太子於其根處出白蓮華其色紅白上下二三華相連諸女見已復相謂言如此神人有蓮華相此人云何心有染著作是語已噎不能言是時蓮中忽有身根如童子形諸女見已更相謂言太子今者現奇特事忽有身根如丈夫形諸女見已不勝喜悅現此相時羅睺羅母見彼身根華華相次如天劫貝一一華上乃有無數大身菩薩手執白華圍繞身根現已還沒如前日輪此名菩薩陰馬藏相爾時復有諸婬女等皆言瞿曇是無根人佛聞此語如馬王相漸漸出現初出之時猶如八歲童子身根漸漸長大如少年形諸女見已皆悉歡喜時漸長大如蓮華幢一一層閒有百億蓮華一一蓮華有百億寶色一一色中有百億化佛一一化佛有百億菩薩無量大衆以爲侍者時諸化佛異口同音毀諸女人惡欲過患而說偈言

若有諸男子　年皆十五六　盛壯多力勢
數滿恒河沙　持以供給女　不滿須臾意

時諸女人聞此語已心懷慚愧懊惱躃地舉手拍頭而作是言嗚呼惡欲乃令諸佛說如此事我等懷惡心著穢欲不知爲患乃令佛聞訶猒欲惡各猒女身四千女等皆發菩提心二千女人遠塵離垢得法眼淨二千女人於未來世得辟支道佛告阿難我初成道在熈連河側有五尼揵共領七百五十弟子自稱得道來至我所以其身根繞身七帀來至我所鋪草而坐即作此語我無欲故身根如此如自在天我今神通過踰沙門百千萬億

爾時世尊告諸尼揵汝等不知如來身分若欲見者隨意觀之如來積劫修行梵行在家之時都無欲想心不染黑故得斯報猶如寶馬隱顯無常今當爲汝少現身分爾時世尊從空而下即於地上化作四水如四大海四海之中有須彌山佛在須彌山正身仰卧放金色光其光晃曜映諸天身徐出馬藏繞山七帀如金蓮華華華相次上至梵世從佛身出一億那由他雜寶蓮華猶如華幢覆蔽馬藏此蓮華一億有十億層層有百千無量化佛一一化佛百億菩薩無數比丘以爲侍者化佛放光照十方界尼揵見已大驚心伏佛梵行相乃至如此不可思議形不醜惡猶如蓮華我今頂禮佛功德海求佛出家皆得道果

猒苦部第十（此別四部）

述意部　觀田部　出遊部
猒欲部

述意部第一

詳夫三有區分四生稟性共遊火宅俱淪欲海蠢蠢懷生喁喁哨類所以法王當洲渚之運覺者應車乘之期導彼戲童歸茲勝地悲憐俗網慈欣出離是以覿伎女之似横屍悟宫闈之如敗塚嗟生老之病苦慕出世之常樂故捨國城而高蹈逮降魔而成道也

觀田部第二

如佛本行經云其淨飯王共多釋種并將太子出外野遊觀看田種時彼地内所有作人赤體辛勤而事耕墾飛鳥喫蟲共相殘害即復唱言嗚呼嗚呼世間衆生極受諸苦所謂生老病死兼復受於種種苦惱展轉其中不能得離云何不求捨是諸苦時淨飯王觀田作已共諸童子還入一園是時太子安詳矚盼處處經行欲求寂静忽見一處有閻浮樹蓊欝扶踈人所樂見見已即語左右汝等諸人各遠離我我欲私行是時太子發遣左右悉令散已漸至樹下即於草上結跏趺坐諦心思惟衆生有生老病死種種諸苦發起慈悲即得定心離於諸欲棄捨一切諸不善法欲界漏盡即得初禪一切諸天帝釋等見太子在樹蔭坐飛來到太子所禮敬說偈讚已還去時淨飯王須臾之間不見太子心内即生不喜不樂而問人言我之太子今在何處忽然不見是時諸臣東西南北交横馳走尋見太子莫知所在時一大臣遥見太子在彼閻浮樹蔭之下思惟坐禪復見一切樹影悉移唯閻浮蔭獨覆太子時彼大臣見太子有是希奇難思議事即大歡喜踊躍充遍不能

自勝急疾奔馳走詣王所至已長跪依所見事即說偈言

大王太子今在彼　閻浮樹蔭下端坐
跏趺思惟入三昧　光明照曜如日出
此實眞是大丈夫　樹影卓然不移動
唯願大王目觀察　太子相貌坐云何
譬如大梵諸天王　亦如忉利天帝釋
威神巍巍光顯赫　遍照於彼諸樹林

時淨飯王聞已即詣閻浮樹所遥見太子在彼樹間結跏趺坐譬如黑夜視山頂頭大聚火光出猛明焱威德顯著炳照巍巍如重雲間忽出明月亦如暗室然大淨燈時王見已生大希有奇特之心遍體戰惶身毛悉豎即頭頂禮於太子足歡喜踊躍而作是言善哉善哉此太子有大威德說偈讚言

如夜大火聚山頂　似秋明月蔽雲間
今見太子坐思惟　不覺毛張身戰慄

時淨飯王說偈讚已更復頂禮於太子足重說偈言

我今再度屈此身　頂禮千輻勝妙足
從生已來至今日　忽復得見坐思惟

時有繫挾筌蹄小兒隨從大王啾唧戲笑有一大臣咄彼小兒作如是言汝小兒輩幸勿唱叫時諸小兒報彼臣言何故不聽我等喧適爾時大臣即以偈頌答彼一切諸小兒言

日光雖極熱猛盛　不能迴彼樹陰涼
復有最妙一尋光　威德世間無有匹
思惟端坐於樹下　不動不摇如須彌
悉達太子內深心　樂此樹陰當不捨

佛本行經云菩薩向白淨王說偈言

譬如金星火熾盛　如食甘美毒藥和
如滿池華有蛟龍　王位受樂後大苦

出遊部第三

如佛本行經云爾時作瓶天子欲令太子出向園林觀看好惡發猒心故漸教捨離爾時太子聞是聲已即喚馭者可速嚴飾好車令欲向園觀看時淨飯王知太子欲出勑宣令迦毗羅城一切內外悉遣灑掃清淨安雜香華男女之者而莊嚴之或有老病死亡六根不具者悉令驅逐是時馭者裝飾車乘駕善調馬悉嚴備已白太子言聖子當知今已駕訖爾時太子從東門引導而出欲向園看是時作瓶天子於街巷前正當太子變身化作一老弊人太子見已即問馭者此是何人身體皺皵肉少皮寬眼赤涕流極大醜陋獨爾鄙惡不似餘人即向馭者而說偈言

善馭駕乘汝今聽　此是何人在我前
身體不正頭髮稀　爲生來然爲老至

爾時馭者即爲太子而說偈言

此時名爲大苦惱　劫煞美色及娛樂
諸根毀壞失所念　支節舉動不隨心

爾時太子問馭者言此人爲是獨一家法如是爲當一切悉皆如斯馭者報言非獨一家如斯一切世間皆有是法貴賤雖殊皆未過老太子言若我不離是老宜速還宮老法未過云何縱逸時淨飯王問馭者具答如前王言希有此之形相恐太子出家更增五欲太子猒捨五欲唯作老苦之觀後於異時辭王從城南門出欲向園觀王勑道路嚴淨倍加於先爾時作瓶天子即於太子前化作一病

人連骸困苦命在須臾卧糞穢中宛轉呻喚不能起舉唱言叩頭乞扶我坐太子見已問馭者言此是何人腹肚極大猶如大釜喘息之時身遍戰慄悲切酸楚不忍見聞馭者以是因緣而說偈言

太子問於馭者言　此人何故受是苦
馭者奉報於太子　四大不調故病生

太子後於異時從城西門出觀看園林時作瓶天子於太子前化作一屍卧在床上衆人轝行無量姻親圍繞哭泣椎胷拍頭涕泣如雨大叫號慟酸哽難聞太子見之心懷慘惻問馭者言此是何人轝行叫哭說偈問言

王子妙色身端正　問善馭者此是誰
卧於床上四人轝　諸親圍繞叫喚哭

馭者向太子而說偈言

已捨心意等諸根　屍骸無識如木石
諸親號咷暫圍繞　恩愛於此長別離

太子復問我亦有此死法不以偈報言

一切衆生此盡業　天人貴賤平等均
雖處善惡諸世間　無常至時無有異

太子後於異時從城北門出爾時作瓶天子以神通力去車不遠於太子前化作一人剃除鬚髮著僧伽黎偏袒右肩手執錫杖左掌擎鉢在路而行太子見已問馭者言此是何人在於我前威儀整肅行步徐庠直視一尋不觀左右執心持行不似餘人剃髮剪鬚衣色絶赤不同白衣鉢色紺光猶如石黛馭者白太子言此名出家之人常行善法遠離非法善調諸根善與無畏於諸衆生慈悲不行殺害護念衆生太子聞已問馭者言汝今將

車向彼出家人邊馭者承命即引太子向出家人所太子諮問汝是何人以偈報言

觀見世間是滅法　欲求無盡涅槃處
怨親巳作平等心　世間不行欲等事
隨依山林及樹下　或復塚間露地居
捨於一切諸有為　諦觀眞如乞食活

爾時太子爲敬法故從車而下徒步向彼出家人所頭面頂禮彼出家人三帀圍繞還上車坐即勑馭者迴還宮中是時宮內有一婦人名曰鹿女遥見太子歸來入宮因於欲心而說偈言

淨飯大王受快樂　摩訶波闍無憂愁
宮中采女極姝妍　誰能當此聖子處

又大善權因果經等爾時太子年漸長大出家時至故辭父王出四城門遊觀前三所逢生猒唯欣第四出家諸大相師並知太子若不出家過七日後得轉輪聖王位王四天下七寶自至各以所知白王王加守衛四門各千人周帀城外一踰闍那內羅列人衆而防護之

東門老頌曰

蘆蕉城易犯　危藤復將齧　一隨柯巳微
當半信長訣　巳同白駒去　復同紅華熱
妍容一旦罷　孤燈徒自設

南門病頌曰

伏枕愛危光　痾纏生易折　無因雪岸草
慮返邛山穴　消渴腠腸腑　疼塞嬰支節
如何促齡內　憂苦無暫鈌

西門死頌曰

緩心雖殊用　滅景寧優劣　一隨業風盡

終歸虛妄設　五陰誠為假　六趣寧有截
零落竟同歸　憂思空相結
比門僧頌曰
俗幻生影空　憂繞心塵曀　於茲排四纏
去矣求三涅　下學背流心　方從窈冥別
已悲境相空　復作池空滅

猒欲部第四

如佛本行經云爾時太子聞此偈頌遍體戰慄淚下如雨愛樂涅槃之樂清淨諸根唯求出世不樂處俗王共智臣宮人采女種種幻惑太子時優陀夷國師之子侍衛太子教諸婦人幻惑之術而說偈言

汝等采女輩　大有方便力　巧能幻惑他
善示汝境界　假使離欲人　眞正諸仙等
得見於汝者　必應生欲心　況復此太子
觀汝等娛樂　不能行五欲　終無有是處

愛著之情態欲為本婦女之體唯以丈夫敬重為歡心不愛著榮華是難而說偈言

婦人敬是樂　敬為樂最上　無敬唯有色
如樹無有華

爾時太子說偈報言

世榮雖快樂　有生老病死　此四種若有
我心離不樂　生老病死法　住此生老病
若住生樂心　共鳥獸無異

爾時太子共國師優陀夷子等往復來去言論之時日遂至沒太子既見日光沒已便入宮中共諸采女行於五欲快樂歡喜相共聚集圍繞而住其太子妃耶輸陀羅即於是夜便覺有娠太子後於異時於此五欲極生猒離而求出家而說偈言

世間不淨衆惑邪　無過婦人之體性
衣服瓔珞莊嚴故　愚癡是邊生欲貪
有人能作如是觀　如幻如夢非眞實
速捨無明勿放逸　必得解脫功德身

又瑞應經云太子年至十四啓王出遊因果經云有婆羅門子名優陀夷聰明智慧王令與太子爲友汝可說之勿使出家其依王勑至太子所而作是言王勑令與太子爲友朋友之法其要有三一者見其過失輒相諫曉二者見有好事深生隨喜三者在於苦厄不相棄捨今獻誠言願不見責古世諸王悉受五欲後方出家太子云何而頓棄捨太子答曰此諸王等悉不免苦故吾不同耳

出家部第十一（此別十部）

述意部　離俗部　鬀髮部
具服部　使還部　諫子部
差侍部　佛髮部　時節部
會同部

述意部第一

竊以因緣假有衆生之滯根法本不無至人之妙理是以三界六趣造業障而自迷八解十智導歸宗而虛豁是以能仁大師隨緣布教愍火宅之既焚傷欲流之永鶩託白淨之宮照黃金之色居玆三惑示晝篋之非眞出彼四門猒浮雲之易滅自嗟人世漂忽若此於是天王捧白馬而踰城給使持寶冠而詣闕脫屣尋眞其於斯矣雖復秦世蕭史周時子晉許由洗耳於箕山莊周曳尾於濮水方玆去俗何其蔑哉致使慕其德者斷惡以立身欽其風者潔己而修善毀形以成其志故

棄鬚髮之美容變服以會其道故去輪王之華服雖形闕奉親而内懷其孝禮乖事主而心戢其恩澤被怨親以成大順福霑幽顯豈拘小違上智之人依佛語故爲益下凡之類虧聖教故爲損懲惡則濫者自新進善則通人感化所以仙林始抽簪之地禪河起岀行之迹沐金軀之淨水遊道場之吉樹食假獻糜座因施草於是十力智圓六通神足魔兵席卷大覺道成也

離俗部第二

如因果經云爾時太子心自念我年已至十九今是二月復是七日宜應方出思求出家今正是時作此念已身放光明照四天王宮乃至淨居天宮不令人見此光明爾時諸天見此光已皆知太子出家時到即便來下到太子所頭面禮足合掌白言無量劫來所修行願今正成熟太子答言如汝等語今正是時然父王勑内外官屬嚴見防衛欲去無從諸天白言我等自當設諸方便令太子出使無知者即以神力令諸官屬悉皆淳卧耶輸陀羅眠卧之中得三大夢一者夢月墮地二者夢牙齒落三者夢失右臂得此夢已眠中驚覺心大怖懼白太子已具述三夢太子言月猶在天齒又不落臂復尚在當知諸夢虚假不實汝今不應横生怖畏又語太子如我自忖所夢之事必是太子出家之瑞太子又答汝但安眠勿生此慮聞已遂眠又普曜經云於時菩薩夜觀伎女百節之中臂如芭蕉九孔不淨無一可樂明星適現即勑車匿起被揵陟適宣此語時四天王與無數閲叉龍

等皆被鎧甲從四方來稽首菩薩曰城中男女皆疲極孔雀衆鳥又疲極寐又彼本起經云諸天皆言太子當去恐作稽留急去遠此大火之聚爾時太子思如是已至於後夜淨居天王及欲界諸天充滿虚空即共同聲白太子言内外眷屬皆悉昏卧今者正是出家之時爾時太子即自往至車匿所以天力故車匿自覺而語之言汝可爲我牽揵陟來爾時車匿聞此語已舉身戰怖心懐猶豫一者不欲違太子令二者畏王勑旨嚴峻思惟良久流淚而言大王慈勑如是又今非遊觀時又非降伏怨敵之日云何於此後夜之中而忽索馬欲何所之太子復語車匿言我今欲爲一切衆王降伏煩惱結賊故汝今不應違我此意爾時車匿舉聲號泣欲令耶輸陀羅及諸眷屬皆悉覺知太子當去以天神力昏卧如故車匿即便牽馬而來太子徐前而語車匿及以揵陟一切恩愛會當别離世間之事易可果遂出家因緣甚難成就車匿聞已黙然無言於是揵陟不復噴鳴爾時太子見明相出放身光明徹照十方師子吼言過去諸佛出家之法我今亦然於是諸天捧馬四足并接車匿釋提桓因執蓋隨從天即便令王北門自然而開不使有聲車匿重悲門閉下關誰當開者時諸鬼神阿須倫等自然開門太子於是從門而出虚空諸天歌讚隨從至於天曉所行道路已三踰闍那時諸天衆既從太子至此處已所爲事畢忽然不現太子次行至彼跋伽仙人苦行林中即便下馬撫背而言所難爲事汝作已畢又語車匿唯

汝一人獨能隨我甚爲希有我今既已至閑靜處汝便可與揵陟俱還宮也車匿聞此語已悲號啼泣迷悶躃地不能自勝於是揵陟既聞被遣屈膝舐足淚落如雨我今云何而捨太子獨還宮也太子答言世間之法獨生獨死豈復有伴吾今爲欲滅諸苦使故來至此諸苦斷時然後當與一切衆生而作伴侶

又佛本行經云爾時護世四天王及天帝釋知太子出家時至各隨其方辦具莊飾各領一切眷屬百千萬衆前後導從作諸音樂從四方來三帀圍繞迦毗羅城各合十指掌低頭曲躬面向太子塓塞虛空復見鬼星已與月合爾時諸天唱大聲言大聖太子鬼宿已合今時至矣欲求勝法莫住於此太子聞已觀諸采女穢汙不淨臙眠不覺以手拔髮令寤又以脚蹋彼采女身不覺不知(以外同前)太子既出城外師子吼言要誓證彼眞如菩提然後還來入城教化而彼處所有一最大尼拘陀樹神以偈語太子言

若人欲伐於樹木　要必當盡其根本
如斯物類須斷絶　度水宜令達彼岸
言語一竟不得虛　作怨亦訖莫復喜

爾時太子以偈報彼樹神言

雪山處所可動移　海水或使其枯竭
天宮虛空崩落地　我吐言語終不虛

太子脫頭寶冠與車匿報大王而說偈言

假使恩愛久共處　時至會必有別離
見此無常須臾間　是故我今求解脫

爾時車匿聞此語而說偈言

假使用鐵持作心　以聞如是言誓語

人誰不心酸楚毒　況我愛戀同日生
爾時太子即說偈報車匿言
假使我今身血肉　并及支節筋脉皮
一切磨滅盡消亡　或復性命不全保
我若不捨此重擔　越度諸苦達本源
未證解脫坐道場　終不虛爾還相見
是時車匿舉聲大哭白太子言此馬雖是畜生猶尚悲戀垂淚而泣胡跪出舌舐太子二足況復眷屬當見何殃爾時太子以手摩馬王揵陟而有偈言
太子以右羅網指　萬字千輻輪相現
金色柔輭清淨手　用摩馬王揵陟頭
猶如兩人對語言　汝同日生馬揵陟
莫過悲啼生懊惱　汝作馬功已訖了
我若當證甘露味　所可負載於我者
分別密教甚深法　報答於彼終不虛

剃髮部第三

佛本行經云爾時太子從車匿邊索取摩尼雜飾莊嚴七寶靶刀自以右手執於刀從鞘拔出即以左手攬捉紺青優鉢羅色螺髻之髮右手自持利刀割取以左手擎擲置空中時天帝釋以希有心生大歡喜捧太子髻不令墮地以天妙衣乘受接取爾時諸天以彼勝上天諸供具而供養之爾時淨居諸天大衆去於太子不近不遠有一華鬚名須曼那其須曼那華下化作一淨髮人執利剃刀太子語淨髮師汝能爲我淨髮以不其淨髮師報太子言甚能即以利刀剃頭時天帝釋生希有心所落之髮不令一毛墜墮於地一一悉以天衣盛之將向三十三天而供養菩薩

髮髻冠櫛至今不斷依道宣律師感應記云天人答律師曰如來初成道至十三年中於祇洹精舍時大梵天王請佛轉法輪十方百億國土諸佛皆悉雲集於大千界中菩薩聲聞八部龍神亦集祇洹爾時釋提桓因白佛言世尊我見大梵天王請佛轉法輪今欲洗佛身伏願聽許佛便聽許即時七寶行宮及以香湯水等欲洗佛身佛告阿難汝往菩提樹金剛座西塔取我七寶剃刀并浴金剛盆我欲剃髮阿難依命取來至世尊所佛受刀已普告大衆自我成道已來未曾為汝等說此刀因緣汝今諦聽我初踰城出時去父王宮可六十里車匿白我言我今少疲願小停息我聞即停於止息處有一大龍池周帀四十里池多五色蓮華四面華樹令人愛樂我至池水取水洗面忽有二年少來至我所問至何所我答為求菩提彼年少言我是此池龍王自有書籍韋陀與記此賢劫中有千佛出我作龍身經于十大劫數見世尊成道及入涅槃至拘留孫佛入涅槃時將一黃金剛盆函中有剃刀自從賢劫三佛已來剃刀及金剛盆遞相分付今欲請仁者入宮設諸微供未審許不我即隨往至宮受供并將七寶刀以奉上我龍即語我言汝今修道多有魔嬈若欲思惟時常持此刀安于右膝上此刀放光遍汝身上化成千萬丈從刀光現作一帳以覆汝身於此刀帳上有百千力士各執其刀外有所擬魔見驚怖不起惡心待汝成道時欲剃鬚髮我將金剛盆自來至汝所初成道時入河洗浴彼龍持盆至汝邊佛告梵

王汝取寶刀上昇梵宮并告地神堅牢等從金剛際造金剛臺高七千由旬令如來坐上又告娑竭龍王汝可化身爲八萬四千黄金龍像頭用七寶成身以黄金作之從須彌山下取八功德水來灌世尊頂又告天魔汝洗世尊髮命釋提桓因汝執金剛盆以承世尊髮化樂天王化作白銀蓋蔭覆如來頂十方諸佛普來我所各坐金剛臺又執七寶刀十方諸佛以金色手各摩我頂得摩頂已得百千三昧諸來世尊告梵天王汝可取刀剃如來髮時大梵天王執刀欲剃遂不見如來頂上尋有頂亦不見頂佛告梵王我見過去諸佛皆自剃髮一切凡聖無能見我頂者我自剃髮已鬚髮皆盡唯有二髭雖剃不落剃已入河洗浴時諸梵釋龍王等競來爭取我髮佛告大衆可付梵釋魔龍等各與少許鬚髮復將鬚髮將付淨飯王十方諸佛復告我言此梵天王是汝大檀越主汝可爲現頂相令彼執刀重剃鬚髮我聞此語便爲現頂相我持此刀授與梵王大地爲之六種震動刀放大光照百億佛土我雖現頂還上至色界頂爾時梵王便昇有頂始剃我頂後剃我兩髭髭既落已便放大光下至閻浮化成二寶塔高至有頂具衆莊嚴我成佛來此塔最先十方諸佛一時告我言將此二髭塔付與梵王令彼守護使地神堅牢造小金剛塔用盛剃刀及此金盆我見過去諸佛初登正覺皆最初度五人皆執此寶刀手剃彼髮雖用刀剃然刀不至髮及唱善來已鬚髮自落世尊今既成道可執此刀往鹿苑中如過去諸佛度

五人我從彼言即至鹿苑手剃五拘隣從此已後皆命善來兼後羯磨復告須菩提汝從戒壇出光照百億諸佛及我分身佛皆集戒壇須菩提奉命集已如來從講堂手執剃刀阿難執金剛盆與人天大衆來至戒壇繞壇三帀已從北面昇壇告大梵天王汝施我工匠及天金鐵我造剃刀又告堅牢地神汝施我金剛我欲造小塔用盛此寶刀又告娑竭龍王汝之龍工最巧可為我造寶刀函諸天人等依言奉施如來神力經于一食頃三種皆成其所造剃刀得八萬四千具以內函中安金剛塔中又告十方佛各施刀塔其數八十億皆付文殊普賢我涅槃後取諸施塔遍大千界八十億大國一國別置一塔諸閻浮提具八萬四千塵勞門者皆望得脫令得出家度脫生死種種利益不可具述佛告文殊過是年已汝持我刀塔至震旦清涼山金剛窟中安置佛告阿難汝往父王宮所取我髮來付與帝釋阿難依命付已佛告帝釋汝將我髮欲造幾塔帝釋白佛言我隨如來髮一螺髮造一塔佛告龍王令造碼碯瓶黃金函將付帝釋用盛螺髮爾時帝釋使天工匠經三七日方得可成如來以神力故如一食頃髮塔皆成大數有二十六萬佛告天帝汝留三百塔於天上守護自餘諸塔我涅槃後將髮塔八萬四千付文殊師利於閻浮提如上諸國我法行處流通利益又佛告阿難曰汝往父王所取我髭來合六十四莖其二莖髭者已施梵王餘並將來我欲造塔阿難依命取付世尊佛告諸羅剎我施汝二髭當造七

寶函及造栴檀塔盛髭供養以髭威力令汝得諸飲食羅刹白佛言蒙恩施髭令造寶塔未審高幾許佛告羅刹可高四十由旬自餘六十髭亦隨造函塔可高三丈許諸羅刹等依命造塔皆大歡喜又告諸羅刹汝好守護勿使外道惡人魔鬼毒龍妄毀我塔此塔是汝命根以護塔故飲食常豐此塔年別三度放光照汝身以光威力常雨粳粮石蜜諸果菜等所須皆足若懷惡心光便不現飲食自消汝若見此惡相當率諸羅刹來至塔所深自悔責塔還放光飲食還足此之髭塔世尊涅槃時六十髭塔付彼無言菩薩令加守護勿令惡王損壞於閻浮提六十大國內有文字處一國置一塔令地神堅牢用金剛造塔高三丈許用盛髭函於前六十國內選取名山鑿石為龕以內龕中龕門牢封無令後諸國王開損不得久住也

具服部第四

佛本行經云爾時太子既剃髮已淨居天復化作獵師之形身著袈裟染色之衣手執弓箭見已語言汝能與我此之袈裟衣不我與汝迦尸迦衣價直百千億金復為種種栴檀香等之所薰修而說偈言

此是解脫聖人衣　若執弓箭不合著
汝發歡喜心施我　莫惜共我傳天衣

爾時獵師報言善哉今實不惜時淨居天所化之衣從菩薩取迦尸迦微妙衣飛上虛空如一念頃還至梵天為欲供養彼妙衣故菩薩見已生大歡喜爾時菩薩剃髮身得袈裟已形容改變既嚴整訖口發如是大弘誓言

我今始名眞出家也

使還部第五

佛本行經云於是車匿及馬王悲淚而別太子因說偈言

菩薩初出半夜行　車匿辭別牽揵陟
以苦逼切失威儀　迴還八日乃到宮

車匿及馬旣到城已所見城空曠雨淚而入其馬揵陟在宮門外欲入門觀瞻太子坐卧之處不見太子淚下如流一切人民眷屬唯見車匿及馬向宮各舉兩手叫喚大哭流淚滿面而說偈言

彼等采女心苦切　渴仰欲見太子還
忽覩車匿馬空迴　淚下滿面叫喚哭
解絕瓔珞妙衣服　散披頭髮身疲羸
各舉兩手無承望　啼號不眠徹天曉

爾時宮內眷屬懊惱不可具述時大妃耶輸向車匿說如我無夫之婦已見自至從家而出行至山林使我孤單獨在空室何得令心而不破裂即說偈言

我今身心甚大剛　如鐵共石無有異
主捨入山宮內空　何故我今心不破

時淨飯王念太子故憂苦切身迷悶倒地無所醒覺而說偈言

王聞菩薩誓願重　及見車匿揵陟還
忽然迷悶自撲身　猶如帝釋喜幢折

時王醒已而說偈言

揵陟汝馬速疾行　將我詣彼還迴返
我無子故命難活　如重病人不得醫

又普曜經云於是菩薩適出城門迦維羅衞一切群衆知太子去共談而喜俱夷明日從

寐起已遥聞衆言覺知已去聽大聲響不見菩薩及馬車匿王心感絶自投於地舉聲稱怨永絶我望何所依怙俱夷從床宛轉在地自摵頭髮斷身寶瓔何以痛哉是我導師依恃如天而棄我去用復活爲恩愛未久便復别離淚下如雨不能自勝不見菩薩無不懷感國中樹木尋時虧落無諸華實諸清淨地悉生塵垢其王聞之與群臣眷屬圍繞行至園觀亦懷悲苦瞿夷心望菩薩當還車匿言菩薩啓王及瞿夷得佛道已乃還相見王覩寶衣車匿白馬而獨來還不見太子自投墮地嗚呼阿子明曉經典衆奇異術無不博達今爲所至棄國萬民車匿説之我子菩薩爲何所遊誰爲開門其諸天人供養云何車匿白曰唯王聽之我在常處宴然卧寐城門已閉於時菩薩告我被馬城中萬民皆眠不聞天帝開門四天王告勑四神捧其馬足諸百千天帝釋梵以侍送之嚴治道路演大光明散華燒香諸天伎樂同時俱作涌在虚空諸天圍繞以侍送之去是極遠脱衣寶瓔及白馬遣我還國啓王謝妃必至成佛乃還相見勿令愁憂於是瞿夷聞車匿言益用悲哀抱白馬頭以哀歎曰太子乘汝何以獨來顔貌姝妙如月盛滿相好莊嚴便復别去遠近嗟歎莫不悲憐云何獨去誰復將行車匿無狀挑我兩目於時車匿見王瞿夷所説辛苦益悲流淚述前苦諫太子所爲皆應道法今勿復悲

諫子部第六

如佛本行經云淨飯王使二人向山諫太子

迴而說偈言

　棘刺頭尖是誰磨　鳥獸雜色復誰畫

　各隨其業展轉變　世間無有造作人

爾時太子具報使人令王深信因果不信自然文繁不可廣說又普曜經云父王聞太子出家悲泣垂淚而問之曰何所志願何時能還與吾要誓吾以年朽家國無嗣太子以時而答偈言欲得四願不復出家一不老二至竟無病三不死四不別神仙五通雖住一劫不離於死王聞重悲斯四願者古今無獲誰能除此

差侍部第七

佛本行經云爾時輸頭檀王告諸釋言汝等諸釋若知時者必須家別一人出家若其釋種兄弟五人令三人出家二人在家若四人者二人出家二人在家若三人者二人出家一人在家若二人者一人出家一人在家若一人者不令出家何以故不使斷我諸釋種故

佛髮部第八

如觀佛三昧經云如來頭上有八萬四千毛皆兩向靡右旋而生分齊分明四觚分明一一毛孔旋生五色光入前十四色光中昔我在宮乳母爲我沐頭時大愛道來至我所悉達生時多諸奇特人若問我汝子之髮爲長幾許我云何答今當量髮知其尺度即勑我申髮母以尺量長一丈三尺五寸放已右旋還成蠡文欲納妃時復更量之長一丈三尺五寸我出家時天神捧去亦長一丈三尺五寸今者父王看如來髮即以手申從尼拘樓

陀精舍至父王宫如紺瑠璃繞城七帀於佛髮中大衆皆見若干色光不可具說斂髮捲光右旋宛轉還住佛頂即成螽文又僧祇律云佛在日時每四月一剃髮依薩婆多論雖四月一剃如凡人七日剃髮狀又文殊師利問經云凡人髮長二指當剃或二月日若短而剃是無學菩薩若過二指亦是無學菩薩爪不得長得如一横穀何以故爲搔痒故又四分律云佛言聽諸比丘皮次剪爪極長如一麥應剪髮半月一剃極長兩指若二月一剃二月者白黑各有十五日當此間三十日爲二月又毗尼母經云佛告諸人此髮不可故衣故器盛之當用新物有瞿波羅王子從世尊乞髮佛言應用七寶器盛之供養又四分律云時阿難持故器收世尊髮佛言不應以故器盛如來髮應用新器新衣繒綵若鉢衣裹盛之時有王子瞿波離將軍欲往四方有所征伐來索世尊髮佛言聽彼得已不知安處佛言聽安金塔中若銀塔中若寶塔中若雜寶塔繒綵衣裹不知云何持佛言聽象馬車乘頭上肩上擔時王子持世尊髮去所往征伐得勝還國爲世尊起髮塔亦聽比丘持世尊髮行如上安置彼不洗大小便處持世尊塔佛言不應爾令淨者持彼安如來塔置不好房中已在上好房中宿佛言不應爾應安如來塔置上好房中已在不好房宿彼安如來塔置下房已在上房宿佛言不應爾應安如來塔在上房已在下房中宿彼共如來塔同屋宿佛言不應爾彼爲守護堅牢故而畏慎不敢共宿佛言聽安杙上若杙上若頭邊眠爲守護塔故聽

塔內宿亦為堅牢塔內藏物故聽宿彼著革屣及捉入塔內佛言不應爾佛言聽塔下坐食不令汙穢不淨若有不淨衆物聚著脚邊食已持去此數有征伐人雖不見佛髮將行然有俗人好心造小像及將舍利及寫小字經卷並安頭髮內未知許不答曰聖教無文然有好心欲將經像舍利時准前征將取世尊髮法用安置作小塔子內安彌善貪無物造亦聽淨繒帛裹內將行至處上好杖上如前安置若安髮內恐髮垢穢臭氣不淨又軍行在道大小便利急卒不可臨時解頭取之如前佛髮不許便利穢處安置准此經像亦同前法也

時節部第九

如十二遊經增一阿含長阿含等並云二十九出家增一阿含二十年在外道法中今推大例如來在世七十九年若二十九出家三十五成道所可化物唯應四十五年而禪要經云釋迦一身化衆生三十九年諸經多十九出家應以為正故未曾有經云耶輸陀羅言如來取我未過三年旣瑞應經云太子年十七納妃便證十九出家是正也若二十九年出家三十五成道經中益少且云二十年外道中學便是五十方始成道足知誤矣良由衆生根行不同見有同異

會同數第十

述曰謂世代流遠戎華音隔譯人不同受言各異雖欲會隨終無定准夫一代之書群賢相襲遂令亥豕換文魚魯易韻況國有中外書則雲鳥以此徃求難得盡一又如黃帝三面樂臣一足言無胡漢事有楚越況邪業易聆正法難悉言有中邊迴換書之而得審定無異說者哉

法苑珠林卷第十

音釋

阽余廉切近邊欲墮意 釦音口金飾器口也 鼉唐何切 牸疾置切牝獸也 讋質涉切懼也 娠升人切懷妊也 胤羊進切繼也 蝕實職切日月虧曰蝕 繖音散繖絲繖爲蓋也 牖丑凶切直也 喁魚容切喁喁衆口向上也 哨正作噍才笑切噍類謂噍食之類也 墾口很切反土也 皺皵皺爭救切皮縮也皵七約切皮皴也 鶩亡遇切亂馳曰鶩 觚攻乎切觚稜也

法苑珠林卷第十一

唐西明寺沙門道世撰

成道部第十二 此別十部

述意部　乞食部　學定部

苦行部　乳糜部　草座部

降魔部　成道部　天讚部

變化部

述意部第一

蓋聞大聖應期有感必形蔭覆十方化周三界是四生之導首六趣之舟航至如兜率下生閻浮現滅貫日處胎殞星晦迹林微尼園啓四八之瑞畢利叉樹放十種之光鑒彼四門捐茲五欲捨嚴城而獨往依道樹而超登合四鉢於連河度五隣於鹿苑蕩愛著於緜區澌塵冥於曩劫慧日既開光清八嶽立功闡化慈照四生敷演一音各隨類解像教攸興其來久矣

乞食部第二

如四分律云爾時菩薩漸漸遊行從摩竭國界往至婆羅闍城於彼止宿明旦入城乞食顏貌端正屈伸俯仰行步庠序視前直進不左右顧眄著衣持鉢入羅閱城乞食時摩竭王在高樓上諸臣前後圍繞遥見菩薩入城乞食行步庠序即向諸臣以偈讚之王即遣信問比丘欲何所詣菩薩答之山名班荼婆當於止宿使人速還返白王如是事王聞彼使言即嚴好象乘衆人共尋從即往禮菩薩時王語太子言今可於此住我舉國一切所有及貺此寶冠相與可居王位治化我當爲臣時菩薩報言我捨轉輪王出家學道豈可

於此邊國王位而處俗耶王今當知猶如有人曾見大海水後見牛跡水豈可生染著心此亦如是豈可捨轉輪王習粟散小王位此事不然時王前白言若成無上道者先詣羅閱城與我相見菩薩報言可爾爾時王即禮菩薩足繞三帀而去

又佛本行經云菩薩爲摩伽陀國王說云大王我等今實不畏彼毒蛇亦復不畏天雷霹靂亦復不畏於猛火焰被大風吹燒野澤者但畏五欲境界所逼何以故諸欲無常猶如劫賊盜諸功德爾時菩薩即說偈言

五欲無常害功德　六塵空幻損衆生
世間果報本誑人　智者誰能暫停住
愚癡天上不滿意　況復人間得稱心
欲穢染著不覺知　猶如猛火然乾草
往昔頂生聖王主　降伏四域飛金輪
復得帝釋半座居　忽起貪心便墮落
假令盡王此大地　心猶更欲攝他方
世人嗜欲不知厭　如巨海納諸流水

大王當知彼須彌山下有阿脩羅然其兄弟各爲貪愛一玉女二人相爭而自鬬戰傷害俱死便說偈言

往昔修羅兩兄弟　爲一玉女自相殘
骨肉憐愛染著增　智人觀知不貪欲

菩薩又言或爲五欲故生天生人既得生已著五欲故投身透水或復赴火爲五欲故自求怨讎又說偈言

癡人愛欲故貧窮　繫縛傷殺受諸苦
意望此欲成衆事　不覺力盡後世殃

又佛本行經菩薩說偈言

假使恩愛久　共處至命盡　會別離見此
無常須臾間　是故我棄捨　恩愛永離別
志求無上道　願度一切人

學定部第三

如四分律云時菩薩即向阿藍迦藍所學不用處定精進不久得證此法時菩薩捨之而去後往鬱頭藍子處學有想無想定精進不久得證此法菩薩思惟此兩處定非涅槃非永寂休處不樂此法便捨二人而去更求勝法時菩薩更求勝法者即無上休息法也時有五人追逐菩薩念言若菩薩成道當與我等說法

又佛本行經云阿羅邏仙人報菩薩云諸凡夫人愛於貪欲受繫縛等苦一切皆由境界而說偈言

山羊被殺因聲死　飛蛾投燈由火色
水魚懸釣爲吞餌　世人趣死以境牽

又新婆沙論云佛爲菩薩時猒老病死出劫比羅伐窣堵城求無上智時淨飯王釋種五人隨逐給侍二是母親三是父親母親二人執受欲樂行得淨父親三人執苦行得淨當於菩薩修苦行時母親二人心不忍可即便捨去菩薩後知苦行非道捨而受食羹飯酥乳以油塗身習處中行父親三人咸謂菩薩狂亂失志亦復捨去後世尊成佛即作是念彼皆是我父母親族先來恭敬供養於我今欲酬報爲何所在天即白言今在婆羅痆斯國仙人鹿苑如前事問何故名婆羅痆斯答此是河名去其不遠造立王城是故此城亦名婆羅痆斯問何故名仙人論處答若作是說

諸佛定於此處轉法輪者彼說佛是最勝仙人皆於此處初轉法輪故名仙人論處若作是說諸佛非定於此轉法輪者彼說應言仙人住處謂佛出世時有佛仙及聖弟子仙衆所住佛不出世時有獨覺仙所住若無獨覺時有世俗五通仙住以此處恒有諸仙已住今住當住故名仙人住處有說應言仙人墮處昔有五百仙人飛行山中至此遇退因緣一時墮落問何故名施鹿林答恒有諸鹿遊上此林故名鹿林昔有國王名梵達多以此林施與群鹿故名施鹿林如羯蘭鐸迦長者於王舍城竹林園中穿一池以施羯蘭鐸迦鳥令其遊戲因名施羯蘭鐸迦池此亦如是故名施鹿林（舊翻名迦蘭陀鳥善見論其形如鵲）

苦行部第四

爾時菩薩於此鹿林在五拘隣比丘所學於苦行經於六年極生辛苦過其本師以自餓故而不得道徒勞疲形故涅槃經云菩薩當以苦行自誡其心日食一胡麻經一七日秔米紅豆麻子粟糜及以白豆亦復如是各一七日如是修苦行時一切皮肉銷瘦皺減如斷生瓠置之日中其目坎陷如井底星肉盡肋出如朽草屋脊骨連現如重綫塼所坐之處如馬蹄跡欲坐則伏欲起則偃雖受如是無利益苦然不退於菩提之心又菩薩處胎經云佛告苦行菩薩昔我所更苦行無數於尼連河邊六年苦行日食一麻一米斯由曩昔向一緣覺犯口四過斷絕一施重受輕報又大集經云爾時光味菩薩爲諸大衆而說偈言

過去無量僧祇刧　種種布施習檀那
清淨尸羅及羼提　精進坐禪學般若
安樂一切衆生故　備忍種種諸苦辛
宮中六萬后妃嬪　棄捨出家如脫屣
獨處六年修苦行　日食一麻一米麥
精進晝夜不睡眠　身形唯有皮骨在
菩提樹下思惟坐　八十萬衆天魔來
四方上下地及空　八十由旬悉充滿
如是魔軍及眷屬　皆能破壞使歸降
成就無上勝菩提　得證第一義諦果

乳糜部第五

又佛本行經云爾時六年既滿至春二月十六日時內心自作如是思惟我今不應將如是食食已而證阿耨多羅三藐三菩提我今更從阿誰邊求美好之食誰能與我彼美食令我食已即便證取阿耨菩提時菩薩心如是思惟之時有一天子知菩薩心如是思惟速往詣於善生村主二女邊至彼處已即告之言汝善生女汝若知時菩薩今欲求好美食菩薩今須最上美食食美食已然後欲證阿耨菩提汝等今可爲彼備辦足十六分妙好乳糜是時善生村主二女聞於彼天如是告已歡喜踊躍遍滿其體不能自勝速疾聚集一千牸牛而㲉取乳轉更將飲五百牸牛更別日㲉此五百牛轉持乳將飲於二百五十牸牛後日㲉此二百五十牸牛之乳還更飲百二十五牛後日㲉百二十五牛之乳飲六十牛後日㲉此六十牛乳飲三十牛後日㲉此三十牛乳飲十五牛後日㲉此十五牛乳著於一分淨好秔米爲於菩薩煑上乳糜

其彼二女煮乳糜時現種種相或復出於滿華瓶相或現功德河水渦相或時現於卍字之相或現功德千輻輪相或復現於斛領牛相或現象王龍王之相或現魚相或時復現大丈夫相或復現於帝釋形相或時有現梵王形相或復現出乳糜向上涌沸上至半多羅樹須臾還下或現乳糜向上高至一多羅樹訖還下或現出高一丈狀還入彼器無有一滴離於器而落餘處煮乳糜時別有一善解海筭數筭占相師來至彼處見其乳糜出現如是諸種相貌善占觀已作如是語希有希有是誰得此乳糜而食彼人食已不久而證甘露妙藥爾時菩薩至於二月二十三日於晨朝時至彼村主家大門之外默然而立欲求食女見即便取一金鉢盛貯安置和蜜乳糜滿其鉢中自執持向菩薩前到已即住向菩薩言唯願尊者受我此鉢和蜜乳糜憐愍我故時菩薩受彼乳糜持至尼連禪河有一龍女名尼連茶耶從地涌出手執莊嚴天妙筌提奉獻菩薩菩薩受已即坐其上坐其上已取彼善生村主之女所獻乳糜如意飽食悉皆淨盡菩薩既食彼乳糜已緣過去世行檀福報業力熏故身體相好平復如舊端正可喜圓滿具足無有缺減爾時菩薩食彼糜訖以金鉢器棄擲河中時海龍王生大希有奇特之心復爲菩薩歎現世故執彼金器擬欲供養將向自宮是時天主釋提桓因即化其身作金翅鳥金剛寶觜從海龍邊奪取金鉢向忉利宮三十三天恒自供養於今彼處三十三天立節名爲供養金鉢器節從彼

已來至今不斷爾時菩薩食糜已訖從座而起安詳漸漸向菩提樹彼之筌提其龍女還自收攝將歸自宮爲供養故而有偈說

菩薩如法食乳糜　是彼善生女所獻
食訖歡喜向道樹　決定欲證取菩提

依宣律師住持感應記云具論因緣並在第十卷中灌頂部內述之時有四天王子告律師云世尊初成道第十一年於王舍城中須摩長者園內告諸大菩薩及大弟子曰我初踰城時至彼洴沙國路逢牧牛女我語云我有少飢渴從汝乞飲食彼女答云汝何所往答言求趣菩提又問名字何等答言悉達彼女又白我言我讀韋陀之典云不久有大智人當成正覺我觀仁者相貌音聲是諸佛相我作此山神經十六大劫過去諸佛我皆親覲汝可隨我往至住處當與汝飲食過去迦葉佛涅槃時付我一澡鑵其頂上有雙龍繞下有獅子蹲拘留佛所製遮相付我迄至樓至佛此龍瓶內具足有八功德水汝若飢渴當飲此水能消煩惱增長菩提勿輕此小瓶假使四大海水內此瓶中猶不能滿中有龍王此賢劫初三佛出世所有遺法多在瓶內與娑竭龍宮一無有二又迦葉佛付我香爐及一黃金函將付仁者其香爐前有十六頭半是獅子半是白象於二獸頭上別起蓮華臺以臺爲爐相於爐四緣別起六銀樓樓出天童可長二寸如是諸天童合有九十六每燒香時是諸童子各各分番來付香爐後獅子向外而蹲踞從獅子頂上有九龍盤繞上承金華華內有金臺即臺爲寶子於臺寶子

内有十三萬億真珠大樓觀各盛諸妙香復有十三萬金牒毗尼藏中有比丘入于滅盡定若至燒香時其諸爐頭諸天童子來至寶臺所各各口出燒香歌曲臺門自開諸比丘從定而出從真珠觀取香付囑天童付已臺門自閉從九龍口中又銜白銀觀爲臺眷屬而諸銀臺内皆有天童子常作天樂讃歎燒香其音清雅無可爲比衆生聞者生信悟道如來每說法時在大衆前常執香爐天童取香來授與佛令之供養又有黄金函内盛大般若合三十億偈黄金爲經牒白玉爲界道白銀爲字其函長三寸内有二比丘亦入滅定此函及爐是拘留佛所製次第付我乃至樓至佛諸佛欲與世皆開此金函披閲經典以般若力天魔不嬈速登正覺今將付囑努力守護勿令損失我受得已於菩提樹下六年苦行常飲此瓶水故除飢渴煩惱亦消也又我初欲成道入河澡浴受二女乳糜至菩提樹下欲昇金剛壇山神至我所即告我言汝今成道可依往佛若初成道欲昇金剛壇先執香爐繞壇可行七帀十方諸佛各手捻香付彼爐中今既成道可依前佛佛依此法繞壇繞樹合三十二帀十方諸佛亦前授香次命人王天王釋梵龍王十地菩薩各前授香佛以威神香聞十方上至有頂受苦衆生聞香解脫諸根具足智慧增長種種神變不可具述又告梵王執彼龍瓶水以灌世尊足人王天王帝釋魔梵各次洗足地爲六種震動如來從足下放金色光坐金色蓮華座十方諸佛各來投香於光明中盧舍那佛出金

色手摩釋迦佛頂又說妙法我今十方佛欲白羯磨授釋迦文佛成無上法王位諸佛秉此羯磨在金壇上天人大衆無量恒沙聞佛羯磨一時寂然猶如比丘入第三禪諸佛秉羯磨受法王位已地之六種大動佛放光明普照十方廣作佛事利益凡聖不可具述

草坐部第六

如佛本行經云爾時菩薩於河澡浴食乳糜沐身體竟光儀平復如本威力自在安詳面向菩提樹菩薩思惟此菩提道場欲作何座即自覺知應坐草上是時淨居天白菩薩言過去諸佛欲證菩提皆鋪草上而取正覺爾時菩薩思惟誰能與我如是之草左右四顧是時忉利天帝釋天主以天智知菩薩心已即化其身爲刈草人去於菩薩不近不遠右邊而立刈取於草其草青緑顏色猶如孔雀王項柔輭滑澤而手觸時猶如微細迦尸衣色妙而香右旋宛轉菩薩問彼人言賢善仁者汝名字何彼人報言我名吉利菩薩思惟我今欲求自身吉利亦爲他人以求吉利此名吉利在於我前我今決當得證阿耨菩提能與我草不其化人報言我能與草是時帝釋即化作人刈草奉菩薩菩薩即取一把自手執持當取草時其地即便六種震動將於此草向菩提樹下持草中路忽有五百青雀從十方來右繞菩薩三帀訖已隨菩薩行又有五百拘翅羅鳥又有五百孔雀又有五百白鵝又有五百鴻鶴又有五百白鷗又有五百迦羅頻伽之鳥又有五百共命之鳥又有五百白象皆悉六牙又有五百白馬頭耳烏

黑騣尾悉朱長而披散又有五百牛王並皆斛領猶如黑雲是時復有五百童子五百童女各以種種諸妙瓔珞莊嚴其身又有五百天女五百寶瓶以諸香華滿於其中盛種種諸妙香水無人執持自然出行又世間中所有一切吉祥之事皆從四方雲雨而來各在菩薩右邊圍繞三帀已隨菩薩行一切諸天音樂空中歡喜歌讚菩薩不可具述

又瑞應本起經云釋提桓因化爲凡夫執淨輭草菩薩問言汝名何等答名吉祥菩薩聞之心大歡喜破不吉以成吉祥

又觀佛三昧經云適施草座地則大動諸佛化作八萬佛樹師子之座或有佛樹高八千里四千里或高百千由旬一切佛樹具足八萬大小不定今釋迦樹最短若干天衣而布其上

又觀佛三昧經云佛告父王如我踰出宮城去伽耶城不遠詣阿輸陀樹吉安天子等百千天子皆作是念菩薩若於此坐必須坐具我今應當獻於天草即把天草清淨柔輭名曰吉祥菩薩受已鋪地而坐是時諸天復見白毛圍如三寸右旋宛轉有百千色流入諸相是諸天子各作是念菩薩今者唯受我草不受汝草時白毛中有萬億菩薩結跏趺坐各取其草坐此樹下二天子各見白毫中有如此相時有天子名曰悅意見地生草穿菩薩肉上生至肘告諸天子曰奇哉男子苦行乃爾不食多時喚聲不聞草生不覺即以右手申其白毛其白毛端直正長一丈四尺五寸如天白寶中外俱空天見毛內有百億光

其光微妙不可具宣諸天見已歎未曾有即放白毛右旋宛轉還復本處是時降魔魔還天宫白毛隨從直至六天無數天子天女見白毛孔通中皆空團圓可愛如梵王幢如來有無量相好不及白毫少分功德

降魔部第七

如因果經云四月七日世尊降魔于時落日停光明月映徹園林華果榮不待春智度論云爾時天魔將十八萬天魔衆皆來惱佛佛以眉間微光照皆墮落

又觀佛三昧經云魔王心怒即欲直前魔子諫曰父王無辜自招瘡疣菩薩行淨難動如地云何可壞又雜寶藏經云昔如來樹下惡魔波旬將八十億衆欲來壞佛便語佛云汝獨一身何能坐此急可起去若不起者我捉汝脚擲著海水佛言我觀世間無能擲我汝於前世時曾於一寺受一日八戒施辟支佛一鉢之飯故生六天爲大魔王而我於三阿僧祇劫亦設供養聲聞緣覺不可計數魔言汝道我昔一日持戒施辟支佛食信有其實我亦自知汝亦知我汝自道者誰爲證知佛以手指地言此地證我作是語時一切大地六種震動地神即從金剛際出合掌白佛言我爲作證有此地來我恒在中世尊所說其實不虚佛語波旬汝今先能動此澡瓶然後可能擲我海水爾時波旬及八十億衆不能令動魔王軍衆顛倒自墜破壞星散

又佛本行經云爾時魔王波旬長子名曰商主即以頭頂禮菩薩足乞求懺悔口唱是言大善聖子願聽我父發露辭謝凡愚淺短猶

如小兒無有智慧我今忽來惱亂聖子將諸魔衆現種種相恐怖聖子我於已前曾諮父言以忠正心雖有智人善解諸術猶尚不能降伏於彼悉達太子況復我等但願聖子恕亮我父我父無智不識道理如是恐怖大聖王子當何取生大聖王子願仁所誓早獲成就速證阿耨菩提

成道部第八

如普曜經云菩薩於樹下坐明星出時豁然大悟年至十九出家三十成道又依般若釋論云摳樓頻螺林中成佛又自誓三昧經云初成佛時十方諸佛各送袈裟佛合成一服此衣今在梵天供養又空行三昧經云彌陀佛先我四劫得道維衛佛先我三劫得道有佛名能儒三十滅度迦葉佛十八得道我年二十七得道今從多爲定十九出家三十成道此文應允亦與餘義相應善見律云月生三日得一切智泥洹經云佛初出得道並四月八日今以爲正

天讚部第九

如華嚴經云爾時如來以自在神力不離菩提樹坐及須彌山頂妙勝殿上夜摩天宮寶莊嚴殿趣兜率天宮一切寶莊嚴殿爾時兜率天王承佛威神以偈頌曰

無礙如來猶滿月　諸吉祥中最第一
來入衆寶莊嚴殿　是故此處最吉祥

華嚴經云爾時如來威神力故十方一切諸佛世界諸四天下一一閻浮提皆有如來坐菩提樹下無不顯現爾時世尊威神力故不起此座昇須彌頂向帝釋殿爾時帝釋即說

偈言

七佛定光諸佛等　諸吉祥中最無上
彼佛曾來入此處　是故此地最吉祥

爾時世尊威神力故不離道場及帝釋宮向夜摩天寶莊嚴殿爾時天王以偈頌曰

名稱如來聞十方　諸吉祥中最無上
來入摩尼莊嚴殿　是故此處最吉祥

變化部第十

依華嚴經云佛子一切諸佛於念念中悉能出生十無盡智何等爲十於一念中悉現一切世界從兜率天命終於一念中悉現一切世界菩薩出生於一念中悉現一切世界菩薩出家於一念中悉現一切世界往詣道場菩提樹下成等正覺於一念中悉現一切世界轉淨法輪於一念中悉現一切世界隨應化導一切衆生悉令解脱於一念中悉於一切世界現莊嚴身隨應衆生於一念中悉現一切世界種種莊嚴無數莊嚴如來自在一切智藏於一念中悉現一切世界清淨衆生於一念中遍一切世界悉現三世一切諸佛於一念中爲種種諸根精進欲性故現顯三世諸佛種性成等正覺開導衆生佛子是爲一切諸佛於念念中生十無盡智

又智度論云如阿毗曇說一時無二心者若化佛語時化主嘿然若化主語時化佛亦應嘿然云何佛一時皆說六波羅蜜答曰此如外道聲聞變化耳如佛變化無量三昧力不可思議是故佛自語時無量千萬億化佛亦一時皆語又諸外道及聲聞化不能作化如佛世尊化復作化故諸外道聲聞滅後不能

留化如佛滅後能留如佛無異如毗曇中一時無二心者今佛亦如是當化語時亦不有心佛心念化欲令化語即便皆語

說法部第十三 此別三部

述意部　赴機部　說益部

述意部第一

蓋聞大聖逗機影迹無方所現之處無非利益故諦分眞俗事決形心憑假實而上征寄乘權而下比良由生老病死無自出之期菩提涅槃有修入之證但內典無邊應機而說故使法輪則柰國初轉僧侶則憍陳始度至於迦葉兄弟目連朋友西域之大勢東方遍告二十八天之主一十六國之王莫不服道而傾心飡風而合掌於是他化宮裏乃弘十地耆闍山上方會三乘善吉談無得之宗淨名顯不言之旨伏十仙之外道制六群之比丘胷前則吐納江河掌內則搖動山谷論劫則方石屢盡辯數則微塵可窮斯乃三界之大師萬古之獨步吾自庸才談何以盡縱使周公之制禮作樂孔子之述易刪詩予賜之言語商偃之文學爰及左元放葛仙子河上公莊周之等並驅二於方內何足道哉若我大師法人天軌模三千法式洎流中夏益利弘深廣療三毒傳照百燈相繼不絕胡可勝言

赴機部第二

如華嚴經云如來出世譬如日出先照一切諸大山王次照一切大山次照金剛寶山然後普照一切大地然日光不作是意我當先照大山乃至後照大地由山有高下故照有

前後如來亦爾平等普救然機有利鈍感佛前後見聞不同大小有異

依彌沙塞律云佛得道七日受解脱樂有五百乘車載石蜜外國興生路由樹過車主兄弟二人雖謂波利創奉蜜麨四王奉鉢佛受之已爲説三歸又更七日文鱗龍王奉非人食後過七日斯那奉食姊妹四人受三歸依復過七日梵王來請轉法輪

又普曜經云時梵王與六萬八千梵王眷屬來詣佛所稽首足下請轉法輪佛受請已言我宿命在波羅奈供養六百億佛應在此轉法輪由觀樹七日以報其恩故未説法

又智度論云佛成道已不即説法於五十七日令撿括機緣然後説法初七日思大乘法他第七七日用於小乘以擬衆生又菩薩瓔珞經云當轉法輪在鹿野清明園爲久飢虚者潤於甘露法

又中本起經云世尊念言吾昔路由梵志阿蘭迦蘭待吾有禮應往度之天空中曰此一人已亡七日又念應度鬱頭藍弗天復告云昨日命終又念父王昔遣五人一名拘隣二名頞陛三名跋提四名十力迦葉五名摩訶男執侍功勤應往度之

又轉法輪經云佛在鹿野樹下時空中有自然法輪飛來當佛前而轉佛以手撫之止吾無始來爲名色轉今愛意盡不復流轉輪即便住又十二遊經云佛從四月八日至七月十五日坐樹下爲一年二年於鹿野園中爲五人説法三年爲鬱鞞迦葉兄弟三人説法滿千比丘四年在象頭山爲龍鬼説法五年

時度舍利目連舍利七日得上果目連十五日得上果六年須達共祇陀爲佛立精舍有十二佛圖寺有七十二講堂有三千六百間屋有五百樓閣七年在拘耶尼園爲婆陀和菩薩等八人說般若經（此經一卷明菩行事）八年在柳山爲屯眞陀羅王弟說法九年在穢澤中爲阿掘摩說法十年遂摩竭國爲弗沙王說法十一年在恐懼樹下爲彌勒說本起經（即修行本起是）十二年還父王國爲釋氏八萬四千人說法

又中本起經云世尊在摩竭提國六年將還本國王遣優陀延迎佛疑此異前未詳孰定

又普曜經云有梵志名優陀王命迎佛別以十二年思得相見佛七日後還本土

又分別功德經云佛還本土足昇空行與人頭齊使父王接足而已不欲屈身

又大集經云佛成道十六年知諸菩薩任持法藏即於欲色界中間出大寶階大衆俱登中階即上昇虛空

又分別功德經云若不得說經處但稱在舍衛以佛在其國二十五年比在諸國此住最久以其中多諸珍異人多有義祇樹精舍有神異驗衆集之時獼猴飛鳥群類數千悉來聽法寂寞無聲事竟即去各還所止捷椎適鳴已復來集此由國多仁慈故異類影附故智度論云舍衛城有九億家三億明見佛三億信而不見三億不見不聞佛二十五年在彼尚爾若得多信利益無窮

說益部第三

依菩薩處胎經云爾時世尊示現奇特異像

變一切菩薩盡作佛身光相具足皆共異口同音說法下相敬奉各坐七寶極妙高座初一說法純男無女第二說法純女無男第三說法純度正見人第四說法純度邪見人第五說法男女正等第六說法邪正亦等當爾之時法法成就而無吾我道果成熟諸佛常法說義神足第七八萬四千空行法門第八八萬四千無相法門第九八萬四千無願法門一一法門有無量義猶如黠慧之人身有千頭頭有千舌舌有千義欲得究盡此九法門義於百千分未獲其一此是諸佛祕要之藏皆由前身宿學成就廣明說益備在諸篇

法苑珠林卷第十一

音釋

灒將先切洗滌也　𤛓居候切取牛乳也　𣗥即委切喙也　鑵音貫汲水器也　蹲徂尊切踞也　刈疑肺切割也　黠下八切慧也

法苑珠林卷第十二 千佛之五

唐西明寺沙門釋道世撰

涅槃部第十四 此別五部

述意部　韜光部　赴哀部
時節部　弟子部

述意部第一

惟我含靈福盡法王斯逝遂使北首提河春秋八十矣應身粒碎流血何追諍決最後之疑競奉臨終之供嗚呼智炬昏冥慈雲消滅長夜諸子誠可悲矣但法身至寂畢竟無為報化所誘隨機應俗既曰現生焉得無滅凡聖雖殊而莫能免是以微言背痛而方轉甘露假託右脇而還放光明此則無病之迹也及千穀既纏而示雙足金棺將闔而起合掌此示不滅之徵也故灰身示權常住顯實器月之喻其旨明乎

韜光部第二

如智度論云須跋陀羅年一百二十夢見一切人天失其明眼裸形冥中言云日當墮地破海枯竭風散須彌夢寤已恐怖天曰此是一切智人將入涅槃非關於汝明到林中求欲見佛阿難三不許佛知遥喚前共別

又菩薩處胎經云如來二月八日夜半躬襞僧伽梨鬱多羅僧安陀羅跋薩各三穀施放金棺襯身上以鉢錫杖手付阿難入金剛定碎身舍利佛從金棺出金臂問覓迦葉牛呞二人阿難答云牛呞羅漢已入涅槃佛言吾今永取滅度即入金棺寂然不語再三出手問阿難吾為八部說摩訶乘經汝悉聞不對曰唯佛知之又問吾在忉利為母說法汝知

不答曰不知又吾在龍宮說法龍子得道留全身舍利高一百三十丈汝知不答曰不知吾處毋胎十月爲諸菩薩現不退轉法輪世尊即以神力現毋身中行住坐卧一切雲集入胎舍中汝知不答曰不知阿難大聖豈得不知言不知者欲推如來化功密故答不知也

又涅槃經云善男子我於此娑羅雙樹大師子吼者名大涅槃東方雙者破於無常獲得於常乃至北方雙者破於不淨而得於淨此中衆生爲雙樹故護娑羅林不令外人取其枝葉斫截破壞我亦如是爲四法故令諸弟子護持佛法此四雙樹四王典掌我爲四王護持我法是故於中而般涅槃

又中阿含經云如來爾時將詣雙樹四襞鬱多羅僧以爲施坐僧伽梨爲枕右脇而卧足足相累而般涅槃

又菩薩處胎經云爾時八大國王各持五百張白氎栴檀木蜜盡內金棺裏以五百張氎纏裹金棺復五百乘車載香酥油以灌白氎爾時大梵天王將諸梵衆在右面立釋提桓因將諸忉利諸天在左面立彌勒菩薩及十方諸神通菩薩當前立爾時世尊欲入金剛三昧碎身舍利於娑婆世界轉此真法作是念已十方世界皆六返震動

赴哀部第三

如摩耶經云阿那律升忉利天以告摩耶摩耶便至棺自爲開合掌起曰遠屈來下佛語阿難汝當知爲後不孝衆生故從金棺出問訊毋也僧祇律云於天冠塔邊闍維佛身迦葉赴佛涅槃經云於是迦葉辭佛到伊蔯梨

山中去舍衛國二萬六千里其山多出七寶甘果種種香樹雜藥不可稱數亦有騏驎朱雀鳳凰異學道士時有方石平正色如瑠璃縱廣百二十里樹華五色冬夏茂盛列坐石上迦葉前後教授一千弟子皆得羅漢常坐此石誦經行道弟子七人同夕得夢其比丘夢見所坐方石中央分破樹皆拔根復一比丘夢見四十里泉水皆乾竭華悉零落復一比丘夢見拘羅邊坐皆悉傾毀復一比丘夢閻浮利地皆悉傾陷復一比丘夢見須彌山崩復一比丘夢見金輪王薨復一比丘夢見日月墮落天下失明晨起各以所夢啓白迦葉迦葉告言我曹前見光明地時大動卿等得夢佛將般泥洹耶即勑諸弟子往赴俱夷那國又菩薩處胎經云大迦葉至佛出雙足迦葉說偈云

佛所教化人　所度已周遍　我行道絶向

唯恨不見佛

於是遶棺七帀阿難西北角難陀捉東北角諸天在後直北去雙樹四十九步大迦葉手執火然香薪

又雜阿含經云佛涅槃已雙樹生華垂下供養阿難說偈云

五百氎纏身　悉燒令磨滅　千領細氎衣

以衣如來身　唯二領不燒　最上及襯身

諸經具明闍維之法以文繁故略而不録

時節部第四

如涅槃經云如來何故二月涅槃善男子二月名春陽之月萬物生長是時衆生多生常想爲破衆生如是常心說一切法悉是無常

唯說如來常住不變於六時中孟冬枯悴衆不愛樂陽春和液人所貪愛爲破衆生世間樂故演說常樂我淨亦爾爲破世間我淨故說如來眞實我淨初生出家成道轉妙法輪皆以八日何故涅槃獨十五日佛言善男子如十五日月無虧盈諸佛如來亦復如是入大涅槃無有虧盈以是義故以十五日入般涅槃

又長阿含經云時有香姓婆羅門問阿闍世王曰何等時佛生何等時成道何等時滅度闍王答曰沸星出時生沸星出時出家沸星出時成道沸星出時滅度何等生二足尊何等出叢林苦何等得最上道何等入般涅槃沸星出二足尊沸星出叢林苦沸星得最上道沸星入般涅槃八日如來生八日佛出家八日成菩提八日取滅度二月如來生二月佛出家二月成菩提二月取涅槃二月生二足尊二月出叢林苦二月得最上道八月般涅槃城

又薩婆多論云佛以二月八日沸星現時初成等正覺亦以二月八日沸星出時生以八月八日沸星出時轉法輪以八月八日沸星出時取般涅槃

弟子部第五

依智度論云長老大迦葉於耆闍崛山集三藏可度衆生竟隨佛入般涅槃清朝持鉢入王舍城乞食已上耆闍崛山語諸弟子我今日入無餘涅槃一切諸人聞是語已皆大愁憂迦葉晡時從禪定起入衆中坐讚說無常苦空無我如是種種說法已從佛所得僧伽

梨持衣鉢提杖如金翅鳥現昇虛空作十八變於耆闍山頭與衣鉢俱作是願言令我身不壞彌勒成佛時我是骨身還出直入山頭石中如入耎泥入已山還合後人壽八萬四千歲身長八十尺彌勒佛身長一百六十尺佛面二十四尺圓光十里是時衆生聞佛出世無量人等隨佛出家

又大悲經云是迦葉以本願力所加持故住虛空中現種種神通變化已以己身火闍維其身闍維身已灰炭不現又薩婆多論云舍利弗目連以不忍見佛泥洹便先泥洹以先泥洹故七萬阿羅漢同時泥洹當於爾時四輩弟子莫不荒亂於時如來以神通力化作二大弟子在佛左右以此緣故衆生歡喜憂惱即除佛爲說法各得利益

結集部第十五（此別二部）

述意部　結集部

述意部第一

夫眞諦玄凝法性虛寂而開物導俗非言難津是以不二默訓會於義空之路一音振辯應乎群有之境自我師能仁之出世也鹿野唱其初言金河究其後說契經以誘小學方典以勸大心妙輪區別十二惟部法聚總要八萬其門暨善逝晦迹而應眞結藏始則四鋡初集經中則五部分戒大寶斯在含識至意爲存拔苦是以金言不可遺謬也

結集部第二（又分四種）

此中廣明結集具有四時第一依智度金剛仙二論如來在此鐵圍山外共文殊師利及十方佛結集大乘法藏第二依菩薩處胎經

及四分律等如來初入涅槃始經七日大迦葉共五百羅漢令到十方世界召得八億八千衆共爲集三藏第三依智度論如來入涅槃後至夏安居初十五日大迦葉共千羅漢在王舍城結集三藏第四依四分律如來入涅槃後一百年内爲跋闍子擅行十事大迦葉共七百羅漢在毗舍離城結集三藏此下四重依經次第列出庶將來哲不積餘十也

大乘結集部第一

依大智度論金剛仙論云文殊師利結集中明如來在此世界之外不至他方世界十方諸佛並皆雲集説法亦名話經文殊後結集召諸菩薩及大羅漢無量無邊各言某經我從佛聞須菩提言金剛般若我從佛聞諸經當部各有弟子同時聞者並云我親從佛聞故知不局阿難然阿難則遍聞諸經餘之弟子則偏局當部

又依涅槃經大聖説法既有三乘傳法人還有三名一名阿難陀此云歡喜謂持小乘法藏二名阿難陀跋此云歡喜賢謂持中乘法藏三名阿難陀娑伽羅此云歡喜海謂持大乘法藏三名雖異據體唯一故維摩經云舍利弗問天女曰汝於三乘當何志求天曰若以小乘法化我作聲聞若以中乘法化我作緣覺若以大乘法化我作菩薩故知阿難通持大小乘人此三人中前二人者有親聞傳聞故于結集中阿難昇座依智度論説偈云

佛初説法時　爾時不聞見　如是展轉聞

佛遊波羅奈　爲五比丘説　四諦之法輪

五百結集部第二

依菩薩處胎經云爾時佛取滅度已經七日七夜時大迦葉告五百阿羅漢打揵椎集衆卿五百人盡詣十方諸佛世界諸有得阿羅漢六通者盡集此閻浮提雙樹間釋迦牟尼佛今已捨壽起七寶塔今集欲得演出眞性法身汝等速集聽采微妙之言爾時五百羅漢受大迦葉教如人屈伸臂頃即到十方恒河沙刹土集諸羅漢得八億八千衆來集忍界聽受法言又僧祇律云時大迦葉語諸比丘結集法藏勿令法滅諸人欲往餘處結集迦葉言應往王舍城有五百人臥具衆皆言爾令阿那律守佛舍利勿使諸天將去過去迦葉佛滅度時弟子但知懊惱不覺天持舍利去盡世人不得供養時阿難不去迦葉與千人至刹帝山施世尊舍利目連坐次迦葉四月結集斷於外緣少二人不滿五百那律復來猶少一人迦葉遣目連共行弟子梨婆提長老羅漢汝往三十三天呼提那羅漢提那羅漢聞佛涅槃不忍見佛行處已入滅度後遣至尸利沙翅宮喚憍梵波提羅漢乃至毗沙門天官命須蜜多羅漢並已涅槃又菩薩處胎經云爾時迦葉見衆集已語優婆離卿爲維那唱阿難下即受教唱下罰阿難不請佛住壽等已阿難心意荒亂內自念言佛滅度未久耻我乃爾即自思惟四諦法已便於衆前成阿羅漢諸塵垢滅朗然大悟聖衆稱善諸天歌歎爾時大地六反震動時大迦葉即使阿難昇七寶高座迦葉告言佛所說法一言一字汝勿使有缺漏菩薩藏者集著一處聲聞藏者集著一處戒律藏者亦集著

一處爾時阿難最初出經胎化藏爲第一中陰藏第二摩訶衍方等藏第三戒律藏第四十住菩薩藏第五雜藏第六金剛藏第七佛藏第八是爲釋迦文佛經法具足無失矣爾時阿難發聲唱言我聞如是一時說佛所居處迦葉及一切聖衆皆悉墮淚悲泣不能自勝咄嗟老死如幻如化昨日見佛今日已稱言我聞又四分律云爾時世尊在拘尸城末羅國娑羅林間般涅槃諸末羅子洗佛舍利已具辦闍維時大迦葉燒舍利已以此因緣集比丘言我等今可共論法毗尼勿令外道以致餘言譏嫌沙門瞿曇法律若煙其世尊在時皆共學戒而今滅後無學戒者諸長老今科差比丘多聞智慧是阿羅漢者時即差得四百九十九人皆是阿羅漢多聞智慧者時諸比丘言應差阿難在數中大迦葉言勿以阿難在數中何以故阿難有愛恚怖癡是故不應令在數中時諸比丘復言阿難是供養佛人常隨佛行親從世尊受所教法必處處疑問世尊是故今者應令在數即便令在數諸比丘皆作是念我等當於何處集論法毗尼多饒飲食卧具無乏耶即皆言唯王舍城房舍飲食卧具衆多我等今宜可共往集彼論法毗尼時大迦葉即作白令集王舍城時阿難在道行靜處心自念言譬如新生犢子猶故飲乳與五百大牛共行我今亦如是學人有作者而與五百羅漢共行時諸長老皆往毗舍離阿難在毗舍離住時諸道俗皆來問訊阿難多人衆集時有跋闍子比丘有大神力已得天眼知他心智今觀阿難爲是

有欲無欲人耶即便觀察是有欲非是無欲
今當令其生猒離心即說偈言
靜住空樹下　心思於涅槃　坐禪莫放逸
多說何所作
時阿難聞說偈已即便獨處精進不放逸寂
然無欲時在露地夜多經行遇明相欲出時
身疲極方欲偃卧頭未至枕頃於其中間心
得無漏解脫此是阿難未有法時阿難得阿
羅漢已即說偈言
多聞種種說　常供養世尊　已斷於生死
瞿曇今欲卧
時大迦葉集比丘僧即作白集論法毗尼時
阿難即從座起偏露右肩右膝著地合掌白
大迦葉我親從佛聞憶持佛語始從初篇乃
至一切揵度調部毗尼增一都集爲毗尼藏
彼即集一切長經爲長阿含一切中經爲中
阿含從一事至十事從十事至十一事爲增
一阿含集於雜事爲雜阿含如生經本經乃
至偈經等如是集爲雜藏有難無難繫相應
作處集爲阿毗曇藏時即集爲三藏在王舍
城五百阿羅漢共集法毗尼是故言集法毗
尼有五百人
千人結集部第三
依智度論云是時佛入涅槃已大迦葉如是
思惟我云何使是三阿僧祇難得佛法令得
久住應當結集三藏可得久住未來世人可
得受行作是語竟住須彌頂撾銅揵椎說此
偈言
佛諸弟子　若念於佛　當報佛恩　莫入涅槃
是揵椎音作大迦葉語聲遍至大千世界皆

悉聞知諸有弟子得神力者皆來集會大迦葉所選得千人除其阿難盡皆羅漢内外經書諸外道家十八種大經盡亦讀知皆能論議降伏異學大迦葉言若我昔常乞食者常有外道强來難問廢闕法事令王舍城常設飯食供給千人不得取多告語闍王給我等食日日送來不得他行是中夏安居三月初十五日説戒時集大迦葉入定已天眼觀今衆中誰有煩惱未盡應逐出者唯有一人阿難煩惱未盡餘九百九十九人諸漏已盡清淨無垢大迦葉從禪定起衆中手牽阿難出言今清淨衆中結集經藏汝結未盡不應住此是時阿難慚愧悲泣而自念言我二十五年隨侍世尊供給左右未曾得聞如是苦惱佛實大德慈悲含忍念已白大迦葉言我能有力久可得道但諸佛法阿羅漢者不得供給左右使令以是留殘結使不盡斷耳大迦葉言汝更有罪佛意不欲聽女人出家汝慇懃勸請佛聽爲道以是佛之正法五百歲而衰微法汝應作突吉羅懺阿難言我憐愍瞿曇彌又三世諸佛法皆有四部衆我釋迦文佛云何獨無大迦葉復言佛欲涅槃時近俱夷那竭城背痛四疊欝多羅僧敷卧語汝言我須水汝不供給是突吉羅阿難答言是時五百乘車截流而渡令水渾濁以是之故不取大迦葉復言正使水濁佛有大神力能令大海濁水清淨汝何以不與是汝之罪汝去作突吉羅懺悔大迦葉復言佛問汝若有人四神足好修可住壽一劫若減一劫多陀阿伽度四神足好修欲住壽一劫若減一劫汝

默然不答問汝至三汝故默然汝若答佛應住一劫若減一劫由汝故令佛世尊早入涅槃汝作突吉羅罪懺悔阿難言魔蔽我心是故無言我非惡心而不答佛大迦葉復言汝與佛褺僧伽梨衣以足踏上是汝之罪汝應作突吉羅懺悔阿難言爾時有大風起無人助我我捉衣時風吹來墮我脚下非不恭敬故踏佛衣大迦葉復言佛陰藏相般涅槃後以示女人是何可耻汝應作突吉羅懺悔阿難言爾時我思惟若諸女人見佛陰藏相者便自羞耻女人形欲得男子身修行於佛種種德根以是故我示女人不爲無耻而故破戒大迦葉言汝有此六種突吉羅罪盡應僧中悔過阿難言諾隨長老大迦葉及僧所教是時阿難長跪合掌偏袒右肩脱革屣作六種突吉羅罪懺悔大迦葉於僧中手牽阿難出語阿難言斷汝漏盡然後來入殘結未盡汝勿來也如是語竟便自閉門爾時諸阿羅漢議言誰能結集毗尼法藏者長老阿泥盧豆言舍利弗是第二佛有好弟子字憍梵波提（此言牛呞）柔輭和雅常處閑居住心寂寞能知毗尼法藏今在天上尸利沙樹園中住遣使請來大迦葉語下座比丘汝次應僧使下座比丘歡喜踊躍受僧勅命白大迦葉言我到彼所陳説何事大迦葉言汝到彼已語憍梵波提大迦葉等漏盡阿羅漢皆會閻浮提僧有大法事汝可疾來是下座比丘頭面禮僧足右遶三帀如金翅鳥飛騰虛空往到憍梵波提所頭面作禮語憍梵波提傳前迦葉教是時憍梵波提心覺生疑語是比丘言僧將

無鬪諍喚我耶無有破僧者不佛曰滅度耶是比丘言佛已滅度憍梵波提言佛滅度太疾世間眼滅逐佛轉法輪將我和上舍利弗今在何所答曰先入涅槃憍梵波提言大師法將各自別離當可柰何摩訶目揵連子今在何所是比丘言此亦滅度憍梵波提言佛法欲散衆生可憐大人過去如是次第問諸羅漢憍梵波提言我失離欲大師皆已滅度我不復能下閻浮提住此般涅槃說是言已作十八變自心出火燒身身中出水四道流下至大迦葉所水中有聲說此偈言

憍梵鉢提頭面禮　妙衆第一大德僧
聞佛滅度我隨去　如大象去象子隨

爾時下座比丘持衣鉢還僧是時阿難中間思惟諸法求盡殘漏其夜坐禪經行慇懃求道是阿難智慧多定力少是故不即得道定智等者乃可速得後夜欲過疲極偃息却卧就枕頭未至枕廓然得悟如電光出闇者見道入金剛定破一切煩惱山得六通已即夜到僧堂門敲門而喚大迦葉問言敲門者誰答言我是阿難大迦葉言汝何以來阿難言我今夜得盡諸漏大迦葉言不與汝開門汝從門鑰孔中來阿難答言可爾即以神力從門鑰孔中入禮拜僧足懺悔大迦葉莫復見責大迦葉手摩阿難頭言我故爲汝使汝得道汝莫嫌恨我亦如是以汝自證譬如手畫虛空無所染著阿羅漢心亦復如是一切法中得無所著復汝本座是時僧復議言憍梵波提已取滅度更有誰能結集經藏長老阿泥盧豆言是長老阿難於佛弟子常侍近佛

聞經能持佛法常讚譽是阿難能結集經藏是時長老大迦葉摩阿難頭言佛囑累汝令持法藏汝應報佛恩佛在何處最初說法佛諸弟子能守護法藏者皆已滅度唯汝一人在汝今應隨佛心憐愍衆生故集佛法藏是時阿難禮僧已坐師子牀時大迦葉說此偈言

佛聖師子王　阿難是佛子　師子座處坐
觀衆無有佛　如是大德衆　無佛說威神
如夜無月時　虛空不明淨　諸大智人說
汝佛子當演　何處佛初說　今汝當布施

是時長老阿難一心合掌向佛涅槃處作如是言

佛初說法時　爾時我不見　如是展轉聞
佛在波羅柰　佛爲五比丘　初開甘露門
說眞四諦法　苦集滅道諦　阿若憍陳如
最初得見道　及八萬諸天　聞是得見道

是千阿羅漢聞是語已上昇虛空高七多羅樹皆言咄哉無常力大如是我等眼見佛說法今乃言我聞便說偈言

我見佛身相　猶如紫金山　妙相衆德滅
唯有名獨存　是故當方便　求出於三界
勤集諸善法　涅槃最安樂

爾時長老阿泥盧豆說此偈言

咄世間無常　如水月芭蕉　功德滿三界
無常風所壞

爾時大迦葉復說偈言

無常力甚大　愚智貧富貴　得道及未得
一切無能免　非巧言妙寶　非欺誑力諍
如火燒萬物　無常死法爾

七百結集部第四

四分律云：爾時世尊般涅槃後百歲，毗舍離跋闍子比丘行十事，言是法清淨佛所聽：應兩指抄食，得聚落間，得寺内後聽可，得常法，得和，得與鹽共宿，得飲闍樓羅酒，得畜不截坐具，得受金銀。彼於布薩日檀越布施金銀而共分之。如是簡擇一一撿校，乃至十事非法非毗尼非佛所教，巳皆下舍羅。在毗舍離七百阿羅漢集論法毗尼，故名七百集法毗尼（已下文繁不可備載）

依道宣律師感應記云：律師問天人曰：世尊涅槃後結集法藏儀式云何？天人答曰：惟大聖隱顯隨機，生滅三藏遺迹，結集是因衆集多少，律論不等。如律中五百七百，皆遵大迦葉最爲衆首。如大論中高選千人皆同無學至結集巳，召外衆集重叙所結，有不同者分爲二部：依尊迦葉名上座部，餘外衆多名大衆部。依文殊問經初分二部，即其事也。通約大小三藏皆阿難出，其住處同集王舍城。然據文殊集衆略結大乘，即在大鐵圍山外二界中間。今明儀式：初佛滅度經停一月，供養舍利方始闍維（依律停之七日，爲待迦葉至也），即日焚了，置塔亦竟，一切大衆往詣舍衛祇洹精舍。尊大迦葉使小目連（同名者六人，皆大神通也）於僧戒壇鳴鍾集衆，時百億四天下凡聖僧等一切皆集。便白四羯磨罽賓頭盧及阿難。巳阿難昇高座，披佛布僧伽梨，先誦遺教經，如佛在世約勑之相。時大菩薩阿羅漢、一切比丘、天龍八部，聞皆悲泣不能自勝。爾時大迦葉即從座起，著布僧伽梨，手執尼師壇至高座前敷坐具

禮阿難已右遶三帀而立時大梵天王持七寶蓋覆阿難上時天帝釋進七寶案置阿難前羅睺阿修羅王各執七寶香鑪在阿難前阿難受已置寶案上他化天王進七寶几在寶案後時魔王波旬持七寶拂授與阿難仍與帝釋夾侍兩邊四天王各侍高座四脚三十二使者在迦葉後各各呈恭胡跪敬聽時大迦葉禮阿難已又遶三帀至前問訊如佛無異然後問緣如別所說一一依經始從如是乃至末後歡喜奉行

爾時迦葉重問曰我過去諸佛修多羅中一一分部說汝恒至佛邊當有教勑阿難答曰我受世尊教末世衆生煩惱垢重不能解我教法不得部類出之汝當分別說也或十章五章隨意而安置令鈍根者易解我法

天問如來在世時教勑優波離及我大迦葉入堂東寶樓觀古佛毗尼及不同相我欲結集爲依古佛說爲依今世尊教耶答曰我從世尊聞以語大迦葉若結集毗尼當分五部相往古諸佛所說毗尼一相無二今衆生薄福故說多部我滅度後無智愚人分我教網以爲五部十八部乃至五百部雖味薄淡仍是我正法爾時佛告四天王汝施我碼碯又告帝釋汝施我金銀又告魔王梵王汝施我天工師又告修吉龍王羅睺阿修羅等汝施明月寶珠及摩尼珠等用爲塔燈明天龍王等各依命獻世尊受已以其神力於一念頃諸塔皆成地爲六種震動塔放大光從於香山直至戒壇化爲金銀臺臺至有頂中有百億佛說諸勝妙法歎持戒功德毀破戒者佛

告阿難如前寶塔今在香山世尊涅槃時付囑帝釋及以四天王世尊涅槃竟將往戒壇南華林外安置九十日待迦葉結集竟最初於藁本寫出三藏教次令阿闍世王又寫出五本用我黄金印及以白銀印印迦葉初本及闍王寫者須用七寶印印迦葉藁本次以七寶印印魔王寫者梵王寫三本可用白銀印帝釋寫七本可用黄金印娑竭龍王寫八萬經本者俱三色印總以印定之令流布閻浮提及三天下皆用印之既印經已還内金瓶中住戒壇南者爲迦葉結集三藏諸教文義皆令圓備欲令阿難隨問出經令無遺忘由此二事令鎮戒壇南迦葉入定後四王帝釋將塔及金瓶往至香山頂經一百年帝釋四王將諸天樂日日來供養法爲彼山中五通神仙其數八萬次第於此閻浮洲作衆散王不信正法者爲令生信故鎮香山復爲育王初不信我法迴彼邪見令生正見興八萬塔又佛告目連汝往須彌山頂鳴鍾召集十方我本分身諸佛及大千界聲聞菩薩衆等佛放光明大地震動諸佛雲集世尊從座起與分身佛俱共合掌禮塔觀門觀門内開彼黄金塔中有八萬眞珠白銀樓觀盛佛脩多羅及大毗尼藏諸臺觀上有大摩尼珠以爲燈明有六比丘入滅盡定白銀觀内多有七寶蓮華師子之座其數八百萬一一蓮華座皆有諸佛聲聞形像及八部神衛復有五十比丘入滅盡定佛告普賢汝持我黄金螺至比丘所吹我與世曲弁告我涅槃普賢依教吹已此比丘即從滅定起問普賢言今何佛

出答釋迦牟尼佛令將涅槃彼比丘即共普賢來至佛所禮敬起居却住一面立塔內有六比丘先白佛言拘留佛涅槃時令我住此塔待至釋迦乃至樓至彼佛勑我言後佛興世入涅槃時結集三藏時當開我觀取我經律一本我此大千界百億諸國土書有六十四體各取一本將付彼佛令滅度後結集三藏竟時當依我經本書寫莊嚴又隨諸國所用不同得傳文字者皆可用之唯除皮骨土書不得傳寫自外樹葉紙素金寶石鐵等並得用之彼佛令我入定守護經像令付世尊涅槃後迦葉結集竟流傳諸國也又佛告娑竭龍王及四天王等汝施我真珠摩尼金銀等欲造塔觀盛前佛及經像爾時天龍等隨念奉施如來受已即以神力於一食頃皆成珠臺及金銀塔觀各得八百萬盛前經像又告分身佛汝等各施我一塔及一白銀觀鎮我大千界所有遺法不令毀壞諸佛聞已各隨喜施又得百億萬佛並放口光悉皆隨喜又告諸菩薩能持守護我之臺塔傳譯經典當依臺塔經像流布此之臺塔並在香山頂世尊涅槃時勑我及羅雲住持未來惡世開導眾生令離眾苦將至帝釋宮安置歡喜園乃至魔王於塔供養至五百年過五百年已後教流行諸國迄至法滅塔亦上至兜率陀天彌勒既見塔來知我法滅放大光明遍照地獄後遇樓至佛皆得解脫過是年已塔還從兜率陀天下住娑竭龍宮世尊所造塔及白銀觀付文殊師利普賢觀音將此觀塔周遍大千界一國留一觀及一金塔如震旦爾

時文殊將塔觀往清涼山金剛窟安置至今流行令前菩薩從臺出經像示彼持者令易流通乃至我之法滅令娑竭大龍收入大海宮内又問一切脩多羅藏既結集已當安何國付囑何王今欲結集爲當廣結略結請決第說之答曰我聞世尊說付囑大迦葉當令廣集又付文殊往大鐵圍山諸菩薩等住處九地有八萬人當令略集付囑阿闍世寫我遺教迦葉結集本安置修羅窟中又問世尊在時我從佛聞若結集竟將我三藏教付囑娑竭龍王今聞汝說與昔聞異答曰我聞世尊說結集三藏在修羅窟中經二十年中待文殊結竟方付娑竭龍王又問祇桓精舍有諸古佛及以三藏陰陽書及供養具當付何人答曰此事因緣並在祇桓圖經說之各有付處不煩此述又問我從佛聞滅度之後一切毗尼流布閻浮及三天下衆生樂欲所見不同餘百億天下並令流布我欲結集今對人天汝當答我答曰我受佛教我滅度後汝語大迦葉及文殊師利流我毗尼此閻浮洲三十二國是諸衆生並有大根堪可流行迦葉遺教東弗婆提洲二百六十國西瞿耶尼洲一百三十國並行迦葉遺教自餘天下衆生薄福不堪聞教莫行此法如來滅後四十年中遺行二部此四天下又問云何二部教答曰四分十誦律四十年後一百一十年迦葉遺律方行前國如震旦諸國謂之君子國根性輕利得行三部教合四百三國土同此一文字並行前三律教又問云何三部教答曰行前二部教乃以大僧祇如求流離國及

餘二天下唯行一部教所謂薩婆多部是也祇桓寺殿内簷下有四銀臺兩臺内有黄金修多羅白玉爲牒又有兩臺内有毗尼藏黄金爲牒白銀爲字毗尼律藏是龍王書修多羅經藏是魔王書此二藏經並是過去星宿劫前古佛經也於閻浮洲中此之兩部書經最爲第一至佛涅槃後娑竭龍王收將入宫供養又迦葉佛時震旦國之一人書大毗尼藏及修多羅藏及修多羅經銀紙金書毗尼律金紙銀書當爾書時在荆州大明寺寫經在蓮華東面臺内律在葉上西面臺莊嚴供養不可説盡諸百億四天下中文字與此同者斯有鍾張王衛之儔未足爲比如來在日諸國聖人來者多以此經律示之佛去之後文殊師利收此經律安在清涼山金剛窟中又有臺内有過去佛説毗尼書有三萬八千種百億四天下同此方書者最爲第一南方天王第三子張璵撰述祇桓圖經一百卷北方天王第十六子造立五精舍記有五百卷各在當天頌曰

遥欣大覺　曠矣神功　四禪無像　三達皆空
千佛異迹　一智心同　表靈降世　敷演開矇
賢劫始四　餘佛潛通　續前有七　繼嗣虔恭
永言鷲室　栖誠梵宫　八相成道　萬德虚融
天人受福　惡止善與　含生藉甚　同感恩隆

感應緣 略引十二驗

周書記佛生時
周書記佛滅時
史記記佛是大聖
前漢孝武帝已聞佛教

前漢哀帝時已行齋戒
秦始皇時亦有佛法至
後漢郊祀志記佛爲大聖
後漢明帝時三寶具行
西晋海浮維衛迦葉二石像
齊文宣帝時得佛牙至
隋天台釋智顗感見三道寶階
唐潞州釋曇榮感見七佛現

夫至人應感與世推移慈化無方豈局形教致使聞同解異説一悟殊登位地而上征封迷途而下降全身碎身之相聚塔散塔之儀神光燭而邪計摧靈迹挺而深信立自法水東流道光西照英賢榮感感應實多故育王表塔創啓隆周釋父影形欝興炎漢自斯歷代積著彌繁量非五天獨揚神化故經曰正法後被先於北方次及東南至中方滅也今且列漢明已來至今大國隨所見聞三寶靈迹件述三五餘之不盡者備在別傳

案周書異記云周昭王即位二十四年甲寅歲四月八日江河泉池忽然汎漲井水溢出山川震動有五色光入貫太微遍於西方盡作青紅色太史蘇由奏曰有大聖人生於西方一千年外聲教及此昭王即勑鐫石記之埋於南郊天祠前此即佛生之時也相國吕侯乘騂（戸華切）騮（力求切）八駿而行求佛因以禳之

周穆王五十三年壬申歲二月十五日平旦暴風忽起損舍折木地動天陰西方白虹十二道太史扈多曰西方聖人滅矣此即佛入涅槃之相也

又案春秋魯莊公七年夏四月恒星不現夜明如日即佛生時之瑞應也良由佛有眞應二身權實兩智三明八解五眼六通神用不可思議法號心行處滅其道也運衆聖於泥洹其力也接下凡於苦海巍巍蕩蕩可略言焉故列子云昔吳太宰嚭問孔丘曰夫子聖人歟孔子對曰丘博識強記非聖人也又問三王聖人歟對曰三王善用智勇聖非丘所知又問五帝聖人歟對曰五帝善用仁信聖亦非丘所知又問三皇聖人歟對曰三皇善用時聖亦非丘所知太宰大駭曰然則孰爲聖人乎夫子動容有閒曰西方之人有聖者焉不治而不亂不言而自信不化而自行蕩蕩乎民無能名焉若將三皇五帝必是大聖孔丘豈容隱而不說便有匿聖之愆以此校量推佛爲大聖也又老子西升經云吾師化遊天竺善入泥洹量此而言優劣可知也

前漢孝武帝元狩中霍去病討兇奴至臯蘭過居延山獲昆邪休屠王等又獲金人率長丈餘之到於甘泉宮帝以爲大聖燒香禮拜及開西域遣張騫使大夏還云有身毒國一名天竺始聞浮圖之教此即佛之形教相顯之漸也

前漢哀帝元壽年使景憲往大月氏國因誦浮圖經還漢當時稍行浮圖齋戒也

前漢成帝時都水使者光祿大夫劉向傳云向博觀史籍往見有佛經及看列仙傳云吾搜檢藏書太史創撰列仙圖黄帝以下迄至于今定檢實録一百四十六人其七十四人已見佛經矣據此而明秦周已前早有佛法

流行震旦何以取知今案所列也故佛傳云佛滅度後一百一十六年東天竺國有鐵輪王統閻浮提收佛靈骨役使鬼神起八萬四千塔具如下述此九州之地並有遺塔云是育王所造此塔即當此周敬王二十六年丁未之歲故塔興焉世經十二王至秦始皇二十四年焚燒典籍育王諸塔由此見隱又撿釋道安朱士行等經録目云秦始皇之時有外國沙門釋利防等一十八賢者賫持佛經來化始皇弗從遂囚禁之夜有金剛丈六來破獄出之始皇驚怖稽首謝焉准此而言則知秦漢已前有佛法也尋道安所載十二賢者亦在七十之數今列仙傳見有七十二人案文殊般若經泥洹經云佛滅度後四百五十年文殊至雪山中爲仙人説法又案地理志西域傳云雪山者即葱嶺是也其下有三十六國先來奉漢其葱嶺連亘東至終南文殊來化仙人即斯地也詳而驗之劉向所論可證矣

後漢郊祀志曰佛者漢言覺也將以覺悟群生也統其教以修善清心爲主不殺生類專務清淨其精進者名爲沙門漢言息惡剃髮毀容去家出俗絶情洗欲而歸於無爲也又以人死精神不滅隨後受形而行善惡後生皆有報應所貴行善修道以練其神而不已以至無生而得佛也身長丈六黃金色項佩日月光變化無常無所不入故能通萬物而大濟群生有經書數千卷以虚無爲宗包羅精麤無所不統善爲宏闊勝大之言可求在於一體之内所明在於視聽之表歸於玄微

深遠難測故王公大人覩生死報應之際莫不懞然自失也餘如漢法本内傳說

後漢明帝時雒陽白馬寺有攝摩騰本中天竺人善風儀解大小乘經常遊化爲任至漢永平三年中明皇帝夜夢金人飛空而至乃大集群臣以占所夢通人傳毅奉荅臣聞西域有神其名曰佛陛下所夢將必是乎帝以爲然即遣中郎蔡愔博士弟子秦景等使往天竺尋訪佛法愔等於彼遇見摩騰乃邀還漢地騰誓志弘通不憚疲苦冒涉流沙至乎雒邑明帝甚加賞接於城西門外別立精舍以處之漢地有沙門之始也又漢明帝遠召摩騰法師來至雒陽於城西雍門外立白馬寺是漢地伽藍之始也相傳云外國國王甞毀破諸寺唯招提寺未及毀壞夜有一白馬遶塔悲鳴即以告王王即停壞諸寺因改招提以爲白馬故諸寺立名多取則焉又漢雒陽白馬寺有竺法蘭是中天竺人自言誦經論數萬章爲天竺學者之師時蔡愔既至彼國蘭與摩騰共契遊化遂相隨而來會彼學徒留礙蘭乃間行而至既達雒陽與騰同止少時便善漢言愔於西域獲經即爲翻譯所謂十地斷結佛本行四十二章經等五部移都寇亂四部失本不傳江左唯四十二章經今見在可二千餘言漢地見存於此漢地諸經之始也蘭後卒於雒陽春秋六十餘矣又漢明帝時天竺國竺法師將畫釋迦倚像是優填王栴檀像師第四作也既至雒陽明帝即令畫工圖寫置清涼臺中及顯節陵王上舊像今不復存焉漢地之始此像初也（魏書亦明）

漢明帝時三寶初來之義

昔漢武帝穿昆明池底得黑灰以問東方朔朔云不經可問西域胡僧後法蘭既至衆人追以問之蘭云世界終盡劫火洞燒此灰是也朔言有徵信者甚衆

昔維衛及迦葉石像以西晉愍帝建興元年像汎海而入乎吳松江滬瀆口遥見海中有二人浮游水上漁人莫能就視延巫師祝則謂爲海神祭酒則疑是仙靈或振鐸以請或巾褐往祈並濤涌霧曀逆流遠去奉黃老者謂是天師往迎風浪如故吳縣牛應素奉正法廼請東靈寺帛尼并信齋戒者數人共往迎像於是雲銷日朗風霽波息乘流自到轉身示銘始接登舟其輕如羽未載大車其重若山及處像於吳時舊寺通玄精舍事源委曲已詳舊碑至齊永明七年又有瑞石浮海來入吳境質堅貞固光采鮮潤驚潮截瀾汎若松舟時主書朱法讓即先獲石像朱應之曾孫也被使至吳獲石像獻臺是時齊武皇帝初建禪靈重構七層壯美莊嚴而瑞像不遠而至協時應機朝士僉議以爲宜矜妙既式影法身乃命石匠雷卑石等造釋迦文像身坐高三尺五寸連光及座通高六尺五寸盡鐫琢之奇極金膜之巧克孚頭相元副幽禎竊惟石性本沉神感則浮越海適吳隔代荐至雖古今異造而總歸七佛獲瑞之人復緣朱氏祕契冥期終始如一故追序前事以表厥證宋世所獲二石像立高七尺銘其背上一名維衛佛二名迦葉佛莫識年代而字分明在吳郡通玄寺齊威所造瑞石像舊在禪靈寺

齊文宣皇帝時有先師統上家世涼州年至十三發誓西行至宋元徽三年五月遂發京師至五年方到芮芮進到于闐國臨發之日有一僧於密室之中出銅函一枚手授先師曰此函有佛牙方一寸長三寸可將還南方廣作利益先師歡喜頂受如覩佛身此僧又云我於烏纏國取此佛牙甚爲艱難又獲銅印一枚國王面像以封此函先師後聞諸僧共議云烏纏國失却佛牙不知何國福德僧當獲供養先師聞已私懷默喜倍加尊敬於是賷還鍾山十有五載雖復親近而弟子莫知唯密呈靈相寺法穎律師頂戴苦勤出示舊聞龜茲一僧莫知眞僞心多疑僞是時司徒竟陵王文宣王幼含勝慧結志隆雲誠感懇徹函發靈應以永明七年二月八日於西第在內堂法會見佛從東來威容顯曜文宣望身頂禮因而侍立自覺已冠裁及趺踝佛俛而微笑旣而咳唾白如凝雪以手承捧變爲玉稻後移鎮東府以六月二十九日又夢往定林見先師稱病而卧因問生老病死五通未免法師衣鉢之餘寧可營功德不對曰貧道庫中有無價神寶敬以憑託宜自取之依言往求見有函匱次第開視多是經像末見小函懸在虛空取而開之光色不恒始言是像而復非像旣云非像而復是像文宣從夢而覺心知休徵明旦即遣左右楊曇明啓夢證法師庫中必有異寶宜以惠示先師造次之間謂求俗珍珠不意是牙乃修常答旨續更尋思中夜方悟以事難傳說乃躬自到府具叙本源貧道唯示穎律師一人更無知

者今檀越感通冥應信而有徵便是不可思議其迹已現寧敢久辱威神以廢佛事今奉歸供養後經三日自送東府文宣得牙十許日又夢在空中狀若牛角長三尺餘神光洞發燭其右臂俄覩一蠟像亦三尺瞬目而語三稱極佳先師又於于闐得舍利十五枚處處分布柢園禪靈起刹之時悉皆得分以一枚送與文宣文宣時東宮即取淨水試其眞僞浮在鉢中俄頃不見道俗數十精心撿覓永不能得內外周迴莫不疲怠文宣方竭誠懺俄爾之間復於向處忽見在地光高尺餘色彩炳曜衆咸共覩莫不讚美先師所餘二枚各一銀函封題府篋後更撿視與函俱失垂三載後開取佛牙忽於本篋還復得之先有二枚而長獲一甕成三枚同在一處但先銀函猶遂失焉故神化不可測度矣文宣素聞西方有佛牙髮喜躍特深到建元三年啓高皇帝遣外國沙門曇摩多羅索供養之具以申虔仰又造小形寶帳擬送西域既而逗留如有所得俄而先師屆都果獲靈瑞即此寶帳迴以供養冥理相契非一朝焉文宣後造寶臺以盛帳製寶藏以貯函敬事尊重傾歷心力矣（右前諸事出漢法內傳并雜史高僧傳等錄）

隋國師智者天台山國清寺釋智顗俗姓陳氏潁川人也宿德英賢自古罕儔常樂山居靜慮習禪道俗欽敬君臣識重顗初往天台先有青州僧定光久居此山積三十載定慧兼習蓋神人也既達彼山與光相見即陳賞要光曰大善知識憶吾早年山上搖手相喚不乎顗驚異焉知通夢之有在也時以陳太

建七年秋九月矣又聞鍾聲滿谷衆咸怪異光曰鍾是召集有緣爾時住也顗乃卜居勝地是光所住之北佛隴山南螺溪之源處既閑敞易得尋真地平泉清徘徊止宿俄見三人皂幘絳衣執疏請云可於此行道於是創建草菴樹以松果數年之間造展相從復成衢會光曰且隨宜安堵至國清時三方總一當有貴人爲禪師立寺堂宇滿山矣時莫測其言也顗後於寺北華頂峯獨淨頭陀大風拔木雷霆震吼螭魅千群一形百狀吐火聲叫駭畏難陳乃抑心安忍湛然自失又患身心煩痛如彼火燒又見亡沒二親枕顗膝上陳苦求哀顗依止法忍不動如山故使强軟兩緣所感便滅忽致西域神僧告曰制敵勝怨乃可爲勇文多不載陳宣帝下詔曰禪師佛法雄傑時匠所宗訓兼道俗國之望也宜割始豐縣調以充衆費蠲兩户民用供薪水天台山縣名爲安樂令陳郡袁子雄崇信正法每夏常講淨名忽見三道寶階從空而降有數十梵僧乘階而下入堂禮拜手擎香鑪遶顗三帀久之乃滅及大衆同見驚歎山喧其行達靈感咸皆如此不可具述於開皇十七年十一月二十二日忽語衆吾將去矣言已端坐如定而卒於天台山大石像前春秋六十有七至於滅後而多靈驗到仁壽末年已前忽振錫被衣猶如平昔凡經七現重降山寺一還佛隴語弟子曰案行故業各安隱耶舉衆皆見伸敬言問良久而隱

唐潞州法住寺釋曇榮俗姓張氏定州人也神厲氣清觀榮勤攝隨緣通化曾無執著每

年春夏立方等般舟至於秋冬各興禪誦乃告衆曰舍利之德挺變無方若苦業有銷請祈可遂乃人人前別置水鉢加以香鑪通夜苦求至明鉢内總獲舍利四百餘粒後時所住堂舍忽自崩壞龕像舍利宛然挺出布在庭中一無所損又至貞觀七年清信士常凝保等請榮於州治法住寺行方等懺法至七月十四日有本寺沙門僧定者戒行精固於道場内見大光明五色間起從上而下中有七佛相好非常語僧定云我是毗婆尸如來無所著至真等正覺以汝罪銷故來爲證然非本師不與受記如是六佛皆同此詞最後一佛云我是汝本師釋迦牟尼也爲汝罪銷故來授記曇榮是汝滅罪良緣於賢劫中名普寧佛汝身器清淨後當作佛名爲普明若斯之應現感靈祥信難圖矣以貞觀十三年卒於法住寺春秋八十有五（有二人出唐高僧傳）

法苑珠林卷第十二

音釋

褺（達協切與疊同）裸（郎果切赤體也）襞（必益切疊衣也摺）㲲（達協切毛布也）騏驎（正作麒麟騏渠羈切驎離珍切）鋡（音含）俹（衣嫁切倚俹也）汎（孚梵切浮也）鐫（遵全切刻也）嚭（普鄙切人名）諐（丘虔切與愆同）懅（其據切懼也）毅（疑既切）滬（音戶滬瀆水名）臒（屋郭切善丹也）芮（儒稅切國名）踝（胡瓦切足骨也）壟（魯勇切）

法苑珠林卷第十三

唐西明寺沙門道世撰

敬佛篇第六 此有七部

述意部第一

夫至人應感慈赴物機色相光明振德於甘露之澤影留圖像遺化於日隱之運所以忉利暫隔猶致刻檀之聖容况堅固長晦孰忘疇寫之心哉是故發源西國則優填創其始移教東域則漢明肇其初沿兹而來匠者踵武聿追法身備極珍寶金石珠玉之飾土木繡畫之資莫不即心致巧因兹呈妙昔晉代僧衆創造緯絶宋齊帝王製作日新多未記銘懼或失源今録其殊勝垂範表益也

念佛部第二

夫大聖有平等之相弟子有稱揚之德故十方諸佛同出於淤泥之濁三身正覺俱坐於蓮臺之上隨念何相皆得利益所謂始從出家終成正覺於其中間道樹降魔鹿野說法相好圓滿光明炳著身色清淨事等鎔金面貌端嚴猶如滿月齒同珂雪髮似光螺目譬青蓮眉方翠柳八音響亮萬相雍容五眼洞明六通遙颺懸河寫辯連注投機圓三點以成身具五分而爲體帶權實以度物隨眞應以化人或扇廣大之慈風灑滂沱之法雨能使身田被潤即吐無上之芽心樹既榮便茂不彫之葉不來相而來不見相而見爲衆生故隨緣應現十方十億並顧歷侍三千大千

俱得親承長種福田廣興供養吐邪倒之根拔貪嗔之本修念佛之因證見佛之果故法華經偈云

若人散亂心　入於塔廟中　一稱南無佛
皆已成佛道

又譬喻經云昔有國王煞父自立有阿羅漢知此國王不久命終計其餘命不過七日若命終後必墮阿鼻地獄一劫受苦此阿羅漢尋往化之勸教至心稱南無佛七日莫絶臨去重告慎莫忘此王便叉手一心稱說晝夜不廢至于七日便即命終魂神趣向阿鼻地獄乘前念佛至地獄門知是地獄即便大聲稱南無佛獄中罪人聞稱佛聲皆共一時稱南無佛地獄猛火即時化滅一切罪人皆得解脫出生人中後阿羅漢重爲說法得須陀洹以是因緣稱佛名號所獲功德無量無邊不可爲喻

又觀佛三昧經云昔佛在世時佛爲父王及諸大衆說觀佛三昧經佛有三十二相八十種好身真金色光明無量時座下有五百釋子以罪障故見佛色身猶如灰色羸婆羅門見已號哭自拔頭髮舉身投地鼻中血出佛安慰曰汝勿號哭吾爲汝說過去有佛名毗婆尸入涅槃後於像法中有一長者名日月德有五百弟子聰明多智無不貫練其父長者信敬三寶常爲諸子說佛法義諸子邪見都無信心後時諸子同遇重病父到見前泣淚合掌語諸子言汝等邪見不信佛法今無常刀切割汝身爲何所怙有佛世尊名毗婆尸汝可稱名諸子聞已敬父言故稱南無佛

復教稱法及稱僧名稱巳命終由稱佛故生四天王天天上壽盡以前邪見還墮地獄獄卒羅刹以熱鐵叉刺壞其眼受是苦時憶父教稱念佛因緣從地獄出來生人中貧窮下賤後式佛出亦得值遇但聞佛名不覩佛形後隨葉佛拘樓秦佛拘那含佛迦葉佛亦皆聞名不見其形以聞如是六佛名故今得與我同生釋種我身端嚴如閻浮金汝見灰色羸婆羅門皆由前世邪見故爾汝今可稱過去佛名弁稱汝父亦稱我名及彌勒佛稱巳作禮及向大衆大德衆僧五體投地發露懺悔邪見之罪請人受教懺悔訖巳見佛金色如須彌山見巳白佛我今見佛三十二相八十種好無量光明作是語巳得須陀洹求佛出家得阿羅漢三明六通具八解脫佛告比丘我滅度後若稱我名南無諸佛所獲福德無量無邊

又觀佛三昧經云昔過去久遠有佛出世號釋迦牟尼滅度之後有一王子名曰金幢憍慢邪見不信佛法有一比丘名定自在語王子言世有佛像衆寶嚴飾極爲可愛可暫入塔觀佛形像王子即隨共入塔中見像相好白比丘言佛像端嚴猶尚如此況佛眞身比丘告言汝今見像不能禮者應當合掌稱南無佛是時王子即便合掌稱南無佛還宮繫念塔中像故即於後夜夢見佛像夢巳歡喜捨離邪見歸依三寶由一入塔稱佛善根命終得值九百萬億那由他佛於諸佛所逮得甚深念佛三昧得三昧故諸佛現前爲其授記從是巳來經於百萬阿僧祇劫不墮惡道

乃至今日獲得甚深首楞嚴定昔王子者今財首菩薩是以是因緣智者應當如是學念佛也

觀佛部第三

竊聞法王法力道濟無疆大慈大悲聲高有頂隨根普雨靉靆密雲觸類等觀朗同明鏡是以金容誕迹遂致恒星匿彩月愛舒光便使晨曦掩色八音纔吐則尼乾輟亂七辯暫宣則富那旗靡故知威神尊重利益弘深隨喜見聞則難遭難遇勸諸行者常須觀佛心存妙色似對目前意想光儀如臨咫尺雖法身無二隨應說三逗機弘誘乃有多種今且録經後述靈驗之不盡備在廣文

又觀佛三昧經云昔過去久遠無量世時有佛出世號寶威德上王時有比丘與九弟子往詣佛塔禮拜佛像見一寶像嚴顯可觀禮已諦視說偈讚歎後時命終悉生東方寶威德上王佛國大蓮華中結跏趺坐忽然化生從此已後恒得值佛於諸佛所淨修梵行得念佛三昧海得三昧已佛爲授記於十方面各得成佛東方善德佛者則彼師是其九弟子者作九方佛謂東南方無憂德佛南方栴檀德佛西南方寶施佛西方無量明佛西北方華德佛北方相德佛東北方三乘行佛上方廣衆德佛下方明德佛如是十佛因由過去禮塔觀像一偈讚歎今於十方各得成佛

又觀佛三昧經云過去久遠有佛出世號曰空王入涅槃後有四比丘共爲同學習佛正法煩惱覆心不能堅持佛法寶藏多不善業當墮惡道空中有聲語比丘言空王如來雖

復涅槃汝之所犯謂無救者汝等今可入塔觀像與佛在世時等無有異聞空中聲已入塔觀像眉間毫相即作念言如來在世光明色身與此何異佛大人相願除我罪作是語已如太山崩五體投地懺悔諸罪由入佛塔觀像毫相懺悔因緣後八十億阿僧祇劫不墮惡道生生常見十方諸佛於諸佛所受持甚深念佛三昧得三昧已爲十方佛現前授記今悉成佛東方有國名曰妙喜佛號阿閦即第一比丘是南方有國名曰歡喜佛號寶相即第二比丘是西方有國名曰極樂佛號無量壽即第三比丘是北方有國名蓮華莊嚴佛號微妙聲即第四比丘是以是因緣行者應當如是數觀佛也

又迦葉經云昔過去久遠阿僧祇劫有佛出世號曰光明入涅槃後有一國王子名大精進年始十六婆羅門種端正無比有一比丘於白氎上畫佛形像持與精進精進見像心大歡喜作如是言如來形像妙好乃爾況復佛身願我未來亦得成就如是妙身言已思念我若在家此身叵得即啓父母求哀出家父母答言我今年老唯汝一子汝若出家我等當死子曰父母若不聽我者我從今日不飲不食不昇牀坐亦不言說作是誓已一日不食乃至六日父母知識八萬四千諸婇女等同時悲泣禮大精進尋聽出家既得出家持像入山取草爲座在畫像前結跏趺坐一心諦觀此畫像不異如來如來像者非覺非知一切諸法亦復如是無相離相體性空寂作是觀已經於日夜成就五通具足無量得

無礙辯得普光三昧具大光明以淨天眼見於東方阿僧祇佛以淨天耳聞佛所說悉能聽受滿足七月以智爲食一切諸天散華供養從山而出來至村落爲人說法二萬衆生發菩提心無量阿僧祇人住於聲聞緣覺功德父母親眷皆住不退無上菩提佛告迦葉昔大精進今我身是由此觀像今得成佛若有人能學如此觀未來必當成無上道

感應緣（此略引五十一驗至下十四卷盡）

自法移東漢教漸南吳佛像靈祥充仞區宇而羣錄互舉出没有殊至於瑞迹蓋無異也今依叙列而罕以代分何者或像陳晉宋而歷表隋唐或陶化在人而示從倚伏故不獲銓次依緣而翔集之

東漢雒陽畫釋迦像緣

南吳建鄴金像從地出緣

西晉吳郡石像浮江緣

西晉奉山七國金像瑞緣

東晉楊都金像出渚緣

東晉襄陽金像遊山緣

東晉荆州金像遠降緣

東晉吳興金像出水緣

東晉會稽木像香瑞緣

東晉吳郡金像傳真緣

東晉東掖門金像出地緣

東晉廬山文殊金像緣

元魏凉州石像山袈裟出現緣

北凉河西王南崖塑像緣

北凉沮渠丈六石像現相緣

案南齊王琰冥祥記云漢明帝夢見神人形

垂二丈身黃金色項佩日光以問羣臣或對曰西方有神其號曰佛形如陛下所夢得無是乎於是發使天竺寫致經像表之中夏自天子王侯咸敬事之聞人死精神不滅莫不懼然自失初使者蔡愔將西域沙門迦葉摩騰等賫優填王畫釋迦佛像帝重之如夢所見也乃遣畫工圖之數本於南宮清涼臺及高陽門顯節壽陵上供養又於白馬寺壁畫千乘萬騎遶塔三帀之像如諸傳備載

吳時於建業後園平地獲金像一軀討其本緣即是周初育王所造鎮於江府也何以知然自秦漢魏未有佛法南達何得有像埋瘞于地孫皓得之素未有信不甚尊重置於廁處令執屏籌至四月八日皓如戲曰今是八日浴佛時遂尿頭上尋即通腫陰處尤劇痛楚號叫忍不可禁太史占曰犯大神聖所致便遍祀神祇並無効應宮內伎女素有信佛者曰佛爲大神陛下前穢之今急可請耶皓信之伏枕歸依懺謝尤懇有頃便愈遂以馬車迎沙門僧會入宮以香湯洗像慚悔殷重廣修功德於建安寺隱痛漸愈也

西晉愍帝建興元年吳郡吳縣松江滬瀆口漁者萃焉遙見海中有二人現浮游水上漁人疑爲海神延巫祝備牲牢以迎之風濤彌盛駭懼而返復有奉五斗米道黃老之徒曰斯天師也復共往接風浪如初有奉佛居士吳縣朱膺聞之歎曰將非大覺之垂降乎迺潔齋共東靈寺帛尼及信佛者數人至瀆口稽首迎之風波遂靜浮江二人隨潮入浦漸近漸明乃知石像將欲捧接人力未展聊試

擧之飄然而起便舉還通玄寺看像背銘一名維衛二名迦葉莫測帝代而書迹分明舉高七尺施設法座欲安二像人雖數十而了不動復重啓請翻然得起以事表聞朝廷士庶歸心者十室而九沙門釋法開來自西域稱經說東方有二石像及阿育王塔有供養禮覲者除積罪云又別傳云天竺沙門一十二人送像至郡像乃水上不沒不行以狀奏聞下勑聽留吳郡（見高僧傳及旌異記等）

西晉泰山金輿谷朗公寺昔中原值亂永嘉失馭有沙門釋僧朗所居之山常有雲陰俗異其禎感聲振遠天下知聞于時無主英雄負圖七國宗敬以崇福焉諸國競送金銅像幷贈寶物朗恭事盡禮每陳祥瑞今居一堂門牖常開鳥雀不近雜穢不著遠近嗟異其寺至今向三百五十年

東晉成帝咸和年中丹陽尹高悝往還市闕每張侯橋浦有異光現乃使尋之獲金像一軀西域古製足趺並闕悝下車載像至長干巷口牛不復行悝止御者任牛所往遂徑赴長干寺因安置之楊都翕然勸悟者甚衆像於中宵必放金光歲餘臨海縣漁人張係世於海上見銅蓮華趺丹光游泛乃馳舟接取具送上臺帝令試安像足恰然符合久之有西域五僧振錫詣悝云昔遊天竺得阿育王像至鄴遭亂藏于河濱王路既通尋覓失所近感夢云吾出江東爲高悝所得在阿育王寺故遠來相投欲一禮拜悝引至寺五僧見像歔欷涕泣像爲之放光照于堂內及遶像形僧云本有圓光今在遠處亦尋當至五僧

即住供養至咸和元年南海交州合浦採珠人董宗之每見海底有光浮于水上尋之得光以事上聞簡文帝勑施此像孔穴懸同光色無異凡四十餘年東西别處祥感光趺方乃符合此像華臺有西域書諸道俗來者多不識之有三藏法師求那跋摩曰此古梵書也是阿育王第四女所造時瓦官寺沙門慧邃欲求摸寫寺主僧尚恐損金色語邃曰若能令佛放光迴身西向者非途所及邃至誠祈請至於中宵聞有異聲開殿見像大放光明轉坐面西於是乃許摸之傳寫數十軀所在流布至梁武帝於光上加七樂天并二菩薩至陳永定二年王琳屯兵江浦將向金陵武帝命將泝流軍發之時像身動揺不能自安因以奏聞帝撿之有實俄而鋒刃未交琳衆解散單騎奔北遂上流大定故動容表之天嘉之中東南兵起帝於像前乞願兇徒屏退言訖光照階宇不久東陽閩越皆平沙門慧曉長干領袖行化所及事若風移乃建重閣故使藻績窮奇登臨極目至德之始加造方趺自晉迄陳五代王臣莫不歸敬亢旱之時請像入宮乘以帝輦上加油覆像爲雨調中途滂注常候不失有陳運不祥亟涉訛謡禎明二年像面自西雖正還爾以狀聞帝延入太極設齋行道其像先有七寶冠飾以珠玉可重三斤上加錦帽至曉寶冠挂于像手錦帽猶在頭上帝聞之燒香祝曰若國有不祥還脱寶冠用示徵咎仍以冠在首至明脱挂如昨君臣失色及隋滅陳舉國露首面縛西遷如所表焉隋高聞之勑送入京大内供

養常躬立侍下勑曰朕年老不堪久立可令
有司造坐像形相使其同立本像送興善寺
像既初達殿大不可當陽乃置北面及明乃
處正陽衆雖異之還移北面至明還南如初
衆咸愧謝輕略今現在圖寫殷矣
東晉孝武寧康三年四月八日襄陽檀溪寺
沙門釋道安盛德昭彰擅聲宇内於郭西精
舍鑄造丈八金銅無量壽佛明年季冬嚴飾
成就晉鎮軍將軍雍州刺史郗恢之創莅襄
部賛擊福門其像夜出西遊萬山遺示一跡
印文入石鄉邑道俗一時奔走驚嗟迎接還
本供養後以其夕出住寺門衆咸駭異恢乃
改名金像寺至梁普通三年四月八日下勑
於建興苑鑄金銅華趺高五尺九寸廣九尺
八寸莊嚴既訖泝流送之以承像足立碑頌
德劉孝儀文蕭子雲書天下稱最碑現在建
興周武滅法建德三年甲午之歲太原公王
秉爲襄州刺史副鎮將上開府長孫哲志不
信法聞有靈感先欲毀除邑中士女被廢僧
尼聞欲除滅哀號盈路哲見道俗歎惜瞋怒
彌盛逼逐侍從速令摧碎先令一百人以繩
繫頸挽牽不動哲謂不用心杖監事者各一
百牽之如初又加三百不動如故哲怒愈壯
又加五百牽引方倒聲振地動人皆悚慄哲
獨喜踴即令融毀揚聲唱快便馳馬欲報刺
史纔可百步忽然落馬失瘖直視四支不舉
至夜便卒道俗唱快于甚哲當毀像時於腋
下倒垂衣内銘云晉大元十九年歲次甲午
月朔日次比丘道安於襄陽西都郭造丈八
金像一軀此像更三周甲午百八十年當滅

後計年月興廢悉符合焉信知安師聖人誠無虛記今本所住名啓法寺所覆之石人鑿取今現存焉又隋末分崩方隅守固襄陽留守竇盧褒攝據一部屬王世充有啓法寺憲法師者爲士俗所重數諫竇君令投唐國竇不從憲與士俗内外通使京輔遂發兵至襄陽竇固守三度兵至屠城不陷後知憲情遂容煞之憲臨終語弟子蘇富妻曰我與汝父見毀安師金像自爾已來遺跡不嗣我死後可依造之及武德四年官軍圍急竇降方恨不取憲語枉煞何酷斯即於國有功無人申者城平富妻便從俗服憲有衣資什物並富妻收拾乃有心擬像不知何模樣一治便成無有缺少當鑄像時天陰雲有雨華如李遍一寺内富妻性巧財用自富又於家内造金銅彌勒像高丈餘後夢憲令其更造佛像乃於梵雲寺造大像高五十九尺事如别顯昔隨初秦孝王後曾鎮襄都聞安師古像形製甚異乃遣人圖之於長安延興寺造之初鑄之夕亦感天樂雨華大有靈瑞像今現在延興寺也

東晉穆帝永和六年歲次丁未依勘長曆乃三年也二月八日夜有像現于荆州城北長七尺五寸合光趺高一丈一尺皆莫測其所從也初永和五年廣州商客下載欲竟恨船輕中夜覺有人來奔船驚共尋視了無所見而船載自重不可更加雖駭其異而不測也列邁利涉恒先諸舫不久遂達渚宫繞泊水次夜復覺人自船登岸船載還輕及像現也方知其兆時大司馬桓温鎮牧西陜躬事頂

拜傾動邦邑諸寺僧衆咸竟奉迎鏗然不動有長沙太守江陵滕畯(一云滕含)以永和二年捨宅爲寺額表郡名承道安法師襄州綜領請一監護安謂弟子曇翼曰荆楚士庶始欲信法成其美者非爾誰歟爾其行矣翼負錫南征締構一載僧宇雖就而像設弗施每歎曰育王寺像隨緣流布但至誠不極何憂不垂降乎及聞荆城像至欣感交懷曰斯像余之本誓也必歸我長沙固可心期難以力致衆咸僉曰必如所言驗之非遠翼燒香拜請令弟子三人捧颯然輕舉遂安本寺道俗慶悦至晉簡文咸安二年始鑄華趺晉孝武帝太元中殷仲堪爲刺史於中夜出寺西門邏者謂人問而不答以刀擊之鏗然視乃像也刀擊胷處文現於外有罽賓僧伽難陀禪師者多識博觀從蜀來荆入寺禮像歎咽久之翼問其故答曰近天竺失之如何遠降此土便勘年月悉符同焉看像光背梵文曰阿育王造也時聞此銘更倍欽重曇翼與念致應之驗也及病將亟像光忽近翼曰佛示此相病必不振光往他方復爲佛事旬日而終後僧擬光更鑄金者宋孝武時像大放光江東佛法一期甚盛宋明帝太始末像輙垂淚明帝尋崩嗣主狂勃便有宋齊革運荆州刺史沈悠之初不信法沙汰僧尼長沙一寺千有餘僧應還俗者將數百人舉衆惶駭長幼悲泣像爲汗流五日不止有聞於沈沈召寺大德玄暢法師訪聞所以暢曰聖不云遠無憂不徹去來今佛佛佛想念得無今佛念諸佛乎欲請檀越不信之心故有斯應問出何經答

出無量壽悠之取經尋之殊悅即停沙汰齊永元二年鎮軍蕭穎胄與梁高共荆州刺史南康王寶融起義時像行出殿外將欲下階兩僧見而驚喚乃迴入殿三年穎胄暴亡寶融亦廢而慶歸高祖梁天監末寺主道岳與一白衣淨塔邊草次開塔戶乃見像遶龕行道岳密禮拜不令淺言及大開堂像亦在坐梁鄱陽王爲荆州屢請入城建大功德及感病迎之倍掆不起少日而薨高祖昔在荆渚宿著懇誠屢遣上迎終無以致中大通四年三月遣白馬寺僧撻王書何思遠齎香華供養具申丹欵夜即放光似隨使往明旦承接還復留礙重謁請祈方申從往四衆應慕送至江津至二十三日屆于金陵去都十八里帝躬出迎竟路放光相續無絶道俗欣慶歎未曾有在殿三日竭誠供養（一云停中興寺）設無遮大齋二十七日從大通門出入同泰寺其夜像大放光明勑於同泰寺大殿東北起殿三間兩廈施七寶帳座以安瑞像又造金銅菩薩二軀築山穿池奇樹怪石飛橋欄檻夾殿兩階又施銅鑊一雙各容三十斛三面重閣宛轉玲瓏中大同二年三月帝幸同泰設會開講歷諸殿禮黄昏始到瑞像殿帝纔登階像大放光照竹樹山水並作金色達半夜不休及同泰被焚堂房並盡唯佛所居殿存焉太清二年像大流汗其年十一月侯景亂階大寶三年賊平長沙寺僧法敬等迎像還江陵復止本寺梁後大定七年像又流汗明年二月中宋宣帝崩天保三年長沙寺延火所及合寺洞然煙焰四合欲救瑞像無方可移

由來舉必百人爾日六人便起天保十五年明帝迎像入内禮懺冥感二十三年帝崩嗣王蕭琮移像於仁壽宫又大流汗廣運二年而梁國亡滅至開皇七年長沙寺僧法藏等復迎還寺開皇十五年黔州刺史田宗顯至寺禮拜像即放光公發心造正北大殿一十三間東西夾殿九間被運材木在荆上流五千餘里斫材運之至江散放其木流至荆州自然泊岸雖風波鼓扇終不遠去遂引上營之柱徑三尺下礎闊八尺斯亦終古無以加也大殿以沉香帖遍中安十三寶帳並以金寶莊嚴乃至榱桁藻井無非寶華間列其東西二殿瑞像所居並用檀帖中有寶帳華炬並用真金所成窮極宏麗天下第一大業十二年瑞像數汗其年朱粲賊破掠諸州來至荆邑營于寺内大殿高臨城北賊上殿上射城中留守患之夜以火箭燒之城中道俗悲悼瑞像滅失其夜不覺像踰城而入至寶光寺門外立且見像存合城欣悅賊散看像故處一不被燒灰炭不及今續立殿不如前者僞梁蕭銑鳳鳴五年僞宋王楊道生等至寺禮拜像大流汗身首雨流竟日不息其年九月大唐兵馬從蜀江下其月二十日寺僧法通以唐運將統希求一瑞遶像行道其夜放光明滿堂至二十五日光彩漸滅其日趙郡王兵馬入城斯亦慶幸大同故流光爲其善瑞也至於亢陽之月宰牧致誠無不畢應至貞觀六年六月大旱都督應國公武韄迎像建齋行道七日官僚上下立於像前一心觀佛良久雲氣四布甘雨滂流其年大熟都督

乃捨黃金更度瑞像輦輿旛華莊嚴衆具備矣今現在江陵長沙寺又有外國銅像高七尺許古異不甚重之道安法師在石城長安所送令弟子於髻中得一舍利有光出之

東晉周玘字宣珮義興陽羨人晉平西將軍處之第二子也位至吳興太守家世奉佛其女尤甚精進家僮捕漁忽見金光溢川暎流而上當即下網得一金像高三尺許形相嚴明浮水而住牽排不動馳往白玘玘告女乃以人船送女往迎遥見喜心禮而手挽即得上船在家供養女夕夢佛左膝痛覺看像膝果有穿處便截金釵以補之玘後以女適吳郡張澄將像自隨言歸張氏後病卒乃見女在城牆上姿飾逾於平日内外咸覩俄而紫雲下迎遂上昇空極目乃沒澄曾孫事接戎旅平討孫恩之亂久廢齋戒不覺失像而光尚在舉家懺悔祈求像至有一老姥齎詣賣之索價極少識是前像方欲雇直失姥所在此像遂亡光在張家云

東晉會稽山陰靈寶寺木像者徵士譙國戴逵所製逵以中古製像略皆朴拙至於開敬不足動心素有潔信又甚巧思方欲改斵威容庶參真極注慮累年乃得成遂東夏製像之妙未之有如上之像也致使道俗瞻仰忽若親遇高平郗嘉賓撮香呪曰若使有常將復覩聖顔如其無常願會彌勒之前所捨之香於手自然芳煙直上極目雲際餘芬徘徊馨盈一寺于時道俗莫不感厲像今在越州嘉祥寺

東晉太元二年沙門支慧護於吳郡紹靈寺

建釋迦文丈六金像於寺南傍高鑿龕以啓鎔鑄既成將移夜中雲内清明有華六出白色鮮發四面翻灑未及於地歛而上歸及曉白雲若煙出於鑄龕雲中白龍現長數十丈光彩煙煥徐引繞龕每至前瞻仰遲徊似歸敬者斯風霽景清細雨而加香氣像既入坐龍乃昇天元嘉初徵士譙國戴顒嫌制古朴治像手面威相若眞自肩以上短舊六寸足蹠之下削除一寸云

東晉義熈元年司徒王謐入宫住東掖門有寺人於門東見五色光出地鷩而穿之得古形銅盤盤下獲金像高四尺光趺並具斯又同孫皓之育王像也因奉入宫宋祖素不甚信及獲此像加敬欣悟躬禮事焉此像本在瓦官後移龍光云

東晉廬山文殊師利菩薩像者昔有晉名臣陶侃字士行建旟南海有漁人每夕見海濵光因以白侃遣尋俄見金像淩波而趣船側檢其銘勒乃阿育王所造文殊師利菩薩像也昔傳云育王既統此洲學鬼王制獄酷毒尤甚文殊現處鑊中火熾水清生青蓮華王心感悟即日毁獄造八萬四千塔建立形像其數亦爾此其一也初侃未能深信因果既嘉此瑞遂大尊重乃送武昌寒溪寺後遷荆州故遣迎上像初在轝數人可舉今加以壯夫數十確不移處後更足以事力輲車牽拽僅得上船船復即没使具聞侃聽還本寺兩三人便起沙門慧遠敬伏威儀迎入廬岫而了無艱阻斯即聖靈感降惟其人乎故諺曰陶惟劒雄像以神摽雲翔泥宿邈何遥遥是

也隋末賊發衆僧四散有一老僧失名來辭
瑞像像曰爾年老但住何得相捨遂依言住
于時董道冲賊寇擾江州其徒入山覓財物
執僧索金僧曰無可得乃以火炙僧曰徒受
炙死穢晃伽藍何如寺外賊將出欲煞僧曰
行年七十不負佛教待正念已申頸時可下
刀賊然之已見申頸受刀即便下斫刀反刺
心刃出於背羣賊奔怕東走至遠師墓于時
天氣清朗忽有雲如蓋屯黑下布雷電四繞
遂震霹賊死六人江州子女及以衣物多依
山藏匿由是賊徒不敢入山江州郭下焚蕩
略盡今在山東林寺重閣上武德中石門谷
風吹閣北傾將欲射正施功無地僧乃祈請
山神賜吹令正不久復有大風從北而吹閣
還得正如舊

元魏涼州山開出像者至太武大延元年有
離石沙門劉薩訶師備在僧傳歷遊江表禮
鄮縣塔至金陵開育王舍利能事將訖西至
涼州西一百七十里番和郡界東北望御谷
山遥禮而入莫測其然也訶曰此山崖當有
像出靈相具者則世樂時平如其有鈌則世
亂人苦經八十載至正光元年因大風雨雷
震山巖挺出石像高一丈八尺形相端嚴唯
無有首登即選石命工安訖還落魏道凌遲
其言驗矣至周元年治涼州城東七里澗忽
石出光照燭幽顯觀者異之乃像首也奉安
像身宛然符合神儀彫鈌四十餘年身首異
處二百許里相好昔虧一時還備時有燈光
流照鍾聲飛響皆莫委其來也周保定元年
立爲瑞像寺建德將廢首又自落武帝令齊

王往驗乃安首像項以兵守之及明還落如故遂有廢法國滅之徵接焉備于周釋道安碑周雖毀教不及此像開皇通法依前置寺大業五年煬帝西征躬往禮觀改爲感通道場今像存焉依圖擬者非一及成長短終不得定

涼州石崖塑瑞像者昔沮渠蒙遜以晉安帝隆安元年據有涼土三十餘載隴西五涼斯最久盛專崇福業以國城寺塔終非久固古來帝宮終逢煨燼若依立之効尤斯及又用金寶終被毀盜乃顧眄山宇可以終天於州南百里連崖綿亘東西不測就而斵窟安設尊儀或石或塑千變萬化有禮敬者驚眩心目有土聖僧可如人等常自經行初無寧舍遥見便行近矚便止視其顏面如行之狀或有羅土坌地觀其行跡人纔遠之即便蹈地足跡納納來往不住如此現相經今百餘年彼人說之如此

北涼河西王蒙遜爲母造丈六石像在于山寺素所敬重以宋元嘉六年遣世子興國攻於罕大敗興國遂死於佛氏遜恚恨以事佛無靈下令毀塔寺斥逐道人遜後行至陽述山諸僧候於路側望見發怒立斬數人爾時將士入寺禮拜此像涕淚橫流驚還說之遜聞往視至寺門舉體戰悸如有犯持之者因喚左右扶翼而進見像淚下若泉即稽首禮謝深自尤責登設大會倍更精到招集諸僧還復本業焉觀遜之爲信信不深明攻煞以取豈佛之爲非禁也性以華改爲先任意肆惡知何所而不至初重法識譯大涅槃願同

生死後因少忿乃使刺客害之令行役失利又咎佛像殄寺誅僧一何酷濫晚雖再復不補其諐今沙州東南三十里三危山即流四凶之地崖高二里佛像二百八十龕光相亟發

法苑珠林卷第十三

音釋

靉靆靉於代切靆待戴切靉靆雲興盛貌　仞正作牣而振切充滿也　劇褐戟切尤甚也　閩彌隣切地名　晙祖峻切　掆居郎切舉也　蒨倉甸切　榱雙錐切椽也　桁何庚切屋橫木曰桁　彠屋號切　斲竹角切斫　佁空旱切與侃同　輲市專切無輪車名　鄮莫候切縣名

法苑珠林卷第十四 敬佛之二

唐西明寺沙門釋道世撰

感應緣

唐幷州童子寺大像放光現瑞緣
唐西京清禪寺盜金像緣
唐撫州及潭州行像等緣
唐雍州藍田金像出石中緣
唐雍州鄠縣金像出澧水緣
唐沁州山石像放光照谷緣
唐益州法聚寺畫地藏菩薩緣
唐荊州瑞像圖畫放光緣
唐岱州五臺山像變現出聲緣
唐故淨業寺天人感應緣

宋元嘉二年劉式之造文殊金像朝夕禮拜頃之便失惆悵祈請夙夜匪懈經于五年昏夕時見佛座有光發座至棟式之因燒香拂拭牀帳乃見失像儼然具存

宋元嘉十二年留元之東陽長山人家以種苧爲業每燒田墲輒有一處叢草不然經久怪之不復墾伐後試薄掘得銅坐像高三寸許尋檢其地舊非邦邑莫測何來也

宋元嘉十四年孫彥曾家世奉佛妾王慧稱少而信向年大彌篤誦法華經輒見浦中有雜色光使人掘深二尺得金像連光趺高二尺一寸趺銘云建武六年歲在庚子官寺道人法新僧行所造即加磨瑩也

宋元嘉十五年羅順爲平西府將戍在上明十二月放鷹野澤同輩見鷹雉俱落于時火燒野草惟有三尺許叢草不然遂披而覓鳥乃得金菩薩坐像通趺高一尺工製殊巧時定襄令謂盜者所藏乃符界內無失像者遂收而供之

宋衛軍臨川康王在荊州城內築堂三間供

養經像堂壁上多畫菩薩圖相及衡陽文王代鎮廢爲寢室悉加泥治乾輒褫脫畫狀鮮淨再塗猶爾王不信向亦謂偶爾又使濃塗而畫像徹現炳然可列王復令毀故壁悉更繕改不久抱疾閉眼輒見諸像森然滿目於是廢而不居頗事齋講

宋元嘉中江陵支江張僧定妹幼而奉法志欲出家常供養小形金像以爲前路之資也而父母逼嫁誓志不行而密許邴氏女初不知也及羔鴈既至女悲呼不就燒香伏地取死此像遂放金光彌晃一村父兄驚其通感止不嫁之張邴二門因大敬信僧定爲之出家宋丞相南郡王鎮陝乃以其居建精舍焉

宋泰始中東海何敬叔少而奉法隨湘州刺史劉韞監縣遇有旃檀製以爲像既就無光營索甚勤而卒無可獲憑几思之如睡見沙門衲衣杖錫來曰檀非可得麤木不堪惟縣後何家桐盾堪用雖惜之苦求可得寤問左右果如言因故求買之何氏曰有盾甚愛患人乞奪曾未示人明府何以得知直求市耶敬叔以事告之何氏敬嘉奉以製光後爲相府直省中夜夢像云鼠嚙吾足清旦疾歸視像果然矣

齊建元中番禺毗耶離精舍舊有扶南國石像莫知其始形甚巨異常七八十人乃能勝致此寺茅茨遇火延及屋在下風煙焰已接尼衆十餘相顧無計中有意不已者試共三四人捧之飄然而起曾無鈞石之重像既移矣屋亦焚焉每有神光州部兵寇輒淚汗滿體嶺南以爲恒候後廣州刺史劉悛表送出

都令應在故蔣州寺中
齊徐州刺史王仲德於彭城宋王寺造丈八
金像相好嚴華江右之妙製也北境兵起式
貽僧像輙流汗滴其多少則難之小大逆可
知矣郡人常以候之齊建元初像復流汗其
冬魏冦淮上時兖州數郡起義南附鳩略甚
衆亦驅迫沙門助其戰守魏軍屠其營壘悉
欲夷滅表奏魏臺誣以助亂須及斬決時像
大汗殿地流濕魏徐州刺史梁王奉法勤勤
至寺親使人以巾帛拭隨拭隨出不已至數
十人交手競拭猶不能止王乃燒香禮拜執
巾呪曰衆僧無罪誓自營護必不罹禍若幽
誠有感當隨拭即止言已自拭果應手而燥
王具事表聞下詔皆見原宥也
齊建元初太原王琰者年在幼稚於交阯賢
法師所受五戒以觀音金像令供養遂奉還
楊都寄南㵎寺琰晝寢夢像立于座隅意甚
異之即馳迎還其夕南㵎失像十餘盜毀鑄
錢至宋大明七年秋夕放光照三尺許金輝
映奪合家同覩後以此像寄多寶寺琰適荆
楚垂將十載不知像處及還楊都夢在殿東
衆小像內的的分明詰旦造寺如夢便獲於
建元元年七月十三日也故琰冥祥記自序
云此像常自供養庶必永作津梁循復其事
有感深懷沿此徵覿綴成斯記夫鏡接近情
莫踰儀像瑞驗之發多自是興經云鎔斵圖
績類形相者爰能行動及放光明今西域釋
迦彌勒二像輝用若真蓋得相乎今東夏景
模神應亟著亦或當年羣生因會所感假憑
木石以見幽異不必尅由容好而能然也故

沉石浮深寔闡閭呉之化塵金瀉液用舒彭宋之禍其餘銓示繁方雖難曲辨率其大抵允歸自從若夫經塔顯効旨證亦同事非殊貫故繼其末

梁祖武帝以天監元年正月八日夢檀像入國因發詔募往迎案佛遊天竺記及雙卷優填王經云佛上忉利天一夏爲母說法王臣思見優填國王遣三十二匠及賫栴檀請大目連神力運往令圖佛相旣如所願圖了還返坐高五尺在祇桓寺至今供養帝欲迎請此像時決勝將軍郝騫謝文華等八十人應募往達具狀祈請舍衛王曰此中天正像不可適邊乃令三十二匠更刻紫檀人國一相卯時運手至午便就相好具足而像頂放光降微細雨幷有異香故優填王經云眞身旣隱次二像現普爲衆生深作利益者是也騫等貟第二像行數萬里備歷艱關難以具聞又渡大海冒涉風波隨浪至山糧食又盡所將人衆及傳送者身多亡歿逢諸猛獸一心念佛乃聞像後有甲冑聲又聞鍾聲巖側有僧端坐樹下騫登負像下置其前僧起禮像騫等禮僧僧授澡灌令飲並得飽滿僧曰此像名三藐三佛陀金毗羅王自從至彼大作佛事語頃失之爾夜僉夢見神曉共圖之至天鑒十年四月五日騫等達于楊都帝與百僚徒行四十里迎還太極殿建齋度人大赦斷煞但是弓刀矟等並作蓮華塔頭帝由此蔬食斷欲至太清三年五月崩湘東王在江陵即位號元承聖遣人從楊都迎上至荆都承光殿供養後梁大定八年於城北靜陵造

大明寺乃以像歸之今現在多有傳寫流被京國云

梁祖天監初於本宅立光宅寺造丈八金像圖様既成不爽分寸臨鑄疑銅不足始欲上請忽有使者領銅十五車至云奉勑送寺便即鎔寫一冶即成冠絕通國唯覺高大試以量之乃長二丈二尺以狀奏聞鑄像已成不改元様所續送銅用亦俱盡更重審量乃增四尺勑云銅初不送何緣乃爾豈不以真相應感獨表神奇乎可鐫著華趺以爲靈誌乃具蹤而剋于足下於今存焉

梁祖爲父於鍾山造大愛敬寺殿大像神相有之故不重顯廣如别記有梁佛像多現神奇剡縣大石像元在宋初有王所造初有曇光禪師從北來巡行山川爲幽栖之所見此山崇麗乃於峯頂構小草室聞天樂空中而有聲曰此是佛地如何輙有蔬圃耶光聞南移天台後遂繕造爲佛像積經年稔終不能成至梁建安王患降夢能開剡縣石像病可得愈遂請僧祐律師既至山所䂓模形製嫌其先造太爲淺陋思緒未絕夜忽山崩壓三百餘人其内佛現自頸已下猶在石中乃剗鑿浮石至今存焉既都除訖乃具相焉斯則真儀素在石中假工除剗故得出現梁太子舍人劉勰製碑於像前耳梁祖登極之後崇重佛教廢絕老宗每引高僧談叙幽旨又造等身金銀像兩軀於重雲殿晨夕禮事五十許年冬夏蹋石六時無缺足蹈石處十指文現遂卒窮祚侯景篡位猶存供養太尉王僧辯誅景脩復臺城會元帝陷於江陵江南無

主辯乃通欵於齊迎貞陽侯蕭淵明爲帝時江左未定利害相雄辯遣女壻杜龕典衛宮闈龕性兇頑不見後際欲毀二像爲挺先令數卒上三休閣令壞佛項椎鑿始舉二像一時迴顧眄之所遣諸人臂如墮落不自勝舉失瘖如醉杜龕亦爾久乃醒悟仍被打築遍身青腫唯見金剛力士可畏之物競來擊之受苦呻吟舉形洪爛膿血交流穿皮露骨而卒此乃近事道俗同知

陳武帝崩兄子蒨立將欲脩葬造輼輬車國創新定未遑經始昔梁武帝立重雲殿其中經像並飾珍寶映奪諸國運雖在陳殿像仍舊蒨欲取重雲佛帳珠珮以飾送終人力既足四面齊至但見雲氣擁結流繞佛殿自餘方左開朗無陰百姓怪焉競往看覩須臾大雨橫澍雷電震擊煙張鴟吻火烈雲中流布光焰高下相涉欻見重雲殿影二像峙然四部神王幷及寶座一時上騰煙火挾之忽然遠逝觀者傾國咸歸奉信雨晴之後覆看故處唯礎存焉至後月餘有人從東州來云於此日見殿影像乘空飛海今望海者有時見之又魏氏洛京永寧寺塔去地千尺爲天所震其像略同有人東海時見其迹矣

北齊末晉州靈石寺沙門僧護守道直心不求慧業願造丈八石像衆僧咸怪其言大後於寺北谷中見有臥石可長丈八乃雇匠就而造佛向經一周面腹粗了而背猶著地以六具車拗舉之不動經夜自翻旦視欣然即就營作移在佛堂晉州陷日像汗流地周兵入境先燒寺塔此像被焚初不變色唯傷二

指後欲倒之人牛六十牽挽不遂忽有異僧咸無識者以瓦木土塹雜壘圍之須臾便了失僧所在像後降夢信心者曰吾患指痛其人寤而補之隋氏啓運如前開復開皇十五年有盜旛蓋者郎夢丈八人入室索之其賊慙怖而送像今現在

周武建德三年猜忌佛法勇意殄滅天下闇冥有宜州姜明者督事夜行經州北百餘里山中行往往常見上山光明怪之因巡行光處見有卧石狀如像形便掘尋之乃是鐵礦不可鑿鑿故其形䃙𥕢高三丈許欲加磨鎣卒不可觸又向下尋乃有石趺孔穴具足乃共村人以拗舉之其像欻然流下逕趣趺孔卓然峙立衆以爲奇瑞以奏聞徹時天元嗣曆佛日將融乃改爲大像元年仍以其處爲大像寺隋祖開運重斯故迹又改爲顯除寺討尋其本處非人住又無大石及以鐵礦豈非育王神力之所降感乎大唐因之不改貞觀末寺西置宮名曰玉華像仍舊所在宮東三十里苑內太宗嘗往禮事嫌非華飾捨物莊嚴永徽年中改宮立寺還名玉華今屬坊州陰暗之夕每發光瑞道俗常見故不甚驚怪矣

周襄州峴山華嚴寺行像者古來木像莫知其始而面首殊麗瞻仰無已可高五丈許徵應在昔不復具陳及周滅法人藏其首隋開皇乃出如前莊嚴以爲坐像號曰盧舍那佛每年祈福以爲歸依之所也隋文將崩兩鼻洟出沾汙懷中金薄剥起洟流有光拭之無塵望還如洟貞觀二十三年四月內洟還連

出塗漫懷内方圓一尺初未委也及後太宗昇遐方知兆見至六月内湊又重出合州同懼不知何禍至七月内漢水汎漲溢入城郭深丈餘滔溺不少今在本寺祈求殷矣襄陽士俗有少子胤者皆往祈之隨其本心男女感應也

隋開皇中蔣州興皇寺佛殿被焚當陽丈六金銅大像并二菩薩俱長丈六其模戴顒所造正當棟下于時焔火大盛衆人拱手咸共嗟悼大像融滅忽見欻起移南一步棟梁摧下像得全形四面輙木炭等皆去像身五六尺許雖被火焚而金色不變趺下有銘大衆咸駭歎聲滿路今移在白馬寺鳥雀無踐至唐永徽二年盜者欲利像銅乃鋸窓櫺斷將欲拔出遂被壓腕求拔不得脫至曉僧問盜者云有一人著白衣在堂内攝手求脫不得也

隋京師日嚴寺石影像者其形八楞紫石英色高八寸徑五寸内外映徹昔梁武太清年中有西域僧將來會時遇侯景作亂遂安江州廬山西林寺像頂上隋開皇十年煬帝鎮於楊越廣搜英異江表文記悉總收集乃於雜記中得影像傳即令舍人王延壽往寺推覔得之自任晉藩以來每有行往常以烏漆函盛之令人馬捧而前行後登儲貳乃送曲池日嚴寺有令當寺看已封鎖勿令外人見之寺即帝之所造也大業之末天下沸騰京邑僧衆常來瞻覲有住此寺亦未之信重以見石中金晃晃疑似佛像耳仍見名行諸僧互說不同咸言了了分明面目相狀未曾有昧每慨無所見又潔齋別懺七日後依前觀

之見有銀塔後又觀之見有銀佛而道俗同觀往往不同或見佛塔菩薩或見僧衆列坐或見帳蓋旛幢或見山林八部或見三途苦相或見七代存亡一覩之間或定或變雖善惡交現而善相繁焉故來祈者咸前發願往作何形來生何處依言爲現信爲幽途之有鏡者也至貞觀六年七月內下勑入內供養

隋邢州沙河縣寺四面佛者隋祖時有人入山見僧守護此佛銅身高三尺餘便請遂許失僧所在諸處聞之競來引挽都不得起唯沙河寺僧引之隨手至寺後入寺側獲金一塊上二烏形銘云擬度四面佛因度之像身上都是烏形後忽失之於寺側瀅中數有光現尋乃漉出隋後主聞遣工治鑄擬之卒不成經二百餘日乃成終有缺少遂罷

隋時凝觀寺僧法慶開皇三年造夾紵釋迦立像一軀舉高一丈六尺像功未畢慶身遂卒其日又有寶昌寺僧大智死經三日而便甦活遂向寺僧說云於閻羅王前見僧法慶甚有憂色少時之間又見像來王前王遽走下階合掌禮拜此像像謂王曰法慶造我今仍未畢柰何令死王自顧問一人曰法慶合死未答曰命未合終而食料已盡王曰可給荷葉令終其福業也俄而不見大智甦活爲寺僧說之乃令於凝觀寺看之須臾之間遂見法慶甦活所說與大智不殊法慶甦後常食荷葉以爲佳味及噉餘食終不得下像成之後數年乃卒其像儀相圓滿屢放光明此寺雖廢其像現存

唐武德年中邡州西南慈烏川有郝積者素

有信敬見群鹿常在山上逐去還來異之掘鹿所止處得石像高一丈四尺許移出川中村内至今現存自像出後群鹿因散古老傳云迦葉佛時所藏有四十軀今雖兩現餘在山隱其形如今王華東鐵礦像相似不可治護矣

唐貞觀十七年九月涼州都督李襲譽因巡境至州東南昌泉縣界有石表文合一百一十字乃有七佛八菩薩上果佛田等字以狀奏聞有勑覆檢如其所奏下詔涼州給復一年罪者赦之

唐渝州西百里相思寺北石山有佛跡十二枚皆長三尺許闊一尺一寸深九寸中有魚文在佛堂北十餘山見有僧住至貞觀二十年十月忽寺側泉内出蓮華形如紅色髻臺具足大如三尺面合掌出如涕入水成華冊旅往還無不歎訝經月不滅相思寺因以得名一云涪州亦有此寺寺本貧煎由是感施至今常富昔齊荊州城東天井出錦于時士女取用如人中錦不異經月乃歇故知於出不足可怪見吳均齊春秋蕭誠荊南志說

唐循州東北興寧縣靈龕寺北石上佛跡三十痕大者長五尺以下循州在一川中東西二百南北百里寺極豐渥近得銅蔵面三尺鑪可獲百餘諸盤合等又其銘云僧得福興俗得禍至古傳云晉時北僧在此山隱遊大洪嶺至佛跡處有大石窟華果美茂遂住經宿山神為怪怖之心卓不動曰此不可居山鬼數來望前石山陵雲蓋日遂往登之下望懸絕不可至彼還興寧說之宋代二僧承前

不達勇意覆尋其僧誦法華經戒行貞潔能伏神鬼乃至見形受戒爰及家屬望前崖上有異光彩隔一丈許上下俱絶僧以木為梁渡視乃見奇跡七枚色如人肉現于石上貞觀三年又現一跡並放光明輪相具足今有看者多少不同因置靈龕厥取其異又訪其本乃宋時王家捨粟園為寺即今古堂尚存焉

唐隴西李大安工部尚書大亮之兄也武德中大亮任越州總管大安自京往省之大亮遣奴婢數人從兄歸至穀州鹿橋宿於逆旅其奴有謀殺大安者候其眠熟夜已過半奴以小劒刺大安項洞之刃著于牀奴因不拔而逃大安驚覺呼奴其不叛者奴婢欲拔刃大安曰拔刃便死可先取紙筆作書畢縣官亦至因為拔刃洗瘡加藥大安遂絶忽如夢者見一物長尺餘闊厚四五寸形似豬肉去地二尺許從戶入來至牀前其中有語曰急還我豬肉大安曰我不食豬肉何緣負汝即聞戶外有言曰錯非也此物即還從戶出大安仍見庭前有池水清淺可愛池西岸上有金像可高五寸須臾漸大而化成為僧被袈裟甚新淨語大安曰被傷耶我今為汝將痛去汝當平復還家念佛修善也因以手摩大安頸瘡而去大安得其形狀見僧背有紅繒補袈裟可方寸許甚分明既而大安覺遂甦而瘡亦復不痛能起坐食十數日京宅子弟迎至家家人親故來視大安為說被傷由狀及見像事有一婢在傍聞說因言大安之家初行也安妻使婢詣像工為造佛像像成以

綵畫衣有一點朱汙像背上當令工去之不肯今仍在形狀如郎君所說大安因與妻及家人共起觀像乃同所見無異其背點宛然補處於是歎異信知聖教不虛遂加崇信佛法彌殷禮敬益年不死自佛法東流已來靈像感應者述不能盡略件如前（右一驗出冥祥記也）

唐幽州漁陽縣無終戍城內有百許家龍朔二年夏四月戍城火災門樓及人家屋宇並爲煨燼唯二精舍及浮圖并佛龕上紙簾蘧蒢等但有佛像獨不延燎火既不燒歸然獨在時人見者莫不嗟異以爲佛力支持中山郎餘令既任彼官又家兄餘慶交友人郎將齊郡因如使營州並親見其事具爲餘令說之

唐幷州城西有山寺寺名童子有大像坐高一百七十餘尺皇帝崇敬釋教顯慶末年巡幸幷州共皇后親到此寺及幸北谷開化寺大像高二百尺禮敬瞻覩嗟歎希奇大捨珍寶財物衣服幷諸妃嬪內宮之人並各捐捨幷勑州官長史竇軌等令速莊嚴備飾聖容幷開拓龕前地務令寬廣還京之日至龍朔二年秋七月內官出袈裟兩領遣中使馳送二寺大像其童子寺像披袈裟日從旦至暮放五色光流照崖巖洞燭山川又入南龕小佛赫奕堂殿道俗瞻覩數千萬衆城中貴賤覩此而遷善者十室而七八焉衆人共知不言可悉

唐西京清禪寺先有純金像一軀長一尺四寸重八十兩隋文帝之所造也貞觀十四年有賊孫德信僞造璽書將一闍豎子詐稱勑

遣取像寺僧聞奉勑索不敢拒付之經宿事發像身已被鑄破唯頭不銷太宗大怒處以極刑德信未死之間身已爛壞遍體瘡潰寺僧更加金如法鑄成右三驗出冥報拾遺

唐顯慶四年撫州刺史祖氏爲亢旱故請祈無効有人於州東山見有行像莫測其由將事移徙鏗然不動風聲扇及遠近同趣有潭州人云彼寺失之乃在此耶尋其行路乃現二跡各長三尺相去五百里刺史以亢炎既久便往祈請盡州官庶香華步往二十里許泣告情事動至彌甚使三人捧之飄然應接返還州寺隨路布雲當夕霈下遂以豐足今在撫州

唐永徽年雍州藍田東悟眞寺寺居藍谷之西崖製窮山美殿堂嚴整有像持寺北隒更修別院大石橫礙甚爲妨礙乃以火燒水沃之令散終無以致便以鐵鎚打破中獲金像一軀四面無縫天然裏甲不知何來像趺全具非工合作亦不識是何珍寶高五寸許今在山寺其年益州光明柱上有一佛二菩薩現雖削還影出初在九隴佛堂長史張緒以聚衆移入光明令現在

唐雍州鄠縣東澧水西李趙曲有金像高三尺六寸并錟光四尺數放光明像形露右膊極威嚴余聞往尋見之趺上銘云泰建元二十年四月八日於長安中寺造十王慧韶感佛泥曰達遇遺像是以賴身之餘造鑄神模若誠感必應願使十方同福銘文如此問其獲緣云昔廢二教遂藏於澧水羅仁渦中有人岸行聞渦中有聲亦放光明向村老說便

趣水求渦中純沙水出光明便就發掘乃獲前像時尚在周村家藏隱乎相供養閉在閣堂放光自照今在村中

唐龍朔三年春二月沁州像現州北六十餘里在綿上縣界長谷中半崖上有古佛龕中有三鋪石像中央像常放光明照燭林谷村人異之以事聞州遂以達上上乃勑京師大慈恩寺僧玄秀共使人乘驛往審登到之時即見光明如火流飛出没然續不絶時有雲至龕窟其光暫隱雲去光現便即馳報勑令圖寫重復依審光還如初頻繁三夕如初照曜至今相傳光仍不斷此處山林勝地鬱茂石龕佛像古迹甚多莫委其初覩瑞彌繁

唐益州郭下法聚寺畫地藏菩薩却坐繩牀垂脚高八九寸本像是張僧繇畫至麟德二年七月當寺僧圖得一本放光乍出乍没如似金環大同本光如是展轉圖寫出者類皆放光當年八月勑追一本入宮供養現今京城内外道俗畫者供養並皆放光信知佛力不可測量家別一本不別引記

唐麟德二年簡州金水縣北三學山舊屬益州寺僧慧昱今權例得住益州郭下空慧寺至麟德元年從州故往荆州長沙寺瑞金銅像所至誠發願意欲圖寫瑞像供養訪得巧匠張淨眼使潔淨如法巳畫得六軀未有靈感至第七軀即放五色神光洞照内外遠近皆覩經於七日光漸隱滅道俗驚喜不可具述慧昱將此像來入長安未及莊飾并欲畫左右侍者菩薩聖僧供養具等當時奉勑令京城巧匠至中臺使百官諸學士監看令畫

西國志六十卷圖有四十卷慧昱爲外無好手就中臺憑匠范長壽裝畫像在都堂至六月七日夜至三更初像放五色光明徹照堂外有守堂人出外起止見堂上火出謂內失火驚走唱叫堂內當直官十人并兵士三十餘人爲天熱並露身眠光普照身人人相見身體赤露驚起具服唯有一官姓石名懷藏素無信心但見外光看身純黑光照徹旦方歇其石懷藏發露自責盡誠悔過亦不見光照身得明及諸院官人兵士等聞喚見光並來看之聞見之者並皆發心盡形齋戒諸官人等各畫一本至家供養（京城道俗共知故不別引記也）

唐龍朔元年下勑令會昌寺僧會賾往五臺山修理寺塔其山屬代州五臺縣備有五臺中臺最高目極千里山川如掌上有石塔數千所塼石壘之斯並魏高祖孝文帝所立臺北石上人馬大跡陷文如新頂有大池名太華泉又有小泉迭相延屬夾泉有二浮圖中有文殊師利像傳云文殊師利與五百仙人往清涼山說法故華嚴經亦云文殊在清涼山說法故此山極寒不生餘樹唯有松林森聳山谷南號清涼峯山下有清涼府古今遺基見不泯滅從臺東南而下三十里許有古大孚靈鷲寺見有東西二道場佛事備焉古老傳云漢明帝所造南有華園二頃許異華間發光曜人目四邊樹圍訪問古老不達根源每至肇春迄到晚秋華迭開發古來道俗愛此華奇人間無有採根移外栽植並皆不生乃至移出園樹外栽亦不得生要在園內任之自發良由文殊所感大聖現徵實置神

仙之宅豈凡夫之所植也若有志誠入此山者多見伽藍聖僧所居或有飛空或有緣澗或居山嶮或在幽巖或道或俗不異凡愚過後尋覓不知去處寺及聖僧出没不恒聖凡靡測皇帝至龍朔二年初又令會賾往并州取吏力財帛使修故寺賾與五臺承并將二十餘人直詣臺中見石像臨崖摇動身手及至像所乃是方石悽然自責不覩眞身悵恨久之令作工修理二塔并文殊師利像徙倚塔邊忽聞塔間鍾聲振發連椎不絶又聞異香氛氳屢至道俗咸怪歎未曾有又往西臺遥見一僧乘馬東上奔來極急賾與諸人立待其至久而不到就往參迎乃變爲枿恨恨無已然則像相通感有時隱顯鍾響聲氣相續恒聞其山方三百里東南脚即連恒岳山也西比脚即是天池也中有佛光山仙華山王子塔古寺六所有解脱禪師僧明禪師遺蹤坐窟身肉不壞已積十年定力所持聖賢靡測

大唐乾封二年仲春之月西明寺道宣律師于時逐靜在京師城南華清宮故淨業寺修道律師積德高遠抱素日久忽有一天來至律師所致敬申禮具叙暄涼律師問曰檀越何處姓字誰耶答曰弟子姓王名璠是大吳之蘭臺臣也會師初至建業孫主即未許之令感希有之瑞爲立非常之廟于時天地神祇咸加靈祓於三七日遂感舍利吳主手執銅缾傾銅盤内舍利所衝盤即破裂乃至火燒鎚試俱不能損闞澤張昱之徒亦是天人護助入其身中令其神爽通敏答對諧允今

業在天弘護佛法爲事弟子是南方天王韋將軍下之使者將軍事務極多擁護三洲之佛法有鬬諍淩危之事無不躬往和喻令解今附和南天欲即至前事擁鬧不久當至具令弟子等共師言不久復有天來云姓羅氏是蜀人也言作蜀音廣說律相初相見時如俗禮儀敘述緣由多有次第遂有忽忘次又一天云姓費氏禮敬如前云弟子迦葉佛時生在初天在韋將軍下諸天貪欲所醉弟子以宿願力不交天欲清淨梵行偏敬毗尼韋將軍童真梵行不受天欲一王之下有八將軍四王三十二將周四天下往還護助諸出家人四天下中北天一洲少有佛法餘三天下佛法大弘然出家之人多犯禁戒少有如法東西天下人少黠慧煩惱難化南方一洲雖多犯罪化令從善心易調伏佛臨涅槃親受付囑並令守護不使魔嬈若不守護如是破戒誰有行我之法教者故佛垂誡不敢不行雖見毀禁愍而護之見行一善萬過不咎事等忘瑕不存往失且人中臭氣上熏空界四十萬里諸天清淨無不厭之但以受佛付囑令護佛法尚與人同止諸天不敢不來韋將軍三十二將之中最存弘護多有魔子魔女輕弄比丘道力微者並爲惑亂將軍棲遑奔至應機除剪故有事至須往四王所時王見皆起爲韋將軍修童真行護正法故弟子性樂戒律如來一代所制毗尼並在座中聽受戒法因問律中諸隱文義無不決滯然此東華三寶素有山海水石往往多現但謂其靈而敬之顧訪失由莫知投詣遂因此緣隨

而諮請且沉冥之相以理括之未曾待覩不可以語也宣師感通記問天人云益州成都多寶石佛者何代時像從地涌出答曰蜀都元基青城山上今之成都大海之地昔迦葉佛時有人於西耳河造之擬多寶佛全身相也在西耳河鷲山寺有成都人往彼興易請像將還至今多寶寺處爲海神蹋船所没初取像人見海神于岸上遊謂是山鬼遂即煞之因爾神瞋覆没人像俱溺同在一船其多寶舊在鷲頭山寺古基尚在仍有一塔常有光明令向彼土道由郎州過大小不筭三千餘里方達西耳河河大闊或百里或五百里中有山洲亦有古寺經像尚存而無僧住經同此文時聞鍾聲百姓殷實每年二時供養古塔塔如戒壇三重石砌上有覆釜其數極多彼土諸人但言神冢每發光明人以蔬食祭之求其福祚也其地西北去嶲州二千餘里問去天竺非遠往往有至彼者自下云云至晉時有僧於此地見土墳隨出隨除終不可平後見坼開深怪其爾乃深掘丈餘獲像及人骨在船其髏骨肘脛悉皆麤大數倍過於今人即迦葉佛時閻浮人壽二萬歲時人也今時劫減命促人小固其常然不可怪也初出之時牽曳難得弟子化爲老人指撝方便須臾至周滅法暫隱到隋重興更復出之蜀人但知其靈從地而出亦不測其根源見其華趺有多寶字因遂名焉又名多寶寺又問多寶字是其隷書出於亡秦之代如何迦葉佛時已有神州書耶答曰亡秦李斯隷書此乃近代遠承隷書之興興於古佛之世見

令南洲四面千有餘洲莊嚴閻浮一方白有餘國文字言音同令唐國但以海路遼遠動數十萬里重譯莫傳故使此方封守株柱不足怪也師不聞乎梁顧野王太學之太傅也周訪字源出没不定故玉篇序云有開春申君墓得其銘文皆是隸字撿春申是周武六國同時隸文則非吞併之日也此國篆隸諸書尚有茫昧寧知迦葉佛時之事史非其耳目之所聞見也又問令西京城西高四土臺俗諺云是蒼頡造書臺如何云隸書字古時已有答云蒼頡於此臺上增土造臺觀鳥迹者非無其事且蒼頡之傳此土罕知其源或云黄帝之臣或云古帝王也鳥迹之書時變一途令所絶有無益之言不勞述也又有天人姓陸名玄暢來謁律師云弟子是周穆王時生在初天本是迦葉佛時天爲通化故周時暫現所問高四土臺者其本迦葉佛於此第三會說法度人至穆王時文殊目連來化穆王從之即列子所謂化人者是也化人示穆王高四臺是迦葉佛說法處因造三會道場至秦穆公時扶風獲一石佛穆公不識棄馬坊中穢汙此像護像神瞋令公染疾公又夢遊上帝極被責䟽覺問侍臣由余便答云臣聞周穆王時有化人來此土云是佛神穆王信之於終南山造中天臺高千餘尺基趾見在又於蒼頡臺造神廟名三會道場公今所患殆非佛爲之耶公聞大怖語由余曰吾近獲一石人衣冠非令所製棄之馬坊將非此是佛神耶由余聞往視之對曰此真佛神也公取像澡浴安清淨處像遂放光公又怖

謂神瞋也宰三牲以祭之諸善神等擎棄遠處公又大怖以問由余答曰臣聞佛神清潔不進酒肉愛重物命如護一子所有供養燒香而已所可祭祀餅果之屬公大悅欲造佛像絕於工人又問由余答曰昔穆王造寺之側應有工匠遂於高四臺南村內得一老人姓王名安年百八十自云曾於三會道場見人造之臣今年老無力能作所住村北有兄弟四人曾於道場內爲諸匠執作請追共造依言作之成一銅像相好圓備公悅大賞賚之彼人得財並造功德於土臺上造重閣高三百尺時人號之高四臺或曰高四樓其人姓高大者名四或曰兄弟四人同立故也或取大兄之名以目之故高四之名至今稱也又問目連舍利弗佛在已終如何重見答曰同名六人此目連非大目連也至宇文周時文殊師利化爲梵僧來遊此土云欲禮拜迦葉佛說法處并往文殊所住之處名清涼山遍問道俗無有知者時有智猛法師年始十八反問梵僧何因知有二聖餘迹答曰在秦都城南二十里有蒼頡造書臺即其地也又云在沙河南五十里青山北四十里即其處也又問沙河青山是何語答曰渭水終南山也此僧便從渭水直南而步遠到高四臺便云此是古佛說法處也于時智猛法師隨往禮拜不久失梵僧所在智猛長大具爲太常韋卿說之請其臺處依本置寺遂奏周主名三會寺至隋大業廢入大寺因被廢毀配入菩提今京城東市西平康坊南門東菩提寺西堂佛首即是三會寺佛釋迦如來度大迦

葉後十二年中來至此臺其下見有迦葉佛舍利周穆身遊大夏佛告彼土見有古塔可返禮事王問何方佛答在鄗京之東南也西天竺國具有別傳云歲長年是師子國僧年九十九夏是三果阿那含人聞斯勝迹躬至禮拜又請奏欲往北岱清涼山文殊師利菩薩坐處皇帝聞喜勑給驛馬內使及弟子官佐二十餘人在處供給諸官人弟子等並乘官馬唯長年一人少小已來精誠苦行不乘雜畜既到岱州清涼山即便肘行膝步而上至中臺佛堂即是文殊廟堂從下至上可行三十餘里山石勁利入肉到骨無血乳出至于七日五體投地布面在土不起不食七日滿已忽起踊躍指撝四方上下空界具見文殊師利菩薩聖僧羅漢從者道俗數十人有見不見復有一蟒蛇身長數里從北而來直向長年長年見喜街師脚過變爲僧形諸人懼怕皆悉四散唯長年一人心不驚動種種靈應不可具述所請遂願還返京都令現化度安置或請入內受戒或巡歷諸山律師問天人曰自昔相傳文殊在清涼山領五百仙人說法經中明文殊是久住娑婆世界菩薩娑婆則大千總號如何偏在此方答曰文殊是諸佛之元帥隨緣利見應變不同大士大功非人境界不勞評泊但知仰信多在清涼山五臺之中今屬北岱州西見有五臺縣清涼府皇唐已來有僧名解脫在巖窟亡來三十餘年身肉不壞似如入滅盡定復有一尼亦入定不動各經多年聖迹伽藍菩薩聖僧仙人仙華屢屢人見具在別篇豈得不信又

問令五臺山中臺之東南三十里見有大孚靈鷲寺兩堂隔澗猶存南有華園可二頃許四時發彩色類不同四周樹圍人移華栽別處種植皆悉不生唯在圍內方得久榮人究年月莫知來由或云漢明所立或云魏孝文帝栽植古老相傳互說不同如何爲實答云但是二帝所作昔周穆之時已有佛法此山靈異文殊所居周穆於中造寺供養及阿育王亦依置塔漢明之初摩騰法師是阿羅漢天眼亦見有塔請帝立寺其山形像似靈鷲名曰大孚孚者信也由帝深信佛法立寺勸人元魏孝文北臺不遠常來禮謁見人馬行迹石上分明其事可驗豈唯五臺獨驗令終南山太白太華五岳名山皆有聖人爲住持佛法令法久住有人設供感計徵應事在別篇不繁此述也又問令涼州西番和縣山裂像出何代造耶答云迦葉佛時有利賓菩薩見此山人不信業報以煞害爲事于時住處有數萬家無重佛法者菩薩救之爲立伽藍大梵天王手造像身初成以後菩薩神力能令如眞佛不異遊步說法教化諸人雖棠此道猶故不信于時菩薩示行怖畏手擎大石可於聚落欲下壓之菩薩揚威勸化諸人便歘迴心信敬於佛所有煞具變成蓮華隨有街巷華如種植瑞像方攝神力菩薩又勸諸清信士令造七寺南北一百四里東西八十里彌山亘谷處處僧坊佛殿營造經十三年方得成就同時出家者有二萬人在七寺住經三百年彼諸人等現業力大昔所造惡當世輕受不入地獄前所害者在惡趣中又發

惡願彼害我者及未成聖我當害之若不加害惡業便盡我無以報共吐大火焚燒寺舍及彼聚落一時焚蕩縱盜得活又以大水漂溺煞之無一得存時彼山神寺未破前收取此像遠在空中寺破以後下内石室安置供養年月既久石生室滅至劉薩訶師禮山迹示像出其薩訶者前身元是利賔菩薩身首別處更在別篇也問江表龍光瑞像人傳羅什將來有言扶南所得如何爲定答曰此非羅什所得斯乃宋孝武征扶南獲之昔佛滅後三百年中北天竺大阿羅漢優婆質那以神力加工匠三百年中鑿大石山安置佛窟從上至下凡有五重高三百餘尺請彌勒菩薩指撝作壇室處之玄奘師傳云百餘尺聖迹記云高八丈足趺八尺六齋日常放光明其初作時羅漢將工人上天三往方成第二牛頭旃檀第三金第四玉第五銅像凡夫今見止在下重上四重閉石窟映徹見人藏腑第六百年有佛柰遮阿羅漢生已母亡生扶南國念母重恩從上重中取小檀像令母供養母終生揚州出家住新興寺獲得三果宋孝武征扶南獲此像來都亦是羅漢神力母今現在時往羅浮天台西方諸處昔法盛曇無竭者再往西方有傳五卷略述此緣何忽云羅什法師背負而來耶宣師因問什師一代所翻之經人多偏樂受持轉盛何耶答曰其人聰明善解大乘以下諸人同時翻譯者並儁又一代之寶也絕後光前仰之所不及故其所譯以悟達爲先得佛遺寄之意也又問俗中常論被秦姚興抑破重戒云何得佛

意耶答曰此非悠悠凡所籌度何須評論什師德行位在三賢所在通化那繁補闕隨機而作故大論一部十分略九自餘經論例此可知冥祥感應歷代彌新深會聖旨罕逢難遇又蒙文殊指授令其刪定特異恒論豈以別室見識頓亡玄致者也又問郝州顯際寺山出石像者何代所立答曰像是秦穆公所造像元出處是周穆王造寺處也佛去世後育王第四女造又造像塔於此供養于時此寺有一二三果人住中秦相由余常所奉敬往者迦葉佛時亦於此立寺是彼沙彌顯際造也仍將本名以顯寺額又問今玉華宮南檀臺山上有塼塔面別四十步下層極壯四面石龕傍有碎塼又有三十餘窯甎古老莫知何代然每聞鍾聲答曰此穆王寺也名曰靈山至育王時敕山神於此造塔西晉末亂五胡控權劉曜京都長安數夢此山佛現在塼塔中坐語曜曰汝少飲酒莫耽色欲黜去邪佞進用忠良曜不能從後於洛陽酒醉落馬爲石勒所擒初曜因夢所悟令人尋山訪之遂見此像坐小塼塔與夢符同便毀小塔更造大者高一十九級幷造寺宇極存壯麗寺名法燈度三百僧住之曜沒趙後寺有四十三人修得三果山神於今塔後又造一寺供三果僧神往太白採取芝草供養聖僧皆獲延齡寺今現在凡人不見所聞鍾聲即是寺鍾也其塔本基雖因劉曜仍是穆王立寺之處也又是迦葉如來之古寺也至貞觀年中於玉華北慈烏川山上常見羣鹿來集其所逐去還來有人異之於鹿集處掘深一丈

獲一石像長一丈許現今供養又問荊州前大明寺栴檀像者云是優填王所造依傳從彼模來將至梁朝今京師復有何者是本答曰大明是其本像梁高祖既崩像來荊渚至元帝承聖三年周平梁後收薄國寶皆入北周其檀像者有僧珍師藏隱房內多以財物贈遺使人像遂得停至隋開皇九年文祖遣使人柳顧言往迎寺僧又求像令鎮荊楚顧是鄉人從之令別刻檀將往恭旨當時訪匠得一婆羅門僧名眞達爲造即今西京大興善寺像是也亦甚靈異本像在荊州僧以漆布漫之相好不及眞者（本作佛生來七日之身今加布漆乃壯年狀故殊絕異本也）大明本是古佛住處靈像不肯北還故也近有長沙義法師天人冥讚遂悟開發別除漆布眞容重顯大動信心披覩靈儀令檀所作本無補接光趺殊異象牙彫刻卒非人工所成興善像身一一乖本又問涪州相思寺側多有古迹篆銘勒之不識其緣此事云何答曰此迦葉佛時有山神姓羅名子明蜀人也舊是持戒比丘生憎破戒者發諸惡願令我死後作大惡鬼噉破戒人因願受身作此山神多有眷屬所主土地東西五千餘里南北二千餘里年噉萬人以上此神本曽爲迦葉佛兒後爲弟子彼佛憐愍故來教化種種神變然始調伏與受五戒隨識宿命因不噉人恐後心變故佛留跡育王於上起塔在山頂神便藏於石中塔是白玉所作其神現在其郭下寺塔育王所立見付囑儀中又問南海循州北山興寧縣界靈龕寺多有靈跡此乃文殊聖者弟子爲此山神多造惡

業文殊慇之便來教化遂識宿命請爲留跡我常禮事得離諸惡文殊爲現今者是也於貞觀三年山神命終生兜率天別有一鬼來居此地即舊神親家也大造諸惡生天舊神憐之下請文殊爲現小跡以化後神又從正法故今此山大小跡現莫匪有由焉見付屬儀又問沁州北山石窟佛常有光明此像出來久近耶答曰此窟迦葉佛釋迦佛二時備有往昔周穆王弟子造迦葉佛像又問渭南終南二山有佛面山七佛澗者答曰此事同於前南山庫谷天藏是迦葉佛自手所造之藏也今現有十三緣覺在谷內住又問此土常傳有佛是殷時周昭莊王等造互說不同如何取定答曰皆有所以弟子夏桀時生天具見佛之垂化且佛有三身法報二身則非凡見並化登地以上唯有化身被該三千百億釋迦隨人所感前後不定或在殷末或在魯莊俱在大千之中前後咸傳一化感見隨機前後何定若據法報常自湛然不足歎也又問漢地所見諸瑞像多傳育王第四女所造其事匪幽冥難得其實此事云何答曰此實不疑爲育王第四女厥貌非妍久而未出常恨其醜乃圖佛形相還如自身成已發願佛之相好挺異於人如何同我之形儀也以此苦邀彌經年月後感佛現忽異本形父具問之述其所願今北山玉華荊州長沙楊都高悝及京城崇敬寺像並是育王第四女造或有書其光趺依梵本書漢人請者罕識其文育王因將此像令諸鬼神隨緣所感流傳開悟今覩像面莫匪女形其崇敬寺地本是

戰場西晉將末有五胡大起兵戈相煞此地特多地下人骨令掘猶得所煞無辜殘害酷濫故諸鬼神携以鎮之令諸冤魂得生善念周朝滅法神亦徙之隋祖再隆佛還重起又問幽冥所感俗中常有神去形朽如何重來或經七日多日如生不異答曰人禀七識識各有神心識爲主主雖前去餘神守護不足怪也如五戒中一戒五神五戒便有二十五神一戒破五神去餘者仍在如大僧受戒戒有二百五十神亦戒戒之中感得二百五十防衛比丘若毀一重戒但二百五十神去餘者恒隨

法苑珠林卷第十四

音釋

鎣烏定切磨飾也
勰檄頻切人名
輼輬輼烏昆切輬呂張切輼輬衣車也
鷄吻鷄稱脂切吻武粉美隕二切
拗於教切
墼吉歷切未燒塼也
鏨音慚鏨鏨鐫刻也
䃙𥗵䃙音鹿𥗵音速
邡音方州名
鬘莫班切
涪房尤切州名
鄠後五切縣名
渦烏禾切水回也
枿牙葛切伐木餘也
璠孚袁切

法苑珠林卷第十五 敬佛之三

唐西明寺沙門釋道世撰

彌陀部第四 此別六部

述意部 會名部 辯處部
能見部 業因部 引證部

述意部第一

夫避苦求樂實品物之恒情猒濁欣淨是生靈之舊理但行有美惡土成穢妙娑婆五濁由積惡而丘坑安養七珍因習善而華勝業成三輩報爲九品寶臺珍觀假勝念而崔嵬玉沼瓊池藉善心而皎潔華開蓮合驗慈父之非虛浪動波迴聞法言之在耳自非功勤志固行滿因圓何能隨三心而上金臺依十念而升樂國也

會名部第二

述曰世界皎潔目之爲淨即淨所居名之爲土故攝論云所居之土無於五濁如玻瓈珂等名清淨土法華論云無煩惱衆生住處名爲淨土淨土不同有其四種一法性土以眞如爲體故梁攝論云以蓮華王爲淨土所依譬法界眞如爲淨土所依體故二實報土依攝論云以二空爲門三慧爲出入路奢摩他毗鉢舍那爲乘以根本無分別智爲用此皆約報功德辯其出體三事淨土謂上妙七寶是五塵色性聲香味觸爲其土相故攝論云佛周遍光明七寶處也又華嚴經云諸佛境界相中種種間錯莊嚴故淨土論云備諸珍寶性具足妙莊嚴又新翻大菩薩藏經云假使如上世界乃至大火洞然如來在中若依經行若住坐卧其處自然八功德水出現於

地四化淨土謂佛所變七寶五塵爲化土體故涅槃經云以佛神力地皆柔輭無有丘墟土沙礫石乃至猶如西方無量壽佛極樂世界等又大莊嚴論云由智自在隨彼所欲能現水精瑠璃等清淨世界又維摩經云佛以足指按地現淨等事又十地經云隨諸衆生心所樂見爲示現故此諸經論所明並約化爲淨土由佛神力現故即有攝故即無故名化土

辯處部第三

述曰上來雖明土有四種然綱要有二一報土二化土此二即攝理事二土初報土者謂佛如來出世諸善體是無流非三界所攝故淨土論云觀彼世界相勝過三界道又智度論云有妙淨土出過三界然佛所居無處爲處過在十方世界或依法身而安淨土故論云釋迦牟尼佛更有清淨世界如阿彌陀國其彌陀佛亦有嚴淨不嚴淨世界如釋迦佛又涅槃經云我實不出閻浮提界又法華經偈云

常在靈鷲山　及餘諸住處　衆生見劫盡
大火所燒時　我此土安隱　天人常充滿
園林諸堂閣　種種寶莊嚴

又華嚴經云如來淨土或在如來寶冠或在耳璫或在瓔珞或在衣文或在毛孔如是毛孔既容世界故知十住論云佛舉一步則過恒河沙等三千世界其事如是化土處者但所居化土無别方處但依報土而起麤相或通十方或在當界引接三乘人天等衆如彌陀世尊引此忍界凡小衆生而安淨國或於

穢現淨如按地現淨譬同天宮其事如是或於衆生共相器世界間種子所感於中顯現淨穢境界隨其六道各見不同此皆由外名言熏習因識種成就感得器世界影像相現此影像是本識相分由共相種子與影像相彼現相識爲因緣即此共相由內報增上緣力感得如此苦樂不同

能見部第四

述曰如凡夫二乘於穢土中見阿彌陀佛諸菩薩等於淨土中見阿彌陀佛據此二說報土則一向純淨應土則有染有淨故淨土論云土有五種一純淨土唯在佛果二淨穢土謂淨多穢少即八地已上三淨穢亭等土謂從初地乃至七地四穢淨土謂穢多淨少即地前性地五雜穢土謂未入性地第五人見後一不見前四第四人見後二不見前三第三人見後三不見前二第二人見後四不見前一第一佛上下五土悉知悉見也

業因部第五

述曰具引經論十說不同或說一行而生淨土如涅槃經云有德國王覺德比丘爲護法因緣生不動國又維摩經云直心是菩薩淨土菩薩成佛時不諂衆生來生其國等或說二行而生淨土如梁攝論云出世善法者無分別智及後得智所生善根爲出世善法名因或用定慧爲乘或說三行而生淨土如涅槃經云思惟三三昧空無作無相而生淨土又觀經云令未來一切凡夫生極樂國當修三業一孝養父母事師不煞修十善業二受三歸具足衆戒不犯威儀三發菩提心深信

因果讀誦大乘勸進行者如是三事是名淨
業或說四行而生淨土如維摩經云行四無
量心是菩薩淨土菩薩成佛時慈悲喜捨衆
生來生其國或四攝法是菩薩淨土謂布施
愛語利益同事是菩薩淨土菩薩成佛時解
脫所攝衆生來生其國或說五行而生淨土
如淨土論云一者禮拜二者讚歎三者作願
四者觀察五者迴向或說六行而生淨土如
維摩經云布施是菩薩淨土菩薩成佛時一
切能捨衆生來生其國乃至智慧是菩薩淨
土菩薩成佛時一切智慧衆生來生其國等
或說七行而生淨土如維摩經云布以七淨
華浴此無垢人一者戒淨二者定淨三者見
淨四者度疑五者道非道淨六者行淨七者
行斷智淨前二是方便道次三是見道次一
是修道後一是無學道由斯七淨得成四道
四道既成故報居淨土也或說八行而生淨
土如維摩經云菩薩成就幾法於此世界行
無瘡疣生于淨土答云成就八法生于淨土
一饒益衆生而不望報代於衆生受諸苦惱
二所作功德盡以施之三等心衆生謙下無
礙四於諸菩薩觀之如佛五所未聞經聞之
不疑六不與聲聞而相違背七不嫉彼供不
高已利而於其中調伏其心八常省已過不
訟彼短恒以一心求諸功德或說九行而生
淨土如無量壽經云略說三輩廣說九品（具如
經說）或說十行而生淨土如維摩經云十善是
菩薩淨土菩薩成佛時命不中夭大富梵行
所言誠諦常以輭語眷屬不離善和諍訟言
必饒益不嫉不恚正見衆生來生其國又彌

勸發問經云若欲樂生安養國者當修十念即得往生何等爲十一者於一切衆生常生慈心二者於一切衆生不毀其行若有毀者終不往生三者於一切衆生深起悲心除殘害心四者發護法心不惜身命於一切法不生誹謗五者於忍辱中生決定心六者深心清淨不染利養七者發一切種智心日日常念無有廢忘八者於一切衆生生尊重心除憍慢心謙下言說九者於諸談話不生染著心近於覺意深起種種善根因緣不生憒鬧散亂心十者常念觀佛除去諸相彌勤當知如是十念一一次第相續而起不生彼國無有是處或說三十七品是菩薩淨土菩薩成佛時念處正勤神足根力覺道衆生來生其國或如無量壽經云發四十八大願而生淨土（上來所說廣略雖異隨行一法與理冥符皆得往生安樂國土）優波提舍論偈云

觀彼世界相　勝過三界道　究竟如虛空
廣大無邊際　正道大慈悲　出世善根生
淨光明滿足　如鏡日月輪

述曰若據實報淨土要修出世無漏正因與理行相成方得往生若是下品之人本無正業隨起一行或臨終日十念雖成唯生化土未能見報具述觀法備在大小乘禪門十卷中說

引證部第六

阿彌陀鼓音聲王陀羅尼經云爾時世尊告諸比丘西方安樂世界今現有佛號阿彌陀若有四衆能正受持彼佛名號以此功德臨欲終時阿彌陀佛即與大衆往此人所令其

得見見已尋生慶悅倍增功德以是因緣所生之處永離胞胎穢欲之形純處鮮妙寶蓮華中自然化生具六神通光明赫奕阿彌陀佛與聲聞俱如來應供正遍知其國號曰清泰聖王所住其城縱廣十千由旬於中充滿剎利之種阿彌陀佛父名月上轉輪聖王其母名曰殊勝妙顏子名月明奉事弟子名無垢稱智慧弟子名曰攬光神足精勤弟子名曰大化爾時魔王名曰無勝有提婆達多名曰寂靜又無量壽經云佛告彌勒假使三千大千世界猛火爲念阿彌陀佛名故要當於中直過未足爲難又華嚴經云爾時心王菩薩摩訶薩告諸菩薩言佛子此娑婆世界釋迦牟尼佛剎一劫於安樂世界阿彌陀佛剎爲一日一夜安樂世界一劫於聖服幢世界金剛佛剎爲一日一夜聖服幢世界一劫於不退轉音聲輪世界善樂光明清淨開敷佛剎爲一日一夜不退轉音聲輪世界一劫於離垢世界法幢佛剎爲一日一夜離垢世界一劫於善燈世界師子佛剎爲一日一夜善燈世界一劫於善光明世界盧舍那藏佛剎爲一日一夜善光明世界一劫於超出世界法光明清淨開敷蓮華佛剎爲一日一夜超出世界一劫於莊嚴慧世界一切光明佛剎爲一日一夜莊嚴慧世界一劫於鏡光明世界覺月佛剎爲一日一夜佛子如是次第乃至百萬阿僧祇世界最後世界一劫於勝蓮華世界賢首佛剎爲一日一夜普賢菩薩等諸大菩薩充滿其中又阿彌陀佛經云佛告諸比丘僧是阿闍世王太子及五百長者子

劫後無數劫皆當作佛如阿彌陀佛佛言是阿闍世王太子及五百長者子住菩薩道以來無央數劫皆各供養四百億佛已今復來供養我阿闍世王太子及五百長者子等皆前世迦葉佛時為我作弟子今皆復會是共相值也

感應緣 略引十驗

宋沙門僧亮　宋居士葛濟之
宋比丘尼慧木　宋魏世子
宋沙門曇遠　梁沙門法悅
隋五十菩薩瑞像　隋沙門慧海
唐沙門道昂　唐沙門善曾

宋江陵長沙寺沙門釋僧亮志操剛烈戒德堅淨常結西方願造丈六無量壽像功用既巨積年不辦聞湘州錮溪山廟甚饒銅器欲化導鬼神取充成辦遂詣州刺史張邵告以事源請船數隻壯士百人張曰此廟靈驗犯者輒斃且蠻人守護恐此難果亮曰福與君共死則身當張即給人船未至一宿神已預知風震雲冥鳥獸鳴呼俄而亮到霧歇日明未至廟屋二十餘步有兩銅鑊容數百斛見一大蛇長十餘丈從鑊騰出亘身斷道從者百人悉皆退散亮乃整服而進振錫告蛇曰汝前世罪業故受蟒身不聞三寶何由自拔吾造丈六無量壽像聞此饒銅遠來相詣幸可開路使我得前蛇乃舉頭看亮引身而去亮躬率人徒捷取銅器唯牀頭唾壺可容四升有蝘蜓長二尺有餘跳躍出入遂置不取廟器重大十不收一唯勝小者船滿而還守廟之人莫敢拒護亮還都鑄像以宋元嘉九

年畢功神表端嚴威光偉曜造像靈異聲傳京師宋文皇帝奉迎還都以燄光未備勑造金薄圓光欲處安樂寺僉以彭城之塔號同本封旦顯居國門送處像焉至明帝之初以舊邸爲寺請像移住舊在湘宮大殿右一驗出梁高僧傳

宋葛濟之句容人稚川後也妻同郡紀氏體貌閒雅甚有婦德濟之世事仙學紀氏亦同而心樂佛法常存誠不替元嘉十三年方在機織忽覺雲日開朗空中清明因投釋筐梭仰望四表見西方有如來真形及寶蓋旛幢蔽映天漢心獨喜曰經說無量壽佛即此者耶便頭面作禮濟之敬其如此仍起就之紀授濟手指示佛所濟亦登見半身及諸旛蓋俄而隱没於是雲日鮮彩五色燭耀鄉比親族頗亦覩見兩三食頃方稍除歇自是村閭多歸法者

宋尼慧木者姓傅氏十一出家受持小戒居梁郡築弋村寺始讀大品日誦兩卷師慧超甞建經堂木往禮拜輙見屋内東北隅有一沙門金色黑衣足不履地木又於夜中卧而誦習夢到西方見一浴池有芙蓉華諸化生人列坐其中有一大華獨空無人木欲登華攀牽用力不覺誦經音響高大木母謂其魘驚起喚之木母篤老口無復齒木恒嚼哺飴母爲以過中不得淨漱故年將立不受大戒母終亡後木自除草開壇請師受戒忽於壇所見天地晃然悉黄金色仰望西南見一天人著繏衣衣色赤黄去木或近或遠尋没不見凡見靈異秘不語人木兄出家聞而欲知

乃誑誘之曰汝爲道積年竟無所招比可養髮當訪出門木聞甚懼謂當實然乃粗言所見唯靜稱尼聞其道德稱往爲抑方便請問乃爲具說木後與同等共禮無量壽佛因伏地不起咸謂得眠蹴而問之木竟不答靜稱復獨苦求問木云當伏地之時夢往安養國見佛爲說小品已得四卷因被蹴即覺甚追恨之木元嘉十四年時已六十九

宋魏世子者梁郡人也奉法精進兒子遵修唯婦迷閉不信釋教元嘉初女年十四病死七日而甦云可安施高座并無量壽經世子即爲具設經座女先雖齋戒禮拜而未嘗看經即升座轉讀聲句清利下啓父言兒死便往無量壽國見父兄及已三人池中已有芙蓉大華後當化生其中唯母獨無不勝此苦乃心故歸啓報語竟復絕母於是乃敬法云云

宋沙門曇遠廬江人也父萬壽御史中丞遠奉法精至持菩薩戒年十八元嘉九年丁父艱哀毀致招疾殆將滅性號誦之外便歸心淨土庶祈感應遠時請僧常有數人師僧含亦在焉遠常向含悔懺宿業恐有煩緣終無感徹僧含每獎厲勸以莫怠至十年二月十六日夜轉經竟衆僧已眠四更中忽自唱言歌誦歌誦僧含驚而問之遠曰見佛身黃金色形狀大小如今行像金光周身浮焰丈餘旛華翼從充牣虛空瓌妙麗極事絕言稱遠時住西廂中云佛自西來轉身西向當佇而立呼其速去曇遠常日羸喘示有氣息此夕壯厲悅樂動容便起淨手含布香手中并取

園華遥以散佛母謂遠曰汝今若去不念吾耶遠無所言俄而頓卧家既宿信聞此靈異既皆欣肅不甚悲懼遠至五更忽然而終宅中芬馨數日乃歇（右四驗出冥祥記也）

梁京師正覺寺釋法悦戒素沙門也齊末初爲僧主止京師正覺寺敦修福業四部所歸悦甞聞彭城宋王寺有丈八金像乃宋車騎徐州刺史王仲德所造光相之工江右稱最州境或應有災祟及僧尼横延釁戾像則流汗汗之多少則禍患之濃淡也宋泰始初彭城北屬群虜共欲遷像引至萬夫竟不能致齊初率州數郡欲起義南附亦驅逼衆僧助守營壍時虜帥蘭陵公陷此營獲諸沙門於是盡執二州道人誣繫園裏遣表僞臺誣以助亂像時流汗舉殿皆濕時僞梁王謙鎮在彭城亦多少信向親往像所使人拭之隨拭隨出終莫能止王乃燒香禮拜志心誓曰衆僧無罪弟子自當營護不使罹禍若幽誠有感願拭汗即止於是自手拭之隨拭即燥王具表其事諸僧見原釋悦既欣覩靈異誓願瞻禮而關禁阻隔莫由克遂又昔宋明皇帝經造丈八金像四鑄不成於是改爲丈四悦乃與白馬寺沙門智靖率合同緣欲改造丈八無量壽像以申厥志始鳩集金銅屬齊末亂離復致推斥至梁初方以事啓聞降勑聽許并助造光趺材官工巧隨用資給以梁天監八年五月三日於小莊嚴寺營鑄本量佛身四萬斤銅鎔寫已竭尚未至胷百姓送銅不可稱計投諸鑪治隨鑄而模內不滿猶自如先又馳啓聞勑給功德銅三千斤臺內始

就量送而像處已見羊車傳詔載銅鑪側於是飛囊銷鎔一鑄便滿甫爾之間人車俱失比臺内銅出方知向之所送信實靈感工匠喜踊道俗稱讃及至開模量度乃踊成丈九而光相不差又有大錢二枚猶見在衣條竟不銷鑠並莫測其然尋昔量銅四萬准用有餘後益三千計闕未滿而祥瑞冥密出自心圖故知神理幽通殆非人事初像素旣成比丘道昭常夜中禮懺忽見素所晃然洞明詳視久之乃知神光之異鑄後三日未及開模有禪師道度高潔僧也捨其七條袈裟助費開頂俄而遥見二僧跪開像髻逼就觀之倏然不見時悦靖二僧相次遷化勅以像事委之定林僧祐其年九月二十六日移像還光宅寺是月不雨頗有埃塵及明將遷像夜有輕雲遍上微雨沾澤僧祐經行像所係念天氣遥見像邊有光燄上下如燈如燭弁聞推懺禮拜之聲入戶詳視掩然俱燃防寺蔣孝孫亦所同見是夜淮中賈客並聞大航舶下催督治橋有如數百人聲將知靈器之重豈人致焉其後更鑄光趺並有風香之瑞自葱河以左金像之最唯此一耳右二驗出梁高僧傳

隋時有阿彌陀佛五十菩薩像者西域天竺之瑞像也相傳云昔天竺鷄頭摩寺五通菩薩往安樂界請阿彌陀佛娑婆衆生願生淨土無佛形像願力莫由請垂降許佛言汝且前去尋當現彼及菩薩還其像已至一佛五十菩薩各坐蓮華在樹葉上菩薩取葉所在圖寫流布遠近漢明感夢使往祈法便獲迦葉摩騰等至雒陽後騰姊子作沙門持此瑞

像又達此國所在圖之未幾齎像西返而此圖傳不甚流廣魏晉以來年載久遠又經滅法經像漂除此之瑞迹殄將不見隋文帝開教有沙門明憲從高齊道長法師所得此一本說其本起與傳符焉是以圖寫流布遍於宇內時有北齊畫工曹仲達者本是曹國人善於丹青妙畫梵迹傳模西瑞京邑所推故今寺壁正陽皆其真範也（右一驗出西域傳記）

隋江都安樂寺釋慧海俗姓張氏清河武城人也善閑經論然以淨土爲業專精致感忽有齊州僧道銓齎無量壽像來云是天竺鷄頭摩寺五通菩薩乘空往彼安樂世界圖寫儀容既冥會素情深懷禮懺乃覩神光炤爍慶所希幸於是模寫懇苦願生彼土沒齒爲念以大業五年五月微患至夜忽起依常面西禮竟跏趺而坐至曉方逝春秋六十有九顏色怡和儼如神在道俗悲涼競申接足花香如雨下金寶若山頹充委階墀福慧力矣

唐相州寒陵山寺釋道昂未詳其氏魏郡人也履信摽宗風神清徹獨懷異操高尚世表慧解夙成殆非開悟結志西方願生安養後知命極預告有緣至八月初當來取別期月既臨一無所患問齋時至未景次昆吾即陞高座身含奇相鑪發異香援引四衆受菩薩戒詞理切要聽者慙心于時七衆圍遶飡承遺味昂舉目高視乃見天衆繽紛絃管繁會中有清音遠聽哀婉天衆高亮告於衆曰兜率陀天樂音下迎昂曰天道乃是生死根本由來非願常祈心淨土如何此誠不遂意耶言訖便覩天樂上騰須臾遠滅便見西方香

華伎樂充塞如似團雲飛涌而來旋環頂上舉衆皆見昂曰大衆好住今西方靈相來迎事須親往言訖但見香鑪墜手便於高座而終卒于報應寺春秋六十有九即貞觀十年八月內也道俗崩慟觀者如山接捧將殯殮足下有普光堂等文字生焉還送寒陵山鑿龕處之經春不壞坐固如初又登講之夜時屬陰暗素無燈燭昂舉掌高示便發異光朗照堂宇大衆覩瑞怪所從來昂曰此光手中恒有何所怪乎自非道會靈章行符隣聖者何能現斯嘉應者哉

唐西京淨影寺釋善胄瀛州人也善通經論涅槃偏長席談機悟國中第一行年七十有一初患臨終語門人曰吾一生正信存心於佛理教無心輕略不慮淨土不生即令拂拭房宇燒香嚴待病來多日委卧不起忽爾自坐合掌語侍人曰安置世尊令坐口云世尊來也胄令懺悔慙愧如是良久曰世尊去矣低身似送因卧曰向者阿彌陀佛來汝等不見耶不久吾當去耳語頃便卒 右三驗出唐高僧傳

法苑珠林卷第十五

音釋

礫 狼狄切小石也
璫 都郎切耳珠也
斃 毗祭切死也
錮 古慕切
蝘蜒 蝘於典切蜒正作蜓徒典切蝘蜒守宮異名
魘 於琰切睡魘也氣窒心懼而神亂則魘
緤 息絹切
物 而振切滿也
銓 逡緣切
齎 戕西切持也
瀛 怡成切州名

法苑珠林卷第十六 敬佛之四

唐 西明寺沙門釋道世撰

彌勒部第五 此別五部

述意部 受戒部 讚歎部
業因部 發願部

述意部第一

惟大覺世雄隨機利物巧施現權之教以救將來之急時經末代命同風燭逐要利生無過見佛以釋尊遺囑於我法中所修行者並付慈氏令悟聖果大聖殷勤理固無妄一念相值終隔四流結妙願於華林感慈顏於兜率能扣冥機雲龍相會故上生經云是諸人等皆於法中種諸善根釋迦牟尼佛遺來付我觀此一言實固可祈自晉代之末始傳斯經暨乎宋明肇興茲會起千尺之尊儀摹萬仞之道樹設供上林鱗集大衆於是四部欣躍虔誠弘化每歲良辰三會無缺自齊代馭曆法縁增廣文宣德教彌綸斯業從此已來大會罕集行者希簡設有修學安心無法今録諸經依之修行冀通八正則芬烈於紫宮化流十善則暉煥於兜率功被下生澤均初會也

受戒部第二

述曰若是居家白衣未受戒者先受翻邪三歸日別六時隨時便受顯歸三寶自誓不迴必得上生若出家五衆已受得戒但依修行不須別受若無戒行追空念善亦不得生故智度論云我某甲盡形壽歸依佛歸依法歸依僧如是三說我某甲盡形壽歸依佛竟歸依法竟歸依僧竟如是三說又處胎經佛告彌勒偈云

汝所三會人　是吾先所化　九十六億人
受吾五戒者　次是三歸人　九十二億者
一稱南無佛　皆得成佛道
述曰廣明三歸功力具如敬福論三卷說既
受得三歸次須受十善戒法若不行十善定
不得上生應具修威儀至一出家人前誠勗
已一心至誠懺悔然後受云我某甲盡形壽
於一切有情上不簡凡聖不起殺心乃至第
十我某甲盡形壽於一切有情上不簡凡聖
不起邪見如是三說我某甲盡形壽於一切有情
上不簡凡聖不起殺心竟乃至第十我某甲
盡形壽於一切有情上不簡凡聖不起邪見
竟如是三說此之十善禁防身三過殺盜婬口四
過妄言綺語兩舌惡口意三過謂貪瞋邪見
此之十種是衆善之根本止則是持作便是
犯犯是十惡之本亦是萬禍之殃

讚歎部第三

如菩薩本行經云正使化無數億計人成辟
支佛若有人百歲四事供養功德甚多不如
有人以歡喜心一四句偈讚歎如來功德無
量又如善戒經云以四天下寶供養於佛又
以重心讚歎如來是二福德等無差別又大
悲經云一稱南無佛名者以是善根入涅槃
界不可盡也又若能至誠心念佛功德乃至
一華散於空中於未來世作天梵王其福不
盡以其不盡終至涅槃又涅槃經迦葉以偈
讚佛言
大悲愍衆生　故令我歸依　善拔衆毒箭
故稱大醫王　世醫所療治　雖瘥還復生
如來所治者　畢竟不復發　世尊甘露藥

以施諸衆生　衆生既服已　不死亦不生
如來今爲我　演說大涅槃　衆生聞秘藏
即得不生滅
又大方等陀羅尼經爾時華聚菩薩即讚佛
言
世尊身色如金山　猶如日光照世間
能拔一切諸苦惱　我今稽首大法王
世主法王甚希有　如是妙法復過是
難見難聞亦難遇　若有覩者成正覺
爾時阿須倫以偈讚佛
世尊面目如日月　能滅一切諸黒闇
今復拔濟於我等　我等歸命天中尊
文殊師利問經文殊說偈歎佛云
我禮一切佛　調御無等雙　丈六眞法身
亦禮於佛塔　生處得道處　法輪涅槃處
行住坐卧處　一切皆悉禮　諸佛不思議
妙法亦如是　能信及果報　亦不可思議
能以此祇夜　讚歎如來者　於千萬億劫
不墮諸惡趣
佛言文殊善哉善哉如來不可思議即說偈
言
佛生甘蔗姓　滅已更不生　若人歸依佛
不畏地獄苦如是三說
又華嚴經偈云
寧受一切苦　得聞佛音聲　不受一切樂
而不聞佛名　所以無量劫　受此諸苦惱
流轉生死中　不聞佛名故
又彌勒菩薩所問本願經云佛告阿難彌勒
不獨以偈讚我乃往過世十無央數劫爾時
有佛號焰光響作王如來所有梵志長者名

曰賢行於此佛所已得不起法忍爾時梵志賢行者今彌勒菩薩是阿難白佛言彌勒得法忍久遠乃爾何以不速逮無上正真之道成最正覺耶佛語阿難菩薩四事法不取正覺何等爲四一淨國土二護國土三淨一切四護一切是爲四事彌勒本求佛時以是四事故不取佛佛語阿難我本求佛時亦有此四然彌勒發意先我之前四十二劫我於其後乃發道意於此賢劫以大精進超越九劫得於無上正真之道致最正覺佛告阿難我以十事致最正覺何等爲十一所有一切無所愛惜二妻妾三兒子四頭目五手足六國土七珍寶財物八髓腦九血肉十不惜身命我以十事疾得佛道

又大悲經云佛告阿難汝觀如來在路行時能令大地高處令下下處令高高下諸處悉得平正如來過後地輙還復一切樹林傾側向佛樹神現身低頭禮拜如來過後樹輙還復一切丘陵坑坎屏厠臭穢叢林瓦礫皆悉掃除平正清淨馨香芬烈衆華布地如來足履蹈上而過無情諸物尚皆傾側何況有情而不加敬何以故我本修行菩薩行時於一切人所無不傾側謙下禮敬以是善業得成佛已有情無情如來行時無不傾側低頭禮拜我本曾以清淨微妙稱意資產至心自手施諸衆生以是業報如來行時大地平正掃灑清淨又無瓦礫我於無量諸賢聖所在路行時曾與掃治道路泥治房舍我以平等心無高下掃治令淨於一切時常求菩提利益衆生以是善根若佛如來在在處處行來路

首自然清淨地平如掌乃至須彌山王高八萬四千由旬在大海中亦深爾許及鐵圍山高十六萬八千由旬亦是金剛堅固佛涅槃時無不傾側低頭禮敬若欲遠避不傾側者亦無是處由歎如來故乃至舍利弗從他聞歎佛偈亦得道果故普曜經安陸比丘以偈報舍利弗言

吾師天中天　三界無極尊　相好身丈六
神通猶虛空　華熏去五陰　拔十二根本
不貪天世位　心淨開法門

時舍利弗欣然大悅如冥覩明口言善哉昔來抱疑又吾好學八歲從師至年十六靡不周綜行遍天下十六大國自謂已達今乃聞異無上正眞得吾本願由如來過去心淨離著不害衆生故所行之處脚足不汙蟲蟻不損故處處經云佛不著履有三因緣一使行者少欲二現足下輪三令人見之歡喜佛行足去地四寸有三因緣一見地有蟲蟻故二地有生草故三現神足故亦欲令人意止佛行地高下皆平有三因緣一本行四等心欲令一切安隱地在水上水中有神蟲蛾一切值佛足下皆安隱同心立意是故卑者爲高高者爲卑二諸天鬼神行福爲佛除地故高下爲平三佛爲菩薩時通利道徑橋梁渡人故從是得福故高下正平欲令人意亦爾又智度論云世尊身好細薄皮相塵土不著身如蓮華葉不受塵水若菩薩在乾土山中經行土不著足隨嵐風來吹破土山令散爲塵乃至一塵不著佛身若菩薩舉食著口中是時咽喉邊兩處流注甘露和合諸味是味清

淨故名味中得上味

又增一阿含經云無恭敬心於佛者當生龍蛇中以過去從龍中來今猶無敬多睡癡也

又四分律說偈云

有敬長老者　是人能護法　現世得名譽
將來生善道

讚彌勒四禮文玄奘法師依經翻出

至心歸命禮當來彌勒佛諸佛同證無爲體眞如理實本無緣爲誘諸天現兜率其猶幻士出衆形元無人馬迷將有達者知幻未曾然佛身本淨皆如是愚夫不了謂同凡知佛無來見眞佛於茲必得永長歡故我頂禮彌勒佛唯願慈尊度有情願共諸衆生上生兜率天奉見彌勒佛

至心歸命禮當來彌勒佛佛有難思自在力能以多刹內塵中況今現處兜率殿師子牀上結跏坐身如檀金更無比相好寶色曜光暉神通菩薩皆無量助佛揚化救含靈衆生但能至心禮無始罪業定不生故我頂禮彌勒佛唯願慈尊度有情願共諸衆生上生兜率天奉見彌勒佛

至心歸命禮當來彌勒佛慈尊寶冠多化佛其量超過數百千此土他方菩薩會廣現神變寶窻中佛身白毫光八萬恒說不退法輪因衆生但能修福業屈伸臂頃值慈尊恒沙諸佛由斯現況我本師釋迦文故我頂禮彌勒佛唯願慈尊度有情願共諸衆生上生兜率天奉見彌勒佛

至心歸命禮當來彌勒佛諸佛恒居清淨刹受用報體量無窮凡夫肉眼未曾識爲現千

尺一金軀衆生視之無厭足令知業果現閻浮但能聽經勤誦法逍遥定往兜率宮三塗於兹必永絶將來同證一法身故我頂禮彌勒佛唯願慈尊度有情願共諸衆生上生兜率天奉見彌勒佛

業因部第四

如來曾有經云下品十善謂一念頃中品十善謂一食頃上品十善謂從旦至午於此時中心念十善止於十惡亦得往生故野干心念十善七日不食生兜率天又上生經云我滅度後四衆八部欲生第四天當於一日至第七日繫念彼天持佛禁戒思念十善行十善道以此功德迴向願生彌勒佛前隨念往生（言七日者且從近說尚感彼天何況一生而不尅獲）又上生經云若有禮敬彌勒佛者除却百億劫生死之罪乃至來世龍華樹下亦得見佛又云我滅度後四衆八部聞名禮拜命終往生兜率天中若有男女犯諸禁戒造衆惡業聞是菩薩大悲名字五體投地誠心懺悔一切惡業速得清淨若有歸依彌勒菩薩當知是人得不退轉彌勒成佛見佛光明即得受記又上生經云佛滅度後若有精勤修諸功德威儀不缺掃塔塗地華香供養行諸三昧讀誦經典如是人等雖不斷結如得六通應當繫念念佛形像稱彌勒名若一念頃受八戒齋修諸淨業命終之時即得往生兜率天上蓮華臺中應時見佛白毫相光超越九十億劫生死之罪隨其宿緣爲說妙法令得不退又增一經云衆生三業造惡臨終憶念如來功德者必離惡道趣得生天上正使極惡之人以念佛故

亦得生天又大集經云若修慈者當捨身命時見十方佛手摩其頂掌手觸故心安快樂尋得往生清淨佛土又普賢觀經云若有晝夜六時禮十方佛誦大乘經思第一義甚深空法於一彈指頃除百萬億那由他恒河沙劫生死之罪行此法者眞是佛子從諸佛生十方諸佛及諸菩薩爲其和上是名具足菩薩戒者不須羯磨自然成就應受一切人天供養又法華經云若有人受持讀誦正憶念解其義趣是人命終爲千佛授手令不恐怖不墮惡道即往兜率天上彌勒菩薩所彌勒菩薩有三十二相大菩薩衆所共圍遶有百千萬億天女眷屬而於中生有如是等功德利益是故智者應當一心自書若使人書受持讀誦正憶念如說修行又智度論云若善男子能行是深般若波羅蜜者當知是人人道中來或兜率天來所以者何三惡道中罪苦多故不得行深般若欲界諸天著淨妙五欲心則狂惑故不能行色界天等深著禪定味故不能行無色界天無形故故不能行以兜率天上常有一生補處菩薩彼中諸天常聞說般若五欲雖多法力勝故是故說二處勝若從他佛國來生此間斯則轉勝也又處處經云佛言彌勒未來下有四因緣一有時福應彼閒二是此閒人麤無能受經者三功德未滿四世閒有能說經者故彌勒未下若當來下餘有五十億七千六十萬歲彌勒時人眼皆見四千里由本十種因緣德一不掩人眼明二不損人眼三不覆人眼四不蔵人善五不視殺六不視盜七不視婬八不視陰

私求人短九諸惡事不視十然燈於佛寺又佛說彌勒來時經云佛言彌勒佛欲來出時閻浮刹內地山樹草木皆焦盡於今閻浮刹地周帀六十萬里彌勒出時閻浮刹地東西長四十萬里南北廣三十二萬里地生五果四海之內無山陵溪谷地平如砥樹木長大人少三毒民多聚落城名汜羅那夷有一婆羅門名須凡當為彌勒作父母名摩訶越題彌勒當為作子相好具足身長十六丈生墮城地目徹視萬里內頭中日光照四千里彌勒得道為佛時於龍華樹下坐樹高四十里廣亦四十里大成佛經華枝如龍頭故名龍華樹亦有別傳云子從龍宮出故名龍華樹也用四月八日明星出時得道彌勒佛却後六十億劫六十萬歲當來下自外大同成佛經說

王玄策西國行傳云唐顯慶二年勅使王玄策等往西國送佛袈裟至泥婆羅國西南至頗羅度來村東坎下有一水火池若將家火照之其水上即有火焰於水中出欲滅以水沃之其焰轉熾漢使等曾於中架一釜煮飯得熟使問彼國王國王答使人云曾經以杖刺著一金匱令人挽出一挽一深相傳云此是彌勒佛當來成道天冠金火龍防守之此池火乃是火龍火也又智度論云彌勒菩薩為白衣時師名婆跋犁有三種相一眉間白毫相二舌覆面相三陰藏相如是等非是菩薩時亦皆有此相也又新婆沙論云曾聞尊者大迦葉波入王舍城最後乞食食已未久登鷄足山山有三峯如仰鷄足尊者入中結跏趺坐作誠言曰願我此身并納鉢杖久住不壞乃至經於五十七俱胝六十百千歲慈

氏如來應正等覺出現世時施作佛事發此願已尋般涅槃時彼三峯便合成一掩蔽尊者儼然而住及慈氏佛出現世時將無量人天至此山上告諸衆曰汝等欲見釋迦牟尼佛土多功德弟子衆中第一大弟子迦葉波不舉衆咸曰我等欲見慈氏如來即以右手撫鷄足山頂應時峯坼還爲三分時迦葉波將納鉢杖從中而出上昇虛空無量天人覩斯神變歎未曾有其心調柔慈氏世尊如應說法皆得見諦若無留化如此之事云何有耶有說有留化事問若爾世尊何故不留化身至涅槃後住持說法答所應作者已究竟故謂佛所應度皆已度訖所未度者聖弟子度之有說無留化事問若爾迦葉波事云何得有答諸信敬天神所任持故有說迦葉波爾時未般涅槃慈氏佛時方取滅度此不應理寧可說無不說彼默然多時虛作如是說者有留化事是故大迦葉波已入涅槃

發願部第五

惟凡夫力弱習惡來多以住娑婆其心怯弱初學是法恐畏退散常發大願扶持此行乃至命終心無障惱隨種善根願共含識自在往生彌勒內衆得至佛前隨念修學證不退轉不願往生於外衆中恐著五欲不得解脫故智度論云有人修少福業聞有福處常願往生及至命終各生其中又大莊嚴論云佛國事大獨行功德不能成就要須願力如牛雖力挽車要須御者能有所至淨佛國土由願引成以願力故福德增長不失不壞常見佛故又如十住論云若人發心求佛不休不

息有人以指舉大千世界在空却住不足爲難若發願言我當作佛是人希有何以故世人心劣無大志故又發菩提心論有十大願常悉修行一者願我先世及以今身所種善根施與一切衆生迴向佛道令我此願念念增長世世所生終不忘失常爲陁羅尼之所守護二者願我以此善根生處值佛常得供養不生無佛國中三者願我近諸佛隨侍左右如影隨形四者願我既得親近爲我說法成就五通五者願我通達世諦假名流布解第一義得正法智六者願我以無猒心爲衆生說示教利喜皆令開解七者願我以佛神力遍至十方一切世界供養諸佛聽受正法廣攝衆生八者願我隨順清淨法輪一切衆生聽我法者聞我名者即得捨離一切煩惱九者願我隨逐衆生將護與樂捨身命財荷負正法除無利益十者願我雖行正法心無所行亦無不行爲化衆生不捨正願願我以此十大誓願遍衆生界攝受一切恒沙諸願若衆生界有盡我願乃盡然衆生界不可盡故我此大願亦不可盡廣度衆生無邊法界所修善根皆悉迴向無上正覺生彌勒佛前聞清淨法悟無生忍但行住坐卧一生已來所修善根並共法界衆生迴向彌勒佛前速成不退玄奘法師云西方道俗並作彌勒業爲同欲界其行易成大小乘師皆許此法彌陁淨土恐凡鄙穢修行難成如舊經論十地已上菩薩隨分見報佛淨土依新論意三地菩薩始可得見報佛淨土豈容下品凡夫即得往生此是別時之意未可爲定所以西方

大乘許小乘不許故法師一生已來常作彌勒業臨命終時發願上生見彌勒佛請大衆同時說偈云

南無彌勒如來　應正等覺　願與含識速奉慈顔

南無彌勒如來　所居内衆　願捨命已必生其中

感應緣略引六驗

晉譙國戴逵　沙門釋道安

宋尼釋慧玉　梁沙門釋僧護

隋沙門釋靈幹　唐沙門釋善胄

夫最勝之相妙出無等非直光儀莫寫固亦形好不傳夫以世俗之指爪而匠法身之圓極筭數譬喻豈或萬一自泥洹以來久踰千祀西方像製流式中夏雖依經鎔鑄各務髣髴名士奇匠競心展力而精分密數未有殊絶晉世有譙國戴逵字安道者風清槩遠留遯舊吳宅性居理遊心釋教且機思通贍巧疑造化乃所以影響法相咫尺應身乃作無量壽挾侍菩薩研思致妙精鋭定製潛於帷中密聽衆論所聞褒貶輙加詳改覈准度於毫芒審光色於濃淡其和墨點采刻形鏤法雖周人盡策之微宋客象楮之妙不能踰也委心積慮三年方成振代迄今所未曾有凡在瞻仰有若至眞俄而迎像入山陰之靈寶寺道俗觀者皆發菩提心高平郗超聞而禮覲遂撮香而誓曰若使有常復覩聖顔如其無常願會彌勒既而手中之香勃焉自然芳煙直上其氣聯雲餘熏葳蕤溢於衢路凡預聞見皆心喜遍身宋臨川康王撰宣驗記亦

載其顯瑞戴公居去靈寶百有餘步戴嘗中夜而起見寺上有光其明甚熾謂是燔火狼狽往赴隣曲知者咸競駿奔而至寺門靜閉廼像放光明旦衆聞扣門方起共觀咸覩佛堂暉燄洞照于天莫不整躬虔禮歎覺化之無方也宋文帝迎像供養恒在後堂齊高帝起正覺寺欲以勝妙靈像鎮撫法殿乃奉移此像舊在正覺寺逵又造行像五軀積慮十年像舊在瓦官寺逵第二子顒字仲若素韻淵澹雅好丘園既負荷幽貞亦繼志才巧逵每製像常共參慮濟陽江夷少與顒友夷嘗託顒造觀世音像致力罄思欲令盡美而相好不圓積年無成後夢有人告之曰江夷於觀世音無緣可改爲彌勒菩薩戴即停手馳書報江信未及發而江書巳至俱於此夕感夢語事符同戴喜於神應即改爲彌勒於是觸手成妙初不稽思光顔圓滿俄爾而成有識讃仰感悟因緣之匪差比像舊在會稽龍華寺尋二戴像製歷代獨步其所造甚多並散在諸寺難悉詳録

晉長安五級寺有釋道安姓衛氏常山扶柳人也形雖不逮於人而聰儁罕儔七歲讀書再覽能誦年至十三出家日誦萬言不差一字師敬異之爲受具戒恣其遊學至鄴乃入中寺遇佛圖澄澄見而嗟異與語終日因事澄爲師澄講安覆疑難鋒起安挫鋭解紛行有餘力時人語曰漆道人驚四鄰安後避地南投襄陽與弟子釋慧遠等四百餘人渡江夜行值雷雨乘電光而進前行得入一家見門裏有二馬栁中間懸一馬篼可容一斛安

呼林伯升主人驚出果姓林名伯升謂是神人厚相奉接既而弟子問何以知其姓字安曰兩木為林皃容百升也既至襄陽有一外國銅像形製古異時衆不甚恭重安曰像形相致佳但髻形未稱令弟子鑪冶其髻既而光焰煥炳曜滿一堂詳視髻中見一舍利衆咸愧服安曰像既靈異不煩復治乃止識者咸謂安知有舍利故出以示衆時襄陽習鑿齒鋒辯天逸籠罩當時其先籍安高名早以致書通好承應真履王明白內融慈訓無照道俗齊蔭自大教東流四百餘年雖藩王居士時有奉者而真丹宿訓先行上世道運時遷俗未僉悟自須道業之隆咸無以匹所謂月光將出靈鉢應降法師任當洪範化洽無幽此方諸僧咸有思慕若慶雲東徂摩尼迴曜一蹋七寶之座暫現明哲之燈雨甘露於豐草植栴檀於江湄則如來之教復崇於今日玄波溢漾重蕩於末代矣文多不悉載及聞安至止即往修造既坐稱言四海習鑿齒安曰彌天釋道安時人以為名答安常注諸經恐不合理乃誓曰若所說不甚達理願見瑞相乃夢見胡道人頭白眉毛長語安云君所注經殊合道理我不得入泥洹住在西域當相助弘通可時時設食後十誦律至遠公乃知和上所夢賓頭盧也於是立座飯之處處成則安既德為物宗學兼三藏所制僧尼軌範佛法憲章條為三例一曰行香定座上經上講之法二曰常日六時行道飲食唱時法三曰布薩差使悔過等法天下寺舍遂則而從之安每與弟子法遇等於彌勒前立誓

願生兜率後至秦建元二十一年正月二十七日忽有異僧形甚庸陋來寺寄宿寺房既迮處之講堂時維那直殿夜見此僧從窻隙出入遽以白安安驚起禮訊問其來意答云相爲而來安曰自惟罪深詎可度脱彼答云甚可度耳然須更浴聖僧情願必果具示浴法安請問來生所生之處彼乃以手虚撥天之西北即見雲開備覩兜率妙勝之報爾夕大衆數十人悉皆同見安後營浴具見有非常小兒伴侶數十來入寺戲須臾就浴果是聖應也至其年二月八日忽告衆曰吾當去矣是日齋畢無疾而卒葬城内五級寺中是歲晉泰元十年也年七十二安未終之前每先聞羅什在西國思共講析每勸堅取之什亦遠聞安風謂是東方聖人恒遥而禮之初安生而便左臂有一皮廣寸許著臂捋可得上下之唯不得出手時人謂之寶印手菩薩安既終後十六年什公方至什恨不相見悲恨無極安既篤好經典志在宣法所請外國沙門僧伽提婆曇摩難提及僧伽跋澄等譯出衆經百餘萬言常與沙門法和詮定音字詳覈文旨新出衆經於是獲正孫綽爲名德沙門論目云釋道安博物多通才經名理又爲之贊曰

物有廣贍　人固多宰　淵淵釋安　專能兼倍
飛聲汧隴　馳名淮海　形雖萃化　猶若常在

有別記云河北別有竺道安與釋道安齊名謂習鑿齒致書於竺道安道安本隨師姓竺後改爲釋世見其二姓因謂爲兩人謬矣右此二驗出梁高僧傳

宋尼釋慧玉長安人也行業勤修經戒通備甞於長安薛尚書寺見紅白光十餘日中至四月八日六重寺沙門來遊此寺於光處得彌勒金像高一尺餘慧玉後南渡樊郢住江陵靈收寺元嘉十四年十月夜見寺東樹有紫光爛起暉映一林以告同學妙光等而悉弗之見也二十餘日玉常見焉後寺主釋法弘將於樹下營築禪基仰首倏間得金坐像亦高尺許也（右此一驗出冥祥記）

梁剡石城山有釋僧護本會稽剡人也少出家便尅意苦節戒行嚴淨後居剡石城山隱岳寺寺北有青壁直上數十餘丈當中央有如佛焰光之形上有叢樹曲幹垂蔭護每經行至壁所輒見光明煥炳聞弦管歌讚之聲於是擎鑪發誓願博山鐫造十丈石佛以敬擬彌勒千尺之容使凡厥有緣同覩三會以齊建武中招結道俗初就彫剪踈鑿移年僅成面璞頃之護遘疾而亡臨終誓曰吾之所造本不期一生成辦第二身中其願尅果後有沙門僧淑纂襲遺功而資力莫由未獲成遂至梁天監六年有始豐令吳郡陸咸罷邑還國夜宿剡溪值風雨晦冥咸皆危懼假寐忽夢見三道人來告云若識信堅正自然安隱有建安殿下感患未瘳若能治剡縣僧護所造石像得成就者必獲平豫冥理非虛宜相開發也咸還都經年稍忘前夢後出門乃見一僧云聽講寄宿自言去歲剡溪所囑建安王事猶憶此不咸當時懼然答云不憶道人笑曰宜更思之仍即辭去咸悟其非凡乃倒屣諮訪追及百步忽然不見咸豁爾意解

具憶前夢乃剡溪所見第三僧也咸即馳啓建安王王即以上聞勑遣僧祐律師專任像事王乃深信益加喜踊充遍抽捨金貝誓取成畢初僧祐未至一日寺僧慧逵夢見黑衣大神翼從甚壯立于龕所商略分數至明旦初祐律師至其神應若此初僧護所創鑿龕過淺乃鏟入五丈更施頂髻及身相剋成瑩磨將畢夜中忽當卍字處色赤而隆起今像胷卍字處猶不施金薄而赤色存焉像以天監十二年春就功至十五年春竟坐軀高五丈立形十丈龕前架三層臺又造門閣殿堂并立衆基業以充供養其四遠士庶並提挾香華萬里來集供施往還軌迹填委自像成之後建安王所苦消瘳王後改封今之南平是也右一驗出梁高僧傳

隋西京大禪定道場釋靈幹俗姓李氏金城狄道人也志節恭勤常修淨業依華嚴經作蓮華藏世界海觀及作彌勒天宮觀至開皇十七年遇疾暴悶唯心不冷未敢葬殯後醒述云初見兩人手把文書房前而立曰官須見師俛仰之間乃與俱往狀如乘空足無所涉到一大園七寶樹林端嚴如畫二人送達便辭而退幹獨入園東西極目但見林地山池無非珍寶焜煌亂目不得正視樹下花座或有人坐或無坐者忽聞人喚云靈幹汝來此耶尋聲就之乃慧遠法師也禮訊問曰此爲何所答曰是兜率陀天吾與僧休同生於此次吾南坐上者是休法師也遠與休形並非本身頂戴天冠衣以朱紫光偉絕世但語聲似舊依然可識又謂幹曰汝與我諸弟子

後皆生此矣因得覺悟重增故業端然觀行絶交人物至大業三年禪定初成勑召爲道場上座僧徒一盛匡救有叙至於八年於本房内所患漸重將欲終卒目睛上視不與人對久之乃垂顔如常曰沙門童眞問疾因見是相幹謂眞曰向見青衣童子二人來召相逐而去至兜率天城外未得入宫若翹足舉望則見城中寶樹華蓋若平立即無所見也傍侍疾者向舉目者是其相矣眞曰若即住彼大遂本願幹曰天樂非久終墜輪迴華嚴藏海是所圖也不久氣絶須臾復穌童眞問何所見耶幹曰見大水遍滿華如車輪幹坐其上所願足矣尋爾便卒（童眞法師是隋時曰大禪定寺主武德初七也）以大業八年正月二十九日卒於本寺春秋七十有八也

唐西京淨影寺釋善胄俗姓淮氏瀛州人也通敏易悟極閑論激機辯爲心美譽聞徹於仁壽末年奉勑置塔送舍利子梓州牛頭山華林寺嚴轝將達感豬八頭突倒轝下從行至館驅逐乃走還來如故漸至城治黒蜂四枚形甚壯偉隨轝旋遶數帀便去既至州館夜放大光明徹屋上如火焰發食頃方滅又掘塔基入深丈餘正當函處得古瓷瓶無蓋有水清澄香美乃用盛於函内寺九層浮圖從西南角第二級放光上照相輪如五石甕黄赤如火良久方隱又堂内彌勒像亦放眉間紫光幷二菩薩亦放赤光通照寺院前後七度衆人同見除不來者武德三年八月内終於本寺春秋七十有一（右二驗出唐高僧傳内）

法苑珠林卷第十六

音釋

嵐盧含切 挽武綰切引也 坼恥格切裂也 鑄陟慮切鎔金入範

譙慈消切國名 觳胡得切老也 儁祖峻切絕異也 枊疑剛切馬柱也

篼當候切飼馬籠也 捋盧活切撮也摩也 汧苦堅切水名

法苑珠林卷第十七

唐西明寺沙門釋道世撰

普賢部第六

感應緣 略引四驗

宋路昭太后
沙門釋道冏　　沙門釋道温
齊沙門釋普明

宋路昭太后大明四年造普賢菩薩乘寶輿白象安於中興禪房因設講于寺其年十月八日齋畢解座會僧二百人于時寺宇始構帝甚留心輦蹕臨幸旬必數四僧徒勤整禁衛嚴肅爾日僧名有定就席久之忽有一僧預于座次風貌秀舉闔堂驚矚齋主與語往還百餘言忽不復見列筵同覩識其神人矣

宋大明年中有寺統法師名道温居在秣陵縣既見皇太后叡鑒沖明聖符幽洽滌思淨場研襟至境固以聲藻震中事靈梵表迺創思鎔斲抽寫神華模造普賢彩儀盛像寶傾宙珍妙盡天飾所設講齋訖今月八日嚫會有限名薄索定引次就席數無盈減轉經將半景及昆吾忽覩異僧預于座內容止端嚴氣貌秀發舉衆矚目莫有識者齋主問曰上人何名答曰名慧明問住何寺答云來自天安言對之間倐然不見闔堂驚魂遍筵肅慮以爲明祥所貴幽應攸闡紫山可覩華臺不遠蓋聞至誠所感還景移緯澄心所殉發石開泉況帝德涵運皇功懋洽仁洞乾遐理暢冥外故上王盛士尅表大明之朝勸發妙身躬見龍飛之室意若曰陛下慧燭海縣明華日月故以慧明爲人名繼天興祚式垂無疆

故以天安爲寺稱神基彌遠道政方凝九服識泰萬寓齊悦謹列言屬縣以詮天休

宋沙門釋道冏扶風好時人也本姓馬氏學業淳粹弱齡有聲元嘉二年九月在洛陽爲人作普賢齋道俗四十許人已經七日正就中食忽有一人袴褶乘馬入至堂前下馬禮佛冏謂常人不加禮異此人登馬揮鞭忽失所在便見赤光赫然竟天良久而滅後三年十二月在白衣家復作普賢齋將竟之日有二沙門容服如凡直來禮佛衆中謂是庸僧不甚尊仰聊問何居答曰住在前村時衆白衣有張道覺其有異至心禮拜沙門出門行可數十步忽有飛塵直上衝天追目此僧不復知所冏以七年與同學來遊京師時司空何尚之始構南澗精舍冏寓居焉夜中忽見四人乘一新車從四人傳教來在屋内呼與共載道冏驚其夜至疑而未言因眼閉不覺昇車俄而至郡後沈橋見一貴人著帢被箋布單衣坐牀燾繖形似華蓋鹵簿從衞可數百人悉服黃衣見冏驚曰行般舟道人精心遠詣旨欲知其處耳何故將來即遣人引送冏還至精舍門外失所送人門閉如故扣喚久之寺内諸僧咸驚相報告開門内之視所住房戸猶故關之右三驗出冥祥記云

齊上定林寺有釋普明姓張臨渭人少出家禀性清純蔬食布衣以懺誦爲業誦法華維摩二經及諷誦之時有別衣別座未嘗穢雜每至勸發品輙見普賢乘象立在其前誦維摩經亦聞空中唱樂又善神呪所救皆愈有鄉人王道真妻病請明來呪明入門婦便悶

絕俄見一物如狸長數尺許從狗竇出因此而愈明眥行水傍祠巫覡自云神見之皆奔走以宋孝建中卒春秋八十有五（右一驗出唐高僧傳）

觀音部第七

感應緣（略引十八驗）

秦徐義者高陸人也少奉法爲符堅尚書堅末兵革蜂起賊獲義將加戮害乃埋其兩足編髮於樹夜中專念觀世音有頃得眠夢人謂之曰今事亟矣何暇眠乎義便驚起見守防之士並疲而寢乃試自奮動手髮旣解足亦得脫因而遁去百餘步隱小叢草便聞追者交馳火炬星陳乎繞此叢而竟無見者天明賊散歸投鄴寺遂得免之

秦畢覽東平人也少奉法隨慕容垂北征沒虜單馬逃竄虜追騎將及覽至心誦念觀世音旣得免脫因入深山迷惑失道又專心歸念中夜見一道人法服持錫示以途徑遂得還路安隱至家

晉始寧山有竺法義晉興寧中沙門遊刃衆典尤善法華受業弟子常有百餘至咸安二

年忽感心氣疾病常存念觀世音乃夢見一人破腹洗腸寤便病愈傅亮每云吾先君與義公遊處而聞說觀世音神異莫不大小肅然矣

晉沙門竺法純山陰顯義寺主也晉元興中起寺行牆至蘭上買材路經湖道材主是婦人而應共至材所准許價直遂與同船俱行旣入大湖日暮暴風波浪如山純船小水入命在瞬息念値行無福忽遇斯災又與婦人俱行其以罔懼乃一心誦觀世音經俄有大舟泛流趣純適時旣入夜行旅已絕純自惟念不應有此流船疑是神力旣而共渡乘之而此小船應時即沒大舟隨波鼓蕩俄得達其岸耳

晉沙門釋開達隆安二年登壟採甘草爲羌所執時年大飢羌胡相噉乃置達柵中將食之先在柵者十有餘人羌日夕烹俎唯達尚存自達被執便潛誦觀世音經不懈乎心及明日當見噉其晨始曙忽有大虎遙逼群羌奮怒號吼羌各駭怖迸走虎乃前嚙柵木得成小闕可容人過已而徐去達初見虎嚙柵必謂見害旣柵穿而不入心疑其異將是觀音力計度諸羌未應便及即穿柵逃走夜行晝伏遂得免脫

晉郭宣之太原人也義熙四年爲楊思平梁州府司馬揚以輒害范元之等被法宣亦同執在獄唯一心歸向觀世音菩薩後夕將眠之際忽親覩菩薩光明照獄宣瞻覲禮拜祈請誓願久之乃沒俄而宣之獨被恩赦旣釋依所見形製造圖像又立精舍焉後零陵衡

陽卒官

晉潘道秀吳郡人年二十餘爲軍糾主北爲征固旣而軍小失利秀竄逸被掠經數處作奴俘虜異域欲歸無因少信佛法恒志心念觀世音每夢寐輒見後旣南奔迷不知道於窮山中忽覩眞形如今行像因作禮禮竟豁然不覺失之乃得還路遂歸本土後精進彌篤年垂六十而亡

晉欒苟不知何許人也少奉法嘗作福富平令先從征虜循值小失利舫遭火垂盡賊亦交逼正在中江風浪駭目苟恐怖分盡猶誦念觀世音俄見江中有一人挺然孤立腰與水齊苟心知祈念有感火賊已切便投水就之身旣浮涌脚以履地尋而大軍遣船迎接敗者遂得免濟

晉沙門釋法智爲白衣時嘗獨行至大澤中忽遇猛火四方俱起走路已絶便至心禮誦觀世音俄然火過一澤之草無有遺莖者唯智所處容身不燒於是始乃敬奉大法後爲姚興將從征索虜軍退失馬落在圍裹乃隱溝邊荆棘叢中得蔽頭復念觀世音心甚勤至隔溝人遥喚後軍指令煞之而軍過搜覔輒無見者因得免濟後遂出家

晉南公子敖始平人也戍新平城爲佛佛虜兒長樂公所破合城數千人皆被誅害子敖雖分必死而猶至心念觀世音旣而次至子敖群刃交下或高或僻持刀之人忽疲懈四支不隨爾時長樂公親自臨刑驚問之子敖聊爾答云能作馬鞍乃令原釋子敖亦不知所以作此言時後遂得遁逸造小形像貯以

香函則頂戴也

晉孫道德益州人也奉道祭酒年過五十未有子息居近精舍景平中沙門謂德必願有兒當至心禮誦觀世音經此可冀也德遂罷不事道單心投誠歸觀世音少日之中而有夢應婦即有孕遂以產男也

晉劉度平原遼城人也鄉里有一千餘家並奉大法造立形像供養僧尼值虜主木末時此縣甞有逋逃末大怒欲盡滅一城衆並兇懼分必彌盡度乃潔誠率衆歸命觀世音頃之末見物從空中下繞其所住屋柱驚視乃觀世音經使人讀之末大歡喜用省刑戮於是此城即得免害

晉竇傳者河內人也永和中并州刺史高昌冀州刺史呂護各權部曲相與不和傳爲昌所用作官長護遣騎抄擊爲所俘執同伴六七人共繫一獄鎖械甚嚴尅日當煞之沙門支道山時在護營中先與傳相識聞其執戹出至獄所候視之隔戶共語傳謂山曰今日困戹命在漏刻何方相救山曰若能至心歸請必有感應傳先亦頗聞觀世音及得山語遂專心屬念晝夜三日至誠自歸觀其鎖械如覺緩解有異於常聊試推盪忽然離體傳乃復至心曰今蒙哀祐已令桎梏自解而同伴尚多無心獨去觀世音神力普濟當令俱免言畢復牽挽餘人皆以次解落若有割剔之者遂開戶走出於警徼之間莫有覺者便踰城逕去時夜已向曉行四五里天明不復進共逃隱一榛中須臾覺失囚人馬絡繹四出尋捕焚草踐林無不至遍唯傳所隱一

畝許地終無至者遂得免還鄉里敬信異常咸皆奉法道山後過江爲謝居士敷具說其事右十四驗出冥祥記

宋張興者新興人也頗信佛法甞從沙門僧融曇翼時受八戒興甞爲劫所引夫得走逃妻坐繫獄掠笞積日時縣失火出囚路側會融翼同行經過囚邊妻驚呼闍梨何以賜救融曰貧道力弱無救如何唯宜勤念觀世音庶獲免耳妻便晝夜祈念經十許日於夜夢一沙門以脚蹈之曰咄咄可起妻即驚起鉗鎖桎梏忽然俱解便走趣戶戶時猶閉警防殊嚴既無由出慮有覺者乃還著械尋復得眠又夢向沙門曰戶已開矣妻覺而馳出守備者並已惛睡妻安步而去時夜甚闇行可數里卒值一人妻懼躃地已而相訊乃其夫也相扶悲喜夜投僧翼翼藏匿之遂得免時元嘉初也

宋琰稚年在交阯彼土有賢法師者道德僧也見授五戒以觀世音金像一軀見與供養形製異今又非甚古類元嘉中作鎔鑄殊工似有眞好琰奉以還都時年在齠齓與二弟常盡勤至專精不倦後治改弊廬無屋安設寄京師南澗寺中于時百姓競鑄錢亦有盜毀金像以充鑄者時像在寺已經數月琰晝寢夢見立于座隅意甚異之時日已暮即馳迎還其夕南澗十餘軀像悉遇盜亡其後久之像於曛暮間放光顯照三尺許地金輝秀起煥然奪目琰兄弟及僕役同覩者十餘人于時幼小不即題記比加撰錄忘其日月是宋大明七年秋也至秦始末琰移居烏衣周

旋僧以此像權寓多寶寺琰時暫遊江都此僧仍適荆楚不知像處垂將十載常恐神實與因俱絶宋升明末遊蹟峽表經過江陵見此沙門廼知像所其年琰還京師即造多寶寺訪焉寺主愛公云無此寄像琰退慮此僧孟浪將遂失此像深以惆悵其夜夢人見語云像在多寶愛公忘耳當爲得之見將至寺此人手自開殿見像在殿之東衆小像中的的分明詰旦造寺具以所夢請愛公愛公乃爲開殿果見此像在殿之東如夢所覩遂得像還時建元元年七月十三日也像今常自供養庶必永作津梁脩復其事有感深懷沿此徵覿綴成斯記夫鏡接近情莫踰儀像瑞驗之發多自此與經云鎔斵圖績類形相者爰能行動及放光明今西域釋迦彌勒二像暉用若冥蓋得相乎今華夏景指神應亟著亦或當年群生因會所感假憑木石以見幽異不必剋由容好而能然也故沉石浮深實闡閩吳之化壓金瀉液用舒彭宋之禍其餘銓示繁方雖難曲辯率其大哲允歸目從若夫經塔顯効旨證亦同事非殊貫故繼其末

右二驗出冥祥記也

魏常山衡唐精舍釋道泰元魏末人夢人謂曰爾至某年當終於四十二矣泰寤懼之及至其年遇病甚憂恐以身資爲福有友人曰余聞供養六十二億菩薩與一稱觀音福同無異君何不至心歸依可必增壽泰乃感悟遂四日四夜專精不絶所坐帷下忽見光明從户外而入見觀音足趺踝間金色朗照語泰曰汝念觀世音耶比泰褰帷頃便不復見

悲喜流汗便覺體輕所患悉愈聖力所加後終延年

魏天平年中定州募士孫敬德造觀音像自加禮敬後爲劫賊所引不勝拷楚妄承其死將加斬決夢一沙門令誦救生觀世音經千遍得脫有司執縛向市且行且誦臨刑滿千刀斫自折以爲三段皮肉不傷三換其刀終折如故視像項上有刀三迹以狀奏聞丞相高歡表請免死勑寫其經廣布於世今謂高王觀世音經自晉宋梁陳秦趙國國分十六時經四百觀音地藏彌勒彌陀稱名念誦獲得救者不可勝紀具諸傳録故不備載

魏末魯郡釋法力未詳何人精苦有志勤營塔寺欲於魯郡立精舍而材不足與沙彌明琛往上谷乞麻一載將還行空澤中忽遇野火車在下風恐無得免法力倦眠比寤而火勢已及因舉聲稱觀未遑稱世音應聲風轉火焰尋滅安隱還寺又有沙門法智本爲白衣獨行大澤猛火四面一時同至自知必死乃合面於地專稱觀世音怪無火燒舉頭看之一澤之草纖毫並燼唯智所伏僅容身耳因此感悟捨俗出家又沙門道集於壽陽西山遊行爲二賊所得縛繫在樹將欲殺之唯念觀音守死不輟引刀屢斫皆無傷損劫賊怖走集因得脫又沙門法禪山行逢賊危欲害之唯念觀音挽弓射之放箭不得賊遂歸誠投弓於地知是神人怖捨逃逝（右二驗出唐僧行遠高僧傳九眞法）

頌曰

釋化能仁　觀機降天　衆聖之上　實爲帝先

交養怡和　濯粹沖源　慈誨含識　善誘中玄
恩舒慧炬　燭我宵然　隨機變化　孰識其年
望之遐舉　即亦雲津　般之以形　悼之以神
三乘既弘　雙林遺身　假唱泥洹　正法常宣

敬法篇第七 此有六部

述意部　聽法部　求法部
感福部　法師部　謗罪部

述意部第一

蓋聞寂然不動是則無象無言感而遂通所以有名有教是以一四之句難聞三千之火易入庶使凝寒靜夜朗月長霄獨處空閑吟誦經典吐納宮商文字分明言味流美詞韻相屬適衆人心利生物善足使幽靈欣躍精神悅豫久習純熟文義洞曉敬心殷誦至誠冥感信知受持一偈福利弘深書寫一言功超數劫是以迦葉頂受靡悋剝皮薩陀心樂無辭灑血此是甘露之初門入道之終德也

聽法部第二

如付法藏經云佛言一切衆生欲出三界生死大海必假法船方得度脫法爲清涼除煩惱熱法是妙藥能愈結病法是衆生眞善知識作大利益濟諸苦惱所以然者一切衆生志性無定隨所染習近善則善近惡則惡若近惡友便造惡業流轉生死無有邊際若近善友起諸敬心聽受妙法必能令離三塗苦惱由此功德受最勝樂華氏國王有一白象能滅怨敵若人犯罪令象蹋殺後時象廐爲火所燒移象近寺象聞比丘誦法句經偈云

爲善生天　爲惡入淵

象聞法已心便柔和起慈悲心後付罪人但

以鼻嗅舌舐而去都不肯殺王見斯已心大惶怖即召諸臣共謀此事智臣白王此象近寺必聞妙法是故爾耳今可移近屠肆處繫王用其言象見屠殺惡心猛熾殘害更增是以當知一切衆生志性無定畜生尚爾聞法生慈見殺增害豈況於人而不染習是故智者宜應覺知見惡須棄覩善宜近勤聽經法又於往昔有婆羅門持人髑髏其數甚多詣華氏城中遍行衒賣經歷多時都無買者時婆羅門極大瞋恚高聲罵言此城中人愚癡闇鈍若不就我買髑髏者我當與作惡名聞也爾時城中諸優婆塞聞畏毀謗便將錢買即以銅筯貫穿其耳若徹過者便與多價其半徹者與價漸少都不通者全不與直婆羅門言我此髑髏皆悉無異何故與價差別不等優婆塞言前徹過者此人生時聽受妙法智慧高勝貴其如此相與多價其半徹者雖聽經法未善分別故與少直全不通者此人往昔都不聽法故不與價時優婆塞持此髑髏往至城外起塔供養命終之後悉得生天以是因緣當知妙法有大功德此優婆塞以聽法人髑髏起塔而供養之尚得生天況能至心聽受經法供養恭敬持經人者此之福報實難窮盡未來必當成無上道是故智者欲得無上安隱快樂應當至心勤聽經法賢愚經云昔佛在世時舍衛國中須達長者信敬佛法爲僧檀越衆僧所須一切供給須達家内有二鸚鵡一名律提二名賒律提稟性黠慧解人言語見比丘來先告家内令出迎送阿難後時到長者家見鳥聰黠爲説四

諦苦集滅道門前有樹二鳥聞法飛向樹上歡喜誦持夜在樹宿野狸所食緣此善根生四王天盡彼天壽生忉利天忉利壽盡生夜摩天夜摩壽盡生兜率天兜率壽盡生化樂天化樂壽盡生於第六他化自在天他化壽盡還生化樂如是次第還復下至四天王天四天壽盡還復上至他化自在天如是上下經於七返生六欲天自恣受樂極天之壽而無中夭後時命終來生人中出家修道得辟支佛一名曇摩二名修曇摩

賢愚經云昔佛在世時有一比丘林中誦經音聲雅好時有一鳥聞法敬愛在樹而聽時爲獵師所射命終緣此善根生忉利天面貌端正光相昞然無有倫匹自識宿命知因比丘誦經聽法得生此中即持天華到比丘所禮敬問訊以天香華供養比丘比丘具問知其委曲即命令坐爲其說法得須陀洹既得果已還歸天上禽鳥聽法尚獲福報無邊豈況於人信心聽法寧無善報

善見律論云昔佛在世時到瞻婆羅國迦羅池邊爲衆說法時彼池中有其一蛤聞佛池邊說法之聲即從池出入草根下聽佛說法時有一人持杖放牛見佛在坐爲衆說法即往佛所欲聞法故以杖剌地誤著蛤頭即便命終生忉利天以福報故宮殿縱廣十二由旬與諸天女娛樂受樂即乘宮殿往至佛所頭頂禮足佛知故問汝是何人忽禮我足神通光明相好無比照徹此間蛤天人以偈而答言

往昔爲蛤身　於水中覔食　聞佛說法聲

出至草根下　有一牧牛人　持杖來聽法
杖鐓刺我頭　命終生天上

佛以蛤天人所說偈爲四衆說法是時衆中八萬四千人皆得道迹蛤天人得須陀洹果含笑而去

求法部第三

如雜寶藏經云昔有一女人聰明智慧深信三寶常於僧次請二比丘就舍供養後時便有一老比丘次到其舍年老根昧素無知曉齋食訖已女人至心求請說法敷座頭前閉目靜坐比丘自知不解說法趣其泯眼棄走還寺然此女人至心思惟有爲之法無常苦空不得自在深心觀察即時獲得須陀洹果即得果已向寺求覓欲報其恩然此比丘自審無知棄他逃走倍生慚恥轉復藏避而此女人苦求不已方自出現女人見已具說蒙得道果因緣齋供報恩老比丘聞甚大慚愧深自尅責亦復獲得須陀洹果是故行者應當至心精誠求法若至心者所求必獲

涅槃經云佛言我念過去作婆羅門在雪山中修菩薩行時世無佛亦無經法時天帝釋觀見菩薩獨在山中修諸苦行即下試之自變其身作羅刹像甚可怖畏住菩薩前口說半偈

諸行無常　是生滅法

說是偈已遍觀四方菩薩聞偈心生歡喜即從座起以手舉髮四向顧視不見餘人唯見羅刹即便往問大士何處得是半偈此半偈義乃是三世諸佛正道羅刹答言汝不須問我不食來已經多日處處求索了不能得飢

渴苦惱心亂謬語非我本心之所知也菩薩復語若能爲我說是偈竟我當終身爲汝弟子羅刹答言汝智太過但自憂身都不見念我今飢逼實不能說菩薩復語汝食何食羅刹答言我所食者唯人暖肉其所飲者唯人熱血菩薩聞已即語羅刹但能具足說是偈竟我當以身奉施供養羅刹答言誰當信汝爲八字故棄所愛身菩薩答言我今有證梵釋四王諸佛菩薩能爲我證羅刹聞已敕聽許說菩薩歡喜即脱皮衣爲敷法座白言和上願坐此座善爲我說羅刹即說生滅滅已寂滅爲樂說是偈已菩薩深思然後處處石壁道樹書寫此偈竟上高樹投身而下未至地頃時虛空中出種種聲爾時羅刹還復釋身接取菩薩安置平地懺悔辭謝頂禮而去

緣爲半偈捨身因緣超十二劫在彌勒前成無上道

涅槃經云佛言我念過去無量無邊那由他劫此娑婆世界有佛出世號釋迦牟尼爲衆生宣說大涅槃經我於爾時從善友所傳聞佛說大涅槃經心中歡喜即欲供養貧無財物遂行賣身薄德不售即欲還家路見一人而復語言吾欲賣身君能買不其人答言我家作業人無堪者吾有惡病良醫處藥應當日服人肉三兩卿若能以身肉三兩日日見給便當與汝金錢五枚我時聞已歡喜語言惠我七日須我事訖便還相就其人答言聽汝一日我即取錢往至佛所禮已奉獻然後誠心聽受是經我時闇鈍唯受一偈

如來證涅槃　永斷於生死　若能至心聽

常得無量樂
受是偈已至病人家雖復日日與肉三兩以
念偈故不以爲痛日日不廢足滿一月其人
病瘥瘡亦平復我時見身具足平復即發菩
提願未來世成佛之時亦願號字釋迦牟尼
以是因緣令得成佛
又集一切福德三昧經云昔過去久遠阿僧
祇劫有一仙人名曰最勝住山林中具五神
通常行慈心後作是念非但慈心能濟衆生
唯集多聞能滅衆生煩惱邪見能生正見念
已便詣城邑聚落處處推求説法之師時有
天魔來語仙言我今有佛所説一偈汝今若
能剥皮爲紙刺血爲墨析骨爲筆書寫此偈
當爲汝説最勝仙人聞已念言我於無量百
千劫中常以無事爲他割截受苦無量都無
利益我今當捨不堅之身易得妙法歡喜踊
躍即以利刀剥皮爲紙刺血爲墨析骨爲筆
合掌向天請説佛偈時魔見已愁憂憔悴即
便隱去仙人見已作如是言我今爲法不惜
身命剥皮爲紙刺血爲墨析骨爲筆爲衆生
故至誠不虛餘方世界有大慈悲能説法者
當現我前作是語時東方去此三十二刹有
佛國土名普無垢其國有佛號淨名王忽住
其前放大光明照最勝身苦痛即除平復如
故佛即廣爲説集一切福德三昧最勝聞法
得無礙辯佛説法已還没不現最勝仙人得
辯才已爲諸衆生廣説妙法令無量衆生住
三乘道經千歲後而乃命終生淨名王普無
垢國由敬法故今得成佛佛告淨威昔最勝
者今我身是是以當知若有人能恭敬求法

佛於其人不入涅槃法亦不滅雖在異土常面覩佛得聞正法

感福部第四

如普曜經云若有賢人聞是經典叉手自歸即捨八事懈怠之本成八功勳何謂爲八一得端正好色二得力勢强盛三得眷屬滋茂四逮得辯才無量五學疾得出家六所行清淨七得三昧定八得智慧明無所不照若有法師布座諷誦是經得八座福何謂爲八一得長者座二得轉輪王座三得天帝座四得自在天座五得羅漢座六得菩薩座七得如來座八得轉法輪度脫一切衆生座若有法師頒宣是法有讚歎善哉者當得八清淨行何謂爲八一言行相應無所違失二口言至誠而無虛妄三在於衆會眞諦無欺四所言人信不捨遠之五所言柔輭初無麤獷六其聲悲和猶如哀鸞七身心隨時音聲如梵會中人聞莫不諮受八音響如佛可衆生心若有書是經典得八大藏何謂爲八一得意藏未曾妄捨二所得心藏無所不解分別經法三得往來藏普解一切諸佛經法四得總持藏一切所聞皆能識念五得辯才藏爲諸衆生頒宣經典皆歡喜受六甚深法藏將護正法七道意法藏未曾斷絶三寶法教八奉行法藏則輙逮得無所從生忍

又華嚴經云善男子假使有人以大海等墨須彌聚筆書寫此經一一品一一法門一一方便一一法門一一句中義味猶不能盡

又大乘莊嚴論云諸菩薩於大乘法有十種正行一書寫二供養三流傳四聽受五轉讀

六教化七習誦八解説九思擇十修習此十正行能生無量功德

又中邊分別論云大乘修行有十一書寫二供養三施與他四若他讀誦一心聽聞五自讀六自如理取名味句及義七如道理及名句味顯説八正心聞誦九空處如理思量十已入意爲不退失故

又菩薩藏經云復次舍利子是善男子善女人等受持是經殷重聽聞讀誦解義乃至爲他廣分別説當知是人復得如是十種功德稱讚利益何等爲十一者成就機速慧二者成就捷辯慧三者成就猛利慧四者成就迅疾慧五者成就廣博慧六者成就甚深慧七者成就通達慧八者成就無著慧九者常現前見一切如來既得見已以清美頌而爲讚歎十者善能如理請問如來又能如理開釋疑難舍利子是名獲得十種功德稱讚利益

復次舍利子是善男子善女人等受持是經讀誦解義乃至爲他廣分別説當知是人復獲如是十種功德稱讚利益何等爲十一者常樂遠離諸不善友二者常樂親近諸善知識三者能緩諸魔所有繫縛四者摧殄諸魔所有軍陣五者善能訶猒一切煩惱六者於一切行心恒捐捨七者違背一切向惡趣道八者歸向一切趣涅槃道九者善説一切越度生死清淨之施十者巧能隨學一切菩薩所行軌則又能奉行諸佛教勅如是名爲十種功德稱讚利益

又涅槃經云法是佛母佛從法生三世如來皆供養法也

又度無極集經云昔有比丘精進守法所可諷誦是般若波羅蜜其有聞者莫不歡喜有一小兒厥年七歲城外牧羊遥聞比丘誦經聲即詣精舍禮拜聽其經言時說色空聞即悟解便問比丘應答不可小兒反爲比丘解說其義昔所希聞怪此小兒智慧非凡時小兒即去逐牛至山值一虎害此小兒命終生長者家夫人懷妊口便能說般若波羅蜜從朝至夜初不懈息其長者家怪此夫人謂呼鬼病有比丘至舍聞聲甚喜比丘報言此非鬼病但說尊經夫人出禮比丘復爲說法諸有疑難不能及者盡爲解說衆僧歡喜日月滿足産得男兒適生叉手長跪說波羅蜜夫人産已還復如本比丘言眞佛弟子好養護之此兒後大當爲一切衆人作師吾等悉當從其啓受時兒七歲道法悉備舉衆超絶智度無極經中誤脱皆爲刪定兒母所至輒開化人長者室家大小五百人衆皆從兒學八萬四千人皆發無上正眞道意五百比丘聞兒所說盡漏意解志求大乘得法眼淨是時兒者則吾身是比丘者迦葉佛是

又舍利弗處胎經云母懷舍利弗母亦聰明

高僧傳云母懷羅什令母聰明舊日誦千偈懷胎已日得二千偈初成須陀洹果後得斯陀含果

法師部第五

如勝天子經云若有法師流通此經處此地即是如來所行於彼法師當生善知識心尊重之心猶如佛心見是法師恭敬歡喜尊重讚歎又云我若住世一劫若滅一劫說是流

通此經法師功德不能究盡若此法師所行之處善男子善女人宜應刺血灑地令塵不起如是供養未足爲多如來法輪難受持故

又華嚴經云譬如金翅鳥王飛行虛空安住虛空以清淨眼觀察大海龍王宮殿奮勇猛力以左右翅搏開海水悉令兩闢知龍男女有命盡者而撮取之如來應供等正覺金翅鳥王亦復如是安住無礙虛空之中以清淨眼觀察法界諸宮殿中一切衆生若有善根已成熟者奮勇猛十力止觀兩翅搏開生死大愛海水隨其應出生死大海除滅一切妄想顚倒安立如來無礙之行

又涅槃經云若有善男子善女人聞是經名生四惡趣者無有是處若有衆生一經耳者悉能滅除一切諸惡無間罪業又云若有衆生一經耳者却後七劫不墮惡道又云若有能知如來常住無有變異或聞常住二字音聲一經於耳即生天上後解脫時乃能證知如來常住無有變易

又華嚴經云若聞一句未曾聞法勝得三千大千世界珍寶是菩薩得聞一偈正法生上財想勝得轉輪聖王位

又法華經云若善男子善女人受持是法華經若讀若誦若解說若書寫是人當得八百眼功德千二百耳功德八百鼻功德千二百舌功德八百身功德千二百意功德

又涅槃經云我涅槃後若有得聞如是大乘微妙經典生信敬心當知是等於未來世百千億劫不墮惡道又云若有於一恒河沙佛所發心然後乃能於惡世中不謗是法愛樂

是典不能爲人分別廣說若有二恒河沙佛所發心然後乃能於惡世中不謗是法正解信樂受持讀誦亦不能爲他人廣說若有於三恒河沙佛所發心然後乃能於惡世中不謗是法乃至書寫經卷雖爲他說未解深義若有於四恒河沙佛所發心然後乃能於惡世中不謗是典乃至書寫經卷爲他廣說十六分中一分之義若有於五恒河沙佛所發心乃至於惡世中爲人廣說十六分中八分之義若有於六恒河沙佛所發心乃至於惡世中爲他廣說十六分中十二分義若於七恒河沙佛所發心乃至於惡世中爲他廣說十六分中十四分義若有於八恒沙佛所發心乃至於惡世中書寫經卷亦勸他人令得書寫自能聽受亦勸他人令解聽受如說修行具足能解盡其義味

謗罪部第六

惟今末世法逐人訛道俗相濫傳謬背眞混雜同行不修內典專事俗書縱有抄寫心不至殷既不護淨又多舛錯共同止宿或處在門簷風雨蟲鼠都無驚懼致使經無靈驗之功誦無救苦之益寔由造作不殷亦由我人逾慢也故敬福經云善男子經生之法不得顚倒一字重點五百世中墮迷惑道中不聞正法又大集經云若有衆生於過去世作諸惡業或毀於法或謗聖人於說法者爲作障礙或抄寫經法洗脫文字或損壞他法或闇藏他經由此業緣今得盲報又大般若經第四百四十卷云佛言諸善男子善女人等書寫般若波羅蜜多甚深經時頻申欠呿無端戲笑互

相輕淩身心躁擾文句倒錯迷惑義理不得滋味橫事欻起書寫不終當知是爲菩薩魔事又大乘蓮華藏經云受佛禁戒不護將來各言我是於大乘法亦如冥夜各自説言我得佛法受鐵鋝地獄苦事難述從地獄出瘖瘂聾盲不見正法阿難請戒律論云僧尼白衣等因讀經律論等行語手執翻卷者依忉利天歲數犯重突吉羅傍報二億歲墮麞鹿中恒被摺脊苦痛難忍無記戲言捉經律論亦招前報或安經像房堂簷前者依忉利天歲數八百歲犯重突吉羅傍報二億歲墮猪狗中生若得人身一億歲恒常作客栖屑不得自在又大品經云是人毀呰三世諸佛一切智起破法業因緣集故無量百千萬億歲墮大地獄中是破法人輩從一大地獄至一大地獄若火劫起時至他方大地獄中生在彼間從一大地獄至一大地獄彼間若火劫起時復至他方大地獄中生在彼間從一大地獄至一大地獄如是遍十方獄彼間若火劫起故從彼死破法業因緣未盡故還來是間大地獄中生在此間亦從一大地獄至一大地獄受無量苦此間火劫起故復至十方他國土生畜生中受破法罪業苦如地獄中説重罪轉薄或得人身生盲人家生旃陀羅家生除厠擔死人種種下賤家生若無眼若一眼若瞎眼無舌無耳無手所生之處無佛無法無佛弟子處生何以故種破法業積集厚故

又涅槃經云若有不信是經典者現世當爲無量病苦之所惱害多爲衆生所見罵辱命

終之後人所輕賤顔貌醜陋資生艱難常不供足雖復少得麤澁弊惡常處貧窮下賤誹謗正法邪見之家若臨終時或值荒亂刀兵競起帝王暴虐怨家讎詰之所侵逼雖有善友而不遭遇資生所須而不能得雖少得利常爲飢渴唯爲凡下之所顧識國王大臣悉不齒録設復聞其有所宣說正使是理終不信受如是之人如折翼鳥不能飛行是人亦爾於未來世不能得至人天善處若復有人能信如是大乘經典本所受形雖復麤陋以經功德即便端正威顔色力日更增多常爲人天之所樂見恭敬愛戀情無捨離國王大臣及家親屬聞其所說悉皆敬信若我聲聞弟子之中欲行第一希有事者當爲世間廣宣如是大乘經典善男子譬如霧露勢雖欲住不過日出日既出已消滅無餘善男子是諸衆生所有惡業亦復如是住世勢力不過得見大涅槃日是日既出悉能除滅一切惡業

又法華經云若佛在世若滅度後其有誹謗如斯經典見有讀誦書持經者輕賤憎嫉而懷結恨此人罪報汝今復聽其人命終入阿鼻獄具足一劫劫盡更生如是展轉至無數劫從地獄出當墮畜生於無數劫如恒河沙生輙聾瘂諸根不具告舍利弗謗斯經者若說其罪窮劫不盡

頌曰

教傳三藏　慈訓八因　含情普洽　機悟玄津
威揚夏烈　温柔晞春　枯熇日久　光潤爽神
卷即納福　舒即慧申　思之不已　惟益惟新

實稱慈父　巧號能仁　周孔老教　孰與陶鈞

法苑珠林卷第十七

音釋

秣（莫葛切秣陵地名）懋（莫候切治盛也）袴褶（袴苦瓦切褶寔執切袴褶騎服也）虜（郎古切獲也）齠齔（齠田聊切齔初覲切齠齔始毀齒也）黠（胡八切慧也）蛤（古沓切蚌屬）劖（初銜切刻也）

法苑珠林卷第十八

唐西明寺沙門釋道世撰

敬法部第七

感應緣（略引四十一驗）

漢法內傳經
晉濟陰丁德慎　汝南周閔
於潛董吉　會稽周璫
會稽謝敷　沙門釋道安
沙門釋靜僧
魏沙門朱士行　沙門釋志湛
沙門五侯寺僧　太和中內閹官
宋沙門釋慧嚴　比丘尼釋智通
沙門釋慧慶
齊沙門釋慧寶
梁南海何規
周高祖武帝
陳揚州嚴恭
隋初揚州僧亡其名
沙門釋慧意　沙門釋法藏
客僧不得名　沙門釋智苑
唐沙門釋道積　釋遺俗
福水史呵誓　隆州令狐元軌
沙門釋曇韻　益州書生荀氏
夫人豆盧氏　都水使者蘇長
邢州司馬柳儉　遂州趙文信
蓬州縣丞劉弼　洛陽賈道義
吳郡人陸懷素　河內司馬喬卿
平州人孫壽　鄭州李虔
曹州濟陰縣經驗

漢法本內傳稱漢明帝遣蔡愔秦景王遵等

一十八人至天竺國得摩騰法蘭等及佛經像還帝問法王出世何以化不及此騰曰天竺迦毗羅衛國者三千大千世界百億日月中心也三世諸佛皆於彼出乃至天龍人鬼有願行力皆生於彼受佛正化咸得悟道餘處羣生無緣感之佛故不往也佛雖不往光相及處或五百年或一千年或千年外皆有聖人傳佛聲教而往化也時帝大悅又至漢永平十四年正月一日五岳諸山道士六百九十人朝正之次上表請與西域佛道較試優劣勑尚書令宋庠引入告曰此月十五日大集白馬寺南門立三壇五岳八山諸道士將經三百六十九卷置於西壇二十七家諸子書二百三十五卷置於中壇奠食百神置於東壇明帝設行殿在寺門道西置佛舍利及經諸道士等以柴荻火遶壇臨經涕泣曰人主信邪玄風失緒敢延經義在壇以火取驗用辯眞僞便放火燒經並成煨燼道士等相顧失色有欲昇天入地種種呪術並不能得大生愧伏太傅張衍曰卿今無一可驗宜從西域佛法剃髮爾時外道褚善信等于時不答南岳道士費叔才等自感而死佛之舍利放五色光上空如蓋覆日映衆摩騰禪師涌身高飛神化自在于時天雨寶華得未曾有法蘭法師爲衆說法開化未聞時司空劉峻京師官庶後宮陰夫人五岳諸山道士呂惠通等一千餘人並求出家帝然可之遂立十寺七寺城外安僧三寺城內安尼後遂廣興佛法立寺轉多迄至于今（右此一條出漢法本內傳）

晉濟陰丁承字德愼建安中爲凝陰令時北

界居民婦詣外井汲水有胡人長鼻深目左過井上從婦人乞飲飲訖忽然不見婦則腹痛遂加轉劇啼呼有頃卒然起坐胡語指麾邑中有數十家悉共觀視婦呼索紙筆來欲作書得筆便作胡書橫行或如乙或如巳滿五紙投著地教人讀此書邑中無能讀者有一小兒十餘歲婦即指此小兒能讀小兒得書便胡語讀之觀者驚愕不知何謂婦教小見起儛小兒即起翹足以手弄相和須臾各休即以白德慎德慎召見婦及兒問之云當時忽忽不自覺知德慎欲驗其事即遣吏齎書詣許下寺以示舊胡胡大驚言佛經中間亡失道遠憂不能得雖口誦不具足此乃本書遂留寫之

晉周閔汝南人也晉護軍將軍家世奉法蘇峻之亂都邑人士皆東西波遷閔家有大品一部以半幅八丈素反覆書之又有餘經數臺大品亦雜在其中既當避難單行不能得盡持去尤惜大品不知在何臺中倉卒應去不展尋搜徘徊歎咤不覺大品忽自出外閔驚喜持去周氏遂世寶之今云尚在一說云周嵩婦胡毋氏有素書大品素廣五寸而大品一部盡在焉又并有舍利銀甖貯之並緘于深篋永嘉之亂胡毋將避兵南奔經及舍利自出篋外因取懷之以渡江東又甞遇火不暇取經及屋盡火滅得之於灰燼之下儼然如故會稽王道子就嵩曾云求以供養後甞蹔在新渚寺劉敬叔云曾親見此經字如麻大巧密分明新渚寺今天安是也此經蓋得道僧釋慧則所寫也或云甞在簡靖寺靖

首尼讀

晉董吉者於潛人也奉法三世至吉尤精進恒齋戒誦首楞嚴經村中有病輙請吉讀經所救多愈同縣何晃者亦奉法士也咸和中卒得山毒之病守困晃兄惶遽馳往請吉董何二舍相去六七十里復隔大溪五月中大雨晃兄初渡時水尚未至吉與期投中食比往而山水暴漲不復可涉吉不能泅遲迴歎息坐岸良久欲下不敢渡吉既信直必欲赴期乃惻然發心自誓曰吾救人苦急不計軀命尅冀如來大士當照乃誠便脫衣以囊經戴置頭上逕入水中量其深淺乃應至頸及吉渡正著膝耳既得上岸失囊經甚惋恨進至晃家三禮懺悔流涕自責俛仰之間便見經囊在高座上吉悲喜取看浥浥如有濕氣開囊視經尚燥如故於是村人一時奉法吉所居西北有一山高峻中多妖魅犯害居民吉以經戒之力欲伐降之於山際四五畝地手伐林木構造小屋安設高座轉首楞嚴經百餘日中寂然無聞民害稍止後有數人至吉所語言良久吉思惟此客言者非於潛人窮山幽絕何因而來疑是鬼神乃謂之曰諸君得無是此中鬼耶答曰是也聞君德行清肅故來相觀幷請一事想必見聽吾世有此山遊居所託君既來止處相逆冒恒懷不安今欲更作界分當殺樹為斷吉曰僕貪此靜寂讀誦經典不相干犯方為卿比願見祐助鬼答亦復憑君不見侵尅也言畢而去經一宿前所芟地四際之外樹皆枯死如火燒狀吉年八十七亡

晉周璫者會稽剡人也家世奉法璫年十六便菜食持齋諷誦成具及頃轉經正月長齋竟延僧設受八關齋至鄉市寺請其師竺僧密及支法階竺佛密令持小品齋日轉讀至日三僧赴齋忘持小品至中食畢欲讀經方憶意甚惆悵璫家在坂怡村去寺三十里無人遣取至人定燒香訖舉家恨不得經密益蹴踖有頃聞有扣門者言送小品璫愕然心喜開門見一年少著單衣帢先所不識又非人行時疑其神異便長跪受經要使前坐年少不進期夜當來聽經比道人出忽不復見香氣遍一宅中既而視之乃是密經也道俗驚喜密經先在厨中緘鑰甚謹還視其鑰儼然如故於是村中十餘家咸皆奉佛益敬愛璫璫遂出家字曇疑諷誦衆經至二十萬言

晉謝敷字慶緒會稽山陰人也鎮軍將軍輶之兄子也少有高操隱于東山篤信大法精勤不倦手寫首楞嚴經當在都白馬寺中寺爲災火所延什物餘經並成煨燼而此經止燒紙頭界外而已文字悉存無所毀失敷死時友人疑其得道及聞此經彌復驚異至元嘉八年河東蒲坂城中大災火火自隔河飛至不可救滅處戍民居無不蕩盡唯精舍塔寺並得不焚里中小屋有經像者亦多不燒或屋雖焚毀而於煨燼之中時得全經紙素如故一城歎異相率敬信（右此五驗出冥祥記）

東晉孝武之前恒山沙門釋道安者經石趙之亂避地于襄陽注般若道行密迹諸經析疑甄解二十餘卷恐不合理乃誓曰若所說不違理者當見瑞相乃夢見胡道人頭白眉

長語安曰君所注經殊合道理我不得入泥洹住在西域當相助弘通可時時設食也後十誦律至遠公云昔和尚所夢乃是賓頭盧也於是立座飯之遂成永則

西晉蜀郡沙門釋僧生小出家以苦行致目爲蜀三賢寺主誦法華經尋常山中誦經時至每感虎來蹲前聽部訖乃去常至諷詠輒見左右四人爲侍年雖衰老而翹懃彌勵遂終其業也

前魏廢帝甘露五年沙門朱士行者講小品經恨章句未盡以此年往西域尋求獲之彼有留難不許東返士行執經王庭曰必大法不傳當從火化便以貝葉經投火一無所損經乃放光舉國敬異便放達東夏即放光般若經是也年八十亡依法火焚而屍不壞道俗異之乃具祝曰若眞得道法屍應毀壞便應聲摧碎遂收而起塔焉

後魏末齊州釋志湛者住太山北人頭山邃谷中銜草寺省事少言人鳥不亂讀誦法華人不測其素業將終時神僧寶誌謂梁武曰北方銜草寺須陀洹聖僧今日滅度湛之亡也無惱而化兩手各舒一指有梵僧云斯初果人也還葬山中後發看之唯舌如故乃爲立塔表之今塔存焉鳥獸不敢陵踐汙之

後魏范陽五侯寺僧失其名誦法華爲常業初死權殯隄下後改葬骸骨並枯唯舌不壞雍州有僧亦誦法華隱白鹿山感一童子供給及死置屍巖下餘骸並枯唯舌不朽矣齊武陵世升東看山人掘見土黃白又見一物狀如兩脣其中有舌鮮紅赤色以事聞奏帝

問道俗沙門法尚曰此持法華者六根不壞也誦滿千遍其徵驗矣乃集持法華者圍遶誦經纔始發聲此靈脣舌一時鼓動同見毛豎以事奏聞乃石函緘之右六驗出梁高僧傳并雜録記

後魏高祖太和中代京内閹官自慨形殘奏乞入山修道恩勅許之乃齎華嚴晝夜讀禮懺悔不息一夏不滿至六月末髭鬚生得丈夫相以狀奏聞帝大敬重之於是國中普敬華嚴厚尊恒曰見侯君素旌異記述

宋釋慧嚴京師東安寺僧也理思該暢見器道俗嘗嫌大涅槃經文字繁多遂加刊削就成數卷寫兩三通以示同好因寢寤之際忽見一人身長二丈餘形氣偉壯謂之曰涅槃尊經衆藏之宗何得以君瑣思輕加斟酌嚴悵然不釋猶以發意苟覔多知明夕將卧復見昨人甚有怒色謂曰過而知改是謂非過昨故相告猶不已乎此經既無行理且君禍亦將及嚴驚覺失措未及申旦便馳信氷還悉燒除之塵外精舍釋道巖具所諳聞也

宋尼釋智通京師簡靜尼也年貌姝少信道不篤元嘉九年師死罷道嫁爲魏郡梁羣甫妻生一男年大七歲家甚貧無以爲衣通爲尼時有數卷素無量壽法華等經悉練擣之以衣其兒居一年而得病恍惚驚悸竟體剥爛狀若火瘡有細白蟲日去升餘燥痛煩毒晝夜號呌常聞空中語云壞經爲衣得此劇報旬餘而死右二驗出冥祥記也

宋盧山有釋慧慶廣陵人出家止盧山寺學通經律清潔有戒行誦法華經十地思益維摩每夜吟諷常聞暗中有彈指讚歎之聲嘗

於小雷遇風波船將覆没慶唯誦經不輟覺船在浪中如有人牽之倏忽至岸於是篤勵彌勤宋元嘉末卒春秋六十二

齊太原釋慧寶氏族未詳誦經得二百卷德優先達時共知聞以齊武平三年從并向鄴行達艾州失道尋逕入山暮宿巖下室似人居迥無所見寶端坐室前上覩松樹見有横枝懸磬去地丈餘夜至二更有人身服草衣從外而至口云此中何爲有俗氣寶即具述設敬與共言議問寶云卽今何姓統國答曰姓高氏號齊國寶問曰尊師山居早晚曰吾後漢時來長老得何經業寶持已誦博頗以自矜山僧曰修道者未應如此欲聞何經爲誦之寶曰樂聞華嚴僧即少時誦之便度聲韻諧暢非世所聞更令誦餘經率皆如此寶驚歎曰何因大部經文倏然即度報曰汝是有作心我是無作心夫忘懷於萬物者彼我自得矣寶知爲異神也求哀乞住山僧曰國中利養召汝何能自安且汝情累未遣住亦無補至曉捨去寶返尋行跡不知去處寶自躬責爲人後達鄴敘之右二驗出梁高僧傳

梁有廣州南海郡人何規以歲次協洽月吕黄鍾天監十四年十月二十三日採藥於豫章胡翼山幸非放子逐臣乃類尋仙招隱登峯十所里㞜若有來將循曲陌先限清澗或如止水乍有潔流方從揭厲且就褰攬未濟之間忽不自覺見澗之西隅有一長者語規勿渡規於時即留其人面色正青徒跣捨屧年可八九十面已皺歛鬚長五六寸髭半於鬢耳過於眉眉皆下被眉之長毛長二三寸

隨風相靡脣色甚赤語響而清手爪正黃指毛亦長二三寸著布帔下赭有泥洹僧手提書一卷遥投與規規即奉持望禮三拜語規可以此經與建安王兼言王之姓字此經若至宜作三七日慶齋若不曉齋法可問下林寺副公副法師者戒行精苦恬憺無爲遺嗜欲等豪賤蔬藿自充禪寂無怠此長者言畢便去行十餘步間忽然不覩規開視卷内題名爲慧印三昧經經旨以至極法身無相爲體理出百非義適名相寂同法相妙等眞如言其慧照此理有若全印心冥凝寂故以三昧爲名見梁朝僧祐律師弘明集録也

周祖滅法經籍從灰以後年中忽見空中如菌大者有五六飛上空中極目不見全爲一段隨風飄飄上下朝宰立望不測是何久乃翻下墮上土牆視乃是大品經之十三卷

陳揚州嚴恭者本是泉州人家富於財而無兄弟父母愛慕言無所違陳太建初恭年弱冠請於父母願得五萬錢往揚州市易父母從之恭船載物而下去揚州數十里江中逢一船載黿將詣市賣之恭念黿當死因請贖之謂黿主曰我正有五萬錢願以贖之黿主喜取錢付黿而去恭盡以黿放江中而空船詣揚州其黿主別恭行十餘里船没而死是日恭父母在家昏時有烏衣客五十人詣門寄宿并送錢五萬付恭父母曰公兒揚州附此錢歸願依數受也父怪愕恭死因審之客曰兒無恙但不須錢故附歸耳恭父受之訖是本錢而皆小濕留客爲設食客止明旦辭去後月餘日恭還家父母大喜既止而問附

錢所由恭答無之父母說客形狀及付錢月日乃贖黿之日於是知五十客皆所贖黿也父子驚歎因共往揚州起精舍專寫法華經遂徙家向揚州其家轉富大起房廊爲寫經室莊嚴清淨供給豐厚書生常數十人揚州道俗共相崇敬號爲嚴法華嘗有親知從貸經錢一萬恭不獲已與貸者受錢以船載歸中路船傾所貸之錢落水而船沒人不被溺是日恭入錢庫見一萬錢濕如新出水恭甚怪之後見前貸錢人乃知濕是所貸者又有商人至宮亭湖於神廟所祭酒食幷上物其夜夢神送物還之謂曰倩君爲我持此錢奉嚴法華以供經用旦而所上神物皆在其前於是商人歎異送達恭處而倍加厚施其後恭至市買經紙少錢忽見一人持錢三千授恭曰助君買紙言畢不見而錢在其怪異如此非一開皇末恭死子孫傳其業隋季盜賊至江都皆相與約勿入嚴法華里里人賴之獲全其家至今寫經不已州邑共見京師人士並悉知委（右一驗出冥報記也）

隋開皇初有揚州僧忘其本名誦通涅槃自矜爲業歧州東山下村中沙彌誦觀世音經二俱暴死心下俱暖同至閻羅王所乃處沙彌金高座甚恭敬之處涅槃僧銀高座敬心不重事訖勘問二俱餘壽皆放還彼涅槃僧情大恨恨恃所誦多問沙彌住處於是兩辭各蘇所在彼從南來至歧州訪得具問所由沙彌言幼誦觀音別衣別所燒香呪願然後乃誦斯法不怠更無他術彼謝曰吾罪深矣所誦涅槃威儀不整身口不淨救忘而已古

人遺言多惡不如少善於今取驗悔往而返
隋襄州景空寺釋慧意俗姓李臨原人南投於梁興仙城山慧命同師尋討心要專習定業後住景空於聰師舊堂綜業常住不事燈燭晝夜常明有鄉人不信乃請別院百日行道每夜潛往伺之舉家同見禪室大明鄉人信伏率歸受戒開皇初卒預知其終端坐而化又襄陽開皇有法永禪師欲終七日七夜聞音樂異香滿寺因而坐終送向繖蓋山上露坐有同寺全律師臨屍曰願留神明待至七日滿至期全亡送屍永側永屍颷然摧變又有岑闍黎姓楊臨原人於寺西繖蓋山泉側造誦經堂每誦金光明經感得四天王來聽後讀藏經皆悉不忘計誦三千餘卷服布乞食鉢中之餘飼房内鼠百餘頭皆馴遶爭來就人鼠有病者岑師以手摩捋並皆愈之與同衆沙門智曉交顧招集禪徒自行化俗供給定學自知終日急喚汰禪師付囑上佛殿禮辭遍寺衆僧咸乞歡喜於禪居寺大齋日將散謂汰曰往兜率天聽般若去汰曰弟但前去我後七日即來其夜三更坐亡至四更識神遍學寺寺相去十里至汰禪師牀前其明如晝云曉欲遠逝故來相別不得久住汰送出三重門外別訖來入房中踞牀忽然還暗呼弟子問云聞師與人語聲火通照三門並閉方悟曉之神力出入無間即遣往問果云已逝汰後七日無何坐終其髑髏全成無縫故知凡聖同居事不可別右二出唐高僧傳記
隋鄜州寶室寺沙門法藏戒行精淳爲性質直至隋開皇十三年於洛交縣韋川城造寺

一所佛殿精妙僧房華麗靈像旛華並皆修滿至大業五年奉勑融併寺塔送州大寺有破壞者藏師並更修補造堂安置兼造一切經已寫八百卷恐本州無好手紙筆故就京城舊月愛寺寫至武德二年閏二月內身患二十餘日乃見一人身著青衣好服在高閣上手把經卷告法藏云你立身已來雖大造功德悉皆精妙唯有少分互用三寶物得罪無量我今把者即是金剛般若汝能自造一卷令汝所用三寶之物得罪悉滅藏師于時應聲即答言造藏師雖寫餘經未寫金剛般若但願病瘥不敢違命既能覺悟弟子更無餘物唯有三衣瓶鉢偏袒祇支等皆悉捨付大德及諸弟子並造般若得一百卷未經三五日臨欲捨命具見阿彌陀佛來迎由經威力得生西方不入三塗

隋大業中有客僧行至太山廟來寄宿廟令曰此別無舍唯神廟廡下可宿然而比來寄宿者輙死僧曰無苦也不得已從之爲設牀於廡下僧至夜端坐誦經可一更聞屋中環珮聲須臾神出爲僧禮拜僧曰聞比宿者多死豈檀越害之耶願見護之神曰遇死者將至聞弟子聲因自懼死非煞之也願師無慮僧因延坐談說如食頃問聞世人傳說云太山治鬼寧有之耶神曰弟子薄福有之豈欲見先亡乎僧曰有兩同學僧先死願見之神問名曰一人已生人間一人在獄罪重不可喚來若師就見可也僧聞甚悅因起出不遠而至一所多見廟獄火燒光焰甚盛神將僧入一院遙見一人在火中號呼不能言形變

不復可識而血肉焦臭令人傷心此是也師不欲歷觀耶僧愁慼求出俄而至廟又與神坐因問欲救同學有得理耶神曰可得能爲寫法華經者便免既而將曙神辭僧入堂旦而廟令視其僧不死怪異之僧因爲說仍即爲寫法華經一部經既成莊嚴畢又將經就廟宿其夜神出如初歡喜禮拜慰問來意以事告之神曰弟子知之師爲寫經始書題目彼已脫免令又出生在人也然此處不潔不可安經願師還將送向寺言說久之將曉辭訣而去送經於寺杭州別駕張德言前任兖州具知其事

隋幽州沙門釋智苑精練有學識隋大業中發心造石一切經藏以備法滅既而於幽州北山鑿巖爲石室即磨四壁而以寫經又取方石別更磨寫藏諸室内每一室滿即以石塞門用鐵錮之時隋煬帝幸涿郡内史侍郎蕭瑀皇后弟也性篤信佛法以其事白后后施絹千匹及餘錢物以助成之瑀施絹五百匹朝野聞之爭共捨施故苑得遂功苑常以役匠既多道俗奔臻欲於巖前造木佛堂幷食堂寢室而念木瓦難辦恐繁費經物故未能起作一夜暴雨雷電震山明旦既晴乃見山下有大木松栢數千萬爲水所漂流積道次山東少林木松栢尤希道俗驚駭不知來處推尋蹤跡遠自西山崩崖倒漂送來此於是遠近歎伏自非福力孰感神助苑乃使匠擇取其木餘皆分與邑里邑里喜愧而助造堂宇須之畢成如其志焉苑所造石經已滿七室至唐貞觀十三年卒弟子猶繼其功殿

中丞相李玄奬大理丞采宣明等皆爲臨説之臨至十九年從駕幽州親問鄉人皆同不虛右三驗出冥報記

唐釋道積至貞觀初住益州福感寺誦通涅槃淨衣澡浴自爲恒式慈愛兼濟固其深心終于五月炎氣鬱熱而屍不腐臭百有餘日跏坐如初道俗莫不喜賞

唐釋遺俗者不測所住遊行醴泉山原誦法華爲業乃數千遍至貞觀年因疾將終告友人慧廓禪師曰比雖誦經意望有驗若生善道舌根不朽可爲埋之十年發出若舌朽滅知誦無功若舌如初爲起一塔生俗信敬言訖而終至十一年依言發之身肉都盡唯舌不朽一縣士女皆共戴仰乃函盛舌而起塔於甘谷岸上

唐郊南福水之陰有史村史呵誓者誦法華經名充令史往還步涉生不乘騎以依經云哀愍一切故也病終本邑香氣充村道俗驚怪而莫測其緣終後十年其妻又殞乃發塚合葬見其舌根如本生肉乃收葬斯表衆矣

唐貞觀五年有隆州巴西縣令狐元軌者信敬佛法欲寫法華金剛般若涅槃等無由自檢憑彼土抗禪師檢校抗乃爲在寺如法潔淨寫了下衰還岐州莊所經留在莊并老子五千文同在一處忽爲外火延燒堂宇是草覆一時灰蕩軌于時任憑翊縣令家人相命撥灰覓金銅軸既撥灰開其內諸經宛然如故潢色不改唯箱袠成灰又覓老子便從火化于時聞見之者鄉村遠近莫不嗟異其金剛般若經一卷題字焦黑訪聞所由乃初題

經時有州官能書其人雜食行急不獲潔淨直爾立題便去由是色焦其人現在瑞經亦存京師西明寺主神察目驗說之

唐釋曇韻禪師定州人遊至隰州行年七十隋末喪亂隱于離石北千山常誦法華經欲寫其經無人同志如此積年忽有書生無何而至云所欲潔淨寫經並能爲之於即清旦食訖入浴著淨衣受八戒入淨室口含檀香燒香懸旛寂然抄寫至暮方出明又如先曾不告倦及經寫了如法奉嚫相送出門斯須不見乃至裝潢一如正法及至誠受持讀誦七重裹結一重一度香水洗手初無暫廢後遭胡賊乃箱盛其經置高巖上經年賊靜方尋不見周慞窮覓乃於巖下獲之箱篋糜爛撥朽見經如舊鮮好（京師西明寺道宣律師以貞觀十一年曾至彼中目覩說之也）

唐益州西南新繁縣西四十里許有王李村隋時有書生姓荀氏在此教學大工書而不顯迹人欲其書終不肯出乃毆之亦不出遂以筆於前村東空中四面書金剛般若經數日便了云此經擬諸天讀之人初不覺其神也後忽雷雨大澍牧牛小兒於書經處住而不澆濕其地乾燥可有丈許自外流潦及晴村人怪之爾後每雨小兒常集其中衣服不濕至武德年有非常僧語村人曰此地空中有金剛般若經村人莫汙諸天於上設蓋覆之不可輕賤因此四周欄楯不許人畜往至今雨時其地仍乾每至齋日村人四遠就處設供常聞天樂聲振哀宛繁會盈耳（右六驗出三寶感通記）

唐竇家大陳公夫人豆盧氏芮公寬之姊也夫人信福每誦金剛般若經未盡卷一紙許久而不徹後一日昏時苦頭痛四體不安夜臥逾甚夫人自念儻死遂不得終經欲起誦之而堂燭已滅夫人因起令婢然燈須臾婢還廚中無火夫人開門於家人坊取之又無火夫人深益歎恨忽見廚中有然火燭上階來入堂內直至牀前去地三尺許而無人執光明若晝夫人驚喜頭痛亦愈取經誦之有頃家人鑽燧得火然燭入堂燭光即滅便以此夜誦竟之自此日誦五遍以爲常法後芮公將死夫人往視公謂夫人曰吾姊以誦經之福當壽百歲生好處也夫人至年八十方卒於宅

唐武德中以都水使者蘇長爲巴州刺史長將家口赴任渡嘉陵江中流風起船沒男女六十餘人一時溺死唯有一妾常讀法華經船中水入妾頭戴經函誓與俱溺妾獨不沉隨波泛濫頃之著岸逐經函而出開視其經了無濕汙今尚存在揚州嫁爲人婦而逾舊篤信

唐邢州司馬柳儉隋大業十年任歧州歧陽宮監至義寧元年爲李密來枉被牽引在大理寺禁儉常誦金剛般若經下有兩紙未遍于時不覺眠睡夢見一婆羅門僧報云檀越宜早誦經遍即應得出儉時忽寤勤誦不懈便經二日至日午時忽有勑喚令儉釋禁將向朝堂奉勑放免又儉別時夜靜房外誦經至於三更忽然聞有異香儉尋香及問家人處處求香來處不得然常誦念晝夜無廢至

於終日計五千餘遍

唐遂州人趙文信至貞觀元年暴死三日後還得穌即自說云初死之日被人遮擁驅逐將行同伴十人並共相隨至閻羅王所其中見有一僧王先喚師問云師一生已來修何功德師答云貧道從生已來唯誦金剛般若王聞此語忽即驚起合掌讚言善哉善哉師審誦般若當得昇天出世何因錯來至此王言未訖忽有天衣來下引師上天去王後喚遂州人前汝從生已來修何功德其人報王言臣一生已來不修佛經唯好庾信文章集録王言其庾信者是大罪人現此受苦汝見庾信頗曾識不其人報云雖讀渠文章然不識其人王即遣人引出庾信令示其人乃見一龜身一頭多龜去少時現一人來口云我是庾信爲生時好作文章妄引佛經雜糅俗書誹謗佛法謂言不及孔老之教今受罪報龜身若也此人活已具向親說遂州之地人多好獵採捕蟲魚遠近聞見者共相鑒誡永斷殺業各發誠心受持般若迄今不絶

唐貞觀元年蓬州儀龍縣丞劉弼前任江南縣尉時忽有一鳥於弼房前樹上鳴土人云是惡鳥不祥之聲家逢此鳥煞主不疑劉弼聞懼思念欲修功德禳之不知何福爲勝夜夢一僧徧讚金剛般若經令讀誦百遍依命即讀滿至百遍忽有大風從東北而來拔此鳥樹隔舍遥擲巷裏其拔處坑縱廣一丈五尺過後看其風來處小枝大草並隨風迴靡風止還起如故故知經力不可思議

唐洛陽賈道羨博識多聞尤好內典貞觀五

年爲青州司户參軍事爲公館隘窄無處置
經乃以繩繫書案兩脚仰懸屋上置内經六
十卷坐卧其下習讀忘倦日久繩爛一頭遂
絶案仍儼然不落亦不傾動如此良久人始
接取道羨子爲隰州司户説之云爾
唐呉郡陸懷素家貞觀二十年失火屋宇總
焚爰及精廬並從煙滅有一函金剛般若波
羅蜜經獨存經函及褾軸並盡唯有經字竟
不被燒爾時人聞者莫不驚歎懷素即高陽
許仁則前妻之兄仁則當時目覩於後具自
言之（右七驗出冥報記也）
唐前大理司直河内司馬喬卿天性純謹有
志行到永徽中爲楊州户曹丁母憂居喪毀
瘠刺心上血寫金剛般若經一卷未幾於廬
上生芝草二莖經九日長尺有八寸緑莖朱
蓋日瀝汁一升傍人食之味甘如蜜去而復
生如此數四喬卿同僚數人並向餘令陳説
天下士人多共知之
顯慶中平州有人姓孫名壽於海濱遊獵見
野火焰熾草木蕩盡唯有一叢茂草獨不焚
燎疑此草中有獸遂以火燒之竟不能著壽
甚怪之遂入草間尋覔乃見一函金剛般若
經其傍又見一死僧顔色不變火不延燎蓋
由此也信知經像非凡所測孫壽親自説之
唐隴西李虔觀今居鄭州至顯慶五年丁父
憂乃刺血寫金剛般若經及般若心經各一
卷隨願往生經一卷出外將入即一浴身後
忽聞院中有異香非常郁然隣側並就觀之
無不稱歎中山郎餘令曾過鄭州見彼親友
具陳説之

唐曹州濟陰縣西一十里村中有精舍至龍朔二年冬十月野火暴起非常熾盛及至精舍踰越而過焉比僧房草舍焚燎總盡唯金剛般若經一卷儼然如舊曹州參軍說之（右四驗出冥報拾遺）

法苑珠林卷第十八

音釋

愔 於禽切人名　緒 象呂切統系也　煨燼 煨烏魁切燼徐刃切煨燼火餘也　劇 竭戟切增也甚也　篋 乞愶切箱屬　泅 慈秋切泳也　璫 都郎切　坂 甫瓪切　愕 逆各切驚遌貌　鑰 弋灼切關牡　輶 于求切　殮 力驗切殯殮也　閹 衣炎切宦人主宮門者　擣 都皓切敲也　黿 愚袁切大鼈　錮 古慕切塞之也　鑄瑀 弋渚切　隰 席入切州名　糅 如又切雜也

法苑珠林卷第十九

唐西明寺沙門釋道世撰

敬僧篇第八 此有四部

述意部 引證部 敬益部
違損部

述意部第一

夫論僧寶者謂禁戒守真威儀出俗圖方外以發心棄世間而立法官榮無以動其意親屬莫能累其想弘道以報四恩育德以資三有高越人天重逾金玉稱爲僧也是知僧寶利益不可稱紀故經曰縱有持戒破戒若長若幼皆須深敬不得輕慢若違斯旨交獲重罪若待太公爲卿相則千載無太公要得羅什爲師訓則萬代無羅什何得見一僧行過上累佛宗見一人戒虧便輕上法止可以道廢人以人不弘道也不可以人廢道以道是人師也故釋迦佛等是真佛寶金口所說理行教果是真法寶得果沙門是真僧寶致令一瞻一禮萬累冰消一讚一稱千災霧卷自惟薄福不逢正化賴蒙遺迹幸承餘廕金檀銅素漆紵丹青圖像聖容名爲佛寶紙絹竹帛書寫玄言名爲法寶剃髮染衣執持應器名爲僧寶此之三種體相雖假用表真容敬之永絕長流慠之常招苦報如木非親母禮則響逸千齡凡非聖僧敬則光逾萬代是知斯風已扇遐邇共遵冥資含識神功罔測儻有所虧獲罪彌大既許出家理宜革俗如宋朝無識初信邪惑駭動物情道俗驚怪後悟鍾釁還申禮敬宋室則荆蠻齷齪江漢崎嶇詎得反比大國金輪聖御且如禮云介者不

拜爲失豈同去俗之人身被忍鎧屈節白衣理所不可三寶既同義須齊敬不可偏遵佛法頓棄僧尼故法不自弘弘之在人人能弘道故須齊敬也

引證部第二

如梵網經云出家人法不合禮拜國王父母六親亦不敬事鬼神又涅槃經云出家人不禮敬在家人又四分律云佛令諸比丘長幼相次禮拜不應禮拜一切白衣又佛本行經云輸頭檀王與諸眷屬百官次第禮佛已佛言王今可禮優波離比丘等諸比丘王聞佛教即從座起頂禮五百比丘新出家者次第而禮又薩遮尼乾經云若謗聲聞辟支佛法及大乘法毀呰留難者犯根本罪（今僧依大小乘經不拜君親是奉佛教今乃令禮交違佛教使拜跪俗人即不信佛語故犯根本罪）又順正理論云諸天神衆不敢希求受五戒者禮如國君主亦不求比丘禮拜以懼損功德及壽命故又涅槃經云佛告迦葉若有建立護持正法如是之人應從啓請當捨身命而供養之如我於是大乘經說有知法者若老若少故應供養恭敬禮拜猶如事火婆羅門等有知法者若老若少故應供養恭敬禮拜亦如諸天奉事帝釋迦葉白佛言若有長宿護持禁戒從年少邊諮受未聞云何是人當禮敬不若當禮敬是則不名爲持戒也若是年少護持禁戒從諸宿舊破戒人邊諮受未聞復應禮不若出家人從在家人諮受未聞復應禮不然出家人不應禮敬在家人也然佛法中年少幼小應當恭敬耆舊長宿以是長宿先受具戒成就威儀是故應當供養恭敬

又中阿含經云云何知人勝如諸比丘知有二種人有信有不信若信者勝不信者爲不如也謂信人復有二種有數往見比丘有不數往見比丘若數往見比丘者勝不數往見比丘者爲不如也謂數往見比丘人復有二種有禮敬比丘有不禮敬比丘若禮敬比丘者勝不禮敬比丘者爲不如也謂禮敬比丘人復有二種有問經有不問經若問經者勝不問經者爲不如也又舊雜譬喻經云昔有國王出遊每見沙門輙下車禮道人言大王止不得下車王言我上不下所以言上不下者今我爲道人作禮壽終已後當生天上是故言我不下也又善見律云輸頭檀那王禮佛已白佛言我今三度禮如來足一佛初生時阿夷相曰若在家者應作轉輪聖王若出家學道必得成佛是時地爲震動我見神力即爲作禮第二我出遊戲看耕田人菩薩在閻浮樹下日時已晡樹影停住不移覆菩薩身我見神力即爲作禮第三今迎佛至國佛昇虛空作十八變如伏外道神力無異即爲作禮

又中阿含經云爾時世尊告諸比丘過去世時釋提桓因欲入園觀時勑御者令嚴駕千馬之車嚴駕以竟唯王知時時天帝釋即下常勝殿東向合掌禮佛爾時御者見則心驚毛豎馬鞭落地帝釋見已即說偈言

鬼汝何憂怖　馬鞭落於地

御者說偈白帝釋言

見王天帝釋　爲舍脂之夫　所以生恐怖

馬鞭落地者　常見天帝釋　一切諸大地

人天大小王　及四護世主　三十三天衆
悉皆恭敬禮　何處更有尊　尊於帝釋者
而今正東向　合掌修敬禮
爾時帝釋說偈答言
我實於一切　世間大小王　及四護世王
三十三天衆　最爲其尊主　故悉來恭敬
而復有世間　隨順等正覺　名號滿大師
故我稽首禮
御者復白言
是必世間勝　故使天王釋　恭敬而合掌
東向稽首禮　我今亦當禮　天王所禮者
佛告諸比丘彼天帝釋爲自在王尚恭敬佛
汝等比丘出家學道亦應如是恭敬於佛彼
天帝釋舍脂之夫敬禮法僧亦復讚歎禮法
僧者汝等已能正信出家學道亦當如是敬
禮法僧當復讚歎禮法僧者爾時帝釋從常
勝殿來下周向諸方合掌恭敬時御者見天
帝從殿來下住於中庭周向諸方合掌恭敬
見已驚怖馬鞭復落地而說偈言
何故憍尸迦　故重於非家　爲我說其義
飢渴願欲聞
時天帝釋說偈答言
我正恭敬彼　能出非家者　自在遊諸方
不計其行止　城邑國土色　不能累其心
不畜資生具　一往無欲定　往則無所求
唯無爲爲樂　言則定善言　不言則寂定
諸天阿脩羅　各各共相違　人間自共諍
相違亦如是　唯有出家者　於諸諍無諍
於一切衆生　放捨於刀杖　於財離財色
不醉亦不荒　遠離一切惡　是故敬禮彼

是時御者復說偈言

天王之所敬　是必世間勝　故我從今日

當禮出家人

又普達王經云時有夫延國王號名普達典領諸國四方貢獻王身奉佛法未嘗偏枉常有慈心愍傷愚民不知三尊每常齋戒輒登高觀燒香還頭著地稽首爲禮國中臣民怪王如此自共議言王處萬民之尊遠近敬伏發言人從有何情欲毀辱威儀頭面著地羣臣數數共議欲諫不敢王勑臣下使嚴駕當行王即與吏民數千人始出宮未遠忽見一道人王便下車却蓋住其羣從頭面著地爲道人作禮尋從而還施設飲食遂不成行羣臣於是乃諫言大王至尊何宜於道路爲此乞匃道人頭面著地天下尊貴唯有頭面加爲國主不與他同王便勑臣下令求死人頭及牛馬猪羊頭臣下即遍行求索歷日乃得還白王言前被教求死人頭及六畜頭今悉已得王言於市賣之臣下即使人賣之牛馬猪羊頭等皆售但人頭未售王言賤貴賣之輒使其售如其不售便以匃人如是歷日賣既不售匃人又不取者頭皆膖脹臭處不可近之王便大怒語臣下言卿曹前諫言人頭最貴不可毀辱頭面著地禮道人今使賣六畜頭皆售人頭何故匃人無取者王即勑臣下嚴駕當出到城外曠野澤中王有所問羣臣人民莫不振悚王即告羣臣言卿寧識吾先君時有小兒常執持蓋者不臣下對曰實識有之王言今此小兒何所在對曰亡已久遠乃歷十七年王言此兒爲人善惡何如對

言臣等常覩其承事先王齋戒恭肅誠信自守非法不言王告諸臣今若見此兒在時所著衣服寧識之不諸臣對曰雖自久遠臣故識之王顧使從急還內藏取前亡兒衣來須臾衣至王曰此是不對曰實是其衣王曰今儻見兒身爲識之不臣下皆默然良久曰臣自弊闇卒覩不別王始欲說本前見道人來到王所王大歡喜起頭面著地爲道人作禮臣下莫不歡喜道人就座王叉手具白前緣令故嚴出欲示本末願爲此國臣民開導愚癡令知眞法道人即爲臣下說王本變欲知王者本是先王持蓋小兒常隨先王齋戒一日不犯其後過世魂神還生爲王作子今致尊貴皆由宿行臣下大小莫不僉然曰吾等幸遇得覩道人願遂哀愍乞爲弟子道人告言我師號曰佛身具足相好獨步三界教授不虛佛今去此乃六千里須臾語頃道人飛到舍衛國具以啓佛彼國人民甚可愍傷今皆誠心願欲見佛唯垂大慈開示眞道佛便許可明日到夫延國佛爲王及臣民等說法云欲知普達王及道人本末不阿難言願聞其事佛言乃昔摩訶文佛時王爲大姓家子其父供養三尊父命子傳香時有一侍使意中輕之不與其香罪福響應故獲其殃雖暫爲驅使奉法不妄今得爲王道人本是侍使時不得香人雖不得香其意無恨即立誓言若我得道當度此人福願果合今來度王并及人民王聞佛說其本末意解即得須陀洹國中人民聞經皆受五戒十善以爲常法

又阿育王經云昔阿恕伽王見一七歲沙彌

將至屏處而爲作禮語沙彌言莫向人道我禮汝時沙彌前有一澡瓶沙彌即入其中從澡瓶中復還來出而語言王慎莫向人道沙彌入澡瓶中復還來出王即語沙彌言我當現向人説不復得隱是以諸經皆云沙彌雖小亦不可輕王子雖小亦不可輕龍子雖小亦不可輕沙彌雖小能度人王子雖小能煞人龍子雖小能興雲由興雲故致雨雷電霹靂感其所小而不可輕也

又付法藏經云昔佛涅槃一百年後有阿育王信敬三寶常作般遮于瑟大會王至會日香湯洗浴著新淨衣上高樓上四方頂禮遥請衆僧聖衆飛來凡二十萬王之信心深遠難量見諸沙門若長若幼若凡若聖皆迎問訊恭敬禮拜時有一臣名曰夜奢邪見熾盛無信敬心見王禮拜而作是言王甚無智自屈貴德禮拜童幼王聞是已便勑諸臣各遣推覔自死百獸人仰一頭唯使夜奢獨求人首得已各勑詣市賣之餘頭悉售夜奢人頭見者惡賤都無買者數日欲臭衆人見已咸共罵辱而語之言汝今非是旃陀羅人夜叉羅刹云何乃捉死人頭賣夜奢爾時被罵辱已來詣王所而白王言臣賣人頭反被罵辱尚無欲見況有買者王復語言若無買者但當虚與夜奢奉教重齎入市唱告衆人無錢買者今當虚與市人聞已重加罵辱無肯取者夜奢慚愧還至王所合掌白王此頭難售虚與不取反被罵辱況有買者王問夜奢何物最貴夜奢答王人最爲貴王言若貴何故不售夜奢答王人生雖貴死則卑賤王問夜

奢吾頭若死同此賤不夜奢惶懼怖不敢對王即語言施汝無畏汝當實答夜奢惶怖俛仰答王王頭若死亦同此賤王語夜奢吾頭若死同此賤者汝何怪我禮敬衆僧卿若是吾眞善知識宜應勸我以危脆頭易堅固頭如何今日止吾禮拜夜奢爾時聞王此語方自悔責改邪從正歸敬三寶以是因縁衆生聞者若見三寶應當至心恭敬禮拜

又四分律云賔頭盧羅漢本是優塡王臣由精勤苦行王放出家得阿羅漢果王後每出城參禮寺去城二十里諸佞臣見賔頭盧不起迎王惡心諫王王於後取佞臣諫危欲煞之賔頭盧見王後來入門便下牀七步迎之王怒曰大德由來難動今避席迎何耶答曰王前有好心來故不起迎今懐惡心來若不起迎必當見煞王歎曰善哉弟子愚癡妄受佞言不識凡聖王請悔過雖免地獄然賔頭盧記王由僧起迎故却後七日必失王位恰如依記被他鄰國興兵來捉經十二年鎖脚囚禁自外云云

述曰以是義故特須敬愼不得自高恐損來報比見俗人微受官位不生信心妄起高慢訶罵僧尼種種毀辱或立廳前身處高牀遣人拖牽非理耻撻敗善增惡無過此等雖犯王法亦須以理外法雖行内須省愧道俗同凡居住三界未得入聖已來誰之無過然出家之人雖内無實行交現剃髮身被法服覩相生善見者生恭破戒僧尼亦能昇座種種說法利益群生前人聞見修持六度展轉相化因修善行未來生處近得人天遠成聖果

得此聖已復更展轉利益無窮譬如一燈然百千燈明終不盡量此無盡之法皆由前破戒僧尼說法化功得斯大利既有此益各須自慎縱欺得百千萬出家之人未能現獲一毫之益唯加惡名流布四海未來生處歷劫受殃故經曰一念之惡能開五不善門如後述之也

又雜寶藏經云月氏國王名旃檀罽尼吒聞罽賓國尊者阿羅漢字祇夜多有大名稱思欲相見即與諸臣往造彼國於其中路心竊生念言我今爲王王於天下一切人民靡不敬伏自非有德何能任我供養作是念已遂便前進彼國有人告尊者言月氏王與諸羣臣從遠來相見唯願尊者整衣服共相待接時尊者答言我聞佛語出家之人道尊俗表唯德是務豈以服飾出迎接乎遂便靜默端坐不出於是月氏王至其住處見尊者祇夜多覩其威德倍生敬信即前稽首却住一面時尊者欲唾月氏國王不覺前進授唾器時尊者即語王言貧道今者未堪爲王作福田也胡爲躬自枉屈神駕時月氏王深生慚愧我向者已知王心自非神德何能爾也即便爲王略說教法言王來時道好去如來時王聞教已即便還國至其中路羣臣忿言我等遠從大王往至彼國竟無所聞然空還國時王報言向尊者爲我說法來時道好去如來時卿等不解此耶以我往昔持戒布施修造功德以植王種今享斯位復修積善當來之世必重受福故誡我言王來時道好去如來時羣臣聞已稽首謝言臣等下愚竊生妄解

大王神德妙契玄旨積德所種故享斯位羣臣歡喜言已而退又十誦律云爾時世尊說本生因緣語諸比丘過去世時近雪山下有三禽獸共住一鵽鳥二獼猴三象是三禽獸初互相輕慢無恭敬行同作是念我等何爲不相恭敬若前生者應供養尊重教化我等爾時鵽鳥獼猴問象言汝念過去憶何事時是處有大華茇樹象言我小時行此樹在我腹下過象鵽問獼猴言汝憶何事答言我憶小時坐地捉此樹頭按令到地象語獼猴汝年大我我當敬汝爲我說法象獼猴問鵽鳥言汝憶何事答言彼有大華茇樹我噉其子於此大便乃生斯樹長大如是是我所憶獼猴語鵽汝年大我我當供養汝汝當爲我說法爾時象恭敬獼猴從聽受法爲餘象說獼猴恭敬鵽鳥從聽受法爲餘獼猴說法鵽鳥爲餘鵽鳥說法（依四分律鳥騎猴上猴乘象上處處遊行教化說法）此三禽獸先喜煞盜婬妄語後相誡止即捨此過命終皆生天上爾時世人見獸廣行善法不侵人穀各自相誡云畜生尚能恭敬何況我等爾時世人皆相恭敬奉行五戒命終之後皆得生天佛語比丘爾時鵽者則我身是獼猴者舍利弗是象者目連是佛言畜生無知尚相恭敬自利利他何況汝等以信出家不相尊敬爾時世尊即說偈言

若人不敬佛　及佛弟子衆　現世人訶罵
後世墮惡道　若人知敬佛　及佛弟子衆
現世人讚歎　後世生天上

佛種種因緣讚歎恭敬法已語諸比丘從今先受大戒乃至大須臾時是人應先坐先受

水先受飲食

敬益部第三

如寶性論云三寶有六義故須敬也一者希有義如世寶物貧窮之人所不能得三寶如是薄福衆生百千萬世不能值遇故名爲寶二者離垢義如世眞寶體無瑕穢三寶如是絕離諸漏故名爲寶三者勢力義如世珍寶除貧去毒有大勢力三寶如是具不思議六神通力故說爲寶四者莊嚴義如世珍寶能嚴身首令身姝好三寶如是能嚴行人清淨身故故說爲寶五者最勝義如世珍寶譬諸物中勝三寶如是一切世中最爲殊勝故名爲寶六者不改義如世眞金燒打磨鍊不能變改三寶如是不爲世間八法所改故名爲寶又具六意故須敬也一佛能誨示法是良藥僧能傳通皆利益於我報恩故敬二末代惡時傳法不易請威加護故須致敬三爲物生信禀承故敬四示僧尼敬事儀式五令樂供養法得久住故敬六爲表勝相故敬故成實論云三寶最吉祥故我經初置

違損部第四

如像法決疑經云乃至一切俗人不問貴賤不得撾打三寶奴婢畜生及受三寶奴婢禮拜皆得殃咎故薩遮尼揵經云若破塔寺或取佛物若教作助喜若有沙門身著染衣或有持戒破戒若繫閉打縛或令還俗或斷其命若犯如是根本重罪決墮地獄受無間苦以王國内行此不善諸仙聖人出國而去大力諸神不護其國大臣諍競四方咸起水旱不調風雨失時人民飢餓劫賊縱横疫癘疾

病死亡無數不知自作而怨諸天又仁王經云國王大臣自恃高貴滅破吾法以作制法制我弟子不聽出家不聽造作佛像立統官制等安籍記録僧事比丘地立白衣高座又國王太子横作法制不依佛教因緣破僧因緣統官攝僧典主僧籍苦相攝持佛法不久又大集經云佛言所有衆生於現在世及未來世應當深信佛法衆僧彼諸衆生於人天中常得受於勝妙果報不久當得入無畏城如是乃至供養一人爲我出家及有依我剃除鬚髮著袈裟片不受戒者供養是人亦得功德乃至入無畏城以是緣故我如是說若復有人爲我出家不持禁戒剃除鬚髮著袈裟片有非法惱害此者乃至破壞三世諸佛法身報身乃至盈滿三惡道故佛言若有衆生爲我出家剃除鬚髮被服袈裟設不持戒彼等悉已爲涅槃印之所印也若復出家不持戒者有以非法而作惱亂罵辱毀呰以手刀杖打縛斫截若奪衣鉢及奪種種資生具者是人則壞三世諸佛眞實報身則挑一切天人眼目是人爲欲隱沒諸佛所有正法三寶種故令諸天人不得利益墮地獄故爲三惡道增長盈滿故爾時娑婆世界主大梵天王而白佛言若有爲佛剃除鬚髮被服袈裟不受禁戒受已毀犯其刹利王與作惱亂罵辱打縛者得幾許罪佛言大梵我今爲汝且略說之若有人於萬億佛所出其身血於意云何是人得罪寧爲多不大梵王言若人但出一佛身血得無間罪尚多無量不可算數墮於阿鼻大地獄中何況具出萬億諸佛身

血也終無有能廣說彼人罪業果報唯除如來佛言大梵若有惱亂罵辱打縛爲我剃髮著袈裟片不受禁戒受而犯者得罪多彼何以故是人猶能爲諸天人示涅槃道是人便已於三寶中心得敬信勝於一切九十五道其人必速能入涅槃勝於一切在家俗人唯除在家得忍辱者是故天人應當供養何況具能受持禁戒三業相應其有一切國王及以羣臣諸斷事者如其見有於我法中而出家者作大罪業大煞生大偷盗大汙梵行大妄語及餘不善但擯出國不聽在寺同僧事業亦不得鞭打亦不應口業罵辱加其身罪若故違法而謫罰者是人便於解脫退落受於下類遠離一切人天善道必定歸趣阿鼻地獄何況鞭打爲佛出家具持戒者

又十輪經云佛言族姓子有四種僧何等爲四一第一義僧二淨僧三瘂羊僧四無慚愧僧云何名第一義僧諸佛菩薩辟支及四沙門果是七種人名爲第一義僧在家得聖果者亦名第一義僧云何名爲淨僧諸有能持具足戒者是名淨僧云何名爲瘂羊僧不知犯不犯輕重微細罪可懺悔愚癡無智不近善知識不能諮問深義是善非善如是等相名爲瘂羊僧云何名無慚愧僧若有爲自活命來入佛法悉皆毀犯破和合僧不畏後世放縱六情貪著五欲如是人等名爲無慚愧僧（如是四僧並須恭敬）

又大悲經云佛告阿難於我法中但使性是沙門汙沙門行自稱沙門形似沙門當有被著袈裟衣者於此賢劫彌勒爲首乃至最後

盧遮如來彼諸沙門如是千佛於無餘涅槃界次第當得入般涅槃無有遺餘何以故如是一切諸沙門中乃至一稱佛名一生信者所作功德終不虚設阿難我以佛智測知法界非不測知阿難所有白業得白報黑業得黑報若有淨心諸衆生等作是稱言南無佛者彼人以是善根必定得近涅槃何况值佛親承供養

又十輪經云佛言若諸比丘依佛法出家一切天人阿脩羅皆應供養若護持戒不應謫罰閉繫刖其手足乃至奪命悉無是法若有破戒比丘如敗膿壞非梵行而言梵行退失墮落聖道果證爲諸煩惱結使所壞猶能開示一切天龍人非人等無量功德珍寶伏藏是以依我出家若持戒若破戒我悉不聽輪王大臣宰相不得謫罰繫閉加諸鞭杖截其手足乃至斷命況復餘輕犯小威儀破戒比丘雖是死人是戒餘力猶如牛黄是牛雖死人故取之亦如麝香死後有用能大利益一切衆生惡行比丘雖犯禁戒其戒勢力猶能利益無量天人譬如燒香香體雖壞熏他令香破戒比丘亦復如是自墮惡道能令衆生增長善根以是因緣一切白衣不應侵毀輕蔑破戒比丘皆當守護尊重供養不聽謫罰繫閉其身乃至奪命爾時世尊而說偈言

瞻蔔華雖萎　勝於諸餘華　破戒諸比丘
猶勝諸外道

又大集經世尊說偈云

剃頭著袈裟　持戒及毀戒　天人可供養
常令無有乏　如是供養彼　則爲供養我

若能爲敬法　歸依而剃頭　身著袈裟服
誮彼是我子　假使毁禁戒　猶住不退地
若有撾打彼　則爲打我身　若有罵辱彼
則爲罵辱我　是人心欲滅　正法大明燈
爲財共鬬諍　刹利同生瞋

又十輪經云譬如過去有王名曰福德若有人犯罪過乃至繫縛王不欲奪命將付狂象爾時狂象捉其二足欲撲其地而見此人著染色衣故狂象即便安徐置地不敢損傷共對蹲坐以鼻舐足而生慈心族姓子象是畜生見染衣人尚不加惡生於害心乃至未來世有旃陁羅王見我法中有人出家堪任法器及不成法器故作逼惱或奪其命命終之後必墮阿鼻地獄

頌曰

經行林樹下　求道志能堅　既有神通力
振錫遠乘煙　一登四弘誓　至道莫能先
不貪曠劫壽　何論延促年

感應緣 略引十一驗

魏沙門釋曇始
晉沙門釋道開　司空何充弱
廬山七嶺聖僧　沙門釋僧朗
沙門釋法相　沙門釋法安
宋沙門慧遠　沙門釋慧全
齊沙門釋慧明　神州諸山聖僧

前魏太武時沙門曇始甚有神異常坐不卧五十餘年足不躡履跣行泥穢中奮足便淨色白如面俗號曰白足阿練也至赫連昌破長安不信佛法刑害僧尼始被白刃不傷由是僧尼免死者衆太武敬重死十餘年形色

不改

西晉沙門釋道開燉煌人出家山居服練松栢三十年後唯呑小石子行步如飛不耐人樂幽靜在抱腹山多年石虎時來自西平日行七百里至鄴周行邑野救諸患苦得財即散徒行而已石氏將末與弟子來建鄴入南羅浮遂卒山舍袁彦伯興寧中登山禮其枯骸也

東晉司空何充弱而信法於齋立座數年以待神聖設會於家道俗甚盛坐中一僧容服垢汙神色低陋自衆陞座拱默而已一堂怪之謂在謬僻充亦不平形於顏色及行中食僧飯於坐事畢提鉢而出堂顧充曰何徒勞精進耶即擲鉢空中凌虛而逝充及道俗目送天際追共惋恨稽悔累旬 右三驗出梁高僧傳

晉廬山七嶺同會於東共成峰崿其崖窮絶莫有昇者晉太元中豫章太守范甯將起學館遣人伐材其山見人著沙門服凌虛直上既至則迴身踞其峰良久乃與雲氣俱滅時有採藥數人皆共瞻覩當時能文之士咸爲之興沙門釋曇諦廬山賦曰應眞凌雲以踞峰眇翳景而入冥者也

晉沙門釋僧朗者戒行明嚴華戎敬異嘗與數人俱受法請行至中途忽告同輩曰君等留寺衣物似有竊者同旅即返果及盜焉晉太元中於奉高縣金輿山谷起立塔寺造製形像符堅之末降斥道人唯敬朗一衆不敢毁焉于時道俗信奉每有來者人數多少未至一日輒已逆知使弟子爲具必如言果到其谷舊多虎常爲暴害立寺之後皆如家畜

鮮卑慕容德以二縣租課充其朝中至今號其谷爲朗公谷也

晉沙門釋法相河東人也常獨山居精苦爲業鳥獸集其左右馴若家獸太山祠大石函以盛財寶相時山行宿于其廟見一人玄衣武冠令相開函言終不見其函石蓋重過千鈞相試提之飄然而開於是取其財寶以施貧民後渡江南住越城寺忽邀遊放蕩優俳滑稽或時裸袒干冒朝貴鎮北將軍司馬恬惡其不節招而酖之頻傾三鍾神氣清怡恬然自若年八十九元興末卒

晉沙門釋法安者廬山之僧遠法師弟子也義熙末陽新縣虎暴甚盛縣有大社樹下有築神廟左右民居以百數遭虎死者夕必一兩法安嘗遊其縣暮投此村民以懼虎早閉門閭且不識法安不肯受之法安遂之樹下坐禪通夜向曉有虎負人而至投樹之北見安如喜如跳伏安前安爲說法授戒虎踞地不動有頃而去至旦村人追死者至樹下見安大驚謂其神人故虎不害自玆以後而虎患遂息衆益敬異一縣士庶略皆奉法後欲畫像山壁不能得空青欲用銅青而又無銅夜夢人逕其牀前云此中有兩銅鍾便可取之安明即掘得遂以成像後遠法師鑄像安送一鍾助餘一武昌太守熊無患借觀之遂留不改

宋孝文時江陵長沙寺沙門慧遠者本名黃遷即禪師慧印之弟子也印每入定見遠是印之先師雖應爲蒼頭故度爲弟子常寄江陵楊家行般舟勤苦歲餘頗有感變一日十

會通見遠身而般舟之處行道如故自剋終日至期果卒久之現形多寶寺僧曇珣曰明年二月二十三日當與天人相迎言已不見珣於是日設大法會建捨身齋其日苦氣自知必盡三更中聞空中樂磬聲香煙甚異珣曰遠公之契至矣尋爾神遊

宋沙門釋慧全涼州禪師也開訓教授門徒五百有一弟子性頗麤暴全常不齒後忽自云得三道果全以其無行永不信許全後有疾此弟子夜來問訊時戶猶閉如故全頗驚異欲復驗之乃語明夕更來因密塞窻戶加以重關弟子中宵而至逕到牀前謂全曰闍梨可見信來因曰闍梨過世當生婆羅門家全曰我坐禪積業豈方生彼弟子云闍梨信道不篤兼外學未絕雖有福業不能超詣若作一勝會得飯一聖人可成道果耳全於是設會弟子又曰可以僧伽梨布施若有須者勿擇長幼及會訖施衣有一沙彌就全求衣全謂是其弟子全云吾欲擬奉聖僧那得與汝迴憶前言不得擇人便以歡施他日見此沙彌問云先與汝衣著不大耶沙彌曰非徒不得衣亦有緣事愧不預會全方悟先沙彌者聖所化也弟子久乃過世過世之時無復餘異唯冢四邊時有白光全元嘉二十年猶存居在酒泉 右六驗出冥祥記

齊始豐赤城山有釋慧明姓康康居人祖世避地于東吳止赤城山石室於是栖心禪誦畢命枯槁後於定中見一女神自稱呂姥云常加護衛或時有白猨白鹿白蛇白虎遊戲堦前馴伏宛轉不令人畏齊竟陵文宣王聞

風祇揖頻遣三使殷勤敦請乃暫出山至京師到第文宣敬以師禮少時辭還山苦留不止於是資給發遣以建武之末卒於山中春秋七十矣

仰尋震旦海曲神州諸山伽藍泉巖石室有修道人所居聖寺有行者咸見非一且述三五用爲實錄餘之不盡不可備論昔晉太元初有燉煌沙門竺曇猷乞食坐禪強志勤業遊會稽剡縣赤城山有羣虎來前猷爲說法一虎獨眠乃以如意杖打頭有十圍蛇繞之都無怖色又山神捨宅與之作寺又往赤城山宴坐此山與天台瀑布四明連屬父老云天台山有聖寺猷往尋之石橋跨谷青滑難度橫石斷路無由得達旬宿橋首聞彼行道唱薩聲便潔齋自勵忽見橫石洞開猷便前度具覩精舍神僧燒香中食畢謂曰却後十年自當來此

齊鄴下大莊嚴寺沙門圓通者感一神僧夏中聽講夏罷自恣就辭云在竹林寺邀通過之通具問道徑來年尋至在彼山東鄴之西北神僧迎接具見門開房宇華敞林木侵天經宿周流意言道合便有終焉之思神僧爲諮大和上乃不許之及還舊路三里之外反望莫覩後之往者不知其處

近鄴州有沙門名道勤者於州北倚立山巖追訪具見周循歷覽實爲住寺衆具皆備但不見人却下重尋便失歸路乃於道次築室擬尋汾州東南介山抱福巖者山居之僧數見沙門乘空來往又涼州南洪崖窟沮渠蒙遜所造碑寺見存有素聖僧常自行道人來

便止人去尋行故旁側足跡納納示現然徒衆不可見之述曰如名僧傳三十卷梁高僧傳四十卷及百家史傳凡聖碩德數千餘僧積功殊異道俗所欽或散配諸篇或文繁不錄且列少多示知僧德

法苑珠林卷第十九

音釋

鬀 他計切鬋髮
懱 彌列切輕易也
舋 許刃切殺牲血塗器曰舋
晡 奔謨切日加申時
售 承呪切賣物去手也
齎 牋西切持也
戇 陟降切愚也
撻 他達切打擊也
剟 吉器切
鵽 當話切黃雀
撾 職爪切箠擊
疫癘 疫越逼切癘力霽切疫癘瘟疾也
讁 側格切責也罰也
撲 匹各切擊也
舐 甚尒切餂也
鄴 魚怯切地名
崿 逆各切崖崿也
掘 其月切穿也

法苑珠林卷第二十

唐西明寺沙門釋道世撰

致敬篇第九（此有七部）

述意部　功能部　普敬部
名號部　會通部　敷座部
儀式部

述意部第一

原夫上聖垂慈至人利物意欲導四生於寶所運三有於大車師弟異軌而同歸法俗殊途而一致所以立像表眞彝訓常俗寄指筌月出道恒規但以妄著我人惰慢訟流隨業漂淪無思悛革良由封迷累劫不識三尊愚惷頑執罕逢十聖是故命如風燭難可駐留形同石火豈容長久況復五濁交侵四蛇常逼而能安忍翫茲虛幻故使大聖慈悲適化陶誘行中要切無過禮懺行道故龍樹十住論云菩薩晝夜各有三時於此六時禮拜十方諸佛懺悔勸請隨喜迴向菩薩來至阿惟越地依此修行速成不退如念東方善德佛等十方諸佛本願力故若有衆生於先佛所種諸善根聞是佛名即能信受便得不退菩提之心亦由愚識常聞惡聲今忽聞喚南無佛名忽然驚喜情慮欣泰罪滅福生故經云敬禮此佛能除百萬生死重罪或言能除千劫生死重罪若不依此階級以動凡心則負罪者累劫受殃但聞佛名無不踊躍我有何罪不見眞容雨淚滂流一心合掌我有何善聞佛名號欣喜加敬瞻仰聖顏愛戀無猒用此悲慶信根日增如此通情識心無累則於敬禮常加歸命比見道俗聞唱佛名身雖逐

禮心乃外緣中途闕錯都不省悔無信無慚於是乎在或有道俗屛處禮拜或升或沉身心惰慢曾無驚懼不敬之罪於是轉加或有道俗對衆禮拜千僧萬俗高聲唱和急度而禮身不逐拜心不敬思類同點兵但記空名如碓上下勞無多益上來略疏非無斯咎苟求名利不存忠敬依信能入發生智識信既不行能入何寄自下略述五意並依聖教示其眞僞請除妄歸眞功成究竟也

功能部第二

仰惟大覺之慈至極之聖宿祐嘉運冥感應期聞名致敬則勝業肇於須臾憑心想化則妙果成於曠劫故五十三佛聲益微塵之前三千至眞光爍恒沙之後二十五佛功利救苦之厄娑婆七寶不逮一禮之福雖合掌之因似賒而樹王之報漸及故知禮拜稱讚豈虛棄功虔誠呈敬冥益福利故智度論云若菩薩未入法位遠離佛法壞諸善根設在煩惱自不能度安能度人是故不應遠離諸佛譬如嬰兒不離其母行路不離粮食熱時不離涼風寒時不離煖火度水不離堅船病苦不離良醫是故菩薩常不離佛何以故父母親友人天王等不能益我度諸苦海唯佛世尊令我出苦是故常念不離諸佛也

又藥王藥上經云釋迦牟尼佛告大衆言我昔無數劫時於妙光佛末法之中出家學道聞五十三佛名聞已合掌心生歡喜復教他人令得聞持他人聞已展轉相教乃至三千人此三千人異口同音稱諸佛名一心敬禮以是因緣功德力故即得超越無數億劫生

死之罪其刧千人者始從華光佛爲首下至毗舍浮佛於莊嚴劫得成佛道即過去千佛是也此中千佛者始從拘樓孫佛爲首下至樓至佛於賢劫中次第成佛後千佛者始從日光佛爲首下至須彌相佛於星宿劫中當得成佛現在十方諸佛善德如來等亦得聞是五十三佛名故於十方世界各得成佛若有善男子善女人及餘一切衆生得聞是五十三佛名者是人於百千萬億阿僧祇劫不墮惡道復有人能聞是五十三佛名者生生之處常得值遇十方諸佛若復有人能至心敬禮五十三佛名者除四重五逆及謗方等經皆悉清淨以是諸佛本誓願故於念念中即得除滅如上諸罪（三千佛名在諸佛集劫經名號種姓國土等在賢劫經千佛中釋迦當第四成佛也）

又決定毗尼經云若能至心敬禮三十五佛其人功德無量無邊

又佛名經云若善男子善女人聞此二十五佛名至心受持讀誦恭敬禮拜得離地獄餓鬼畜生三惡道苦得除瞋恚愚癡滅百劫重罪常生十方淨佛國土設復有人滿三千大千世界七寶一百歲中常用布施猶不如誦持禮拜二十五佛名功德千分不及一乃至筭數譬喻所不能知何以故以衆生善根微薄不得聞此佛名若善男子善女人得聞此二十五佛者非於一佛十佛所種諸善根是人乃於百千萬佛所種諸善根然後乃得聞此佛名是人超越四十八劫在前成佛若復有人不信此二十五佛名得此功德是人當墮阿鼻地獄滿足百劫舍利弗若比丘比丘

尼優婆塞優婆夷欲懺悔諸罪當淨洗浴著新淨衣淨治室內敷好高座安置尊像懸二十五枚旛種種華香供養誦此二十五佛名日夜六時懺悔滿二十五日滅四重八重等罪式叉摩那沙彌沙彌尼亦復如是

又文殊問經讚佛偈云

我禮一切佛　調御無等雙　丈六眞法身
亦禮於佛塔　生處得道處　法輪涅槃處
行住坐臥處　一切皆悉禮　諸佛不思議
妙法亦如是　能信及果報　亦不可思議
能於此衹夜　讚歎如來者　於千萬億劫
不墮於惡道

又菩薩本行經云正使化無數億計人成辟支佛有人百歲四事供養功德甚多不如有人以歡喜心一四句偈讚歎如來功德無量

又善生經云以四天下寶供養於佛又以重心讚歎如來是二福德等無差別又大悲經云一稱佛名南無佛者以是善根入涅槃界不可盡也

述曰既知聖教禮佛功德不可思議是故行者常須作意不得自惰恐無常忽至瞻禮無處譬鼠入角路窮何趣是故經中世尊說偈云

命如風中燈　不知滅時節　今日復明日
不覺死輪至　冥冥從業緣　不知生何道

又上生經云若有禮敬彌勒佛者除却百億生死之罪乃至來世龍華樹下亦得見佛又云我滅度後四衆八部聞名禮拜命終往生兜率天中若有男女犯諸禁戒造衆惡業聞是菩薩大悲名字五體投地誠心懺悔一切

惡業速得清淨若有歸依彌勒菩薩當知是人得不退轉彌勒成佛見佛光明即得受記

又增一阿含經云禮佛有五功德一者端正以見相好生尊上故二得好聲以見佛時三自稱曰南無如來至眞等正覺故三多饒財以具華香燈明隨力供養故也四生處高貴以見佛時心無染著又能右膝著地長跪叉手禮故五生天上以念佛功德法爾故又金剛三昧經云若有暫聞佛勝智慧深心隨喜不起誹謗者於百千劫不墮惡道生處值佛乃至念佛法身功德無邊

又普賢觀經云若有晝夜六時禮十方佛誦大乘經思第一義甚深空法一彈指頃除百萬億那由他恒河沙劫生死之罪行此法者眞是佛子從諸佛生十方諸佛及諸菩薩爲其和上是名具足菩薩戒者不須羯磨自然成就應受一切人天供養又涅槃經云若於佛法供養一香燈乃至獻一華則生不動國善守佛僧物塗掃佛僧地像塔如毋指常生歡喜心亦生不動國此即淨土常嚴不爲三災所動也

普敬部第三

敬惟法身無相應現十方謂四方四維上下俗儒所說唯據此洲洲外有洲古今未說若依內典通窮無際橫亘十方傍羅異域今佛教中娑婆忍土百億日月四重圍輪大千世界名一佛土此猶據化佛釋迦如來所王之域故華嚴經云盧舍那佛報身如來所王之土復過是數盡十方界非凡所謀故梵網經偈云

我今盧舍那　方坐蓮華臺　周帀千華上
復現千釋迦　一華百億國　一國一釋迦

各坐菩提樹　一時成佛道
如經所云千華千佛即以一葉爲一華故一
華千葉千佛現世
又如普賢觀經云毗盧遮那如來所王之土
遍一切處其佛住處名常寂光據此明住無
住之住引凡虛心令其敬仰至理而論安有
住處如是十方無量世界諸佛如來無時息
化過現未來約凡生滅據化而説若依實教
聖化恒周功齊法界不可以一域爲局不可
以三世限論也今且據釋迦一代現化而述
故權受胎八相成道利益淺機漸通大教乃
至父母諸親俗尊尚禮如來何況下凡而不
虔敬也
又佛説十二佛名神名神呪除障滅罪經云
爾時世尊告彌勒菩薩言彌勒東方去此佛
刹有十不可説諸佛刹億百千微塵等過爾
許諸刹有一佛土名曰解脱主世界彼世界
有一佛名曰虛空功德清淨微塵等目端正
功德相光明華波頭摩瑠璃光寶體香最上
香供養訖種種莊嚴頂髻無量無邊日月光
明願力莊嚴變化莊嚴法界出生無障礙王
如來若善男子善女人犯四重五逆誹謗三
寶及犯四波羅夷是人罪重假使如閻浮履
地變爲微塵一一微塵成於一劫是人有若
干劫罪稱是一佛名號禮一拜者悉得滅除
況復晝夜受持讀誦憶念不忘者是人功德
不可思議而彼佛世界中有菩薩名無比無
障礙王如來授彼菩薩記當得成佛號曰毫
相日月光明燄寶蓮華堅如金剛身如毗盧
遮那無障礙眼圓滿十方放光普照一切佛

刹相王如來彼東方復有佛名曰一切莊嚴無垢光如來南方有佛名曰辯才瓔珞思念如來西方有佛名曰無垢月相王名稱如來北方有佛名曰華莊嚴作光明如來東南方有佛名曰作燈明如來西南方有佛名曰寶上相名稱如來西北方有佛名曰無畏觀如來東北方有佛名曰無畏無怯毛孔不豎名稱如來下方有佛名曰師子奮迅根如來上方有佛名曰金光威王相如來爾時佛告彌勒若有正信善男子善女人稱此十二諸佛名號之時經於十日當修懺一切諸罪一切衆生所有功德皆隨喜勸請一切諸佛久住於世以諸善根迴向法界是時即得滅一切諸罪得淨一切業障即得具足成就莊嚴一切佛土具足無畏具足身相具足菩薩眷屬圍繞具足無量三昧具足如意佛刹莊嚴行阿耨菩提而得端正可喜果報爾時世尊而說偈言

若有善男子　若有善女人　受持此佛名
生生世世中　得他人愛敬　光明威力大
生處爲人尊　於後得成佛

又尸迦羅越六向拜經云佛在世時有長者子名尸迦羅越早起洗浴著衣六方各向四拜佛入王舍城來越遥見之佛到家問之何爲六向拜此應何法越言父在時教我不知何應佛言父教汝禮不以身拜越便長跪言願佛爲我解此六意佛言聽之其有長者黠人能持四戒不犯者今世爲人所敬後世生天一不煞生二不偷盜三不愛他人婦女四不妄言兩舌貪恚愚癡不能制此四意者名

爲日暗如月盡時光明稍冥能自制惡意者如月初生其光稍明至十五日盛滿時也佛言東向拜者謂子事父母當有五事一者當念治生二者早起勑令奴婢時作飯食三者不益父母憂惱四者當念父母恩重五者父母疾病當懼求醫療之父母視子亦有五事一者當念令去惡就善二者當教計筭書疏三者當教持經戒四者當與娶婦五者家中所有當給與之南向拜者謂弟子事師當有五事一者當敬難之二者當念其恩三者所教隨之四者思念不猒五者當從後稱譽之師教弟子亦有五事一者當令疾知不忘二者當勝他人弟子三者欲令知已不忘四者有諸疑難悉爲解說五者欲令弟子智慧勝師西向拜者謂婦事夫當有五事一者夫從外來當起迎之二者夫出不在當炊烝掃除待之三者不得有婬心於外夫罵詈之不得還言作色四者當用夫教誡所有什物不得藏匿五者夫若寢息蓋藏乃卧夫視其婦亦有五事一者出入當敬於婦二者衣食以時與之三者當給與金銀珠璣四者家中所有多少悉用付之五者不得於外躭畜傳御北向拜者謂人視親屬朋友當有五事一者見之作惡私往屏處諫曉呵止之二者小有急事當奔趣救護之三者所有私語不得爲他人說四者當相敬難五者所有好物當多少分與之向地拜者謂丈夫視奴婢使亦有五事一者當以時衣食二者病瘦當呼醫治之三者不得妄撾捶之四者有私財物不得奪之五者分付之物當平等與之奴婢事丈夫

亦有五事一者當早起勿令丈夫呼之二者所當作汝用心爲之三者愛惜丈夫物不得棄捐乞人四者丈夫出入當送迎之五者當稱譽丈夫善不得說其惡向天拜者謂人事沙門道人當用五事一者以善心向之二者擇好言與語三者以身敬之四者當戀慕之五者沙門道人人中之雄當恭敬承事問度世之法沙門道人當以六意視其凡庶一者教施莫慳二者教之持戒不得自犯三者教之忍辱不得恚怒四者教之精進不得懈慢五者教之一心不得放意六者教人黠慧不得愚癡如是行之爲汝父在時六向禮拜之教也何憂不富迦羅越聞已即受五戒作禮而去

名號部第四

夫道與俗反名與實乖得其趣者玄會幽理何以然耶至如俗中祖考不許述其名字若論內典諸佛名號稱揚禮敬獲福無量良以諸佛如來大慈愍物降靈在俗濟度爲先有心希仰無不蒙益或以口稱或以心念或以身禮三業加敬三毒清涼漸拔有根出於界繫有斯大德故稱得福彼流俗者與上相違且順一生潛諱而已遠祖後孫非諱所及孔門徵在可以鑒諸今依論中諸佛名號摽舉義類各有勝能故略釋之以例諸名如西云釋迦此云能仁豈有一佛非能仁也如西云阿彌陀此云無量壽豈有一佛非長壽也如東方善德佛乃至下方廣衆德佛豈有一佛非善德非廣德也只可題名同異據其功能力用齊等但心思佛名號目覩金容敬心殷

禮得福無量故十住毗婆沙論歎佛偈云

若有人得聞　說是諸佛名　即得無量福
如爲寶月說　我禮是諸佛　今現在十方
其有稱名者　即得不退轉

述曰今創發起一切恭敬者一者謂普及爲言切者謂盡際爲語恭謂束身翹仰敬謂心無異念若不唱此恐心馳散故勤情恭敬正觀現前也敬禮常住三寶者如涅槃經云若有人聞常住二字是人生生不墮惡趣以法身凝然不變故常報身相續不斷故恒化身作用無休故不變又佛身體一隨義說三故釋迦云吾今此身即是法身由是法身所依持故如泥木靈像遠有所表敬誠殷禮獲福無量輕心毀謗招罪彌殃然後供養嚴持香華運心周普作用佛事現前不現前常須普薦香華一切衣服飲食音樂等事皆共衆生等心供養無令斷絕故華嚴經中諸菩薩等所行供養隨心指相如見大山大雲大水大火即以爲香山香雲八功德水七淨妙華運心作意無不成供乃至華林果樹例准行之禮佛者隨禮十方佛二十五佛三十五佛五十三佛賢劫千佛萬五千佛等稱名用意具如前述懺悔者所有輕重自作教他見作隨喜義須披析悔前所犯慚愧慷慨銜悲滿目若不蒙誨示則守死長苦具明法用如下懺悔篇述勸請者至誠求願諸佛觀諸衆生巨細無異望得從願莫捨壽命願住多劫度脫衆生隨喜者他人作福心生歡喜也迴向者迴諸福德向無上道發願者願是能引行是起作若有願無行願則虛若有行無願行則

孤由有願故行不孤由有行故願不虛願行相扶證果不虛故懺悔罪中亦兼有願願於今身償不入惡道受即是通明也自外臨時准用可思

會通部第五

述曰今此所叙威容相狀中邊時俗各有異儀隨國行之以敬爲本此乃初心非學不解故須委歷用曉未聞久行碩德固非所望然中天處敬震旦不同彼則拜少而遠多此則拜多而遠少彼則肉袒露足而爲恭此則巾屨備整而稱敬誠道俗之殊容乃方土之異等且自審詳威儀臨時緩急若容與朝覲則三業懃懃時序悤切則四支削略斯並行藏在要智出不思足使加敬盡衷彼我通意者也故出曜經曰有信士威儀有出家威儀有大道人威儀有小道人威儀由是善行趣道之基故生善處以此文證明知歸信威儀入道之始不可隱略故序以命之如俗中周禮有九品之拜出自太祝之官斯非内教然禮貴從俗故也一曰稽首拜謂臣拜君之拜也稽訓爲稽（計奚反）即久稽留停頭至地少久也二者頓首拜謂平敵者如諸侯相拜也即以頭向下虛摇而不至地也三曰空首拜此君答臣下之一拜也即以頭至手所謂拜手也四曰振動拜謂敬重之戰慄動變之拜也五曰吉拜謂拜而後稽顙謂齎縗不杖以下也言吉者此殷之凶拜也周以其與吉拜頓首相近故謂之吉拜即先作稽首拜後作稽顙顙是額也以額觸地無容儀也六曰凶拜謂稽顙而後頓首拜謂三年服者拜也七曰奇

拜謂先屈一膝即今時所謂雅拜也一説奇拜但一拜以答臣下之拜也八曰褎拜褎謂爲報報拜者再拜是也云褎拜今時持節之拜也即再拜於神與屍也九曰肅拜謂但俯下手今時揖者是也亦指婦人拜又肅拜或至三也空首奇拜唯一餘則再拜之也上並俗禮正文鄭康成依位釋之如此今據内教以禮敬爲初大略爲二即身心也佛法以心爲其本身爲其末故須菩提靜觀室内如來歎爲禮見於法身蓮華色尼初至寶階如來毀爲拜於佛故知靜處思微念念趣道觀形鑒貌新新在俗能所未免相見齊生我倒現前即爲障道故佛約此而分身心敬也如能即色緣空觀境心造紛紛集趣不無染淨知識妄念未可清澄想到空時緣念斯絶今居凡地力極制御止得如斯念念自然漸能清淨常起兩觀不得單行謂知塵無境是漸背俗謂知識亦無心是漸向眞如此策修長時不已分分增明三祇方就也

又大慈經云佛告阿難南無佛者此是決定諸佛世尊名號音聲故稱言南無諸佛故過去有大商主將諸商人爲摩竭大魚欲來吞舟由三稱南無佛名並皆免難魚聞佛名以善心故捨身後世出家得道何況有人得聞佛名聽聞正法親於佛所種諸善根而不必定利益

又十誦律佛語優波離稱和南者是口語若曲身者是名心淨若比丘禮時從座起偏袒右肩脫革屣右膝著地以兩手接上座足禮

述曰依經云和南者梵語也或云那謨婆南

等此猶非正依本正云槃淡（唐言）我禮或云歸禮歸亦我之本情禮是敬之宗致也或云歸命者義立代於南無也理事符同表情得盡俗人重南無而輕敬禮者不委唐梵之交譯也況復加以和南諸佛迷之彌復大笑又南無者善見論翻爲歸命覺亦云禮大壽又和南者出要律儀翻爲恭敬善見論翻爲度我准此而言恭敬度我義通凡聖豈和尚偏在尊師亦通上聖念救生也故經中來至佛所云南無無所著至眞等正覺是名口業稱歎如來德也

敷座部第六

述曰敬尋經律無敷坐具之文但云脱屣禮足今據事用理須坐具故四分律云爲護身護衣護僧卧具故制畜坐具既爲身衣明知須設又坐具之用本是坐時之具所以禮拜之中無其敷文故如來將坐如常敷之准此比丘自敷而坐不合餘人爲敷今見西僧來至佛前禮者必褰裙以膝拄地合掌長跪口讃於佛然後頂禮此乃遺風猶在恭相可准行之今時僧尼至於佛前並令侍者爲敷坐具此蓋憍慢未是致敬之恭又至佛前佇立待席方始禮者此亦不可又在牀上而設禮者此亦不敬如見尊長即須急拜安得覓席如見君王即須敬禮何得在牀人王凡尊尚恭不高何況法王輒相倫擬雖有餘敬終成惰慢故三千威儀經云不得在座上禮也

儀式部第七

述曰此部別有五儀式第一明脱履者此爲申極敬儀也如此土羣臣朝謁之儀皆在殿

廷履屨不脫有時上殿則劒履皆捨此古之法非始今儀天竺國中地多濕熱以革爲屣制令著之如見上尊即令脫却自餘寒國隨有履著行事之時脫足爲敬若是白衣多著鞾鞋爲恭初入寺内不勞脫足若入佛堂得脫也第二明偏袒者依律云偏露右肩或偏露一肩或偏露一膊所言袒者謂肉袒也示從依學有執作之務俗中袖狹右袂便穩於事是也今諸沙門但出一肩仍有衫襖非袒露法如大莊嚴論云沙門釋子者肩黑是也外道通黑沙門露右故有不同律中但有三衣通肩被服如見長老乃偏袒之設以衣遮名爲偏袒一何可笑也故知肉袒肩露乃是立敬之極然行事之時量前爲袒如在佛前及至師僧懺悔禮拜並須依前右袒爲恭若至寺外街衢路行則須以衣覆肩不得露肉西國濕熱共行不怪此處寒地人多譏笑故五分律云雖是我語於餘方不清淨者不行無過也第三明呈恭者故律云當令一心合十指爪掌供養釋師子或云叉手白佛者皆是斂容呈恭制心不令馳散然心使難防故制掌合而一心也今禮佛者多有指合掌不合或有掌合而指開良由心慢而情散也寧開指而合掌不得合指而開掌本欲來求福却反招慢過既知一心合掌之儀即須五體投地禮之故地持論云當五輪至地而作禮也又阿含經云二肘兩膝及頂名爲五輪輪謂圓相五處皆圓能令上下迴轉生福轉多名爲輪也今有西僧禮拜之時多褰足露膝先下至地然後以肘按地兩掌承空示有接

足之相也若前尊跏趺不垂脚坐者隨事而行不勞接足今見禮者二手捺地兩足據後頭不至地亦是乖慢既知五輪著地之儀即須知右膝跙跪之相經中多明胡跪跙跪張跪斯並天竺敬儀不足可怪即是左右兩膝交互跪地有所啓請悔過儀也第四明禮儀者聲論云槃那寐者此云禮也智度論云禮法有三一是口禮（謂口云和南是名下禮也）二屈膝頭不至地（此名中禮）三頭頂至地（是名上禮）下者揖中者跪上者稽首菩薩禮佛有三一者悔過品二者隨喜迴向品三者請佛品問禮唯身業亦通三業耶答禮通三業五輪至地爲除身業不善稱揚名字歌讚佛德爲除口業不善心常緣念若鏡目前爲除意業不善爲對佛眼故須身禮爲對天耳故須口唱爲對他心故須意念由口業唱故聞慧得成由意業念故思慧得成由身業禮故修慧得成由身業禮故戒學得成由意業念故定學得成由口業唱故慧學得成上來所述且綺互明之若據通門三業之中三學並攝也第五明邪正者源此禮法於齊代初有西國三藏厥號勒那觀此下凡居在邊鄙不閑禮儀情同猴馬悲心內溢爲翻七種禮法文雖廣周逐要出之從麤至細對麤爲邪對細爲正故階級有七意存後三也第一名我慢心禮者謂依次位心無恭敬恃尊自德無師仰意恥於下問諮受無所心無法據雖有設拜心馳外境如碓上下空無所獲一形所作無境住心輕生薄道徒勞無益外觀似恭內增慢惑猶如木人情不殷重五輪不具三業馳散是名我慢禮也

第二唱和求名禮者雖非高慢心無淨想粗正威儀身心詐恭見人身輕急禮人去身惰心疲稍似恭順斤有相扶其福薄少非真供養良由口唱心散是名唱和禮也第三身心恭敬禮者聞唱佛名便念佛身如在目前相好具足莊嚴晃耀心相成就感對佛身手摩其頂除我罪業是以形心恭敬無有異念供養恭敬情無猒足心想現前專注無昧導利人天爲上爲最功德雖大猶未是智後多退没是名身心禮也第四發智清淨禮者良由達佛境界慧心明利深知法界本無有礙由我無始順於凡俗非有有想非礙礙想今達自心虛通無礙故行禮佛隨心現量禮於一佛即禮一切佛一切佛即是一佛以佛法身體用通融故禮一拜遍通法界如是香華種種供養例同於此法僧加敬我亦同然雖三相別性理無殊故三乘名異解脱體同故知一禮則一切禮一切禮則一禮如是三寶既能通達一切三界六道四生同作佛想供養禮拜自淨身心蕩蕩無障念佛境界心心轉明一拜一起爲尊爲勝即是淨業無窮果報無限是名發智禮也第五遍入法界禮者良由行者想觀自己身心等法從本已來不離法界亦不在諸佛身外亦不在諸佛身內亦不在我外亦不在我內自性平等本無增減今禮一佛即遍通諸佛所有三乘位地無漏我身既遍隨佛亦遍乃至法界空有二境依正兩報莊嚴供具無問行財隨緣遍滿不離法界隨心無礙並薦供養隨喜頂禮如一室中懸百千鏡有人觀鏡鏡皆像現佛身清淨

明逾彼鏡遞相涉入鏡無不照影無不現此則攝他爲總入他爲别一身既爾乃至一切法界凡聖之身及供養之具皆助隨喜悉同供養有目者見無目者不覩如此行學法界軌門大有利益故地持論有現前供養不現前供養不現前供養勝現前供養以難成故既知我身在佛身内如何顛倒妄造邪業不生愧恥又諸佛德用既齊名號亦等隨稱何名名無不盡如稱一釋迦名禮召一切諸佛無不備周如西云釋迦此云能仁豈有一佛非能仁也西云阿彌陀此云無量壽豈有一佛非長壽也西云彌勒此云慈氏豈有一佛非慈氏也故智度論云一佛勝能等一切佛勝能一切佛勝能等一佛勝能設一切佛不化衆生但一佛化生即功歸法界德用遍周是名遍入法界禮也第六正觀修誠禮者此明自禮自身佛不緣他境他身佛何以故一切衆生自有佛性平等本覺隨順法界緣起熾然但爲迷故唯敬他身已身佛性妄認爲惡縱修此行常爲偏倒若知已身極惡無佛性者縱敬他身終成無益衆生迷倒雖發微善唯將法界供具供養他身無始已來未曾將一燈一香一禮一餐供養已身佛性若能返照本覺則解脱有期維摩經云如自觀身實相觀佛亦然又云不觀佛不觀法不觀僧以見自身他身平等正法性故已心清淨即是自性住佛性隨力修明即是引出佛性三祇果圓即是至得果佛性若據妙達唯局大聖若論下凡雖未頓修不得不解如涉遠道要藉自身欲見佛性要觀已佛法僧亦爾同

體無二是名正觀禮也第七實相平等禮者大意同前前猶存有禮有觀自他兩異今此一禮無自無他凡聖一如體用同融如如平等古今無別若見佛可尊可敬卽見凡可卑可慢若起此心還成僻執故般若經云是法平等無有高下是名阿耨菩提以實相離念不可以心取不可以相求不可以禮敬不可以慢惰去高下離尊卑靜亂一原恭怠齊固安心此意是名平等禮也故文殊禮文云不生不滅故敬禮無所觀此之一禮凡夫淺識恐聞反謗上智之人內行平等外順修敬內外合宜是名平等禮也又增一阿含經世尊所說偈言

若欲禮佛者　過去及當來　說於現在中
當觀於空法　若欲禮佛者　過去及當未
現在及諸佛　當計於無我　善業以先禮
最初無過者　空無解脫佛　此是禮佛義
若欲禮佛者　當來及過去　當觀空無法
此名禮佛義

頌曰

稽首三寶　歸誠十方　瞻仰尊敬　益福除殃
機路異色　慈誘同芳　隱顯相發　化應無疆
雖生茲土　感赴殊鄉　觀禮欣慶　福祚彌長
法性無二　縱隔何傷　虔誠一拜　周遍難量

感應緣（略引一驗）

唐左監門校尉馮翊李山龍以武德中暴亡而心上不冷如掌許家人未忍殯斂至七日而甦自說云當死時被冥收錄至一官曹廳事甚宏壯廣大庭內有囚數千人或枷鎖或杻械皆北面立滿庭中吏將山龍至廳下天

官坐高牀侍衛如王者山龍問吏此何官吏曰是王也山龍前至堦下王問汝生平作何福業山龍對曰鄉人每設齋講恒施物同之王曰汝身作何善業山龍曰誦法華經兩卷王曰大善可升階既升廳上東北間有一高座如講座者王指座謂山龍曰可升此座誦經山龍奉命至側王即起立曰請法師升座山龍升座訖王乃向之而坐山龍開經曰妙法蓮華經序品第一王曰請法師止山龍即止下座復立堦下顧庭內向囚已盡無一人在者王謂山龍曰君誦經之福非唯自利乃令庭內眾囚皆以聞經獲免豈不善哉今放君還去山龍拜辭行數十步王復呼還謂吏曰可將此人歷觀諸獄吏即將山龍東行百餘步見一鐵城甚廣大上屋覆其城城傍多有小窻或大如小盆或如盂椀見諸男女從地飛入窻中即不復出山龍怪問吏曰此是大地獄中多有分隔罪計各異此諸人者各隨本業赴獄受罪耳山龍聞之悲懼稱南無佛請吏求出至院門見一大鑊火猛湯沸傍有二人坐睡山龍問之二人曰我罪報入此鑊湯蒙賢者稱南無佛故獄中諸罪人皆得一日休息疲睡耳山龍又稱南無佛吏謂山龍曰官府數移改今王放君去可白王請抄若不爾恐他官不知復追録君山龍即詣王請抄王命紙書一行字付吏曰為取五道等署吏受命將山龍更歷兩曹各廳事侍衛亦如此王之遣吏皆取其官署各書一行訖付山龍龍持出至門有三人謂山龍曰王放君去可不少多乞遺我等山龍未言吏謂山龍

曰王放君不由彼然後三人者是前收録君使一人是繩主當以赤繩縛君者一是棒主當以棒擊君頭者一是袋主當以袋吸君氣者見君得還故乞物耳山龍惶懼謝三人曰愚不識公請至家備物但不知何處送之三人曰於水邊若樹下燒之山龍許諾吏送歸家見親眷正哭經營殯具山龍入至屍傍即穌後日剪紙作錢帛并酒食自送於水邊燒之忽見三人來謝曰蒙君不失信重相贈遺媿荷言畢不見山龍自向總持寺主說寺主傳向臨說右一驗出冥報記

法苑珠林卷第二十

音釋

彝延知切常也法也 悛日緣切止也 惷陟降切愚也 碓都內切舂具 怯詰叶切懦也 璣堅溪切珠不圓者 捶主蘂切擊也 翹祁堯切企也 齎縗齎津私切裳下緝也縗倉回切喪衣 褒博毛切 屣想里切履也 屨居御切華復 膊伯各切肩甲 譏堅溪切請也 跰胡故切 挹一入切拱揖也 諮津私切訪問也 祚靖故切祿福也 殯必刃切斂也